Darkkaeon Argavis Reym

HILDUR GERDRSDOTTIR

Darkkaeon Argavis Reym

Bibliografische Information der Deutschen Nationalbibliothek:
Die Deutsche Nationalbibliothek verzeichnet diese Publikation
in der Deutschen Nationalbibliografie; detaillierte bibliografische
Daten sind im Internet über http://dnb.dnb.de abrufbar.

© 2018 Hildur Gerdrsdottir
Illustrationen: Daniela Henninger, www.dh-illustration-grafik.de
Satz, Umschlaggestaltung, Herstellung und Verlag:
BoD – Books on Demand

ISBN: 978-3-7431-9870-8

LANDKARTE VON ARGAVIS

(Prolog)

Auf Argavis, dem gespaltenen Kontinent, tobt seit Jahrhunderten ein Krieg zwischen zwei Grossmächten. Im Westen herrscht die Königsfamilie von Eran mit ihrer Allianz aus mehreren Reichen und Stadtstaaten. Im Osten regiert der Herrscher Solon IV. von seiner Festung im Tal Jiin aus über das gigantische Imperium Honodur. Zwischen diesen beiden Mächten wird seit Generationen um jeden Zentimeter Erde gekämpft. Keine Seite konnte bisher einen dauerhaften Erfolg verbuchen.

Weitab dieses Krieges, der schon unzählige Opfer gefordert hat, leben die Bewohner der verschonten Länder und Provinzen in zerbrechlicher Idylle. Da sind die Inseln im Nordosten, die jede für sich eine eigene kleine Welt bilden, und die Vulkanberge im weiten Westen, in denen die Urdrachen ungestört ihre Traditionen leben und es ablehnen, sich in einen Krieg der Sterblichen einzumischen.

Die Gelehrten schreiben das 16. Zeitalter der Menschen oder das siebte Zeitalter des Krieges. In dieser Zeit spielen die Ereignisse, die hier geschildert werden und sich später in allen Geschichtsbüchern der Welt finden. Sie bilden den Ursprung dieser Geschichte.

II

Jan! Steh auf! Die Trauung beginnt gleich!»

Ein junger Mann mit wuscheligen braunen Haaren öffnete die Augen, streckte seine schmalen Füsse zur Wolldecke heraus und warf ein paar Holzbecher um, die neben seinem Strohbett standen.

«Komm, sonst verpasst du sie noch!»

Jans Blick fiel auf seine Schwester Alm, die in der Tür zur Scheune stand und ihn vorwurfsvoll ansah. Jetzt riss er erschrocken die Augen auf und sprang so hastig aus dem Stroh, dass er sich den Kopf an einem Holzkästchen an der Wand anschlug. Schnell zog er sich das verzierte Hemd aus gefärbter Jute über, das bereitlag. Dann rannte er aus der Scheune hinaus auf die Strasse und entlang den Holz- und Steinhäusern des Dorfes auf den Trauhügel hinauf.

Das gesamte Dorf hatte sich schon um die grosse Buche versammelt. Darunter wartete eine wunderschöne junge Frau in einem Brautkleid aus Herbstblättern, Moos und grüner Seide. Ihre himmelblauen Augen funkelten wie Diamanten, und sie empfing ihren zukünftigen Gemahl mit zärtlichem Lächeln.

Neben ihr auf einem Stein stand ein grosser, älterer Mann, der Jan mit strengem Blick ansah, bevor er zu den Anwesenden zu sprechen begann: «Liebe Leute aus Buchenwall! Wir sind heute hier, weil wir die Eheschliessung meines Sohnes Jan und seiner zukünftigen Braut und Ehefrau Ursula feiern wollen. Nun, da endlich alle hier sind, kann die Trauung beginnen. Jan, Ursula, bitte ritzt eure Namen und den Tag eurer Trauung in diesen Baum, so dass man euch ab heute als Paar anerkennt!»

Mit einem hübsch verzierten Messer, das alt und beinahe stumpf war, ritzten die beiden ihre Namen in den Stamm. Dann küssten sie sich auf den Mund.

«Nun lasst uns feiern und dem neuen Ehepaar unsere Glückwünsche aussprechen!», erklang laut die Stimme von Jans Vater.

Fröhlich spazierten die Versammelten den Hügel hinunter und gelangten über die massive Holzbrücke, die über den Fluss führte, zur Versammlungshalle. Dieser grosse Raum, eigentlich eine Lagerhalle für die Notvorräte der Gemeinschaft, wurde abends und bei festlichen Anlässen gerne als Treffpunkt genutzt. Nun war feierlich aufgetischt, und in den nächsten Stunden assen und tranken alle und sangen Hochzeitslieder, um dem neuen Paar ihre Glückwünsche kundzutun.

Während ausgelassener Singsang und Gelächter durch das hohe Gebäude hallten, verging der Abend, und die Nacht brach herein. Ein junger Mann erhob sich, sprang auf den Tisch und sagte leicht angesäuselt zu dem Brautpaar: «Ein Hoch auf unser hübsches Paar, ein Hoch!» Dann wandte er sich dem jungen Bräutigam zu. «Nun bist du verheiratet, Jan, und bald wirst du langweilig. Aber heute Nacht kann das noch warten! Jetzt musst du noch ein letztes Mal beweisen, was du als Junggeselle so oft unter Beweis gestellt hast.» Er sprang vom Tisch herunter, verliess leicht schwankend den Raum und kam nach einer kurzen Weile mit einem Rollkarren zurück, auf dem zwei dicke Holzfässer lagen.

«Nimmst du die Herausforderung gegen deinen ärgsten Feind, den Buchenwallschnaps, an?», sprach der junge Mann in die verdutzten Gesichter. «Oder brauchst du Unterstützung im Kampf gegen diese wunderschönen Fässer hier?»

Jan stand auf. «Nun, Tibbett mit Doppel-b und Doppel-t», setzte er an, «ich könnte schon alleine trinken. Doch wo bleibt dann der Spass für meine Freunde?»

Ursula lächelte. Sie wusste, dass Jan seinen Freunden keine Bitte abschlagen konnte.

«Wahre Worte!», rief Tibbett aus. «Glaube ich zumindest. Die Schlacht hat begonnen!», schrie er aus dem Fenster.

Daraufhin rannte ein Dutzend erheiterter Kerle die Strasse herunter und stürmte in den Raum. Sie stachen Hähne in die Fässer, füllten ihre Becher, tranken sie aus und füllten sie erneut. Jan machte wacker mit. So verging die zweite Hälfte der Nacht, bis alle betrunken nach Hause taumelten.

III

Am nächsten Tag gingen die Bewohner von Buchenwall bei lauen Temperaturen ihrem gewohnten Tun nach. Die älteren Männer versammelten sich zum Kartenspiel, die Frauen wuschen die Wäsche am Fluss, die Kinder spielten im Wald und in der Umgebung. Doch dann ertönten Pferdegetrappel und Peitschenschnalzen, zuerst aus weiter Entfernung, dann kamen die Geräusche näher und näher. Plötzlich standen unter dem von Moos und Kletterpflanzen überwachsenen Torbogen am Dorfeingang vier Reiter. Sie trugen Rüstungen und waren bewaffnet. Eine bedrohliche Aura umgab sie, sie wirkten wie vierbeinige Dämonen.

Der Bürgermeister war gerufen worden, um mit den merkwürdigen Besuchern zu reden. Nun trat er vor die Reiter. Als er nach einiger Zeit, in der er wild mit den Reitern diskutiert hatte, wieder ins Dorf hinauf kam, war sein Gesicht von Nervosität und Angst gezeichnet. Er liess das ganze Dorf zusammenkommen.

«Die Zeit der Kriegspflicht ist gekommen!», verkündete er traurig. «Ich muss den Gesandten der imperialen Truppen die Dorfaufzeichnungen aushändigen, damit sie die Kriegspflichtigen feststellen können.»

Alle tuschelten wild durcheinander.

Ursula umschlang ihren frisch gebackenen Ehemann. «Du kannst nicht gehen», flüsterte sie ihm besorgt ins Ohr. «Man muss mindestens ein Jahr nach der Eheschliessung warten, um in den Krieg ziehen zu können.»

Jan nickte ihr leicht zu, machte jedoch selbst ein besorgtes Gesicht.

«Wie haben sie überhaupt von unserem Dorf erfahren?», fragte Ursula weiter.

«Keine Ahnung», flüsterte Jan zurück. «Wir müssen abwarten, was passiert.»

Sichtlich unfroh schritt der Bürgermeister in die Dorfbibliothek, um die Aufzeichnungen zu holen. Mit einem dicken Wälzer unter dem Arm kam er zurück und ging, ohne den geringsten Blick auf die Dorfbewohner, an ihnen vorbei zum Torbogen hinunter. Mit schwerem Herzen übergab er den Reitern das Buch, das alle mehr oder weniger wichtigen Ereignisse des Dorfes enthielt.

Die Reiter begutachteten die letzten paar Seiten und ritten dann langsam dem Bürgermeister nach, bis sie zu der versammelten Volkschaft des Dorfes kamen. Der Anführer stieg von seinem Pferd, trat vor die Menge und nahm seinen Helm ab. Ein karges, hartes Gesicht kam zum Vorschein.

«Ich bin Hauptmann Sirin von Felsbach», sprach er. «Ich wähle nun die Männer aus, die für das Imperium in den Krieg ziehen werden. Bei der Lektüre eurer Aufzeichnungen musste ich mit Bedauern feststellen, dass es in diesem Dorf zu wenig Männer im geeigneten Alter gibt, die ich mit nach Felsbach nehmen kann.» Sein Gesicht verzog sich zu einer grimmigen Maske. «Daher werde ich die gebräuchlichen Regeln ausser Kraft setzen und auch solche mitnehmen, die noch keine Pflicht zu erfüllen hätten!», brüllte er hasserfüllt in die Menge. «Mitkommen werden Tibbett, Manjor und Jan, dem ich noch von ganzem Herzen zu seiner gestrigen Hochzeit gratuliere. Ich hoffe, jemand kümmert sich um deine Frau, wenn du sie nicht mehr siehst!» Die Augen des Hauptmanns funkelten wie glühende Asche, die das Feuer lodernd ausspeit, und er lächelte den Leuten gehässig zu.

Alle Anwesenden waren erstarrt und stumm.

«Ich werde nicht mitkommen», hörte man da eine Stimme verzweifelt rufen. «Ich kann nicht!» Manjor rannte voller Furcht davon.

«Sofort zurückkommen!», schrie der Hauptmann hinter ihm her.

Doch Manjor rannte nur noch schneller. Im nächsten Moment durchbohrte ein Pfeil das Bein des Burschen, und er ging vor Schmerz brüllend zu Boden.

Der Hauptmann schritt ruhig zu ihm hin und sah sich die Wunde an. «Eine hübsche Verletzung. So kann ich dich nicht mehr gebrauchen. Nun hast du deinen Willen und kannst hier bleiben. Aber dein Bein wird dich ewig an mich erinnern.» Er griff fest nach dem Pfeil, drehte ihn einmal in der Wunde herum und liess den gequälten Jungen dann liegen, ohne ihn eines weiteren Blickes zu würdigen. «Bereitet euch auf die Reise nach Felsbach vor!», schrie er die anderen Kriegspflichtigen an.

Jan ging voller Kummer in sein Haus und holte seine Sachen. Er durfte weder mit Ursula noch mit seiner Familie reden. Als alle Verpflichteten bereit waren, wurden sie schweigend von den Reitern abgeführt.

IV

Die Männer und Soldaten wanderten einige Tage lang durch den Wald nach Süden, wo sie weitere Kriegspflichtige einsammelten. Danach kehrten sie wieder um und folgten dem Bach Ganoll, um nach Felsbach zu gelangen. Es war Herbst, und die Natur zeigte sich in ihrem schönsten Farbenkleid. Doch Jan, Tibbett und den anderen Kriegspflichtigen, die ausserhalb Buchenwalls dazugekommen waren, fiel diese Schönheit zum ersten Mal in ihrem Leben nicht auf. Sie waren noch nie so betrübt gewesen. Damit sie nicht flohen, wurden sie nachts bewacht. Es war ihnen auch auf dem ganzen Weg nach Felsbach verboten, miteinander zu reden.

Als die Wache eines Nachts kurz einschlief, flüsterte Jan Tibbett zu, dass sie bei der nächsten Gelegenheit fliehen sollten.

Tibbett sah sich um, bevor er antwortete. «Ich kenne jemanden im nächsten Dorf. Der würde uns verstecken, bis sich die Lage beruhigt hat. Dann können wir zurück nach Buchenwall.»

Am nächsten Tag kamen sie an Hagen vorbei, wo Tibbetts Bekannter lebte. In der Nacht, als die Wache wieder im Begriff war einzunicken, weckte Tibbett Jan auf. «Wir können zu dem Lagerhaus in der Nähe Hagens laufen», flüsterte er dem Freund zu. «Dort gibt es eine kaputte Mauer. Man muss lediglich ein paar lose Steine herausziehen und danach wieder einsetzen. Ich habe dort früher öfters gratis eingekauft.»

So leise, wie sie konnten, schlichen sie sich an den Schlafenden vorbei. Doch plötzlich wachte der Wächter auf und alarmierte die anderen Soldaten. Jan und Tibbett rannten in den nahen Wald. Doch dann stolperte Jan über eine Wurzel und ging zu Boden. In diesem Augenblick erkannte er, dass es völlig sinnlos wäre, aufzustehen und weiterzulaufen.

«Kümmere dich gut um Ursula», rief er Tibbett hinterher. Er hörte die Pferde heranrasen und dachte bei sich, er sollte sich ihnen in den Weg stellen, um Tibbett einen Vorsprung zu verschaffen. Doch kaum war er aufgestanden, sah er zwei Pferde an sich vorbeirasen, und plötzlich wurde ihm schwarz vor Augen.

Als er wieder zu sich kam, fand er sich auf den Rücken eines Pferdes gefesselt. Sein Kopf schmerzte. Hauptmann Sirin lief neben dem Pferd her. «Dein Freund konnte uns entkommen, vorerst», sagte er zu Jan. «Aber du, das verspreche ich dir, kommst an die Front Forons. Und wenn ich dich hin prügeln muss. Dort wirst du jämmerlich verrecken. In wenigen Tagen sind wir in Felsbach, und ich werde bei der Gebietszuteilung persönlich dafür sorgen, dass du nicht ins Nordfort oder nach Henna kommst, sondern nach Foron, wo die Schlacht seit jeher am schlimmsten tobt.»

Felsbach war ein grosses Fort, das früher einmal ein Dorf gewesen war und jetzt zur Einteilung der Armee benutzt wurde. Es lag an einem See und konnte von Westen her nur vom Wasserweg aus angelaufen werden, ausser man nahm einen grossen Umweg durch das nahegelegene Nuhmgebirge auf sich. Auf einem grossen Platz wurden die neuen Soldaten begutachtet und nach ihrem Können aufgeteilt.

Jan musste keinen Beweis für seine Kampferfahrung erbringen. Der für die Zuteilung zuständige Soldat trat vor ihn. «Du wolltest fliehen und dich deiner Pflicht verweigern», sagte er. «Das sieht unser Hauptmann nicht gerne. Er sagte, du habest eine Frau. Du wirst sie nie wieder sehen, denn du gehst nach Foron. Von da kommt keiner zurück. Da werden nur die Besten des Imperiums und der Armee der Königsfamilie hingeschickt – und solche wie du: die Verräter.»

Auf Pferden und in grossen Schiffen rückten die neuen Soldaten in ihr jeweiliges Kriegsgebiet aus. Die Reiter begaben sich nach Süden oder Norden, um über Gebirgspässe an ihr Ziel zu gelangen, die Schiffsreisenden würden so nah wie möglich an ihr Gebiet heranfahren und dann weitermarschieren. Jans Schiff war das letzte, das wegfahren sollte. Bevor er einstieg, ertönte plötzlich ein Signal, und mehrere Wachen führten eine junge Frau auf den Platz. Sie schien nicht viel älter als zwanzig, und sie war riesig. Sie überragte alle Männer um einige Köpfe, doch sie war von hübscher Statur, breitschultrig, weder dünn noch muskulös, aber mit einem üppigen Busen. Ihre wilden braunen Haare, die je nach Sonneneinfall blutrot leuchteten, umrahmten ihr hübsches Gesicht und verdeckten beinahe ihre braunen

Augen. Sie trug eine reich verzierte Vollrüstung mit Brustpanzer, Arm- und Beinschienen, einem beweglichen Oberschenkelschutz, der einem Rock glich, und Stiefeln. Die Rüstung schien aus einem Guss zu sein. Weder Schlitze noch Verschlüsse waren sichtbar. Das Metall schillerte blau. Auf dem Rücken trug die Frau eine Axt aus demselben Material.

«Sagt Hauptmann Sirin, diese Frau wolle in das schlimmste Kriegsgebiet entsendet werden», verlangte eine der Wachen.

Der Hauptmann wurde gerufen und trat nach kurzer Zeit auf den Platz. «Warum willst du nach Foron?», meinte er kühl, als er vor der Frau stand. «Um jemanden sterben zu sehen?»

Die Frau verzog keine Miene.

«Wieso möchtest du nach Foron?», wiederholte der Hauptmann seine Frage.

«Das geht dich nichts an», sagte sie. «Ich gehe nach Foron, auch wenn es Euch nicht passt. Wenn es sein muss, lege ich dieses Fort kurzerhand in Schutt und Asche!»

Der Hauptmann grinste. «Hier gibt es gut ausgebildete Soldaten, die dich sofort töten würden. Warum denkst du, du könntest es mit ihnen aufnehmen?»

Das Gesicht der Frau wirkte immer noch ruhig und sachlich. «Weil ich eine Berserkerin bin.»

Der Hauptmann verfiel in wildes Gelächter. Die Berserker seien längst ausgerottet worden, sagte er. Doch kaum hatte er diese Worte ausgesprochen, flog die Axt der Unbekannten knapp an seinem Gesicht vorbei und zerschmetterte eine mannsdicke Säule aus Granit. Die Berserkerin zog an einer Kette an der Axt, und diese sauste in ihre rechte Hand zurück.

Der Hauptmann erschrak, fasste sich jedoch schnell wieder. «Eine solche Irre können wir hier nicht gebrauchen», sagte er. «Geh nach Foron, dann hast du deinen Willen. Aber komm nie wieder hierher zurück.»

Wortlos hängte sich die Frau ihre Axt wieder um und bestieg das Schiff. Auch Jan musste einsteigen. Das Schiff verliess Felsbach nur mit ihm und der fremden Frau.

Es war ein sonniger und warmer Tag. Die junge Frau stand am Bug und sah erwartungsvoll und mit einer gewissen Sorge

Richtung Foron, wo sie schon am nächsten Tag eintreffen würden. Jan dachte an zuhause, an seine Familie und seine geliebte Ursula. «Ich muss so schnell es geht zurück nach Buchenwall», dachte er. «Den Seeweg werde ich jedoch nicht nehmen können, der führt in jedem Fall über Felsbach. Also muss ich wohl oder übel über das Nuhmgebirge ...» Doch er wusste: Allein Foron zu durchqueren war lebensgefährlich, und danach noch das Gebirge zu überwinden, ohne jemals etwas Ähnliches getan zu haben, war reiner Selbstmord. Jan sah zu der Kriegerin hinüber, die in voller Montur dastand. Er hatte Angst, sie anzusprechen; noch mehr Angst als vor Foron und dem Nuhmgebirge. Sie wirkte zwar ruhig und hatte eine fröhliche Ausstrahlung. Alles, was sie sagte, war höflich. Eigentlich schien keine grosse Gefahr von ihr auszugehen. Doch Jan hatte in Felsbach gesehen, zu was diese Frau mühelos fähig war. Allein diese Vorstellung versetzte ihn in Todesangst.

Als es Abend wurde, ging er in sein karges Zimmer. Auf dem Boden, mit dem Kopf auf sein Hab und Gut gebettet, lag Jan noch lange grübelnd wach, bevor er endlich einschlief.

V

Als Jan am Tag der Ankunft aufwachte und ihm klar wurde, dass er nun an die Front musste, wurde ihm schlecht. Er ging an Deck und sah, dass die Berserkerin noch an der gleichen Stelle stand wie am Vortag, als sei sie nie zu Bett gegangen. Er wagte es immer noch nicht, sie anzusprechen und ihr seinen Plan zu unterbreiten. Was würde sie davon halten? Würde sie ihn töten, weil er nicht in den Krieg ziehen wollte? Sie schien freiwillig nach Foron gehen zu wollen ... Er nahm sich vor, sie bei der ersten Rast an Land nach ihren Absichten zu fragen.

Endlich erschien das kriegsversehrte Land Foron am Horizont. Stunden später lief das Schiff eine offene Stelle an einem waldigen Kiesstrand an. Ein Krieger, der auf dem Schiff arbeitete, wies Jan und die Berserkerin an, durch den Wald immer Richtung Westen zu gehen, bis sie zu einem Rastplatz gelangten. Von dort aus führe der Weg noch weiter westlich, bis zur Grossen Mauer zwischen Foron und dem Königreich, wo der schlimmste Zwist der beiden Parteien ausgetragen werde. Während Jan über eine kleine Strickleiter vom Schiff kletterte, sprang die Berserkerin mit einem Satz in das knöcheltiefe Wasser. Sie machte einen zufriedenen Eindruck, während sie ans Ufer trat. Das Schiff legte wieder ab und fuhr nach Felsbach zurück. Nun waren die beiden alleine.

Die junge Frau warf Jan einen kurzen Blick zu, dann lief sie in den Wald hinein. Er trottete ihr nach. Nach etwa zwei Stunden Marsch, während denen sie kein Wort gewechselt hatten, schlug die Berserkerin immer noch wortlos ihr Lager auf, machte ein Feuer und legte sich schlafen. Jan tat es ihr gleich.

Als er auf dem Boden lag, ergriff sie plötzlich das Wort. «Jemand folgt uns, seit wir Felsbach verlassen haben», sagte sie. «Pass auf.»

Jan schielte zu ihr hinüber und sah, dass sie ihre Augen leicht geöffnet hatte, als wollte sie auf einen Angriff vorbereitet sein. Er versuchte ebenfalls die Augen offen zu halten, schlief jedoch schon nach kurzer Zeit ein. Das Feuer knisterte vor sich hin, während beide still dalagen. Kaum war das Feuer erloschen, bewegte sich etwas auf einem Baum. Ein Schatten huschte über den Stamm und näherte sich dann dem Lager. Die Berserkerin tat, als bewege sie sich im Schlaf, und sah dem Treiben des Schattens genau zu. Dieser schlich um beide herum und legte sich danach ein Stück weiter neben sie.

Als Jan am nächsten Morgen aufwachte, sah er, dass ein junger Mann in seiner Nähe schlief. Seine Begleiterin stand daneben. Er lief zu ihr und betrachtete den seltsamen Kerl, der auf einem Bett aus Gras und Blättern schlief. Dieser erwachte, reckte und streckte sich und stand völlig entspannt auf.

«Guten Morgen, Jan, und natürlich auch Euch einen guten Morgen», wünschte er der jungen Frau.

«Guten Morgen», antwortete diese höflich. «Ich heisse Syria, und wie ist dein Name, werter Verfolger?» Während sie ihren Namen nannte, warf sie Jan einen kecken Blick zu, als wisse sie, dass er sie schon lange hatte ansprechen wollen und nur den Mut dazu nicht gefunden hatte.

«Rey heisse ich. Ich würde mich euch gerne auf der Reise zur Grossen Mauer von Foron anschliessen.»

Jan kam sich vor wie in einem verwirrenden Traum. «Wer bist du?», fragte er laut. «Woher kennst du meinen Namen? Und warum hast du uns verfolgt und dich vor uns versteckt?»

«Ich kenne deinen Namen, weil ich ihn in Felsbach gehört habe. Ich bin unbemerkt an Bord des Schiffes, das euch hier abgeladen hat, mitgereist. Ich habe mich versteckt, weil man nie wissen kann, an was für Leute man gerät. Aber ihr scheint in Ordnung zu sein.»

«Und du hast ihm das einfach so durchgehen lassen, dass er sich mitten in der Nacht an uns heranpirscht?», wandte sich Jan an Syria.

«Als er um uns herumschlich, erkannte ich, dass er keine bösen Absichten hegt, und liess ihn hier bei uns übernachten», antwortete sie. «Und zudem: Vor mir musst du auch keine Angst haben. Ich tue dir nichts.»

Ihre Worte beruhigten Jan, und nun musterte er diesen komischen Kauz gründlicher. Rey hatte kurze, leicht aufgestellte blonde Haare und einen eher sportlichen Körperbau. Er trug mit

Metall verzierte kurze blaue Hosen, die einmal länger gewesen sein mussten, denn aus den Enden hingen Fäden. Dazu war er in ein schwarzes verziertes Hemd gekleidet, dessen Ärmel abgeschnitten waren, und an seinen Füssen steckten schwarze, sehr sportlich aussehende Schuhe. Zudem trug er schwarze Lederhandschuhe mit verstärkten Knöcheln. Das Auffälligste an ihm war seine Tätowierung: Ein Muster wie sich windende Äste zierte seine linke Gesichtshälfte.

«Wieso willst du uns nach Foron begleiten?», fragte Jan schliesslich.

Die Antwort kam prompt. «Ich suche meinen Bruder, der auch nach Foron musste. Ich möchte ihn nach Hause bringen.»

«Und wie willst du von Foron abhauen, wenn du ihn gefunden hast?»

«Hm, da wird mir oder jemand anderem sicher etwas einfallen. Hast du vielleicht eine Idee? Wenn ich das in Felsbach richtig mitbekommen habe, möchtest du ja auch nach Hause zurück, nicht wahr?»

Jan triumphierte insgeheim. Nun konnte er seinen Plan ansprechen. «Wir können versuchen, das Nuhmgebirge zu überwinden, um Felsbach zu umgehen.»

«Guter Plan. Aber gibt es nicht einen Weg, der schneller nach Norden führt?»

«Wieso nach Norden? Woher kommst du denn?»

«Aus Heel, von einer der Nordinseln.»

«Und du hast den ganzen Weg nach Felsbach alleine zurückgelegt?», fragte Jan erstaunt.

«Im Norden gibt es viele gefährliche Orte ...»

«Ja, ab und zu musste ich mich gegen ein paar Banditen oder Söldner wehren ... Aber es blieb mir nichts anderes übrig. Es gibt keinen anderen Weg nach Foron.»

«Rey muss stark sein», dachte Jan, «ohne Waffen den ganzen Weg nach Felsbach auf sich zu nehmen ...»

«Ab Foron müsst ihr ohne mich weiter», unterbrach Syria seine Gedanken.

«Ich helfe dir, deinen Bruder zu suchen, doch dann gehen wir getrennte Wege.»

«Ich danke der hübschen Dame», meinte Rey. «Mich würde es

jedoch sehr interessieren, wieso sie auf ein Schlachtfeld möchte. Ist die Frage überhaupt gestattet?»

«Ich muss jemanden töten, das ist alles», erwiderte sie mit leichter Unruhe.

«Du und Hauptmann Sirin, ihr habt da eine Anspielung gemacht auf die Berserker», sprach Rey weiter. «Was hast du damit gemeint? Du bist zweifelsohne ein Mensch. Zwar gross, aber niemals von einem anderen Volk.»

«Die Berserker sind ein Kriegerstamm der Osthälfte unseres Kontinents», antwortete sie, «und wir sind *nicht* ausgerottet worden!»

«Ich habe noch nie von diesen Berserkern gehört», sagte Rey. «Und ich wurde über die verschiedenen Rassen unterrichtet.»

«Es gibt nur etwa sechshundert Berserker. Wir leben abgeschieden am Fusse eines Berges, deshalb kennt man uns nicht unbedingt.»

Rey schien nicht überzeugt, doch er fragte nicht weiter. «Wir können auch während des Wanderns weiterreden», meinte er nur.

Sie packten ihre Sachen zusammen und verliessen die Raststelle. Am späteren Nachmittag kamen sie zu einem kleinen See mit Wasserfall. Rey schlug vor, baden zu gehen.

Jan winkte ab. «Es ist Herbst», meinte er. «In dem kalten Wasser holst du dir nur eine Krankheit.»

Rey hielt die Hand ins Wasser. «Ach, so kalt ist es nicht. Bei uns zu Hause springen wir in kälteres. Was meinst du, Syria, möchtest du zuerst baden gehen?»

«Wir können auch gemeinsam ins Wasser gehen. Ich kann in meiner Rüstung baden. So lange du dich nicht genierst, ist es mir auch egal!»

Während Rey sich das Hemd und die Schuhe auszog, war Syria bereits bis zur Hüfte im Wasser verschwunden. Jan bereitete derweil das Feuer für den Abend vor.

«Du bist ja gar nicht so sportlich, wie ich dachte», meinte er zu Rey.

«Ich weiss, ich habe ein kleines Bäuchlein. Ich habe eigentlich nie viel trainiert, und die Gasthäuser kochen einfach zu gut.» Rey sprang mit einem Satz ins Wasser.

Jan schauderte es allein vom Zusehen.

«Dass du in der schweren Montur nicht untergehst ... Merkwürdig. Sogar mit deiner Axt gehst du ins Wasser!», sagte Rey zu Syria.

«Meine Rüstung ist viel leichter, als du denkst. Aber wieso ziehst du deine Handschuhe nicht aus?», entgegnete sie.

«Das sind die einzigen Waffen, die ich habe. Ausser meinen Schuhen. Falls etwas passiert, kann ich mich immer noch wehren.»

«Ich habe mir schon gedacht, dass du waffenlos kämpfst. Was ist mit deinen Schuhen?»

«Sie sind speziell angefertigt, sie verstärken meine Tritte. So auch meine Handschuhe, sie wurden aus Ark hergestellt.»

«Ark ... Das ist ein seltener Stein und eines der wertvollsten Materialien. Du musst ziemlich reich sein», meinte Syria.

«Was ist Ark?», hakte Jan nach. «Davon habe ich noch nie gehört.»

«Ark ist ein Stein, der, wenn man ihn behandelt, unzerstörbar ist und zudem Kraft verstärkt beziehungsweise abschwächt, je nachdem, von welcher Seite sie darauf trifft», antwortete Rey. «Und Ark ist so teuer, dass man mit dem Geld für einen kleinen Splitter ein ganzes Dorf mit einer Menge Land kaufen könnte!», erklärte er weiter. «Wenn ich gegen etwas schlage, wird die Kraft des Schlages vervielfacht. Aber wenn jemand mir zum Beispiel mit einem Stab auf die Hand drischt, spüre ich fast nichts davon. Die Steine müssen extra bearbeitet werden, und dann muss man sie mit der richtigen Seite in den Gegenstand einsetzen.» Rey schaute zu Syria hinüber, die gerade aus dem Wasser stapfte. «Aber jetzt mal zu dir», sprach er sie an. «Deine Rüstung ist leicht und schimmert blau. Was ist das für ein Material? Gefärbter Stahl kann es nicht sein, der sieht anders aus ...»

«Das ist was ganz Spezielles», winkte Syria lächelnd ab.

Rey trat aus dem Wasser und setzte sich nahe ans Feuer, um seine Hose schneller trocknen zu lassen. «Die Rüstung muss magischer Natur sein», dachte er. Er kannte kein Material von dieser Art.

Bald wurde es Abend, die Gefährten gingen schlafen. In der Nacht erwachte Rey unter dem Mondlicht. Er hörte eine Stimme in der Nähe. Syria war nicht an ihrem Schlafplatz, und so folgte Rey der Stimme in Richtung Wasserfall. Er vernahm einen leisen Gesang. Es war Syria, die am Seeufer stand.

«Zerriss alle, Stück um Stück,
doch liess ich dort mein Herz zurück.
Zier die Erd' mit rotestem Blut,
doch verlor ich längst den Lebensmut.
Widerstehe nicht dem Todesdrang,
mein Hass verschlingt auch manch' rechtschaffenen Mann.
Ich bezweifle jedoch nicht meinen Sinn,
da keine Menschen je unschuldig sind.
Ich gebe mich dem Rausche hin,
im Kampfgetümmel mittendrin.
Verspür die höchste Freude, die in mir quellt,
so frohlockend und sanft, als ob sie nur mir gelt'.»

Als Syria zu Ende gesungen hatte und sich auf einen Felsen setzte, gab Rey sich zu erkennen. Er schritt langsam zu ihr hin. Mit einem beklemmenden Gefühl in der Brust meinte er zu ihr: «Sehr schön, aber viel zu traurig!»

«Die Trauer begleitete mich schon, bevor ich euch beide kennengelernt habe.»

«Und was bedrückt dich?»

«Die Einsamkeit. Ich bin die Letzte meines Stammes, die Letzte der Berserker.»

«Sie wurden also bis auf dich ausgerottet. Daher sind sie nicht mehr bekannt.»

«Ich habe alle verloren, die mir etwas bedeutet haben.» Auf einmal sah die sonst so fröhliche junge Frau unendlich traurig aus.

Rey wurde es immer mulmiger zumute. Auf so etwas war er nicht vorbereitet gewesen. «Das ist kein Grund, den Freitod zu wählen», sagte er schliesslich.

«Du weisst nichts über mich. Was geht es dich an?»

«Gar nichts.»

«Wieso sprichst du dann mit mir?»

«Weil du bisher nicht gesagt hast, dass ich still sein soll.»

«Das werde ich auch nicht tun», sagte Syria. Dann äusserte sie sich nicht weiter.

Rey blieb noch einige Zeit stumm neben ihr stehen. Dann lief er zum Lager zurück, ohne sich noch einmal nach Syria umzusehen, legte sich hin und schlief ein.

VI

Am nächsten Morgen wurde Jan von Rey geweckt. Auch Syria war schon auf den Beinen und meinte, dass sie bald am Rand des Schlachtfelds eintreffen müssten.

«Ich nehme an, dass du nicht kämpfen kannst, oder?»

Jan blickte Rey an, und dieser wusste sofort, dass er Recht hatte.

«Du passt einfach auf, dass du nicht in einen Kampf verwickelt wirst», wies er Jan an. «Am besten bleibst du einfach in meiner Nähe.»

Syria schien vollkommen fröhlich, doch das war nur ihre übliche Maske. «Ihr solltet während eines Kampfes Abstand zu mir halten», sagte sie. «Ich kann in Berserkerwut verfallen, in diesem Zustand unterscheide ich nicht zwischen Freund und Feind.»

«Abstand halten, alles klar. Jan, du machst dasselbe, wenn du nicht von der Axt erwischt werden willst.»

«Ich verstehe», nickte Jan. Auf dem Weg zum Schlachtfeld wollte er seinen Plan noch einmal besprechen: «Also, Rey, wir suchen deinen Bruder, dann trennen wir uns von Syria und gehen über das Nuhmgebirge nach Hause. Dazu habe ich noch ein paar Fragen ...»

«Wie heisst eigentlich dein Bruder?», unterbrach Syria ihn.

«Ach, habe ich das noch nicht erzählt? Darkkon. Er heisst Darkkon, und ihr erkennt ihn sofort: Er hat eine ähnliche Tätowierung wie ich auf der rechten Gesichtshälfte.»

«Hast du oder hat dein Bruder eine Ahnung, wie man sich im Gebirge verhält?», erkundigte sich Jan. «Habt ihr Berge auf der Insel Heel?»

«Ja», erwiderte Rey. «Ich bin nie weit hinaufgestiegen, ich kann aber hervorragend klettern. Und Darkkon weiss sicher, was man zu beachten hat. Er wird auch wissen, wie wir über das Gebirge kommen.»

«Gut. Die nötige Ausrüstung erhalten wir bestimmt in den Dörfern, die um das Gebirge liegen. Und was ist mit dir, Syria? Was machst du, nachdem wir uns getrennt haben?»

«Ich werde in Foron bleiben. Ich muss jemanden töten. Danach bleibe ich einfach dort.»

Jan war erstaunt, dass jemand freiwillig in diesem Krieg bleiben wollte. Doch er kannte die Welt und die verschiedenen Völker zu wenig, um sich ein Urteil bilden zu können. Syrias Aussage passte Rey offenbar nicht, doch er schwieg.

Um die Mittagszeit hören die drei das Schreien der Krieger, und hinter einem nahen Hügel eröffnete sich vor ihnen das Schlachtfeld von Foron. Die Luft war durchdrungen von Rauch und dem Geruch des Todes. Überall hörte man die Geschosse der schweren Kriegsgeräte einschlagen.

Nach und nach erkannten sie das Ausmass der Schlacht. Überall kämpften die Krieger des Imperiums gegen die gut strukturierten Einheitsverbände des Westens. Ein wenig abgeschlagen standen die Zeltlager der Imperialen da, überall steckten Pfeile und Armbrustbolzen im Boden, es lagen schwere Steine herum, die von Katapulten auf die Zelte geworfen worden waren. Die meisten Zelte waren lediglich provisorisch aufgestellt worden, nichts war für eine längere Zeitspanne gedacht, da jederzeit ein Geschoss eintreffen konnte. Hier regierte das Chaos. Auf der Feindseite bot sich das gegenteilige Bild: Die Einheitsverbände standen in klaren Formationen auf dem Feld und kämpften nach logischen Regeln. Ihre Lager vor der Grossen Mauer, die schon manchen Treffer hatte erleiden müssen, standen perfekt aufgestellt. Das ganze Lager war aufgeräumt, die Waffen standen wohlsortiert beieinander. Alle Geschosse, ob von Bogen und Armbrüsten abgefeuert oder von schwerer Kriegsmaschinerie, wurden sofort zusammengetragen und falls möglich wiederverwertet. Von dem Hügel aus erkannten Rey, Jan und Syria innerhalb eines Wimpernschlages, wer auf welcher Seite kämpfte.

«Darkkon muss sich irgendwo auf dieser Ebene befinden», meinte Rey. «Er wurde auch von Felsbach hierher verfrachtet, und ihm wurden sicher dieselben Weisungen gegeben wie uns. Los, teilen wir uns auf. Jan, du kommst mit mir, wir gehen nach Norden. Syria, wir treffen uns am Abend im Zeltlager dort drüben.»

«Einverstanden», nickte sie. «Passt auf euch auf. Der Kampf

wird zwar von den Westlichen strukturiert, doch auch sie wissen, dass hier nichts geschenkt wird.»

Rey blickte Syria noch einmal in die Augen und fragte sich, ob er sie am Abend wiedersehen würde. Dann lief er mit Jan gegen Norden. Sie fragten Krieger, die sich ausruhten, nach Darkkon.

«Nein, hier kenne ich keinen mit einer Tätowierung im Gesicht», brummte ein herumlungernder stämmiger Mann mit einer Schnittwunde am Arm. «Geht weiter nach Norden, dort gibt es viel mehr Bogen- und Armbrustschützen als hier, dazu noch ein paar Katapulte.»

Die beiden jungen Männer befolgten den Rat des Mannes und gingen weiter nordwärts.

«Stehenbleiben, ihr Feiglinge! Da wird gekämpft», brüllte ein junger Kerl. Er schien keine zwanzig Jahre alt zu sein, stand hinter einem Palisadenwall und zeigte auf einen Haufen Krieger, die wahllos auf ihre Gegner eindroschen.

«Wir suchen jemanden, wir haben jetzt keine Zeit!», rief Rey ebenso laut zurück. Seine Schritte wurden schneller, und Jan hatte Mühe, ihm zu folgen.

«Das ist mir egal!», brüllte der junge Kerl. «Ich bin hier der, der die Anweisungen gibt. Ihr habt gefälligst zu gehorchen!»

Rey kehrte auf der Stelle um, rannte auf den Sturkopf zu und brach diesem mit einem gezielten Schlag die Nase. «Wenn du zu feige zum Kämpfen bist, dann versteck dich. Ansonsten rate ich dir, dass du das nächste Mal, wenn wir uns treffen, bei deinesgleichen bist. Sonst breche ich dir noch mehr.»

Ohne auf eine Reaktion zu warten, liefen Rey und Jan weiter. Bald erreichten sie ein kleines Wäldchen. Der Boden war vor kurzer Zeit vielfach begangen worden, manche Bäume trugen frische Narben von verfehlten Hieben metallener Waffen. Rey meinte, es sei merkwürdig, dass um diese Zeit niemand hier war, schliesslich grenzte der Wald an ein neues Kampffeld. Kaum hatte er dies gesagt, stürzten zehn bis zwölf Krieger, mit Zweigen und Grünzeug getarnt, zwischen den Bäumen hervor.

«Wieder zwei erwischt!», schrie einer von ihnen. «Macht es kurz!»

Nun war der Augenblick da, vor dem Jan solche Angst gehabt hatte: ein offener Kampf. Für ihn, der sein Leben lang nie die

Hand gegen jemanden erhoben hatte und der jegliches Blutvergiessen verabscheute, war dies das Schlimmste, das er sich vorstellen konnte.

«Du bleibst immer in meiner Nähe», zischte Rey ihm zu. «Doch halte dich, so gut es geht, ausserhalb des Blickfelds der anderen. Versteck dich hinter einem Baum zum Beispiel, aber renn sofort zu mir, wenn du angegriffen wirst.»

Jan und Rey traten ein wenig zurück, um die Angreifer besser im Auge behalten zu können. Als zwei mit Kurzschwertern auf sie zurannten, verbarg sich Jan hinter einem kümmerlichen Bäumchen, und Rey bereitet sich auf den Kampf vor. Die zwei, die nun vor ihn getreten waren, umkreisten ihn langsam mit den Schwertern in den Händen. Rey behielt beide im Auge und wich geschickt einem Hieb von vorne aus. Sofort sprang er zur Seite, um dem Angreifer hinter ihm keine Gelegenheit zum Angriff zu bieten. Er drehte sich zum ersten Angreifer um, packte diesen am Schwertarm, warf ihn über sein Bein zu Boden und schlug ihm die Waffe aus der Hand. Dann wandte er sich blitzschnell dem anderen zu und traf diesen mit dem Ellenbogen am Kopf. Nun, da beide Angreifer am Boden lagen, hatte er genug Zeit, dem ersten mit einem gekonnten Griff das Genick zu verdrehen. Nun war Rey bereit, die restlichen Gegner zu empfangen. Er schritt langsam auf sie zu, während die Krieger ein wenig auseinander standen. Rey packte einen und hielt ihn nah vor sich, um die anderen abwehren zu können. Er trat einem gegen das Schienbein, einem anderen schlug er mehrfach in den Rumpf. Weitere Tritte und Schläge folgten, bis er alle besiegt hatte.

Jan, der verdutzt zugeschaut hatte, kam hinter dem Baum hervor und sah auf die leblosen Köper am Boden. Obwohl keiner erkennbar verwundet war, traf ihn der Anblick sehr. Der Kampf hatte nicht lange gedauert, innerhalb weniger Minuten war die Geschichte über die Bühne gegangen.

«Wir sind weit gekommen», sagte Rey. «Doch es würde sich jetzt nicht lohnen weiterzugehen. Wir kehren um und gehen ins Lager zurück. Am Abend werden wir mit Syria besprechen, wie wir weitermachen.»

Jan nickte kurz, und die beiden machten sich auf den Weg zurück in ihr Lager. An der Stelle, wo sie den eingebildeten jungen

Mann getroffen hatten, war niemand mehr zu sehen. Als sie beinahe beim Lager angekommen waren, entdeckten sie die Leiche des Jungen. Ihm waren alle Knochen gebrochen worden. Jemand des Imperiums musste ihn mit einer Keule oder einem schweren Ast totgeprügelt haben; die Westlichen bekämpften ihre Feinde nur so lange, bis diese kampfunfähig waren, sie kämpften anständiger. Rey hob den jungen Kerl hoch und legte ihn neben einen nahen Baum. Er wollte nicht jedes Mal, wenn er an dieser Stelle vorbeikam, in sein Gesicht blicken.

So ging der Tag zu Ende. Während sie auf Syria warteten, unterhielten sie sich mit den anderen Kriegern. Als es dunkel geworden war und Syria immer noch nicht aufgetaucht war, kündigten sie an, die junge Frau suchen zu gehen.

«Ihr solltet euch jetzt nicht vom Lager entfernen», riet der brummige Alte mit der Wunde am Arm. Er sass vor einem kleinen Feuer. «Wisst ihr, es ist so, in der Nacht kämpfen *die* eigentlich nicht.» Er zeigte auf das Lager des Westens. «Nachtfriede, so nennen sie das. Sie haben noch nie in der Nacht angegriffen. Im Gegensatz zu uns. Wir müssen uns nicht an ihre Regeln halten. Darum schicken sie dauernd Patrouillen; damit sie nicht im Schlaf erschlagen werden. Wenn sie euch beide herumlaufen sehen, schlagen sie Alarm, und ihr habt alle am Hals. Zudem kommt ihr sowieso nicht weit. Es ist zu dunkel, und ihr kennt euch nicht aus. Schlaft bis morgen. Ich werde euch aufwecken, wenn *die* wieder kämpfen. Dann könnt ihr los.» Er legte sich sein Schwert über die Schulter und wachte. Er schien schon seit einer Ewigkeit hier zu sein. Sein Schwert war voller Kerben, und seine Kenntnis der Regeln verriet, dass er schon seit Jahren keinen anderen Flecken Erde zu Gesicht bekommen hatte als dieses Schlachtfeld.

«Wir brechen morgen auf», sagte Rey zum Alten. «Danke, dass du Wache schiebst, ich komme irgendwann darauf zurück.» Er klopfte Jan auf die Schulter und gab ihm mit einem schrägen Kopfnicken das Zeichen, dass er auch schlafen solle.

VII

Wie versprochen weckte der Alte die beiden früh. Sofort machten sich Jan und Rey nach Süden auf, wo sie Syria vermuteten. Sie kamen an dem Hügel vorbei, bei dem sie sich am Tag zuvor getrennt hatten. Sie blickten auf die Krieger des Westens, wie sie ihre Formationen übten, ihre Bögen bearbeiteten oder die Kriegsmaschinen auf der Grossen Mauer einfetteten. Diese Ordnung! Kein Wunder, dass die Überzahl der eigenen Einzelkämpfer an diesen Truppen kein Ergebnis in der Dauer des Krieges zustande brachte.

Lange liefen die beiden nach Süden. Feinden begegneten sie dabei nie. Das störte sie nicht. Bei einem Lager, das an ihrem Weg lag, erkundigten sie sich nach Syria. Die Auskunft, die sie erhielten, gefiel Rey gar nicht. Eine einzelne Person provoziere seit dem Vortag einen Kampf, der bisher nicht aufgehört habe, erfuhren sie. Deshalb seien die meisten der Truppen noch immer im Kampf. Der Standort des Lagers erlaubte keinen Einblick in das Geschehen. Die Kämpfe fanden im nahegelegenen Wald statt; nur vereinzelt sah man einen Krieger an einem Baum vorbeihuschen. Rey überlegte sich, Jan zurückzuschicken, doch dann fiel ihm die zusammengeschlagene Leiche ein. Sie würden mit Jan das Gleiche tun.

Jan schien Reys Gedanken zu lesen. «Ich bleibe in deiner Nähe», sagte er.

Im Wald bot sich den beiden ein scheussliches Bild. Überall lagen Tote der Westhälfte. Gespaltene Schilde, geborstene Waffen, einige der Männer schienen mit so grausamer Wucht gegen die Bäume geworfen worden zu sein, dass sie davon abgeprallt waren.

«Syria!», meinte Jan nur.

«Syria», nickte Rey.

Derselbe Anblick zog sich über mehrere hundert Meter, bis sie Syria schliesslich sahen. Auf einem abfallenden Feld kämpfte sie gegen mehrere Gegner, die sie aus der Formation holte. Sie schien nicht verwundet zu sein und wirkte auch keinesfalls überfordert. Mit einem einzigen Hieb ihrer Axt, die sie in der rechten Hand hielt, schlitzte sie einen Bogenschützen auf, gleichzeitig zertrümmerte sie einem anderen mit der Linken den Schädel. Die wenigen übrigen Schützen versuchten verzweifelt, ihr mit Pfeilen beizukommen, doch diese prallten an ihrer Rüstung ab oder wurden von dieser abgeleitet. Sie warf Krieger durch die Luft und versetzte tödliche Hiebe auf Kopf und Rumpf der Feinde. Neben ihr befanden sich nur vereinzelt Krieger des Imperiums auf dem Feld, doch immer mehr Truppen des Westens traten den Kampf an.

Jan rief ihr zu, wie lange sie denn schon hier sei.

«Ich wurde gestern hier aufgehalten, ich kam nicht weiter!», sagte sie und konzentrierte sich weiter darauf, ihre Gegner auseinanderzunehmen. Von Jan nahm sie kaum Notiz.

Rey stürzte zu ihr, hielt jedoch respektablen Abstand, um nicht von Syria für einen Feind gehalten zu werden. Nur noch wenige Gegner befanden sich in ihrer Nähe. Rey, der keine Lust auf eine provozierte Auseinandersetzung hatte, erledigte einige Feinde mit Schlag-Tritt-Kombinationen. Als der letzte Soldat sein Leben verloren hatte, wandte er sich an Syria. «Was denkst du dir dabei?», fragte er wütend. «Wir wissen, dass die Westlichen am Abend aufhören zu kämpfen!» Seine Stimme klang heiser, und er war atemlos.

«Lasst mich.» Sie klang angespannt, als sei es ihr unangenehm, dass die beiden zu ihr gekommen waren. Im Gegensatz zu Rey schien sie körperlich immer noch bei voller Kraft zu sein, obwohl sie einen Tag lang gekämpft hatte.

Mehrere Einheiten der Imperialen rückten auf den Platz, und die Gegner schickten einige Truppenverbände nach. Eine Keilerei brach aus, und Syria trat dem nächsten Trupp entgegen. Rey wandte sich kopfschüttelnd ab und führte Jan weg vom Kampfgetümmel.

«Hilfst du ihr nicht?», fragte dieser verdutzt.

Rey schüttelte den Kopf. «Sie weiss sich zu wehren. Bleiben wir mal hier, beobachten, was passiert und überlegen uns, wie wir sie von dort wegkriegen.»

Der Platz hatte sich in ein einziges Schlachtfeld verwandelt. Um die tausend Mann kämpften inzwischen um diesen Flecken Erde. Syria bildete den Kern des Geschehens. Sie war von Gegnern umgeben, metzelte diese jedoch ohne weiteres dahin.

Rey, der ihr immer noch zusah, erblickte plötzlich noch eine Frau, eine Elfe, klein, zart und mit sehr blasser Haut. Sie kämpfte sich ohne Probleme durch die Reihen der Angreifer, entging tänzelnd jedem Hieb und bewegte sich geschickt durch den Tumult. Sie schien beinahe zu schweben; es war hypnotisierend, ihr zuzuschauen. Rey war benommen von dem monotonen Schauspiel und fühlte sich, als falle er demnächst in Trance. «Diese jung aussehende Frau mit ihrem armlangen Stahlspiess, auf dem eine fingernagelgrosse Spitze steckt – ihr Stil ist beinahe perfekt», dachte Rey. Sie wich einem Angriff aus, entdeckte die entscheidende Stelle und tötete den Angreifer mit einem leichten Stoss.

Jan, der sie auch schon eine Weile beobachtete, erschrak. «Sie hält, seit ich ihr zusehe, auf Syria zu!»

Jetzt erkannte auch Rey die drohende Gefahr. Er musste sofort zu Syria. Wenn diese Elfe nicht durch irgendetwas aufgehalten wurde, wäre sie eher bei ihr als er. Er spurtete los.

«Korill ist hier!», «Macht Korill Platz!» und ähnliche Sätze fielen auf Seiten des Gegners. Jetzt hatte die Elfe Syria erreicht, und ihre Waffenbrüder liessen von Syria ab und konzentrierten sich auf die umliegenden Truppen. Dann standen sie sich gegenüber: die leichte Elfe in feiner, kaum zum Schutz geeignete Rüstung und die schwere Kriegerin in Vollmontur.

«Ich möchte mich vorstellen: Ich bin Korill. Bevor wir kämpfen, möchte ich deinen Namen wissen, Schwester.»

Als Antwort flog ihr Syrias Axt entgegen. Doch Korill wich blitzschnell aus, und die Axt blieb tief im Boden stecken. Mit einem kräftigen Zug an der Kette schnappte sich die Besitzerin ihre Waffe wieder. «Mein Name ist Syria, und ich bin nicht deine Schwester!»

Das erste Mal, seit sie die Reise nach Foron angetreten hatte, schien sie wirklich wütend zu sein. Sie teilte mit ihrer Axt massiv aus, doch Korill wich mühelos aus und stiess ihren Speer gegen Syrias schwere Rüstung. Zu ihrem Leidwesen musste sie feststellen, dass sie damit nicht einmal einen Kratzer erzeugte. So kämpften die beiden weiter. Syria schwang ihre Axt wild um sich, doch sie landete keinen Treffer. Korill tat sich schwer damit, neben dem Ausweichen auch Syrias ungeschützte Stellen ins Visier zu nehmen, und so konnte sie ihrer Konkurrentin lediglich kleinere Schnittwunden an den Händen zufügen; viel zu harmlose Verletzungen, als dass sie eine so grosse Person wie Syria hätten stören können. Doch mit der Zeit schien Syrias Rüstung durchlässig zu werden, es sah aus, als würde sie schwächeln. Korill gelangen nun immer grössere und tiefere Kratzer. Mit einem beherzten Stoss durchschlug sie Syrias linke Armschiene. An der Eintrittstelle bog sich das Metall nach innen, als ob das Material weich sei. Nach diesem Angriff flüchtete Korill abrupt zur Seite, so dass sie wieder von der schweren Axt verfehlt wurde.

Syrias Wunde blutete stark, und urplötzlich verzerrte sich ihr Gesicht, das bis zu dem Zeitpunkt nur konzentriert gewesen war, zu einer hasserfüllten Fratze. In ihren Augen loderte der Wahn auf. Syria bewegte sich schneller, doch unpräziser. Verbissen schlug sie um sich und erwischte Korill unerwartet mit der Fläche ihrer Axt, die sie mit übermenschlicher Kraft durch die Truppen schleuderte. Syria war in Berserkerwut geraten. Unkontrolliert schlug sie auf alles ein, was sich bewegte. Die Krieger auf beiden Seiten wurden zu ihrer Zielscheibe. Sie unterschied nicht mehr und trennte laufend Gliedmassen ab, erteilte tödliche Faustschläge und brach Knochen entzwei. Sie genoss sichtlich das Massaker, das sie anrichtete. Das gesamte Schlachtfeld geriet in Panik. Viele Männer versuchten zu fliehen, machten sich dadurch jedoch nur zu einem Ziel für ihre Axtwürfe. Einige Bogenschützen wehrten sich, mit dem Erfolg, dass sie der jungen Frau mehrere Pfeile in die Arme und den Oberkörper schiessen konnten. Einem Speerträger gelang es, mit seiner Waffe ihren Oberschenkel zu durchdringen, bevor sein Kopf, von Syria mit beiden Händen umschlungen, einfach zerquetscht wurde. Die Kriegerin riss den Speer aus der Wunde und schlug die Pfeile ab. Sie taumelte, verlor viel Blut und wirkte nun immer schwächer.

Korill war wieder auf den Beinen. Sie trat mit einer klaffenden Kopfwunde hervor, und die wenigen Krieger, die nicht vom Schlachtfeld geflüchtet waren, machten ihr Platz.

«Ich zeige euch nun, wie man ein Monster tötet!», rief sie und stürmte auf Syria zu, die gerade dabei war, die herumliegenden Opfer, die sie noch nicht tödlich getroffen hatte, umzubringen.

Sie war inzwischen wieder bei Kräften und sah nun, wie Korill auf sie zuhielt. «Jetzt ist der Zeitpunkt meines Todes gekommen», dachte sie. Korill sprang mit vollem Spurt aus einiger Entfernung auf ihre Gegnerin zu und zielte auf die Mitte von Syrias Stirn. Diese nahm ihre Axt in beide Hände und bereitete sich darauf vor, den nächsten Schlag mit voller Kraft auszuführen. Korill flog auf sie zu. Sie war sich sicher, dass sie seit langem wieder einmal eine ebenbürtige Gegnerin besiegen würde.

Doch plötzlich sprang Rey dazwischen. Endlich war er angekommen. Mit beiden voll angespannten, gestreckten Beinen traf er Korills Schienbeine, worauf sich diese in der Luft drehte und fast liegend auf Syria zubewegte. Geistesgegenwärtig schmetterte Syria die verdutzte Feindin auf den Boden und zerteilte sie in der Mitte, während Rey daneben auf seinem Hosenboden landete. Er stellte sich auf und trottete zu Syria, die überrascht schien. Er wollte sich ihre Wunden ansehen, doch sie kehrte ihm den Rücken zu und schritt Richtung Zeltlager.

«Wir müssen dich verarzten», rief Rey ihr nach. «Du bist blutüberströmt. Und in das Lager hier können wir sowieso nicht, ich glaube kaum, dass du dort willkommen bist.»

«Mich muss niemand verarzten, mir geht es gut.»

Jan kam angelaufen, er hatte das Gespräch mitangehört. «Ich kann dir einen Verband anbieten, er ist zwar nicht allzu lang, aber für einige Wunden sollte er reichen.»

«Danke, aber ich brauche ihn nicht, mir fehlt nichts.» Syria schien ihre alte Beweglichkeit wiedererlangt zu haben. Sie dachte angestrengt über etwas nach, das sah man ihr an, doch keiner der beiden konnte sich vorstellen, um was es sich handelte. «Danke», sagte sie dann, drehte sich kurz zu Rey um und schaute ihn traurig an.

Er nickte ihr statt einer Antwort zu. Alle drei kamen bis zum Abend im ersten Lager auf dem Hügel an und übernachteten dort.

VIII

An einem anderen Ort, mitten in dieser Nacht, patrouillierten sechs Männer mit Fackeln durch die Finsternis. Unerwartet erhellte der Schein der Fackeln eine dunkle Gestalt. Die
Patrouille zog ihre Waffen.

«Was willst du?»

Die Gestalt rührte sich nicht. «Ich habe ein paar Fragen an
euch», sagte sie.

«Und wenn wir dir nichts erzählen?»

«Dann werde ich wohl gehen müssen.» Die Stimme gehörte zu
einem Mann. «Habt ihr von dieser Syria gehört?»

Die Männer bejahten es.

«Zu welcher Seite gehört sie?»

«Natürlich zu eurer, sie hat Korill getötet!»

«Das beweist doch gar nichts. Korill hatte nicht nur Freunde
auf eurer Seite, schliesslich war sie eine Elfe.»

«Und wenn schon, verschwinde jetzt, oder du bist dran.»

«Ihr wollt unbedingt kämpfen?»

Ohne Vorwarnung schritten die Fackelträger schnell an den
Fremden heran. Nun griff dieser mit verschränkten Armen in
seinen Mantel und zog sie explosionsartig wieder heraus. Seine
Gegenüber brachen alle tot zusammen, ohne dass man erkennen
konnte, wie sie getötet worden waren.

«Das war völlig unnötig», war von ihm zu hören. Nach diesem
Satz verschwand er wieder in den Schatten.

Am nächsten Morgen sah Jan, wie Syria abgebrochene Pfeilspitzen
wegwarf. Woher sie diese wohl hatte? Er fand keine Antwort auf
diese Frage. Ebenfalls sehr merkwürdig schien ihm, dass ihre Rüstung keinerlei Dellen und Löcher mehr aufwies. Als auch Rey aufgestanden war, besprachen sie, wie sie weiter vorgehen wollten. Sie
beschlossen, weiter nach Norden zu gehen und Darkkon zu suchen.

Syria verkündete fröhlich: «Wenn wir ihn gefunden haben,
werde ich euch über das Gebirge begleiten.»

Über diese Wendung überrascht, fragte Jan, ob sie hergekom-
men sei, um die Elfe zu töten.

«Nicht sie, nein. Aber die Person, die ich töten wollte, ist nicht hier.»

Rey war verdutzt. War dieser Sinneswandel einfach so über Nacht gekommen? «Wir beide sprechen noch miteinander, verstanden?!»

Sie versuchte angestrengt ernst zu wirken, musste jedoch über sich selbst lachen. Die drei machten sich auf gen Norden, wo mehr Schützen am Kampf teilnahmen. Während des Marschs fragte Jan in die Runde: «Weiss eigentlich einer von euch, wieso hier nie verwesende Körper herumliegen? Die Kämpferei geht ja schon so lange vonstatten, und es sind schon so viele gestorben, aber man sieht nie ältere Leichen herumliegen.»

«Ich glaube, ich weiss, wieso», antwortete Rey. «Es ist mir aufgefallen, als wir zu Syria stiessen. Ich sah ein paar Typen, die die Toten wegschleppten. Sie waren stark gepanzert mit vielen hängenden Schilden, und sie trugen ein Schriftzeichen, das ‹Schildträger› bedeutet. Ich nehme an, dass sie dafür zuständig sind, das Schlachtfeld ‹sauber› zu halten, da sonst viele Krankheiten ausbrechen könnten.»

«Ach, so ist das ...»

«Ich glaube auch, dass sie zu den königlichen Truppen gehören. Sie werden nicht angegriffen, weil sie für beide Seiten nützlich sind. Aber vor allem ist unsere Seite zu chaotisch für so eine Arbeit. Keiner hier hat Lust, Tote aufzusammeln, jeder ist mit sich selbst beschäftigt.»

«Du scheinst ja ziemlich Ahnung vom Krieg zu haben.»

«Ich hatte ein Studium, ja. Ich wurde gut ausgebildet.»

«Daher kennst du auch die verschiedenen Rassen?»

«Ja, das war Teil meines Studiums.»

Syria fragte interessiert: «Für was wurdest du ausgebildet?»

«Eigentlich einfach, um in der Welt bestehen zu können. Ich habe viel gelernt, Rassenkunde mit den Verhaltensregeln und Bräuchen, Kriegsunterricht, also wie man Leute befehligt und die ‹Logik› eines Krieges, und dann noch Handel.»

«Und was ist mit dem Kämpfen?», fragte Jan und zeigte auf die Ark-Handschuhe.

«Ich habe nie wirklich gelernt, wie man kämpft. Alles, was ich kann, habe ich mir selbst antrainiert. Daher habe ich eigentlich auch keinen Kampfstil. Aber fürs Kämpfen wurden mir diese Sachen angefertigt, und mein Gesicht wurde tätowiert.»

«Wieso denn das?»

«Die Tätowierung wurde mit spezieller Tinte gestochen, als ich noch ganz klein war. Durch diese Tätowierung verbessern sich meine natürlichen Talente, meine Kraft, meine Geschicklichkeit und so weiter.»

«Was es nicht alles gibt», staunte Jan.

«So, jetzt erzähl aber mal was von dir. Du wurdest in den Krieg gerufen und wolltest abhauen, darum bist du hier. Aber was hast du vorher gemacht?»

«Ich bin der Sohn eines Bauern aus Buchenwall, und ...»

«Noch nie gehört», wurde er von Rey unterbrochen.

«... und ich arbeitete auf meinen Feldern. Einen Tag, bevor ich abgeholt wurde, habe ich geheiratet.»

«So ein Mist! Eigentlich hättest du frühestens nach einem Jahr eingezogen werden dürfen.»

«Ich weiss. Aber Sirin hatte zu wenige Männer, um sie in den Krieg zu schicken.»

«Der Mistkerl. Sein Vorgänger hat meinen Bruder geholt, seitdem steh ich bei Sirin auf der schwarzen Liste.»

«Wieso das?»

Rey lachte. «Weil er durch mich zum Hauptmann wurde. Sein Vorgänger liegt jetzt irgendwo auf dem Meeresgrund, die Pfeife.»

«Und weiter?», wollte Syria von Jan wissen.

«Ähm ... Das war's eigentlich. Ich bin halt Bauer.»

«Du kennst sicher viele Heilpflanzen oder Beeren und Nüsse, die man essen kann. Das hilft uns jetzt im Herbst bestimmt weiter.»

«Ich würde mich lieber verteidigen können, so wie ihr.»

«Das brauchst du doch gar nicht, dazu hast du uns. Ich halte dich aus den Kämpfen raus», sprach Rey und klopfte dabei mit den Fäusten gegeneinander.

«Du verabscheust doch Gewalt, oder nicht?» Syria zupfte ein Blatt, das von einem Baum gefallen war, aus ihrem Haar.

«Ja, ich hasse das Töten und die Gewalt», entgegnete Jan, «das ist absolut sinnlos.»

«Dann bewahre dir deine Unschuld in solchen Dingen.»

«Ich finde es auch nicht unbedingt gut», meinte Rey, «aber man muss sich verteidigen können, das ist meine Meinung.»

«Ich liebe das Töten», warf Syria ein. «Ich akzeptiere, dass du es verabscheust, Jan. Ich aber mag es, dem Feind etwas zu brechen oder ihn zu zerfleischen. Bei uns Berserkern ist das normal, das ist unsere Mentalität. Es ist auch das einzige, in dem ich mein Leben lang ausgebildet wurde. Ich lernte lesen und schreiben und dazu, wie man kämpft und überlebt. So ist es bei uns üblich, wir trainieren spätestens an der Axt, wenn wir das achte Lebensjahr erreicht haben. Wir werden geboren, um in einen Krieg zu ziehen.»

«Aber jetzt mal eine persönliche Frage.» Rey kickte einen Stein fort, während er fragte: «Berserker sind ein Stamm von Menschen, aber sind bei euch alle so gross wie du?»

«Nein, ich bin die einzige ...» Syria verstummte, als hätte sie mehr erzählen wollen, doch sie schien noch nicht bereit dazu zu sein.

Sie liefen durch den Wald, in dem Jan und Rey überfallen worden waren.

«Hey, Syria. Hier wurden wir aus dem Hinterhalt angegriffen. Der Baum dort sieht verdächtig aus, könntest du ihn fällen?»

«Klar.» Schon durchbohrte ihre Axt den Baum, der etwas dicker war als ein Oberschenkel. Darauf zog Syria so stark an der Kette, dass der Baum einfach umknickte.

Rey hielt sich grinsend die Wange. «Das glaubt kein Mensch.»

«Ich wusste, dass du mich den Baum aus reinem Jux fällen lässt», lachte Syria und verstaute ihre Axt wieder auf dem Rücken.

Sie kamen zu einer Lichtung, deren Boden schwarz war. Überall stank es nach verbranntem Fleisch. Auch hier war die Schlacht in vollem Gange, doch es kreuzten sich weder Schwerter noch Äxte, sondern es flogen Brandsätze und Pfeile durch die Luft. Bald wurden die drei ins Visier genommen. Da sie etwas abseits standen und die Pfeile vereinzelt angeflogen kamen, konnten sie ihnen gut ausweichen. Sie wollten ein paar Männer, die gerade eine Balliste nachluden, nach Darkkon fragen, als urplötzlich ein daumendicker, stählerner Armbrustbolzen Syrias

Hals durchschlug. Die schwere Frau wurde blass, kniete sich hin, stützte sich mit einem Arm auf dem Boden ab und röchelte nach Luft. Jan erschrak und blickte sich nach dem Schützen um. Rey kletterte auf die noch immer unbeladene Balliste. Ein Mann stand unweit von ihnen. Er war vollkommen in Schwarz gekleidet und trug einen Mantel, der bis zur Ferse reichte.

Rey fuchtelte wild mit den Armen: «Hör auf rumzuschiessen, du Idiot!»

Syria zog sich währenddessen den Bolzen heraus und blutete den Boden voll. Jan versuchte verzweifelt, mit seinem Verband die Blutung zu unterbinden, doch dieser war innerhalb kürzester Zeit blutgetränkt.

Rey packte den Schützen an den Schultern und drängte ihn zu der Verletzten. «Hilf ihr, du hast sicher etwas dabei.»

Der Mann sah sich die Wunde an und bemerkte dann verdutzt: «Das ist ja nur ein Kratzer.»

Rey stiess ihn zur Seite. «Ich sehe gar nix. Die Verletzung ist weg!» Er drehte sich genervt um: «Womit schiesst du eigentlich? Bist du hier wirr geworden?»

Jan versuchte Syria zu stützen, was bei ihrem Gewicht ein schwieriges Unterfangen war. Sie hustete einen Schwall Blut und meinte dann, noch ein wenig keuchend: «Das habe ich also deinem Bruder zu verdanken.»

Rey gab dem dunklen Gesellen einen Klaps auf den Hinterkopf. «Ja, meinem *idiotischen* Bruder. Was ist mit deiner Wunde?»

«Später, später», gab sie zur Antwort, während sie aufstand und langsam in Richtung des Waldes ging.

Die anderen folgten ihr. Syria setzte sich auf einen abgeflachten Stein, warf ihren Kopf zurück und schlug ihr Haar wie wilde Peitschen um sich. Dann reichte sie dem Mann, der ihr die schwere Verletzung zugefügt hatte, die Hand. Dieser schüttelte sie gehemmt und ein wenig verwirrt. Die drei Männer verstanden die Welt nicht mehr. Doch Syria meinte nur, ihre Wunden würden eben schnell heilen, weil sie gutes Blut habe. Sie klopfte sich mit der Faust leicht auf den Hals und musterte dann erstmals den Neuankömmling.

«Darkkon, wieso hast du auf sie geschossen?», fragte Rey.

Verdutzt erwiderte dieser: «Ich habe den Befehl dazu erhalten.

Es hiess, eine Frau mit Axt habe Korill umgebracht und viele der eigenen Leute, deshalb solle ich sie beseitigen.»

Rey klopfte ihm wild mit dem Zeigefinger auf die Stirn. «Befehle. Nur so zur Information: Hier in Foron bist du wahrscheinlich der einzige auf unserer Seite, der Befehle befolgt.»

Darkkon fasste sich wieder und flüsterte Rey ernst zu: «Aber sie ist gefährlich.»

«Du bist gefährlich!», brüllte dieser daraufhin los. «Sie hätte sterben können.»

Darkkon wurde langsam wütend. «Das war ja auch der Sinn und Zweck, du Trottel. Und dass du da bist, verstehe ich auch nicht. Du weisst, dass ich nicht nach Hause kann.»

Belustigt verfolgten Jan und Syria die Auseinandersetzung zwischen den Brüdern. Die beiden boten einen komischen Anblick.

«Ich weiss, wie wir heim können. Und dass du immer noch hier herumlungerst, beweist nur, dass dir selbst nichts dazu eingefallen ist.»

«Ich habe auf dich gewartet. Ich wusste, dass du kommen würdest, und wenn du mich nicht gefunden hättest, würdest du dein Leben lang hier herumirren und mich suchen. Dich kann man keine halbe Stunde alleine lassen, du Depp. Weil du den Hauptmann umgenietet hast, werde ich die ganze Zeit bewacht, damit ich nicht fliehe.»

«Haha, ich sehe keine einzige Wache in der Nähe, du erzählst Mist.»

«Hallo, mein Name ist Syria, und das ist Jan aus Buchenwall. Ihr streitet euch gerne, nicht wahr?» Syria stand schmunzelnd vor den zwei Trotzköpfen.

Erst jetzt erkannte Darkkon, wie gross sie war. «Das von vorhin tut mir leid. Aber es hiess, du seist gefährlich und habest die Imperialen abgeschlachtet. Zudem konnte ich nicht wissen, dass du mit meinem kleinen Bruder unterwegs bist.»

Rey stiess ihn mit dem Ellenbogen in die Seite. «Sie hat auch ein paar von unserer Seite getötet, aber nicht bewusst. Du darfst einfach nicht in der Nähe stehen, wenn sie in Berserkerwut gerät.»

«Berserkerwut, hm? Davon habe ich schon einmal gehört. Ich

werde es mir merken. Aber was werden wir als nächstes unternehmen? Wir können nicht einfach abhauen. Ich werde von zwei Personen bewacht. Wenn wir fliehen, haben wir eine ganze Kaserne am Hals.»

«Zwei Personen?», fragte Rey nach. «Du weisst also gar nicht, wer auf dich aufpasst?»

«Die Typen sind geschickt. Sogar so geschickt, dass ich sie nie gesehen habe. Aber ich spüre manchmal, dass ich beobachtet werde.»

«Bruderherz, du hast Verfolgungswahn, das ist es.»

Darkkon wurde ernst. «Nein, bestimmt nicht. Ich habe gehört, wie der hiesige Hauptmann mit zwei Personen sprach. Er befahl ihnen, mich zu bewachen.»

«Wenn das so ist, müssen wir den Hauptmann und die Kaserne aus dem Weg räumen», meinte Syria leichthin.

Rey fügte hinzu: «Und wenn du wirklich immer verfolgt wirst, dann auch jetzt. Was bedeutet, dass die beiden Spitzel nun wissen, was wir vorhaben. Wir müssen also so oder so zur Kaserne.»

«Wir marschieren einfach in Richtung Kaserne, und falls wir die beiden erwischen, können wir auch ohne grosses Blutvergiessen nach Hause», meinte Darkkon. Auf dem Weg erklärt er: «Der Hauptmann hier ist Legende. In die Kaserne reinzukommen, ist kein Problem. Er lässt jeden eintreten, vor allem hübsche Frauen. Das Problem wird er selbst sein.»

«Wer ist diese ‹Legende›?», wollte Syria misstrauisch wissen.

«Kennst du ihn nicht? Er ist ein Held. Als er noch sehr jung war, zog er in den Kampf gegen die Verschwörer, die es auf den Imperator abgesehen hatten. Er hat fünf Jahre lang den ‹Schlangendolchen› vorgemacht, einer von ihnen zu sein. Er machte sich einen Namen unter ihnen und kam so an ihre Hohepriester heran, die er alle eigenhändig erschlug. So wurde er für das Imperium zum Helden. Seitdem nennt er sich nur noch ‹Legende›. Jetzt ist er um die vierzig und gibt immer noch den grossen Krieger. Doch er liegt den Grossteil des Tages in seinem Schlafzimmer, umringt von jungen Mädchen. Ob er wirklich unbesiegbar ist, wie es heisst, weiss ich nicht, aber früher muss er ein begnadeter Schwertkämpfer gewesen sein.»

Sie wanderten den ganzen Tag. Nachts führte Darkkon sie einen beleuchteten Weg entlang zu einer Kaserne, die von Palisaden umgeben war. Die Wachen erwarteten sie bereits. Es wurde Alarm geschlagen, doch nur wenige leicht angetrunkene Soldaten stellten sich ihnen entgegen. Auf dem Hauptplatz der Kaserne erschienen keine fähigen Kämpfer, und die Wachen, die Dienst schoben, waren so betrunken, dass ihnen alles egal war. Im Inneren der Gänge bot sich dasselbe Bild. Doch als die vier auf eine halbnackte junge Frau trafen, die vor lauter Angst nicht mehr aufhören konnte zu schreien, trat ein gut gekleideter Mann aus einer Tür. Er trug einen Säbel, der an der breitesten Stelle breit wie eine Hand war. Zwei weitere Männer traten neben ihn.

«Das sind die Leute, die euch töten wollen, Meister.»

Die jüngeren Männer waren offensichtlich die Verfolger Darkkons, und der Alte mit dem Säbel musste Legende sein. Darkkon zog zwei Armbrüste hervor, jede so gross, dass er sie in einer Hand führen konnte. Er erschoss die beiden gekonnt.

Legende, der schon einige Krüge Alkohol intus hatte, fuchtelte an Ort und Stelle mit seinem Säbel herum. «Was tust du da? Was wollt ihr?» Sein Blick fiel auf Syria.

Diese flüsterte, dass sie mit dem Alten Spass haben werde. Sie trat zu Legende und sagte mit einer kindlichen Stimme: «Darkkon wollte Euch mit mir einen Gefallen erweisen, aber Eure Wachen wurden neidisch und haben uns angegriffen.»

Ihr Spiel war durchschaubar, doch Legende schien nichts zu verstehen. Er bedankte sich bei Darkkon für die neue Gespielin und führte Syria in sein Zimmer. Kurze Zeit später hörte man Frauengeschrei. Mädchen rannten aus dem Raum. Rey zögerte keinen Augenblick und riss die Tür auf, obwohl er sich nicht ausmalen wollte, was der Alte mit Syria trieb. Ihm bot sich ein abstossender Anblick. Die Wände des Zimmers waren voller Blut, auch der Boden war blutdurchtränkt. Syria kniete auf einem fast raumgrossen Bett mit vielen flauschigen Kissen. Sie erhob sich, drehte sich um, trat aus dem Zimmer und schloss die Tür mit blutverschmierten Händen hinter sich.

«Legende war einmal», berichtete sie.

Ihre Kaltblütigkeit erschrak Jan zutiefst. «Du hast dich ihm angeboten und ...»

«... und ihn augenblicklich getötet, nichts weiter. So, und wo liegt nun dieses Nuhmgebirge? Ich schlage vor, dass wir heute hier übernachten und morgen so viel Proviant und Ausrüstung mitnehmen, wie wir können.»

«Und was ist mit den Wachen überall?»

«Wir machen sie jetzt fertig, da sie nicht kämpfen können», schlug Rey vor. «Und nachher schlafen wir am besten in einem Zimmer und verbarrikadieren uns.» Er nickte Darkkon zu, und die beiden verschwanden.

Jan und Syria bereiteten den Lagerraum für die Nacht vor. Nach einiger Zeit kamen die Brüder wieder zurück.

«Wir haben alle beseitigt», sagte Rey.

«Und sie an einen unauffälligen Ort gebracht», ergänzte Darkkon.

Sie begaben sich alle zur Ruhe. Seit langem schliefen Rey, Jan und Syria wieder auf Kissen und mit einer anständigen, gewobenen Decke.

IX

Bevor sie das Lager am nächsten Morgen verliessen, packte Rey einen Brocken gepökelten Fleisches und machte einen Kontrollgang. Der Schlaf schien ihm gut bekommen zu sein, er kletterte eine Steinmauer hinauf, statt die Leiter, die ein wenig danebenstand, zu nehmen. Er hatte nicht geprahlt, als er sagte, er könne hervorragend klettern. Er pirschte herum, kehrte dann mit einem Satz auf den Hof zurück und berichtete den anderen, die im Lagerraum geblieben waren, dass man frühstücken könne. Er schlang einen Fleischberg nach dem anderen hinunter.

«Du Gierschlund», bemerkte sein Bruder verärgert.

«Pah, ich konnte seit Tagen kein Fleisch essen, nur das, was gerade zur Verfügung stand. Jetzt gönne ich mir mal was im Leben.»

«Du gönnst dir was im Leben? Deine Eltern sind reich, du musstest nie wirklich arbeiten», witzelte Darkkon.

«Deine Eltern sind noch reicher», lautete die Antwort seines Bruders.

Nach dem üppigen Mal packten sie alles ein, was sich für eine längere Reise eignete. Doch ausser ein paar Seilen und einer Karte fanden sie keine Ausrüstung für eine Bergerklimmung. Jan, der als einziger einen Rucksack trug, hielt die Karte. Nun beantwortete er die Frage, die Syria schon am Tag zuvor gestellt hatte.

«Wir müssen etwa drei Tage nach Nordosten wandern, dann erreichen wir das Gebirge.»

Als sie loszogen, erkundigte sich Syria, ob sie wirklich Brüder waren, da Rey blonde Haare hatte, während Darkkons pechschwarz waren und bis zu den Schulterblättern hingen. Sie hätten dieselben Eltern, versicherte Darkkon.

Rey kniff seine Augen zusammen und meinte nur spöttisch: «Ist mir nie aufgefallen. Du wurdest wahrscheinlich von meiner Familie aufgenommen.»

Syria fragte Darkkon neugierig: «Was für Waffen trägst du überhaupt? Ich sah nur die zwei kleinen Armbrüste. Ist das alles? Oder versteckst du noch mehr unter deinem Mantel?»

Darkkon öffnete eine Seite. «Vier kleine Wurfmesser, sechzehn Wurfpfeile, drei Dolche.» Er öffnete die andere: «Hier noch mal dasselbe. Dazu die zwei kleinen Armbrüste und einen Haufen dazugehöriger Bolzen an meinem Gürtel.»

«Er ist dank der Tätowierung ein Meisterschütze.» Das war das erste Lob, das man von Rey über seinen Bruder hörte.

«Das gleiche gilt für ihn», erwiderte dieser und wies auf Rey. «Deswegen kann er es sich leisten, nicht zu trainieren. Er ist überdurchschnittlich stark und geschickt.»

Da sie sich abseits der Schlachtfelder bewegten, kamen sie ohne weitere Schwierigkeiten voran. Sie konnten sich die Herbstlandschaft zu Gemüte führen. Das Land Foron war wunderschön, die Wälder waren üppig, die vereinzelten Lichtungen sahen aus wie auf dem Gemälde eines Meisters. Besonders fiel den Wanderern ein Wäldchen auf, dessen Tannen nur knapp mannshoch waren, doch sie standen so nahe beieinander, dass das Sonnenlicht nicht durch das Nadeldach hindurchschien. Wenn man hineinschaute, sah man nach knapp vier Metern nur noch eine endlose Finsternis. Neben seiner Schönheit war Foron auch noch sicher. Da andauernd Krieg herrschte, gab es hier nur wenige gefährliche Wesen.

Nach zwei Tagen erreichten die vier Gefährten an einem kalten Nachmittag einen Gasthof, in den sie einkehrten. Die Brüder bezahlten die Zimmer und kauften Proviant ein, dann setzten sie sich alle an einen Tisch.

«Darkkon», sagte Jan, «was macht ihr beide, wenn ihr wieder zu Hause seid?»

«Ich werde an dem Bogenschiesswettbewerb teilnehmen», antwortete Darkkon, «falls wir früh genug daheim sind ...»

«... und ich werde endlich wieder im Meer schwimmen, jeden Tag im Gasthof einkehren und sonst den ganzen Tag faulenzen, indem ich auf einem Baum ein Nickerchen mache oder über die Insel spaziere. Oh, und wenn ich dann noch Zeit finde, werde ich mir eine hübsche Frau suchen und heiraten.»

Syria wurde ein wenig rot, als Rey dies sagte, doch es fiel niemandem auf.

«Du Faulpelz», warf Darkkon ein. «Ich werde weiter in die Bibliothek gehen, um mein Wissen zu erweitern. Ich möchte irgendwann die Kinder der Bauern unterrichten, damit sie nicht an den Beruf ihrer Eltern gebunden sind.»

«Ein nobles Vorhaben. Ich werde an einem freien Tag auch mal ein Buch in die Hand nehmen. Und was machst du, Syria?»

«Ich weiss es noch nicht genau», sagte diese nach langem Überlegen. «Ich möchte Kinder, aber ich möchte auch weiterhin kämpfen. Und einen Turm möchte ich haben. Ich träumte immer schon davon, in einem Turm zu leben anstatt in einem Haus.»

«Wenn wir wieder auf Heel sind, werde ich euch Geld aus Darkkons Vermögen schicken, dann kannst du dir einen Turm bauen. Und du, Jan, du kannst deiner Frau ein richtig teures Geschenk kaufen. Ich werde auch mal nach Buchenwall kommen, wenn mir auf der Insel zu langweilig ist.»

Jan wurde allmählich müde und ging früh schlafen. Rey fragte Darkkon, ob er nicht auch schläfrig sei. Dieser verneinte und erhielt dafür unter dem Tisch einen leichten Tritt gegen das Knie und ein unmissverständliches Kopfzucken von Rey.

«Ich werde noch ein wenig spazieren gehen und dann wahrscheinlich auch zu Bett gehen», beeilte sich Darkkon zu sagen. Dann trat er hinaus und liess Rey und Syria allein.

Die Flammen des Feuers züngelten in die Höhe.

«Du wolltest mit mir sprechen?», erkundigte sich Rey.

«Wieso hast du mir gegen Korill geholfen?»

«Ich denke nicht, dass du sterben solltest.»

«Du kennst mich seit wenigen Tagen und denkst schon, dass es mir vorenthalten gehört zu sterben?»

«Ich denke, dass dich die Trauer dazu treibt, etwas zu tun, was du im Nachhinein bereuen würdest, jedoch nicht mehr bereuen könntest.»

«Ich bin die Letzte meiner Art. Alle sind tot, und nun bin ich allein. Ich wusste nicht, was ich tun sollte und weiss es eigentlich auch jetzt nicht.»

«Ich muss zugeben, dass ich mich in dich verguckt habe. Ein weiterer Grund, weshalb ich dich nicht sterben lassen wollte.»

«Du liebst mich also.»

«Ich weiss nicht, ich denke, dass ich mich in dich verliebt habe.»

«Ich fühle ähnlich. Mir ist noch nie ein Mann begegnet, der so ist wie du. Du bist anders.»

«Wir sind uns also einig, dass wir etwas füreinander empfinden könnten, wissen aber nicht, was passieren wird. Lass uns sehen, was daraus wird», schlug Rey vor.

«Ich möchte dir erzählen, was damals mit meinem Clan passiert ist», sagte Syria.

«Ich werde dir zuhören.»

«Vor einundzwanzig Jahren lebten die Berserker noch in ihrem Dorf Jokulhaups. Es waren etwa sechshundert Einwohner. Sie lebten nach ihren Bräuchen, was bedeutet, dass sie in Schlachten jeglicher Art zogen. Wer nicht im Krieg war, lebte im Dorf. Eines Tages kam ein schwerverletzter Krieger nach Hause. Er berichtete, dass viele unseres Volkes auf dem Schlachtfeld auf mysteriöse Weise umgekommen seien und er von vermummten Männern angegriffen worden sei. Er wurde mehrere Tage gepflegt, bis eines Nachts unser Dorf angegriffen wurde. Es muss eine immense Streitmacht gewesen sein, da bis auf ein paar wenige Berserker alle in dieser Nacht starben. Die Restlichen konnten sich in unsere Zufluchtsstätte im Berg zurückziehen. Diese war vor hunderten Jahren erbaut worden. Die Sklaven, die vom Imperator als Geschenk für die Loyalität der Berserker geschickt worden waren, liessen nach Beendigung des Baus ihr Leben, damit niemand von diesen Gewölben erfahren würde. In diese Stätte schlossen sich die Überlebenden ein. Eigentlich kämpfen Berserker bis zum Tod, doch sie entschieden sich für die Flucht und Rache, anstatt alle zu sterben. Sie beteten zu unserem Schutzgeist, Nysürie. Sie ist das einzige, was wir Berserker als Göttin vorzuweisen haben. Doch sie ist eher eine Schwester aller als eine Gottheit, sie steht mit uns auf einer Stufe. An der grossen Gebetsstätte steht immer auch eine steinerne Säule mit einem Becken voller Blut. Nach einigen Tagen des Gebets unter der Erde lief dieses Becken über. Eine grosse, gläserne Phiole quoll heraus. In dieser Phiole befand sich Blut, das Blut Nysüries. Die Entscheidung, wer das Blut erhalten sollte, fiel zufällig auf meine Mutter. Sie rieb ihren gesamten Körper damit ein. Das Geschenk unserer Schwester schien zuerst wirkungslos, doch nach einigen Monaten zeugten meine Eltern ein Kind – mich. Ich erhielt meinen Namen aufgrund des Geschenks von Nysürie. Ich schien völlig normal zu sein, bis mir mit etwa sieben Jahren eine bläuliche Rüstung wuchs. Diese Rüstung wurde von meinem Körper über meiner Haut generiert, ich konnte sie durch meinen Willen verschwinden lassen, wenn ich es wollte. Da wurde allen klar, dass ich etwas Besonderes werden würde. Etwa ein Jahr verging, und eines Morgens, als ich die Rüstung erscheinen liess, hing eine Axt aus demselben Metall an meinem Rücken. Von da an trainierte ich nur noch mit dieser Axt. Ich lernte schnell, sie an der Kette, die ich wie die Rüstung und die Axt aus meiner Handfläche erscheinen lassen konnte, zu mir zurückzuziehen. Nach einigen Jahren, ich war etwas älter als zwölf, fing ich an beträchtlich zu wachsen. Meine Stärke überstieg sogar die der Erwachsenen. Da meinte mein Lehrer, er könne mir nun nichts mehr beibringen, das mir noch etwas nützte. So fing ich an, in der Bibliothek zu lesen. Die Geschichte meines Volkes interessierte mich, zudem war es beinahe das einzige, was es an Büchern gab. Ich wuchs weiterhin und wurde von allen respektiert, ohne je etwas dafür getan zu haben. Doch vor wenigen Monaten starben alle nach dem Morgenessen. Eine Flüssigkeit war durch das Gestein in unsere Vorratskammer gesickert und hatte die Nahrung verseucht. Ich überlebte, weil ich immun bin gegen jegliche Gifte und Krankheiten. Ich beerdigte meine Eltern und die anderen, und nach langer Zeit der Trauer brach ich auf, um im Kampf mein Leben zu lassen. Ich öffnete das Tor und trat hinaus in das Land, das einst uns gehört hatte. Das Dorf war im Lauf der Jahre wieder bevölkert worden, es wurde Bergbau betrieben. Das war auch der Grund, weshalb alle vergiftet worden waren, doch dies erfuhr ich erst später, in einem anderen Dorf. Um teure Metalle wie Platin oder Gold zu veredeln, wurde eine farblose, giftige Flüssigkeit verwendet. Als ich in mein eigentliches Heimatdorf kam und erkannte, dass Fremde nun dort lebten, geriet ich zum ersten Mal in Berserkerwut. Ich metzelte alle menschlichen Einwohner nieder und brannte das gesamte Dorf ab. Und so begann mein Weg nach Foron.»

«Du trägst also das Blut einer Göttin in dir. Deshalb heilen deine Verletzungen schnell, deine Kraft und Grösse übersteigt die normaler Menschen, und dir machen Gifte und Krankheiten nichts aus.»

«Wie gesagt: Nysürie ist keine Gottheit, sondern ein Schutzgeist, die Schwester aller.»

«Es tut mir leid, was dir und deinen Leuten angetan wurde. Ich kann verstehen, dass auf einen Schlag nichts mehr einen Sinn machte.»

«Lange Zeit habe ich mir vorgestellt, es wäre besser gewesen, mit meiner Familie und den anderen durch das Gift zu sterben. Als ich das Dorf niedergebrannt hatte, wusste ich nichts mit mir anzufangen. Ich war alleine in einer mir fremden Welt, da entschied ich mich dafür, so zu sterben, wie man es von mir erwarten würde.»

«Ich verstehe, was du meinst. Ich wüsste nicht, ob ich in dieser Situation anders gehandelt hätte.» Eine Weile blieben sie still, dann sprach Rey weiter: «Auch mein Bruder und Jan sollten deine Geschichte erfahren. Dann könnten sie besser verstehen, was dich antreibt.»

«Ich kann mit ihnen reden, das ist kein Problem für mich. Ich versuche, ein neues Leben aufzubauen. Vielleicht mit dir ...»

«Wir werden sicher irgendwann wieder Zeit alleine finden», entgegnete Rey.

«Lass uns jetzt schlafen gehen», lächelte Syria. Sie stand auf und ging zu Bett.

Rey rief Darkkon, der an einem Baum seine Messerwurfkünste erprobte, ins Gebäude zurück. Die beiden gingen ebenfalls in ihre Zimmer und schliefen kurz darauf ein.

Sechzehnter Tag des zweiten Herbstmonats

- Geburt eines Knaben, Vater Viktor, Mutter Leandra

Achtundzwanzigster Tag des zweiten Herbstmonats

- Geburt eines Mädchens, Vater Fredrik, Mutter Rahel.

Erster Tag des dritten Herbstmonats

- Namensgebung von Jan, Sohn v. Viktor u. Leandra.
- Erste Kürbisernte. Ertrag wird gezählt und unter Ziffer 8 eingetragen.

Dritter Tag des dritten Herbstmonats

- Ziffer 8: Zählung beendet. Gesamtgewicht der Ernte 120 kg

Fünfter Tag des zweiten Herbstmonats

- Verstorben: Unbekanntes Mädchen, Vater Fredrik, Mutter Rahel. Ursache Krankheit. Mögen die Götter das Kind ins Totenreich führen

Zwölfter Tag des zweiten Wintermonats

- Namensgebung von Malene, Tochter von Fredrik und Rahel.

X

Bevor die Sonne richtig aufgegangen war, waren alle auf den Beinen und wanderten weiter auf das Nuhmgebirge zu. Syria weihte Jan und Darkkon in ihre Geschichte ein und wurde von den beiden mit Fragen gelöchert.

«Wer waren die Angreifer damals?»

«Ich weiss es nicht, aber es müssen viele gewesen sein. So ohne weiteres tötet man nicht sechshundert Berserker.»

«Wieso habt ihr die Zufluchtsstätte nicht früher verlassen, und wie habt ihr euch ernährt?»

«Wir hatten einen Untergrundsee. Dieser fror nie zu und beherbergte viele Fische. Ihr müsst euch die Stätte so gross wie ein Dorf mit umliegendem Land vorstellen. Wir hatten auch Vorräte zur Verfügung, und wir haben Pflanzen angebaut, die kein Sonnenlicht benötigten. Die Beleuchtung wurde mit Feuer auf Säulen oder Fackeln an den Gangwänden gewährleistet. Ich war Tageslicht gar nicht mehr gewohnt. Der Grund, weshalb wir nach zwanzig Jahren immer noch unter der Erde lebten, war, dass wir nicht wussten, was uns oben erwartete. Wir wollten zuerst unsere Anzahl steigern und uns für den Kampf vorbereiten, um schliesslich alle Feinde umzubringen.»

Darkkon wollte wissen, worin die Sitten und Bräuche ihres Volkes bestanden.

«Es gab verschiedene Traditionen, und jeder konnte wählen, welche er ausüben wollte. Einige trugen nie Kleider am Oberkörper, das waren vorwiegend Männer. Andere bedeckten sich mit Bärenfellen. Aber da mein Volk sich der Zeit anpassen musste, wurden auch Rüstungen aus Metall immer mehr zur Gewohnheit; schliesslich waren wir alle für den Kampf geboren. Um zu beten, vergossen einige ein wenig eigenes Blut. Das praktizieren auch andere Völker. Andere kämpften nach einem streng reglementierten Ritual gegeneinander, wieder andere beteten einfach still. Das wichtigste Gesetz ist, dass jedem Berserker, ob Mann oder Frau, egal wie alt, immer eine Waffe nach seinen Wünschen zur Verfügung stehen muss.»

«Du betonst immer, dass du nur menschliche Wesen tötest.»

«Wir dürfen alles, was eine Art menschliches Bewusstsein besitzt, aus Spass töten. Aber Tiere sind für uns rein. Sie werden nur gejagt, um den Hunger zu stillen oder um sich selbst zu verteidigen. Das ist eines unserer Gesetze, ein fester Bestandteil der Überzeugungen meines Volkes, und so sehe ich es auch.»

Die vier kamen zu einer Ebene voller grosser Felsbrocken. Ein kräftiger Wind blies ihnen entgegen, und hinter dem Gestein trat eine Gestalt hervor. Ein Mann, in einen grünen Stoff gekleidet, der bis auf den Boden reichte, schlurfte langsam auf die Truppe zu.

Darkkon richtet eine Armbrust auf den Vermummten. «Wer bist du?»

Es kam keine Antwort. Der Fremde kam weiterhin näher.

Rey trat einen Schritt hervor und hob die Fäuste: «Wenn du Ärger möchtest, dann sag es!»

Wieder kam keine Antwort.

«Ich habe keine Lust auf solche Spielchen. Darkkon, schiess ihm einen Bolzen entgegen.»

Darkkon schoss einen Bolzen ab. Dieser flog schnurstracks auf das Bein des Fremden zu, doch er verfehlte sein Ziel. Ein weiterer Bolzen flog, und dieser schien abzuprallen.

«Magie», erkannte Darkkon und zog seine zweite Armbrust. Er zielte mit der einen auf den Oberköper, mit der anderen auf den Kopf des Fremden. Auf halber Strecke wurden die Geschosse langsamer, bis sie in der Luft für einen Moment zum Stillstand kamen und dann sofort in Richtung des Schützen zurücksausten. Dieser konnte knapp ausweichen, bevor die Bolzen an einem Felsen abprallten.

Nun sprang Rey auf den vermeintlichen Gegner zu und versuchte ihn mit dem Ellbogen am Kopf zu treffen. Doch er wurde wie die Bolzen zurückgeschleudert. «Eine starke Windböe hat mich zurückgeworfen!», rief er erstaunt.

«Er kann den Wind rufen», bemerkte Syria. «Er ist ein Magier oder etwas Ähnliches.»

«Iten Danu», keuchte ihnen der Fremde zu. Der Mann musste schon sehr alt sein.

«Er nennt sich der Vater der Winde», übersetzte Syria.

«Du verstehst ihn? Ach, egal, wer er ist, ich mache ihn fertig, wenn er kämpfen möchte.» Rey schien aufgebracht, von einem alten Mann so vorgeführt worden zu sein. Doch bevor er einen Schritt machen konnte, blies der Wind so stark, dass er nicht dagegen ankam.

Darkkon und Jan gingen hinter den Felsen in Deckung, während Syria ihre Hand an Reys Rücken hielt, sodass dieser nicht fortgeweht wurde. Der Wind wurde stetig stärker. Es sausten bereits Zweige und Staub durch die Luft. Der Alte nahm etwas aus seinem Ärmel und warf es in den Wind. Geistesgegenwärtig riss Syria Rey zur Seite und warf ihn zu Boden, während sie selbst von beerengrossen Stachelkügelchen getroffen wurde, die an ihrer Rüstung haften blieben. Sie zog ihre Axt hervor, und die Antwort kam sofort. Der Wind bauschte sich zu einem Orkan auf, kleinere Steine flogen herum, und es wurde selbst für Syria schwierig, sich noch auf den Beinen zu halten.

Durch das Rauschen hörte man unterdrückt: «Er trägt das Wappen der Königsfamilie.»

Darkkons scharfe Augen erkannten nicht nur das Symbol, sondern auch, dass das Gras vor dem Greis nicht in Bewegung war. Plötzlich kam ihm eine Idee, und er hielt nach ähnlichen Flecken Ausschau. Syria versuchte mit kleinen Schritten vorwärts zu kommen, doch ihr Gegenüber wusste dies mit noch stärkerem Wind zu verhindern.

«Syria, komm kurz her!» Die Stimme Jans war beinahe unhörbar.

Erleichtert trat Syria an den Felsen und hörte Jan zu, der von Darkkon Anweisungen erhalten hatte. Dieser war inzwischen nicht mehr anwesend. Der Wind flaute ab, bis sich Syria wieder an dieselbe Stelle begab, die sie schon zuvor verteidigt hatte. Sie konzentrierte sich darauf, nicht den Halt zu verlieren und davongeweht zu werden. Der alte Mann richtete den Wind auf sie und erzeugte einen Windstoss, der wie ein Speer ein Loch in ihre Rüstung stach. Syria war unverletzt, nur ihre Rüstung war beschädigt worden. Dies schien ihr Gegenüber so sehr zu verwundern, dass er an Kraft einbüsste. Nach und nach wurde der Wind ruhiger. Syria wusste, was sie zu tun hatte. Sie gab vor, Angriffe mit der Axt vorzubereiten. Iten Danu hielt sich die schwere Kriegerin weiter vom Leibe.

«Gib auf, du kannst nicht mehr gewinnen, du hast zu viel Kraft eingebüsst», warnte Syria.

Diese Bemerkung veranlasste den Alten, nur noch mehr schneidende Windböen zu entfachen. Doch dann stand der Wind plötzlich still. Ein Wurfpfeil Darkkons hatte den Vater der Winde in den Rücken getroffen. Er hatte es geschafft, sich um das windgepeitschte Areal herumzubewegen. Der Wind flaute komplett ab, und Rey trat vor den Alten. Er reichte ihm die Hand, doch der Alte schlug diese von sich, rappelte sich auf und rief den Wind so stark herbei, dass grosse Äste und schwere Steine durch die Luft zischten. Rey bewegte sich keinen Millimeter, wissend, dass er direkt vor seinem Kontrahenten in Sicherheit war. Darkkon, der von der Böe erfasst und davongeblasen worden war, wurde von Syria und Jan hinter den Felsen gezogen. Der Wind tobte um Rey. Dieser zog seinen Arm nah am Körper hoch, damit er nicht in die Windzone geriet. Der Platz, der windstill blieb, war kaum gross genug, als dass zwei Personen nebeneinander stehen konnten.

«Ich mache es kurz», flüsterte Rey. Dann punktierte er blitzschnell mit Mittel- und Zeigefinger den Hals des Alten. Der Vater der Winde sackte in sich zusammen. Rey fing den leichten Mann mit beiden Armen auf, trug ihn hinter einen Felsen und schloss sanft dessen noch offene Augen. Nach dieser Sekunde der Ruhe mit seinem friedlich daliegenden Gegner drehte Rey sich um, um zu seinen Gefährten zurückzukehren, als ihm ein Tritt ins Gesicht verpasst wurde. Er wurde gefesselt und erkannte, dass Jan und Darkkon ebenfalls gefesselt am Boden lagen. Syria stand tatenlos da und liess ihre Hände in Ketten legen. Sie waren von Kämpfern aus dem westlichen Königreich überwältigt worden.

«Ihr seid Gefangene, und euer Monster unternimmt nichts, weil wir dir und den anderen beiden gerade ein besonderes Geschenk umgelegt haben.»

Rey wurde auf die Beine gestellt und gedrängt, nach Nordwesten zu gehen. Der Zug von zehn Männern wollte die Gefährten in ein Gefängnis des westlichen Reiches bringen. Die Halsbänder, die sie allen ausser Syria angelegt hatten, waren aus einem Lederband gefertigt und hinten mit einem Bleidorn versehen, der ihnen durch das Genick getrieben werden konnte, wenn jemand den Auslöser durch einen Ruck an einer dünnen Metallkette betätigte. Syria war machtlos. Sie konnte niemals alle Feinde beseitigen, bevor eine der Wachen jemanden durch das Halsband töten würde.

Nach einigen Stunden wortlosen Marsches fragte Rey: «Nicht, dass ich euch dazu ermutigen möchte, aber wieso habt ihr uns nicht einfach getötet?»

«Weil ihr nach dem Tod immer noch für eure Seite weiterkämpfen könntet. Es gibt genügend Magier, die sich darauf verstehen, starke Krieger wie euch als Diener wieder auferstehen zu lassen.»

«Und wieso habt ihr Iten Danu nicht geholfen? Er ist doch einer von euch.»

«Er schon, doch seine Kinder verdingen sich als Söldner für den Meistbietenden, und das ist ein Kriegstreiber auf eurer Seite. Wenn sie von dem Tod ihres Vaters erfahren, werden sie sich wieder besinnen, auf welcher Seite sie zu stehen haben.»

Darkkon drehte sich zu Jan um, der neben ihm her schritt. «Es tut mir leid, dass wir dich nicht nach Hause bringen konnten.»

«Danke, aber du musst dich wirklich nicht entschuldigen, ohne euch hätte ich nicht annähernd so viele Tage überlebt.»

«Werden wir in eurem Königreich für immer eingesperrt? Ich habe gehört, dass ihr Gefangene gegeneinander austauscht.»

«Keine gewöhnlichen Krieger. Wir versuchen einflussreiche Adlige gefangen zu nehmen und gegen wichtige Personen von unserer Seite einzutauschen.»

«Sind wir von Adel, Darkkon?» Rey übte sich in Galgenhumor.

«Nein, wir sind einfach vermögend, das nutzt uns jetzt wenig.»

«Habt ihr jemals einen eurer Leute zurückbekommen?», erkundigte sich Rey.

«Ja, er war in einem jämmerlichen Zustand. Unmenschliche Folter musste er über sich ergehen lassen, und sein Geist war völlig konfus.»

«Er ist nach zwei Wochen bei euch an den Folgen der Folter verstorben», sagte Darkkon.

«Nach einer Woche. Aber wieso weisst du davon?»

«Ich verrate es euch, wenn ihr für uns ein gutes Wort einlegt. Wir möchten nicht gegen die westlichen Länder kämpfen, wir wurden dazu gezwungen.»

«Wenn du etwas Brauchbares erzählst, werde ich schauen, was ich machen kann.»

«Ich hoffe, du hältst dein Wort. Also, es ist so: Die Gefangenen werden nicht nur gefoltert, es wird ihnen auch ein winzig kleiner Parasit eingepflanzt. Dieser überträgt sich nicht auf andere Personen und stirbt spurlos mit seinem Wirt. Der Parasit ernährt sich von einem Stoff, den der Körper unter starken Schmerzen erzeugt. Wie der Stoff heisst, weiss ich nicht, doch wenn der Parasit diesen nicht mehr erhält, vergiftet er seinen Wirt und stirbt. Das heisst, sobald jemand aus der Gefangennahme entlassen und nicht mehr gefoltert wird, vergiftet ihn der Parasit innerhalb von zwei bis drei Wochen tödlich.»

«Warum hast du Kenntnis von diesem Parasiten?»

«Er ist allen unseren Gelehrten und Ärzten bekannt.»

Erstaunt erkundigte sich der Truppenführer, ob es ein Heilmittel dagegen gebe.

Darkkon verneinte.

«Ich werde dieses Wissen weitergeben und dafür sorgen, dass euch ein Gefallen zuteil wird», versprach der Truppenführer. «Ich würde euch freilassen, doch ich habe bereits viele von euch in unsere Gefängnisse gebracht und viele Lügengeschichten und Fluchtversuche erlebt.»

«Ihr könnt den Parasiten erkennen, wenn ihr jemandem einen Aderlass verpasst. Es sollten sich Anzeichen auf ein Exemplar finden lassen. Aber ihr könnt nie alle entfernen, sie sind über den ganzen Körper verteilt.»

«Ihr begeht Verrat an eurem Herrn, um euch selbst zu schützen. Das ist etwas, was mich immer wieder erstaunt.»

«Wir wurden zuerst verraten. Um den Krieg zu gewinnen, schickt der Imperator jeden los, der alt genug ist oder sich ihm widersetzt. Wir brauchen diesen Krieg nicht!», mischte Rey sich erbost in das Gespräch ein. Er fuhr fort: «Er dort ist mein Bruder. Ich folgte ihm nach Foron, um ihn heimzubringen, denn er wurde aufgrund seines Könnens auf das Schlachtfeld geschickt. Der andere ist Bauer und hat noch nie gekämpft. Er musste trotzdem in den Krieg, weil ein grausamer Hauptmann es so wollte.»

«Und was ist mit ihr? Willst du mir nicht ihre Geschichte auch noch erzählen?»

«Das wird sie selbst tun, wenn sie will.»

«Wir werden noch eine ganze Weile miteinander auskommen müssen», meinte der Truppenführer. «Vielleicht weiht sie uns noch ein?»

«Nehmt es nicht persönlich», antwortete Syria höflich, «aber wenn ihr nicht meine Begleiter bedrohen würdet, läget ihr alle abgeschlachtet am Boden. Nichts gegen eure Freundlichkeit, aber ihr seid trotzdem die, die uns gerade verschleppen.»

«Ich verstehe, was du sagst. Du möchtest nicht unbedingt eine Bindung zu den Leuten eingehen, die deine Gefährten bedrohen. Ich tue es euch gleich und werde euch töten, falls ihr mir Schwierigkeiten bereitet.»

Während die Grosse Mauer Forons näher rückte, dachte Jan darüber nach, wie es wohl den Leuten in Buchenwall ging. Ob Tibbett sich vor Sirin verstecken musste, weil er damals abgehauen war? Wie ging es wohl Ursula zuhause, ob Vater und Alm sich um sie kümmerten? Wer bestellte jetzt den Acker und kümmerte sich um die Tiere? Jan verglich seine jetzige Situation mit seinen Erinnerungen von damals. Er hatte sein Leben lang nie jemandem etwas angetan, nicht einmal, als er klein gewesen war, hatte er sich geprügelt. Sein Leben war im Grossen und Ganzen sorglos gewesen, er hatte immer hart auf dem Hof gearbeitet, aber er hatte Zeit gehabt, sich abends mit Tibbett und den anderen zu treffen. Er hatte an manchen Tagen so viel trinken können, wie er wollte und erst am nächsten Mittag heimkehren, es war nie jemand böse auf ihn geworden. Sogar als er und Tibbett im Alter von elf Jahren aus lauter Dummheit die Scheune des Nachbarn angezündet hatten, war die einzige Konsequenz gewesen, dass sie beim Wiederaufbau und an ein paar Wochenenden bei den Tieren hatten mithelfen müssen. Er erinnerte sich, wie er etwa drei Jahren zuvor dem Tod entkommen war, als er sturzbetrunken aus der Versammlungshalle gelaufen, von der kleinen Holzbrücke gerutscht und vom Wasserrad erfasst worden war. Wie es der Zufall wollte, hatte sich sein Hemd in dem einzigen kleinen Nagel verhakt, der aus den Brettern herausstand.

Die Frühlinge in Buchenwall waren wunderschön gewesen, immer war ein grosses Fest ausgerichtet worden, und alle verliebten Pärchen waren die ganze Nacht lang nebeneinander auf dem äussersten Hügel des Dorfes gelegen, meist mit einer Wolldecke auf dem Boden und ein paar Kleinigkeiten zu essen. Er hatte fünf solcher Frühlinge mit Ursula erlebt. Sie kannten sich, seit sie sich erinnern konnten, und hatten schon immer Schabernack zusammen getrieben. Einmal hatten sie den Pflug seines Vaters vom Pferd abgehängt, aber so, dass er es nicht bemerkte. Dann trieb sein Vater das Pferd an, und dieses trottete gemächlich ohne die Last des Pfluges davon. Und Alm hatte sich dann wieder aufregen können. Sie war immer fleissig gewesen und hatte gearbeitet wie eine Verrückte. Mit den Tieren hatte sie umgehen können wie niemand sonst, sogar die wildesten Hengste hatten nie nach ihr getreten und die Hühner immer viel leiser gegackert als bei anderen. Vater hatte sie immer angehalten, sie solle nicht zu streng arbeiten, die Arbeit sei nicht das einzige im Leben. Nun war sie neunzehn, ein Jahr jünger als Jan, und sie hatte nie einen Kerl gefunden, der ihr das Wasser reichen konnte, die meisten im Dorf waren ihr einfach zu lahm. Tibbett hatte von klein auf behauptet, er werde Alm eines Tages heiraten. Sie hatte ihn jedoch nie als potenziellen Ehemann empfunden. Dabei hatte sie ihn immer gemocht, obwohl er eigentlich nie gearbeitet und an manchen Tagen schon am Morgen Wein gekostet hatte. Er hatte es geliebt, erfundene Geschichten zu erzählen, vor allem, wenn er viel getrunken hatte.

Was würde nun aus ihnen werden? War es möglich, dass das Königreich sie einfach nach Hause gehen liess, obwohl sie seine Feinde waren? Was passierte, wenn sie wieder im Imperium ankamen? Würde Sirin ihn wieder suchen und nach Foron schicken oder ihn sogar umbringen? Was würde aus den anderen werden? Würden Rey und Darkkon mit einem Schiff auf die Insel Heel übersetzen? Und Syria, zog sie wieder in den Kampf oder würde sie sesshaft werden und vielleicht einen Mann suchen?

«Wir werden dich irgendwie nach Hause bringen.» Syria sah Jan von der Seite an. «Das wird schon. Wenn wir in Buchenwall ankommen, wirst du sicher herzlichst empfangen.»

«Ihr kommt also den ganzen Weg mit nach Buchenwall?»

«Was denkst du denn. Wir können dich doch nicht einfach so verlassen, wer passt dann auf dich auf? Wir müssen sowieso nach Felsbach, um Sirin und seinen Männern den Schädel einzuschlagen. Sonst werden noch mehr gezwungen, in diesen Krieg zu ziehen.»

«Empfindest du es nicht als beleidigend, dass andere nicht kämpfen möchten wie du?»

«Jeder sollte dies selbst entscheiden können. Jedes Volk hat seine eigenen Vorstellungen dazu», beschied ihn die junge Frau.

XI

Nach tagelanger Reise kamen sie zur Grossen Mauer Forons. Als sich das mächtige Tor vor ihnen auftat, fühlte sich Darkkon ehrfürchtig und gehemmt zugleich. Einerseits war es ihm vergönnt, die westlichen Ländereien zu sehen, andererseits geschah dies nur, weil er dorthin entführt worden war. Das Tor schloss sich krachend und knirschend hinter ihnen, und allen wurde bewusst, dass es einige Mühe kosten würde, von hier zu fliehen.

Die Wächter und die Gefangenen stiegen auf Pferde, doch Syria bemerkte: «Ich möchte dem Tier mein Gewicht nicht anlasten, ich werde weiterhin zu Fuss gehen.»

So trotteten sie durch das riesige Lager des königlichen Heeres. Es war ein majestätischer Anblick. Jeder, der hier in den Krieg zog, war hundertprozentig überzeugt von dem, was er tat. Es gab keinen Zwang, keine Unentschlossenheit. Nach kurzem Marsch erreichten sie ein grosses Dorf. So etwas gab es auf ihrer Seite Forons nicht. Niemand war so leichtsinnig, sich so nahe der Grenze niederzulassen. Hier gab es nur die Kasernen der Armee und einige Gasthöfe, die von dieser geführt wurden, sonst war das grosse Land kaum bewohnt.

«Die Leute hier müssen den Krieg nicht fürchten, denn wir beschützen sie. Eure Truppen waren seit über siebzig Jahren nicht mehr auf dem Land jenseits der Mauer», erfuhren die Gefangenen von ihren Wächtern.

Sie wurden in ein Gefängnis geführt. Den Wächtern dort wurde aufgetragen, Jan weiterhin mit dem Halsband zu bewachen, da Syria sonst ausbrechen würde und die Gefangenen so fliehen könnten.

«Ist dies das Gefängnis, in dem wir gefangen gehalten werden? So nah an der Grenze?», fragte Rey verblüfft.

Der Aufseher erklärte ihm, dass sie hier nur über Nacht bleiben würden, bevor sie weiter ins Innere des Königreiches ziehen würden.

«Schade, wäre auch zu einfach gewesen», beklagte sich der Blondschopf.

Das Gefängnis war gut ausgestattet, sauber und komfortabel. Wenn man bedachte, wie es den Gefangenen der anderen Seite erging, war dies geradezu ein Palast. Die Nacht brach herein, und Rey langweilte sich. So fing er ein Gespräch mit Syria an.

«Wie ist es, wenn man in Berserkerwut verfällt, was passiert dann mit dir?» Er flüsterte, weil er nicht wollte, dass ihre Wächter erfuhren, wer Syria war. Wer weiss, wie sie auf Berserker reagieren würden.

«Du musst dir vorstellen, von einem Augenblick auf den anderen in Trance zu fallen. Dabei fühlst du eine immense Wut in dir, doch diese Wut aus dir strömen zu lassen, ist das beste Gefühl, das du dir vorstellen kannst. Es ist so extrem wie Liebe oder das höchste Glück. Du stehst neben dir und hast dich nicht unter Kontrolle. Du erkennst, dass du tötest, und das ist reine Freude, sie ist fast sinnlich.»

«Klingt ein wenig nach Hassliebe.»

«Vielleicht, ja.»

«Könntest du mir beibringen, wie man sich in diese Wut versetzt?»

«Nein, das kann ich nicht. Erstens kann man sich nicht in Berserkerwut ‹versetzen›, sie packt einen einfach während eines Kampfes. Zudem sind nur Berserker imstande, dies zu erleben. Und was würde es dir bringen, jeden in deiner Umgebung niederzudreschen?»

«Das möchte ich eigentlich gar nicht, ich wollte lediglich wissen, ob ich das auch kann. Und natürlich hast du recht, es wäre kein Vorteil für mich, sondern hinderlich.»

Die beiden redeten noch eine Weile, während Darkkon bereits eingeschlafen war.

Am nächsten Morgen erwachte Rey und bemerkte, dass er nah an Syria gekuschelt war. Diese erwachte sogleich und bemerkte, dass er seinen Kopf auf ihre Brust gebettet hatte. Rey versuchte sich verschämt zu entschuldigen, doch Syria beruhigte ihn.

«Es ist schon gut, du hast meine Rüstung berührt, nicht mich, und wenn, wäre das auch kein Problem.»

Ein Wächter kam herein, weckte Darkkon unsanft und eskortierte die drei hinaus, wo Jan bereits auf sie wartete. Schlaftrunken fragte Darkkon, wohin die Reise jetzt gehe.

«Wir wandern nun durch eine weite Ebene, bis wir zum Gefängnis kommen. Wir müssen uns beeilen, da wir dort ankommen müssen, bevor der erste Schnee fällt.»

Und wieder ging der Tross Richtung Westen. Darkkon und Syria unterhielten sich, so dass der Anführer der Wächter das Wort an Rey und Jan richtete.

«Hier habe ich einen versiegelten Brief. Darin stehen die Informationen, die ihr uns zukommen liesst. Zudem steht darin, dass ich euch nach meinem Ermessen freilassen würde, da ihr unfreiwillig an den Kämpfen von Foron teilgenommen habt und ihr bereit wärt, euch von Foron zu entfernen. Ich habe diesen Brief dreimal geschrieben. Einen behalte ich, einen erhält mein Stellvertreter, falls mir etwas zustossen sollte, und einen übergebe ich jetzt euch, damit ihr ein Beweismittel habt.»

Rey nahm die gesiegelte Rolle entgegen, schob sie Jan zu und meinte, er solle darauf aufpassen. Syria und Darkkon hatten aufgehört, miteinander zu reden und wollten wissen, was sie gerade erhalten hatten. Rey erklärte ihnen, was der Anführer gesagt hatte und fragte, worüber sie sich unterhielten.

«Darkkon hat mich gerade gefragt, wie viel ich von der alten Sprache verstehe. Du weisst doch, Iten Danu, der Vater der Winde. Ich habe ihm erklärt, dass ich die Sprache verstehe, jedoch nicht schreiben kann. Und weiter habe ich gesagt, dass ‹Darkkon› in der alten Sprache so viel bedeutet wie ‹Treffer› oder ‹Ziel›. Dein Name lautet übersetzt ‹Der Letzte› oder ‹Finale›. Jans Namen ist in der alten Sprache nicht bekannt.»

«Wir wären also zusammen das Ziel des Finales oder so etwas Merkwürdiges?»

«Nein, zusammen wäret ihr ‹Der letzte Treffer›. Einzelne Worte sind schwer übersetzbar, aber ganze Sätze sind meist eindeutig.»

XII

Der Herbst neigte sich dem Ende zu, die Ebene war karg. Kaum grünes Gras oder anderes Gewächs war zu sehen, der Boden war steinig und kalt. Die meisten Bäume, die sie in der Ferne erkennen konnten, trugen keine Blätter. Und die, die noch welche hatten, vermochten das Grün nicht mehr lange zu halten. In der Luft hing der Geruch der Kälte, es konnte jeden Tag zu schneien anfangen. Neben den Bächen gediehen das Moos und der Farn.

«Im Frühling treten viele dieser kleinen Bächlein über und fluten die Ebene. Dann ist ein Marsch hindurch sehr mühselig. Wir werden wahrscheinlich erst gegen Sommer wieder nach Foron ziehen.»

«Und was ist im Winter?», wollte Jan wissen.

«Im Winter würde in dieser Ebene kein Mensch umherirren.»

«Wieso nicht?»

«Weil es halt so ist», kam die entnervte Antwort zurück.

Am Abend campierten sie auf freier Fläche. Jan wurde wieder bewacht. Er wollte ein Gespräch mit seinem Wächter beginnen, doch dieser bedeutete ihm grimmig, dass er still sein solle, und so waren das einzige, was man hören konnte, die Krächzer der Nachtschatten, einer Rabenart, die in der Nacht als grosser geflügelter Sturm auf Raubzug ging. Das Feuer, um das alle lagen, erlosch nach und nach, es war jetzt schon mehr glimmende Glut als lodernde Flammen. Dem Wächter schien dies nicht zu behagen. Er zerrte Jan mit sich, um Holz aus dem Vorrat zu holen. Er hatte es plötzlich sehr eilig, dabei hatte er wenige Augenblicke zuvor fast noch geschlafen. Als sie sich zum Feuer umdrehten, hörte man ein fernes, grollendes Röhren. Der Wächter warf das Holz hin und weckte seine Kameraden. Als er dem Anführer etwas ins Ohr flüsterte, erschrak dieser und weckte die Gefangenen.

«Was ist denn eigentlich los?» Darkkon war alles andere als begeistert, geweckt zu werden.

«Wir wollten Feuerholz holen, als der Wächter plötzlich Angst bekam, das Holz hinwarf und die anderen weckte.»

«Vor was fürchtet ihr euch?» Rey klopfte dem Anführer auf die Schulter.

«Orias haben uns entdeckt», antwortete der. «Katzenartige Wesen aus schwarzem Lehm.»

«Ich nehme an, die sind gefährlich ... Mit wie grossen Viechern müssen wir rechnen?»

«Sie sind etwa so gross wie ein Löwe.»

«Aha! Das könnte brenzlig werden. Gebt Darkkon seine Waffen wieder, und wir kämpfen an eurer Seite. Syria, knack bitte deine Fesseln und pack deine Axt.»

Der Anführer gab den Befehl, Darkkon seine Waffen auszuhändigen, während Syria mit einem kurzen Ruck ihrer gekreuzten Arme die Fesseln sprengte und ihre Axt erscheinen liess.

«Was läuft eigentlich bei euch alles so rum? Habt ihr noch andere Überraschungen, ausser Katzen aus schwarzem Lehm?» Rey war gelassen. Er hatte noch nie gegen Tiere gekämpft, aber er dachte, dass diese gewiss weniger chaotisch waren als Menschen.

«Die Orias wurden vor vielen Jahrzehnten von Magiern für den Krieg erschaffen. Doch einige kamen abhanden, sie wurden wild und vermehrten sich. Sie reagieren anders auf das Licht als wir: Je heller etwas ist, desto schlechter können sie es wahrnehmen. Das Lagerfeuer hat uns vor ihnen verschleiert.»

«Toll. Und nun haben wir Ärger, weil das Feuer vernachlässigt wurde. Wie konnten sie sich denn vermehren, wenn sie aus Lehm geformt wurden?»

«Sie wurden verschiedenen Raubkatzen naturgetreu nachgestellt.»

«Wie hart ist der Lehm, aus dem sie bestehen? Kann man ihn mit einem Stein zerschlagen?», fragte Darkkon.

Bevor jemand eine Antwort geben konnte, leuchteten mehrere Augenpaare durch die Nacht. Die Orias waren inzwischen sehr nahe gekommen. Die Krieger standen alle in einem geschlossenen Kreis, Jan stand mit seinem Wächter in der Mitte. Trotz seiner Überzeugung, dass die Gefährten ihn nicht angreifen würden, liess der Anführer Jan bewachen. Die Augen kamen indes immer näher. Die Katzen bewegten sich ruhig, geschmeidig und langsam fort. Dann stürzte eine Oria mit einem weiten Sprung auf die Menschen los. Weitere Orias folgten.

Syria zerschlug die angreifenden Wesen mit ihrer Axt in

Trümmer, die Wächter wehrten sie mit Schwert und Schild ab. Sie benötigten mehrere Schläge, um dem Lehm Risse zuzusetzen. Zwei Orias stürzten sich auf einen Wächter und rissen ihm mit ihren Krallen die Halsschlagader auf. Der Hauptmann zerschlug ihnen die Köpfe mit mehreren gewaltigen Hieben, die ihn viel Kraft kosteten. Darkkon hatte grosse Mühe, sich zu wehren, da seine Wurf- und Schusswaffen lediglich den Lehm durchschossen, aber keine grösseren Schäden daran verursachten. Er wurde von seinem Bruder unterstützt, der einen Prankenhieb abbekam. Er stellte fest, dass die Krallen relativ unscharf waren, im Vergleich zu denen richtiger Raubkatzen. Seine Wunde war mehr ein Kratzer als ein Schnitt, wie man ihn von einem scharfen Stein erwarten würde. Doch er hatte Glück, dass er dem Hieb ausgewichen und die Verletzung nicht zu tief war. Es kamen weitere Katzen hinzu, und wieder fiel ein Wächter. Die Situation wurde immer brenzliger. Rey, der sich um drei Gegner auf einmal kümmern musste, trat einer Oria so kräftig gegen die Seite, dass sie fast zwei Meter weit über den Boden krachte und zersplitterte. Eine andere hielt er kurz vor Darkkon auf, indem er ihren Hals umklammerte und sich mit seinem Gewicht auf ihren Rücken drückte. Er versuchte, den Kopf des Tieres umzudrehen, doch der Lehm liess dies nicht zu. So zermürbte er das Tier mit einigen Faustschlägen, um daraufhin mit seinem Kopf auszuholen und ihn so stark gegen den Oria-Schädel zu schlagen, dass dieser und der restliche Körper kurze Zeit später zerbarsten. Das letzte der drei magischen Wesen war von Darkkon bereits an mehreren Stellen mit Bolzen durchbohrt worden. Es bedurfte nur eines beherzten Schlags der Ark-Handschuhe, um zu zerfallen.

Der Kreis, den die menschlichen Verteidiger gebildet hatten, zerfiel zu einzelnen Frontgruppen, bestehend aus Rey und Darkkon, die nun Syria halfen, dem Hauptmann und zwei seiner Männer, die ebenfalls noch im Lager waren, sowie den restlichen Wächtern, die etwas abseits des Lagers versuchten, die künstlichen Tiere zurückzudrängen. Jan und sein Aufseher besannen sich auf eine Taktik, die Jan gut bekannt war: Bleib in der Nähe von jemandem, der dich beschützen kann. Da Jan sich jedoch wegen des Halsbandes an seinen Wächter halten musste, liefen sie zu der Gruppe der Wächter, die abseits standen, da diese aus den meisten Männern bestand. Die ersten Angriffswellen konnten abgewehrt werden, und die Lage beruhigte sich langsam. Schliesslich richteten die Orias ihre Angriffe auf genau die Gruppe, in der sich nun auch Jan befand. Rey, dessen Bruder und Syria hatten in ihrer Umgebung aufgeräumt und kamen nun den anderen zu Hilfe. Die letzte Oria zog ihre Kreise und erwischte Jans Aufseher mit einem Sprung. Dieser, durch das erschaffene Wesen zu Boden gerissen, hielt immer noch die Kette des Bleidorns fest, der sich durch den Ruck ausgelöst hatte. In diesem Augenblick versuchten Syria und Rey reflexgetrieben, ihre Hand in den Mechanismus zu stecken, wobei Rey gegen Syrias schwere Rüstung prallte und zu Boden stürzte. Syria liess sich dadurch nicht beirren und erwischte den Dorn noch rechtzeitig mit der Handfläche. Sie zog ihre blutende Hand hervor und riss sich den Fremdkörper behände heraus.

Nach dem Schrecken dieser Nacht waren sich die Überlebenden einig, ihre Reise fortzusetzen, nachdem sie die Toten beerdigt haben würden. Rey, der eine Wächterleiche in ihr Grab legte, spottete mit einem Blick auf Jans unbrauchbares Halsband:

«Eure Möglichkeiten, uns in Schach zu halten, verringern sich zusehends. Noch zwei weitere kaputte Genickgeschenke, und ihr könnt euch Sorgen um eure Sicherheit machen.»

Die Stimmung blieb angespannt. Sie wussten, sie waren Feinde. Keiner würde dem anderen eine Chance geben, wenn es darauf ankäme. Vor allem Rey schien sich auf das Wort des Hauptmannes, dass sie womöglich wegen seines Briefes der Gefangenschaft entgehen konnten, nicht zu verlassen. So zogen sie alle weiter.

Gegen Mittag holten sie ihren Schlaf nach. Diesmal wurde Darkkon beaufsichtigt, da Rey als zu gefährlich galt. Seine blitzschnellen Reaktionen waren dem Anführer ein zu grosses Risiko.

XIII

Die Tage wurden immer kürzer und kälter, doch noch fiel kein Schnee. Die Reise verlief ohne weitere Zwischenfälle. Sie kamen an ein langes, moosbewachsenes Mäuerchen, kaum bis zur Hüfte eines Menschen ragend. Alle stiegen hinüber und liefen weiter. Kurz darauf erreichten sie eine Platte, die genauso hoch war wie die Mauer. Wieder stiegen alle hinauf und wanderten weiter. Die Gefährten aus dem Osten schauten einander fragend an.

«Dies ist das Gefängnis, in dem ihr inhaftiert werdet», sagte der Anführer. «Es ist die Decke des Gefängnisses. Dieses liegt unter der Erde.»

«Ach so», sagte Rey, als sie wortlos weitertrotteten. «Jetzt habe ich verstanden.»

Darkkon schüttelte den Kopf und sah seinen Bruder ungläubig an. «Wenn du nicht sofort gerafft hast, dass es unterirdisch liegt, was hast du vermutet?»

«Ich dachte, das sei so eine Art Massengrab, in das wir hineingeworfen werden, wenn sie uns gleich töten.»

Darkkon bat den Hauptmann um einen kurzen Halt. Dann drehte er sich zu Rey um. «Tut mir leid, Bruder ...», er verpasste ihm eine Kopfnuss, «... aber deine Blödheit gehört bestraft.»

Sie erreichten das Ende der Decke und sahen unter sich einige Stufen, die zu einer grossen, stählernen Tür hinabführten. Sie traten hindurch und wurden von vielen Wächtern empfangen. Der Hauptmann gab ihnen Anweisungen, wie man die neuen Gefangenen zu behandeln habe. Die Gefährten aus dem Osten wurden durch den kargen, gemauerten Raum geleitet, bis sie zu einer Treppe einen Stock tiefer gelangten. Dort wurden sie an andere Wächter weitergereicht. Dies ging so weiter, bis sie im vierten Untergeschoss angekommen waren. Im Gefängnis war es erstaunlich ruhig, man hörte kaum jemanden reden. Die Gänge der Stockwerke waren lang, doch es gab nur wenige Zellen, die gross genug für zehn oder mehr Häftlinge waren. Jan zählte bis ins Zielstockwerk etwa vierzig Gefangene. Sie selbst wurden in Zellen des vierten Stockwerks gesteckt, in denen sich noch niemand befand. Rey und Jan teilten sich eine Zelle, Darkkon und Syria erhielten je eine.

Rey schaute sich nach Wachen um und meinte dann zu Syria, die in der Zelle gegenüber war: «Die scheinen nicht gerade intelligent zu sein, uns alle auf derselben Ebene gefangen zu halten.»

Darkkon, der in der Zelle nebenan an der Wand lehnte, meinte, das sei, um Kontakte zu den anderen Inhaftierten zu vermeiden. So könne man keine gross angelegten Ausbruchpläne durchführen, da man nicht wissen konnte, wer ein Spitzel sei.

Der Hauptmann der Wächter kam zu ihnen. «Ich habe ihnen erklärt, dass man einen von euch immer im Auge behalten muss», verkündete er. «Zugleich habe ich veranlasst, dass man euch gut behandelt, da ihr vielleicht bald wieder frei sein werdet. Ich werde jetzt gehen und in ein paar Tagen nach Schloss Eran reisen, um eure Informationen und das Gesuch zur Freilassung zu übergeben. Für die Reise werde ich etwa zwei Wochen benötigen.»

Rey schrak auf. «*Was*? Zwei Wochen? Dann kommen wir allerfrühestens in einem Monat hier raus. Und können dann im Winter durch den Schnee stapfen.»

«Es tut mir leid, doch es geht wohl nicht anders, als dass ihr erst im Frühling nach Hause gehen könnt. Im Winter würdet ihr nicht lebend heimkehren.»

Der Hauptmann verabschiedete sich kalt und verschwand nach oben. Kurz darauf kam ein Wächter zu ihnen. Er überprüfte Darkkons Halsband, legte ihn dann in schwere Ketten und blieb bei ihm in der Zelle. Stunden vergingen. Dann vernahmen sie plötzlich ein lautes, abgehacktes Lachen von einer grellen Stimme. Jemand schien zu allen Gefangenen zu sprechen. Dann kam ein Schatten die Treppe herunter, und ein junger Mann trat zu den Neuankömmlingen. Stolz stand er in Sichtweite aller Zellen.

«Ihr seid also die Neuen», meinte er spöttisch. «Ich bin hier der Kommandant, und ihr seid *meine* Gefangenen. Ich wurde unterrichtet, dass ihr eine Spezialbehandlung erhalten sollt. Nun, das sehe ich nicht so. Ich gebe hier die Befehle, und wenn ihr nicht gefoltert werden wollt, benehmt euch. Man sagte mir, ihr seid stark. Aber ihr wärt nicht die ersten starken Krieger, die durch meine Methoden gebrochen werden.» Nach seiner Rede stolzierte der Kommandant wieder die Treppen hinauf.

«Na toll, wir haben einen grössenwahnsinnigen Sadisten, der auf uns aufpasst. Jan, was denkst du, wie wir hier wieder rauskommen?» Rey trat mit Jan zur äusseren Wand, damit der Wächter bei Darkkon ihr Gespräch nicht hören konnte.

«Ich denke, es wäre am besten, wenn wir eine Weile hier bleiben, einige Tage vielleicht. So lernen wir den Tagesablauf des Gefängnisses kennen und können uns dazu was überlegen. Als ich und mein Freund vor Sirin flohen, haben wir uns zum Beispiel gemerkt, welcher der Wächter ab und an einschläft.»

«Gute Idee. Und in der Zwischenzeit untersuchen wir das Band, das ich trage, um es, wenn der Zeitpunkt gekommen ist, zu zerstören. Dann müssen wir uns nur noch auf Darkkon konzentrieren. Leider ist er in der Zelle nebenan, sonst könnte er das Ding sicher untauglich machen, er ist in technischen Dingen besser als ich.»

Jan fummelte vorsichtig an dem Band herum. Er war nie besonders geschickt gewesen, darum versuchte er Schritt für Schritt herauszufinden, wie der Mechanismus funktionierte. Nach einer Weile hörte er auf und meinte, man könne es vielleicht verklemmen, wenn der Dorn nicht zu viel Spannung entwickle. Dann bestehe jedoch die Gefahr, dass der Dorn abweiche und doch in den Körper eindringe.

«Darkkon muss sich das mal ansehen», meinte Rey. «Vorerst mal abwarten, hm? Wenigstens können wir zwei miteinander reden. Syria und Darkkon werden sich bestimmt langweilen. Erzähl mal etwas.»

Jan musste eine Weile überlegen, doch dann fiel ihm eine Geschichte ein, die man sich in seinem Dorf erzählte. «Vor vielen, vielen Jahren, bevor Buchenwall erbaut wurde, lebten dort bösartige Wesen. Es waren Waldgeister, die normalerweise ungefährlich sind. Doch in diesem Teil des Landes ermordeten sie Menschen, indem sie ihnen grausame Illusionen vorgaukelten. Vor Angst starben die Menschen. Damals wollte man eine Handelsroute nach Süden durch das Gebiet bauen, doch die Geister verhinderten dies. Lange Zeit überlegten sich die Händler, wie man den Geistern beikommen könnte. Sie versuchten es zuerst mit Opfergaben und legten Früchte, Gemüse, Kräuter und Nüsse am Waldrand nieder. Die Geister holten sich die Gaben und verschwanden im Wald. Die Händler dachten, sie hätten das Problem gelöst und schickten ihre Leute los, um eine Schneise durch den Wald zu hauen. Doch am nächsten Morgen, als die Händler an den Wald traten, erblickten sie die Leichen der Holzfäller. Sie waren aufeinander getürmt, und um sie herum und auf ihnen lagen Beeren, Kräuter, Früchte, Nüsse und anderes, das man im Wald sammeln konnte. Die Händler berieten sich wieder und dachten, dass ein weisses Fohlen im Wald Abhilfe schaffen könnte, denn in vielen Geschichten und Erzählungen ist ein weisses Fohlen der Schutzherr eines Waldes. So wurde ein Fohlen gekauft, in den Wald begleitet und dort ausgesetzt. Kurz danach betraten die ersten Arbeiter den Wald. Er schien ruhig zu sein, und vom Fohlen fehlte jede Spur. Am späten Nachmittag jedoch gerieten die Waldarbeiter in ein heilloses Durcheinander. Das Fohlen griff die Holzfäller an, es biss und trat nach jedem in seiner Reichweite. Es wurde eingefangen und in die Stadt gebracht, um wieder verkauft zu werden. In dieser Stadt lebten auch die Händler, die die neue Route verwirklichen wollten. Am Abend wurde ihnen in dem Wirtshaus, in dem sie immer einkehrten, mitgeteilt, dass das Pferd nicht mehr im Stall sei. Doch dies schien keinen der Händler zu kümmern. Es wurde immer dunkler, und ein Händler nach dem anderen verliess das Wirtshaus. Als der letzte nach Hause ging, schauderte es ihn, als er aus der Tür trat. Und wie er so die Gassen entlangging, fühlte er immer stärker, dass er verfolgt wurde. Er sah sich um, doch es war niemand zu sehen. Plötzlich sprang ihm das Fohlen auf den Rücken und umklammerte ihn. Er versuchte es abzuwerfen, doch es gelang ihm nicht. Er wollte um Hilfe rufen, doch aus seinem Mund kamen keine Worte. Wie von dem Fohlen kontrolliert, lief er nach Hause. Das Pferd wurde immer schwerer und schwerer, es schien dem Mann etwas ins Ohr zu flüstern. Man sagt heute, es habe einen Fluch über die Händlerfamilie ausgesprochen. Als der Mann mit dem Tier auf dem Rücken endlich zuhause ankam, brach er vor seiner eigenen Haustür tot zusammen. Das Fohlen sei daraufhin in die Nacht verschwunden. Am nächsten Morgen fand ihn seine Frau vor der Tür liegend. Man erzählt sich, dass ihre Familie innerhalb eines Jahres alles verlor, was sie besessen hatte. Die Frau wurde später von einer Kutsche überfahren, die Tochter starb, als sie von ihrem Pferd abgeworfen wurde, und der Sohn verschied an einer mysteriösen Krankheit, nachdem er von einem Pferd gebissen worden war. Es gibt noch weitere Erzählungen dazu, aber lass mich wieder zum Wald kommen. Die Händler wussten nicht mehr ein noch aus, bis ein fremder Magier in die Stadt kam. Dieser trat im Wirtshaus zu ihnen und erklärte ihnen, dass er für ein entsprechendes Entgelt die Geister besänftigen könne. Die Händler willigten ein – unter der Bedingung, dass er einen Monat lang in der Stadt blieb und in dieser Zeit keine Unfälle passierten. So ging der Magier jeden Morgen mit den Holzfällern in den Wald und zeigte ihnen die Stelle, an der sie eine Lichtung schlagen sollten. So ging das einen Monat. Der Magier zog mit den Arbeitern aus und blieb mit ihnen im Wald, bis sie am Abend nach Hause gingen. Am letzten Tag befahl er ihnen, mit den gefällten Bäumen einen Wall um die Lichtung zu errichten. Als der Wall am Abend fertig war, gab der Magier noch seine letzten Anweisungen, dann verschwand er spurlos. Seit diesem Ereignis mussten die Holzfäller immer ein Stück Buche aus dem Wall mit sich tragen. Jeder, der den Wald ohne ein solches Stück betrat, hatte einen Unfall oder starb auf seltsame Weise. Als der Wall nach Jahren des Abnutzens und Verfaulens nicht mehr da war, weigerten sich die Arbeiter weiterzumachen. Die Händler, die daraufhin erzürnt waren, wussten nichts mit diesem verfluchten Land anzufangen. Die Schneise erstreckte sich tief in den Wald, die Lichtung war riesig. Einer kam auf die Idee, in anderen Städten Land auf dieser Lichtung zu verkaufen, und wenn alle Eigentümer durch Unfälle gestorben waren, könne man das Land wieder und wieder verkaufen, so dass sich jeder verfluchte Flecken Erde in diesem Wald bezahlt machen würde. Gesagt, getan. Jeder der Händler reiste in eine andere Stadt und verkaufte das Land auf der Lichtung. Viele interessierten sich, da es sehr günstig zu kaufen war. Bald schon kamen die ersten Einwohner von Buchenwall in ihrer neuen Heimat an. Sie bauten ihre Häuser und liessen ihr Vieh weiden. Nie starb jemand an einem Unfall oder gar an einer Krankheit, es ging den Neuankömmlingen prächtig. Dies verärgerte die Händlergemeinschaft zusehends, da ja in der näheren Umgebung bekannt war, was bei den Arbeiten im Wald passiert war. Die Händler engagierten Söldner, die sich als Banditen ausgeben sollten, um so die Dorfbewohner von Buchenwall zu verjagen und die Häuser niederzubrennen. Die Söldner zogen in der nächsten Vollmondnacht los, doch sie kamen nie in Buchenwall an. Einen halben Monat später wurden sie am Rande des Waldes gefunden: gehäutet und an den Bäumen wie Kleider zum Trocknen aufgehängt. Die Händler betraten den verwunschenen Wald nie mehr. Einer nach dem anderen geriet in Vergessenheit, doch das Dorf gedieh und steht heute noch an derselben Stelle wie damals. Man sagt, dass der Magier in Wirklichkeit ein Waldgeist gewesen war, der verhindern wollte, dass gierige Händler mit seinem Wald Profit erringen. Interessant ist auch, dass die meisten Dörfer und Städte um Buchenwall aufgegeben oder bei irgendeinem Vorfall zerstört wurden. Du kannst einen alten Greis fragen, der schon in der ganzen Welt herumgekommen ist – wo Buchenwall liegt, kann er dir nicht sagen. Beinahe niemand kennt dieses Dorf.»

«Tolle Geschichte, aber der Schluss hat einen kleinen Schönheitsfehler.»

«Und der wäre?»

«Ganz einfach: Sirin wusste, wo Buchenwall liegt und konnte dich entführen.»

«Stimmt, aber das ist sicher nur ein dummer Zufall. Oder er weiss es, weil er ein Hauptmann der Armee ist.»

Rey legte sich auf sein Lager, das aus ein paar zusammengenähten, mit Stroh gefüllten Tüchern bestand. «Ich erzähl dir ein andermal was, ich bin müde», sagte er, und kurz darauf schlief er bereits.

Jan dachte noch lange darüber nach, wie sie ausbrechen konnten. Das grösste Problem waren die Halsbänder. Ohne diese hätte Syria ihre gesamte Kraft entfesseln können, und man hätte ihr einfach aus dem Gefängnis hinausfolgen können, das sie säuberlich räumen würde. Jan dachte daran, dass schon bald Schnee fallen würde und der Hauptmann gemeint hatte, niemand würde dann die Ebene durchqueren. Man müsste in Erfahrung bringen, wieso das so gefährlich war. Er nahm sich vor, einen der Wachmänner danach zu fragen.

Die Ablösung für Darkkons Wächter kam herunter und schloss die Zelle auf. Jan beobachtete ihn. Er blickte zu Syria, die gelangweilt auf ihrem Strohlager lag, bis sie aufstand, um das Essen entgegenzunehmen, das ein weiterer Wächter brachte: Brot und Wasser, das nicht annähernd so gut war wie das aus den Flüssen zuhause. So verging der Tag, und die vier verbrachten ihre erste Nacht in Gefangenschaft.

XIV

Viele Tage verstrichen. Jan beobachtete weiterhin die Wächter. Sie wiederholten die Wachablösung und den Essensdienst jeden Tag genau gleich. Und jeden Morgen kam der Kommandant und verkündete, wie klug und unnahbar er sei und wie grausam jeder, der Ärger mache, gefoltert werden würde. «Man müsste eine unvorhergesehene Situation erzwingen», dachte Jan, «um diesen täglichen Trott zu durchbrechen.»

«Wir randalieren, und in einem günstigen Augenblick krallen wir uns den Wächter.»

Reys Vorschlag stiess bei Jan nicht auf Begeisterung. «Wenn wir einen Aufstand machen, werden mehr Wachen kommen», sagte er. «Das müssen wir verhindern. Und wenn jemand gefoltert wird, gibt es mehrere Risiken: Syria könnte ausser Kontrolle geraten, weil Folter einer Kampfsituation ähnelt. Und wen würden sie foltern? Ich würde die Folter wahrscheinlich nicht überstehen, und Darkkon sollte nicht aus diesem Raum geführt werden. Wir müssen den Wachmann irgendwie dazu bringen, mit oder ohne Darkkon zu Syria hinüberzugehen. Sie könnte das Halsband zerreissen. Wir könnten einen Streit simulieren. Das Problem ist aber, dass wir weder mit Syria noch mit Darkkon reden können, ohne dass der Wachmann es mitbekommt.»

«Hm ... Wie könnten wir uns verständigen?» Rey sass in seiner Schlafecke und schien konzentriert nachzudenken. Nach einiger Zeit suchte er in seiner Zelle etwas, aber dann meinte er nur: «Schade, hier hat's keine Steine.»

Tage später kam Jan eine Idee. «Hey, Wachen, Wachen!»

Ein Mann kam die Treppe herunter und fragte, was er herumbrülle.

«Riechst du es nicht?»

«Was denn?»

«Deine Nase möchte ich haben. Hier stinkt's, und zwar gewaltig.» Jan wartete ab.

«Du hast recht, das ist ja grausam.»

Die Wache in Darkkons Zelle, die alles mitangehört hatte,

meinte ebenfalls: «Von wo das wohl kommt? Stinkt ja schlimmer als verfaulte Eier.»

«Könnten wir nicht eine andere Zelle beziehen?», fragte Jan. «Eine, die weiter hinten liegt ...»

«Dann will ich aber auch eine andere», meinte Darkkons Wächter. «Hier bleibe ich nicht, wenn es so stinkt. Und die Frau muss ich auch im Auge behalten. Am besten ist es, wenn alle nach ganz hinten verlegt werden.»

Der Wachmann holte zuerst Syria aus der Zelle und führte sie nach hinten. Dann brachte er nacheinander Rey, Jan und Darkkon in die neuen Zellen. Diese lagen nun seitenverkehrt, jedoch ganz hinten.

«Hier ist es viel angenehmer», bemerkte Jan.

«Ich werde den Koch fragen, ob er für den Gestank verantwortlich ist», witzelte einer der Wächter seinem Kollegen zu.

Am Abend kam wie gewohnt die Ablösung.

«Was sollte das?», wollte Rey von Jan wissen. «Nichts hat sich an unserer Situation geändert. Es hat ja nicht mal gestunken.»

«Ja, eben. Aber wenn man sagt, es stinke, riechen es alle anderen plötzlich auch. Und unsere Situation hat sich sehr wohl geändert. Wir sind weiter von der Treppe entfernt. Das gibt uns mehr Zeit für eine Aktion, wenn der Zeitpunkt gekommen ist. Nun müssen wir nur noch Syria mitteilen, dass sie sich mit Darkkon streiten soll. Dann reklamieren wir wegen des Lärms und sagen dem Wächter, er solle für Ruhe sorgen. Wenn er dann aufsteht, geht er bestimmt mit Darkkon hinüber, und wenn dieser nah genug an Syria ist, muss sie nur dafür sorgen, dass Darkkons Band seinen Zweck nicht erfüllt.»

Am nächsten Tag sprach Jan Syria an. Was es da zu besprechen gebe, wollte der Wachmann bei Darkkon wissen.

«Bah, mir ist dermassen langweilig, ich möchte eine Geschichte erzählen.»

«Dann sprich laut, so dass ich es mitanhören kann, sonst rufe ich unseren Kommandanten.» Auch dem Wächter war es schrecklich langweilig, und so begann Jan die gleiche Geschichte zu erzählen, die er bereits Rey erzählt hatte. Während er sprach, riss Rey seine Decke ein wenig auf und nahm Stroh heraus. Er versuchte das Stroh zu Buchstaben zu zwirbeln. Wie ein Fahnenschwinger hielt er die Buchstaben einzeln hoch, so-dass man einen nach dem anderen lesen konnte. Jan hörte auf zu erzählen, deutete jedoch noch an, dass es weiter um ein weisses Fohlen, einen Magier und Söldner gehe.

«Wieso hörst du mitten in der Geschichte zu erzählen auf?», fragte der Wächter.

«Weil wir noch lange hier festgehalten werden, und ich kenne nur diese Geschichte. Wenn ich fertig bin, kehrt die Langeweile wieder ein.»

Im Lauf der nächsten Tage erzählte Jan immer wieder ein Stück seiner Geschichte. Dabei schweifte er absichtlich stark ab, um sie künstlich in die Länge zu ziehen. Er konnte sich auf einmal nicht mehr so genau erinnern, wer die Leute getötet hatte. Baumgeister? Waldgeister? Banditen? Er faselte über fünf Minuten lang vor sich hin, obwohl der Wächter ihm mehrmals sagte, dass es am Tag zuvor noch Waldgeister gewesen seien. Oder er sagte, dass ihn das an eine ähnliche Kurzgeschichte erinnere, die er noch erzählen müsse.

Nun waren sie schon seit über eineinhalb Monaten gefangen, und noch immer war keine Nachricht des Hauptmanns gekommen. Jan hatte seine Geschichte zu Ende erzählt, und Rey hatte seine Nachricht mit den Strohzeichen überbracht. Syria wartete einen Tag, damit der Wachmann keinen Verdacht schöpfen und jemanden rufen würde, dann fing sie an, zickig zu werden. Das Essen sei nicht gut genug, sagte sie, der Boden sei zu kalt und so weiter. Schliesslich drehte sie sich erbost zu Darkkon um.

«Wenn du nicht gewesen wärst, würden wir hier nicht verrotten, du armselige Pfeife.»

Dieser war ganz erstaunt über diesen Vorwurf und versuchte sich vergebens zu rechtfertigen und zu entschuldigen. Damit stiess er bei Syria auf taube Ohren.

Rey sprang auf, klopfte gegen die Wand und rief: «He, Wächling, jetzt unternimm mal was. Sorge für Ruhe, das hält man ja nicht aus.»

Der Wächter, erzürnt über die Beleidigung, stieg in die Diskussion zwischen Syria und Darkkon ein und versuchte zu schlichten. Syria reagierte darauf mit noch mehr Vorwürfen an

Darkkon, und dieser – er kannte den Plan ja nicht – geriet immer mehr in Rage.

«Jetzt reicht's!» Der Wächter rief einen Kollegen herbei, der aufschliessen solle. Die beiden Wächter standen nun mit Darkkon im Gang. Dessen Wächter schrie Syria wütend an, sie solle die Schnauze halten.

In diesem Moment rief Rey wieder «Wächling!», was beide Wächter zur Weissglut trieb. Der zweite Wächter trat zu Reys und Jans Zelle und schlug mit seinem Schwert gegen die Eisenstangen, zwischen denen Rey rausguckte. Währenddessen packte Syria Darkkons Bewacher, der ebenfalls in Reys Richtung schaute, mit einem Arm und klemmte ihm so die Luft ab. Mit dem anderen griff sie, wie damals bei Jan, zwischen das Band und Darkkons Hals, um den Dorn aufzufangen, der herausspickte, als der Wächter ohnmächtig wurde. Der andere Wächter, der bis jetzt noch abgelenkt gewesen war, drehte sich erschrocken um und versuchte um Hilfe zu rufen. Doch Rey umschlang seine Kehle mit beiden Händen und verhinderte so den Alarmschrei. Er stützte sich mit den Beinen gegen die Stangen und knallte den Hinterkopf des Wächters dagegen. Syria zerriss vorsichtig das Halsband, und Darkkon versuchte, dem vor Furcht zappelnden Wächter den Schlüsselbund abzunehmen. Doch Syria hatte keine Geduld. Mühelos bog sie die Gitterstäbe auseinander, und schon stand sie neben Darkkon im Gang. Dem um sich schlagenden Wachmann erteilte sie einen Hieb auf den Kopf, damit er keine Verstärkung anfordern konnte, dann sperrten sie die beiden Wächter in eine Zelle.

Die vier Komplizen stiegen nacheinander die Treppen hoch. Zuvorderst schritt Syria, um allfällige Wächter auszuschalten, danach kamen die beiden Brüder, als letzter folgte Jan. Im dritten Untergeschoss schlug Syria den Wächter am Eingang kurzerhand zu Boden.

«Hey, du, befreie uns!», rief plötzlich einer der anderen Gefangenen.

«Die Gefangenen brechen aus!», tönte es im nächsten Moment aus den oberen Etagen.

Syria tappte vorsichtig die Treppe hoch. Niemand kam ihr entgegen. Das kam ihr seltsam vor. Doch als sie auf den Gang zur zweiten Unterebene trat, prasselten Schwerthiebe auf sie nieder. Natürlich glitten diese an ihrer Rüstung ab. Zusammen mit Rey erledigte sie die wenigen Männer, doch die nächsten erschienen schon auf der Treppe.

«Taktisch unüberlegt», bemerkte Darkkon. Tatsächlich hatten auf der Treppe maximal drei Personen nebeneinander Platz. Er selbst ging ein paar Stufen zurück, damit Syria sich in Ruhe um die Angreifer kümmern konnte. Die niedergestreckten Gegner wurden von Rey in den Gang getragen, damit der Weg nach oben frei blieb. Syria hatte sich inzwischen bis an die Erdoberfläche durchgekämpft und rief hinunter, dass alles sicher sei, man könne die Gefangenen jetzt befreien. Mühsam wurde jeder Wächter nach einem Schlüsselbund untersucht, und Stockwerk um Stockwerk wurden die Gefangenen befreit. Alle nahmen ihre Waffen an sich, die im obersten Stock in einer Truhe aufbewahrt worden waren.

«So, wir können wieder nach Osten ziehen», sagte Syria.

Einer der Befreiten erkundigte sich, ob denn noch nicht Winter sei und Schnee liege.

Jan antwortete, nachdem er die Aussentür geöffnet hatte: «Es liegen etwa zwanzig Zentimeter Schnee.» Er erinnerte sich, dass er einen Wächter hatte fragen wollen, wieso niemand im Schnee über die Ebene gehen sollte. Vielleicht wussten es die Befreiten. «Wieso wollt ihr nicht im Winter nach Hause gehen? Was ist so gefährlich?», fragte er.

«Im Winter erscheint auf dieser Ebene das Schloss der Elfen», gab einer zur Auskunft. «Sie haben mit der Königsfamilie einen Pakt geschlossen: Sie anerkennen die Ebene das ganze Jahr hindurch als Hoheitsgebiet, doch sobald Schnee fällt, darf kein Mensch sie betreten. Dann gilt sie als das Territorium der Elfen.»

«Das Märchen vom Winterschloss ist also wahr», staunte Syria. Dann meinte sie: «Mir wurde, als ich klein war, ein Märchen erzählt. Es ging darin um süsse Elfen, die mit einem Königreich eine Allianz schlossen, nachdem sie sich um Land gestritten hatten.»

Rey lachte. «Das sind keine süssen Elfen, wie wir in Foron bemerkt haben.»

Der Befreite, der ihnen vom Schloss der Elfen erzählt hatte, schickte einige seiner Männer nach unten, um die ohnmächtigen Wächter einzusperren. «Wir werden bis zum Frühling warten müssen», meinte er dann. «Der Schnee, der fällt, ist verzaubert. Zum Glück müssen wir nicht befürchten, dass jemand dem Gefängnis einen Besuch abstattet, und zu essen haben wir auch – bis zum Frühling und darüber hinaus.»

«So lange können wir nicht warten!», rief Rey aus. «Wir müssen so schnell wie möglich aufbrechen, wir müssen *jetzt* nach Hause!»

Syria bestätigte selbstbewusst: «Wir brechen auf, wenn wir Proviant und Ausrüstung zusammengetragen haben. Wer mitkommen will, ist dabei, so einfach ist das.»

Niemand schien sich ihnen anschliessen zu wollen. Nachdem die Männer dicke Winterfelljacken und andere warme Bekleidung in ihrer Grösse angezogen und den Proviant verstaut hatten, traten alle vier hinaus in den Schnee.

XV

Es war ein milder, windstiller Tag. Sie stapften los, zuerst über das Dach des Gefängnisses, und wenig später kletterten sie über das Mäuerchen, das der einzige Überrest des alten Gefängnisses war. Dieses war neun Jahre zuvor bei einem Sabotageakt abgebrannt, wie Jan von einem der befreiten Gefangenen erfahren hatte. Das Winterschloss der Elfen aus purem Eis thronte auf einem Gletscher hoch über der Ebene. Doch es schien weit weg und lag nicht auf ihrer Route nach Hause.

Am Abend bauten sie sich ein Häuschen aus Schnee, das wie ein Tropfen geformt war. Es hatte zwei sich schliessende, etwa einen Meter dicke Wände und einen Eingang, der nach Westen zeigte, da der Wind aus Osten blies. Syria erinnerte sich, in einem Buch gelesen zu haben, dass Berserker in der Kälte oft in solchen Unterkünften übernachteten, und ihr Lehrmeister hatte ihr erklärt, auf was bei dem Bau zu achten war.

Als sie wohlig warm unter dicken Fellen unbekannter Wesen lagen, meinte Rey zu Jan: «Ich bemerke nicht, dass der Schnee verzaubert sein soll. Die träumen doch alle. Ach ja, Jan, ich wollte dir schon die ganze Zeit etwas sagen. Dein Plan hätte schiefgehen können. Und zwar hast du nicht daran gedacht, dass der Wächter bei Darkkon nie einen Schlüssel bei sich trug, um die Zelle zu öffnen. Er musste immer einen anderen herbeirufen, um abgelöst werden zu können.»

«Stimmt. Wir hatten Glück, dass alles gut gegangen ist», erwiderte Jan.

Bald schliefen sie alle – nach langem wieder in der Freiheit.

Das schöne Wetter dauerte einige Tage an. Dann, eines Morgens, wachten die Gefährten auf und fanden die Ebene von über einem halben Meter Schnee bedeckt vor. Es war sehr kalt, und einige Schneeflocken fielen.

Rey erzählte, wie er schwimmen gelernt hatte. «Es war heiss an diesem Tag. Darkkon schwamm genüsslich im Meer, und ich konnte nur auf der kleinen Mauer sitzen und die Beine ins Wasser halten, um mich abzukühlen. Auf einmal fühlte ich einen stechenden Schmerz an meinem Allerwertesten. Nahe der Stelle, wo ich sass, war der Boden aus feinkörnigem Dreck, und dort muss irgendwo ein Feuerameisenbau gewesen sein. Die Biester haben mich angegriffen! Ich erschrak so, dass ich ins Wasser fiel. Wie hätte ich mich auch wehren sollen? Sie waren mir zahlenmässig haushoch überlegen. Ich landete also im Wasser, Darkkon schwamm gerade in die andere Richtung. Ich schluckte Wasser und konnte kaum um Hilfe rufen. Ich sank – bis mich plötzlich etwas nach oben zog.»

«Darkkon!», rief Jan.

«Pah, von wegen. Der hat gar nicht mitbekommen, dass ich kurz vor dem Absaufen war. Nein, es war eine Meerseele, sie zog mich ans Ufer, aber zum Glück nicht in die Nähe der kampfeslustigen Feuerameisen. Als ich so am Ufer lag, sprach sie ein paar beschwörende Worte, und schon strömte das Wasser aus meinen Lungen. Sie sagte, ich müsse am Wasser besser aufpassen. Meine Antwort darauf war, dass ich gerne ab und zu ertrinke, ich sei halt Nichtschwimmer. Von dem frechen Spruch belustigt, meinte das Fräulein, sie könne mir das Schwimmen beibringen. Ich ging also am nächsten Tag wieder zu der Stelle, wo sie mich aus dem Wasser geholt hatte, und rief: Aliqua-Heel! So war ihr Name. Später nannte ich sie jedoch immer nur Heeliqua. Wir übten das Schwimmen so, wie man das eben macht: Sie hielt mich an der Wasseroberfläche, und ich paddelte mit Armen und Beinen.»

«Wieso hast du ausgerechnet bei ihr das Schwimmen gelernt statt wie ich mit unseren Lehrern?», sagte Darkkon. «Erzähl doch mal, was so speziell war an Aliqua-Heel.»

«Ha, das macht mir gar nichts aus, das zu erzählen. Also, eigentlich sind Meerseelen ja körperlos, da sie einfach Wasser sind. Trotzdem gibt es bei ihnen Geschlechter. Und bei Heeliqua war das, was von ihr aus dem Wasser ragte, also alles vom Bauch an aufwärts, wie eine transparente, junge, hübsche und natürlich vollkommen nackte Frau geformt. Da war das Schwimmenlernen doch tausendmal interessanter für einen Neunjährigen. Und als ihr auffiel, dass mir nicht nur das Schwimmen gefiel, sagte sie, dass sie ja eigentlich nur aus Wasser bestehe und daher alles sehe und fühle, was sich darin befinde, da nütze mir auch meine

Hose nichts. Seit dem verbrachte ich meist den Sommer am Meer.» Rey war fertig mit seiner Geschichte. Er schien sichtlich erschöpft, obwohl er in der Spur Syrias lief, die zuvorderst den Schnee wegpflügte. «Habt ihr auch das Gefühl, dass ein Druck euch umgibt, so, als stemme sich euch jemand entgegen?», fragte er seine Kameraden.

Alle verneinten. Doch Rey fiel es schwerer und schwerer voranzuschreiten. Es schneite nun immer stärker, und Syria meinte, er solle nicht sprechen, das koste ihn nur Kraft. Kaum hatte sie das gesagt, griff sie sich verwundert an ihre rechte Hand und bemerkte, dass diese plötzlich blutete, als habe ihr jemand auf die Hand geschlagen.

«Vielleicht ist an dem verzauberten Schnee doch etwas Wahres dran …» Sie zeigte den anderen ihre Hand und meinte, die Verletzung sei wie aus dem Nichts gekommen.

«Hat denn jemand erzählt, was der Schnee bewirkt?», fragte Jan. Er zuckte zusammen und meinte dann: «Jetzt hat es sich angefühlt, als ob mir jemand in den Rücken treten würde.»

«Es hat erst angefangen, als es stärker zu schneien begann», meinte Darkkon. Er formte einen Schneeball und warf ihn in hohem Bogen durch die Luft. Als er auf dem Schnee aufschlug, schien er einen Tritt zu erhalten, der ihn ein paar Schritte weiterkugeln liess.

«Offenbar betrifft der Zauber nicht nur Personen. Vielleicht liegt es an der Bewegung?» Syria blieb stehen und hob und senkte ihren Arm ein paar Mal. «Nichts. Seltsam, der Schneeball hat seine Flugbahn nicht verändert, also muss es etwas am Boden sein.»

«Der Aufprall», sagte Jan. «Es war das Geräusch!» Er wies Syria leise an, leicht in die Hände zu klatschen. Nachdem sie dies getan hatte, klafften an ihren Handflächen zwei grosse Wunden, die sich zum Glück sofort wieder schlossen. Jan holte alle nahe zu sich.

«Der Schnee reagiert auf Geräusche», flüsterte er. «Je mehr es schneit und je lauter das Geräusch, desto grösser der Rückprall. Ab jetzt müssen wir leise sein. Wir geben uns Handzeichen, ansonsten können wir nur noch flüstern.»

Wortlos schritten sie weiter über die Ebene. Der Wind, der

aufkam, wehte den Schnee den Abenteurern entgegen. Sie errichteten wieder ein Häuschen aus Schnee und verweilten darin. Ein Tierfell über dem anderen türmte sich zu einem Haufen, unter dem die vier lagen. Jan zitterte jämmerlich. Er war ein so extremes Klima nicht gewohnt. Seine Hände waren blass, und er beklagte sich über die Kälte an seinen Beinen. Rey nahm Jans Hände und rieb sie zwischen seinen, danach massierte er ihm die Beine. Syria fühlte Darkkons Stirn. Er habe Fieber, sagte sie zu seinem jüngeren Bruder.

«Die beiden vertragen die Kälte nicht. Darkkon kann sie nicht ausstehen, er beklagt sich immer im Winter, wie kalt es sei, auch wenn es ein milder Winter ist.» Rey wandte sich seinem Bruder zu und rubbelte dessen Oberkörper. «Und du, frierst du nicht in deiner Rüstung, so ohne Innenfutter?», fragte er Syria.

Sie verneinte. «Ich lebte in einem Berg, höher als andere Dörfer. Ich bin es gewohnt, und Nysüries Blut wird auch seinen Teil dazu beitragen, dass mir die Kälte nichts ausmacht. Was ist mit dir?»

«Unter diesen wärmenden Fellen geht's, ich gewöhne mich schnell an die Kälte. Ich friere zwar, aber es ist auszuhalten. Für mich wäre gleissende Hitze viel schlimmer.» Rey flösste seinem Bruder ein wenig kaltes Wasser ein. Jan, der sich selbst am ganzen Körper rieb, um sich zu wärmen, bemerkte, dass seine Jacke nass war. Rey half ihm beim Ausziehen und schlang ein Fell um ihn.

«Wir können nicht weiter», sagte Syria besorgt. «Die beiden würden das nicht wegstecken, vor allem Darkkon mit seinem Fieber … Wir müssen warten, bis es ihnen besser geht. Haben wir etwas dabei, um Jans Jacke zu trocknen? Was ist mit Medizin für Darkkon?»

Rey kroch näher zu Jan und schleppte dessen Rucksack zu Syria. Er wühlte darin, untersuchte die Taschen, öffnete jeden Verschluss. «Wir haben nur Esswaren dabei. Kein Holz, keine Rinde oder sonst etwas Brennbares.» Er klaubte ein Paar Wollhandschuhe heraus, die er Jan anzog. Dann presste er abwechselnd seine Fäuste zusammen. Auch ihm wurde jetzt kalt, und er machte sich Sorgen um seinen Bruder.

Syria streckte ihren Kopf in die Landschaft hinaus. Es schneite nun noch viel stärker, und der Wind stand keine Sekunde mehr still. Sie gab Rey zu verstehen, dass er sich ausruhen solle, sie werde aufpassen, dass der Eingang nicht zugeschneit würde. Rey zog Jan zu Darkkon heran und legte sich dazu. Seine Hände drückte er zwischen seine angezogenen Knie und gesellte sich dann zu den anderen Männern ins Land des Schlafs.

Als er aufwachte, hörte er seinen Bruder stöhnen. Das Fieber musste sich verschlimmert haben. Er sagte zu Syria, sie solle jetzt schlafen, er übernehme den Wachdienst. Nach ein paar Stunden des Wartens merkte er, dass er bis zum Morgen geschlafen hatte und sie nun schon den dritten Tag in dieser Ebene verbrachten. Weil ihm langweilig war, tastete er Syrias Beinschiene ab, die nicht so kalt war, wie er befürchtet hatte. Sie konnte also ohne weiteres bei den anderen beiden schlafen, ohne dass die magische Rüstung die Kälte weiterleitete. Ihm selbst wurde es zwei Stunden nach dem Aufwachen wieder zu kalt. Trotzdem musste er weiter aufpassen, der Eingang konnte schnell zugeschneit werden. Nach weiteren Stunden kroch auch er wieder unter die Felle und hoffte, dass sie bald weiterreisen konnten.

«Denk nach, Rey, denk nach. Was kannst du tun, um die Situation zu verbessern?» Er dachte angestrengt nach, doch seine Gedanken konnten sich nicht auf einen Punkt konzentrieren. Die Kälte machte ihm zu schaffen. Die intelligenten Einfälle kamen normalerweise von den anderen, während er die Kraft besass, sie umzusetzen. Doch dieses Mal waren seine Ideen gefragt.

Der Tag verstrich, ohne dass ihm etwas Brauchbares in den Sinn kam. Als er Syria aufweckte, sagte er zu ihr, sie müssten weitergehen, wenn das Wetter günstiger sei. Sie müssten das Risiko eingehen, um etwas gegen Darkkons Fieber zu besorgen. Das könnten sie nur in der nächsten Stadt. Dann kuschelte er sich an seinen Bruder und flüsterte: «Wenn das jemand erfährt, leg ich dich um, Bruder.»

Darkkon konnte die gescherzte Drohung nicht hören. Er schlief und schien Fieberträume zu haben. Er winselte und zuckte ab und an.

XVI

Als Rey auf dem kalten Boden erwachte, hatte Syria alle Felle zusammengepackt und versorgt. «Steh auf, das Wetter ist günstig, wir können weiter!»

Rey zog sich hoch und streckte sich. Jan war auch bereits wach, er schien von dem warmen Wetter draussen gestärkt. Er trat aus der Schneebehausung und stützte nun Darkkon, der von Syria festgehalten wurde. Rey kam zu den beiden und sah die Sonne. Der Tag war warm, fast schon brennend heiss im Vergleich zu den vorherigen. «Wir werden heute gut vorankommen», dachte er bei sich und stapfte seinen Begleitern nach.

«Wir kommen heute in dem Dorf hinter dem Tor Forons an», sagte Jan zuversichtlich.

Sie wateten schon seit einiger Zeit durch den Schnee. Er reichte den Männern bis zur Hüfte. Plötzlich hatte Rey das seltsame Gefühl, beobachtet zu werden. Er veranlasste die anderen stehenzubleiben, dann sah er sich gut um. Sie waren kaum zu erkennen, die weissen Gestalten, die immer schneller auf sie zukamen.

«Die Elfen haben uns gerade noch gefehlt. Jetzt, wo dein Bruder nicht kämpfen kann ...»

«Jan, nimm die Waffen aus Darkkons Mantel. Wenn sie zu nahe kommen, wirfst du ihnen die Klingen entgegen.» Syria war bestimmt und akzeptierte weder das Argument, dass er sicher nichts treffen werde, noch dass die Dolche und Pfeile dann auch weg sein würden.

«Wir kaufen ihm neue, wenn wir in Sicherheit sind. Er hat nichts dabei, was zu teuer wäre, um es zu verlieren.»

Nun konnte man die Gestalten gut erkennen. Es waren drei, und sie rannten über den Schnee in ihre Richtung. Der Himmel verdunkelte sich, und es fing zu schneien an. Die Elfen hatten sich auf diesem Gelände mehrere Vorteile geschaffen. Nun umkreist von den drei beinahe weisshäutigen Elfen in ihren hellen Stoffrüstungen, hob Syria ihre Axt und bereitete sich vor. Die Elfen liessen mehr Schneeflocken vom Himmel tanzen, indem sie Zauberformeln flüsterten. Jan versuchte ihnen die Dolche und Wurfpfeile entgegenzuwerfen, doch er verfehlte sie trotz der geringen Distanz. Nun schneite es so stark wie die Tage zuvor, nur mit dem Unterschied, dass es windstill war. Syria warf ihre Axt um sich und versuchte die umherrennenden Elfen zu erwischen. Aus der Luft schossen schwertgleiche Eiszapfen auf sie nieder, die an der Rüstung zerbarsten. Die Elfen zogen ihre Schwerter, alle aus bestem, geschmiedetem Stahl. Sie stürzten sich auf Syria, die es nicht gewohnt war, Schläge auf ihrer Höhe abzuwehren. Zudem beschränkte sich ihr Bewegungsfeld auf eine kleine Fläche, da sie nur einen Weg für ihre Begleiter bahnte. Rey schleppte Jan und seinen Bruder von Syria weg und trat dann an ihre Seite, um mitzukämpfen. Mehrere Eisschwerter regneten auf sie nieder. Syria musste einige Schläge auf Rücken und Schultern ertragen, um Rey vor den eisigen Klingen zu schützen.

«Sie können wortlos zaubern, so erhalten sie keine Rückschläge vom verzauberten Schnee.» Kaum hatte Syria den Satz beendet, spürte sie, wie ihr Rücken schmerzte. Endlich erwischte sie eine Elfe mit ihrer Axt. Das Leichtgewicht wurde hinweggefegt und stand nicht mehr auf.

Rey hingegen war nicht imstande zu kämpfen. Die Hälfte seines Körpers und so auch die Hälfte seiner möglichen Waffen versanken im Schnee. Er konnte die Hiebe der Elfen nur mit seinen Händen abblocken. Syria ebnete Schritt um Schritt eine kleine runde Fläche, die den Vorteil des Höhenunterschiedes beheben sollte. Die beiden Elfen erkannten ihr Vorhaben und konzentrierten sich auf die grosse Frau.

Rey hatte unterdessen einen Einfall, den er sogleich ausprobierte: Er kugelte sich einen Schneeball mit ein paar Eissplittern zusammen und warf ihn mit voller Kraft einer Elfe ins Genick. Diese schrie auf und wurde von den Beinen gestossen. «Als ob mich der Schnee aufhalten könnte», dachte er und ging in die Knie, um sich mit enormer Kraft aus dem Schnee drei Meter weit auf die Elfe zu katapultieren. Direkt über ihr drehte er sich in der Luft und verpasste ihr einen gewaltigen Schlag in den Magen.

Währenddessen trat Syria in ihrer kleinen Arena gegen die übrig gebliebene Elfe an, die sich ihre viel grössere Kontrahentin mit Eisschwertern vom Leib zu halten versuchte. «Ihr tragt nicht gerade dicke Kleider. Ob es mir was nützen würde, aus deiner

Haut ein Paar Stiefel zu schneidern?», schüchterte Syria ihr vollkommen verzweifeltes Gegenüber ein. Sie trat langsam immer näher an die Elfe heran. Die Eisklingen flogen ziellos durch die Luft. Überraschend packte Syria die blasse Figur und presste sie mit dem Unterarm um den Hals an ihren Rumpf. Die Elfe liess ihr Schwert fallen und wurde ohnmächtig. Syria lockerte ihren Griff und bekam zum Dank einen blankpolierten Dolch in die Rippen. Die Schrecksekunde nutzte die von Angst gepeinigte Elfe zur Flucht, doch als sie auf dem hohen Schnee ein paar Schritte unternahm, schossen zwei Hände heraus und zogen sie hinunter. Syria sah gespannt auf den abgesunkenen Schnee, und plötzlich brach Rey heraus, der sich nun den verbliebenen Schnee von den Schultern, dem Kopf und dem Rest seines Körpers klopfte. Syria konnte sich die Frage nach dem Verbleib der Elfe ersparen und wandte sich den beiden zu, die an dem Kampf nicht teilnahmen.

Jan erkannte, dass der Himmel wieder aufklarte. «Darkkon geht es wirklich schlecht», sagte er. «Er braucht Ruhe und Medizin.»

Syria hob den Mann hoch und nahm ihn auf den Rücken, während Rey ihn mit einem Seil festband und ihm zuflüsterte: «Wehe, du fängst an zu grabschen. Dann kippe ich dir in deinen nächsten Tee erstklassiges Trollkrautpulver, und du kannst den ganzen Tag deinen davonfliegenden, farb- und formveränderten Händen nachjagen ...»

XVII

Gegen Abend erreichten sie das Dorf hinter dem grossen Tor. Hinter einem Hügel versteckten und berieten sie sich.

«Jan, du gehst und holst Medizin. Ich werde versuchen, ein Zimmer für heute Nacht zu organisieren. Wenn es dunkel genug ist, hole ich dich ab, Syria. Nimm Darkkon mit, Jan, damit der Kräutermann sieht, was du brauchst.»

«Wäre es nicht besser, wenn ich mit Jan mitgehe?», überlegte Syria. «Wenn er erkannt wird, kann er sich nicht wehren.»

«Du fällst viel zu stark auf, das ist das Problem.»

«Es fällt sowieso auf, wenn plötzlich Leute aus der Ebene kommen.»

«Stimmt ... Treffen wir uns in einer halben Stunde wieder hier. Oder sagen wir besser: in einer Stunde. Wenn einer nicht auftaucht, gilt er als verhaftet oder in einen Kampf verwickelt. Das heisst, als erstes wird das Gefängnis kontrolliert, und wenn niemand dort ist, suchen wir im Dorf nach einander.»

Nach diesen Worten schlich Rey von Häuserecke zu Häuserecke. Er versuchte auf den Strassen unentdeckt zu bleiben. Dann hielt er im Gasthaus nach Stadtwachen Ausschau. Der Wirt wollte wissen, ob er jemanden suche. Rey verneinte und fragte, ob ein Zimmer für die Nacht frei sei.

«Ein Zimmer? Du bist lustig. Wenn du willst, kannst du *alle* Zimmer haben!»

«Wieso das? Läuft dein Haus nicht gut?»

«Erzähl keinen Unsinn. Im Winter ist in diesem Dorf kaum eine Menschenseele. Du bist wohl nicht von hier ... Woher kommst du?»

«Ich komme aus dem nächsten Dorf. Mir kommt gerade nicht in den Sinn, wie es heisst, ich bin eigentlich auf Wanderschaft.»

«Aus dem nächsten Dorf?» Der Wirt schaute skeptisch. «Aus welcher Richtung bist du denn gekommen?»

Rey zeigte in eine Richtung, tat so, als überlege er, dann zeigte er in eine andere Richtung. «Keine Ahnung», meinte er schliesslich. «Bei dem Schnee sieht für mich alles gleich aus.»

Der Wirt schien sich mit der Antwort zufriedenzugeben. Rey

bezahlte zwei Zimmer für vier Leute und erkundigte sich dann, wo man Medizin kaufen könne. Dann ging er wieder auf die Strasse hinaus und machte sich auf die Suche nach seinen Gefährten.

Jan und Syria waren inzwischen mit Darkkon beim Arzt angekommen.

«Es sieht schlimm aus für euren Begleiter. Ich würde ihn am liebsten hier behalten, um ihn zu untersuchen.»

«Aber wir wissen ja, was ihm fehlt», meinte Jan gereizt. «Er hat einfach Fieber. Verkaufen Sie uns Arnika, Benedikten- oder Eisenkraut für das Fieber und Heidekraut zum Blutreinigen. Ich weiss, wie man ihn behandelt.»

«Ich sehe, du kennst dich aus mit Heilkräutern. Gut, ich gebe euch Eisenkraut, aber Heidekraut habe ich keines mehr, du kannst Ysop haben.»

Am vereinbarten Treffpunkt trafen sie auf Rey, dann gingen sie zusammen ins Gasthaus.

«Die ganze Stadt ist wie ausgestorben», berichtete Rey. «Auch das Gefängnis steht komplett leer. Und es hat weit und breit keine Stadtwachen. Hier ist niemand mehr.»

«Es gibt Dörfer und Städte, die nur im Sommer belebt sind, das kenne ich», sagte Syria. «Im Sommer kann man Geld verdienen, aber im Winter läuft nichts, dann gehen die Bewohner irgendwo anders hin.»

Bevor sie schlafen gingen, behandelte Jan Darkkon mit den Kräutern. Er machte ihm warme Umschläge mit einer Essig-Ysop-Mischung. Dann wünschte Syria den Männern eine gute Nacht und verschwand in ihrem Zimmer. Rey liess sich von Jan noch erklären, wie man Darkkon zu behandeln habe, und ging dann auch schlafen. Jan solle ihn wecken, wenn er müde werde, meinte er noch, und dieser nickte.

«Wir haben hier nichts zu befürchten», meinte Jan am nächsten Morgen. «Am besten bleiben wir hier, bis Darkkon wieder auf den Beinen ist, sonst ziehen wir seine Krankheit nur in die Länge.»

Das sahen Rey und Syria genauso.

«Ich werde mich etwas hier umschauen», verkündete Syria. «Ich kann nicht glauben, dass keine Wachen anwesend sein sollen.»

Während Syria durch die Strassen ging, sassen Jan und Rey auf ihren Betten und guckten Löcher in die Luft.

«Können wir etwas tun», fragte Rey besorgt, «oder lassen wir ihn besser in Ruhe?»

Jan kontrollierte Darkkons Temperatur. «Das Fieber ist gesunken», meinte er. «Wenn er weiterhin schläft, sollte er sich gut erholen.»

Rey fing an, mit seinen Fingern auf seinem Bein herumzutrommeln. Er guckte im Zimmer herum und sah jetzt erst, wie dreckig es war. In einer Ecke an der Decke hingen Spinnweben, und als er die Fenster ansah, schauderte es ihn. Wer alles in seinem Bett gelegen hatte, ohne dass es gesäubert worden war, wollte er sich gar nicht erst vorstellen.

«Wir könnten etwas trinken, wenn du möchtest.»

Jans Vorschlag liess Reys Augen aufleuchten. Etwas trinken! Toll, das fehlte ihm schon lange. Im Erdgeschoss des Gasthauses fragten die beiden nach Alkohol.

«Ihr wollt am Morgen früh schon saufen? Habt ihr nichts Besseres zu tun? Na ja, solange ihr bezahlt ...» Der Wirt gab Jan einen Krug billigen Wein und Rey eine Holzröhre voller Met.

«Oh, Euer Met ist aber gut. Ich nehme noch mal eine Röhre voll», meinte Rey nach ein paar tiefen Schlucken.

Der Wirt schenkte noch mal aus. Der Met schien wirklich erstklassig zu sein, Rey kippte sich ein Holzrohr nach dem anderen die Kehle hinunter. Auch Jan stieg auf Met um, ihm schmeckte der Wein von Buchenwall wesentlich besser als dieser.

«Rey, ich habe eine Idee. Wir spielen ein Trinkspiel von zuhause. Wir sehen uns an, und wenn jemand blinzelt, muss er einen Schluck trinken. Wenn der andere es schafft, auf den Tisch zu klopfen, muss man austrinken, aber wenn man es verhindern kann, muss der andere austrinken.»

Rey war einverstanden, und so fingen sie an. Anfangs musste Rey lediglich fürs Blinzeln trinken, da er durch seine schnellen Reflexe Jan immer daran hindern konnte, auf den Tisch zu klopfen. Die Holzröhre leerte sich, und die Reflexe wurden immer schlechter.

Währenddessen wanderte Syria durch das Dorf. Sie hatte keine Wachen entdeckt und auch sonst niemanden, der die Siedlung und die verbliebenen Einwohner verteidigt hätte. Wenn man jetzt das Tor öffnen und angreifen würde, wüssten die Bewohner des Westens viel zu spät davon und könnten sich nicht für den Kampf rüsten. Syria entschied, wieder umzukehren. Vor dem Gasthaus hörte sie Gegröle. Sie sah vorsichtig durch ein Fenster und erblickte die zwei Betrunkenen. Sie trat ein und meinte zum Wirt, er solle aufhören, ihnen Alkohol auszuschenken. Sie griff sich die beiden und wollte gerade in den oberen Stock hinaufgehen, als Darkkon auf der Treppe stand, sich den Kopf hielt und fragte, was der Lärm solle. Syria hob demonstrativ die brabbelnden Männer hoch.

Darkkon schüttelte nur den Kopf. «Ich wäre bereit weiterzureisen», meinte er, «und diese beiden besaufen sich aus Langeweile.»

«Tja, das Weiterreisen können wir vorerst vergessen. Wirt, wir nehmen die beiden Zimmer noch mal für diese Nacht!» Syria trug die beiden in ihr Zimmer und warf sie sanft auf ihre Betten. Danach ging sie zu Darkkon hinunter. «Sie haben sich in den Schlaf getrunken.»

Darkkon nickte. «Und, wie geht es dir so mit meinem kleinen Bruder?», fragte er.

«Ich mag ihn, sogar sehr. Aber wir haben uns einfach noch nicht kennengelernt, so, wie ich das möchte», entgegnete sie.

«Ihr solltet einmal alleine sein ...», überlegte Darkkon. «Ich sage dir eins: In diesem gerade betrunkenen, manchmal vollkommen dämlichen, oft verantwortungslosen Burschen schlägt ein Herz, das deines an Grösse wahrscheinlich zu übertreffen vermag. Er hat sich immer um die gekümmert, die sich selbst nicht wehren können, und er wäre der erste, der dir entgegentreten würde, wenn du uns als Fremde Ärger machen würdest. Es würde ihm gut tun, wenn er jemanden hätte, der noch wilder und – verzeih mir den Ausdruck – verrückter ist als er selbst. Nicht, dass du verrückt bist. Doch ihr gleicht euch in gewissen Dingen, zum Beispiel in eurer Radikalität. Du hast ihn schon ein paar Mal kämpfen sehen, aber er war früher anders. Er konnte sich die Haut aufschürfen und die Arme und Beine blutig schlagen, nur um zu gewinnen. Nun kämpft er mit Herz und Kopf gleichermassen. Ja, ihr wärt ein hübsches Paar ... Ich möchte ihn dir nicht aufschwatzen, aber mein Brüderchen ist wirklich ganz in Ordnung.»

«Ja, er scheint ein Herz aus Gold und einen Schädel aus Granit zu haben. Wie seid ihr aufgewachsen? Ihr seid eine wohlhabende Familie, woher kam euer Wohlstand?»

«Unser Vater war Händler. Er handelte mit der Ware, mit der man vor vierzig Jahren am einfachsten reich wurde: mit Waffen. Sein Vater war Waffenschmied, keiner der besten, doch er schien sein Handwerk zu verstehen. Auf jeden Fall hat Vater einen Grossvertrag mit dem Imperium geschlossen. Er kaufte bei anderen Schmieden haufenweise Waffen jeder Art und Qualität zu Spottpreisen und bekam von der Armee einen Wucherlohn. Er kaufte sich einige Schmieden zusammen und stellte Arbeiter an. Er selbst hat in seinem ganzen Leben kaum hundert Waffen geschmiedet. So wurde er immer reicher. Irgendwann starb er dann an einer unbekannten Krankheit. Wir haben ihn nicht gut gekannt. Ich weiss nicht einmal mehr, wie alt ich war, als er starb. Wir wuchsen bei unserer Mutter und den Hausangestellten auf, abseits eines der Bauerndörfer auf Heel. Uns gehört jetzt ein grosses Stück Land, mit dem wir unser Geld verdienen. Einige Bauern sind verpflichtet, uns mit Nahrung zu versorgen, dafür müssen sie nicht mehr für unsere Familie arbeiten. Als Vater starb, beendete Mutter das Geschäft mit den Waffen. Wir wurden von Meistern in verschiedenen Fächern ausgebildet, aber das hat Rey ja schon erzählt. Er sass nicht gerne im Unterricht. Das Leben werde ihn schon lehren, meinte er. Er hatte vor nichts und niemandem Angst. Er stahl den Bauern Äpfel und ärgerte auch andere Leute, aber nie passierte ihm etwas. Bis unsere Mutter einmal mit den Dorfbewohnern sprach und ihnen erklärte, dass sie Rey so zu behandeln hätten wie jeden anderen Burschen auch. Daraufhin wurde er ab und an von den Bauern mit der Heugabel verfolgt, wenn er wieder etwas gestohlen hatte, oder die Wachen brachten ihn nach Hause, weil er jemanden genervt hatte. So verstand er nach und nach. Er ist zwar frech geblieben, aber er kennt nun die Grenzen. Du würdest staunen, wie gut er zum Beispiel die Gefahr seiner Gegner einschätzen kann. Er hat ein Gespür dafür, wen er mühelos bezwingen kann und bei wem er keine Chancen hat. Mein Leben war neben dem seinen eigentlich langweilig. Aber da ich stets unfreiwillig in seine Abenteuer hineingezogen wurde, kann ich behaupten, auch wild zu leben.» Darkkon lachte. «Du musst ihn wirklich mal richtig kennenlernen», meinte er. «Am besten kommst du mit uns nach Heel.»

«Das werde ich», nickte Syria, «und ich denke jetzt schon, dass ich deinen Bruder lieben lernen werde ...» Sie versank in ihren Gedanken, aber dann meinte sie auf einmal entschlossen: «So, gehen wir schlafen. Morgen ziehen wir weiter.»

Sie standen auf und gingen in ihre Zimmer. Während Syria auf ihrem für sie viel zu kleinen Bett lag und über Rey nachdachte, musste Darkkon diesen, um in sein Zimmer zu gelangen, mit der Tür zur Seite schieben. Rey war vom Bett gefallen, neben den Zimmereingang gekullert und dort liegengeblieben.

XVIII

Nachdem sie beim Arzt noch einige Kräuter besorgt hatte, verliessen die vier am nächsten Morgen das Dorf und zogen weiter in Richtung Foron.

«Es ist unmöglich, sich da durchzuschleichen», meinte Rey mit Blick auf das Lager.

Darkkon überblickte den Platz, auf dem bis zur Grossen Mauer Zelte und andere provisorische Behausungen standen. An der Südseite der Mauer ragte ein Gerüst bis zur Hälfte empor. Hier wurde an der Mauer geflickt, man konnte die Baumeister und Handwerker mit ihren Werkzeugen erkennen.

«Wild auf das Tor zustürmen und hoffen, dass es geöffnet wird, wäre reiner Selbstmord», bemerkte Syria.

Jan wandte ein, dass es auch in der Nacht ab und an geöffnet werde. «Das hat zumindest der alte Krieger erzählt, den wir getroffen haben.»

«Auch dann kommen wir nie ungesehen an den Wachposten vorbei.»

Darkkon spähte über eine kleine Schneewehe.

«Was für Zeichen erkennst du auf den Bannern?», fragte Rey seinen Bruder.

«Am südlichen Rand sehe ich das der Schildträger. Dann folgt eines mit drei Speeren, ein anderes wird wohl die Schützen kennzeichnen. Weiter im Inneren weht eines mit einem Hammer. Siehst du es?»

«Die Bautruppen?»

«Da bin ich mir nicht sicher. Die anderen, die ich erkenne, sind alle von Kampfverbänden.»

«Sich als Soldaten ausgeben?»

«Nein, das reicht nicht.»

«Auch nicht mit geklauten Rüstungen und so?»

«Mit der Bekanntheit, die Syria erlangt hat, und unserer Unkenntnis von dieser Armee ... nein. Es nützt alles nichts, wir brauchen Hilfe von innen.»

«Wie soll denn das gehen?»

Darkkon wirkte gereizt. «Lass mich nachdenken!», zischte er.

«Wir könnten einen Soldaten fangen und verhören», schlug Syria vor.

«Eine fehlende Wache würde sofort auffallen.»

«Das geringste Risiko gehen wir bei den Schildträgern ein», bemerkte Jan. «Diese nichtkämpfenden Truppen können sich sicherlich auch bis zum Grossen Tor bewegen»

«Mit einem Karren! So verstecken wir dich.» Rey zeigte auf Syria.

Darkkon schlug vor, sich nach Süden zu stehlen und gezielt die Schildträger zu beobachten. Gesagt, getan. Von ihrer neuen Position aus sahen sie grosse Zelte und eine Feuerstelle.

«Von nun an wird das Vorgehen Schritt für Schritt riskanter», warnte Darkkon.

Aus einem Zelt mit grossem Schildträgerbanner kamen einige Männer. Einer, der älter war als die anderen, und ein Junger, der wild mit ihm gestikulierte, traten zuletzt heraus. Als der Alte sich abwandte und ging, beugten alle ihre Häupter vor ihm, und etwa die Hälfte von ihnen verbeugten sich auch vor dem jungen Mann. Darkkons Blick folgte dem Einzelnen.

«Dieser Befehlshaber wäre ideal. Doch wie sollen wir ihn für uns gewinnen?»

«Nein, das ist der Falsche, sieh doch, Bruder.» Rey zeigte auf die Leute, die um das Feuer sassen. «Siehst du, wie der Jüngere sich verhält? Er hat gerade einen seiner Leute von seinem Platz hochkommandiert und hat sich selbst dorthin gesetzt.»

«Wir benötigen keinen hohen, integren Mann, wenn wir einen ‹hungrigen› jungen haben, der offensichtlich gerade über seinen Kommandanten flucht.»

«Du kümmerst dich also um ihn?», fragte Jan.

«Ich glaube, das wird einfach», sagte Rey und schlich sich fort.

Bald verliess der junge Mann das Feuer und bewegte sich auf das Zentrum des Gesamtlagers zu. Rey war nirgends zu sehen. Jeder Augenblick verging für die Wartenden wie Stunden. Syria war so angespannt, dass sie ihren eigenen Herzschlag zählen konnte. Darkkon erging es noch viel schlimmer. Nach einer gefühlten Ewigkeit gesellte sich Rey wieder zu ihnen.

«Es hat geklappt», berichtete er. «Wir werden heute Nacht ein Zeichen von ihm erhalten.»

«Bist du sicher, dass er uns nicht verrät?», fragte Jan.

«Ganz sicher. Einen grösseren Emporkömmling hätten wir uns selbst nicht schaffen können.»

Die Nacht war kalt und bereits weit fortgeschritten, als eine der Wachen abgelöst wurde. Die neue hob und senkte ihre Fackel; das war das vereinbarte Zeichen. Die vier Gefährten traten zu der Person hin.

«Kommt in dieses Zelt», sagte der Wächter knapp. Im Inneren des Zeltes befand sich ein Magazin mit allerlei Dingen. «Holt die Ware, schnell!»

«Kümmere dich um die Ausrüstung», sagte Rey zu Syria, als Jan und Darkkon, als Schildträger getarnt, Waffen und Rüstungen herantrugen.

Rey erhielt von Darkkon ein Set in seiner Grösse und begann sich umzuziehen. Syria begann unterdessen, Rüstungen zu verbiegen, Speerschäfte abzubrechen und ihr Blut aus einer Schnittwunde ihrer linken Hand über die Sachen zu verteilen. Der junge Schildträger holte einen Karren herbei. Syria legte sich darauf und rollte sich zusammen. Die Gruppe häufte sorgfältig Teile der präparierten Ausrüstung um und über die Frau. Darkkon sah Syrias Versteck mit kritischem Blick aus verschiedensten Winkeln an und meinte dann, es sei in Ordnung. Ihr Mithelfer ging nochmals hinaus und führte zwei Esel zum Karren. Syria vernahm unter dem Haufen Rüstungen und Waffen noch ein kurzes, gedämpftes Gespräch der anderen, und schon bewegte sich der Karren aus dem Zelt. Er bewegte sich stetig fort, aber Syria kam es vor, als würden die Esel langsamer gehen als im Schritttempo. Sie fror und konzentrierte sich darauf, sich mit kleinsten Bewegungen zu wärmen.

Plötzlich stoppte der Karren. Eine Person musste an den Wagen herangetreten sein, sie hörte, wie der Schildträger mit jemandem sprach. Einer der Esel gab einen Laut von sich, und Syria beschwor das Tier innerlich, die Soldaten nicht auf sie aufmerksam zu machen. Ein Ruck ging durch den Haufen, unter dem sie lag. Eine Speerspitze drang durch ein Kettenhemd und glitt an Syrias Brustpanzerung ab. Mühsam wurde der Speer hinausgezogen und noch einmal hineingestossen. Diesmal schmerzte der Stich in Syrias Becken. Der unangenehme Stachel entfernte sich wieder, und Syria hielt den Atem an. Einen Moment lang passierte nichts, dann bewegte sich der Karren weiter. Sie hörte ein Geräusch, als würde sich das grosse Tor öffnen. Kurz darauf klopfte jemand gegen das Holz des Wagens. Ihr Zeichen, dass sie sich aus der Starre bewegen konnte. Sie wartete kurz ab, dann vernahm sie den gleichen Takt lauter. Jans Gesicht zeigte sich, als er über seiner Gefährtin einen Schild weghob. Syria kroch heraus und erkannte, dass sie wenig abseits des grossen Tores angehalten hatten. Nachdem Rey ihm erzählt hatte, wo er seinen Lohn finden werde und die drei Männer ihre Kluft auf den Wagen gelegt hatten, packte der Schildträger die Esel am Leder und kehrte um.

XIX

Syria, hier entlang», sprach Rey. Er war nach Osten losgelaufen. Die anderen folgten ihm.

«Jetzt sind wir da, wo ich und Rey uns zum ersten Mal von Syria trennten, um Darkkon zu suchen», stellte Jan fest. «Wir müssen also wieder den ganzen Weg nach Norden zurücklegen, an Legendes Kaserne vorbei, und weiter bis dort, wo wir Iten Danu trafen. Dort können wir einen Weg ins Nuhmgebirge nehmen, um nach Hause zu kommen.»

Sie rannten auf einen Hügel zu, von dem aus sie zum ersten Mal das Schlachtfeld und die Grosse Mauer Forons erblickt hatten. Der Anblick hatte sich seit dem Herbst kaum geändert. Der Schnee war voller roter Flecken, überall steckten Pfeile, kaputte Waffen und Grossgeschosse. Ein Trupp Westlicher auf Nachtpatrouille sah die Gruppe, rückte auf sie zu und schnitt ihnen den Weg nach Osten ab. Syria dachte an das Gespräch, das sie mit Darkkon über seinen Bruder geführt hatte.

«Ich habe gesehen, wie viel Kraft du in den Beinen hast, als du die Elfe getötet hast», sagte sie zu ihm. «Ich möchte sehen, wie du die hier aufmischst.»

«Dir geht es wohl nicht gut», antwortete er. «Ich springe sicher nicht gegen einen Wall aus Schilden und Lanzen ...» Er musterte die immer näher kommenden Feinde. «Ausser, du lenkst sie für einen Moment ab, dann zeige ich dir was.»

Syria nickte ihm zu und trat den Angreifern lässig entgegen. Diese hielten ihr ihre Waffen entgegen. Sie stand reglos da, gespannt, was Rey vorhatte. Er sprang von der Seite mit voller Wucht gegen einen der Krieger, woraufhin dieser unvorbereitet zu Boden fiel. Rey stand triumphierend auf dem Schild des Kriegers und winkte Syria freundlich zu.

«So ein verrückter Kerl», dachte sie. «Er passt wirklich zu mir ...»

Erschrocken über den Überraschungsangriff Reys formierten sich die Gegner zu einem zweireihigen Halbkreis. Rey wollte Syria ein wenig imponieren. «Das ist eine ganz schlechte Idee», meinte er frech. «Ihr solltet euch entweder auf mich, den unbewaffneten hilflosen Kerl, konzentrieren oder auf das übergrosse, schwer gepanzerte, monströse Fräulein dort.» Er liess seine Finger knacksen und wartete ungeduldig auf eine Reaktion.

Syria hatte inzwischen ihre Axt mit beiden Händen gepackt und die Formation mit brachialer Gewalt zerschlagen. Die, die nicht hinweggerissen wurden, warfen ihre Schilde ab, da diese keinen Schutz vor der übermässigen Kraft boten. Rey rief Syria zu, sie solle einen übriglassen. Dann stellte er sich gemütlich zu Jan und Darkkon, die dem Gemetzel zusahen. Als nur noch ein Krieger auf den Beinen stand, gab Syria ihrem waffenlosen Kampfverbündeten ein Zeichen und zog sich zurück. Vollkommen konzentriert stand Rey nun vor seinem Gegner. Als dieser mit seiner Lanze einen seitlichen Schwinger ausführen wollte, vollführte Rey einen Handstand und liess sich gestreckt zu seinem Gegner hin fallen, wobei er mit beiden Beinen dessen Körper umklammerte und ihn so zu Boden warf. Nun über ihm liegend, schmetterte Rey ihm einen letzten Schlag mitten ins Gesicht. Syria applaudierte begeistert, doch Jan fragte Rey entsetzt, ob das Töten für ihn nur ein Spiel sei.

«Ich töte nicht zum Spass, aber wie ich töte, sollte dir egal sein. *Du* bist derjenige, der beschützt werden muss, nicht wir!», entgegnete Rey wütend. Er war beleidigt.

«Jan», sprach Syria, «das Kämpfen und Töten ist eine Kunst. Oder wie ein Sport, bei dem zwei oder mehrere Personen ihre Kräfte miteinander messen.»

«Wie kann man das Morden anderer Menschen als Kunst bezeichnen?»

«Du siehst die Dinge anders als ich oder Rey. Wie er diesen Mann getötet hat, ist uns egal. Dass er ihn getötet hat, um sich und andere zu schützen, ist das Entscheidende. Er hat es sogar schnell gemacht, was dich beruhigen sollte. Nach einer kurzen Schrecksekunde war er sofort tot.»

Nach diesem Vorfall konnten sie bis zur Ankunft in Legendes Kaserne ohne Zwischenfälle weiterreisen, doch niemand verlor unterwegs ein Wort. Die Kaserne stand immer noch leer, was nicht verwunderte, wenn man Legendes Ruf als Krieger und seine Launenhaftigkeit kannte. Sie wollten dort wie letztes Mal in der verriegelten Vorratskammer übernachten, doch kurz vor dem Zu-Bett-Gehen, zog Darkkon Jan am Arm hinaus und meinte, er müsse mit ihm reden.

«Du musst Rey verstehen», erklärte er draussen im Hof. «Wir ticken anders als du. Er ist nicht bösartig. Für ihn war es, als habe er lange geübt, um nun diesen ‹Trick› in Perfektion auszuführen. Wir wissen, dass unsere Feinde Menschen sind wie du und ich. Aber wir nehmen die Gefahr ganz anders wahr als du. Ich und Rey, wir würden nie jemanden grundlos töten, der keine Gefahr darstellt. Syria wirst du nie zur Pazifistin bekehren können. Du musst dich damit abfinden, dass die beiden dich vor allem beschützen, was noch auf uns zukommt. Aber wie sie das tun, entscheiden sie selbst. Ich habe eine Idee: Ich bastle dir eine Schleuder, dann kannst du dich ein wenig selbst verteidigen. Du wirst kaum jemandem ernsthaften Schaden zufügen, aber hast doch eine abschreckende Wirkung. Komm, wir suchen geeignetes Material.»

«Jetzt noch?»

Darkkon überhörte Jans Einwand. «Einen geeigneten Ast finden wir bestimmt, und ein paar Steine als Munition werden auch kein Problem darstellen. So zeigst du ein wenig Verständnis für uns Kämpfende, auch wenn du eigentlich gegen Gewalt bist.»

Sie suchten keine Viertelstunde, dann hatten sie den perfekten Ast gefunden. Jan hätte sich gerne schlafen gelegt, doch Darkkon hielt ihn an, beim Schnitzen der Schleuder dabei zu sein. So werde sie persönlicher, das bringe Glück. Darkkon ging das Schnitzen überaus träge an. Er liess Jan immer wieder testen, ob der Griff dick genug sei, ob er gut in der Hand liege und so weiter. Lange sassen sie am Feuer, bis Darkkon plötzlich aufhörte und meinte, er wolle am nächsten Tag weitermachen. Als Jan in sein Zimmer gehen wollte, machte Darkkon ihm klar, dass Rey und Syria bereits schliefen und er sie nicht wecken solle. Jan war verwundert, nickte aber. So legten sie sich in ein anderes Zimmer.

Als Darkkon Rey am nächsten Morgen mit müden Augen sah, freute er sich, dass sein Plan, die beiden eine Nacht alleine verbringen zu lassen, aufgegangen war.

«Du siehst müde aus», bemerkte er zu seinem jüngeren Bruder. Rey schützte seine Augen vor der Sonne, die ihm viel zu grell ins Gesicht schien. «Wir haben die Fackeln ausgemacht und wollten schlafen, aber irgendwie waren wir nicht müde, und so haben wir die ganze Nacht miteinander in der Dunkelheit des Raumes geredet ...»

XX

Und weiter ging die Reise. Sie kamen an dem Gasthof vorbei, in dem sie bereits einmal übernachtet hatten. Darkkon ging hinein und bat die anderen zu warten. Kurz darauf kam er mit zwei Tiersehnen und einem Stück Leder zurück. Das alles befestigte er an der Schleuder, dann überreichte er diese feierlich Jan. Während sie weiterwanderten, suchte Darkkon Ziele für Jan, die er mit Steinen treffen sollte. So verging die Zeit schnell, bis sie zu dem Geröllgebiet kamen, in dem sie gegen den Magier Iten Danu gekämpft hatten und gefangengenommen worden waren. Nun erkannten sie, wie nahe sie ihrem Ziel, dem Weg ins Nuhmgebirge, waren. Sie durchquerten eine baumgesäumte Passage, und schon waren sie am Fuss des Gebirges angelangt. Der Karte nach gab es einen Pfad auf die andere Seite, doch begann dieser an einer unerreichbaren Stelle, irgendwo am See Davar. So mussten sie den ersten Teil im unwegsamen Gelände in Kauf nehmen, um auf den eigentlichen Weg zu gelangen.

Zu Beginn mussten sie einige Höhenmeter durch schneebedeckte Felslandschaften zurücklegen, danach ging es wieder tief abwärts. Sie banden sich ein langes Seil um die Körper. Rey ging voraus. An einigen Stellen sank er so tief im Schnee ein, als sei er in ein verborgenes Loch getappt. Das unwirtliche Gelände barg manche Gefahr, und sie rutschten immer wieder aus. Erleichtert kamen sie schliesslich auf dem Pfad an.

«Der Pfad ist nichts wert», meinte Rey nach einem kurzen Blick darauf. «Da können wir auch wie die Bergziegen auf den einzelnen Felsen rumspringen.»

So schlimm war der Weg zwar nicht, aber kaum zwei Personen hatten nebeneinander Platz, und an manchen Stellen war es auf der Spur fast so gefährlich rutschig wie daneben. Es dämmerte, und Syria schlug vor, an der Stelle, wo sie standen, zu übernachten. Sie sei müde, weil sie in der Nacht davor keine Minute geschlafen habe.

«Wir sind bald auf dem höchsten Punkt des Pfades, lasst uns bis dorthin gehen», drängte Darkkon, «dann können wir morgen gemütlich den Weg nach unten nehmen.»

Syria war einverstanden, und so gingen sie weiter. An der höchsten Stelle fanden sie einen Rastplatz mit einer Notunterkunft vor, die zwar verwittert und schon ewig nicht mehr benutzt worden war, aber besser, als irgendwo in der Wildnis zu schlafen.

«Wieso ist eine stabil gebaute Hütte nicht auf der Karte eingezeichnet?», wunderte sich Jan.

Der Unterschlupf bot sogar eine gemauerte Feuerstelle. Syria vierteilte mit ihrer Axt einige Holzscheite, die in einer Ecke aufgestapelt waren. Das Feuer brannte zunächst schwach, da nur wenige Scheite vollkommen trocken waren, doch es gewann mit jeder Minute an Kraft. Syria und Rey legten sich bald schlafen, doch Darkkon hatte Jan noch etwas mitzuteilen.

«In dieser Hütte war vor kurzem jemand. Siehst du, wie die Feuerstelle gefertigt wurde? Diese Maurertechnik ist erst vor wenigen Jahren aufgekommen, und die Scharniere der Türen wurden vor kurzem noch geölt.» Er verrieb das Öl zwischen seinen Fingern.

«Meinst du, jemand könnte uns in der Nacht überfallen?», fragte Jan.

«Unwahrscheinlich, aber möglich. Ich würde meinem Bruder gerne einen leichten Schlaf befehlen, aber mir scheint, ich könnte ihm in den Arm schiessen, ohne dass er wach werden würde ... Ich habe eine Idee. Es gibt nur einen Eingang, und das ist die Tür. Ich werde einfach mein Lager davor aufschlagen, dann werde ich unweigerlich wach, wenn jemand in die Hütte dringen will.» Auf diesen Plan vertrauend, begaben sie sich zur Ruhe.

Als Darkkon am anderen Morgen erwachte, sah er die anderen vor der Wand stehen, an der das Feuerholz aufgestapelt war. Entsetzt stellte er fest, dass in einem der Holzscheite ein Dolch mit einer abrupt gebogenen Klinge, ein Kukri, mit einer Botschaft steckte.

«*Fremde, bitte sperrt beim nächsten Besuch die Tür nicht ab. Der Unterstand soll für alle offenstehen und allen eine warme und sichere Nacht ermöglichen*», lauteten die Worte. Eindeutig eine freundliche Botschaft, doch das Kukri war eine beliebte

Attentäterwaffe – und offenbar war der, der die Botschaft hinterlassen hatte, unbemerkt in die Hütte eingedrungen. Das liess bei allen eine gewisse Unruhe zurück. Rey zog das Kukri aus dem Holzscheit und streckte es Darkkon hin. Dann machten sie sich wieder auf den Weg zum Fuss des Gebirges.

Der Wind blies stark. Jan war total verängstigt, jedes unbekannte Geräusch, jede Bewegung liess ihn sich panisch umsehen. Der Weg wurde bedeutend sicherer und zugänglicher, da erkannte Syria etwas am Boden: ein zerbrochener Krug, dessen Überreste nach Alkohol rochen. Wenige Schritte später lag ein ähnlicher Alkoholgeruch in der Luft, sobald diese für kurze Zeit stillstand. Licht erhellte eine Stelle unweit der vier. Syria trat näher heran und rief: «Hier ist ein brennendes Kohlebecken auf einem Sockel, vermutlich wurde es mit dem Alkohol getränkt und angezündet!»

Die anderen traten zu ihr. Tatsächlich, ein Haufen Kohlestücke waren in einen eisernen Rahmen gelegt und angezündet worden. An ihrem weiteren Weg standen noch mehr Kohlesockel, bis sich der Weg gabelte. Der eine Verlauf war grob vom Schnee befreit, doch Jan machte darauf aufmerksam, dass dieser Pfad auf ihrer Karte nicht verzeichnet war. Der Weg über das Gebirge sah den anderen Pfad vor.

«Ich möchte wissen, wer hier oben lebt ...» Syria hatte bereits den geräumten Weg eingeschlagen, Darkkon und Rey folgten ihr wortlos.

Jan überlegte einen Moment, da ertönte es: «Komm schon, wir gehen nicht weit. Wenn wir niemanden finden, kehren wir zum Rastplatz zurück und nehmen morgen den anderen Weg. Wir haben ja keine Eile, dafür sind wir schon zu lange unterwegs.»

Als Jan zu ihnen aufschloss, sah er, dass in den Fels am Pfad merkwürdige Kreaturen eingemeisselt waren. Wesen, deren Köpfe mit grossen Hörnern versehen waren und die Feuer zu speien schienen. Andere waren voller Stacheln oder hatten lange Fangzähne und bösartige Augen. Er wäre am liebsten umgekehrt, doch wie sollte er die anderen überzeugen, dass dies besser wäre ...?

XXI

Als sie um die nächste Ecke bogen, sahen sie unter einer Wölbung ein Dorf mit acht grossen, steinernen Häusern. Eines davon schien aus dem Berg gehauen. Sie traten näher heran. Niemand war zu sehen, doch überall standen diese lichtnährenden Kohlesockel. Darkkon zog seine Armbrüste vorsichtig aus dem Gürtel und steckte sich stattdessen das Kukri und einen Wurfpfeil daran.

«Wenn ihr friedlich seid, wird euch nichts geschehen, Fremde. Seid gewiss, dass ihr im Dorf willkommen seid», hörten sie plötzlich hinter sich.

Sie drehten sich um.

«Sept!», entfuhr es Rey beruhigt, als er die Wesen sah, die Schlangenkörper und schuppige Arme hatten. Sie waren mehrere Meter lang und auf Mannesgrösse aufgebäumt.

«Du kennst diese ... Geschöpfe?» Jan war der Einzige, der sich immer noch fürchtete.

Auf Syrias Gesicht hingegen lag ein breites, frohes Lachen, sie stapfte geschwind auf die ungewöhnlichen Wesen zu. «Ihr seid Sept! Das kann ich nicht glauben, mir wurden als Kind Geschichten über euch erzählt.»

«Sept sind Schlangenwesen, die sich als Attentäter verdingt haben», flüsterte Rey Jan zu.

Die Sept standen still vor Syria. «Wenn ihr uns kennt, dürften euch auch unsere Bräuche nicht unbekannt sein», sprach das eine Wesen. «Bitte zeigt euren Respekt, damit wir euch ins Dorf begleiten können.»

Syrias Augen glänzten. «Ihr, ihr meint doch nicht etwa ...»

«Doch, wir müssen Blut vergiessen, sonst sind wir hier nicht willkommen.» Rey liess sich von Darkkon das Kukri geben und trat zu den zwei Gestalten heran. «Ich möchte nur gerne wissen, ob diese Klinge vergiftet ist.»

Als seine Gegenüber einstimmig verneinten, öffnete Rey seine Jacke, legte seinen linken Arm frei und schnitt sich ins Fleisch. Die Wunde blutete, und die Schlangenwesen schienen zufrieden. Rey gab ihnen die Klinge und Darkkon das Zeichen, dass er der

Nächste sei. Dieser nahm seinen Wurfpfeil und ritzte sich ebenfalls den linken Arm auf.

«Jetzt wird's leider ungemütlich, Jan, du bist der Nächste.» Mit diesen Worten übergab Darkkon ihm einen seiner Stahlbolzen.

«Je tiefer die Wunde ist und umso mehr Blut du vergiesst, desto mehr Respekt erweist du ihnen», drängte ihn Syria.

Jan ergriff den Bolzen, streckte seinen Arm widerwillig aus und drückte den Bolzen dagegen. Kein Tropfen Blut kam heraus. Da trat Rey zu ihm. Jan schaute mit schmerzverzerrtem Gesicht weg, als Rey den Bolzen behutsam über seinen Arm schob, an allen wichtigen Adern vorbei. Danach verband er die Wunde sofort mit einem Stück Stoff. Die Sept gestikulierten, dass diese Wunde gerade noch so geduldet werde.

«Keine Angst, das mache ich wieder wett.» Syrias Axt erschien in ihrer rechten Hand. Mit der Spitze durchschlug sie ihre Rüstung auf Herzhöhe. Die etwa zwei Zentimeter tiefe Wunde blutete sehr stark, und die beiden Wächter schienen mehr als beeindruckt. Nach einigen Minuten des Blutens nahm Syria eine Hand voll Schnee und rieb sich die Stelle ab, die schnell wieder vollkommen verheilte.

«Wir heissen euch willkommen im Dorf der Sept. Bitte folgt uns, wir möchten euch ankündigen», sprachen die dunkelgrünen Schlangenwesen und glitten über den Boden voraus. Sie trugen einen ledernen Gürtel quer über die Schulter, mit einem Kukri auf Brusthöhe und drei weiteren auf dem Rücken, ansonsten hatten sie keine Kleider am Leib. Sie führten die Fremden in das Gebäude, das in den Felsen gehauen war. Im Inneren lagen vier weitere Sept um ein Feuer und unterhielten sich. Eines davon begrüsste sie: «Ihr habt im Unterstand genächtigt. Ich habe euch eine Nachricht hinterlassen.»

Die Sept händigten ihm das Kukri aus, das Rey ihnen zuvor übergeben hatte. Eine weitere Kreatur erhob sich, sie sah aus wie die anderen, begrüsste die vier aber mit einer zarten Frauenstimme.

Jan, der kein Wort verloren hatte, seit Rey ihm den Arm aufgeschnitten hatte, meldete sich: «Ich muss mich für meine Unwissenheit entschuldigen. Meine Gefährten scheinen viel über euch zu wissen, aber ich habe leider keine Ahnung, wer ihr seid ...»

«Nun, wir sind Sept, Schlangenwesen. Früher haben wir uns als Attentäter und Leibwachen für die Imperatoren verdingt. Doch der letzte hat uns verbannt, als wir uns weigerten, für ihn zu arbeiten. Er wollte uns keinen Respekt zollen und dachte, unsere Dienste mit genügend Gold erwirken zu können. Er verweigerte den uralten Brauch, den ihr am Dorfeingang vollzogen habt. Man verwundet sich, um sich zu schwächen und damit zu zeigen, dass man in friedlicher Absicht gekommen ist. Früher, in den alten, gefährlichen Zeiten, musste man viel schlimmere Verletzungen auf sich nehmen, bis man so schwach war, dass man keine Gefahr mehr für das Dorf darstellte. Heute ist es eher eine Tradition, die bewahrt werden soll.»

«Ich verstehe», sagte Jan, «vielen Dank für die Erklärung. Und was macht ihr hier oben?»

«Unsere Verbannung war mit der Forderung verknüpft, nie wieder bis zur höchsten Festung des Imperators herunterzukommen. Da diese eine Gebirgsfeste ist, sind wir gezwungen, hier zu leben.»

«Ich habe eine Frage an den ältesten Sept», sagte Syria. «Könnt ihr mir sagen, wo ich ihn finde?»

Sie müsse in das zweite Haus links, wenn sie aus diesem hinaustrete, erhielt sie zur Antwort. Doch sie solle bitte warten, bis ihr Besuch allen angekündigt worden sei. In diesem Moment traten die beiden Wächter in das Gebäude und gaben der Sept ein Zeichen, dass alle über die Ankunft der Besucher unterrichtet seien.

«Du kannst nun gehen», sagte sie zu Syria.

Syria trat auf den Platz und durchschritt die Tür in das grosse Haus, in dem sich der älteste Sept aufhielt. Überall im Raum brannten Feuerstellen, um die Sept lagen. Im ganzen Haus hielten sich zwischen zwanzig und fünfzig Dorfbewohner auf. Syria ergriff sanft die Schulter einer weiblichen Sept und fragte sie leise, wer hier der Älteste sei. Die Schlangenfrau setzte sich auf und schlängelte sich an den anderen vorbei.

«Er hier ist unser Ältester», sagte sie schliesslich.

Syria dankte der Frau und kniete sich zu dem Schlangenwesen hin. Sie sah keinen Unterschied zwischen ihm und seinen jüngeren Artgenossen. «Ich möchte mit Euch reden.»

Der Alte starrte sie müde an, nickte und verliess mit ihr das Gebäude. Er nahm sie in eine windstille Ecke und meinte: «Was möchte eine reizende junge Kriegerin von einem achtzigjährigem alten Kauz wie mir?»

Syria kam sofort zur Sache: «Hattet ihr Sept je einen Auftrag, das Dorf Jokulhaups zu überfallen?»

Der Alte überlegte. «Wann hat dieser Angriff auf das Dorf der Berserker stattgefunden?»

«Ihr kennt also das ehemalige Zuhause der Berserker? Der Angriff ereignete sich vor etwa einundzwanzig, zweiundzwanzig Jahren.»

«Wieso fragst du dann mich? Ich bin so alt, dass ich mich an Konflikte erinnern kann, deren Auswirkungen schon lange vor deiner Geburt verblasst sind.»

«Mir wurden Geschichten über euch Sept erzählt. Unter anderem, dass ihr mit den Berserkern ein Bündnis geschlossen hattet. Dieser Pakt ist so alt, dass ihn jüngere Sept bestimmt nicht mehr geschlossen haben können, Ihr aber schon. Ich berufe mich auf diesen Pakt und möchte erfahren, ob Ihr etwas über den Überfall von damals wisst.»

«Ich habe den Pakt damals geschlossen, und wir haben das Dorf nicht angegriffen. Aber was ich weiss, bin ich nur einem Berserker schuldig zu erzählen, wer denkt Ihr zu sein, dass Ihr behauptet, Euch stehe dieses Recht auch zu?»

«Mein Name ist Syria. Ich bin die letzte Berserkerin und verlange dies von Euch!»

Der Sept nahm sein Kukri aus dem Ledergürtel, griff nach Syrias Hand, schnitt eine Wunde hinein und liess das Blut in den Schnee tropfen.

«Ich sehe unbekanntes, besonderes Blut, aber ich sehe auch Blut der Berserker. Ihr seid also die letzte ... Nun, ich weiss nicht viel, aber ich weiss, dass der Auftrag von jemandem aus der ‹Legiarde› kam. Wisst Ihr, was die Legiarde ist?»

Syria verneinte.

«Nun, hübsches Kind, es ist so: Früher war die Legiarde die grösste Armee des ganzen Kontinents. Es war die Armee, die den Imperator beschützte und Aufträge direkt von ihm erhielt. Der kindische Name stammt ebenfalls von dem Imperator, der die Legiarde ins Leben rief. Er wollte tausend Mal tausend Mal tausend Männer befehligen. Nur die besten Krieger wurden aufgenommen, wie die besten Attentäter – die Sept. Wir wurden verbannt und hatten seitdem keinen Kontakt mehr zur Legiarde, aber so viel ich weiss, gibt es sie heute gar nicht mehr, sie löste sich allmählich auf. Die Berserker waren ebenfalls in der Legiarde. Kurz bevor wir Sept verbannt wurden, schlossen wir diesen Pakt. Sie waren ausser den einzelnen Befehlshabern die einzigen, die wir Sept jemals zu Gesicht bekamen. Wer sonst alles dem Imperator diente, kann ich nicht sagen, aber ich kann Euch trotzdem weiterhelfen, wartet hier.» Er schlängelte gemächlich in das Haus und kam nach einiger Zeit mit einem handflächengrossen Siegel zurück. «Wenn Ihr jemals jemanden mit diesem Siegel oder mit demselben Zeichen trefft, könnt Ihr sicher sein, dass er zumindest früher einmal in der Legiarde gedient hat.»

Syria bedankte sich und fragte: «Wäre es möglich, dass ein Befehlshaber der Legiarde ohne das Wissen des Imperators die Berserker überfiel?»

Der alte Sept schien unsicher, was er antworten sollte. «Ich denke nicht», sagte er schliesslich. «Der Imperator war immer informiert, was in der Legiarde vor sich ging. Natürlich kann ich nur von uns Sept und unseren Befehlshabern reden …»

«Syria, wo bist du?» Rey stand vor dem Haupthaus und rief ins Dorf hinaus.

«Ich danke Euch nochmals. Ihr wart mir eine grosse Hilfe», sagte sie.

«Eine Frage habe ich an Euch. Was werdet Ihr tun, wenn Ihr die Schuldigen findet?»

Syria lächelte. Der Wahn leuchtete aus ihrem Gesicht, als sie sprach: «Ich bin Berserkerin, ich tue einfach das, was die anderen meines Stammes getan hätten.» Sie verneigte sich kurz und schritt zu ihren Gefährten, die bereits auf sie warteten. Sie zeigte ihnen das Siegel und fragte, ob jemand es schon einmal gesehen habe. Alle verneinten. Sie sollten sich das Zeichen merken, es sei sehr wichtig, trichterte sie ihnen ein. Dann verabschiedeten sich die vier in jedem Haus von den Sept und traten weiter ihre Reise nach Hause an.

XXII

Wenn sie zügig vorankämen, würden sie am Abend in einem Gasthof am Fusse des Gebirges ankommen, meinte Jan nach einem Blick auf die Karte.

«Hast du nicht etwas vergessen?», fragte Darkkon seinen Bruder während des Abstiegs.

«Ich weiss nicht, was ich hätte vergessen sollen.»

Darkkon klopfte sich auf die Brust und erinnerte Rey damit an den Gürtel und die dazugehörigen Kukris, die er von den Sept geschenkt bekommen hatte.

«Ach, das meinst du. Genau.» Rey kramte kurz in Jans Rucksack und holte eine Rolle aus Tierhaut hervor. «Das Geschenk der Sept an dich, Syria», sagte er.

Syria nahm die Rolle entgegen und las: «*An die junge Berserkerin, die uns ihre Ehrerbietung erbracht hat, ist dieser neue Vertrag gerichtet. Zusätzlich zu unserem vor langer Zeit geschlossenen Pakt der Freundschaft bieten wir Euch unsere Dienste als Attentäter an, um Euch bei Eurer Rache an den Feinden, die für den Angriff auf das Dorf der Berserker verantwortlich waren, zu helfen.*»

Syria dachte nach. Wie konnten sie diesen Vertrag bereits vor ihrer Ankunft im Dorf aufgesetzt haben? Ihr fiel die Nachricht im Unterstand ein. Der Sept, der eingedrungen war, hatte das Blutritual durchgeführt, wie es der Alte auch mit ihr getan hatte. Dazu war nur ein Tropfen Blut nötig. «Hast du etwas Brauchbares bekommen?», fragte sie Rey schliesslich.

Er zeigte ihr einen Laib Brot. «Ich hab so viel zu essen bekommen für uns, wie ich tragen kann. Ich habe den ganzen Rucksack gefüllt.»

«Und was habt ihr beiden erhalten?», fragte sie Darkkon und Jan.

«Edelste Kukris. Die werde ich sicher nicht einfach so jedem entgegenwerfen. Zwei werde ich zuhause aufbewahren, das sind perfekte Erbstücke», freute sich Darkkon.

«Und ich habe ein dickes Buch bekommen, über die Regionen der beiden Kontinenthälften. Sie meinten, es gebe nur wenige Bücher dieser Qualität, sie seien nur wichtigen Befehlshabern von grossen Armeen zugänglich. Von den Kräutern und ihren Anwendungen über die verschiedenen Rassen, Stämme und Völker bis zur Beschaffenheit der Landschaft und zu den Wetterverhältnissen sei alles enthalten.»

Sie kamen früher als erwartet beim Gasthof an, und im Morgengrauen reisten sie gen Buchenwall. Nun waren sie zuversichtlich, dass sie Jan unbeschadet zu seiner Frau nach Hause bringen konnten. Danach wollten die Brüder mit Syria auf die Insel Heel übersetzen. Die Landschaft war atemberaubend schön. Das Eis, das sich wie ein dicker Schild über die Felsen gelegt hatte, und der Schnee, der die Umgebung in Stille tauchte – die Schönheit des Winters stand der des Farbenmeers des Herbstes in nichts nach.

Bei einer Pause meinte Jan zu Syria: «Hier ist ein Dorf eingetragen, ein paar Tage nach Nord-Nordost, das als Jokulhaups bezeichnet wird. Ist das deine Heimat?»

Syria schüttelte den Schnee ab, der ihr von einem Baum auf die Füsse fiel. «Ja, das Dorf Jokulhaups war die Heimat der Berserker. Aber ich weiss nicht, wie es damals aussah, meine Heimat war die Zufluchtsstätte im Berg.»

«Dort war ich, als ich von Norden aus nach Felsbach wollte. Das Dorf heisst jetzt Vaan Thela und ist ein Handelspunkt», sagte Rey. Er habe auf dem Weg nach Felsbach einen falschen Weg eingeschlagen und sei deshalb an diesem Dorf vorbeigekommen.

«Das *war* es. Bevor ich es niedergebrannt und alle Einwohner getötet habe. Jetzt ist nichts mehr davon übrig ausser Ruinen.»

«Möchtest du, dass ich mit dir deine Heimat besuche? Ich würde verstehen, wenn du einen Abstecher nach Hause machen willst, bevor du mit nach Heel kommst.»

Syria schien ein wenig betrübt, sie dachte über das Angebot nach. «Gut, wir können die Zufluchtsstätte besuchen gehen, dann kann ich dort noch ein wenig beten und mit meinen Eltern reden», meinte sie schliesslich.

Sie liefen dem Ganoll entlang und kamen ins Dorf Hagen. Hier hatte sich Tibbett in der Fluchtnacht versteckt. Rey bat die anderen, ohne ihn weiterzugehen. Er komme nach, meinte er, er müsse noch etwas in Erfahrung bringen. So gingen die anderen drei weiter auf dem Weg, auf dem Jan der Freiheit beraubt worden war. Indes traf Rey im Dorf ein kleines Mädchen. Dieses rannte vor ihm davon, und eine junge Frau, die Mutter oder die ältere Schwester der Kleinen, trat mit einer Heugabel aus einem der Häuser und stürmte auf ihn zu. Rey fuchtelte mit den Armen und rief immer wieder, er wolle niemandem etwas antun, er wolle nur etwas wissen.

«Krieger des Imperiums sind hier nicht gern gesehen. Verschwinde, bevor ich dir Beine mache. Ihr werdet keine Leute mehr aus unserem Dorf holen, so wie ihr meinen Bruder geholt habt», schrie die junge Frau.

«Ich bin keiner der Imperialen! Ich möchte nur etwas wissen.»

Die Heugabel fuhr knapp an ihm vorbei, dem zweiten Stoss musste er sogar ausweichen, sonst wäre er aufgespiesst worden. Als das Werkzeug zum dritten Mal auf ihn zukam, schlug er zielsicher auf die Spitzen und verbog diese mit seinem Handschuh. Ohne brauchbare Waffe bekam die junge Frau Angst.

Rey stand still und sagte langsam und klar: «Ich will dir nichts tun, ich bin keiner der imperialen Truppen. Ich habe nur eine Frage an dich: Kannst du mir sagen, wie ich in das Dorf namens Buchenwall komme?»

Die Frau starrte erst verblüfft die verbogenen Zacken der Heugabel an, dann musterte sie Rey. Als sie sich gefasst hatte, sagte sie: «Ich kenne kein Dorf namens Buchenwall.»

«Dann muss ich dich noch etwas fragen: Wie lange lebst du schon hier in Hagen und wie gut kennst du die Umgebung?»

«Ich wurde in diesem Dorf geboren und lebe seitdem hier. Weit und breit kenne ich jedes Dorf, Buchenwall muss irgendwo anders liegen.»

Rey bedankte sich und drückte ihr einen Beutel Silbermünzen in die Hand. Dann verliess er das Dorf und meinte, noch während er davonrannte: «Das kann doch nicht wahr sein, er hatte wirklich recht.» Er schloss zu den anderen auf und blickte Jan ein wenig unsicher an. «Warst du schon einmal in Hagen? Das ist ein so nahes Dorf. Trotzdem kennt hier niemand dein Buchenwall. Habt ihr keinen Kontakt zu anderen Dörfern?»

«Wir haben schon Kontakt, aber wir sagen eigentlich nie, woher wir sind. Wir mögen es, dass die Leute denken, dass in diesem Wald nicht mehr existiert als in anderen Wäldern.»

Rey schüttelte belustigt den Kopf, dann wischte er mit seiner Rechten vor seinem Gesicht hin und her. «Ihr seid doch verrückt», sollte das heissen, doch Jan lachte nur.

Sie kamen an der Festhalle am Fluss mit dem gemeingefährlichen Wasserrad und der Holzbrücke vorbei. Jan zeigte wild gestikulierend, wie er damals über das Geländer gefallen und vom Wasserrad erfasst worden war. Sie sahen bereits den Hügel mit dem Torbogen davor. Jan ging immer schneller. Wie hatte er diesen Tag herbeigesehnt! Oben auf dem Hügel sah man die Häuser Buchenwalls, die Kinder spielten auf den verschneiten Wiesen, die Frauen wuschen Kleider, und in einem Haus spielten die alten Männer Karten. Einer von ihnen, der am Tisch dem Fenster zugewandt sass, sah die vier und erkannte Jan. Er sprang auf, meldete den anderen Spielern, wen er gesehen hatte. Alle traten schnell aus dem Haus und begrüssten ihren zurückgekehrten Bekannten.

«Jan, du bist wieder da! Wo warst du, mein Junge? Bist du den dümmlichen Soldaten entkommen, was?» Der Alte klopfte energisch gegen ein Fenster des Hauses, und seine Frau kam wütend herausgeschossen und wollte ihm die Leviten lesen, weil er solch einen Radau veranstaltete. Doch ihre Augen wurden gross, als sie Jan erblickte.

«Jan, du bist wieder da!» Sie lief vor den vier Abenteurern her und klopfte gegen jede Tür und brüllte in jedes offene Fenster. Die alten Männer umringten Jan und bombardierten ihn mit Fragen. Die beiden Brüder und Syria hielten sich im Hintergrund und freuten sich an dem Schauspiel, das sich ihnen bot. Viele Dorfbewohner kamen ihnen auf dem Weg zu Jans Haus entgegen, jeder wollte ihn willkommen heissen.

Dann erklang ein kaum hörbares «Aus dem Weg, geht zur Seite!» aus der Menge, und plötzlich trat Jans kleine Schwester Alm heraus und fiel ihrem Bruder um den Hals.

Als nächstes trat Tibbett von hinten zu ihm, klopfte ihm auf die Schultern und meinte: «Hätte nicht gedacht, dich wiederzusehen. Weisst du, was ich wegen dir alles durchgemacht habe? He, ich habe gearbeitet, jeden Tag, auf den Feldern, an den Bäumen, im Stall. Wäre ich dein Knecht, müsstest du mir eine Menge Bier ausschenken, um alles berappen zu können.» Jans Freund hatte Tränen in den Augen und schlug ihm etwas hart auf den Oberarm.

«Ich freue mich auch, dich zu sehen, Tibbett.»

Vor Jans Haus blieben sie stehen. Von allen umringt klopfte Jan an seine Haustür und wartete, dass seine Frau diese öffnete.

«Was soll der ganze Lärm da draussen?», war von innen zu hören, und dann: «Ich komme gleich!»

Draussen waren alle still, und als die Tür aufging, hielt jeder den Atem an. Ursula trat heraus – und nach einem kurzen Moment der Sprachlosigkeit flossen Tränen aus ihren Augen, und Jan nahm sie in den Arm. Sie waren endlich wieder vereint. Die Dorfbewohner jubelten. Darkkon schien ungerührt, doch in seinem Innern quoll ein Stolz auf; Stolz, dass er dazu beigetragen hatte, diesen Moment herbeizuführen. Rey klatschte fröhlich in die Hände, und Syria hob ihn hoch und drückte ihn fest an sich. Ein zarter Kuss zwischen Jan und Ursula liess wieder Stille einkehren.

«Ich bin wieder zu Hause», sagte Jan.

Die Leute gingen voraus, um ein Festessen vorbereiten zu lassen. Jan mit seiner Frau am Arm und seine Begleiter folgten ihnen langsam. Der Wirt schloss die Tür auf und kommandierte seine Köche herum, sich mit den Speisen zu beeilen. Alle Dorfbewohner nahmen an den Tischen Platz.

«Heute geht alles aufs Haus!», sagte der Wirt, der sein Leben lang noch nie so grosszügig gewesen war. Ein ganzer Tisch an der einen Wand war für Jan und seinen Anhang reserviert, so dass alle im Haus ihn sahen und hörten. Jubel und Händeklatschen hiessen sie in der Halle willkommen. Die Freudenrufe verstummten erst, als alle sassen.

«Jetzt erzähl uns, was passiert ist», raunte ein alter Mann mit Pfeife im Mund, einem hundertjährigen Baum gleich, durch den Saal.

«Gut, ich werde euch alles erzählen ...»

«Warte einen Augenblick, wir möchten auch wissen, was los war», sprachen die Köche im Chor. Doch ihr Meister schickte sie in die Küche und meinte, wenn sie schnell genug kochten und auftischten, würden sie schon alles erfahren.

«Zuerst will ich euch meine Begleiter vorstellen. Rechts neben mir seht ihr die Brüder Rey und Darkkon. Darkkon mit den schwarzen Haaren ist ein begnadeter Schütze, sein jüngerer Bruder hier direkt neben mir ist ein kräftiger Kämpfer. Neben meiner Frau sitzt die wilde Syria, eine Frau mit der Kraft von mehreren Männern. Sie sind die Krieger, denen ich es zu verdanken habe, heute hier zu sein. Ich wurde von Sirin nach Felsbach gebracht und wegen meines Fluchtversuches an die Front Forons geschickt. Ich war im Königreich in einem Gefängnis, aus dem wir ausbrachen. Danach bestiegen wir das Nuhmgebirge, um nach Hause zu gelangen. Dabei trafen wir auf die Sept, Schlangenwesen, die dort leben. Aber nun alles von Anfang an ...»

Ausführlich erzählte Jan sein Abenteuer. Alle lauschten gespannt seinen Worten, während sie assen und tranken. Ein Fass Bier wurde aus dem Lager nachgeliefert, und Rey schlug mit der Faust den Hahn hinein. Bis in den Morgen hinein redeten, lachten und vergnügten sich alle. Es war ein weitaus grösseres Fest als Jans Hochzeit. Darkkon und Manjor spielten Messerwerfen, Rey und Tibbett schütteten den Alkohol in sich hinein, und Syria unterhielt sich vergnügt mit Ursula und Alm. Jan musste jede Frage so genau beantworten, wie es nur ging, er durfte keine Kleinigkeit auslassen. Sein Vater erzählte ihm, wie Tibbett ihm, Alm und Ursula beiseite gestanden und überall, wo er nur konnte, mitgeholfen hatte.

Als es beinahe Mitternacht war, gingen die Dorfbewohner heim, und Jan lud seine Freunde ein, bei ihm zu übernachten. Darkkon wartete am Eingang von Jans Haus, und Jan meinte zu Syria, wenn sie wolle, könne sie Rey mit in die Scheune nehmen. Dort hätten sie mehr Platz, es sei aber trotz des Strohs vielleicht kalt.

«Keine Sorge, ich werde ihn schon wärmen», meinte Syria verschmitzt.

So besetzte Darkkon das Gästezimmer, sein Bruder und Syria schliefen in der Scheune, und Jan begab sich mit seiner Frau in ihrem eigenen Zimmer zur Ruhe.

Umklammert von Syrias Armen und Beinen erwachte Rey in der Scheune. Er erkannte durch die Ritzen der Scheunenbretter, durch die Licht fiel, dass die Sonne entweder gerade auf- oder unterging. Er befreite sich aus der Umklammerung, wackelte zum Scheunentor und öffnete dieses einen Spalt weit, um zu sehen, ob es sich lohnte aufzustehen, denn er hatte einen fürchterlichen Kater. Die Sonne ging auf, man konnte also davon ausgehen, dass die anderen auch bald wach sein würden, wenn sie es nicht schon waren. Von hinten umschlangen ihn lange Arme, und Syria gab ihm einen sanften Kuss.

«Du weisst, was nach der Feier passiert ist, oder? Nicht, dass ich dich zu etwas gedrängt hätte, du hast ziemlich viel getrunken.»

«Nein, ich kann mich an das lange Gespräch erinnern, und dann haben wir ...» Er musste den Satz nicht zu Ende bringen, sie wussten, was passiert war. «Aber ich habe starkes Schädelkrachen. Komm, wir gehen zu Jan und schauen, ob die anderen auch wach sind.»

Sie klopften an die Tür, aber nur leise, um niemanden zu wecken. Keine Reaktion.

Rey horchte an der Tür. «Jemand redet da drin, gehen wir rein.»

Die Tür war unverschlossen, und so traten die beiden ein. Syria musste sich ducken, um durch die Tür zu passen. Jan kam aus einem Zimmer links des Eingangs und führte sie an den vorbereiteten Frühstückstisch, an dem Ursula, Alm und Darkkon bereits assen.

«Ich habe Jan und seine Familie eingeladen, uns jederzeit auf Heel zu besuchen, Bruder.»

Rey setzte sich. «Gut, ihr seid uns immer willkommen, wir haben sicher immer genügend Zimmer für euch parat», sagte er.

«Vielen Dank, natürlich gilt das Gleiche für euch drei. Ihr könnt immer, wenn ihr wollt, nach Buchenwall kommen.»

Rey nahm einen Beutel hervor, der so gross war wie zwei Fäuste, und stellte ihn auf einen Tisch: «Hier habt ihr Geld, für was immer ihr es auch brauchen könnt.»

Ursula bedankte sich, doch die Brüder winkten ab, das sei keiner Rede wert.

Sie blieben bis zum Abend beisammen, dann meinte Syria: «Wir müssen nun aufbrechen. Wir werden nach Felsbach gehen und euch von Sirin erlösen, aber ich verspreche euch, spätestens im Sommer werden zumindest wir beide euch wieder besuchen kommen.»

Syria trat aus dem Haus, und nachdem sie sich verabschiedet hatten, folgten Rey und Darkkon ihr. Sie schulterten die Rucksäcke, die sie aus dem Gefängnis mitgenommen hatten, und verliessen Buchenwall.

XXIII

Sie reisten in dieser Nacht nur wenige Stunden, dann schlugen sie in der Wildnis ein Lager auf. Nach weiteren Tagen der Reise kamen sie nach Felsbach und berieten sich zuallererst, was zu tun sei.

«Rey, du schleichst dich als erster hinein und suchst Sirin», erklärte Syria. «Wenn du ihn gefunden hast und ihn, ohne Aufmerksamkeit zu erregen, ausschalten kannst, gibst du mir ein Zeichen. Daraufhin breche ich durch das Tor ein. Darkkon, du suchst dir jetzt einen geeigneten Punkt, von dem aus du einen guten Überblick hast. Du unterstützt uns und verhinderst, dass jemand entkommen kann. Wir machen hier und heute Felsbach dem Erdboden gleich.»

Die Brüder nickten und gingen ihrer Wege. Darkkon hatte nach kurzer Zeit einen hoch gelegenen Felsen erspäht, von dem aus er alles erblicken konnte. Rey kletterte geschickt über eine Mauer und schlich sich zum Hauptgebäude, wo sie Sirin vermuteten. Syria ging abseits des Weges im Wald in Deckung und beobachtete die zwei Wachen vor dem Haupttor. Rey wuselte durch das ehemalige Dorf, dessen Häuser in einem jämmerlichen Zustand waren. Das kam ihm jedoch gelegen, da er an kaputten Mauern besser emporklettern konnte und der Schnee seine Schritte dämpfte. Viele Wachen streunten durch die Gassen, und so erreichte er das Haupthaus, indem er von Dach zu Dach sprang. Die Säule, die Syria damals zertrümmert hatte, lag im Schnee. Keiner hatte sich die Mühe gemacht, sie wegzuräumen. Rey spähte durch ein Fenster, stieg dann hindurch, schlich eine Treppe empor und durch mehrere Gänge. Er versuchte Sirin ausfindig zu machen, ohne eine Tür zu öffnen. Plötzlich hörte er zwei Personen sprechen.

«Sehr wohl, Hauptmann», hörte er.

Dies musste Sirins Zimmer sein. Er wartete, und als die Tür zu ihm hin aufging, versteckte er sich dahinter und brach dem Soldaten, der heraustrat und hinter sich die Tür schliessen wollte, das Genick. Zu seinem Entsetzen hörte er Sirin rufen:

«Soldat, du hast deine Waffe liegengelassen. Und wieso ist die Tür nicht geschlossen?»

Rey gab keine Antwort. Sirin stand von seinem Tisch auf und wollte gerade auf den Gang hinaus, als Rey hineinstürmte und ihn packte. Bevor er ihm das Maul zuhalten konnte, rief er nach seinen Soldaten. Jetzt musste alles sehr schnell gehen.

«Du wirst gleich das Schicksal deines Vorgängers teilen», zischte Rey. Er verhinderte, dass Sirin zum Schwert greifen konnte, gab ihm einen Schlag ins Gesicht und zerrte ihn an ein Fenster, das nach Felsbach gewandt war. Er schlug Sirins Kopf gegen die Wand und warf ihn aus etwa zwölf Metern auf den Platz. Sirin bewegte sich nicht mehr.

Ein Geschrei durchfuhr das ganze Fort, und mehrere Soldaten stürmten in das Haupthaus. Rey hörte, wie die Soldaten die Treppe heraufkamen. Er sprang aus dem Fenster auf ein Dach eines kleineren Hauses, wurde von Bogenschützen beschossen und sprang dann weiter von Dach zu Dach. Er bewegte sich auf das Haupttor zu und rief nach Syria. Kurz darauf durchbohrte die blutverschmierte Axt das Tor zur Hälfte, nach ein paar weiteren Hieben brach es auf. Rey sprang Syria von einem Hausdach entgegen, sie fing ihn auf und stellte ihn schnell auf den Boden. Nun kamen die Soldaten angerannt. Die beiden kämpften sich bis zum Platz vor und verlagerten so das Geschehen auf eine freie Fläche, die Darkkon mühelos einsehen konnte. Die brachialen Axtschwinger und die gekonnten, blitzschnellen Schläge und Tritte ließen die Gegner sterben wie die Fliegen. Die Soldaten waren unausgebildet und viel schwächer als die Krieger, denen sie sich in Foron hatten stellen müssen. Darkkon schoss die Bogenschützen ab, die kläglich dabei scheiterten, ihn auf diese Distanz zu treffen. Für ihn war der ganze Kampf noch viel uninteressanter als für Rey, der sich auf starke Gegenwehr eingestellt hatte. Für Darkkons meisterhafte Schiesskunst waren die flüchtenden Soldaten und die, die sich den beiden Nahkämpfern annäherten, nur bewegliche Zielscheiben, die weder ausweichen noch sich verstecken konnten. Der Schnee auf dem Vorplatz zum Hauptgebäude errötete unter den gefallenen Gegnern, und Syria fing an, sich blutlüstern zu verhalten.

«Du drehst gleich durch», sagte Rey. «Ich überlasse sie dir, bis nachher.»

Sie verstand, nickte und räumte weitere Feinde aus dem Weg.

Rey verschwand hinter einer Häuserecke und bahnte sich den Weg zu seinem Bruder.

«Wieso kommst du hierher?»

«Wirst du gleich sehen. Sind noch Schützen im Fort?»

«Nein, es gab nur ein paar wenige.»

Darkkon sah wieder dem Kampf zu. Syria hackte blind um sich und spiesste mit ihrer Axt mehrere Krieger auf.

«Deswegen bin ich raufgekommen, damit mir nicht dasselbe passiert.»

«So sieht es also aus, wenn sie in Berserkerwut gerät ... Sie ist total ausser sich, sie wird ungenau, aber ihre Stärke übertrifft alles.»

Die beiden schauten angespannt dem Massaker zu, das Syria veranstaltete. Darkkon gab seinem Bruder zu bedenken, dass sie auch für sie gefährlich werden könnte.

«Ach, Quatsch», entgegnete Rey auf die Bedenken seines Bruders.

Allmählich wurden Syrias Gegner spärlicher, und sie beruhigte sich. Als der letzte gefallen war, winkte sie ihren Gefährten zu. Als diese unten ankamen, hob sie Sirins Leiche vom blutgetränkten Boden und warf ihn in den See Davar.

«Lassen wir Felsbach brennen!», schrie sie. In ihrer Stimme hallte immer noch ein wenig Wahnsinn und die Freude daran.

Rey holte aus einem Haus drei Fackeln, die sie anzündeten. Sie gingen damit von Gebäude zu Gebäude. Wenig später standen sie vor den Mauern Felsbachs, das bis zum Abend vollkommen niedergebrannt sein würde. Sie schauen dem Feuer noch eine Weile zu.

«Lasst uns gehen, hier gibt es nichts mehr zu tun», meinte Rey schliesslich.

XXIV

Sie gingen zurück in Richtung Buchenwall und von dort nach Norden, bis sie an einer Weggabelung nach Osten ausscheren konnten. Der nächste Halt war Syrias Zuhause, die Zufluchtsstätte des ehemaligen Dorfes Jokulhaups. Nur wenige Tage trennten die Letzte ihrer Art von ihrem Daheim. Während dieser Zeit kamen sich Rey und Syria immer näher. Diese wurde, je weiter sie gingen, immer trauriger und verspürte das Bedürfnis, mit ihrem zukünftigen Mann darüber zu sprechen.

«Wir müssen jemanden finden, der das Zeichen trägt. Ich muss wissen, wer für das, was damals geschah, verantwortlich ist.» Syria konnte den Gedanken nicht ertragen, dass ihre Suche nach einem Mitglied der Legiarde vergebens sein könnte.

Doch Rey tröstete sie: «Ich werde auf der Insel jemanden beauftragen, diese Typen zu suchen und mir sofort Bescheid zu geben, wenn er etwas rausfindet. Er wird sicher jemanden kennen, den wir aufsuchen können.»

Am nächsten Tag trafen sie auf einen Händler mit einem Ochsengespann.

«Guten Tag, braucht ihr etwas, Reisende?» Der Händler hielt an, öffnete die Klappe am Ende des Karrens und wartete auf eine Antwort.

«Was habt Ihr anzubieten, guter Mann?» Darkkon trat heran und blickte in den Karren.

Der Händler schwang sich an seinem Karren empor und stieg auf die Klappe. Er kramte in dem Wirrwarr und meinte dann: «Ich habe alltägliche Dinge wie Seile, Karten, Fackeln, Kompasse oder auch ein paar kleinere Waffen und ein gutes Netz.»

Rey zog ein langes Gesicht. Nichts dabei, was er brauchen konnte. Er hätte gerne etwas gekauft, obwohl er kaum mehr Geld bei sich hatte. Dieses war bei den Übernachtungen und bei den Geldgeschenken an die Frau in Hagen und an Jan draufgegangen. Darkkon war von dem, was er sehen konnte, auch nicht angetan, doch er wollte sich die Waffen näher anschauen.

«Ich habe nichts Besonderes dabei. Doch sie sind sicherlich gut geschmiedet, und ich hatte noch nie Reklamationen», meinte der

Händler, zog dann eine offenbar schwere Kiste hervor, schloss diese auf und zeigte Darkkon einen Dolch aus einfachem Stahl.

«Darf ich mich selbst umsehen? So müsst ihr Euch nicht die Mühe machen, mir jede einzelne Ware zu zeigen.»

Der Händler half ihm hoch, und Darkkon untersuchte die Kiste. Die Waffen waren allesamt aus der gleichen Schmiede, das erkannte er an dem eingehauenen Merkmal. Dolche, Kurzschwerter, ein Knüppel, alles in derselben Qualität. Er hob das Tuch auf dem Boden der Kiste hoch. Seinem scharfen Blick war nicht entgangen, dass sich darunter noch etwas befinden musste. Tatsächlich, da war eine kleine Schatulle, die jedoch verschlossen war.

«Was ist hier drin?»

«Ebenfalls ein Dolch, doch kein gewöhnlicher», sagte der Händler. Es schien ihm peinlich, dass Darkkon die Schatulle entdeckt hatte. «Er wurde mir für viel Geld verkauft, doch ich wurde übers Ohr gehauen. Es ist nämlich ein Wurfdolch, den die Elfen verwenden, aus einem grünen Metall. Ich habe ihn viele Male verkauft, doch er wurde mir immer zurückgebracht, mit der Begründung, man könne ihn nicht verwenden.»

Darkkon nickte. «Weil die Waffen der Elfen bei nichtmagischen Wesen stetig ihr Gewicht verändern, damit Menschen sie nicht verwenden können.»

«Ihr habt vollkommen Recht, Ihr seid überaus gebildet, mein Herr.»

«Ich kaufe ihn Euch ab.»

Der Händler war irritiert. «Aber mein Herr, Ihr habt doch eben selbst gesagt, dass niemand ohne Magie im Blut für den Dolch Verwendung hat. Ich würde meiner Zunft Schande bereiten, wenn ich einem Kenner so etwas andrehen würde.»

«Keine Angst, ich gebrauche ihn nicht. Er wird ein neues Stück in meiner Sammlung. Ich zahle Euch den Preis, der Euch abgenommen wurde.»

«Edler Herr, ich bin Euch überaus dankbar. Doch meine Ehre gebietet es mir, Euch die Hälfte des Preises zu erlassen, wenn Ihr erlaubt. Natürlich gebe ich Euch auch die Schatulle und den Schlüssel dazu umsonst.»

Darkkon empfing die Schatulle und den Schlüssel und schloss

auf. Ein wunderschöner Dolch, so grün wie Jade, mit einem ockerfarbenen Holzgriff. Schön anzusehen, jedoch unbrauchbar. Kaum lag er in der Hand, wurde er leicht wie eine Feder, einen Augenblick darauf so schwer wie ein Breitschwert, und so ging es weiter.

Der Händler packte seine Waren zusammen, schloss den Karren und verbeugte sich vor den drei Freunden. «Gütige Reisende, ich möchte euch noch etwas erzählen, falls ihr es noch nicht wisst. Vaan Thela, das Dorf weiter im Osten, ist komplett abgebrannt. Es ist nur noch eine Trümmerlandschaft. Man munkelt, es seien Banditen gewesen. Seid auf der Hut!» Er verneigte sich, setzte sich auf seinen Wagen und gab den Ochsen das Kommando weiterzulaufen.

XXV

Die Abenteurer reisten weiter und kamen in Jokulhaups an, das schlimmer aussah, als die Worte des Händlers hatten vermuten lassen. Syria musste unglaublich gewütet haben. Einige Mauern waren niedergerissen, alle Häuser hatten grossflächige Brandstellen oder waren eingestürzt. Auf einem Platz mit einem Brunnen standen etliche Kreuze aus zwei aneinander gebundenen Stöcken. Hier waren offenbar sehr viele Menschen gestorben.

«Du hast gesagt, dass du in Berserkerwut geraten bist. Aber du hast mir einmal gesagt, dass das nur im Kampf passiert ...» Rey sah Syria fragend an.

«Ich wurde wütend, als ich sah, dass Fremde meine eigentliche Heimat bewohnten. Da fing ich an, die Leute zu töten. Irgendwann geriet ich ausser Kontrolle, und ich habe die Dorfbewohner unkontrolliert dahingemetzelt. Doch mein Zustand hielt nicht die ganze Zeit an, ich kam zu mir und tötete aus Wut und Verzweiflung einfach weiter.»

Rey war nachdenklich. Es schien Syria nichts auszumachen, dass sie Unschuldige getötet hatte. Ihn aber machte es traurig, was er hier zu sehen bekam. Als er hier vorbeigekommen war, hatte er einem kleinen Mädchen einige gepflückte Blümchen abgekauft und mit den Anwesenden geplaudert. Nun waren sie alle tot.

Bis zu den Höhlen, wo sich der Eingang zur Zufluchtsstätte befand, sprach niemand ein Wort. Syria merkte, dass Rey litt, und fühlte sich unwohl. Doch sie wusste, sie konnte ihm nicht versprechen, nie wieder Unschuldige zu töten. Sie war sich auch keiner Schuld bewusst, das Töten gehörte zu ihrer Lebensweise.

Ein Felsen versperrte den Eingang zur Zufluchtsstätte. Syria stemmte sich dagegen und versuchte ihn wegzudrehen, doch nichts passierte. Sie stand einen Moment still, dann trat sie auf die andere Seite und schob den Felsen von dort gegen die Wand. Das Tor öffnete sich, und ein Windhauch kam ihnen entgegen. Jeder zündete sich eine Fackel an, dann traten sie in die dunklen Gewölbe. Sie gingen durch einen Gang, von dem links und rechts Wege wegführten und Räume in den Stein geschlagen waren.

«Zündet Fackel um Fackel an und bleibt bei mir», mahnte Syria. «Die Zufluchtsstätte gräbt sich wie ein Irrgarten durch den ganzen Berg, und ich müsste lange nach euch suchen, wenn wir uns hier unten verlieren würden ...» Sie trat durch einen Bogen in einen grossen Raum, in dem Wasser zu hören war. Sie zündete einige Fackeln an der Wand an, und nun sahen sie, dass der Raum schräg bis zu einem See hinunter reichte, der zu leuchten schien. Eine selbstleuchtende Substanz schien am Grund zu liegen, die durch das Licht aktiviert worden war. Im Wasser tummelten sich ein paar Fische.

«Gertwelse», sagte Syria. «Eine Fischart, die eigentlich kein Futter benötigt. Die Tiere können die Nahrung aus dem Wasser filtern, doch wenn man sie nicht einen Tag, bevor man sie isst, füttert, schmecken sie scheusslich. Übrigens ist das auch der Badesee, hier habe ich schwimmen gelernt. Kommt, gehen wir weiter! Gleich kommen wir in einen besonderen Raum ...»

Ein grosser Torbogen führte ins Dunkel hinein, das allmählich dem Licht der Fackeln wich, die Syria entzündete. Vor ihnen erstreckte sich ein riesiger Raum mit einem glatten Boden aus verschiedenen Steinplatten. Er mass mindestens fünfzig mal fünfzig Meter.

«Unser Übungsplatz und gleichzeitig die Austragungsarena», sagte Syria stolz. Ohne die Fackeln zu löschen, führte sie die Freunde geradeaus weiter durch den Gang. Als sie zu einem kleinen Brunnen kamen, in dem sich Sand befand, strich sie mit ihrer Fackel darüber, und plötzlich erhellte sich der Gang. Wie von Zauberhand waren die Fackeln von selbst angegangen. «Solche Punkte sind überall verteilt. Sie dienen dazu, einen ganzen Bereich zu erhellen. Und verhindern bei einem Angriff von Aussenstehenden, dass sich diese eine Spur zum Ausgang legen können. Es gibt auch Fackeln hier, die, wenn man sie anzündet, alle anderen in einem Bereich wieder löschen.» Dem erhellten Gang folgend, kamen sie in eine Halle, noch grösser als der Übungsplatz und mit einem Altar voll von eingetrocknetem Blut. «Wollt ihr noch weitere Räume sehen», fragte Syria, «oder sollen wir zum Friedhof und dann wieder weg?»

«Wenn du noch mehr so interessante Räume zu zeigen hast,

will ich die mir auch ansehen», meinte Rey überwältigt. Darkkon war derselben Meinung.

«Gut, dann zeige ich euch als nächstes das Lager», sagte sie. Wieder führte sie die Brüder durch einen Gang, der aussah wie der zuvor, dann bog sie um eine Ecke und ging über mehrere Wegkreuzungen. In einem Raum türmten sich Kisten, Krüge und weitere Behälter mit Nahrung. «Von diesen Lagern gibt es sechsunddreissig, auf jedem Stockwerk eins.»

Darkkon schluckte leer. «Ihr habt hier sechsunddreissig Stockwerke in den Berg gehauen? Wieso ist diese Anlage denn so gross?»

«Es müssen während eines Notfalls etwa zweitausend Personen hier Platz finden können.»

«Aber du sagtest doch, es waren damals nur sechshundert Männer und Frauen im Dorf.»

«Ja, aber diese Zufluchtsstätte musste wirklich jedem Schutz bieten, und die meisten Berserker hatten viele Kinder. So dachte man voraus und rechnete damit, das Dreifache an Personen unterbringen zu müssen, schliesslich bestand eine Taktik ja darin, dass sich der Stamm bei Bedarf stark vergrössert. Diese Stätte ist als Geburtsort, Kampf- und Ausbildungsstätte gedacht. Du hast keine Ahnung, wie gross das hier alles ist ...»

Alle Räume waren hell erleuchtet, und man erkannte gut die Wohnräume der Familien, die viel Platz boten. Der Boden eines Raumes war mit Sand bedeckt, und einige kümmerliche, verdorrte Büschel eines Krauts waren darauf zu sehen.

«Ist das ein Gemüsegarten?», erkundigte sich Rey.

«Das waren Kräuter. Sie sind sehr nahrhaft, und einige sättigen ungemein. Leider kann ich mich nicht mehr an die Namen erinnern ... Wir haben sie mit dem Wasser aus dem See gegossen. Licht benötigten sie keines, und dennoch konnte eine der Sorten innerhalb eines Tages sechs Zentimeter wachsen. Aber was euch vielleicht überrascht, ist, dass wir auch Unkraut hatten: ein Gewächs, das den Kräutern die Nahrung stibitzte.»

Rey kniete sich hin und nahm eine Handvoll des sandigen Bodens in Augenschein. Er war feinkörnig und glitzerte ein wenig. Er grub ein kleines Loch und fragte dann: «Wie tief ist der Sand in diesem Raum?»

Syria überlegte und kam zum Schluss, dass er etwa eineinhalb Meter tief sein musste. Sie erklärte, dass manche Kräuter lange Wurzeln hatten und man daher viel Sand benötigt hatte. Der nächste Raum, den sie den Brüdern vorführte, war die Bibliothek. In Stein gemeisselte Bücherregale enthielten das Wissen von Jahrhunderten der Berserkergeschichte.

«Hier habe ich einige Zeit verbracht und bin auch an manchem Tag oder in mancher Nacht, das wusste man ja hier nie, eingeschlafen. Viele der Bücher enthalten Geschichten über mein Volk. Es hat aber auch Nachschlagewerke über Kampfkünste und Anleitungen, um sie sich anzueignen. Dann gibt es noch Pläne von Gebäuden oder Aufzeichnungen von Einwohnerzahlen, Vermählungen und so weiter. Den Rest habe ich nie ganz durchgeschaut, vielleicht ist noch etwas Interessantes dabei. Ich werde am Ende unserer Führung kurz hier verweilen und nachsehen.»

«Wo habt ihr eigentlich eure Notdurft verrichtet?», wollte Rey plötzlich wissen. «Ich müsste nämlich mal ...»

«Kein Problem, komm!», sagte Syria und führte ihn weg.

Als sie nach kurzer Zeit zu Darkkon zurückkamen, der in der Bibliothek auf sie gewartet hatte, berichtete Rey begeistert, was er gerade erlebt hatte. «Das Klo ist in Stein gehauen», sagte er. «Man macht oben rein, dann schiebt man eine dicke Steinplatte durch die Seite und zündet unter dem Ganzen ein Feuer an. In jedem Familienraum gibt es zwei solcher Klos. Und wenn wir das nächste Mal dort vorbeikommen, kann ich den getrockneten Dreck mit einer Schaufel in den Kräutergarten bringen. So funktioniert das hier. Eigendünger.»

Darkkon stellte das Buch, das er herausgezogen hatte, ins Regal zurück, und sie gingen weiter auf Entdeckungstour. Plötzlich blieb Darkkon stehen. «Hier hat es Bäume!»

«Oh, ich dachte, die kommen erst im nächsten Gang», sagte Syria. «Ja, das war unser Wald. Das Holz haben wir zum Anfeuern benutzt, und die Rinde einer besonderen Birkenart haben wir bearbeitet, um sie als Material für Bücher oder für die Toiletten zu verwenden. Der Vorteil hier ist, dass die Bäume nie von Schädlingen befallen waren.»

Darkkon und Rey bewunderten die grossen Bäume, die ihre Wurzeln wie die Kräuter in Sand geschlagen hatten. Rey kletterte an einem Baum empor, riss einen knolligen Fortsatz ab und liess sich aus kleiner Höhe auf den weichen Sand fallen.

«Das sind Nüsse, die kannst du essen, wenn du möchtest», meinte Syria.

Rey knackte eine der deformierten Nüsse und ass den tropfenförmigen Kern.

«Und, wie schmeckt sie?», fragte Darkkon gespannt.

«Ähnlich wie eine Walnuss, aber sie ist nicht so trocken, irgendwie milchig.» Rey gab seinem Bruder eine Nuss und steckte die übrigen in seinen Rucksack, während sie weitergingen. «Vielleicht kann ich damit einen Baum auf Heel pflanzen», dachte er.

Als nächstes zeigte Syria ihnen die Schmiede, die aussah wie ihre Gegenstücke ausserhalb des Berges, dann führte sie die Brüder in den nächsten Raum. Der sei viel spannender, kündigte sie an.

«Hier ist es überall trocken», sagte Darkkon. «Aber was passiert mit dem Wasser, das bei Regen hineinläuft? Es könnte sich doch Schimmel bilden, oder die unteren Etagen könnten überflutet werden.»

Syria strich mit der Hand über die Wand: «Schimmel kann sich keiner bilden, weil der Fels mit etwas behandelt wurde. Feuchtigkeit ist kein Problem, und die Architektur verhindert, dass wichtige Gänge oder sogar ganze Etagen überflutet werden. Die Gänge haben bestimmte Neigungen, das ist dir bestimmt aufgefallen. Zu allen wichtigen Räumen führt immer mindestens ein Gang, der nicht überschwemmt werden kann. Überflutete Gänge können einfach abgeschöpft werden, und das Wasser wird für die Bewässerung eingesetzt.»

Sie begutachteten nun schon seit Stunden einen Raum nach dem anderen. Schliesslich betraten sie einen Raum, der vollkommen mit Gras auf Erde überwachsen war. Auf einer Erhöhung in einem Kreis aus Waffen stand ein grosser Grabstein.

«Hier ist der Friedhof», erklärte Syria. «Ursprünglich war hier ebenfalls ein Garten, doch irgendwo musste ich all die Menschen beerdigen. Ich habe eine Grube ausgehoben, alle Personen hineingelegt und verbrannt. Danach habe ich über der Asche diesen Hügel aufgetürmt und einen Grabstein angefertigt. Der Kreis, den ihr seht, besteht aus den Waffen der Verstorbenen. Diese beiden Äxte», sie zeigte auf die Waffen, die wie ein Eingang im Kreis vor dem Grabstein aufgestellt waren, «gehörten meinen Eltern.» Die eine Axt bestand vollkommen aus Metall und hatte einige Stahldornen an der Rückseite, ihr gegenüber stand eine kleinere, hölzerne mit Messingverzierungen, die Bären zeigte.

Rey trat an Syrias Seite und sagte leise: «Ich möchte mit dir beten, zeig mir bitte wie.»

«Wir Berserker haben keine besonderen Rituale des Betens», meinte sie, «du kannst tun, was du willst, um dem Stamm und meinen Eltern Ehre zu erweisen.» Sie selbst kniete auf ihr linkes Bein und stützte sich mit dem rechten Arm auf das andere auf, um sich zu verbeugen. Die Brüder taten es ihr gleich, und so senkten sich nun drei Häupter schweigend vor dem Grabstein, auf dem eingemeisselt war: «*Hier ruhen die letzten Berserker aus dem Dorfe Jokulhaups.*»

Jeder betete etwas anderes. Darkkon wünschte den Toten einen wohligen Schlaf und bat um Schutz für ihre weitere Reise. Rey erzählte in Gedanken den Eltern Syrias, dass er auf ihre Tochter achtgeben und ihr ein guter Freund sein werde. Zum Schluss wünschte er allen eine gute Nacht und beendete sein Gebet mit «Ehre den Berserkern». Syria trug ihrem Stamm vor, was sie seither erlebt hatte. Sie erzählte ihren Eltern von Rey und wünschte sich ihren Segen für eine eventuelle Partnerschaft. Sie dachte an das Siegel und schwor dem, der für den Überfall und die Ausrottung der Berserker verantwortlich war, blutige Rache. Sie werde auch weiterhin ihren Lebensweg mit Leichen säumen und jeden Feind massakrieren, um so dem Stamm stets ihre Treue zu bezeugen. Zum Schluss bat sie Nysürie, die Gebete ihrer Begleiter auch ins Reich der Toten zu tragen. Syria und Darkkon standen auf und warteten auf Rey, der als Einziger seine Augen für das Gebet geschlossen hatte. Darkkon flüsterte Syria zu, dass sein Bruder vielleicht auf ihr Zeichen warte, um mit dem Beten aufzuhören. Sie hockte sich neben ihn und griff ihn sanft an der Schulter. «Wenn du fertig bist, kannst du aufstehen.»

Rey machte die Augen auf und erhob sich. «Bist du bereit weiterzuziehen?», fragte er sie.

Sie nickte wortlos, und sie brachen auf, um wieder ans Tageslicht zu kommen. Auf ihrem Weg zurück nahm Rey seinen nun getrockneten Dreck mit einer kleinen Schaufel mit und düngte damit die welken Pflanzen im Garten. An bestimmten Stellen zündete Syria einzelne Fackeln an, die nicht durch die Sandbrunnen gezündet wurden, doch das Feuer erlosch mit einem kurzen und dumpfen Zischen, und alle anderen Fackeln erloschen. Nach und nach kamen sie dem Ausgang näher, bis sie feststellen mussten, dass es draussen ebenfalls stockdunkel war. Sie hatten den ganzen Tag in der Zufluchtsstätte verbracht, nun war es Nacht geworden.

«Das heisst also, dass wir heute bei dir übernachten, hm?», sagte Rey mit spürbarer Begeisterung. Die Gewölbe der Anlage faszinierten ihn über alle Massen.

«Sieht so aus. Mir fällt auch gerade ein, dass ich ja noch ein paar Bücher aus der Bibliothek holen wollte. Darkkon, dir macht es nichts aus, im Berg zu übernachten, nicht wahr? Bis zur nächsten Herberge wäre der Weg jetzt auch zu weit ...»

Darkkon verstand vollkommen. Sie trotteten durch die Dunkelheit zurück und bezogen dann einen der Familienräume, um dort zu übernachten. Bevor sie sich hinlegten, erklärte ihnen Syria die Verhaltensregeln: dass man nicht durch die Gänge laufe, welche Fackeln man in näherer Umgebung nicht anzünden dürfe und so weiter. Dann schliefen sie in den Betten, in denen einst Syrias Stammesleute geruht hatten, tief im Berg, in der finstersten und stillsten Dunkelheit.

XXVI

Als Syria aufwachte, brannten bereits einige Lichter. Rey beugte sich über ihr Gesicht und wünschte ihr einen guten Morgen. Darkkon schlief noch und machte nicht den Anschein, als wache er gleich auf. So nahm Syria Rey mit zum unterirdischen See. Er wollte dort einen der Gertwelse fangen. Die Tiere, die fast zwei Meter lang werden konnten, entwischten ihm einige Male. Dann gelang es ihm, längere Zeit still zu stehen und ein kleines Exemplar zu fangen. Er tötete den Fisch mit einem gezielten Schlag und hüllte ihn in einen Lederlappen, um ihn später zu essen. Syria brachte ihn mit seiner Beute zurück in den Familienraum und gab ihm zu verstehen, dass sie noch in die Bibliothek gehe, bis Darkkon aufgestanden sei. Rey legte sich nochmals in sein gemütliches Bett aus bearbeiteter Wolle.

Als Syria zurückkam und bemerkte, dass weder der eine noch der andere der Brüder wach war, rüttelte sie die beiden unsanft aus ihren Träumen. «Die Sonne ist vor einiger Zeit aufgegangen, wir können weiter!»

So verliessen sie den Berg, wanderten zurück zur nächsten Gabelung und setzten dann ihre Reise fort. Die Tage vergingen. Der Schnee schmolz, dann fing es an zu schneien, und schon verflüssigte sich der Schnee wieder. Das Wetter änderte sich beinahe jeden Tag. Eines Tages beklagte sich Darkkon über den Körpergeruch seines Bruders.

«Ich konnte seit einer Ewigkeit nicht mehr ein Bad nehmen, wie soll ich denn sonst riechen, du Witzbold?»

«Ja, aber heute stinkst du wirklich extrem», bestätigte Syria.

Plötzlich fiel Rey etwas ein. «Ich habe den Fisch vergessen! Ich wollte ihn in einem der Gasthäuser zubereiten, habe aber nicht mehr dran gedacht ...» Er öffnete seinen Rucksack und drehte sich dann schnell weg. «Oh nein, mein ganzes Essen ist vergammelt.» Er zog seine Handschuhe aus, klaubte alles aus seinem Rucksack und warf es im hohen Bogen in die Wildnis. Seine Augen fingen an zu tränen, als er das letzte Stück, den Fisch, in den Händen hielt. Er überlegte sich, den Lappen zu öffnen, entschied sich aber dagegen und musste beim Wegwerfen einen grausamen Anblick ertragen, als der Inhalt aus dem Lappen fiel. Er wurde bleich.

«Geh hinter einen Baum, wenn du dich übergeben musst, ich muss sonst auch kotzen», sagte Syria und wandte sich ab.

Aus sicherer Entfernung beobachteten Syria und Darkkon, wie Rey seinen Rucksack verschloss und seine Handschuhe anzog, nachdem er seine Hände mit dem Rest aus seinem Trinkbeutel gewaschen hatte. Deutlich angeschlagen schloss er zu den beiden auf, und jeder versuchte, das Gesehene und Gerochene zu verdrängen. Bei der nächsten Gelegenheit liess Rey seinen Rucksack tüchtig reinigen und nahm selbst ein ausgiebiges Bad.

Die Erinnerung an den Fisch keimte erst wieder auf, als sie die Hafenstadt Comossa Belt erreichten. Hier suchten sie ein Schiff, dass sie nach Heel übersetzen würde. Dies zu bewerkstelligen, war jedoch schwieriger, als sie gedacht hatten. Es war den Schiffen untersagt, nach Heel zu fahren. Man suche dort nach dem Mörder eines imperialen Hauptmannes, erfuhren sie, und wolle diesem keine Möglichkeit zur Flucht geben. Darkkon fragte in der Kneipe einen Händler, der vorher regelmässig nach Heel übersetzt war, um dort Geschäfte zu machen, wieso sie immer noch nach diesem Mörder suchten, das sei schliesslich vor Monaten geschehen.

«Man möchte an ihm ein Exempel statuieren, um den Leuten klarzumachen, dass man sich nicht gegen das Imperium stellen sollte, wenn einem das Leben lieb ist», erfuhr er.

Darkkon, Rey und Syria setzten sich zusammen und berieten sich. «Weil du damals den Hauptmann im Meer versenkt hast, können wir nicht nach Hause», warf Darkkon seinem Bruder vor.

«Ich kann mich gar nicht daran erinnern, dass es ein Verbot gab. Ich ging ja erst einige Zeit nach dir fort ...» Plötzlich hellte sich Reys Gesicht auf. «Ich weiss, wieso ich das nicht mitbekam: Weil ich in der Nacht übersetzen wollte, habe ich einen Fischer mit Geld überzeugt, mich ans Ufer zu fahren.»

«Können wir niemanden bestechen, damit er uns nach Heel bringt?»

«Könnten wir tun», antwortete Darkkon auf Syrias Vorschlag. «Doch es gibt da ein Problem. Wenn wir an den Falschen geraten, verpetzt er uns bei den Soldaten, und dann können wir nicht wie in Felsbach die ganze Umgebung niederbrennen und es so aussehen lassen, als seien das Banditen oder Westliche gewesen.»

«Wir könnten schwimmen», murmelte Rey. «Nein, schlechte Idee, in der Nacht sehen wir nichts, und wir wissen auch nicht, was für Viecher uns im Wasser erwarten.»

«Ich habe eine Idee», sagte Syria schliesslich. «Wir kaufen uns ein kleines Boot eines Fischers, der in dieser Stadt lebt, und verstecken es ausserhalb der Stadtmauern. Gegen Abend, kurz bevor die Sonne untergeht, fahren wir in Richtung Heel und merken uns die Position der Kompassnadel.»

Die Idee fand Anklang bei Rey und Darkkon. Doch dieser hatte Bedenken, ob sich ein Fischer bereit erklären würde, ihnen ein Boot zu verkaufen, das dieser für seinen Lebensunterhalt brauchte. Trotzdem fragten sie im Hafenviertel nach, wo sie einen Fischer finden würden. Der Mann, der gerade einen Sack voll Krebse auf dem Rücken buckelte, meinte, die meisten seien Arbeiter des Bürgermeisters. Wer nicht für ihn fische, habe kaum genug Geld, um zu überleben. Sie setzten ihre Suche fort, als sie einen ärmlich gekleideten Jungen auf einer Mauer sitzen und mit einer Schnur angeln sahen. Rey sprach den Jungen an und fragte, ob sein Vater auch fische. Er erhielt keine Antwort, der Junge beobachtete genau seine Schnur. Rey wiederholte sich. Wieder keine Antwort. Irritiert und etwas genervt schaute sich Rey nach Syria und seinem Bruder um. Darkkon rieb Daumen und Zeigefinger seiner linken Hand wiederholt aneinander. Rey holte eine Goldmünze hervor und hielt sie dem Jungen vors Gesicht.

«Ja, mein Vater ist Fischer.» Der Knirps drehte sich zu Rey um und hielt die Hand auf, um das Geld entgegenzunehmen. Seine Hand war übersät von Narben.

Wahrscheinlich, weil er mit schweren Fischen an der Schnur kämpfen musste, vermutete Rey; ohne Angelrute verletzte er sich gewiss beim Einholen der Tiere. Er gab ihm ein weiteres Goldstück und meinte: «Das ist für eine richtige Angel. Nun möchte ich aber noch etwas von dir wissen. Wenn du die Wahrheit sagst, erhältst du noch mehr Münzen.»

«Was möchtest du von mir hören?»

Rey kniete sich zu ihm hin: «Hat dein Vater ein eigenes Boot, nur ein kleines, das man selbst rudern muss?»

Der Junge nickte. Rey gab ihm die Anweisung, sie zu seinem Vater zu führen. Am Rande des Hafens ging eine Treppe einen schmalen Weg hinunter, an dem eine kaputte Hütte lag. Ein paar morsche Bretter dienten als Steg. Der Junge ging bis an dessen Ende und zeigte aufs Wasser hinaus. Er rief nach seinem Papa, und als dies nichts nützte, begann Rey zu brüllen. Doch der Mann reagierte auf die Rufe und das Winken nicht, da er mit dem Rücken abgewandt im Boot sass. Darkkon beruhigte die beiden. Dann sagte er zu dem Burschen, er solle gut zuschauen, wie er seinen Papa jetzt auf sie aufmerksam mache. Er nahm eine Münze in die Hand, sah kurz zu dem Mann im Boot und schüttelte seinen Arm. Dann holte er aus und schleuderte die Münze so ins Wasser, dass sie vielfach darüber hüpfte und dann ins Boot und gegen den Rücken des Fischers sprang. Der Mann erschrak. Doch als er die Münze im Boot fand, sah er auch seinen Sohn und weitere Personen auf dem Steg. Er ruderte zu ihnen und fragte, was sie von ihm wollten.

«Geehrter Fischer, wir benötigen Euer Boot. Wir bezahlen Euch so viel, dass ihr Euch einen neuen Steg, ein besseres Boot und neue Ausrüstung kaufen könnt», sagte Darkkon. Syria stand als Einzige nicht auf dem Steg, da sie Angst hatte, dass er unter ihr zusammenbrechen würde.

Der Fischer knotete sein Boot fest, trat auf den Steg, nahm die Münze hervor und hielt sie vor sich hin: «Ihr seid Darkkon, ihr seid die Brüder aus Heel. Man sucht nach euch, nicht wahr? Ich nehme an, ihr wollt mit meinem Bötchen auf die Insel übersetzen. Ihr könnt es haben, die Soldaten und das Imperium können mir gestohlen bleiben.»

Darkkon öffnete einen Beutel mit Geld und zeigte ihn dem Mann, damit sich dieser vergewissern konnte, dass er auch genügend entlohnt werden würde.

«Woher kennt Ihr uns, wenn ich fragen darf?»

Der Fischer nahm den Beutel entgegen und meinte: «Ich traf Rey letztes Jahr während eines Festes, als er mir einen Fisch abkaufen wollte und zu bezahlen vergass. Ihr habt mir das Geld einen Tag später gegeben. Nun, ich fühle mich verpflichtet, euch zu helfen, da ihr mir damals das Geld gebracht habt. Ich würde das Boot gerne gratis weggeben, doch wie ihr seht, bin ich auf das Geld angewiesen.»

Darkkon zeigte auf die schäbige Hütte: «Ist euch dieses Zuhause hier wichtig? Wenn nicht, unterbreite ich Euch einen anderen Handel: Ihr zieht nach Heel, natürlich erst, wenn sich die Lage beruhigt hat. Dort arbeitet Ihr für unsere Familie. Ihr verkauft den Fisch, den Ihr fängt, auf dem Markt; den zehnten Anteil erhalten wir. Wie hört sich das für Euch an?»

Der Bube zupfte am Hemd seines Vaters. «Au ja!»

«Wir gehen auf euer Angebot ein», sagte der Fischer. «Meine Familie und ich begeben uns einige Zeit nach Aufhebung des Verbots nach Heel und fischen dort für euch.»

Darkkon band das Boot los und zog es an Land. Rey und Syria drehten es um und trugen es weg. «Wartet», rief Darkkon ihnen nach. «Wir sollten uns mit dem Boot nicht im Hafen blicken lassen. Wir rudern ein wenig weg und gehen dann an Land. Dort warten wir, bis es dunkel wird.»

Gesagt, getan. Syria setzte sich vorsichtig in das Boot. Zu ihrem Erstaunen war es viel stabiler, als es aussah, es war offenbar gut gepflegt worden. Rey und Darkkon setzten sich zu ihr und ruderten von Comossa Belt und der Hütte des Fischers weg. Bei der ersten sich bietenden Möglichkeit gingen sie an Land und versteckten das Boot im Gebüsch. Sie selbst warteten bis zum Einbruch der Nacht in der Nähe. Als die Sonne sich schon dem Horizont näherte, fuhren sie los. Syria bewegte mit kräftigen Zügen das Boot, und Darkkon merkte sich die Richtung auf seinem Kompass. Die Dunkelheit brach herein. Von Darkkons Anweisungen abgesehen, fuhren sie blind durch eine beinahe mondlose Nacht.

XXVII

Siehst du schon Land?» Syrias Frage richtete sich an Rey, der am Bug des Bootes stand.

Er verneinte. Keiner wusste, wie lange sie bereits unterwegs waren, aber der Kurs musste stimmen. Rey presste die Augenlider zusammen und rief plötzlich: «Halt! Wir sind vor einer Klippe. Ich denke, wir sind in der Nähe Shemens.» Auf die Frage, wohin sie rudern solle, erhielt Syria zur Antwort: «Ich denke nach links, also backbord, aber ich bin mir nicht sicher. Wenn wir hier falsch sind, prallen wir auf ein paar Felsen!»

«Frag doch Aliqua-Heel», sagte Darkkon, «du bist mit ihr befreundet, ruf sie doch!»

«Ich kann doch nicht einfach mitten in der Nacht nach ihr rufen, wenn alle schlafen.»

«Überleg mal. Sie ist eine Meerseele, die brauchen keinen Schlaf.»

Rey setzte sich hin und hielt den Kopf mit dem Gesicht zum Wasser über den Bootsrand. «Heeliqua, ich bin's, Rey. Ich brauche deine Hilfe.» Einige Zeit verging, ohne dass irgendwas passierte.

«Kommt sie?», fragte Darkkon.

Rey sah immer noch ins tiefe Wasser. «Irgendwas bewegt sich unter uns, glaube ich zumindest. Ich sehe nicht sehr tief.»

Plötzlich sah Darkkon einen Schatten um das Boot herumschwimmen. Er wollte seinen Bruder gerade darauf aufmerksam machen, als etwas aus dem Wasser schoss und nach Rey schnappte. Dieser fiel vor Schreck ins Boot zurück. Wütend rief er ins Wasser: «Komm noch mal her! Ich haue dir eine rein, du Mistvieh von einem Hai!»

«War es wirklich ein Hai?», fragte Darkkon besorgt. Es gab Haie, die gross genug waren, ihr kleines Boot umzuwerfen.

«Ich glaube es, ich hab's nicht gesehen.»

«Du Trottel musst auch deine Rübe an die Wasseroberfläche halten, damit jeder dir bei der ersten Gelegenheit den Kopf abbeissen kann!»

«Wie ich mir dachte, ihr seid es», war eine Stimme aus der Dunkelheit zu hören. «Ihr seid wirklich die einzigen, die mitten in der Nacht auf dem Meer so einen Radau veranstalten können.» Langsam türmte sich das Wasser neben dem Boot auf und formte sich zu einer Frau. «Schöne Nacht euch allen. Es war ein Nordaal, der an dir knabbern wollte.»

«Schön, dich wieder mal zu sehen, Heeliqua!»

«Danke, dass du gekommen bist, Aliqua-Heel», sagte Darkkon.

Das Meerwesen streckte seine Hand aus, um Syria zu begrüssen.

«Es freut mich, dich kennenzulernen, Aliqua-Heel. Mein Name ist Syria.» Syria gab ihr die Hand, und das Wasser floss zwischen ihren Fingern hindurch.

«Ihr wollt sicher an Land, ich zeige euch, wo's lang geht», sagte das Wesen und führte die drei an dem Strick des Bootes an Land.

«Ich *hasse* Nordaale.» Rey schüttelte sich. «Die sind so ... buah. Und schmecken tun sie auch nicht.»

«Kannst du uns sagen, an welcher Stelle der Insel wir uns befinden? Wir haben keine Ahnung», erkundigte sich Darkkon.

Aliqua-Heel antwortete, sie seien nun an einem Strand nördlich von Shemen, sie müssten nur eine Weile gehen, dann kämen sie dort an.

«Treffen wir uns in ein paar Tagen wieder», schlug Rey vor, «dann erzähle ich dir, was mir alles passiert ist.»

«Mach das, ich freue mich bereits!» Nach diesen Worten verschwand sie im Wasser.

Nun konnten sie ihre Fackeln anzünden und nach Shemen, einem Dorf auf Heel, gehen. Dort liessen sie sich zwei Zimmer in einem Wirtshaus geben und verschwanden sofort darin. Bloss nicht auffallen, dachten sie. Syria hatte das Boot am Strand zerschlagen und die Überreste ins Wasser geworfen, damit man es nicht finden konnte.

XXVIII

Am nächsten Tag wanderten sie gemütlich durch die schnee-bedeckte Landschaft, immer auf der Hut vor Soldaten, die Rey wegen des Mordes an dem ehemaligen Hauptmann suchten. Sie kamen zu den Klippen, bei denen sie in der Nacht zuvor über die richtige Richtung diskutiert hatten. Von hier aus konnten sie über die ganze Insel sehen. Sie war nicht sehr gross. Darkkon zeigte Syria das Dorf Heel, das sich mit der Insel den Namen teilte. Er zeigte auch auf die verschiedenen Klippen, auf denen jeweils ein Aussichtsturm stand, um Schiffe aus weiter Entfernung zu sichten.

Innerhalb weniger Stunden kamen sie im Dorf Heel an. Niemand war auf der Strasse. Das Dorf schien viel zu still. Eine Haustür öffnete sich einen Spalt weit, und die Stimme eines Mannes erklang: «Darkkon, Rey, die Soldaten suchen euch überall. Ihr solltet nicht hierher kommen, das ganze Dorf wurde von den Truppen auf den Kopf gestellt.»

«Woher sollten die Imperialen wissen, dass ich hierher zurückkomme?»

«Weil Sirin seinen Männern den Befehl gab, hier zu warten. Er wurde anscheinend informiert, dass ihr euch an der Front getroffen habt. Sie sollen euch hinrichten, wenn sie euch schnappen.»

«Auch nachdem wir Sirin verschwinden liessen, macht er uns noch Ärger ... Sind die Truppen bei uns zuhause?»

«Ich weiss es nicht. Sie patrouillieren überall auf der Insel, durchkämmen Ort um Ort. Hier waren sie schon zweimal, das letzte Mal vor einem Monat.»

Sie verabschiedeten sich von dem Mann und gingen weiter. Als sie sich dem Ende des Dorfes näherten, sahen sie aufgehängte Briefe, unterzeichnet von Sirin, mit Beschreibungen von Rey, Darkkon, Syria und Jan. Jedem, der den Soldaten Hinweise auf die Gesuchten meldete, war eine Belohnung versprochen. Rey riss die Zettel ab und zerfetzte sie. Endlich erreichten sie das riesige Haus, in dem die Brüder aufgewachsen waren, mit dem Platz davor und dem Land, das eine Steinmauer umgab. Nach einer weiteren halben Stunde auf einem Weg, der ein wenig bergwärts ging, standen sie vor der Eingangstür.

«Sollen wir einfach hineinmarschieren?» Rey dachte an die Soldaten. Ob einige sich im Haus aufhielten? Darkkon schaute durch die Fenster des Erdgeschosses. Keine Soldaten waren zu sehen. Bei der Küche klopfte er gegen die Scheiben und machte den Koch und ein Hausmädchen auf sich aufmerksam.

«Mein Herr, ich freue mich, Euch wohlbehalten zu sehen! Ich danke den Göttern, die Euch zurückkehren liessen. Ich möchte Euch sagen, dass ...», schnatterte der Koch los.

«Fren, sei still», fiel Darkkon ihm ins Wort. «Sind Soldaten im Haus oder in der Nähe?»

«Nein, mein Herr, es ist niemand da, der Euch schaden möchte. Aber sie waren schon einige Male hier und haben den Dorfbewohnern Geld und Waren geraubt. Diese Feiglinge, also wenn ich jünger wäre ...»

Darkkon winkte Rey und Syria herbei, und sie traten ein. Rey wies Syria einen Platz neben sich an einem aus Ebenholz gefertigten langen Esstisch.

«Lilia holt Mutter», sagte Darkkon und setzte sich an seinen Platz gegenüber Rey. Man hörte viele schnelle Schritte auf der Treppe, dann führte ein Hausmädchen eine ältere Dame in den Saal, in dem die Heimgekehrten warteten. Rey und Darkkon standen auf und blieben stehen. Syria tat es ihnen nach kurzem Zögern gleich. Der Hausherrin traten Tränen in die Augen, als sie ihre Söhne erblickte. Sie war klein und von filigraner Statur. Sie umarmte zuerst Darkkon, danach seinen Bruder und dann die vollkommen überrumpelte Syria. Sie setzte sich, und das Personal, das aus Lilia und Fren bestand, versammelte sich freudig hinter ihrem Stuhl am Tischende.

«Endlich sind meine Söhne wieder zuhause. Darkkon, erzähl mir, was passiert ist. Fren, koche uns dein bestes Essen. Und bereite der Dame einen heissen Tee, aber nimm einen grossen Krug, ich denke, ein Becher wäre ihr zu wenig.»

Fren verschwand mit dem Hausmädchen in der Küche, und bald kehrte dieses mit einem Krug Pfefferminztee zurück. Sie verbeugte sich vor Syria und begab sich wieder ans Tischende. Syria nahm einen Schluck und dankte der Hausdame. Darkkon sprach kein Wort. Er wollte auf das Essen warten. Es dauerte nicht lange, und Fren tischte jedem Fleisch auf. Syria und Rey erhielten eine extra grosse Portion. Endlich begann Darkkon zu erzählen.

Als sie alle Gänge genossen hatten und Darkkon mit seiner Geschichte am Ende angekommen war, wandte sich ihre Mutter an Syria. «Ich muss mich entschuldigen, mich nicht vorgestellt zu haben. Doch wenn Darkkon nicht angefangen hätte zu erzählen, wären meine Bediensteten vor Neugier geplatzt. Ich heisse Eries. Ich bin Euch zutiefst dankbar. Sagt, was Ihr möchtet, und ich werde versuchen, Euren Wunsch zu erfüllen, Syria.»

Syria schwieg einen Moment. Dann sagte sie: «Kennt Ihr die Legiarde, die Armee des Imperators?»

Ein nachdenklicher Blick erschien in Eries Augen. Dann drehte sie ihren Kopf zur Seite, ein kurzes Tuscheln ging vonstatten. Niemand habe je davon gehört, erklärte Eries, es tue ihr leid, sie enttäuschen zu müssen. Doch sie erhalte eine grosse Menge Gold.

«Das ist nicht nötig», sagte Rey. «Syria ist meine Geliebte.»

Eries zeigte keine Emotion. «Es freut mich sehr für meinen jüngeren Sohn, eine Frau gefunden zu haben. Willkommen, meine Tochter.»

«Wir heiraten nicht gleich in den nächsten Tagen», beruhigte Rey seine Mutter.

«Trotzdem freut es mich sehr. Du hast anscheinend eine Frau gefunden, deren Wildheit zu dir passt. Eine starke Frau!» Eries stand auf, und ihre Söhne taten es ihr gleich. Dann verliess Eries den Esssaal.

Kaum war sie um die Ecke gebogen, brach ein wildes Gerede aus. Die Angestellten waren ausser sich vor Glück, ihre jungen Herren wieder zuhause zu haben. Und der junge Rey war erst noch in Begleitung einer Frau gekommen! Lilia, das Hausmädchen, gratulierte der etwas verlegenen Kriegerin zu ihrer Wahl. Fren schnatterte auf Darkkon ein. Rey erhob sich, nahm Syria an der Hand und verliess mit ihr das Haus.

«Wir werden eine Weile hierbleiben», sagte er, während sie durch den Schnee spazierten. «Irgendwann spricht es sich herum, dass es Felsbach nicht mehr gibt, und dann werden die Truppen von hier abgezogen.»

Syria fragte sich, ob Rey dies in seinem Unterricht über Kriegsführung gelernt hatte. «Solange haben wir Zeit, uns näher kennenzulernen», meinte sie.

Er lachte. «Noch näher!»

Syria wurde betrübt: «Ich weiss nicht, wo ich anfangen soll, nach der Legiarde zu suchen, ich möchte wissen, was damals passiert ist.»

«Hör zu, wir finden den Schuldigen, das verspreche ich dir. Wenn die Soldaten von der Insel weg sind, sorge ich dafür, dass ein paar Personen nach dem Zeichen auf deinem Siegel suchen. Aber solange bleiben wir hier und erregen keine Aufmerksamkeit.»

Sie folgten einem Weg durch ein Wäldchen und redeten noch lange miteinander. Erst als es kalt und dunkel wurde, kehrten sie ins Haus zurück. Rey führte Syria in den Keller, wo ein Bett für sie hergerichtet worden war. Hier würde kein Soldat je nach ihnen suchen.

XXIX

So verrann die Zeit. Rey und Syria verliessen tagsüber das Haus und kamen bis zu später Stunde nicht wieder. Darkkon blieb währenddessen zuhause und vertiefte sich in die Bücher, die Syria ihm aus der Bibliothek der Zufluchtsstätte ausgeliehen hatte. Auch er meinte, dass die Truppen Heel in nächster Zeit verlassen würden. Nach zwei Wochen erzählte Lilia, sie habe von den Dorfbewohnern gehört, dass die Soldaten dringend aufbrechen müssten, und Aliqua-Heel informierte die Liebenden eines Morgens bei einer heissen Quelle, dass soeben das letzte Schiff der Soldaten die Insel verlassen habe.

«Morgen werden wir ins Dorf gehen und uns über die Legiarde erkundigen. Ich werde Leute losschicken, Personen, die sich auskennen, wie man Informationen über verbotene Dinge beschafft», versprach Rey. Er ging langsam ins Wasser der Quelle, die sich in einer weit offenen Höhle befand. Syria umarmte und küsste ihren Geliebten sanft. Er sah ihr in die Augen. «Du möchtest kämpfen, ich sehe es, wie dein Herz sich nach dem Blut anderer verzehrt. Gefällt es dir nicht hier bei mir, auf der Insel?»

«Doch, ich ... ich liebe dich und bin gerne hier. Aber mein Inneres verlangt danach, etwas zu unternehmen, ich kann nicht hierbleiben und mich amüsieren, solange ich mich nicht gerächt habe. Und du hast recht, mir fehlt der Kampf.»

Rey wählte seine Worte vorsichtiger als sonst: «Du musst nun das haben, was mir meistens fehlt: Geduld. Aber ich habe eine schlechte Vorahnung, was auf uns zukommt, wenn wir erfahren, wer für den Überfall auf Jokulhaups verantwortlich ist.»

«Rey, du sprichst so anders als sonst, und du machst dir Sorgen. So erkenne ich dich ja fast nicht wieder. Teile deine Gedanken mit mir.»

«Der Sept, der dir das Siegel gab, sagte doch, er könne sich nicht vorstellen, dass der Imperator nicht über den Überfall Bescheid gewusst habe. Das bedeutet vielleicht, dass der Imperator selbst den Befehl dazu gab, und dann müssten wir gegen Ise vorgehen.»

«Denkst du, ich würde mich von einer Festung in einem Tal

aufhalten lassen? Egal, wer dafür verantwortlich war, ich werde ihn töten.»

Sie verblieben bis zum Abend in der Höhle. Am nächsten Tag strichen sie zum ersten Mal durchs Dorf, ohne aufpassen zu müssen, dass sie von Soldaten gesichtet werden könnten. Rey wurde von jedem, den sie im Dorf antrafen, herzlich begrüsst.

Er klopfte gegen eine Haustür: «He, Hapo, mach auf!»

Ein kleines, altes Männchen mit einem Schnauzer machte auf und sah mit glasigem Blick den jungen Mann an. «Was willst du von mir? Ich habe zu tun.»

«Du sollst etwas herausfinden für mich.» Rey nahm von Syria das Siegel entgegen.

«Du musst Reys Freundin sein», sagte der Alte. «Man redet viel über dich, aber ich dachte nicht, dass du so gross bist, wie sie sagen ... Was hält dich bei diesem Nichtsnutz?»

«Als ich noch klein war und Hapo die Tausendjahresgrenze noch nicht überschritten hatte, habe ich aus Versehen etwas kaputt gemacht, was ihn einen Haufen Geld kostete», erklärte Rey. «Seitdem ist er nicht allzu gut auf mich zu sprechen. Aber eigentlich ist er auf niemanden gut zu sprechen ...»

«Da magst du zur Abwechslung recht haben. Aber keine Witze mehr über mein Alter! Du möchtest etwas von mir, dann sei gefälligst anständig.»

«In Ordnung, Hapo, du sollst für mich deine Informanten losschicken, um etwas in Erfahrung zu bringen.» Er zeigt dem Alten das Siegel: «Finde so viel wie möglich über die Legiarde heraus. Dies ist das Zeichen, das sie benutzen oder benutzt haben. Wenn einer deiner Bekannten jemanden mit diesem Zeichen findet, soll er dir den Aufenthaltsort und alles Wichtige über ihn berichten.»

Der alte Hapo nahm das Siegel entgegen und sah es lange an. «Ich nehme an, dass das Thema denen ähnelt, die ich sonst bearbeite?»,

«Genau, niemand darf davon erfahren.» Rey legt ihm einen Beutel Goldmünzen hin.

«Das ist nur ein Teil deiner Anzahlung, Rey, damit wir uns da verstehen. Du bringst mir noch neunmal so viel, dafür kann ich dir bereits einige Dinge sagen.»

«Dann erzähl.»

«Gut. Die Legiarde ist die Armee des Imperators und nicht des Imperiums, wie die unterbelichteten Soldaten und die verpflichteten Bauern und anderen Bewohner des Reichs. Sie besteht aus verschiedenen Bereichen, jeder unabhängig von den anderen. Ich weiss von den Bereichen ‹Sabotage›, ‹Leibwächter› und ‹Attentäter›; es gibt bestimmt noch mehr. Von den Attentätern und Leibwächtern habe ich keine Ahnung, aber der Bereich der Sabotage beinhaltet das Verbreiten von Gerüchten, die Beschaffung jeglicher Art von Informationen, das Sich-Einschleusen in grössere Gruppierungen und zu guter Letzt das Leute-zum-Schweigen-Bringen. Ich weiss auch, dass man denkt, die Legiarde habe sich aufgelöst. Doch das stimmt nicht. Das ist alles, was ich bis jetzt weiss. Eine Frage, Taugenichts: Was hast du angestellt, dass du Informationen über die Legiarde brauchst?»

«Ich suche jemanden Bestimmtes, der vielleicht in der Legiarde war oder zumindest etwas mit ihr zu tun hatte, habe aber sonst keine Hinweise. Falls es dich interessiert – ich will demjenigen das Licht auslöschen.»

«Na, wenn das so ist, dann kann ich dir noch eine Information geben, sogar umsonst.» Der Alte ging in sein Haus und kam mit einer alten Armschiene zurück. Als er Rey die Innenseite zeigte, erkannte dieser, dass das Zeichen der Legiarde eingraviert war. Hapo steckte die Schiene ein. «Egal, wen du suchst: Alle, die dem Imperator so ihren Dienst erwiesen haben, gehören umgebracht. Ich werde dir alle Nachrichten zukommen lassen, und natürlich haben wir uns noch nie miteinander unterhalten.» Der alte Mann schloss die Tür hinter sich, und man hörte, wie einige Schlösser verriegelt wurden.

Rey und Syria entfernten sich langsam von dem Haus. «Jetzt wird mir einiges klar», sagte Rey. «Weisst du, Hapo ist nicht sein richtiger Name, so nennen ihn einfach alle, ich wusste bisher nicht warum. Er war immer schon merkwürdig. Aber wenn man etwas brauchte, und wenn es noch so selten war – er konnte es beschaffen. Er war also selbst einer von denen. Aber so, wie er die Tür hinter sich zuschloss und was er über die Legiarde sagte, denke ich, dass wir ihm trauen können. Komm, gehen wir nach Hause, ich will meiner Mutter und meinem Bruder von diesem

Gespräch berichten.» Nach einer Weile fügte er hinzu: «Wie wäre es, wenn wir inzwischen Jan besuchen und eine Weile bei ihm bleiben?»

«Und wenn Hapo einen Hinweis erhält?»

«Wir sagen ihm einfach, er soll einen Boten nach Buchenwall schicken. Hapo weiss sicher, wo das ist, und wenn nicht, vergeht kein Tag, bis er es weiss. Seine Leute werden sowieso auf dem Festland umherstreunen, um einen Angehörigen der Legiarde ausfindig zu machen. Dann erhalten wir die Informationen sogar früher, als wenn wir hier bleiben.»

Das schien Syria zu überzeugen. «Gut», meinte sie, «wenn das geht, dann lass uns Jan und seine Familie besuchen.»

Als sie durch die Tür traten, stand Mutter Eries vor ihnen.

«Hapo hat eingewilligt», berichtete Rey, «Lilia soll ihm morgen neun Goldbeutel vorbeibringen.»

«Hat er angenommen?», hörte man eine Stimme aus dem oberen Stock rufen

«Ja», antwortete Rey, «es hat begonnen! Willst du mitkommen, Jan besuchen?»

«Nein, dieses Mal noch nicht, ich werde mich wieder ausbilden lassen, damit ich endlich Lehrer werden kann. Aber du kannst ihm schöne Grüsse bestellen und sagen, dass ich ein andermal vorbeischauen werde.»

«Dann soll Lilia Hapo sagen, dass er seine Informationen Darkkon erzählen kann», bat Rey seine Mutter. «Und er soll einen Boten nach Buchenwall schicken, wo wir unseren Freund Jan besuchen.»

Sie assen noch gemeinsam zu Mittag und verabschiedeten sich dann von allen.

«Jetzt gehst du schon wieder fort, das ist traurig», sagte Eries. «Aber ich weiss wenigstens, dass du in guter Begleitung bist, eine schöne Reise euch beiden!» Sie umarmte ihren Sohn und die liebgewonnene Syria.

«Brüderchen, wir sehen uns, hm?»

Rey schlug seinen Bruder sanft auf den Oberarm. «Klar, wir kommen zurück, mach dir keine Sorgen. Wir legen den Kerl um, und dann sehen wir weiter, so einfach ist das.»

XXX

Rey und Syria fuhren über das Meer nach Comossa Belt, folgten dem Pfad nach Süden und übernachteten unterwegs in den Bauern- und Holzfällerdörfern, die auf dem Weg lagen.

Als sie eines Morgens zu einer neuen Etappe aufbrachen, fragte Rey: «Wann wurdest du eigentlich geboren?»

«Am achtundzwanzigsten Tag im zweiten Herbstmonat, warum?»

«Mir ist eine Idee für ein Geschenk in den Sinn gekommen, nichts weiter», grinste er.

In den Dörfern, in denen sie rasteten, erkundigten sie sich regelmässig nach Felsbach. Die Leute glaubten an einen Überfall der königlichen Armee. Sie glaubten auch daran, dass Vaan Thela ebenfalls von dieser zerstört worden war, obwohl dies viel länger zurücklag.

Das Liebespaar erreichte Buchenwall, als es langsam wärmer wurde. Einige Flecken Gras kamen bereits zum Vorschein. Jan und Ursula waren erfreut, die beiden wieder zu treffen. Vor dem Kaminfeuer erzählte Rey, was sich in der Zwischenzeit zugetragen hatte.

«Wir beide bleiben eine Weile hier und gehen euch ein wenig zur Hand», sagte er. Dann erzählte er Jan von der Überraschung, die er für Syria plante: Er wollte das zerstörte Dorf Vaan Thela kaufen, rundherum eine Mauer errichten und dort einen Turm für sich und Syria erbauen lassen. So könnten sie in Syrias Heimat leben, meinte er, sobald die Sache mit dem Überfall erledigt sei. Er bat Jan, ihm zu helfen, denn an einigen Tagen müsse er verschwinden, um das Ganze in die Wege zu leiten. Die verrückte Idee fand bei Jan Anklang, und natürlich war er einverstanden, Rey dabei zu unterstützen.

Rey und Syria arbeiteten mit Jan und Ursula sowie mit Alm und Tibbett, der, während er sich um Jans Familie gekümmert hatte, Alms Freund geworden war. Am Anfang mussten nur die Tiere versorgt werden; Jan besass Kühe, Schafe und Hühner. Doch bald schon zog der Frühling ins Land, und man konnte den Acker bestellen. An einem Morgen tat Jan so, als benötige er Saatgut aus Hagen und beauftragte Rey damit, es zu besorgen. Natürlich war das nur ein Vorwand, damit Rey in Hagen einen Brief nach Hause schicken konnte, um Darkkon zu unterrichten, dass dieser jemanden beauftragen solle, eine Mauer nach den Skizzen Reys um das Dorf Vaan Thela zu bauen und die gesamte Fläche mit den dazugehörigen Minen und Höhlen aufzukaufen. Als er seinen Brief dem Boten übergeben hatte, kaufte er irgendwelche Samen, um in Buchenwall etwas zum Vorzeigen zu haben. Auf der Strasse begegnete er der jungen Frau wieder, die ihn damals für einen Soldaten gehalten und mit der Heugabel attackiert hatte.

«Hallo! Hast du dir eine neue Heuforke gekauft von dem Geld, dass ich dir gegeben habe?»

«Ach, du bist's, was tust du hier?»

«Ich habe Samen für den Acker eingekauft.»

«Wieso hast du mir so viel Geld gegeben? Ich wollte dich ja schliesslich aufspiessen.»

«Weil ich deine Gabel verbogen habe, und weil dein Bruder als Kämpfer eingezogen worden ist. Ich dachte, ich könnte dich und deine Familie ein wenig unterstützen.»

«Du bist merkwürdig ...»

«Ich weiss. Also, vielleicht bis ein andermal!» Rey liess die Frau zum zweiten Mal einfach stehen und brauste durch den Wald, von dem Aussenstehende glaubten, er sei verflucht.

Zurück in Buchenwall übergab er Jan die Samen und gab ihm zu verstehen, dass er seinen Brief abgeschickt habe. Alm, die aus dem Stall kam, erkundigte sich bei Jan, wieso er jetzt bereits Samen gekauft habe, sie hätten noch genügend gelagert. Lange fiel ihm keine intelligente Antwort ein, doch dann erklärte er: «Ich habe gehört, dass sie jetzt gerade sehr günstig sind. Da dachte ich, ich nehme ein wenig für später.»

Alm schien mit der Antwort zufrieden und ging wieder in den Stall zu den anderen Frauen. Am Abend, als alle gemütlich beim Essen sassen, klopfte Syria belustigt mit der Handfläche auf Reys Bauch: «Wenn noch ein paar solcher Tage vergehen, verschwindet dein Bäuchlein, und du wirst ausdauernder.»

Er lachte und antwortete: «Wenn ich durch die Arbeit hier

noch stärker werde, kann man mich anstelle des Ochsen vor den Pflug spannen.» Alle Anwesenden lachten herzhaft, und Rey meinte weiter: «Die Arbeit mit den Tieren ist schön, aber auf dem Feld ist es einfach nur anstrengend, wenn man nie viel gearbeitet hat.»

Tibbett und Alm wünschten allen eine gute Nacht und gingen zu Alm heim. Rey und Syria gingen ebenfalls ins Bett, sie hatten das Gästezimmer von Jan angeboten bekommen, doch sie schliefen lieber in der Scheune.

Ursula warf ein Holzscheit ins Feuer und sagte: «Rey und Syria sind uns eine grosse Hilfe. Wir müssen einmal nach Heel, ich möchte sehen, wie Rey lebt, so wohlhabend, wie er ist.»

Jan schob seinen Stuhl näher an ihren und legte ihr den Arm um die Schulter. «Das werden wir. Er und Syria sind wirklich ein tolles Paar. Sie sind zwar beide etwas verrückt, aber das macht nichts. Weisst du, was er in der Zeit, in der sie hier sind, vorbereitet hat? Ich habe dir doch von dem Dorf erzählt, das Syria zerstört hat, Vaan Thela, ich war früher einmal dort. Rey kauft das, was davon übrig geblieben ist, und will dort ein Zuhause für sich und Syria aufbauen; einen Turm, weil Syria davon geschwärmt hat, dass sie in einem Turm leben möchte statt in einem gewöhnlichen Haus. Als Rey fort war, um Saatgut zu kaufen, sandte er einen Boten zu seinem Bruder mit der Bitte, alles in die Wege zu leiten.»

«Eine schöne Idee von ihm!», meinte Ursula.

Als die Tage wärmer wurden, lud Jan alle ein, mit ihm und Ursula ein wenig ausserhalb des Dorfes auf der Wiese zu Mittag zu essen. Die Tiere waren versorgt, und so hatten sie etwas Zeit für sich. Sie erzählten sich Geschichten und was so alles passiert war. Tibbett erzählte, wie Alm einmal die Flaschen vertauscht und sich einen Becher Schnaps eingeschenkt hatte. Nach einem Schluck habe sie fürchterlich husten müssen und beinahe keine Luft mehr bekommen. Ursula und Jan erzählten, wie sie vor Jahren in eine Wirthausschlägerei verwickelt gewesen waren und Jan ein blaues Auge davongetragen habe.

«Wir haben euch ja erzählt, wie wir nach Heel gelangt sind», erzählte Syria. «Da versuchte ein Nordaal Rey in den Schädel zu beissen, und er fluchte wie verrückt. Ich hatte damals keine Ahnung, wie so ein Tier aussieht. Als wir später in einem Wirtshaus ein Gläschen tranken, zeigte er auf eine Wand, wo ein solcher Aal ausgestopft hing. Der Kopf dieses Tieres ist mindestens so gross wie der eines Menschen, und es sei sehr aggressiv gegenüber Badenden, behauptete jedenfalls Rey. Ich dachte bis dahin, dass dieses Tier vielleicht einen halben Meter lang wird und etwa zwanzig Kilogramm wiegt. Und dann sah ich dieses Ungeheuer, dreieinhalb Meter lang mit gekrümmten, hässlichen Zähnen. Rey erklärte mir, wie er schmecke, doch ich konnte es mir nicht vorstellen. Ich habe beim Wirt also nachgefragt, ob er mir einen Teller Nordaal bringen könne. ‹Selbstverständlich›, meinte der und erklärte mir dazu lang und breit, dass das seine Spezialität sei, dass das Rezept so und so alt sei und so weiter. Er brachte mir einen Teller, auf dem ein Stück des Aals lag, einfach mit dem Beil abgehauen und gebraten. Nachdem ich einen Bissen davon probiert hatte, schmeckte es mir ganz gut, doch wie es mit neuen Gerichten ist, die eigentlich nicht schmecken – mit jedem weiteren Bissen bekam mir der Aal weniger. Nach der Hälfte konnte ich mich nicht mehr überwinden weiterzuessen, und als wir die Gaststube verliessen und ich den Meeresduft roch, wurde mir speiübel. Ich musste dann das Essen eines ganzen Tages ins Meer ausschütten.»

«Ich konnte nur daneben stehen und ihre Haare in die Luft halten», ergänzte Rey, und Syria schauderte es, als sie an den verdorbenen Gertwels in Reys Rucksack dachte.

Als sie die Wiese, auf der büschelweise Schneeglöckchen das Gras verzierten, verlassen hatten, lief ihnen ein Bote entgegen. Jeder wusste, dass er Nachrichten von Hapo mitbrachte. Er war ausser Atem und fragte nach Rey, dem er die Dokumente übergeben solle. Rey nahm sie entgegen und führte den Boten zu Jans Haus. Dort bot er ihm etwas zu trinken an. «Ruh dich ein wenig aus. Eine Frage: Hast du irgendjemandem erzählt, wo Buchenwall liegt, oder versehentlich erwähnt, wo du hingehst?»

«Nein, mir wurde aufgetragen, mein Ziel absolut geheim zu halten. Ich habe sogar einen Umweg eingeschlagen, um sicher zu gehen, dass niemand mich verfolgt.»

«Sehr gut. Trink, so viel du möchtest, und wenn du Buchenwall wieder verlässt, sorgst du dafür, dass dich sicher niemand in diesem Wald entdeckt, in Ordnung?»

«Ich schwöre es, ich werde nie jemandem erzählen, wo dieses Dorf liegt», versicherte der Bote. Er wirkte verängstigt, als sei er nicht sicher, ob er Bote für Banditen oder anderes Gesindel sei. Nachdem er seinen Becher hastig ausgetrunken hatte, brach er im Laufschritt auf, das Dorf zu verlassen.

Syria und Rey wollten die Informationen alleine anschauen. Es sei besser, wenn Jan und Ursula nichts von ihrem Vorhaben wussten, meinten sie. Viele Dokumente galt es zu lesen, darunter Handnotizen als Feststellungen zu irgendwelchen Vorkommnissen wie Festen in einzelnen Dörfern; ein Tagebuch, in dem peinlichst genau alles aufgezeichnet war, sogar wann und in welchem Wirtshaus der Informant übernachtet oder nur etwas gegessen hatte; dazu noch der mehrseitige Bericht über seine Aufgabe, die Informationsbeschaffung über die Legiarde inklusive dem Ausfindigmachen einer Person, die das Zeichen der Legiarde offen trug oder bezüglich der zumindest eine starke Vermutung bestand, dass sie früher in der Legiarde tätig gewesen war. In dem Bericht stand auch, dass der Informant einen Mann gefunden habe, der früher der Legiarde angehört habe; das Zeichen sei in seiner Gaststätte gut versteckt in das Holz eines Trägerbalkens eingeritzt. Er war in dem Bereich der Heereskontrolle gewesen, dort wurde in den Reihen der eigenen Soldaten nach Verrätern und Spionen gesucht. Zusätzlich nahmen diese Truppen an den Kämpfen teil und befehligten somit die rekrutierten Bauern und Soldaten. Zu guter Letzt stiessen sie auf den Hinweis, die Dokumente zu vernichten, wenn sie alles gelesen hätten. Rey notierte sich einzelne Stichwörter, etwa den Ort und das Aussehen des Mannes, dann zündete er alle erhaltenen Dokumente an.

Am nächsten Tag verabschiedeten sich Syria und Rey von Jan, seiner Schwester und Ursula und erklärten ihnen, sie würden sich wieder melden. Jan und Ursula versprachen, sie auf Heel besuchen zu kommen.

Da sich der Besitzer des besagten Wirtshauses laut Bericht östlich von Vaan Thela befand, drängte Rey Syria, einen kleinen

Abstecher dorthin zu unternehmen. Er wolle ihr etwas zeigen, sagte er, und versicherte ihr, dass sie dadurch nur wenig Zeit verlieren würden. Sie folgten nun also dem Fluss Ganoll, bis sie zu der bekannten Kreuzung gelangten, wo die Wege weiter nach Felsbach, Vaan Thela oder Norden führten. Die Stadt, in die sie reisen mussten, war Eldevan, östlich von Syrias Heimat.

Stunden, bevor sie das Dorf erreichten, bemerkte Rey: «Ich habe dich doch gefragt, wann du geboren wurdest. Nun, gleich wirst du sehen, was ich dir schenken will!»

Syria war gespannt, was er für sie in Vaan Thela bereithielt und verstand zuerst nicht, was die Mauer bedeutete, an der gebaut wurde.

Rey erklärte es ihr: «Siehst du, die Überreste von Vaan Thela wurden abgebaut und weggeschafft. Nun wird eine Mauer um das ehemalige Dorf errichtet.»

«Möchtest du das gesamte Dorf neu aufbauen lassen? Wozu?»

«Nein, Syria, du verstehst das falsch. Ich baue nur eine Mauer um unser zukünftiges Zuhause. In der Mitte werde ich einen Turm für dich aufstellen lassen.»

Jetzt begriff Syria, dass Rey vorhatte, aus der Heimat der Berserker ein neues Zuhause für sie beide und ihre Familie herzurichten. Sie war überwältigt und fiel ihrem Geliebten um den Hals. «Das ist ein wunderschönes Geschenk, ich danke dir.»

«Wie der Turm aussehen wird und wie gross er werden soll, können wir bestimmen, wenn die Mauer um alles gebaut ist. Alles drumherum wird dann unser Garten oder was auch immer sein, die Höhle mit der Zufluchtsstätte gehört natürlich auch dazu. All das soll dir und unseren Kindern – falls du welche möchtest – gehören, sobald wir den Schuldigen gefunden und umgebracht haben.»

Überglücklich, doch immer noch voll auf das Ziel konzentriert, schritt das Paar den östlichen Weg nach Eldevan entlang, dorthin, wo der ehemalige Legiardär dem Bericht zufolge zu finden war.

XXXI

Eldevan war eine grosse Stadt, viele Händler gingen täglich ein und aus. Zudem gab es hier Stadtwachen, die für Recht und Ordnung sorgten; es würde schwierig werden, eine Person zu verhören und auszuschalten, ohne Aufmerksamkeit zu erregen. Als sie durch das Stadttor getreten waren, suchten sie als erstes die richtige Gaststätte. Überall konnte man übernachten, einige Hausbesitzer boten einzelne Zimmer an, es gab die Gasthäuser, und sogar in den Freudenhäusern konnte man ohne Gesellschaft ein Zimmer mieten. Ihr Plan war simpel: Sie suchten den Besitzer des Hauses und prägten sich die Umgebung für eine allfällige Flucht ein, dann würden sie den Besitzer auf die Legiarde ansprechen, ihn verhören und natürlich anschliessend töten.

Im wohlhabendsten Viertel der Stadt sahen sie die grosse Gaststätte. Der Wirt musste reich sein. Es standen viele Wachen herum, immer zwei beieinander. Dieses Viertel schien besser gesichert als alle übrigen zusammen. «Das wird den Mord erschweren», dachte Rey. Günstig hingegen war, dass das Gebäude am Rande des Viertels stand, mit genügend Gassen zur Flucht.

«Wir sollten die Gassen hier getrennt erkunden», riet Rey, «so fallen wir auch weniger auf. Falls eine Wache dich anspricht, weil er denkt, dass du nicht in dieses Viertel gehörst, dann reagiere möglichst beleidigt. Als ob die Welt untergehe, weil er es wagte, dich als niedere Arbeiterin anzusehen. Sag ihm, er sei ein Flegel oder verwende sonst eines dieser Möchtegernschimpfwörter der Reichen, und drohe ihm allenfalls damit, dass du mit einem deiner einflussreichen Freunde reden wirst, falls er dich nicht in Ruhe lässt.»

Sie trennten sich und schauten sich die Gassen an. Syria hatte sich Reys Worte eingeprägt und versuchte, so gut sie konnte, vornehm auszusehen und zu wirken. Ihr kamen zwei Wächter entgegen, und sie bereitete sich vor, mit ihnen zu diskutieren. Doch die beiden grüssten sie höflich mit den Worten «Guten Tag, die Dame» und gingen an ihr vorbei.

Rey wirkte eher wie ein niederer Bauer oder Fischer. Er musste beim ersten Kontakt mit einer Wache bereits erwähnen, dass er ein junger Adliger sei, der es sich nicht bieten lasse, von gemeinem Volke angeblafft zu werden. Die Wachen liessen ihn daraufhin in Ruhe, fluchten jedoch einige Schritte später über die hochnäsigen «Besseren», die nur durch Lug und Trug zu ihrem Geld gekommen seien.

Die beiden trafen sich wieder in einer dunklen Ecke und lasen noch einmal die Beschreibung des Mannes durch. Dann gingen sie in das Gasthaus, vor dem zwei kräftig gebaute Männer wachten. Das gesamte Haus war prunkvoll verziert, und die Angestellten waren äusserst vornehm. Eine Übernachtung hier kostete zweifellos ein Vermögen. Ein Mann kam ihnen entgegen und fragte, was er für das werte Paar tun könne.

«Wir möchten uns lediglich einen kleinen Trunk gönnen», sagte Rey.

«Sehr wohl», antwortete der Mann und führte sie an eine Theke, an der ein Wirt erlesene Getränke ausgab.

Rey blickte scheinbar gelangweilt zu den Holzbalken hoch. Ganz am Ende, wo der Träger in der Wand verschwand, erkannte er das Symbol. «Guter Mann», sagte er zu dem Wirt, «ist der Besitzer dieses Hauses zugegen?»

Syria war überrascht, dass Rey sich so vornehm ausdrücken konnte.

«Ja, soll ich ihn zu Euch führen? Was kann ich ihm ausrichten, um was es sich handelt?»

«Erklärt ihm, dass wir nur mit ihm über solch wichtige Dinge sprechen können. Nicht, dass wir Euch nicht für vertrauenswürdig halten, aber was wir zu besprechen haben, ist von so grosser Bedeutung, dass wir es nur ihm anvertrauen können.»

«Ich werde ihn sofort holen. Möchtet Ihr noch ein Glas Wein? Natürlich umsonst, da Ihr warten müsst.»

Rey liess sich ein Glas Wein einschenken, das so teuer war, dass eine zehnköpfige Bauernfamilie ein halbes Jahr dafür hätte arbeiten müssen. Ein grosser, korpulenter Mann mit vernarbtem Gesicht wurde vom Wirt herangeführt. Er setzte sich Rey gegenüber an die Theke und schickte den Wirt in die Küche.

«Geehrte Gäste, was wünscht ihr von mir?» Seine Stimme klang absonderlich hoch für einen Mann seines Aussehens, doch er schien überaus freundlich. Die Freundlichkeit verschwand jedoch, als Rey ihm das Siegel zeigte.

«Was wollt ihr hier?» Der Mann schien sich nicht über Besuch der Legiarde zu freuen. Das Zeichen, das an dem Holzträger verborgen war, diente also zur Abschreckung von ehemaligen «Arbeitskollegen».

«Wir müssen mit dir reden. Alleine. Wir treffen uns heute Nacht neben dem Haus mit dem begrünten Dach.»

«Wieso sollte ich dorthin kommen?»

«Weil wir sonst unserem Meister erzählen müssten, dass wir dich, anstatt dich zu warnen, einfach getötet haben. Das würde dir auch die Folter ersparen, die auf dich wartet, wenn du von denen erwischt wirst, die es auf dich abgesehen haben.»

«Ich komme ja schon. Neben dem Grasdach?»

«Genau, aber komme alleine, vielleicht sind sie bereits unter deinen Angestellten.»

«In Ordnung ...»

Rey liess den beunruhigten Mann an der Theke zurück, und Syria knackte vor dem Aufstehen kräftig mit den Fingern. Dann verliessen sie diskret das noble Haus.

In der Nacht wartete der ehemalige Legiardär neben dem aussergewöhnlichen Haus mit dem Grasdach. Rey und Syria traten aus der Dunkelheit an ihn heran. Die beiden hatten diesen Platz gewählt, da er verwinkelt, schlecht einsehbar und sogar am Tag finster war.

«Bist du allein?»

«Du Hundesohn, was denkst du, wie dumm ich sei!», fuhr ihn der Mann an. «Erzähl mir, wer mich ins Jenseits befördern möchte.»

«Langsam, langsam. Zuerst möchte meine stille Partnerin einiges von dir wissen.»

Syria war geladen. Vor ihr stand ein Mann, der vielleicht wusste, wer für den Tod ihres Stammes, ihrer Familie verantwortlich war. «In welchem Bereich der Legiarde hast du gedient?», fragte sie.

«Heereskontrolle.»

«Du sagst die Wahrheit, sehr gut, dann fangen wir an. In welcher Zeit warst du Legiardär?»

«Vor sechsundzwanzig Jahren trat ich bei, und bis vor vier Jahren war ich dabei.»

«Kennst du noch andere Bereiche der Legiarde?»

«Mir ist bekannt, dass es noch die Spione und die Attentäter gibt. Wie ihre Bereiche heissen, weiss ich nicht.»

«Wie hiess dein damaliger Anführer?»,

«Der letzte war Galardmann, er war etwa in eurem Alter. Wieso wollt ihr das wissen?»

«Sei still und beantworte die Fragen!» Nun, wo sie einen Namen hatte, wurde Syria ungeduldig. Rey kicherte leise über den sich widersprechenden Satz, dass der ehemalige Legiardär still sein, aber die Fragen beantworten solle.

«Wo können wir Galardmann finden?»

«Ich weiss es nicht, er wird noch im Dienst sein. Jetzt sagt mir endlich, wer mir auf den Fersen ist!»

«Warst du bei dem Überfall auf Jokulhaups, das Dorf der Berserker, beteiligt? Weisst du etwas darüber?» Syria geriet langsam in Rage.

«Ich war in der Heereskontrolle, wir haben nie ein Dorf überfallen. Wieso willst du das wissen, Dirne?» Er stockte kurz. «Ihr seid keine Legiardäre», sagte er dann, «ihr wollt mich verhören. Na wartet, euch bring ich um!» Seine Hand glitt zu seinem Dolch.

Doch Syria liess es nicht zu, dass er danach griff. Sie packte seinen Hals mit einer Hand und drückte ihn gegen die Wand. Er rief die Wachen und versuchte sich zu wehren, und Rey drängte Syria, ihn endlich zu töten, er könne bereits die Wachen hören. Der Mann fiel leblos zu Boden. Syria hatte nicht erst gewartet, bis er aufhörte zu atmen, sie drückte so fest zu, dass Blutgefässe platzten und Luft- und Speiseröhre rissen. Die Wachen kamen um die Ecke gerannt und sahen den Toten und dessen Mörder. Syria und Rey stürzten durch die Gassen. Sie hätten ihre Verfolger ohne weiteres erledigen können, doch sie hatten, was sie wollten, und suchten nicht noch mehr Unruhe. Das Stadttor war geschlossen, der Fluchtweg versperrt, und noch mehr Stadtwachen standen ihnen im Weg.

Während des Spurts auf das Tor zu rief Rey: «Die Treppe dort rauf und über die Stadtmauern!» Er meinte eine der Treppen, die auf die obere Ebene der Stadtmauern führte, von wo allfällige Gegner mit Pfeil und Bogen abgewehrt wurden. Die Wachen versuchten die Treppe zu sichern, doch Syria rannte durch sie hindurch, als seien sie Ähren auf einem Weizenfeld, durch das man im Sommer spaziert. Mit einem zu niedrigen Sprung in vollem Tempo brach sie ein Stück Zinnenmauer ab. Rey, der ihr mit einem Salto folgte, landete geschickt auf den Beinen, während sie aus ihrer knienden Haltung aufstehen musste.

Die Hatz dauerte einige Zeit an, bis sie in einem Wald untertauchen konnten. Sie zogen nun ohne Fackeln, nur im Licht des Mondes, weg von Eldevan, wo sie vor nicht länger als einer Viertelstunde einen Tumult ausgelöst hatten.

«Wenn wir Pech haben, gibt es bald noch mehr Aushänge mit Kopfgeld ...» Rey war ausser Atem. «Wir ... wir können das nicht gebrauchen, wenn wir ...», er holte tief Luft: «... wenn wir zusammen in Jokulhaups leben wollen.»

«Was ist mit Hapo? Kann er uns nicht helfen, das Ganze zu vertuschen?»

«Ich denke nicht, dass er verhindern kann, dass überall unsere Steckbriefe hängen. Aber vielleicht haben sie uns nur undeutlich gesehen und vergessen, wie wir aussehen. Zum Glück ist es heute Nacht mehr oder weniger warm, suchen wir einen Platz zum Schlafen.»

Sie lagen mit den Köpfen unter einem kleinen Plateau, auf dem Moos wuchs, und bedeckten sich mit Zweigen, Erde, Büscheln, Gräsern und anderen Pflanzen, bis daraus eine Decke entstanden war. Syria schlief tief und fest, während Reys Schlaf leicht war. Er erwachte immer wieder, weil er meinte, etwas gehört zu haben.

XXXII

Am nächsten Morgen durchquerten sie den Wald. Fern aller Wege gingen sie immer weiter nach Westen, um wieder nach Heel zurückzukehren. Als sie über eine unbewaldete Fläche in der Nähe Vaan Thelas wanderten, waren sie sich einig, bei ihrem Zuhause in spe nachzusehen, wie die Arbeiten vor sich gingen. Das Risiko, dass ein reitender Bote den Arbeitern bereits von den Mördern in Eldevan berichtet hatte, gingen sie ein; vielmehr – sie glaubten nicht dran, dass jemand diese Nachricht so schnell in die Welt hinausgebracht hatte. Trotzdem beobachteten sie das Geschehen nur von dem Ost-West-Weg aus, als plötzlich eine Stimme aus einem Gebüsch erklang.

«Wäre ich ein Kopfgeldjäger, hättet ihr ein Problem.» Darkkon trat hervor.

«Was machst du denn hier! Ich dachte, du seist bei deinen Lehrern.»

«Ich bin gekommen, weil ein zweiter Bote Hapo und somit mir eine schlechte Nachricht zukommen liess.»

«Und die wäre, Bruder?»

«Ich weiss, wer den Überfall ausführen liess.» Darkkon hielt einen Moment inne. «Es war der Imperator selbst.»

«Genau den Fall wollte ich eigentlich nicht haben», sagte Rey. Doch Syria wirkte gelassen. «Jetzt müssen wir uns gut überlegen, welche Schritte wir unternehmen.» Sie grinste. Der Satz, den sie als nächstes von sich gab, schien ihr höchste Freude zu bereiten: «Wir brauchen eine Armee.»

Darkkon war geschockt. «Wir können nicht Krieg gegen den Imperator führen, das ist Wahnsinn. Wir können niemals eine Armee aufstellen, die gross genug wäre.»

Rey beruhigte seinen Bruder und meinte: «Wir haben uns schon seit Langem damit abgefunden, dass wir vielleicht gegen Ise ziehen müssen. Syria hat sich entschieden, den Schuldigen zu töten, egal, wer es ist. Und ich werde ihr folgen, egal, wohin sie geht. Darkkon, du hasst den ganzen imperialen Mist genauso wie ich. Es wird Zeit, dass wir etwas dagegen tun. Sieh's doch mal so: Jetzt, da wir wissen, wer unser Feind ist und wo er sich aufhält, haben wir alle Zeit der Welt, uns um eine Armee zu kümmern. Komm, gehen wir weiter.»

Darkkon blieb nachdenklich stehen, während sein Bruder und dessen Gefährtin an ihm vorbeigingen. Doch es dauerte nicht lange, und er kam ihnen nachgerannt. «Schon gut, ich helfe euch auf eurem Rachefeldzug. Aber bevor wir aufbrechen, setzen wir Jan in Kenntnis über unser Vorhaben. Er soll gewarnt sein, dass es in nächster Zeit drunter und drüber gehen wird.»

Da sie keinen Boten nach Buchenwall schicken konnten, waren sie gezwungen, selbst vorbeizugehen und mit Jan zu reden. Auf der Reise in das Dorf fing es zum ersten Mal in diesem frischen Jahr zu regnen an. Bei manchen Völkern hätte dies bedeutet, dass die Entscheidung, die sie gefällt hatten, schreckliche Konsequenzen haben würde.

Jan war von der Nachricht völlig überrumpelt. Sie erklärten ihm, was sie vorhatten und verliessen ihn sofort wieder, es sollte für niemanden ein schmerzlicher Abschied werden. Die Berserkerin, ihr Geliebter und der Schütze folgten dem Pfad ins Nuhmgebirge, wo Syria die Sept um Unterstützung bitten wollte. Danach wollten sie das Gebirge hinter sich lassen und nach Westen ins Königreich reisen. Von Jan hatten sie noch eine wichtige Neuigkeit erfahren: Forons grosses Tor sei gefallen; die Truppen seien auf dem Weg, das Schloss der Königsfamilie anzugreifen.

«Schlecht für die westlichen Länder», meinte Syria, «aber gut für uns.»

«Was meinst du damit?», fragte Rey.

«Unsere Armee wird von den westlichen Ländern unterstützt werden, wenn Eran gefallen ist. Sie haben kaum eine andere Wahl, als uns ihre Truppen zur Verfügung zu stellen. Und wenn sie sich weigern, werden wir sie überzeugen, von mir aus auch mit Gewalt.»

Beim letzten Zwischenstopp vor dem Gebirge schickten Rey und Syria einen Boten nach Jokulhaups. Sie hatten den ganzen Weg darüber gesprochen, wie der Turm, den sie ihr Zuhause nennen würden, aussehen solle. Darkkon hatte meisterlich die Pläne dazu gezeichnet. Sie erklommen nun das Gebirge in der Hoffnung, dass die Sept die ersten sein würden, die sich Syrias

Armee anschlossen. Sie folgten dem durch Feuer erhellten Weg mit den eingemeisselten Kreaturen. Wieder vollzogen sie bei den Wächtern das Blutritual, und wieder wurden sie in die Hallen geleitet.

Einer der Sept sprach Syria an. An seiner Stimme erkannte sie ihn wieder: Es war der, der ihr das Siegel übergeben hatte. «Euer Besuch lässt mich annehmen, dass Ihr nun wisst, wer für das Ableben Eures Stammes verantwortlich ist, habe ich Recht?»

Syria nickte. «Ich habe den Schuldigen in Erfahrung gebracht und möchte Euer Angebot einfordern, mit mir gegen ihn vorzugehen.»

«Wer ist es, den es zu töten gilt?»

«Der Imperator selbst. Er gab den Befehl, das Dorf meines Stammes anzugreifen und zu zerstören. Wenn die Sept mit mir in die Schlacht ziehen, werden sie reich entlohnt.»

Der alte Sept nahm die Tierhaut mit dem Vertrag, sah sie kurz an und warf sie dann ins Feuer. «Wir lehnen das Angebot ab, junge Berserkerin.»

Seine Worte waren für Syria wie ein Schlag ins Gesicht. Sie fühlte sich gedemütigt, und Wut gegen die Sept kochte in ihr hoch. Doch dann sprach der Sept weiter.

«Wir werden nicht mit Euch in die Schlacht ziehen, wir werden unentgeltlich als Attentäter unter Eurem Befehl dienen. Lasst uns Solon töten!»

Syria bedankte sich, ohne eine Miene zu verziehen. Doch sie schnitt sich mit ihrer Axt eine tiefe Wunde in das eigene Fleisch, um den Sept zusätzliche Ehre zu erweisen. Die ersten Verbündeten gegen Solon hatten sich also eingefunden. Nun mussten weitere aus den Reihen des Westens folgen.

Es war sehr merkwürdig: Obwohl die Sept von dem Vorfall gehört hatten, wusste niemand, wie die Königlichen besiegt worden waren, es war ein Mysterium. Als sie vor Monaten Foron verlassen hatten, schien nichts anders gewesen zu sein als früher, und die Soldaten des Imperiums waren wohl kaum dafür verantwortlich, dass das Tor gefallen war. Darkkon beriet sich mit den Sept, in welche Länder und Gebiete sie reisen sollten, um Krieger einzuholen. Im Westen gab es viele verschiedene Völker, Stämme und andere Gruppierungen. Es gibt das alte Volk, beleidigend «Orks» genannt. Oder die Elfen der Ebene, von denen Korill abstammte. Diese waren jedoch nur im Winter erreichbar und zudem kaum gewillt, den Menschen zu helfen, so lange sie sich nicht bedroht fühlten. Genauso würden sich die Urdrachen verhalten, sie wären mächtige Verbündete, doch noch nie hatten sie sich in Dinge der Sterblichen eingemischt. Es gab noch unzählige weitere Völker, die in Frage kamen, doch den grössten Anteil an der Armee würden wohl die verbliebenen Krieger Erans darstellen.

Syria veranlasste, dass die Sept bis zu ihrem Befehl im Gebirge verblieben. Die neuen Kriegsherren übernachteten neben den entzündeten Feuern auf dem Boden. Dann gingen sie weiter nach Foron.

XXXIII

Nach kurzer Wanderzeit erreichten sie das frühere Schlachtfeld. Sie sahen von Weitem das grosse Tor offenstehen. Statt Pfeile und Leichen säumten nun zahlreiche Zelte die Ebene, hinter dem grossen Tor wurden sogar Häuser für die Soldaten errichtet, man war offenbar siegessicher. Den drei Wanderern, die einfach durch das Tor und das dahinterliegende Lager spazierten, wurde keine Beachtung geschenkt. Es schien jetzt das Gewöhnlichste der Welt zu sein, irgendwelche Leute nach Eran einreisen zu sehen.

Ein junger Mann, der sich gerade die Lederstiefel zuband, sprach die Reisenden an: «Hallo, Krieger, wenn ihr nach Eran wollt, braucht ihr jemanden, der euch durch das Land führt; jemanden, der die Eigenheiten dieser Gegend kennt. Ich und meine Schwester würden euch diesen Dienst erweisen, wir wollten eben gerade nach Eran aufbrechen, um an dem Kampf vor den Schlosstoren teilzunehmen.»

«Nein, danke, wir brauchen niemanden, wir kennen den Weg», antwortete Rey.

Doch Syria sagte: «Wie könnt ihr das Land Eran kennen, wurdet ihr gefangengenommen?»

Der Mann verneinte. «Wir sind aus dem Westen, haben uns aber als Söldner verdingt.»

«Ihr könnt mit uns mitkommen und uns Gesellschaft leisten. Wie heisst du?»

Der drahtige Bursche bat, auf die Antwort zu warten, er hole nur schnell seine Schwester, dann würden sie sich unterwegs unterhalten können. Er kam zurück, an seiner Hand ein Mädchen in grünen Stoffgewändern mit erdfarbenen Verzierungen und blauen Bändern im Haar. «Krieger, ich stelle uns vor: Ich bin Scirocco, und das ist meine Schwester Zephir.»

Darkkon erkundigte sich, ob Scirocco sie auf den Arm nehmen wolle. Das Mädchen könne keine Söldnerin sein, sie sei ja kaum achtzehn Jahre alt.

Mit gesenktem Kopf sprach Zephir schüchtern: «Ich bin sechzehn, aber ich verdinge mich bereits seit einem Jahr als Söldnerin hier in Foron. Ich kann kämpfen.»

«Zephir, sieh die Krieger, die uns begleiten, bitte an, wenn du mit ihnen sprichst», sagte ihr Bruder. Er wandte sich Syria und den Brüdern zu: «Es stimmt, sie wurde vor kurzem sechzehn, aber sie ist eine hervorragende Söldnerin. Bitte nehmt meiner kleinen Schwester ihr Verhalten nicht übel, sie ist ein wenig scheu.» Lächelnd fügte er hinzu: «Ich bin übrigens zweiundzwanzig, nicht dass ihr denkt, ich sei auch noch so jung.»

Niemand lachte. Man sah ihm an, dass er nicht mehr so jung wie seine Schwester war; Darkkon hätte ihn sogar noch älter geschätzt. Als Zephir den Kopf hob, sah er, dass sie zwei unterschiedliche Augen hatte. Das eine war braun und das andere dunkelgrün.

Sie gingen weiter und kamen in das Dorf, in dem Jan und Rey Darkkon mit Kräutern hatten behandeln müssen. Es war von den Streitkräften übernommen worden, nun musste die Bevölkerung für das Imperium schuften. Überall an den Strassen wehten die Banner im Wind. Die fünf zogen weiter in die Ebene, die dieses Jahr nicht mit knöchelhohem Wasser geflutet wurde.

Auf Syrias Frage hin erzählte Scirocco, wieso sich westliche Leute auf die Seite des Imperiums schlugen: «Ursprünglich sind wir aus einem kleinen Land nahe bei Eran. Unser Vater war einer der Hofmagier der Königsfamilie, doch aufgrund von Meinungsverschiedenheiten wurde er in den Krieg geschickt. Er war damit einverstanden, ich aber empfand es als Verbannung und Hohn uns gegenüber, denn wir sollten im Schloss bleiben und unseren Vater ziehen lassen. Wir haben das Schloss heimlich verlassen und suchten Vater in Foron auf, doch er billigte unseren Aufenthalt an diesem Ort nicht; wir sollten nach Hause, meinte er. Doch ohne ihn gab es dieses nicht, unsere Mutter ist bei der Geburt von Zephir gestorben. Während eines heftigen Streits mit ihm beschloss ich, Söldner zu werden. In der Wut sagte unser Vater, dass ich als Söldner immer dem Meistbietenden Treue schwören solle, auch wenn ich mich gegen ihn, also meinen Vater, stellen müsse. Mit der ganzen Wut im Bauch rannte ich weg. Vater schickte mir Zephir mit den Worten nach, wir sollten ihn vergessen. Wir wurden Söldner und haben auf der Seite des Imperiums gekämpft, weil unser eigenes Zuhause uns unseren Vater geraubt hat. Dann hörten wir von seinem Tod. Unser Meister teilte uns mit, das unser Vater von den eigenen Leuten umgebracht worden sei, weil seine Kinder auf Feindesseite dienten.»

«Seid ihr Iten Danus Kinder?», fragte Rey. Als Zephir erschrocken den Kopf hob und Scirocco ein merkwürdiges Gesicht machte, verstand er, dass er ins Schwarze getroffen hatte. «Euer Vater wurde nicht von den eigenen Leuten getötet, wir ...»

Scirocco nahm seine Schwester an die Hand und sprang zur Seite. «Ihr könnt Vater gar nicht kennen, er kämpfte auf der Seite des Westens gegen das Imperium. Dass ihr seinen Namen und seine Geschichte kennt, kann nur bedeuten, dass ihr gegen ihn gekämpft habt. Ihr habt ihn umgebracht, ihr ...! Zephir!»

Ein starker Windstoss blies Darkkon und Rey von den Füssen. Syria hatte den beiden gerade erklären wollen, dass ihr Vater nicht von den königlichen Truppen ermordet worden war. Schonend hatte sie es ihnen beibringen wollen, dass sie ihn getötet hatten, weil er sie angegriffen hatte, aber leider war Rey ihr zuvorgekommen. Während sich die Brüder hinter Syria stellten, um nicht von einer weiteren Windböe erfasst zu werden, rief sie den Kindern Iten Danus zu: «Hört auf, wir wollen nicht gegen euch kämpfen.»

Scirocco hielt seine Handflächen gegen Syria und veranlasste so einen brausenden Wind, wie es sein Vater im Kampf gegen sie getan hatte. Zephir öffnete unter vollster Konzentration ihre angespannten, gefalteten Hände, sodass der Wind Syria wie ein Rasiermesser zwei Wunden in beide Wangen schnitt.

«Euer Vater hat uns angegriffen», sprach sie weiter, «weil wir in Foron herumwanderten und er uns für Soldaten hielt. Das sind wir aber nicht. Wir haben ihn getötet, weil er uns keine andere Wahl liess, er hat bis zum letzten Atemzug für seine Überzeugung und sein Land gekämpft.»

Ein weiteres Mal faltete Zephir ihre Hände, dieses Mal hielt sie jedoch die Handflächen aneinander. Die Fingerspitzen zeigten zu ihrem Kopf, und dann öffnete sie die Hände und richtete die Flächen gegen Syria. Um den unsichtbaren Angriff abzuwehren, hielt sich die Berserkerin ihre Axt vor den Kopf, doch der Wind brach einen Teil der Klinge ab. Er fiel ihr vor die Füsse. Die aufgebrachten Geschwister liessen Syria nicht mehr zu Wort kommen. Sie erhielt gleichzeitig zwei Schläge gegen die Fussgelenke und stürzte vornüber. Ein Wind drückte sie so stark zu Boden, dass sie nicht mehr aufstehen konnte. Beide Magier konzentrierten sich nun darauf, den Orkan aufrecht zu erhalten. Sie waren sehr talentiert, vor allem die junge und scheue Zephir war voller Kraft und Entschlossenheit. Die beiden waren zusammen gefährlicher als ihr Vater. Doch Scirocco wurde langsam müde, sein Gesicht war bereits knallrot.

Syria sprach zu ihren Gefährten, die hinter ihr waren: «Wenn sie aufhören – tut den beiden nichts. Ich weiss, sie werden sich uns anschliessen, wenn wir ihnen alles erzählt haben.» Die Inselbrüder nickten, und Syria sprach weiter: «Haltet euch gut fest!» Sie stand plötzlich augenscheinlich mit Leichtigkeit auf, während der Wind immer stärker wurde.

Rey und Darkkon mussten sich gut an den Beinen ihrer starken Frontfrau festklammern, sonst hätte der Wind sie meterweit durch die Luft geschleudert. Die magiebegabten Geschwister erkannten, dass sie die grosse Kriegerin so nicht bezwingen würden. Nun warfen sie ihr schneidende Böen entgegen. Einen Schnitt an der Stirn, am Handrücken und an weiteren ungeschützten Stellen nahm Syria in Kauf, um sich mit ihrer Verstärkung im Rücken den Magiern zu nähern. Als sie nah genug war, packte sie Scirocco an beiden Handgelenken und hob ihn hoch. Dafür erwischte Zephir sie mit einem heftigen Schlag in die Seite. Rey gelang es, das Mädchen mit beiden Armen zu umschlingen. Unter ihren Achseln hindurch griff er nach ihrem Genick, so dass er mit seinen Armen die ihren an der Bewegung hindern konnte, indem er sie hochdrückte.

«Hört mir zu, wir wollen euch nichts Böses. Ich werde euch jetzt erzählen, wie euer Vater gestorben ist», sagte Syria. Sie erzählte den Geschwistern von der felsigen Ebene und wieso die Männer ihrem eigenen Landsmann nicht geholfen hatten.

«Euer Vater hätte aufgeben können, und Rey hätte ihn verschont, doch er verteidigte sich und sein Land vehement gegen uns. Ich bin überzeugt, dass er von euch dasselbe erwartet. Ich weiss nicht, was damals vorfiel, als er aus dem Schloss verbannt wurde, aber ich bin mir sicher, dass er immer damit einverstanden war, nach Foron geschickt zu werden. Ich denke, er wollte, dass ihr erfahrt, dass er immer stolz auf euch sein kann, auch wenn ihr etwas getan habt, was er für falsch hält. Er sagte euch damals, ihr sollt ihn vergessen, doch er hat euch nie vergessen, sonst hätte er nicht während eines Kampfes erzählt, dass er der Vater der Winde sei. Und ihr habt ihn genauso wenig vergessen, sonst würdet ihr nicht gegen das Königreich in die Schlacht ziehen. Ihr sinnt auf Rache gegen die, die euch euren Vater genommen haben. Euer Vater hätte sicher gewollt, dass ihr die Königsfamilie und den gesamten Westen gegen das Imperium verteidigt, und wir können euch die Chance dazu bieten. Helft uns, dem Krieg ein Ende zu setzen, indem wir den Imperator vernichten, denn er ist verantwortlich für den Tod eures Vaters.»

«Wovon sprichst du?» Scirocco wehrte sich nur noch wenig gegen die Umklammerung.

«Der Westen verteidigt sich gegen den Osten. Ohne den Eroberungsdrang der Herrschenden wäre es nie dazu gekommen.»

«Und trotzdem war es der westliche Hof, der unseren Vater in den Tod geschickt hat!» Zephirs Worte waren so voller Hass, das ihrem Mund ein spürbarer Wind entwich.

«Dann lass nicht zu, dass es anderen auch so ergeht. Wegen Solon mussten so viele Leid ertragen, auf unserer wie auch auf eurer Seite», sprach Rey in ihr Ohr, doch sie versuchte ihren Kopf gegen seinen zu stossen.

Darkkon trat auf die beiden zu. «Honodur sendet jeden Tag Menschen in alle Richtungen des Imperiums», sagte er, «um in Festungen oder auf dem Schlachtfeld zu dienen. Wer sich wehrt, wird bestraft. Wir sprechen nicht von freiwilligen Soldaten, nicht einmal von bezahlten Söldnern. Wir reden von Bauern, die direkt vom Feld geholt werden. Männer, die ohne Erfahrung in den Kriegsdienst gezwungen werden. In unseren Ländern könnte jeder nach Foron kommen, durch Willkür wie euer Vater.»

«Zumindest das ist wahr», sagte Scirocco zu seiner Schwester. «Du weisst, dass unser Hauptmann selbst einige ungeübte Kämpfer in Foron kämpfen und verrecken liess. Welcher westliche Anführer würde ein Kind wie dich in den Krieg senden?»

«Jeder!»

«Du belügst dich selbst.»

«Du glaubst ihnen?»

«Ja, das tue ich. Sieh doch, sie sprechen aus, was so viele unserer Mitkämpfer gesagt haben. Sie beschreiben Vater genau so, wie er war.» Syria stellte ihn langsam auf seine Füsse ab, und Scirocco rieb sich die Handgelenke. «Wenn ihr wirklich dieses Gebilde zerschlagen wollt, dann kämpfe ich mit euch.»

«Dazu müssen wir die bekämpfen, die loyal sind zu Solon: die Legiarde», erklärte Syria.

Als Rey seinen Griff um Zephir löste, trat diese vor Syria. «Ich glaube euch nicht.»

«Zephir!», rief ihr Bruder harsch dazwischen. Doch das kümmerte sie nicht weiter.

«Ihr wollt also die Königsfamilie beschützen?»

«Das können wir leider nicht tun», sagte Syria, «das wäre zu gefährlich. Der Königsfamilie wird nichts passieren, wenn das Schloss erobert wird. Es wäre nicht klug, ihr etwas anzutun. Und wenn wir das Schloss verteidigen, werden nur noch mehr Truppen aufmarschieren. Wir machen es so, dass ihr als Söldner des Imperiums nach Eran geht. Dort sorgt ihr nach dem Fall des Schlosses dafür, dass niemand unnötigen Schaden nimmt. Ihr bleibt im Schloss. Wenn wir gegen Ise marschieren, werdet ihr mit uns ziehen.»

«Zephir, der Plan klingt vernünftig. Lass uns Eran nach dem Krieg wieder aufbauen.»

Syria war sich bewusst, dass ihre Worte nicht ganz ehrlich waren. In erster Linie wollte sie Ise und den Imperator vernichten, um ihre Rachegelüste zu stillen. Doch ein wenig lagen ihr auch die Leute der verschiedenen Länder am Herzen, die ausgebeutet und versklavt wurden, nur weil ein einzelner Mann dies so wünschte. Durch die Kinder von Iten Danu waren ihr die Konsequenzen dieses Krieges noch klarer geworden.

XXXIV

Sie zogen gemeinsam wieder gen Eran, um Scirocco und Zephir sicher zum Schloss zu geleiten. Dort sollte das Geschwisterpaar neue Verbündete unter den zurückgebliebenen Anwohnern anwerben, um so die Streitmacht zu nähren. Der Weg der Verbündeten verlief über die Ebene am leeren Gefängnis vorbei und dann einen Fluss entlang, genannt Eeran. Dieser speiste den Graben um Eran herum; nach ihm war das Land auch benannt worden. Auf dem Weg fragte Darkkon, wie es eigentlich dazu gekommen sei, dass das grosse Tor gefallen war.

«Ich war dabei, als das Imperium die Soldaten des Westens bezwang», erzählte Scirocco. «Es war merkwürdig: Eine vermummte Person ritt auf einem Monster daher und hat mit einem Zauber alle Krieger um sich herum veranlasst, mit dem Kämpfen aufzuhören. Dann haben unsere Bogenschützen viele der in Trance versetzten Männer einfach erledigt. Danach lief das Monster mit der verhüllten Person davon. Das Tor stand offen, es war gestürmt worden. Wer die Person war, weiss bis heute niemand. Alles war sehr mysteriös. Unsere Krieger, die in Trance fielen, berichteten von einem wunderschönen Gesang.»

Diese Geschichte interessierte Darkkon, und er nahm sich vor, auch andere Krieger danach zu fragen. Dem Flussverlauf folgend, kamen sie zu vielen Rastplätzen der östlichen Streitmacht, in denen sie übernachten und sich versorgen konnten. Der Grossteil der Armee musste bereits beim Schloss sein oder zumindest in dessen Nähe. Zum Glück verfügte sie nur begrenzt über Belagerungsmaschinen, die einen grossen Schaden an Menschen und Gebäuden verursacht hätten. Die Truppen mussten warten, bis ihre Anzahl gross genug war, um das Schloss mit einem Sturmangriff erobern zu können. Durch grüne Wälder und über Blumenwiesen zog sich die Reise tagelang fort. Auf dieser Seite des Kontinents war es kaum anders als auf der östlichen; Schneeglöckchen und andere Pflanzen wuchsen bereits. Endlich sahen sie in weiter Ferne das königliche Schloss. Es stand frei im Feld, von allen Seiten angreifbar.

«Ungünstige Lage», bemerkte Darkkon, der in seinem Kopf bereits Szenarien einer Belagerungsschlacht durchspielte. «Der einzige Vorteil ist der Wassergraben.»

«Es gibt noch etwas anderes, das während eines Kampfes hilfreich ist: Hinter den Schlossmauern befindet sich die Stadt Eran, und erst in deren Zentrum steht das Schloss. Man muss sich also durch die Strassen der Stadt kämpfen, um das Schloss zu erreichen», erklärte Scirocco. Er wusste, wovon er sprach, schliesslich hatte er mit seinem Vater und Zephir lange Zeit am Königshof gelebt.

«Schwere Kriegsgeräte können also dem Schloss nicht gefährlich werden, das finde ich gut ...» Rey fragte sich, wie sich die Bewohner im Inneren der Mauern verteidigen würden. Es nieselte, und ein kalter Wind zog über das Land.

«Syria?», fragte Zephir. «Wirst du eigentlich nie angegafft, weil du so gross bist?»

«Von den Kriegern nicht», erklärte Syria dem Mädchen, «denn sie merken, dass ich ebenfalls eine Kriegerin bin, und sie befürchten wohl, dass es zu einem handfesten Streit kommen könnte, wenn sie mich anstarren würden. Aber das ist unter Kämpfern allgemein so: Man starrt niemanden an, auch wenn er noch so komisch aussieht. Damit versucht man Ärger zu vermeiden. Natürlich gibt es Ausnahmen; solche, die provozieren möchten. In kleineren Dörfern werde ich schon eher angestarrt, aber das macht mir nichts aus. Wieso fragst du? Wegen deiner Augen?»

«Ach – das. Nein, das fällt kaum jemandem auf. Eigentlich gehört nur eines der beiden mir, weisst du. Als ich klein war, hatte ich einen Unfall, bei dem ich mein linkes Augenlicht verlor. Vater hat es mir mit einem Zauber erneuert. Dadurch veränderte sich die Farbe meines Auges zu dem jetzigen Grün, und ich sehe damit ... sagen wir: anders als gewöhnlich.»

«Mit dem linken Auge kann sie den Wind erkennen», erklärte Scirocco. «Sie sieht ihn wie einen sich bewegenden, farbigen Schleier, und wenn er auf etwas trifft, erkennt sie dessen Form. So sieht sie genau so gut wie normale Menschen. Leider ist es ihr unangenehm, sie denkt, sie sei deswegen nicht normal.»

«Ich finde das ziemlich interessant», meinte Rey, «zwei unterschiedliche Augenfarben sind schon besonders. Aber ein Auge, mit dem man den Wind sehen kann – das ist stark.»

«Ich verrate dir etwas, Zephir», fuhr Syria fort. «Von uns dreien ist auch keiner normal. Die beiden Brüder haben ihre Tätowierungen, die ihre natürlichen Fähigkeiten steigern, und ich bin so gross und kräftig, weil durch meine Adern das Blut eines fremden Wesens fliesst.»

Sie waren dem Schloss nun so nah, dass sie die Aktivitäten der imperialen Armee erkennen konnten. Es schien ein chaotischer Haufen zu sein, der durch ein aufgebautes Lager zog.

«Siehst du etwas Besonderes?», fragte Rey seinen Bruder.

«Keine Belagerungsmaschinen, das ist schon einmal sehr gut. Das bedeutet, sie verlieren wesentlich mehr Leute in der Schlacht. Ich sehe Pferde, nicht sehr viele, aber genug für eine Einheit schwerer Kavallerie ... Ich denke, sie werden bald angreifen, es sind wahrscheinlich mehr als genug Soldaten vor Ort.»

«Dann müssen wir uns beeilen!» Scirocco dachte an all die Leute, die sich im Inneren der Mauern aufhielten. Er wollte mit seiner Schwester so viele wie möglich retten.

«Trennen wir uns hier», schlug Rey vor. «Ihr kümmert euch um Eran, und wir sorgen für genügend Kämpfer, die gegen Ise ziehen. Wir sehen uns wieder, wenn unsere Armee gross genug ist.» Scirocco und Rey gaben sich zum Abschied die Hand und griffen einander am Handgelenk, wie es sich für Kämpfer gehörte.

Syria kniete sich neben Zephir und flüsterte ihr ins Ohr: «Ich glaube an dich, das solltest du auch tun.»

Zephir nickte scheu, nahm die Hand ihres Bruders und blickte wieder zu Boden. Das Geschwisterpaar lief auf das Lager der Belagerungsbesatzung zu, während die Brüder und Syria nach Norden aufbrachen. Dort überquerten sie den Fluss und kamen nach Dendran, eines der Nachbarländer Erans, wo sie nach Verstärkung für ihre Armee suchen wollten.

XXXV

Nach einigen Tagen Marsch standen sie vor einer grossen Steinbrücke, so breit, dass mindestens vier Pferdekarren nebeneinander darüber fahren konnten. Auf beiden Seiten der Brücke standen jeweils zwei Türme. Dieser Punkt war gut bewacht, es schien weit und breit der einzige Übergang über den Fluss.

«Wer seid ihr und was wollte ihr auf der anderen Seite der Brücke?», fragten zwei Wachen mit Hellebarden eingangs der Brücke.

Syria schnippte mit dem Zeigefinger gegen die Spitze einer der Hellebarden und musterte die Waffen. Darkkon trat einen Schritt vor und erklärte: «Wir sind Händler aus Eran. Nun, da das Schloss angegriffen wird, möchten wir unsere Geschäfte in anderen Ländern tätigen und so fern der Kämpfe wie möglich unsere Zeit verbringen.»

«Wer greift das Schloss an?», fragte einer der beiden Brückenwächter. Der Mann hatte einen blonden Schnauzer und gebräunte Haut.

«Honodurs Soldaten, die des Ostens. Sie haben die Verteidiger am grossen Tor niedergerungen und sind bereits vor Schloss Eran angekommen, um es einzunehmen.»

Der Mann schien entrüstet. Er fragte, wie lange das Tor bereits verloren sei, und Darkkon antwortete, das müsse jetzt schon einige Zeit her sein.

«Merkwürdig, die Vagabundin, die vor euch hier ankam, berichtete nichts von diesen Ereignissen. Dabei sagte sie, sie komme aus einem der Dörfer in der Nähe Forons … Nun weiss ich, wieso sie so in Eile war. Ihr könnt durch. Berichtet den Dorfbewohnern ebenfalls, was geschehen ist.»

Darkkon versicherte dem Mann, dass sie dies tun würden, dann überquerten sie die lange Brücke. Im ersten Dorf, in das sie kamen, erzählten sie den Anwesenden, dass Eran vor dem Untergang stehe und die Imperialisten danach wohl den ganzen Westen in Besitz nehmen würden. Sie mussten einige Fragen beantworten, wie es dazu gekommen sei, wie viele Krieger bereits beim Schloss eingetroffen seien und so weiter, doch sie gaben sich unwissend. Sie wüssten weder, was in Foron passiert sei, noch wie viele Soldaten zurzeit das Schloss belagern würden.

«Hier werden wir keine Krieger finden», sagte Rey später zu Syria. «Wir müssen grössere Ortschaften finden.»

Syria stimmte ihm zu. «Wir brauchen vor allem erfahrene Krieger oder professionelle Söldner, um den Kampf bestreiten zu können.»

Sie beschlossen, nicht hier zu übernachten, sondern weiterzureisen. Während sie weitergingen und sich auf der Strasse miteinander unterhielten, wurden sie plötzlich von einer Frau angeschnauzt, die ihnen entgegen kam: «Hört auf zu reden, ihr Zigeuner!» Alle drei schauten sie verblüfft an. «Was gafft ihr Trottel so?», keifte sie weiter. «Soll ich mich entschuldigen, weil ich die Wahrheit sage? Pack!»

Syria wurde ärgerlich und lief der Frau nach. «Du willst dich schlagen, du Hure, dann komm! Vor dir habe ich keine Angst!» Sie liess ihre Axt in ihren Händen erscheinen. Rey und Darkkon griffen nach ihren Armen, um sie zu stoppen. «Lasst mich», sagte sie und schüttelte die beiden ab. «Ich habe schon lange niemanden mehr getötet, und sie hat ihren Tod mit ihrem giftigen Gerede gerade heraufbeschworen.»

Die Frau war unbeeindruckt. Sie rief Syria zu, sie solle still sein, und beschimpfte sie weiterhin. Da holte Syria weit aus, bereit, mit ihrer Axt das Leben der bösartigen Fremden zu beenden. Doch schlagartig blickte Syria völlig verworren. Sie blinzelte ein paar Mal nacheinander und schüttelte dann den Kopf, als müsse sie sich gegen etwas wehren. Die keifende Frau blickte ebenso komisch. Da fiel Rey ein leiser Gesang auf. Auch ihm wurde plötzlich anders, aber er hielt sich die Ohren zu, und das merkwürdige Gefühl verschwand. Darkkon neben ihm atmete tief, er schien vollkommen entspannt. Die Frau und Syria, die sich nun auf ihre Axt stützte, schienen auf einmal völlig friedlich und sahen verträumt herum. Jetzt erblickte Rey in einer Seitengasse eine Gestalt. Er trat aus ihrem Sichtfeld und lief um das Gebäude herum, um die Person von hinten zu überraschen. An einer Ecke stehend sah er, dass die Person, die eine braune Kutte trug, immer noch auf die Strasse zu blicken schien. Er vernahm nun den Gesang viel deutlicher. Ihm wurde wieder mulmig, ein Gefühl des Friedens drängte sich ihm auf.

«He! Was wird das?», rief er der unbekannten Person zu.

Der Gesang hörte auf, und Rey konnte seine Hände von den Ohren nehmen und den Unbekannten von hinten umklammern. Darkkon schrie auf, und im nächsten Moment halbierte Syria die Frau, die sie beleidigt hatte, mit einem Axthieb von der linken Schulter bis zur rechten Hüfte.

«Darkkon, komm her, schnell!», rief Rey seinem Bruder zu.

«Hast du das gesehen?», fragte Darkkon völlig verstört. «Sie hat sie einfach umgebracht. Das kann doch nicht wahr sein, sie tötet einfach Unschuldige.»

«Ich unterscheide nicht zwischen Unschuldigen und anderen», rief Syria ihm zu. «Und diese Frau war ganz sicher nicht unschuldig, sie war aggressiv und beleidigend!»

«Darüber reden wir später», beruhigte Rey die beiden. «Habt ihr nicht bemerkt, dass ihr vorhin plötzlich ganz friedlich wurdet und wie in einer Art Trance wart? Das war wegen dem da!» Mit einem Ruck zog Rey dem zappelnden Fremden die Kapuze hinunter. Eine Frau kam zum Vorschein, deren Haut so grün war wie der Farn im Wald. Als Rey sie losliess, stellte sie sich mit dem Rücken zur Hauswand.

«Tut mir nichts.» Das klang nicht ängstlich.

«Was hast du vorhin getan?», fragte Rey.

«Ich wollte nicht, dass sie der Frau etwas antut.»

«Du hast gesungen und Syria damit davon abgehalten, der beleidigenden Frau etwas anzutun. Wie machst du das?»

«Ich weiss auch nicht. Durch meinen Gesang kann ich Leute … verändern. Ihre Gefühle.»

Darkkon schob seinen Bruder zur Seite. «Wir sind dir nicht böse, beruhige dich. Ich bin Darkkon, das sind Syria und Rey, mein Bruder.»

«Mein Name ist Fang.»

«Fan?»

«Nein, Fang, wie Fangzahn.» Sie liess ihre spitzen Zähne blicken. Vor allem die langen unteren Eckzähne waren auffällig.

«Also, Fang, wieso wolltest du nicht, dass Syria die Frau tötet?»

«Weil man einander nichts antun sollte.»

Darkkon verstand das Argument. Auch für ihn war es nicht normal, wildfremde Leute zu massakrieren. Syria fragte Darkkon flüsternd, was für ein Wesen Fang sei. Ihre Haut bestand aus grösseren Zellen als die der Menschen, sie sahen aus wie Schuppen.

«Ich habe so etwas auch noch nie gesehen», gab Darkkon leise zur Antwort. Dann fragte er: «Fang, woher kommst du?»

Ihre Augen wurden gross. «Ich weiss es nicht», sagte sie. «Ich habe meine Erinnerung verloren. Ich bin vor einiger Zeit in einem Wald im Westen aufgewacht, kann mich aber an nichts erinnern, ausser an meinen Namen. Da ich kein Mensch bin, habe ich in einem Tempel eine Kutte gestohlen. Seitdem versuche ich herauszufinden, wer und was ich bin.»

Darkkon sah sich ihre Haut noch einmal an, dann sagte er: «Eines weiss ich gewiss: Wenn du nicht durch einen Zauber zu diesem Wesen wurdest, dann kannst du nur ein Halbwesen sein. Ein Elternteil war magisch, vermutlich ein Elf oder eine Elfe, da die meisten anderen magischen Wesen Drachen oder Monster sind. Sonst könntest du nicht durch gewöhnlichen Gesang die Gefühle anderer verändern. Woher du aber deine grüne Haut hast, kann ich dir nicht sagen, dazu fällt mir nichts ein.»

Syria bot Fang an, ihr zu helfen herauszufinden, wer sie war, wenn sie sich ihnen anschliessen würde, um Solon zu entmachten.

«Vielen Dank, aber ich möchte nicht kämpfen. Vor einer Weile war ich in Foron und versuchte die Kämpfer aufzuhalten. Das endete damit, dass ich fliehen musste. Aber ich danke dir für dein Wissen, dass ich vermutlich ein Halbwesen bin, jetzt habe ich wenigstens einen kleinen Anhaltspunkt.»

«Wegen dir ist also das Tor gefallen ...»

Auf der Strasse erklang Geschrei, als jemand die Leiche der Frau entdeckte. Fang zog sich die Kapuze über den Kopf und rannte in das Dorf hinein. Die drei Gefährten folgten ihr.

«Wenn du noch weitere Unschuldige umbringst, wird uns niemand gegen Solon in den Kampf folgen. Du solltest dich ein wenig mehr beherrschen», sagte Darkkon zu Syria.

Syria gab zunächst keine Antwort. Dann entgegnete sie: «Sie hat es geradezu herausgefordert. Und dass ich schon länger niemanden getötet habe, hat die Sache nicht leichter gemacht. Was kümmert es dich überhaupt? Bald erinnerst du dich nicht einmal mehr daran, wie sie aussah.»

Darkkon erwiderte nichts, doch er blieb nachdenklich. Früher hatte er genauso gedacht wie Syria, doch die Selbstverständlichkeit, mit der andere Morde hinnahmen, gab ihm immer mehr zu denken.

Sie hatten das Dorf inzwischen verlassen. Vor ihnen rannte Fang über eine Wiese zwischen zwei Wäldern, als gehe es um ihr Leben. Darkkon erkannte in seinem linken Augenwinkel, wie etwas auf sie zusteuerte. In diesem Moment wurde Syria von der Seite angerempelt und umgestossen. Darkkon konnte gerade noch zur Seite treten, um nicht unter der stürzenden Riesin begraben zu werden. Ein knurrendes Monster mit hellbraunem Fell, das von seinem Kopf bis zum kurzen Schwanz etwa Syrias Grösse hatte, hatte diese unerwartet von der Seite angefallen.

Als Syria sich aufrappelte, hörten sie Fangs Stimme rufen: «Grendel, lass uns gehen, sie tun mir nichts!» Das kraftvolle Wesen rannte zu der vermummten Fang. Diese setzte sich auf den Rücken des Monsters und ritt auf ihm davon.

Syria und ihre männlichen Begleiter blieben verdutzt auf der Wiese zurück. «Wir hätten ihre Fähigkeiten wirklich gut gebrauchen können», sagte sie bedauernd. «Vielleicht treffen wir sie ja irgendwann wieder ...»

XXXVI

Ihrer Karte nach waren sie im Begriff, das Land Dendran zu verlassen und einen ebenso grossen schwarzen Fleck zu bereisen. Was dieser bedeutete, wusste niemand. Ihre Karte stammte aus dem Königreich, sie zeigte nur die westliche Hälfte des Kontinents, und die Markierungen und Hinweise waren völlig anders gestaltet, als sie es aus dem Osten gewohnt waren. Nach tagelangem Fussmarsch standen sie plötzlich an einer Klippe und schauten auf ein Tal hinunter. Jetzt verstanden sie, was der grosse schwarze Fleck bedeutete: Es war ein Moor.

«Darkkon, was bleibt uns anderes übrig, als diesen dunklen, bedrohlichen Sumpf zu durchqueren, in dem wer weiss was alles lebt?», fragte Rey seinen Bruder.

«Es gibt noch einen anderen Weg, den wir gehen können», antwortete dieser. «Das Problem ist: Es ist der Weg, auf dem wir gekommen sind.»

«Wo ist das Problem?» Syria lief bis zum Abhang und schaute in die Tiefe. «Dann finden wir eben raus, was alles im Sumpf lebt!»

Die Brüder folgten ihr über einen schmalen Pfad in den Sumpf hinab. Unten angekommen, mass Syria die Tiefe des Wassers, indem sie ihre Axt durch das Pflanzendach bis auf den Grund trieb. Es war etwa halb knietief – für normale Menschen. Das Wasser barg einige Tücken. Wegen den Pflanzen, die an der Oberfläche trieben, konnte man nicht ins Wasser blicken, und dieses selbst war beinahe schwarz. Die knorrigen Bäume des Sumpfes, die mit Moos und anderem Grünzeug bedeckt waren, hatten eine ungesunde graue Farbe, als seien sie nur noch die tote Hülle ihrer selbst. Der Sumpf an sich war jedoch alles andere als tot, Vögel flogen darüber, Käfer und Spinnen krabbelten über die Bäume und den Pflanzenteppich. Ab und an sahen sie eine Schlange vorüberschwimmen oder spürten einen Fisch an den Beinen. Es roch streng nach fauligem Gras.

Bald klagte Rey über pochende Kopfschmerzen auf der rechten, hinteren Seite. Als einige grössere, gefährlich aussehende Schlangen in ihre Richtung schwammen, hielt er es für das

Beste, auf Syrias Rücken zu klettern, um vor den eventuell giftigen Geschöpfen sicher zu sein. Als er sich an ihrem Arm festhielt, um Darkkon ebenfalls aus dem Wasser zu helfen, rann das Wasser wie ein grausig kalter Schauer über Syrias Rücken. Die Schlangen interessierten sich nicht für die akrobatischen Künste der Brüder. Sie schwammen gemächlich an und unter Syria vorbei.

Das Licht schwand immer mehr. Die Felsen und Klippen rund um das Tal liessen nur wenig Sonnenschein hinein. Bald fragten sie sich, wo sie hier übernachten sollten. Nirgends gab es einen Flecken trockener Erde, nicht einmal einen Felsen, der genügend Platz für eine Nacht bot, und das Ende des Sumpfes schien noch lange nicht in Sicht.

«Sollen wir im Stehen schlafen», fragte Rey aufgebracht, «oder uns einfach ins Wasser legen und hoffen, dass wir im Schlaf nicht untergehen oder von irgendwas gebissen werden?» Als habe er auf das Stichwort gewartet, schwamm in diesem Moment ein kleiner Hai vor ihnen durch.

«Wir müssen weitergehen», sagte Syria.

«Aber wir können doch nicht durch den Sumpf gehen, wenn wir nichts sehen», entgegnete Rey gereizt. «Vielleicht verlaufen wir uns noch!»

«Wenn wir einfach hier bleiben, ist die Gefahr gross, dass wir einschlafen. Das wäre ganz schlecht. Wir wissen nicht, wie es in diesem Moor zu- und hergeht. Wenn wir weitergehen, haben wir vielleicht Glück, einen Flecken trockener Erde zu finden.»

Rey hielt es zwar nicht für klug weiterzugehen, doch konnte er auch nicht einfach alleine zurückbleiben. So wateten sie langsam, über ein Seil miteinander verbunden, weiter durch das Wasser und die mondlose Nacht. Immer wieder stiess jemand an einen Felsen oder Ast, manchmal mussten sie kurz anhalten, weil jemand glaubte, etwas gehört zu haben. Nach Stunden meinte Darkkon, in grosser Entfernung Licht zu erkennen. Nach einer Weile erkannten auch Rey und Syria, dass es vor ihnen eine Lichtquelle geben musste, die, je näher sie ihr kamen, immer grösser wurde. Rey, der zuvorderst ging, stolperte über eine Wurzel und fiel. Syria fischte blind im Wasser nach ihm und zog ihn an der Hose wieder in eine gerade Position. Ihm war kalt, er hatte

Kopfschmerzen, und nun war er auch noch durchnässt. Er fing an, den Sumpf zutiefst zu verabscheuen.

Um ihn zu trösten und etwas zu wärmen, rieb Syria ihre Hände aneinander und drückte sie auf Reys Rücken. «Das Licht ist nicht mehr weit», sagte sie. «Siehst du? Es scheint sich um mehrere Feuerstellen zu handeln, die auf kleinen Steinhaufen entzündet worden sind ...» Hinter den Feuerstellen tauchten nun auch Hütten auf, die auf Pfählen im Wasser standen.

«Kehrt um, Menschen, wir treiben weder Handel noch reden wir mit euresgleichen», sprach ein Ork sie an. Es war ein grosses Wesen mit grauer Haut, die aus verschieden grossen Hornschuppen bestand. Sein Unterkiefer hatte spitze Zähne und stand hervor. Der Ork sass vor einer Hütte und schnitzte mit einem Haizahn einen Stock zu einem Spiess.

«Ist das hier ein Dorf des alten Volkes?», fragte Darkkon, der nicht wusste, dass die Orks in Sümpfen lebten.

Der Schnitzende nickte, wies jedoch dann mit dem Spiess in die Richtung, in der sie wieder verschwinden sollten.

«Können wir heute nicht hier übernachten?», bettelte Rey. «Wir verlassen euch morgen früh sofort ...»

«Ihr seid hier nicht erwünscht. Wenn ihr nicht gehen wollt, dann werden wir euch eben vertreiben.» Der Ork stand auf und ging in seine Hütte. In der Zwischenzeit waren weitere Orks aus ihren Behausungen gekommen. Sie sassen beinebaumelnd neben den Leitern, die ins Wasser hinunterführten.

«Hört mir zu», ergriff Syria das Wort. «Es gibt schlechte Nachrichten aus Eran!»

«Eran geht uns nichts an. Das sind Menschenprobleme», klang es aus der Hütte.

«Es werden eure Probleme, wenn ihr tatenlos bleibt. Solons Armee hat Eran umkreist und das Schloss wahrscheinlich schon angegriffen. Wenn Eran fällt, steht der imperialen Armee die gesamte westliche Kontinenthälfte offen.»

«Na und?»

«Ihr werdet vielleicht nicht die Ersten sein, die es zu spüren bekommen, doch irgendwann werden die Truppen hier auftauchen und euch entweder unterwerfen oder töten.»

«Schweig!», ertönte es da laut durch den Sumpf. Der Ork kam

wieder aus der Hütte, er hatte eine Eisenkeule in den Händen. «Wir werden nicht noch einmal von den Menschen unterjocht, das wird nicht geschehen!»

«Ich biete den Orks an, sich mit mir zu verbünden und gemeinsam in die Schlacht zu ziehen, um das Imperium zu stürzen.»

«Wir werden uns nicht mit dir verbünden. Wir können alleine gegen die Menschen kämpfen, wir sind viele.»

«Ihr seid zu wenige, das Heer Solons ist das grösste des Kontinents. Auch wenn ihr zehntausende wärt, hättet ihr keine Chancen.»

«Und wie viele seid ihr, dass ihr denkt, gegen dieses Heer zu bestehen?», keifte der Ork.

«Wir sind noch weniger», gab Syria zu. «Das ist ja das Problem. Daher suchen wir jede erdenkliche Hilfe, um den Imperator in die Knie zu zwingen.»

Der Ork fing an zu lachen. «Ihr seid armselig, ihr werdet nie eine Armee zustande bringen. Ihr seid schwach, darum werden wir uns nie mit euch Menschen verbünden.»

«Ihr denkt also, wir seien schwach und ihr so stark … Mit wie vielen des alten Volkes muss ich es gleichzeitig aufnehmen, damit ihr euch bereit erklärt, mit uns ein Bündnis einzugehen?»

Der Ork überlegte kurz und musterte Syria. Für die grossgewachsenen Orks war die Berserkerin nicht überaus riesig, und doch war sie grösser als jeder des alten Volkes. «Wenn wir dir gestatten würden, deine Kraft zu demonstrieren, um damit für ein Bündnis zu werben, müsstest du gegen acht von uns antreten. Aber da wir so oder so nicht bereit sind, mit dir zu verhandeln, musst du dich nicht unnötig lächerlich machen», lachte er.

Syria grinste zurück. «Nun, wenn ihr nicht verhandeln wollt, dann mache ich es so: Entweder treten acht von euch gegen mich an, oder ich zerstöre Haus um Haus, bis ihr euch anders entscheidet. Wenn ihr acht eurer Leute stellt, kämpfen wir waffenlos, bis ihr bestätigt, dass ich stark genug bin. Aber wenn ihr es darauf anlegt, dass ich eure Köpfe mit meiner Axt abschlage, dann müsst ihr euch nur stur stellen.»

Wütend gab der Ork seinen Leuten zu verstehen, dass sich acht für einen Kampf vorbereiten sollten. Kräftige junge Orks gingen in ihre Hütten und zwängten sich in Lederrüstungen.

Jeder von ihnen war knapp zwei Meter gross, und einige hatten Oberarme, die so stämmig waren wie Reys Oberschenkel. Sie bildeten einen Kreis um Syria und baten Darkkon, das Startsignal zu geben. Kaum war der Kampf eröffnet, sprang ein Ork Syria an, während ein anderer ihr die Beine vom Boden riss. Sie stürzte. Gemeinsam drückten die beiden Orks ihren Kopf unter Wasser. Hatte Syria sich überschätzt? Plötzlich schlug sie dem einen in den Magen, sodass dieser seinen Griff lösen musste. Der andere vermochte sie nicht alleine unter Wasser zu halten. Wieder nahmen die Orks die Kreisstellung ein, wieder versuchten sie, Syria unter Wasser zu drücken, doch diesmal liess sich Syria fallen und verpasste dem Ork, der hinter ihr stand, einen heftigen Schlag mit dem Ellbogen. Nun stürzten sich alle anderen Orks auf die sich aufrappelnde Kriegerin. Sie schlug kniend um sich und riss einige von den Füssen, danach trat sie an den Pfahl einer Hütte. Die Angreifer hielt sie sich vom Leib, indem sie den ersten, der auf sie zukam, packte und wie ein Schild gegen die anderen wandte. Sie brach einem Gegner die Nase und warf dann den Ork, den sie festhielt, drei anderen entgegen. Alle vier fielen zu Boden. Mit kräftigen Tritten brach sie zwei weiteren Orks die Beine, bevor sie wieder angesprungen wurde.

«Du kannst nichts anderes, oder?» Es war immer derselbe, der sie umzuwerfen versuchte, doch Syria wich geschickt aus. Dann packte sie seinen Kopf und tunkte diesen in die schwarze Brühe, bevor sie ihn an einen Hüttenpfahl schlug. Sie war gerade dabei, mit Faustschlägen die Verbliebenen ausser Gefecht zu setzen, als das Signal zum Abbruch gegeben wurde. Der Ork mit der gebrochenen Nase hörte nicht darauf und gab Syria ein paar schwere Hiebe ins Gesicht. Nach einem Schlag in den Bauch umklammerte sie ihn mit beiden Armen und drückte ihn zusammen.

«Wenn du nicht aufhörst, drücke ich so lange zu, bis du erstickst oder alle deine Rippen brechen und deine Organe durchstossen.»

Der arme Kerl hatte zu wenig Kraft, sich zu wehren und wimmerte um Gnade. Es war der Sohn des Ork-Häuptlings, der das Geschehen besorgt beobachtete.

«Das reicht jetzt, hör auf, bevor du ihn tötest», sagte Rey.

Syria liess den jungen Ork los und wandte sich an den Häuptling: «Denkt ihr jetzt über ein Bündnis nach?»

«Das tun wir, aber ich bin nicht der Älteste dieses Dorfes, ich wimmle nur Auswärtige ab.»

«Dann trag eurem Häuptling vor, dass du ihn zu einem Bündnis mit mir verpflichtet hast.»

«Ich bin der Häuptling», rief ihnen da ein Ork zu, der vor einer der Hütten stand. «Ich habe alles gesehen und gehört. Dieses Dorf wird euch unterstützen, aber ich denke nicht, dass ihr unseren König überzeugen könnt. Ich werde ihm eine Nachricht überbringen und ihn von der Bedrohung des Ostens in Kenntnis setzen. Vielleicht kann ich ihn dazu bewegen, weitere Angehörige des alten Volkes zu schicken.»

«Es gibt noch mehr von euch?», rief Rey verdutzt. «Und ihr habt einen König?»

Der Häuptling lachte. «Versteckt vor euch Menschen leben Tausende des alten Volkes – die, die überlebt haben, nachdem wir von eurer Rasse beinahe ausgerottet worden sind …»

Die Nacht ging langsam ihrem Ende zu. Man sah bereits, dass die Sonne ausserhalb des Tales die Welt erhellte.

«Könnten wir uns noch ein wenig in einer eurer Hütten ausruhen und trocknen, bevor wir weitergehen?», fragte Rey freundlich.

Der Älteste wies ihnen eine Hütte zu. Die Orks, die darin lebten, gingen auf die Jagd, so hatten die neuen Verbündeten genügend Platz. In der Hütte trockneten sie sich mit ein paar stinkenden Tüchern; es brachte nichts, in diesem Wasser die Kleider zu waschen.

«Syria, was war los vorhin? Waren die Orks wirklich so stark?», wollte Rey wissen.

«Oh, sie sind wirklich stark, diese Orks. Sie sind gute Krieger, eine Bereicherung für unsere Armee, das muss ich zugeben. Aber natürlich konnte ich nicht meine gesamte Kraft anwenden, sonst hätte ich diese jungen Kerle getötet.»

«Eine Frage müssen wir noch klären», mischte Darkkon sich ein. «Wohin sollen wir als nächstes gehen? Der Karte nach müssen wir wieder aus dem Tal raus, also zurück, von wo wir gekommen sind.» Er rollte die Karte auf dem Boden aus und zeigte auf die gestrichelte Linie, die um den schwarzen Fleck gezeichnet war.

«Zurück nach Eran und nachsehen, ob das Schloss bereits gefallen ist?», schlug Rey vor.

«Nach Eran zurück? Das ist weit weg», meinte Darkkon. «Dafür bräuchten wir wieder viele Tage. Ich schlage vor, dass wir vom Eingang des Tals nach Süden gehen, Eran so umwandern und in den anderen kleinen Nationen nach Verbündeten suchen.»

«Ihr könnt auch weiter durch das Tal gehen und am Ende die südliche Richtung einschlagen!», erklang es von draussen. Darkkon trat aus der Hütte, um zu sehen, wer da mit ihnen sprach. Es war der Wächter, dessen Behausung direkt gegenüber lag. «Die Wände der Hütten sind nicht besonders dick», entschuldigte sich dieser, «man kann gut jedes Gespräch belauschen ...»

Darkkon zeigte ihm die Karte mit der gestrichelten Linie um das Tal herum. «Der Karte zufolge ist dies der einzige Weg, der ins Tal und daraus heraus führt.»

«Das ist keine gestrichelte Linie», grinste der Ork. «Das ist eine durchgezogene Abgrenzung des Tals, mit allen Ein- und Ausgängen. Dieses Tal wurde künstlich erschaffen, darum scheinen die meisten Ein- und Ausgänge gleich breit. Ausserdem ist diese Karte ziemlich ungenau gezeichnet.»

«Du willst damit sagen, dass wir keinen dieser vielen Eingänge ins Tal bemerkt haben?», fragte Darkkon ungläubig. Er hatte die Karte einem Soldaten im Foron-Lager abgekauft und sie für brauchbar gehalten.

«Ich sagte doch: Die Karte ist schlecht gezeichnet. Da wird euch einer übers Ohr gehauen haben. Einige der Eingänge sind tatsächlich schwer auffindbar, aber diese Karte ist keine Silbermünze wert», sagte der Ork und ging in seine Hütte zurück.

XXXVII

Nachdem sich die drei ein wenig ausgeruht hatten, liefen sie weiter durch das Sumpftal. Es regnete wie aus Eimern und war deutlich kälter als am Tag zuvor, doch wenigstens roch es nun nicht mehr so stark.

«Bestimmt erkälte ich mich in diesem dämlichen Moor», klagte Rey vor sich hin. «Man muss schon ziemlich bekloppt sein, um ein Tal künstlich zu einem Sumpf zu machen.»

«Und jetzt nach Süden?», erkundigte sich Syria bei Darkkon.

Dieser gähnte und sagte: «Wir sollten zunächst zu einem kleinen Wald gelangen. Danach sollten wir nach einigen Tagen zu einer Stadt kommen – wenn die Karte stimmt. Die Stadt scheint ziemlich gross zu sein, vergleichbar mit Comossa Belt. Dort finden wir bestimmt Krieger, die uns helfen werden.»

«Und warme Betten erwarten uns dort sicher auch …» Rey übernachtete zwar gerne in der Wildnis, doch er vermisste einen weichen Untergrund und die Zweisamkeit mit Syria.

«Dann üben wir den waffenlosen Nahkampf», flüsterte diese ihm verschwörerisch zu, und sofort besserte sich seine Laune.

Der Wald war winzig, der Weg führte mitten hindurch. Nach nicht einmal zehn Minuten hatten sie die dreissig Bäume hinter sich gelassen und gingen auf freiem Feld nach Süden, der nächsten Stadt entgegen. Von Weitem sahen sie die vielen Wachen vor den Toren. «Ob wir überhaupt eingelassen werden?», fragte sich Darkkon. Schliesslich waren nicht alle Städte Wanderern wohlgesonnen. Syria wollte vorerst auf Distanz bleiben und abwarten, wie die Leute auf sie reagieren würden.

«Guten Tag», begann Darkkon das Gespräch freundlich.

Zwanzig Leute traten ihnen entgegen. Jeder trug eine andere Ausrüstung, das war merkwürdig für eine Stadtwache. «Kein Eintritt», sagte ein Mann in Lederrüstung und mit zwei Schwertern am Gürtel. Er hielt die rechte Hand stoppend vor die Fremden.

«Na gut, dann gehen wir weiter, aber könntet ihr mir ein paar Fragen beantworten?» Darkkon wollte in Erfahrung bringen, wo die nächste Stadt lag, um dort Krieger anheuern zu können.

«Ich kann euch nicht durchlassen, aber eure Fragen kann ich beantworten, ja.»

«Wie heisst diese Stadt?»

«Das ist Sana.»

«Wieso dürfen Fremde nicht eintreten? Und wieso hat es hier so viele Wächter?»

Der Mann schien kurz zu überlegen, ob er auf diese Frage antworten durfte, dann erzählte er: «Es findet eine Versammlung statt, die nicht gestört werden darf.»

«Worum geht es in dieser Versammlung? Es muss etwas äusserst Wichtiges sein, wenn nur schon am Stadteingang so viele Wächter stehen», meinte Darkkon.

«Die wichtigsten Personen verschiedener Länder beraten sich mit den Feldherren der grössten Söldnerheere darüber, was zu tun ist – jetzt, wo Eran gefallen ist.»

«Das ist die Gelegenheit für Syria, eine annehmbare Armee auf die Beine zu stellen», dachte Darkkon. «Könnt ihr euren Meistern eine Nachricht überbringen lassen?», bat er. «Sie ist sehr wichtig. Es geht darum, dass ein weiterer Heerführer eingetroffen ist und bei der Versammlung mitangehört werden möchte.»

Der Mann musterte Darkkon skeptisch. «Wen soll ich ankündigen?», fragte er.

«Die Heeresführerin Syria von Jokulhaups.»

«Ich bin seit meinem fünfundzwanzigsten Lebensjahr Söldner und habe bereits alle Schlachtfelder der westlichen Welt gesehen», entgegnete der Mann ihm. «Aber von einem Ort dieses Namens habe ich noch nie gehört. Wo soll dieses Jokulhaups liegen?»

«Überbringe die Nachricht», bat Darkkon. «Wenn niemand diesen Ort kennt, soll man uns Einlass gewähren – oder hier mit uns sprechen.»

Ein Bote verschwand, um die Nachricht zu überbringen. Als er zurückkehrte, rief er von der Stadtmauer zu ihnen hinunter: «Niemand kennt das Land Jokulhaups, ich soll fragen, wo es liegt.»

«Es ist kein Land, sondern ein einzelner Turm», brüllte Darkkon zurück. «Dieser gehört meiner Herrin. Sie muss unbedingt an der Versammlung teilnehmen, sie kennt den Osten und ist bereit, die Heere gegen Ise und somit gegen den Imperator zu führen!»

Der Bote verschwand wieder, und der Söldner ergriff das Wort: «Deine Herrin besitzt einen Turm, den niemand kennt. Von ihrer Armee hat man auch noch nie etwas gehört. Für wie dumm hältst du uns, Stadtstreicher? Du suchst doch nur nach einem Vorwand, um hier übernachten zu können!»

«Es ist nicht so. Meine Herrin hat erst seit kurzer Zeit eine Armee, und diese hat noch keine Schlacht bestritten, deshalb könnt ihr sie gar nicht kennen. Und der Turm, Syrias Zuhause, liegt an einem Ort, den ihr mit ziemlicher Sicherheit noch nie betreten habt.»

Die Tore der Stadt öffneten sich gerade so weit, dass sich der Bote hindurchzwängen konnte. Er lief zum Söldner und berichtete: «Die Versammlung wurde unterbrochen, die Beteiligten möchten diese Kriegsherrin sehen.»

Der Söldner wunderte sich. Die Versammlung war noch nie unterbrochen worden. «Holt eure Herrin», sagte er zu Darkkon. «Man will sie sehen.»

Darkkon und Rey liefen zu Syria zurück und erklärten ihr, was sich am Tor abgespielt hatte. Dann geleiteten sie die Berserkerin vor die versammelten Söldner. Der Bote zeichnete sie ab, um ihr Bild den Mitgliedern der Versammlung zu überbringen. Diese wollten jegliche Gefahr ausschliessen und selbst keinen Schritt vor die schwer bewachten Tore setzen.

«Wie ist Euer Name?» Der Bote sprach voller Hochachtung zu der Feldherrin.

«Mein Name ist Syria.»

«Aus welchem Land stammt Ihr?»

«Aus Jokulhaups. Dieses Dorf liegt im Osten, in Solons Imperium.» Auf diese Worte hin zogen die Söldner erschrocken die Waffen, doch Syria hob ihre Hände: «Wartet, bis eure Meister euch einen Befehl dazu gegeben haben. Ich bin nicht hier, um zu kämpfen, ich benötige Verbündete!»

Die Söldner waren gespannt auf die Reaktion ihrer Herren, wenn diese erfahren würden, dass die Feldherrin, die zu ihrer Versammlung eingelassen werden wollte, aus dem Osten stammte. Der Bote notierte sich ihre Aussagen und verschwand durch das Tor. Wenig später versammelten sich viele Krieger auf den Mauern. Sie überblickten das gesamte Land und suchten nach einer imperialen Streitmacht. Endlich öffnete sich das Tor. Eine Schar Kämpfer trat heraus und umringte die drei. Der Bote befahl ihnen, die Fremden auf den Platz zu bringen. Syria, Rey und Darkkon gingen durch das Tor und betraten die Stadt. Sie sahen kaum etwas von dieser, denn die vielen Wächter verdeckten ihnen die Sicht. Auf dem Platz angekommen, wurden sie angewiesen, zu einem Balkon eines grossen gemauerten Hauses zu blicken. Mit Speeren bewaffnete Wächter umringen sie, während auf dem Balkon nach und nach mächtige Personen aus verschiedensten Ländern und die Kriegsfürsten riesiger Heere erschienen. Es fielen ihnen leicht, die einen von den anderen zu unterscheiden: Die Mächtigen trugen viel Schmuck und waren eher schwächlich, während die Kriegsfürsten Rüstungen, Waffen und Narben als Erinnerungen an vergangene Schlachten trugen.

«Wie gross ist Euer Heer?», rief ein dicklicher kleiner Mann in purpurnen Stoffgewändern auf den Platz hinunter.

«Es umfasst derzeit mindestens ein Dorf voller Attentäter und ein Dorf starker Krieger», entgegnete Syria. «Aber es wird noch grösser werden. Zurzeit sind es etwa dreihundertfünfzig Mann.»

Der Mann, der kaum über den Rand des Balkongeländers ragte, drehte sich zu einem grimmigen Einarmigen um: «Wie meint sie das, dreihundertfünfzig? Spricht sie vielleicht von dreihundertfünfzigtausend? Aber das wären keine Dörfer ...»

«Wir sollten sie einfach töten», erwiderte der Einarmige. «Wir haben für so etwas keine Zeit. Das Heer des Imperiums hat bereits Eran eingenommen, und ...»

«Sokker, nicht so voreilig», mischte sich ein anderer Krieger ein. «Wenn sie aus dem Osten sind, haben sie vielleicht eine Ahnung, wie sich das Heer verhält und was wir tun können. Denkst du, es könnte eine Falle sein? Aber wer wäre so dumm, hier einfach aufzutauchen und mit drei Mann eine Stadt voller Krieger anzugreifen? Eure Hoheit, die Kriegerin behauptet, dreihundertfünfzig Krieger in ihrem Heer zu haben, nicht dreihundertfünfzigtausend. Wir sollten ihr trotzdem Gehör schenken.»

«Wir sollten ihr Gehör schenken», wiederholte das dicke

Männchen. Er schien ein Adliger eines der westlichen Länder zu sein.

«Wieso seid Ihr hier?», fragte der Feldherr nach. «Warum wollt Ihr gegen Ise in die Schlacht ziehen – und dann erst noch mit einer so lächerlichen Armee?»

«Euer Bote hat euch anscheinend zu wenig genau unterrichtet», erwiderte Syria. «Ich bin hier, um Verbündete zu suchen. Und übrigens ist beinahe jede Armee lächerlich im Vergleich zu den beiden des Ostens.»

«Von welchen beiden redet Ihr? Das Imperium besitzt nur eine Armee.»

«Lasst mich an der Versammlung teilnehmen, dann können wir alles diskutieren.»

Die Feldherren und die Adligen berieten sich auf dem Balkon. Der Einarmige schien sich vehement dagegen zu wehren, die drei in die Versammlung einzubeziehen. Seinem Gesichtsausdruck nach wurde er überstimmt, und man gab den Befehl, die Besucher nach oben zu eskortieren. Sie wurden in einen Saal mit einem grossen Tisch gebracht. Die anderen Versammlungsteilnehmer hatten sich wieder hingesetzt. Drei Stühle wurden hergebracht. Syria nahm in der Mitte Platz, rechts von ihr sass Rey, links Darkkon.

Ungeduldig ergriff der Söldnerfürst in den weissen Gewändern das Wort. «So, nun sprecht. Welche beiden Armeen meint Ihr, gegen die wir uns stellen müssten?»

«Die aus Foron kennt Ihr, sie hat auch Eran erobert. Und dann ist da noch die Legiarde ...»

Eine wilde Diskussion brach aus und übertönte Syria. «Ruhe, Ruhe alle miteinander!», keifte der in Schwarz gekleidete Einarmige. «Die Legiarde wurde schon lange aufgelöst», sprach er weiter. «Niemand kräht jetzt noch nach ihr, wir haben nichts zu befürchten.»

«Ihr habt keine Ahnung, wovon Ihr redet», widersprach Syria. «Einer meiner Informanten war in der Legiarde, und ich habe einen Ehemaligen verhört. Beide versicherten mir, dass die Legiarde noch existiert.»

«Ich habe erst vor kurzem ähnliche Kunde erhalten. Wir sollten die Bedrohung ernst nehmen», meinte der Weissgekleidete.

Er sprach wie ein Adliger. «Wieso wollt Ihr eigentlich das Imperium vernichten? Könnt Ihr uns das erklären?», fragte er Syria.

«Meine Gründe sind persönlicher Natur, ich erkläre lediglich, dass ich Rachegelüste hege, darum werde ich Ise niederbrennen und Solon in Stücke reissen.»

«Dann lasst uns jetzt unsere neue Verbündete darüber unterrichten, wie wir vorgehen möchten», schlug die dickliche kleine Hoheit vor.

«Verbündete?», mischte sich der Einarmige ein. «Niemand hat dafür gestimmt, diese niederen Kreaturen in unsere Runde aufzunehmen. Wir sollten ihnen die Informationen entlocken und sie in einem Loch verscharren!»

«Dann lasst uns abstimmen. Wer dafür ist, sie als unsere Verbündeten zu akzeptieren, soll nun die Hand heben.» Zögernd hielten einige wenige die Hände hoch. Der weisse Feldherr sprach weiter: «Ihr solltet euch überlegen, welchen Vorteil eine zusätzliche Armee hätte und welches Wissen die Leute des Ostens besitzen.» Weitere Hände gingen in die Höhe.

«Wir leiden seit unserer Geburt unter Solons Herrschaft, wie es auch der Westen tut», erklärte Rey. «Wir verlieren Verwandte und Freunde, die gezwungen werden, in den Krieg zu ziehen. In einen Krieg, den niemand von uns billigt.»

Noch ein paar Hände hoben sich; nun stimmte mehr als die Hälfte für ein Bündnis.

«Wir freuen uns, Euch willkommen heissen zu können, Lady Syria.»

Die Worte des Feldherrn schmeichelten der Angesprochenen ganz und gar nicht. «Ich bin keine Lady, ich bin eine Kriegerin. Und wer seid Ihr eigentlich?»

Der Feldherr stand auf und verneigte sich kurz: «Mein Name ist Asion, entschuldigt, wenn ich mich ungebührend verhalten habe. Dies ist mein Cousin Sokker, wir teilen uns die Befehlsgewalt über ein Heer von Söldnern.»

«Schon gut, schon gut», sagte Rey. Er war eifersüchtig, und es gefiel ihm nicht, wie vornehm dieser Kriegstreiber tat. «Wir sollten darüber reden, wie wir vorgehen wollen. Wir halten es für das Beste, Ise mit einem vernichtenden Angriff zu bezwingen.»

«Und wie wollt ihr nach Osten gelangen? Was passiert mit Eran

und dessen Bewohnern, habt ihr darüber mal nachgedacht?»
Sokkers Laune schien noch schlechter geworden zu sein. Es
missfiel ihm offensichtlich, dass Syria ein Bündnis hatte erreichen können.

«Eran braucht uns eigentlich nicht zu interessieren. Nach dem
Fall wird dort wieder Ruhe einkehren, und zwei unserer Spione
werden dafür sorgen, dass den Bewohnern nichts geschieht. Was
den Transport der Krieger angeht, sehe ich grössere Probleme.
Wenn wir mit einer Schiffsflotte am südlichen oder nördlichen
Ende einlaufen, entgehen wir der imperialen Armee, aber wir
werden früh entdeckt, und die Legiarde wird Vorbereitungen
treffen können. Das ist also nur eine bedingte Option.»

«Wenn wir Foron durchqueren, was würde uns auf der anderen
Seite des Tores erwarten?», fragte Asion.

«Natürlich wisst ihr, dass wir gegen die Armee kämpfen müssten, wenn wir nach Foron marschieren. Wir würden wahrscheinlich viele Krieger verlieren, die wir für den Angriff auf Ise benötigen. Und zu eurer Frage: Nachdem wir Foron passiert hätten,
gäbe es nur drei Wege, die wir nehmen könnten. Der schnellste
würde darin bestehen, über den See Davar nach Felsbach über-
zusetzen, dazu bräuchten wir jedoch Schiffe. Ein anderer Weg
führt über das Nuhmgebirge, der Pfad ist teils ziemlich schmal
und gefährlich. Am längsten ist der Weg nach Süden, am See
entlang. Irgendwo könnte man vielleicht nach Osten reisen.
Doch ob dies überhaupt möglich ist, wissen wir nicht.»

«Über ein Gebirge kann ich nicht mit meiner gesamten Armee
ziehen», rief Sokker aus. «Ich muss meine Behemoths über einen
anderen Weg führen.»

«Ihr habt Behemoths in Eurem Heer?», fragte Syria erstaunt.
«Wilde oder gezähmte?»

«Lediglich zwei sind gezähmt. Sechs sind wild und verursachen,
einmal auf einem Schlachtfeld ausgesetzt, grossen Schaden.»

«Es wäre von grossem Vorteil, diese Behemoths in der Schlacht
um Ise verwenden zu können», sagte Syria. «Dann scheidet das
Überqueren des Gebirges eigentlich aus. Der Weg über den See
Davar ist auch problematisch ... Ich denke, uns bleibt nichts anderes übrig, als von Foron aus einen Weg nach Süden einzuschlagen. Oder wisst Ihr eine bessere Möglichkeit?»

«Ihr habt gesagt, dass wir die gewöhnliche Armee umgehen könnten, wenn wir mit Schiffen eines der Enden anlaufen würden», meinte Sokker. «Das wäre ja gut, aber was erwartet uns dann?»

«Am nördlichen Ende liegt die Stadt Comossa Belt», antwortete Rey. «Von dort geht es weiter nach Süden, bis wir den Weg nach Osten nehmen können. Dann wären wir irgendwann im Tal Jiin. Wie es unten aussieht, weiss ich nicht, es ist aber so, dass wir keinen Widerstand eines Heeres zu erwarten haben, die gesamte Truppe ist entweder bereits hier oder auf dem Weg.»

«Das Problem ist, dass es bereits einige Bemühungen gab, mit Schiffen die andere Hälfte des Kontinents zu erreichen. Sie scheiterten alle. Entweder zerschellten die Schiffe, oder die See zog sie auf den Grund – wir wissen es nicht», sagte ein anderer Kriegsfürst.

«Dann müssen wir nach Foron und von da weiter südlich um den See gehen», meinte Syria. «Es bleibt uns nichts anderes übrig. Am besten nehmen wir eine Route, an der so wenige grössere Städte und Länder wie möglich liegen, um unnötigen Kämpfen aus dem Weg zu gehen. Nun wüsste ich gerne, wer und was uns alles im Kampf zur Verfügung steht.»

«Ich befehlige, wie gesagt, acht Behemoths», begann Sokker, «und dazu dreihunderttausend Krieger, davon sind etwa ein Drittel berittene Truppen.»

«Unter mir dienen vierhundertfünfzigtausend Söldner, darunter knapp fünfzig Magier, zweihunderttausend Reiter, der Rest teilt sich auf in Bogenschützen und gewöhnliche Infanteristen aller Art.»

Ein Anwesender nach dem anderen zählte sein Repertoire an Kämpfern und Kriegsmaschinerie auf. Insgesamt standen dreieinhalb Millionen Einheiten bereit – ob kämpfend oder in anderen Bereichen wie der Versorgung tätig.

«Können wir eine kleine Pause machen?», schlug Rey vor. «Wir haben schon seit einiger Zeit nichts mehr gegessen ...»

Alle schienen damit einverstanden, und so wurde reich aufgetischt. Während des Essens gab Rey Syria einen Bissen seines Fleisches zu probieren. Asion, der dies beobachtet hatte, sprach die beiden an: «Seid ihr ein Liebespaar? Ungewöhnlich unter Kriegern.»

«Ausser auf einem Schlachtfeld hätte ich Syria wohl nirgends finden können», sagte Rey und nahm eine Kartoffel von Syrias Teller. Sie stellte den Wein in Darkkons Nähe, damit Rey nicht zu viel trank und seine Manieren nicht vergass.

«Was sind eigentlich Behemoths?», fragte er Syria.

«Es sind Monster. Sie haben zwei Hörner, wie ein Stier, sind aber wesentlich grösser. Ihr Rumpf ist sehr kräftig und muskulös, sie haben scharfe Zähne und einen langen Schweif.»

«Hm, das sagt mir doch etwas ...», sagte Rey nachdenklich

«In einem von Vaters Büchern hat es ein Bild eines Behemoths», half Darkkon seinem jüngeren Bruder auf die Sprünge.

«Ja, genau, jetzt wo du es sagst, kommt es mir wieder in den Sinn!»

XXXVIII

Die Versammlung dauerte noch einen knappen halben Tag, dann verliessen alle den Raum, um ihre Heere für den Marsch auf Foron vorzubereiten. Sie vereinbarten eine Route, die nach Süden führte, dort sollen sich alle Heere treffen und vereinen. Syria und ihre Begleiter wollten unterwegs zusätzliche Kämpfer auftreiben. Nun mussten sie zuerst zu den Orks, um diese anzuweisen, nach Süden zu gehen. Dann würden sie Scirocco und Zephir in Eran abholen. Die Sept würden sie erst informieren, nachdem sie Foron passiert hätten. Dann würden sie mit den Orks das Gebirge erklimmen und auf der anderen Seite auf die restlichen Heere warten.

Im Moortal erwartete sie eine gute Nachricht. Der Ork-Häuptling hatte mit seinem König gesprochen, und dieser wollte eine riesige Zahl von Kriegern aussenden – unter der Bedingung, dass sie nur unter ihm kämpfen würden.

«Und wo ist Euer König mit seinem Heer? Wir müssen schnellstmöglich aufbrechen, die anderen Armeen sind bereits auf dem Weg nach Süden.»

«Lasst das unsere Sorge sein», antwortete der Häuptling. «Wir werden ohne Probleme zu den anderen aufschliessen können. Wissen die anderen Kriegsfürsten, dass auch Orks in den Krieg ziehen werden?»

«So ein Mist!», antwortete Rey entsetzt. «Das wissen die gar nicht. Sie werden denken, dass ihr sie angreifen wollt. Jetzt muss einer von uns mit euch mitgehen!»

«Beruhige dich», sagte Syria. «Das werden die Orks denen schon beibringen können. Wir alle müssen dankbar um jede Hilfe sein. Das geht schon in Ordnung, oder? Ich hielt es für unwahrscheinlich, dass sich Euer König zu einem Bündnis entschliesst und dachte, dass nur Ihr mitkommt, dann hätte ich zwischen euch und den anderen vermittelt. Aber wenn ein ganzes Orkheer anrückt, gehen wir besser getrennte Wege: Wir müssen nach Eran, und Ihr geht schon mal nach Süden zum Treffpunkt.»

«Macht Euch keine Sorgen, das wird schon klappen mit den Menschen.»

«Ich erwarte, bis zum Horizont Orks zu erblicken, wenn wir uns das nächste Mal sehen, richtet das Eurem König aus.»

Der Häuptling lachte. «Natürlich werde ich es ihm ausrichten, sogar mit Vergnügen.»

Die Reisenden durchquerten das Tal. Wegen der Begegnung mit Fang machten sie einen Bogen um das Dorf, in dem sie das Wesen getroffen hatten. An der Brücke mussten sie feststellen, dass diese bereits von den imperialen Truppen besetzt worden war.

«Ihr könnt gleich wieder umkehren, hier kommt niemand rüber!», erklärte ein Krieger. «Alle Wege über den Fluss sind gesperrt.»

«Sehen wir aus, als wären wir von hier? Wir sind Späher, wir müssen unserem Hauptmann Meldung machen», sagte Rey listig.

Doch der Krieger meinte: «Wir sind die ersten, die hier an dieser Brücke angekommen sind, und ihr habt sie nicht überquert.»

«Dass du uns nicht gesehen hast, zeigt nur, wie gute Späher wir sind – oder wie schlecht ihr auf die Brücke aufpasst. Welche der beiden Geschichten soll ich unserem Hauptmann Galardmann erzählen?» Nach diesen Worten liess man sie passieren. Nun stand nichts mehr zwischen ihnen und Eran. Von dort aus würden sie mit Zephir und Scirocco zu den Heeren aufschliessen können.

Von aussen sah Eran noch aus wie zuvor, jedenfalls beinahe – ein grosses Loch klaffte in der Ostwand, und eine provisorische Brücke führte über den Wassergraben. Die Erbauer der Stadt hatten vorgesorgt: Für fremde Angreifer würde es schwer sein, sich darin zurechtzufinden.

«Schon praktisch, dass wir in unserer Armee keine Uniformen tragen, man kann nie zwischen Freund oder Feind unterscheiden.» Reys Bemerkung bezog sich auf zwei Männer, die aufpassten, dass niemand Unbefugtes in die Stadt gelangte, sie aber ohne weiteres eingelassen hatte. Sie erkundigten sich nach dem Weg, der zum Schloss führte. Als sie schliesslich davor standen, bot sich ihnen ein prachtvoller Anblick. Das Schloss, aus hellem Stein erbaut, zeigte sich in seiner ganzen Schönheit.

«Hey, da seid ihr ja», rief ihnen jemand aus dem Innenhof zu.

Scirocco kam eine Treppe herunter und gab Rey die Hand. «Wie ist es euch ergangen, haben wir Männer?»

Bevor jemand antworten konnte, huschte Zephir heran und begrüsste sie herzlich. Sie schien sehr viel zutraulicher geworden zu sein.

«Das erzählen wir euch besser, wenn wir unbeobachtet sind. Aber sagt mir, wie ist es hier gelaufen, hat Eran viele Verluste erlitten?», wollte Darkkon wissen.

«Die Soldaten Erans hatten keine Chance. Zum Glück wurden viele nur gefangen genommen und nicht getötet. Doch sie haben die Königsfamilie in Ketten abgeführt, vor den Augen aller Untertanen. Diese sind vollkommen demoralisiert und entsetzt über die Eroberung.»

«Und nun ist wieder Ruhe eingekehrt?», erkundigte sich Syria.

«Es sieht nicht aus, als würden sich die Soldaten noch für die Stadt oder das Schloss interessieren …»

«Die haben alle Order erhalten, sofort nach Süden abzurücken, um die westliche Allianz zu vernichten», berichtete Scirocco.

Syria erstarrte vor Schreck. Die westliche Allianz würde sich gerade erst versammeln, und schon müssten sie gegen die reguläre Armee kämpfen. «Kommt, wir brechen sofort auf, wir müssen nach Süden!» Sie eilten aus dem Schloss, durch die Stadt und schlugen dann schnurstracks den Weg nach Süden ein. «Wann ist die Armee abgerückt? Wieso wissen sie überhaupt von der Allianz?»

«Vor einigen Tagen hat uns eine Meldung erreicht», antwortete Scirocco. «Woher sie kam, weiss ich nicht. Ich habe nicht gewusst, dass ihr Teil dieser Allianz seid, sonst hätte ich den Abmarsch hinauszuzögern versucht.»

«Du hättest nicht viel dagegen unternehmen können. Die Meldung muss durch einen Spitzel nach Eran gelangt sein, anders kann ich mir die kurze Zeitspanne nicht erklären.»

Als sie schon in einiger Entfernung zu Eran waren, fragte Scirocco: «Wieso habt ihr eigentlich keine Pferde? Dann hätten wir wenigstens eine Chance, die Armee einzuholen. Nur damit ihr es wisst: Wir hätten vierzehn Mann auf unserer Seite gehabt, wenn wir uns die Zeit genommen hätten, sie mitzunehmen.»

«Die paar Männer würden auch keinen Unterschied machen,

die werden jetzt wahrscheinlich helfen, Eran wieder zu normalisieren. Das mit den Pferden ist so eine Sache», erklärte Syria. «Erstens wäre ich zu schwer, und zweitens habe ich nie reiten gelernt, da wir keine Pferde hatten.» Syria wusste, dass auch Rey nicht reiten konnte. Er hatte ihr erzählt, wie er einmal einen Pferdetritt abbekommen hatte. Danach hatte er sich strikt geweigert, das Reiten zu lernen.

Zephir drehte sich um und schloss ihr nicht magisches Auge. Sie streckte ihre Arme aus und zog sie dann langsam zurück, bis es aussah, als würde sie beten. «In knapp einer halben Stunde haben wir starken Rückenwind, dann läuft es sich viel besser», sagte sie.

«Gut mitgedacht», sagte Rey bewundernd und brachte Zephir damit zum Erröten. «Deine Fähigkeiten sind wirklich praktisch.»

Sie gingen weiter über das freie Flachland, so schnell sie konnten. Sie wussten, wenn sie es nicht rechtzeitig zu den Heeren schafften, würden diese unvorbereitet in den Kampf gehen müssen. Das fehlende Zusammenspiel würde einen erheblichen Nachteil bedeuten.

«Mir fällt gerade ein, dass die Katapulte, die die Armee gegen Eran verwendete, auch nach Süden gebracht werden», sagte Scirocco plötzlich. «Wenn die Befehlshaber so dumm sind, wie ich sie in Erinnerung habe, dann werden sie das Heer nicht aufteilen, sondern als Ganzes durch die Gegend schleichen. Sie müssen sich auf das langsame Tempo und den Auf- und Abbau der Katapulte einlassen. Wenn wir Glück haben, können wir sie einholen.»

«Wieso nehmen sie die Katapulte gegen eine unbekannte, mobile Armee mit?»

«Vielleicht wissen sie besser über die Heere Bescheid, als wir denken, oder sie sind sich so siegessicher, dass sie einfach kindisch mit den Katapulten alles zusammenschiessen möchten», erwiderte er auf Syrias Frage.

Die Nacht brach an. Darkkon blieb wach und weckte die anderen nach nur vier Stunden Schlaf wieder. So wollten sie Zeit gewinnen. Zephir führte sie durch die Dunkelheit. Mit dem Lüftchen, das sie heraufbeschwor, konnte sie Steine, Bäume und sogar Flüsse und Teiche abtasten und die Gefährten sicher darum herumführen. Darkkon hoffte, in der Finsternis das Licht eines Lagers zu entdecken, doch vergebens.

«Kennt ihr keinen schnelleren Weg?», wollte Rey ungeduldig wissen. Er wusste, wenn sie zu spät kamen und die westliche Allianz besiegt wurde, bedeutete dies das sofortige Aus, nicht nur für Syrias Rachepläne, sondern für jedes freie Wesen auf diesem Kontinent.

XXXIX

Nach Tagen der Hatz und Nächten ohne viel Schlaf erreichten sie die Nachzügler der Armee, die mit ihren Katapulten über Stock und Stein unterwegs waren. Nachdem sie sich erkundigt hatten, wie gross die Entfernung zum Rest der Armee war, erledigten sie die Soldaten und vernichteten die Kriegsmaschinen. Das Heer schien bereits am Treffpunkt der Allianz angekommen zu sein; wenn sie sich beeilten, würden sie bis zum Nachmittag dort ankommen. Am Horizont stieg Rauch auf, der Kampf war in vollem Gange. Als sie zum Schlachtfeld aufschlossen, war es versammelt: das gesamte reguläre Heer des Ostens.

«Wo sind die Katapulte?», pöbelte ein Bogenschütze sie an, doch sie liessen ihn links liegen und rannten am Rand des Kampfgetümmels den verbündeten Heeren entgegen. Sie begegneten Sokker, der auf einem Behemoth ritt.

«Wir haben die Allianz nicht verraten», sagte Rey rasch.

«Ich weiss, habt ihr Asion gesehen?» Sokker war grimmig wie am Tag der Versammlung. Sein zahmer Behemoth liess die Erde unter seinen scharfen Klauen erzittern.

«Nein, wurde er gefangen genommen?»

«Diese Schlange hat uns verraten. Er hat das Heer darüber informiert, was wir vorhaben und wo wir uns aufhalten. Wenn ihr ihn seht, tötet ihn nicht, ich will mit ihm sprechen.»

«Geht klar, wir werden ihn zu dir bringen, falls wir ihn zu Gesicht bekommen. Wie steht es um die Kriegsfürsten, habt ihr Kontakt zueinander?»

«Nein. Wir haben uns aus den Augen verloren. Nun kämpft jedes Heer für sich alleine, ohne gemeinsame Koordination.» Nach diesen Worten ritt er auf dem schweren Wesen ins Getümmel zurück.

Syria griff Rey am Unterarm. «Hört mir zu, ihr werdet die Befehlshaber zueinanderführen, damit ihre Armeen gemeinsam kämpfen können, sonst wird eine nach der anderen fallen. Ich werde kämpfen und gleichzeitig Asion suchen. Ich will nicht, dass er stirbt, bevor der Kampf zu Ende ist.»

Nach einem Abschiedskuss durchstreifte Rey mit den anderen

die Reihen der Kämpfer, um die Kriegsfürsten zu suchen. Syria drängelte sich derweil durch die verbündeten Krieger, bis sie an die Spitze gelangte, wo ein einzelner Mann sein Leben riskierte, um die Feinde keinen Schritt näher heranzulassen. Mit dem Griff ihrer Axt zertrümmerte sie den Kiefer eines imperialen Soldaten, dann schwang sie ihre Waffe mit beiden Händen, um die Umstehenden hinwegzufegen. So verschaffte sie sich Platz und erhielt die Aufmerksamkeit, die sie wollte. Pfeile durchschnitten die Luft, und Syria hörte hinter sich die Schmerzensschreie der Soldaten des Westens. Darkkon hatte indessen einen Söldnerfürst auf einem Pferd entdeckt und hielt ihn an, an Ort und Stelle zu bleiben, damit man seine Befehle den anderen Befehlshabern mitteilen könne. Rey hatte den kleinen, dicklichen Adligen ausfindig gemacht, der starr hinter einem Baum in Deckung ging.

«Ihr müsst Euren Leuten sagen, was sie tun sollen, sonst läuft gar nichts.»

«Ich kann nicht. Ich habe keine Ahnung, wie man ein Heer führt. Die Soldaten unseres Landes mussten noch nie kämpfen!»

Rey überlegte kurz, dann sagte er: «Sagt ihnen, sie sollen genau das tun, was ich befehle, ich weiss, was zu tun ist.»

Der Mann gab seinem Heer den Befehl. Dieser wurde von Krieger zu Krieger weitergeleitet, bis der Hinterletzte wusste, dass Rey nun die Befehlsgewalt innehatte. Darkkon kam zu ihm und erklärte, dass die östliche Flanke bedroht sei, der Kriegsfürst sei überfordert. Rey gab berittenen Bogenschützen den Befehl, die Flanke zu verteidigen.

«Sag ihm, ich würde meine Männer nach Westen verlagern, um die Lücke zwischen meiner und Sokkers Armee zu füllen, er solle aufschliessen.»

Darkkon traf auf Zephir und Scirocco, die ebenfalls jeweils einen Stab oder Anführer ausfindig gemacht hatten. Sie erklärten einander die Standorte der Befehlshaber und gingen dann ihrer Wege, um die restlichen Anführer zu suchen. Syria stiess immer weiter nach vorne vor. Wenn die feindlichen Soldaten irgendwo durchzubrechen versuchten, schritt sie ein, um es zu verhindern. Die verhassten Bogenschützen hatten ihr wieder einige Wunden zugefügt, doch sie hatte keine Zeit, die Spitzen der abgebrochenen Pfeile zu entfernen. Ihr Blick fiel auf den weissgekleideten Asion, der sich weit hinter den Soldaten aufhielt. Seine Armee wurde nun von Sokker angeführt.

Die beiden Geschwisterpaare hatten inzwischen den letzten Kriegsfürsten und die restlichen drei Adligen gefunden. Nun waren sie die Boten zwischen den Befehlshabern, damit sich die Verbündeten wie ein einziges grosses Heer verhalten konnten. Der Kampf verlor dadurch seinen Schrecken, die Kämpfer konnten nun gezielt auf alles reagieren. Zuvorderst hielten Infanteristen aller verbündeten Heere – darunter sogar eine standhafte Phalanx – die Angreifer zurück, hinter ihnen liessen Speerwerfer sowie Bogen- und Armbrustschützen ihre Geschosse auf den Gegner niederregnen. Die berittenen Truppen griffen Schwachstellen in der Verteidigung des Gegners an, und ein einziger wilder Behemoth, der sich losgerissen hatte und schon längst aus Sokkers Sicht verschwunden war, trampelte alles nieder, was er erblickte. Asion hatte Syria erkannt und versuchte sich von ihr zu entfernen. Sie wollte ihm folgen, doch dazu würde sie sich durch unzählige Soldaten hindurchkämpfen müssen. Darkkon überliess die Botengänge für einen Moment Scirocco und Zephir. Er suchte nach den Befehlsgebern der anderen Seite, um sie mit einem gezielten Schuss auszuschalten und so das gegnerische Heer erheblich zu schwächen. Rey bat Zephir darum, auf ihrem Weg zu Sokker, der als einziger Heerführer an der Front kämpfte, mit einem Windzauber auf die Feinde einzuwirken.

Der Kampf zog sich lange hin, und es war nicht voraussehbar, wie er ausgehen würde. Doch aus der Ferne nahte Verstärkung: der Ork-König und seine Gefolgsleute. Rey informierte die Armee, die er befehligte, dass die Orks ihre Verbündeten seien, und Scirocco gab den Hinweis an die restlichen Heerführer weiter. Die schier endlose Masse der Feinde drängte die alliierten Heere allmählich zurück. Seit dem Anfang des Konflikts hatten sie etwa zehn Meter an Boden gewonnen.

Nun trat der Ork-König, ein fetter, unbewaffneter Kerl, zu dem Baum, bei dem Rey mit dem dicken Adligen stand. Er war in Eile, schüttelte nur kurz die Hand des Adligen und dann die von Rey und fragte, wo seine Hilfe am meisten benötigt werde. Rey erklärte es ihm, und schon sandte der König seine Truppen an die Front, um die Verteidigungslinie zu unterstützen. Seine Leute, die mit Lederschleudern bewaffnet waren, reihten sich zu den anderen Fernkämpfern. Mit ihren primitiven Schleudern konnten sie die Steine so weit fliegen lassen wie die Bogenschützen ihre Pfeile. Die kräftigen Neulinge zuvorderst entlasteten die Krieger, die bereits längere Zeit kämpften. Der Ork-König teilte sein taktisches Wissen mit Rey. Die Kämpfer unter Reys Befehl und die Orks simulierten regelmässig Lücken in der Linie, liessen die Soldaten durchbrechen und umringten sie dann, um sie niederzustrecken. Syria zog sich zu Darkkon zurück. Sie war von einem Wurfbeil hinten an der Schulter getroffen worden. Ein Muskel musste durchtrennt worden sein, denn sie konnte ihren Arm nicht mehr richtig bewegen.

«Wie sieht es aus?», fragte sie Darkkon.

Er zog das Beil heraus, das die Rüstung durchschlagen hatte, schaute auf die schwere Wunde und meinte: «Normale Menschen wären längst verblutet.»

«Das meine ich nicht. Was denkst du über den Kampf? Steht es gut oder schlecht für uns? Wenn man da vorne steht und mitmischt, erkennt man das nicht.»

«Ich bin mir nicht sicher», antwortete er. «Wir halten uns eigentlich gut, aber das kann auch nur so scheinen. Ich hätte gerne einen Legiardär inmitten der Feinde erkannt, um ihn auszuschalten, aber ich glaube, die wissen, dass ohne sie und ihre Befehle nichts mehr gehen würde, darum halten sie sich wohl auch zuhinterst auf.»

«Ich habe Asion, den Verräter, entdeckt», berichtete Syria, «aber als er mich sah, ist er getürmt. Ich hoffe nur, dass er so dumm ist und bei seinen Freunden bleibt, statt sich irgendwo zu verstecken. Wir müssen ihn Sokker übergeben.»

«Er wird nicht davonkommen. Die Orks und unsere anderen Verbündeten sind gute Krieger, organisiert und beherrscht.»

Syria pulte sich eine Pfeilspitze aus einem Loch ihrer Rüstung und schnippte sie fort. «Ja, sie sind erfahrene Krieger», antwortete sie. «Die Orks vielleicht nicht, aber sie sind bestimmt gut vorbereitet und durch ihre Kraft den Menschen überlegen. Aber was denkst du, wie lange dauert es noch? Ich darf in nächster Zeit nicht mehr kämpfen, die Berserkerwut hat sich bemerkbar gemacht, und ich will keinen schlechten Eindruck erwecken, indem ich die falschen Leute zerteile.»

Darkkon schüttelte den Kopf: «Da überfragst du mich. Der Kampf kann noch ewig so weitergehen, aber wenn etwas Unerwartetes passiert, kann er auch innerhalb von kurzer Zeit zu Ende sein.»

Da kam Zephir angelaufen. «Syria, Rey möchte wissen, wo du bist und ob es dir gut geht.»

Syria warf das Beil im hohen Bogen in die feindlichen Reihen, dann setzte sie sich hin und gab Zephir eine Pfeilspitze: «Sechs solche und das Beil, das ich eben weggeworfen habe – wenn du ihm das sagst, wird er schon verstehen, wie es mir geht.» Sie schaute Zephir nach, die wieder davongerannt war. «Wieso lasst ihr die beiden eigentlich nicht kämpfen? Sie waren Söldner und haben beträchtliches Potenzial.»

«Das ist es ja», sagte Darkkon. «Sie waren Söldner auf *deren* Seite. Sie kennen die Leute, gegen die sie kämpfen müssten. Wir möchten nicht, dass sie ein schlechtes Gewissen bekommen.»

«Ich verstehe, das habe ich gar nicht bedacht. Es ist gut, dass ihr bei mir seid, ihr habt Buchwissen über Kriegsführung und zudem Feingefühl für Dinge, an die ich nicht denke.»

«Denkst du, dass die Nachricht, dass es eine westliche Allianz gibt, bereits nach Osten weitergereicht wurde?»

Syria überlegte kurz, dann antwortete sie: «Nein, es ist zu wenig Zeit vergangen, und ich glaube, dass die Legiardäre, die in der Armee das Sagen haben, zu eingebildet sind. Wahrscheinlich haben sie keinen Boten nach Hause geschickt, weil sie dachten, sie würden die Allianz zerschlagen und dann gäbe es nichts mehr zu berichten – ausser, dass man sie als Kriegshelden feiern müsse.»

Darkkon nickte langsam und nachdenklich. Syria stand auf und ging zu Rey. Sie wollte den Ork-König begrüssen und sich für die Unterstützung bedanken. Die beiden berieten sich lauthals und bemerkten Syria zuerst gar nicht, bis diese nach Rey fasste, ihn zu sich drehte und ihm einen Kuss gab. Nun hatte sie die volle Aufmerksamkeit der beiden.

«Ich bin Syria, und ich möchte mich im Namen der westlichen Allianz bedanken, dass Ihr Euch entschlossen habt, dem Bündnis beizutreten.»

«Ich habe von Euch gehört, Ihr habt im Sumpf für Aufsehen gesorgt. Aber lassen wir die Formalitäten auf dem Schlachtfeld und sagen wir uns Du.»

Syria schüttelte ihm die Hand. «Wie du willst. Wie heisst du?»

Der Ork lachte. «Wir Orks haben keine Namen, genauso wenig wie unsere Dörfer, Täler oder Berge.»

«Die Orks hatten noch nie Namen», erklärte Rey ihr. «Das war leider damals auch ein Grund, weshalb die Menschen dachten, es sei besser, die armen, dummen Geschöpfe unter Kontrolle zu bringen, besser gesagt: Sie haben sie versklavt. Der Ausdruck ‹Ork› stammt von den Menschen und ist mehr Beleidigung als eine korrekte Volksbezeichnung, aber wenn man heutzutage vom ‹alten Volk› spricht, verstehen das die meisten nicht.»

Der Ork-König lachte und meinte schelmisch: «Du bist intelligenter, als du aussiehst.»

Rey lachte und gab zurück: «Das Kompliment kann ich nur erwidern, du bist viel intelligenter, als man es von einem Ork erwartet.»

Beide lachten, wurden jedoch schnell wieder ernst, als Scirocco sie mit einer Nachricht unterbrach. Da sie selbst in der nächsten Zeit nicht kämpfen wollte, beschloss Syria, bei den beiden Strategen zu bleiben und etwas Kriegsführung zu lernen.

Die Schlacht zog sich Stunde um Stunde weiter, ein Ende war nicht in Sicht. Dabei waren schon tausende Krieger ins Totenreich übergegangen. In der Nacht kämpften die erbitterten Gegner im Schein des Vollmondes weiter, bis dieser von der Sonne verjagt wurde.

Es war noch früher Morgen, als Darkkon mit Scirocco und Zephir zu ihnen kam und berichtete, dass er Legiardäre ausgemacht habe. «Wenn ich weit um das Schlachtfeld herumreite, könnte ich sie alle ausschalten. Und wenn wir Glück haben, sind das alle diejenigen, die die Befehle erteilen. Ich brauche dazu aber einen Haufen fähiger Männer.»

«Und wenn sie dich entdecken, was machst du dann, Bruder?», fragte Rey.

«Ich werde genug Abstand halten. Und wenn sie mich entdecken und mir Soldaten nachhetzen, dann komme ich sofort zurück, versprochen.»

Rey wandte sich dem Stellvertreter des Ork-Königs zu, da das Oberhaupt gerade schlief: «Habt Ihr Pferde oder sonst etwas, auf dem man reiten kann? Nein? Nun, Darkkon, dann musst du bei einem anderen Heerführer fragen, meine sind leider alle umgekommen.»

Darkkon wandte sich ab und ging zu Sokker. Dieser besass genügend Pferde. Sokker war seit geraumer Zeit wieder voll in den Kampf verwickelt, gab Darkkon aber einige fähige Männer und Frauen mit auf den Weg. Jetzt ritt Darkkon weit um das umkämpfte Gebiet, er wollte einen so grossen Bogen wie möglich um die Feinde machen. Er liess die anderen Reiter warten, sie sollten ihn beobachten, und wenn er angegriffen würde, sollten sie einschreiten und mit ihm dann das Weite suchen. Er liess sein Pferd, das weiss und von kleiner Statur war, in vollem Tempo auf die Legiardäre zurennen. Er hatte sich seitwärts hingesetzt. In seiner Hand lagen die Wurfdolche bereit, nun wartete er den richtigen Moment ab, bis er im Vorbeireiten einen Dolch nach dem anderen den überrumpelten Kriegern entgegenwerfen konnte. Er hatte alle vier perfekt erledigt, indem er ihre ungeschützten Stellen am Körper anvisiert und mit dem Dolch entweder den Hals oder sonst eine verwundbare Stelle am Kopf getroffen hatte. Nun wurde er jedoch von berittenen Kriegern verfolgt, deren Pferde ausgeruht waren und ihn einzuholen vermochten. Darkkon flüchtete zu seinen wartenden Verbündeten. Dort angekommen, entbrannte ein Randgefecht, das die westlichen Reiter jedoch schnell für sich entscheiden konnten. Sie ritten zurück, und Darkkon berichtete von seinem Erfolg.

«Hoffen wir, dass es wirklich die Typen waren, die das Sagen hatten», meinte Rey. Er war froh, Darkkon wieder bei sich zu wissen. Ihm gefiel der Gedanke nicht, seinen intelligenten Bruder im Kampf zu verlieren.

«Hast du Asion unter den Feinden entdeckt?», fragte Syria. Sie war wie besessen von dem Verräter und fragte Zephir und ihren Bruder jedes Mal, wenn sie auftauchten, nach ihm. Als Darkkon verneinte, blickte sie böse ins Schlachtgeschehen und murmelte: «Ich finde dich und werde dich an Sokker übergeben.»

Scirocco kam angerannt. «Ich bringe schlechte Neuigkeiten», berichtete er atemlos. «Die Linie ist gefallen. Die Feinde metzeln unsere Schützen nieder. Wir müssen sie zurückdrängen und die Verteidigungslinie wieder aufbauen, sonst können sie ungehindert bis hierher vorstossen.»

Syria stand auf. «Ihr bleibt hier», sagte sie zu Rey, «ich werde mich darum kümmern.» Scirocco zeigte ihr die Richtung, wo die Gegner durchgebrochen waren. Entschlossen schritt Syria auf die anrückenden Horden zu, die Axt fest im Griff ihrer beiden Hände. Die machtlosen Schützen und Speerwerfer kamen ihr fliehend entgegen, und dann begegnete sie schon dem ersten Feind. Er rannte auf sie zu und sprang mit seinem gesamten Gewicht gegen ihren Oberkörper. «Mutiger Kerl», dachte sie, dann traf ihr Unterarm sein Gesicht von oben, und er flog vor ihre Füsse. Sie liess ihre Axt sanft aus den Händen gleiten, so dass diese hinunterfiel und dem Jüngling ein Bein abtrennte. Sie metzelte sich durch den Ansturm, niemand tat auch nur einen Schritt auf dieselbe Höhe wie sie. Ihre besondere Raserei pochte immer stärker in ihrer Brust, sie musste sich beeilen, weg von den eigenen Leuten, ins Zentrum des Feindes, wo sie unendlich lange wüten durfte. Nach wenigen Schritten gab sie die Kontrolle ab und überliess sich ganz der Berserkerwut.

Rey schickte seinen Bruder hinter Syria her, damit er auf sie aufpasste. Scirocco bat er, sich zu Sokker zu begeben, um am Kampf teilzunehmen; das müsse sein.

«Ich möchte auch kämpfen!» Zephir blickte Rey vorwurfsvoll an.

«Ich gebe hier die Befehle», erwiderte er bestimmt, um einer langen Diskussion zuvorzukommen. «Und du wirst weiter die anderen Befehlshaber informieren, ist das klar?»

Der Plan, sie einzuschüchtern, blieb jedoch ohne Erfolg. Schlimmer noch, sie begab sich schnurstracks zu ihrem Bruder, um ihn zu unterstützen. Und so musste Rey den Ork-König darum bitten, dass einige seiner Leute die Verbindung zu den anderen Befehlshabern aufrechthielten. Die Geschwister bildeten eine eigene Front von rund fünfzig Metern Breite. Niemand konnte dem herbeigerufenen Wind widerstehen, und alle Geschosse der feindlichen Seite flogen zu denen zurück, die sie abgefeuert hatten. Die Geschosse der Verbündeten jedoch wurden aufs Äusserste beschleunigt.

Rey, der als einziger nicht am Kampfgeschehen teilnahm, wurde unruhig. Er wollte seiner Geliebten und seinen Freunden helfen.

«Du kannst jetzt nicht weg», ermahnte ihn der Ork-König. «Das würde niemandem etwas bringen. Bleib hier und triff gute Entscheidungen, so hilfst du am meisten.»

Die Feindesanzahl um Syria lichtete sich allmählich. Wenn sie auch nicht alle tötete oder verstümmelte, so flohen wegen ihr Dutzende zu ihren verbliebenen Befehlshabern. Das kam wiederum Darkkon sehr gelegen, nun kannte er deren Aufenthalt und konnte eine gute Gelegenheit abwarten. Sokker, der seine Stellung verlassen hatte, um die Feinde anderswo zurückzuschlagen, wurde von seinem Reittier gestossen. Der wilde Behemoth stiess seine Hörner in dessen Seite, und eine Art Revierkampf begann. Sokker musste Abstand nehmen, um nicht zertrampelt oder aufgespiesst zu werden. Er war gerade auf dem Weg zu Rey, als ein Pfeil durch seinen Arm glitt. Schmerzerfüllt kam er bei Rey und dem Ork-König an. Dieser beauftragte sofort seinen Leibarzt, sich die Wunde anzusehen.

«Sokker, du wirst nicht schlapp machen, oder? Wir haben einen Krieg zu führen!»

Reys Worte verfehlten ihre Wirkung nicht. «Vor allem will ich meinem Cousin noch ein letztes Mal ins Gesicht sehen, bevor ich sterbe», bekam er zur Antwort. «Vorher kriegt mich niemand unter die Erde.»

Der Anführer von Honodurs Armee verlor allmählich die Kontrolle über seine Krieger. Syria metzelte alles nieder, was sich bewegte. Weiter westlich tobte der Zwist zwischen den beiden Untieren, die keine Rücksicht nahmen, wohin sie den Artgenossen warfen oder was sie zertrampelten. Und bei Zephir und Sciroccos Windmauer gab es für den Feind keine Möglichkeit mehr vorzustossen. Überfordert rief der Legiardär seinen Männern zu, dass jeder, der zu fliehen versuche, hingerichtet werden würde. Die Drohung interessierte niemanden mehr. Sie hatten mehr Angst vor dem Tod auf dem Schlachtfeld als vor einem einzelnen Mann, der nicht im Stande war, sein Heer unter Kontrolle zu bringen.

So verlor die vermeintlich unbesiegbare Armee immer mehr an Stärke. Nun war es an der Zeit für Darkkon, mit einem gezielten Treffer die Schlacht zu entscheiden. Er warf einen Dolch, doch dieser traf einen Unglücklichen, der zu fliehen versuchte und im falschen Moment in der Wurfbahn stand, ins Genick. Darkkon holte seine Armbrust heraus, spannte sie langsam an, legte in aller Ruhe einen Bolzen ein und zielte direkt auf die Stirn des Legiardärs. Vollkommen konzentriert hielt er einen Moment inne, atmete ein und hielt die Luft an. Dann, mit einem zischendem Geräusch, flog der Bolzen auf den Feind zu, durchdrang den Helm an anvisierter Stelle, und der Mann sackte in sich zusammen. Darkkon verkündete Rey siegesgewiss, dass man sich nun daran machen könne, nach Asion zu suchen und die streitenden Behemoths einzufangen. Scirocco und Zephir kamen ebenfalls zu ihnen. Sie berichteten, dass die restlichen Kämpfer fliehen würden, man müsse nur noch abwarten, bis der Kampfeswille auch den letzten verliess.

«Was ist mit meiner Syria?», wollte Rey von seinem Bruder wissen.

«Als ich ging, wütete sie noch am östlichen Rand des Feldes. Da hatte sie keine nennenswerten Verletzungen.»

Sokkers Wunde war versorgt. Er befahl seinen besten Leuten, die beiden Behemoths wieder einzufangen und ihre Wunden zu behandeln.

«So einfach wird es bei der Legiarde nicht werden, die haben bestimmt nicht nur Krieger und Befehlshabende, sondern eine durchdachte Struktur», sorgte sich Darkkon.

«Denk nicht an die Legiarde», munterte sein Bruder ihn auf. «Der Kampf liegt in der Zukunft. Freue dich, wir haben das einzige Hindernis zwischen uns und Ise bezwungen. Das ist doch ein grosser Erfolg!»

«Du hast recht, aber wenn wir nicht gegen die Regulären gekämpft hätten, würde unsere Anzahl anders aussehen.»

Syria kam angelaufen. Ihre Berserkerwut schien verklungen zu sein. Wütend war sie trotzdem. «Asion, dieser Verräter, ist entkommen! Er muss während des Kampfes verschwunden sein.»

«Wir werden den Verräter finden», erwiderte Sokker, «das

ist sicher. Und was Euch angeht – ich muss Euch meinen Dank aussprechen und mich entschuldigen.» Er hielt Syria versöhnlich die Hand hin und sprach, nachdem sie eingeschlagen hatte, weiter: «Ich war gegen ein Bündnis mit Euch, aber ich habe den falschen Leuten misstraut. Es war mein Cousin, der für die Toten am heutigen Tag verantwortlich ist. Er war es auch, der die Versammlung der Kriegsfürsten vorschlug. Wahrscheinlich hat er schon seit langem geplant, seine Heimat zu verraten.»

XL

Die Kämpfer, die nicht zu erschöpft waren, mussten nun auf dem Kriegsgebiet die Leichen wegschaffen und die noch brauchbaren Waffen und anderen Gegenstände einsammeln. Nach Stunden der Arbeit beklagten sie sich, dass das zu lange dauere, es waren zu viele Tote. So sandten sie einen Boten in das nächste Dorf, um den Bewohnern mitzuteilen, das sie sich darum kümmern sollten und dafür behalten konnten, was sie fanden.

Die Heere mussten gemeinsam weiterziehen. Die Gefahr war gross, dass die zersplitterten Truppen nach Honodur flüchteten und so die Kunde der Niederlage überbrachten. Bis zum Abend hatten sie ein grosses Stück des Weges hinter sich gebracht. Nun wurden aufwändig alle Unterkünfte aufgebaut und Wachen postiert. Sokker hielt ein grosses Zelt bereit, damit das kleinste anwesende Heer, die fünf Freunde, unter einem Dach ruhen konnten. Der Boden war hart, doch nach den vielen Strapazen genügte er den müden Kämpfern vollkommen, um zu übernachten.

Die Nacht war leise, als wolle sie nach der Hektik und dem Leid des Tages eine monotone Ruhe einkehren lassen. Mitten im tiefen Schlaf wachte Syria durch ein Geräusch auf. Sie zog sanft ihren Arm unter Reys Kopf hervor, trat aus dem Zelt und sah, dass ein Schatten von Zelt zu Zelt schlich. Zielsicher huschte der Eindringling zu Sokkers Zelt. Alles war dunkel und still, Sokker schien zu schlafen. Leise zog der Unbekannte ein Schwert aus der Scheide und schnitt langsam und vorsichtig ein Loch in die Wand des Zeltes. Syria, die dem Schatten leise gefolgt war, trat langsam an ihn heran. Dieser bemerkte, dass er im Begriff war, überrascht zu werden und versuchte nun so schnell wie möglich, Sokker den Garaus zu machen. Syria konnte ihn aber am Arm festhalten. Ihr war längst klar, dass der Attentäter kein anderer war als Asion. Er schwang sein Schwert gegen den Arm, mit dem Syria ihn festhielt, und durchtrennte das Gewebe bis auf das letzte Viertel. So musste sie ihn loslassen. Sie rief nach Sokker, als Asions zweite scharfe Klinge ihre linke Schulter durchbohrte. Doch bevor er sein Schwert wieder herausziehen konnte, schlug sie mit ihrer Handfläche gegen die Schwertseite, und die Waffe zerbrach.

Sokker kam aus seinem Zelt. Die Nachtwache war ebenfalls von weit her zu hören. Asion erkannte, dass er das Feldlager nicht mehr lebend verlassen würde. Er wurde von Sokker überwältigt, und Syria zog das Schwert aus ihrem Arm. Wortlos hielt sie es mit einer Hand fest, mit der Spitze auf ihre Kehle zeigend. Dann demonstrierte sie Asion, der verärgert zusah, während er von Sokker gefesselt wurde, was sie von seiner Waffe hielt. Sie griff mit der anderen Hand das Schwert, so dass ihre Finger nicht die Klinge berührten und der Daumen zu ihr hin zeigte. Sie konzentrierte sich kurz und bog das Schwert einfach senkrecht auseinander, indem sie kräftig dagegen drückte. Die Wachen waren dazugekommen, doch Sokker gab ihnen zu verstehen, dass er sie nicht brauche. Er packte Asion und warf ihn in sein nun erleuchtetes Zelt.

«Willst du alleine mit ihm reden? Oder kann ich dir irgendwie helfen?», fragte Syria.

«Er hat nicht nur mich verraten, da ist es nur angemessen, dass du auch mit ihm redest, wenn du möchtest», erwiderte Sokker zu ihrem Erstaunen. Er band das Seil an einen Pflock des Zeltes, damit Asion nicht abhauen konnte. Dann fragte er: «Wieso hast du uns verraten? Wieso hast du *mich* verraten? Du bist doch mein Cousin ...»

«Du wärst nie zu Honodur übergelaufen, du bist zu ...»

Er konnte den Satz nicht beenden. Sokker scheuerte ihm eine und sagte laut: «Wieso?»

«Du hättest versucht, mich aufzuhalten, wenn ich es dir erzählt hätte. Und dann wärst du genauso in den Tod gerannt, wie du es jetzt tust. Du kannst Solon nicht besiegen!»

«Ich glaube, du hast dich zu früh von deinen neuen Freunden verabschiedet, wir haben den Kampf gewonnen.»

«Pah! Anfänger und unwillige Kämpfer habt ihr getötet, mehr Bauern als Krieger. Gegen die Legiarde kann man nicht gewinnen.»

«Bist du deswegen übergelaufen, weil du Angst hattest, was aus dir wird, wenn der Osten bei uns einfällt?»

Syria sass ungerührt da und hörte dem Gespräch aufmerksam zu.

«Ich verrate lieber meine Heimat und lebe in einem guten Haus, als von den Östlichen getötet und in ein Massengrab geworfen zu werden.»

«Du Idiot, was denkst du, was mit dir passiert wäre, wenn das Heer uns alle vernichtet hätte? Denkst du, sie hätten dich in die Legiarde aufgenommen, weil du so loyal bist, oder dir sogar eine Stadt oder Provinz unterstellt?»

Bevor Asion zu Wort kommen konnte, sagte Syria leise: «Sie hätten dir ein Messer in den Rücken gerammt und gewartet, bis du elendiglich krepierst.»

«Und dann wären Eran und alle westlichen Länder dem Untergang geweiht gewesen, verstehst du das nicht?», sagte Sokker weiter. Tränen liefen über sein Gesicht, während er zu dem Verräter niederkniete. «Hast du niemals an deine oder meine Familie gedacht? Sie leben im selben Haus miteinander! Deine Frau, deine Kinder – was hättest du ihnen gesagt, wenn du zu ihnen zurückgekehrt wärst? Wolltest du sie alle verraten und belügen?» Er schaute nachdenklich weg, bevor er leise weitersprach: «Soll ich dich jetzt töten und unseren Familien – das einzige, was uns beiden geblieben ist – sagen, dass ich dich ermorden musste, weil du ein Verräter warst?»

Syria stand auf und trat neben Sokker. «Soll ich, während du das Zelt verlässt?»

«Nein!», lautete die verzweifelte Antwort: «Ich kann ihn nicht sterben lassen, er ist der Einzige, der von meiner Familie übrig ist.» Er wandte sich wieder Asion zu: «Sag mir, was ich mit dir machen soll.»

Dieser schaute beschämt zu Boden. «Kümmere dich um meine Familie, wenn ich nicht mehr da bin.»

Sokker weinte, als er die Worte seines Cousins hörte. Syria war tief betroffen, sie malte sich aus, wie es wohl wäre, wenn sie von Rey oder jemand anderem, der ihr nahe stand, verraten werden würde. Sie ging mit Sokker hinaus und sagte dann schweren Herzens zu ihm: «Es wissen zu viele, dass Asion uns verraten hat. Wenn du ihn nicht tötest, werden es andere von dir fordern oder es selbst tun. Wenn du möchtest, kann ich es tun und seine Leiche wegtragen, damit du ihn nicht sehen musst.»

«Nein, ich muss es selbst tun, er will es bestimmt auch so.»

Sokker ging ins Zelt zurück. Syria folgte ihm. «Ich hoffe, dass du Gnade und Frieden im Tod findest.»

Asion schaute zu Sokker auf: «Ich hoffe für dich dasselbe und wünsche, dass wir uns nicht so bald im Totenreich wiedersehen. Verzeih mir, Sokker.»

«Ich verzeihe dir.» Mit diesen Worten verabschiedete sich Sokker von seinem Cousin, holte sein Schwert, das denen von Asion glich, und streckte ihn mit einem Hieb nieder. Verzweifelt stand er dann vor dem Leichnam. «Würdest du ihn bitte wegschaffen?», bat er Syria leise. «Ein Bote soll ihn nach Hause bringen und beerdigen.»

Syria nickte. «Natürlich», sagte sie. Sie hob den Toten vom Boden, trug ihn an seinem Gürtel hinaus und beauftragte einen Boten mit einem Ross, die Leiche seines ehemaligen Herrn nach Hause zu bringen.

«Ich möchte dir danken, dass du mir angeboten hast, es für mich zu tun.» Tränenbäche liefen über Sokkers Antlitz. Syria entgegnete, dass das keiner Rede wert sei. Sie liess Sokker zurück und legte sich im Zelt wieder neben Rey schlafen.

XLI

Am nächsten Morgen standen sie spät auf. Sie konnten sich die Ruhezeit gönnen, denn es würde eine Weile dauern, bis alle Heere zum Abmarsch bereit sein würden.

«Du hast Asion getötet, nicht wahr?» Verschlafen wischte Zephir sich ein Körnchen aus ihrem grünen Auge.

«Sokker hat ihn getötet, nicht ich. Ich hoffe, dass er damit klarkommt. Es hat ihn sehr mitgenommen. Anscheinend war Asion der einzige, der aus Sokkers Familie übrig war, und beide Frauen mit ihren Kindern leben im selben Haus. Ein Bote ist jetzt mit Asions Leichnam unterwegs zu ihnen. Konntest du nicht schlafen?»

Zephir streckte ihre Arme und Beine von sich und sagte: «Nein, ich bin durch den Lärm wach geworden und habe gesehen, dass du nicht da bist. Ich habe mich dann wieder schlafen gelegt und im Halbschlaf noch bemerkt, wie du dich wieder an Rey gekuschelt hast. Da wusste ich, dass alles in Ordnung ist.»

Sie brachen ihr Zelt ab, packten es zusammen und verstauten es in einem von Sokkers Transportkarren. Dann besprachen sie mit den Heerführern, wie es weitergehen sollte. Zuerst nach Foron und von dort wenn möglich um den Davar-See, lautete ihr Entschluss. Endlich setzten sich die verbündeten Armeen in Bewegung. Sie zogen nach Eran, um dort nach dem Rechten zu sehen und allfällige Eroberer zu vertreiben.

«Worauf müssen wir uns gefasst machen, wenn wir über das Gebirge nach Honodur stossen? Was gibt es bei euch, das es bei uns nicht gibt?», fragte Scirocco. «Du weisst ja, Darkkon: Meine Schwester und ich haben immer nur in den Zwistgebieten gekämpft und keine anderen Orte des Ostens gesehen.»

«Oh, es ist kaum anders als hier», antwortete Darkkon, «vielleicht gibt es einige Wesen und Monster, die ihr nicht kennt, aber ich glaube nicht, dass es viele sind. Die Sept, die wir im Nuhmgebirge besuchen und die uns dann als Attentäter unterstützen werden, werden allerdings neu sein für euch. Sept sind Schlangenwesen, menschengross aufgebäumt, jedoch länger, schlank, von Kopf bis Schwanz Schlange – einfach mit Armen. Sie sind bekannt dafür, dass sie lautlos töten. Sie waren auch in der Legiarde – bis sie daraus verstossen wurden.»

«Kann man ihnen trauen, wenn sie selbst in der Legiarde gedient haben?»

«Ja, sie wurden vom letzten Imperator verbannt, weil er ihre Bräuche und Rituale nicht durchführen wollte. Deswegen haben sie sich geweigert, ihm weiter zu dienen. Aber uns gegenüber sind sie absolut loyal. Wenn wir bei ihnen angekommen sind, müssen wir ein kurzes Ritual durchführen: Jeder muss ein wenig von seinem Blut vergiessen, so erweisen wir ihnen Respekt.»

Wegen der Karren und schweren Kriegsmaschinen konnten sie nicht in ihrer normalen Geschwindigkeit voranschreiten. Und so fragte Syria bei den Anführern nach, ob sie und ihre Gefährten vorausgehen könnten, sie seien nur wenige Leute und müssten auch einen anderen Weg einschlagen, um die restlichen Truppen abzuholen.

«Wir müssen nur wissen, wo es lang geht», meinte ein Söldnerfürst.

«Ihr durchquert das Tor und geht geradeaus nach Osten», antwortete Syria, «und wenn ihr zu einem See kommt, schlagt ihr die südliche Richtung ein und versucht den See, Davar heisst er, zu umgehen. Wenn dies nicht möglich ist, was wir aber nicht glauben, dann müsst ihr mit Schiffen über den Davar setzen. Auf der anderen Seite der Berge fragt ihr nach Felsbach, das ist ein zerstörtes Fort. Wenn ihr den See überquert, kommt ihr genau dort an. Dort werden wir uns wieder treffen, und dann ziehen wir gemeinsam nach Ise.»

Die anderen willigten ein, und so gingen Syria und die beiden Geschwisterpaare der Streitmacht voraus. In Eran, wo sie ihre Vorräte auffrischen wollten, hörten sie plötzlich vom Schloss her Geschrei. Vor dem Schlosstor hielt ein Monster einige Wachen in Schach.

«Das ist doch Grendel!», rief Rey verblüfft. «Das Reitwesen von dieser Fang!»

Syria befahl den Wachen, sofort aufzuhören, das Monster zu bedrohen, sie würden es nur wilder machen. Die Männer und Frauen nahmen Abstand, und Syria trat näher heran: «Du bist

Grendel, nicht wahr? Ist Fang hier im Schloss, bist du mit ihr hier?»

Das Monster knurrte, aber offenbar verstand es Syrias Worte, es beobachtete sie und schien gut zuzuhören.

«Ich möchte weder dir noch Fang etwas tun, darf ich den Innenhof betreten? Wir haben uns schon einmal getroffen, du hast mich umgeworfen, kannst du dich daran erinnern?»

Grendel wurde unruhig, und Rey rief Syria zu: «Der versteht kein Wort von dem, was du ihm erzählst. Wir sollten warten, bis er von selbst abhaut oder Fang kommt.»

Doch Syria redete unbeirrt weiter mit Grendel: «Du verstehst genau, was ich sage, nicht wahr, Grendel? Ich werde jetzt Fang holen, ich möchte mit ihr reden.» Syria bewegte sich langsam an Grendel vorbei, sie hatte keine Angst, legte es aber auch nicht auf einen Kampf an. Grendel schaute ihr nach, während Syria an ihm vorbeihuschte. Sie spazierte weiter durch den Innenhof, öffnete das Haupttor zum Schloss und fand Fang direkt dahinter. Sie war gerade dabei, das Gebäude zu verlassen.

«Fang! Grendel steht vor dem Innenhof und lässt niemanden durch ... Komm, bevor wir zu viel Aufsehen erregen.»

«Haben die Wachen Grendel etwas angetan?», fragte Fang erschrocken.

«Nein, sie hatten keine Gelegenheit dazu. Was suchst du in Eran? Hast du nicht mitbekommen, dass es hier gefährlich ist?»

Während sie über den Innenhof gingen, zog Fang sich die Kapuze über den Kopf und sagte: «Ich wusste nicht, dass diese Krieger hierher unterwegs waren.» Sie kamen dem Eingang immer näher. «Du und deine Freunde, ihr solltet euch gleich die Ohren zuhalten...»

Syria nickte. Sie ging voraus, flüsterte ihren Freunden zu, was Fang gesagt hatte – und dann erklang auch schon himmlischster Gesang. Grendel wurde ruhig, und die Wachen konnten sich vor Müdigkeit nicht mehr auf den Beinen halten. Sie sanken zu Boden und schliefen auf der Stelle ein. Allmählich hörte Fang zu singen auf. Auch Zephir und Rey waren schläfrig geworden, aber die anderen rüttelten sie wach, bevor sie ganz wegtraten.

«Wann werden sie wieder zu sich kommen?», wollte Rey wissen. Er war überaus fasziniert von Fangs Fähigkeit. Sie gingen durch die Stadt, mit Fang in ihrer Mitte, damit Passanten so wenig von ihr zu Gesicht bekamen wie möglich.

«Es ist unterschiedlich. Wenn jemand einen gesunden Schlaf hat, schläft er etwa eine halbe Stunde lang. Leute, die oft unruhig sind und schlecht schlafen, können nach zehn Minuten bereits wieder wach sein», erklärte Fang.

Sie verliessen Eran und suchten sich ein ungestörtes Plätzchen. Nachdem Fang, Grendel und die Kinder Iten Danus sich einander vorgestellt hatten, fragte Syria noch einmal: «Also, Fang, was wolltest du im Schloss?»

Sie rieb sich die Hände und erklärte: «Ich habe gehört, dass die Königsfamilie, besser gesagt deren Magier und Berater, mir sagen könnten, was ich bin.»

«Nun, dann hast du ein Problem. Die Königsfamilie und diejenigen ihrer Berater, die nicht getötet wurden, wurden nach Ise verschleppt. Wir sind auf dem Weg dorthin. Du kannst mit uns mitkommen, wenn du willst, und sie um Rat fragen, wenn wir sie befreit haben.»

«Dann werde ich hier weiterforschen. Ich möchte nicht kämpfen und auch nicht mit ansehen, wie Menschen oder andere Wesen sterben.»

«Falls wir die Königsfamilie treffen, werden wir sie fragen, was sie über Wesen wie dich wissen, und wenn wir sie befreien, werden sie nach Eran zurückkehren. Davon wirst du bestimmt erfahren, dann kannst du sie selbst treffen und fragen.» Fang bedankte sich und wollte gerade gehen, als Syria sagte: «Warte kurz, ich habe noch eine Frage an dich. Wie bist du an Grendel geraten?»

«Grendel? Er stand eines Morgens, als ich im Wald aufwachte, einfach da. Zuerst habe ich mich schrecklich gefürchtet, aber er war ganz zutraulich. Seinen Name habe ich ihm gegeben, weil die Laute, die er von sich gibt, klingen, als ob er ‹Grendel› sagen würde. Ich glaube inzwischen auch, dass er etwas mit meiner Vergangenheit zu tun hat ...» Nach diesen Worten stieg sie auf Grendels Rücken und ritt vermummt davon.

«Ich kenne kein Wesen, das nur annähernd so aussieht wie Grendel, und ich glaube nicht, dass er ein gewöhnliches Monster ist», meinte Darkkon. «Er ist nicht einfach zahm, sondern beinahe intelligent, er versteht unsere Sprache. Nun, dann müssen wir dafür sorgen, dass die Leute aus Eran sicher nach Hause zurückkehren können ...» Darkkon schien ganz angetan von Fang, er wirkte regelrecht bezirzt.

«Wir werden den Ruhm Fang gegenüber dir überlassen, Bruder, dann hast du vielleicht schneller eine Ehefrau, als du denkst.»

Darkkon errötete und hieb Rey in die Seite. «Ach was, du denkst dir was aus.»

Er lief voraus in Richtung Foron, und die anderen folgten ihm. Rey dachte darüber nach, was wohl Mutter Eries zu einer Vermählung zwischen ihrem Sohn und einem wahrscheinlichen Halbwesen sagen würde. Sie wirkte zwar streng, doch der Liebe gegenüber war sie immer sehr tolerant. Und überhaupt – auch seine eigene Geliebte war ja mehrere Köpfe grösser, schwerer und wilder als er selbst, zudem war sie die letzte ihrer Art. Nicht gerade das, was man sich unter einer normalen Ehefrau vorstellte ...

XLII

Sie wanderten über die Ebene, vorbei an dem Gefängnis, weiter zum grossen Tor. Die Siedlung davor war ihr nächster Halt, die Soldaten Honodurs waren nicht mehr dort. Als sie gehört hatten, dass sie nach Eran abbeordert werden sollten, hatten sie die Flucht ergriffen, erklärte eine Frau Scirocco. Nun waren die Bewohner wieder frei, die Banner waren verbrannt, dies war nicht mehr länger imperiales Territorium.

«Wohin sind die Besatzer geflohen?», erkundigte sich Scirocco. In Richtung Tor, lautete die Antwort, die er erhielt. Er meinte zu Darkkon: «Die werden kaum davon erzählen, dass die Armee gegen den Westen vorging, sonst müssten sie wieder antreten.»

Darkkon fragte, ob ausser den geflohenen Soldaten jemand anderes das Tor passiert habe, zum Beispiel ein Bote. Die Frau verneinte dies. So verliessen sie das Dorf am selben Tag und zogen weiter. Das Tor war zerstört worden, nachdem sie das letzte Mal dort gewesen waren. Auf dem Hügel auf der imperialen Seite liefen sie nach Norden bis zu der Stelle, wo sie Iten Danu getroffen hatten, doch zuvor übernachteten sie in dem leerstehenden Gasthof nach Legendes verlassener Kaserne.

«Hier haben wir ihn getroffen, dort hinter diesem Felsen kam er zum Vorschein», erklärte Rey dem Geschwisterpaar.

«Und wer hat Vater schlussendlich getötet?», fragte Zephir leicht vorwurfsvoll.

«Das war ich.» Rey nahm Zephir zu sich und ging mit ihr zu der Stelle, an der ihr Vater seinen letzten Atemzug getan hatte. «Ich habe ihm kräftig gegen den Hals geschlagen. Hier.» Er zeigte ihr an ihrem Hals die Stelle. Ein unnatürlicher Wind pfiff um die Felsen.

«Könnt ihr uns ein wenig alleine lassen?», bat Scirocco und trat zu seiner verstummten Schwester, während sich die anderen von dem Felsenfeld entfernten. Die Geschwister beteten und trauerten um ihren Vater. Dann bauschte Zephir den Wind auf, bis er so stark war, dass Zweige am Boden entlangflogen. Scirocco hob einen der Zweige auf, kniff eine Samenhülse davon ab und vergrub diese. «Irgendwann wird hier ein Baum stehen», sagte er zu seiner Schwester. Dann kehrten sie zu den anderen zurück. Rey wollte Zephir in den Arm nehmen, doch sie stiess ihn in den Bauch und ging wortlos an ihm vorbei.

Als sie zu der kleinen Berghütte kamen, fanden sie die Tür offen vor. Es war schmutzig drinnen, und an einigen Stellen war der Boden feucht.

«Hier haben wir übernachtet, und am nächsten Morgen war eine Nachricht an einem Feuerholzscheit befestigt, mit einem Dolch! Nur wegen dieser Nachricht kamen wir überhaupt darauf, dass hier im Gebirge jemand leben musste. Und so entdeckten wir dann das Dorf der verstossenen Sept», erklärte Darkkon. «Syria und Rey schliefen sehr schnell ein. Ich und Jan, der Mann, der uns begleitete, sorgten uns, dass uns jemand in der Nacht überfallen könnte, darum habe ich mich vor der Tür schlafen gelegt und sie so versperrt. Aber die Sept können durch kleinste Öffnungen in Gebäude gelangen, darum sind sie auch hervorragende Attentäter.»

«Dieser Jan, was ist das für einer? Wir wissen nur, dass er Bauer ist und in einem Dorf lebt, das kaum jemand kennt. Wird er mit uns in die Schlacht ziehen?», fragte Scirocco, nicht zuletzt, um seine Schwester etwas abzulenken.

«Nein, Jan kann nicht kämpfen, er wäre in Foron verloren gewesen, hätten wir ihn nicht beschützt. Er ist ein lieber Kerl, kennt sich mit Pflanzen aus und hat für uns in der Wildnis aus den wenigen Esswaren, die wir hatten, gut gekocht», erzählte Syria.

«Wenn alles vorbei ist, möchte ich Buchenwall sehen und dort etwas Zeit verbringen», sagte Zephir.

«Gute Idee», fügte Scirocco hinzu, «denn wenn Ise und somit das Imperium gefallen sind, werden wir beide keine Aufgabe mehr haben und auch keine Heimat, in die wir zurückkehren könnten ...» Interessiert fragte er dann Syria: «Und du, was wirst du tun, wenn es keine Schlachten mehr gibt, in denen du wüten kannst?»

«Es wird immer Kämpfe geben», lautete die ernüchternde Antwort. «Ich werde auch weiterhin morden. Aber ich werde gezwungen sein, die Abstände zwischen den Tötungen zu verlängern, wenn ich mit Rey in unser Zuhause einziehe. Du und deine Schwester, ihr könnt uns jederzeit besuchen und mit uns in Abenteuer ziehen, so oft ihr wollt.» Mit diesen Worten entlockte sie Zephir ein leises Lächeln.

Sie betraten den Pfad mit den verzierten Steinhängen und standen kurz darauf unter der Wölbung, die das Dorf als solches markierte. Ein Sept wartete, bis alle ihr Blut vergossen hatten. Scirocco musste seiner Schwester behilflich sein, sie war ein wenig zimperlich dabei, sich zu verletzen.

«Ist es so weit, ziehen wir in den Krieg?», fragte die weibliche Sept.

Syria nickte und bat sie, alle zu versammeln. Die Schlangenwesen schwärmten aus den Häusern, ein Wirrwarr entstand auf dem Platz, alle steckten sich ihre Waffen in den Ledergurt, bewegten und streckten sich ein wenig in der wärmenden Sonne.

«Wir sind bereit», sagte die Wächterin.

«Na dann, gehen wir», antwortete Syria. Ihr folgten nun über zweihundertsechzig Wesen, die ihnen als Attentäter Treue geschworen hatten.

«Weisst du, ob man den Davar-See bei Felsbach umgehen kann?», erkundigte sich Darkkon bei einem der Sept.

«Nein, das geht nicht», antwortete dieser, «Foron und die anderen Länder westlich des Nuhmgebirges bilden eine natürliche Grenze zwischen den Ländern des Westens und des Ostens, in denen nicht gekämpft wird.»

Darkkon blieb erschüttert stehen. Es würde Monate dauern, bis ihre Verbündeten Schiffe gebaut und damit nach Felsbach übergesetzt hatten. Er schilderte Syria die Situation.

«Das kann doch nicht wahr sein!», ärgerte sich diese. «Dann warten wir eben auf sie, und ich werde in der Zwischenzeit Jan und Ursula besuchen und nachsehen, wie die Bauarbeiten an unserem Turm vonstatten gehen.»

«Dann können wir uns im Imperium umschauen, während die Truppen hier ankommen?», jubelte Zephir. «Ich möchte euch begleiten, ich will das versteckte Dorf Buchenwald sehen und euren Turm sehen und ...»

«Aber vergiss nicht, es kann jeden Tag gefährlich werden», mahnte Syria sie.

«Ich werde einen Boten zu Hapo schicken und ihn bitten, uns über die Legiarde auf dem Laufenden zu halten», meinte Rey.

«Wir sollten überlegen, ob wir Mutter und die anderen nicht von Heel hierher bringen lassen sollten. Wenn bekannt wird, dass wir uns gegen Solon auflehnen, könnten sie in Gefahr sein», gab Darkkon zu bedenken.

«Und Jan?», fragte Rey.

«Den werden wir besuchen, aber ich denke nicht, dass er in ernsthafter Gefahr ist.»

Am Fuss des Gebirges schlugen sie den Weg nach Felsbach ein. Dort musste eine befestigte Anlage aufgebaut werden, damit die Sept auf die Ankunft der westlichen Allianz warten konnten. Eines Morgens, als Rey aufwachte, war er umringt von seinen Freunden. Genervt von den vielen Gesichtern, die über ihm schwebten, fragte er: «Was ist?»

Zephir kicherte. Mit einem Windstoss hob sie Rey in die Höhe, bis dieser aufrecht stand.

«Wir haben Überraschungen für dich», sagte Scirocco zu ihm.

«Warum? Was denn?», wollte er verschlafen wissen

«Das war schon immer so», erklärte Darkkon, «Stunden und Tage haben keine Bedeutung für ihn.»

Jetzt schwante Rey etwas. «Bin ich etwa wieder älter geworden ...?»

Darkkon und Zephir klatschten in die Hände. «Alles Gute zum Geburtstag!»

«Danke», lächelte er, «und, was habt ihr Schönes für mich?»

Syria gab ihrem Liebsten einen dicken Kuss und führte ihn zu einer Feuerstelle. Ein Topf stand darauf, in dem es brodelte.

«Wir haben uns entschlossen, dir ein deftiges Frühstück vorzusetzen», sagte Zephir und überreichte ihm eine Schüssel mit heisser Suppe.

Er hielt sich einen Löffel voll vor den Mund, blies darauf, um die Suppe abzukühlen und kostete dann. «Köstlich, wie zuhause. Das hast bestimmt nicht *du* gekocht, Darkkon.»

«Die Sept haben die Suppe zubereitet, wir haben nur einige Ingredienzien in der Umgebung gesucht, um sie zu verfeinern», erklärte Zephir. «Wir sind extra früh aufgestanden!»

«Ihr seid toll. Ich hätte nicht mal daran gedacht, dass ich heute Geburtstag habe. Das bedeutet mir nicht so viel, ich werde ja nur älter, und seit ich erwachsen bin, macht es keinen Unterschied mehr, wie viele Jahre ich denn nun genau zähle.»

Darkkon hielt ihm eine edle Flasche Wein hin.

«Wo hast du denn den her?»

«Ich habe ihn damals bei der Versammlung der Adligen und Kriegsfürsten eingesteckt, da ich wusste, dass du in absehbarer Zeit etwas zu feiern haben würdest.»

Rey öffnete die Flasche, nahm einen Schluck und sagte dann: «Ich hätte mich auch gefreut, wenn du ihn mir an einem anderen Tag gegeben hättest, der Wein ist gut. Sehr süss, das ist selten.» Er trank und trank.

Zephir wollte ihn daran hindern, die gesamte Flasche zu leeren, aber Darkkon flüsterte ihr zu: «Lass ihn ruhig, der Wein enthält so wenig Alkohol, das wird ihm nicht schaden.»

Sie verharrten noch eine Weile an dem lauschigen Plätzchen, dann ging die Reise weiter. In Felsbach angekommen, mussten sie feststellen, dass dort einige Leute dabei waren, sich einzunisten. Als sie die Sept und die anderen Personen kommen sahen, zogen sie ihre Waffen. Es waren Leute, die keine Heimat hatten und überall dort lebten, wo sie sich gerade niederlassen konnten.

Syria trat aus der Masse der Sept hervor. Ihre imposante Erscheinung verunsicherte die Leute sichtlich. «Niemand will euch euren Platz streitig machen», sprach sie, «ihr könnt eure Waffen weglegen.»

«Wir werden hier Häuser bauen und darin wohnen», erwiderte ein zerlumpter, bärtiger, hagerer Mann mit einer Holzkeule zitternd auf Syrias Worte.

«Das ist gut so, baut Felsbach so schön auf, wie es früher einmal war. Aber es gibt etwas, das ihr wissen müsst.»

Der Mann zitterte vor Aufregung so, dass er kaum seine Keule festhalten konnte. «Wir gehen hier nicht weg», wiederholte er.

«Das müsst ihr auch nicht, im Gegenteil. Hört mir aber gut zu. Die Sept, die ihr hier seht, werden Felsbach befestigen müssen. Es kommen Krieger aus dem Westen, die Solon den Garaus machen wollen, und sie werden hier anlegen. Die Sept und die Personen, die noch kommen, sind euch freundlich gesinnt, sie werden euch nicht vertreiben. Besprecht mit ihnen den Bau, damit sie euch bei eurem nicht stören, aber es ist notwendig, dass sie die zerstörte Fortmauer wieder aufrichten und andere Massnahmen zur Befestigung treffen. Bitte lasst es zu. Euer Wort hat jedoch auch Gewicht.»

«Wir bleiben hier, wir gehen nicht weg!»

Syria trat einige Schritte zurück. Sie merkte, dass sie die Leute zu sehr verunsicherte und ängstigte und wollte Darkkon und seinen rhetorischen Künsten das Wort überlassen. Er ging langsam auf die Leute zu. Zu sehen war nur ein knappes Dutzend, aber man hörte andere in der Nähe arbeiten.

«Seid ihr es nicht auch leid, dass die Soldaten euch wie Dreck behandeln? Ihr seid bestimmt schon aus mancher Stadt gejagt worden, nur weil ihr ungepflegt ausseht. Wir möchten Solon, den Imperator, besiegen, damit niemand mehr in den Krieg gegen den Westen ziehen muss. Ihr kennt bestimmt auch jemanden, der gezwungen wurde, oder?»

Darkkons beinahe monotone Art zu sprechen beruhigten den Mann. «Mein Sohn wurde geholt. Daraufhin wurde ich eingesperrt, weil ich die Soldaten verprügelte.»

«Möchtet ihr, dass der Mann, der den Befehl dazu gab, bestraft wird? Er selbst hat ein Schlachtfeld noch nie gesehen, er lässt es sich in seiner eigenen Festung gut gehen.»

Die Miene des Alten wurde finster: «Solon sollte ganz alleine gegen den Westen in den Krieg ziehen, wenn es ihn danach verlangt, deren Hälfte zu erobern.»

«Das könnte durchaus geschehen. Die gesamte westliche Armee ist auf dem Weg hierher, sie werden in Felsbach mit Schiffen eintreffen und von hier aus ins Tal Jiin marschieren. Wir wollen euch nicht vertreiben, ihr müsst nur mit den Sept auskommen, die hier Felsbach beschützen und aufbauen werden.»

Nun verstand der Mann und willigte ein. Wenn er so helfen könne, den Imperator zu stürzen, so tue er das gerne, sagte er.

Darkkon erklärte den Sept, dass die Bewohner Felsbachs beim Wiederaufbau das letzte Wort hätten. Auf die Frage, mit welchem Material sie arbeiten sollten, stutzte Darkkon. «Darüber habe ich noch gar nicht nachgedacht. Benutzt vorerst das Material aus der Umgebung, die zertrümmerten und verbrannten

Gebäude sollten euch eine Weile dienen, ich werde euch Material und Nahrung zukommen lassen.»

«Und wir, wohin gehen wir jetzt? Wir haben ja monatelang nichts zu tun?», fragte Rey.

«Wir erkunden das Imperium!», sagte Zephir.

«Wir besuchen Jan», schlug Darkkon vor.

Scirocco hatte keinen Vorschlag, doch Syria wollte ihr zukünftiges Zuhause begutachten. «Was meint ihr», fragte sie die Gruppe, «sollen wir uns trennen, damit jeder das tun kann, was er möchte?»

Darkkon fand dies keine gute Idee. «Wir sollten jetzt zusammenbleiben, sonst könnten wir Schwierigkeiten bekommen.»

«Mir ist es egal, wo wir hingehen», warf Rey ein, «ich muss einfach einen Brief an Mutter und an Hapo senden.»

Syria wandte sich verwundert an den Blondschopf: «Was redest du da? Das haben wir doch im letzten Dorf bereits getan. Weisst du nicht mehr?»

«Ich habe die Nachrichten abgeschickt», erklärte Darkkon, «er weiss nichts davon.»

«Ach so.»

«Wir könnten zuerst nach Jokulhaups gehen, nur um kurz nach dem Rechten zu schauen, dann besuchen wir Jan und seine Familie», schlug Darkkon vor. Damit waren alle einverstanden. «Wir müssen aber in Jokulhaups auf Mutter und die anderen warten, ich habe ihnen geschrieben, dass sie dorthin kommen sollen. Am besten ist, wir lassen sie dann in Buchenwall, bis die ganze Sache vorbei ist.»

«Und warum hast du sie gerade nach Jokulhaups bestellt, wo sollen wir schlafen, wenn der Turm noch im Bau ist?», fragte Rey.

«Wir könnten in der Zufluchtsstätte übernachten, den Tag durch würden wir den Bau beschleunigen, indem wir mithelfen.»

«Verstehe. Aber wir können Mutter nicht zumuten, in der Zufluchtsstätte zu bleiben, sie ist so etwas nicht gewohnt, und Fren kannst du dann alleine suchen gehen, wenn er sich innerhalb von drei Minuten in den Gängen verläuft.»

«Wenn sie eintreffen, werden wir natürlich sofort nach Buchenwall gehen», erklärte Darkkon streng. «Sie werden bestimmt nicht in den Höhlen leben.»

«Ihr könnt weiterreden, wenn wir unterwegs sind», meinte Syria.

Sie verliessen Felsbach und gingen den Weg nach Norden entlang in Richtung Jokulhaups. In der nächstgelegenen Ortschaft verhandelte Darkkon mit der Holzfällergilde und einem Händler über Lieferungen nach Felsbach. Die Versorgung der Sept mit Material und Verpflegung war damit gewährleistet.

XLIII

Eines Morgens fiel Rey auf, dass Syria gewachsen war. Als er die anderen im Verlaufe des Tages darauf ansprach, meinten diese, sie hätten das bisher nicht bemerkt, aber er habe recht. Bis sie in Jokulhaups eintrafen, wurde Syria täglich grösser und grösser, dabei ass sie wesentlich weniger als sonst. Von dem Turm, Reys und Syrias neuem Zuhause, standen inzwischen eineinhalb Stockwerke. Von früh bis spät halfen die Freunde am Bau des Gebäudes mit, und etwa eine Woche, bevor die Leute aus Heel eintrafen, hatte Syria, die noch immer jeden Tag wuchs, eine Überraschung für sich, die anderen Kämpfer und die Ankömmlinge der nördlichen Insel parat. Diese Überraschung bewirkte, dass sie die Hilfe am Bau abbrachen und auch nicht sofort nach Buchenwall reisten.

Als sie schliesslich aufbrachen, kamen sie nur schleppend vorwärts, da Mütterchen Eries und ihre Diener mit einem Ochsenkarren unterwegs waren. Deshalb hatte sich auch ihre Ankunft in Jokulhaups verzögert, und die Brüder hatten sich bereits Sorgen gemacht. Ihre Mutter überbrachte ihnen Kunde von Hapo. Dieser hatte in Erfahrung gebracht, dass die Legiarde sich langsam nach Ise zurückzog und dort versammelte. Es deute alles darauf hin, dass der Imperator Kenntnis von dem geplanten Angriff hatte und sich nun feige in seiner Festung verschanzte. Dies kam der Allianz gelegen: Sie würde ohne weitere Vorfälle in Honodur einmarschieren können.

Es waren bereits einige Schiffe in Felsbach eingelaufen. Auch Sokker befand sich unter den Ankömmlingen. Er liess verlauten, die Kriegstreiber seien nicht erfreut gewesen über die Nachricht, dass es keinen Weg um den See gebe. Felsbach war von den Sept gut befestigt worden. Auch die Menschen, die in dem Dorf wohnten, hatten viel Arbeit geleistet und waren nun dabei, Strassen und Häuser zu bauen.

Nach Tagen durch den strömenden Regen standen sie endlich unter dem Dorfbogen von Buchenwall. Dicke Wolken verdunkelten den Nachmittagshimmel, und es goss, als sei der Jüngste

Tag angebrochen. Niemand war auf der Strasse, die das Dorf in zwei Teile schnitt, und auch auf den Feldern und am Fluss war niemand zu sehen.

Rey klopfte an die Tür von Jans und Ursulas Haus. Jan, der gerade zwei Holzscheite in den brennenden Kamin warf, guckte durch das Fenster, doch der Regen lief wie ein Wasserfall über die Scheibe, sodass er nichts erkennen konnte. Er öffnete die Tür und sah in Reys grinsendes Gesicht. Als dieser aus dem Regen in das trockene, warme Haus drängte, sah Jan die langen, blau gepanzerten Beine von Syria. Sie war riesengross geworden; so gross, dass Rey sich unter sie stellen und ihren Rüstungsrock als Regenschirm benutzen konnte.

«Was ist ...?», stammelte er.

«Gleich», sagte Syria, «lassen wir die anderen eintreten.»

Während Scirocco, Zephir und Darkkon mit seiner Mutter und den Dienern eintraten, sagte Rey: «Zeig Syria, wo sie den Karren unterstellen kann, und gib den Ochsen bitte etwas zu fressen. Danke.» Er geleitete die anderen an das wärmende Feuer.

Jan holte eine Jacke, ging in sein Zimmer und erklärte Ursula, die mit einer Erkältung im Bett lag, dass Gäste im Haus seien. Jan nahm das Ochsengespann und ging damit neben Syria her. An ihr flossen ganze Bäche nieder, und ihre Schritte hinterliessen tiefe Abdrücke im aufgeweichten Erdboden. Ein grosser Lederbeutel pendelte an ihrer Schulter.

«Wir erklären dir alles, wenn wir die Ochsen ausgespannt und versorgt haben und wir wieder in deinem Haus sind.» Er blickte sie entgeistert an, und sie sagte wie selbstverständlich: «Ja, ich weiss, ich passe nicht durch deine Tür.»

Nachdem die Ochsen im Stall untergebracht waren, gingen sie zum Haus zurück. Jan öffnete die Tür, und Syria rief nach Rey und Darkkon. Diese nahmen ihr den Beutel ab und legten ihn behutsam auf den Boden vor den Kamin. Jan stand verwirrt vor seiner Eingangstür, hinter der eine Riesin im Regen wartete. «Und du?», fragte er.

«Ich bleibe hier.»

«Die anderen sitzen am Tisch», sagte Rey zu Jan. «Wir haben ihn vor den Kamin gehievt, damit wir uns wärmen können. Sie essen gerade, aber nur das, was wir selbst mitgebracht haben, keine Sorge.» Er sah durch die offene Haustür. Nur zwei Beine waren zu sehen. Er sagte zu diesen: «Willst du nicht versuchen, durch die Tür zu kriechen? Dann können wir im Haus alle miteinander reden.»

«Kann ich schon», ertönte es von draussen. «Aber wenn ich dabei die Wand oder die Tür beschädige, dann kommen die Kälte und der Regen herein.»

«Versuch's einfach, dann werden wir sehen.»

Angeleitet von Rey versuchte Syria durch die Tür ins Haus zu kriechen. Nach einer Weile war zu hören, wie sich die Tür schloss.

«Es hat geklappt», berichtete Rey den anderen, «sie wartet noch, bis sie ein wenig trockener ist.» Er setzte sich neben Jan an den letzten freien Platz am Tisch. «Zuerst möchte ich dir alle diese Unbekannten vorstellen. Dies ist meine Mutter Eries mit unserem Koch Fren und unserem Dienstmädchen Lilia. Diese beiden sind Scirocco und Zephir, sie sind Iten Danus Kinder und haben sich uns angeschlossen, um Solon und Ise niederzumachen.»

«Ihr seid wahnsinnig, wenn ihr nur mit den paar Sept gegen Solon kämpfen wollt!»

«Wir haben auch eine Armee», beschwichtigte Rey. «Die Sept aus dem Nuhmgebirge unterstehen zwar unseren Befehlen, sie sind aber nur ein Teil derer, die Ise angreifen werden. Es gibt eine westliche Allianz, die sich nach dem Fall Erans gebildet hat.»

Jan war nun vollkommen verwirrt und schien nichts zu verstehen. Daraufhin ergriff Scirocco das Wort und fing an zu erzählen, was sich zugetragen hatte, vom Fall des grossen Tores und Erans, über das Bündnis mit den westlichen Heeren und die Schlacht gegen Honodurs Armee, bis zum Verrat von Asion. Darkkon fügte seinen Schilderungen Erklärungen bei, etwa die, dass sie nun hier seien, weil die ankommenden Heere mit Schiffen den See Davar überqueren müssten und so viel Zeit verloren gehe.

«Was kann ich für euch tun?», fragte Jan. «Ihr wisst ja, mitkämpfen kann ich nicht ...»

«Wir möchten, dass du unsere Familie bei dir aufnimmst», erklärte Rey, «hier ist sie in Sicherheit. Und dann wäre da noch etwas ...» Er gab Syria, die inzwischen ins Zimmer gekrochen war, ein Zeichen. Sie öffnete den Lederbeutel und hob ein Baby heraus. «Wir haben eine Tochter», sagte Rey.

Jan riss die Augen weit auf: «Ihr wollt doch nicht, dass ich sie an eurer Stelle grossziehe, wir haben selbst ein Kind.»

«Oh!» Rey stockte kurz. «Äh ... Nein, es ist nicht so, wie du denkst. Wir werden sie selbst aufziehen, aber während wir gegen Ise kämpfen, können wir natürlich nicht mit einem Baby durch die Gegend laufen. Wir bitten dich und Ursula, so lange auf sie aufzupassen, wie wir weg sind. Ich verspreche dir, dass wir zurückkommen werden, wir werden sicher nicht in dieser Schlacht unsere Leben lassen.»

Jan grübelte und schwieg. «Wie heisst sie?»

«Wir haben noch keinen Namen für sie», antwortete Rey.

«Und wie alt ist sie?»,

«Zweieinhalb Monate.»

«Ihr habt nicht bemerkt, dass Syria schwanger ist?»

«Nicht so ganz», antwortete diese. «Ich habe mich schon seit einer Weile etwas seltsam gefühlt, aber wir haben ja die ganze Zeit gekämpft. Ich dachte, vielleicht habe mein Körper eine verirrte Pfeilspitze noch nicht ausgeschieden. Dann hat Rey bemerkt, dass ich extrem an Grösse zulege. Ich habe überlegt und überlegt, aber ich wäre nie darauf gekommen, dass das wegen eines Kindes ist ... Wir hatten riesiges Glück, dass sie die Kämpfe heil überstanden hat.»

«Hattest du denn keine Wehen oder sonstige Anzeichen?»

«Ich bin mehrere hundert Kilo schwer, ich gebäre ein Kind von drei, vier Kilo anders als normale Frauen. Ich fühlte mich einen Tag lang noch etwas merkwürdiger als sonst, so holte ich Rey und die anderen – und zack, schon war sie da.»

«Es ist schon spät, gehen wir schlafen. Ich werde mit Ursula besprechen, was wir tun können, und dann schlafen wir eine Nacht über die Entscheidung.»

Syria schaute Jan besorgt an. «Mach das, rede mit Ursula. Ich weiss, wir verlangen viel von dir, und wir respektieren jede Entscheidung, die ihr trefft.»

Alle Versammelten verliessen Jans Haus und traten in den Regen hinaus. Mutter Eries, ihre Diener, Darkkon, Scirocco und

Zephir gingen zur Versammlungshalle hinunter, um sich dort einzuquartieren. Rey und Syria nahmen ihre Tochter und trotteten zum Stall.

«Denkst du, Jan wird sie aufnehmen in der Zeit, in der wir weg sind?», fragte Rey besorgt.

«Er hat ja noch Grossmutter Eries und die Diener, die ihm helfen.»

«Mutter kannst du vergessen, sie mag Kinder über alles, hat aber keine Nerven, um sich länger um sie zu kümmern.»

Syria küsste ihre Tochter auf die Stirn und meinte: «Sonst stellen wir Zephir an, sich um dich zu kümmern anstatt zu kämpfen.» Sie legte den Lederbeutel zwischen sich und Rey, und die drei kuschelten.

«Was denkst du, wie lange der Kampf gegen Solon dauern wird?»

«Ich weiss es nicht.»

«Und wenn wir doch umkommen? Ich kann Jan eine Halbberserkertochter nicht zumuten.»

«An so etwas darfst du nicht denken …», sagte Syria, doch auch sie dachte genau darüber nach. «Was würdest du tun, wenn ich diese Welt verlassen würde? Was für ein Vater wärst du ihr? Was würdest du sie lehren – wie man kämpft oder wie man eine Hausfrau wird?»

«Ich habe keine Ahnung. Es ist schwierig zu sagen.»

«Wir haben nie darüber gesprochen, was aus ihr werden soll, seit sie bei uns ist. Würdest du sie noch annehmen, wenn du das wüsstest, was du jetzt weisst?»

«Puh, du fragst Sachen.»

«Natürlich, wir sind jetzt für ein junges Leben verantwortlich!»

«Ich wollte schon Kinder, ich habe auch nichts dagegen, dass sie aufgetaucht ist, aber mit einer gewissen Ankündigungszeit wäre das alles angenehmer gewesen. Nun ist sie hier, dieses namenlose Würmchen, und ihre Eltern haben keine Ahnung, wie ihre Zukunft aussehen wird.»

Syria lachte. «Rey, niemand kann die Zukunft seines Kindes vorhersagen, wir sind also gleich wie alle anderen Paare.»

Rey nickte und schloss die Augen. «Schlafen wir und hoffen

wir, dass Jan unsere kleine Berserkerin aufnimmt. Er wird eine Menge Arbeit haben, wenn er sich mit meiner Mutter, dem Kind und den anderen herumschlagen muss. Ich glaube nicht, dass ihm jemand auf dem Feld helfen kann. Aber wenigstens hat er Leute, die sich ums Haus kümmern.»

Syria hüllte ihre Tochter in den Stoff, schloss den Beutel und legte diesen ins Stroh. Auch sie schloss die Augen und versuchte zu schlafen, was ihr nach einiger Zeit auch gelang. Rey jedoch quälte sich noch stundenlang mit Gedanken über die Zukunft seiner Tochter durch die Nacht, bis er schliesslich doch einnickte.

XLIV

Am nächsten Tag schien die Sonne kräftig auf die durchnässte Erde. Alle versammelten sich noch einmal in Jans und Ursulas Haus, um Jans Entscheidung zu hören. Er kam gleich auf den Punkt.

«Wir werden uns um eure Tochter kümmern», sagte er. Er habe sich lange mit Ursula beraten und überlegt, welche Entscheidung die richtige sei.

«Aber», fügte Ursula mit ungewohnt strenger Miene und bestimmtem Tonfall hinzu, «ihr werdet nicht im Kampf euer Leben lassen und uns mit der Pflege eures Kindes alleine lassen, das müsst ihr uns versprechen.»

Rey fiel ein Stein vom Herzen. Beide schworen, auf jeden Fall aus dem Krieg zurückzukehren.

«Überlegt euch noch einen geeigneten Namen für eure Tochter, bevor ihr weiterzieht, er wird euch daran erinnern, was für eine Verantwortung ihr jetzt im Leben tragt», riet Jan dem Paar. Dann ging er mit Ursula an die Arbeit auf den Feldern. Scirocco und Zephir begleiteten sie, um ihnen zu helfen, und die Dienerschaft um Eries fing an, sich im Haushalt nützlich zu machen. Lilia putzte, Fren bereitete das Essen vor, und Reys und Darkkons Mutter half ihm dabei. Darkkon erkundete Buchenwall und fand sich am Ende in der Dorfbibliothek wieder.

Syria und Rey spazierten mit ihrer namenlosen Tochter zuerst durch das Dorf, dann über die Felder, wo sie ihren arbeitenden Freunden zuwinkten, am Fluss vorbei und in den Wald hinein. Auf dem Weg dachten sie über einen passenden Namen nach.

«Reya vielleicht, eine Mischung aus unseren beiden Namen?», meinte Rey. «Nein, ich weiss, klingt nicht besonders gut, und sie würde später auch keine Freude daran haben.» Er zermarterte sich den Kopf, aber je mehr er sich anstrengte, desto weniger Brauchbares kam ihm in den Sinn. «Du wurdest doch nach Nysürie benannt. Das könnten wir bei ihr fortsetzen, wie wäre es mit Nise?»

«Das klingt zu sehr nach der Festung von Solon, aber Niis würde mir gefallen.»

«Niis ... Ja, das klingt nicht schlecht. Mal schauen, was die anderen dazu meinen.»

Bis zum Abend hatten alle viel zu tun. Nur Darkkon hatte in der Bibliothek die Zeit vergessen und wurde darum von seiner Mutter gerügt.

«Hast dich wieder einmal vor der Arbeit gedrückt, du Sack!» Nach diesen Worten wurde auch Rey von Grossmutter Eries gescholten. Er habe nun ein Kind und müsse solche Ausdrücke aus seinem Wortschatz entfernen, meinte sie.

Als sie gemeinsam am Tisch assen, fragte Zephir aufgeregt: «Und, wie heisst sie denn nun? Welchen Namen habt ihr euch ausgedacht?»

«Ihr Name ist Niis. Rey ist auf den Namen gekommen. Es ist, wie auch mein Name, eine Ableitung von Nysürie, der Schwester aller», erklärte Syria.

«Jetzt hast du deinen schlauen Gedanken für dieses Jahr verbraucht, Bruder», grinste Darkkon. «Toller Name!»

«Ja, wirklich gelungen, ein origineller Name», nickte auch Eries zufrieden.

Zephir bückte sich zu dem Lederbeutel hinunter und lächelte das kleine Mädchen an: «Hallo, kleine Niis, ich bin deine Tante Zephir.»

«Wohl eher grosse Schwester», mischte sich Scirocco ein. Er wandte sich den Eltern zu: «Auf ein freies, schönes Leben. Auf Niis!» Alle wiederholten den Glückwunsch und hoben ihre Gläser. Sie liessen den Abend feierlich ausklingen, voller Freude, dass sie an diesem Abend eine Schwester, Tochter oder Enkelin geschenkt bekommen hatten.

Am Morgen darauf meinte Rey, er wolle nachsehen, wie es den Ankömmlingen aus dem Westen ergehe und wie viele bereits in Honodur angekommen seien. Syria wollte mitkommen, aber Rey bat sie, mit Niis in Buchenwall zu bleiben und sie langsam an die Menschen dort zu gewöhnen. Als er am Dorf Hagen vorbeikam, dachte er an die Frau, die er hier jeweils getroffen hatte. Wenn er sie jedes Mal wiedertraf, sah das beinahe nach einer heimlichen Liebschaft aus. Er lachte über seine eigenen Gedanken und ging weiter.

In Felsbach war eine grosse Veränderung eingetreten. Eine dicke Mauer schirmte die Ortschaft gegen jeden Blick von aussen ab. Dahinter blühte ein neues Dorf auf. Viele Häuser waren schon fast fertiggebaut. Es gab einige Gebäude, die später der Sicherheit dienen würden, etwa ein Wachhaus mit Gefängnis oder ein grosses Gebäude, das später, wenn die Krieger den Ort verlassen hätten, als Rathaus dienen konnte. Die Sept arbeiteten fleissig und ohne Konflikte mit den neuen Bewohnern.

«Rey! Gut, dass du hier bist, wir müssen reden», sagte Sokker. Seit der Geschichte mit Asion war er viel freundlicher und hatte grossen Respekt vor Syria, aber auch vor Rey und den anderen. Er sass auf einem seiner Behemoths, der einen Steinblock durch die Gegend zog. Nun liess er einen anderen das gewaltige Wesen reiten und gesellte sich zu Rey. «Wir haben zu wenig Platz für alle Kämpfer, die eintreffen», sagte er, «wir müssen sie irgendwo unterbringen, es werden von Tag zu Tag mehr.»

«Ihr bekommt sicher in den umliegenden Dörfern weitere Unterkünfte. Oder ihr schlagt auf einem Feld eure Zelte auf. Wir haben gehört, dass sich die Legiarde nach Jiin zurückzieht, sie wird sich auf den Kampf vorbereiten und dort bleiben.»

«Also wissen sie bereits, dass wir kommen? Das ist schlecht», erwiderte Sokker besorgt. «Es wäre besser, wenn sie nicht ihre ganze Stärke aufbieten könnten. Wir haben in der Schlacht gegen die honodurische Armee viele Krieger eingebüsst, wir sind nur noch knapp zwei Millionen.»

«Da hast du recht, aber es war wohl unvermeidbar, dass das die Runde machte. Zudem hat die Legiarde ihre eigenen Leute für die Informationsbeschaffung.» Rey erklärte Sokker, wo sich einige nähere Dörfer befanden und wo es eine grössere freie Fläche gab, auf der die Männer und Frauen ihre Lager aufschlagen konnten. Am Ende seines Rundgangs hielt er Sokker zur Vorsicht an. Man könne nie wissen, meinte er. Er verliess Felsbach mit guten Gefühlen. Es ging vorwärts, und bald würden sich die ersten grösseren Truppenverbände auf dieser Seite des Sees befinden.

Am Tag seiner Rückreise nach Buchenwall fühlte Rey sich ständig beobachtet und verfolgt. So wich er von der Strasse ab und schritt langsam immer tiefer in den Wald. Nach einigen Schritten, als er sich sicher war, unbeobachtet zu sein, kletterte er blitzschnell auf einen Baum, dann wartete er ab und überprüfte von oben die Umgebung. Mit einem weiten Sprung landete er auf dem nächsten Baum, und so ging es weiter, bis er wieder zu Boden sprang, um mit aller Energie vor seinen unsichtbaren Verfolgern davonzurennen. Zufällig sah er vor sich eine Ansammlung von Gestrüpp, in dem er sich gut verstecken konnte. Schweissgebadet kauerte er darin und hoffte, dass er sich alles nur eingebildet hatte.

Er wartete die Nacht ab. Im Schutz der Dunkelheit schlich er sich leise davon. Er konnte kaum weiter als eine Armlänge sehen, wusste aber, dass die, die ihn vielleicht verfolgten, auch ihre Schwierigkeiten mit der Finsternis haben mussten. «Zephir könnte sich mit ihrem lauen Lüftchen orientieren», dachte er, doch er verfügte nicht über derartige Fähigkeiten.

Als die Sonne aufging, war Rey sich sicher, dass ihm niemand mehr folgte. Müde und erschöpft versuchte er sich neu zu orientieren, musste aber feststellen, dass er sich gnadenlos verlaufen hatte. Er glaubte sich auf Höhe Hagens zu befinden, doch wo genau stand er in diesem riesigen, verwinkelten Wald? Er ging weiter, nach dem Flusslauf suchend, der ihm einen sicheren Anhaltspunkt bieten würde. Er wusste, dass er während der Nacht nicht an den Ganoll getreten war, und so schien es ihm am besten, immer geradeaus weiterzugehen. Er lief stundenlang weiter, bis er an eine Stelle kam, an der Äste gebrochen waren und das Gras niedergetreten war. Er nahm sich kurz Zeit, etwas zu essen, dann wollte er seinen Weg fortsetzen. Doch als er die Stelle verliess, erfasste ihn ein seltsamer Schwindel, und nach einigen Schritten fand er sich an der gleichen Stelle wieder, an der er wenige Augenblicke zuvor gegessen hatte. Er schlug wieder denselben Weg ein, und wieder wurde ihm anders. Als er sich umsah, war die auffällige Stelle nicht mehr hinter ihm. Er schlug eine andere Richtung ein, doch nach einer halben Stunde sah er in einiger Entfernung wieder seine Raststelle. Nun entdeckte er an den umliegenden Bäumen tiefe Kerben, sie sahen aus wie Krallenspuren. Jetzt fiel es Rey auch auf, dass es totenstill war, kein Vogel zwitscherte, der Wind war absolut stumm. Plötzlich bewegte sich hinter einem Baum etwas. Dann regte sich etwas hinter einem anderen Baum. Etwas kam immer näher, doch Rey hatte keine Lust, herauszufinden, was das wohl war. Er rannte so schnell er konnte in die entgegengesetzte Richtung – und plötzlich stand er vor der Festhalle von Buchenwall am Ufer des Flusses. Er drehte sich um und blickte zum Wald zurück, doch dort war nichts Ungewöhnliches zu erkennen. Jetzt fiel ihm die Geschichte ein, die Jan ihm im Gefängnis erzählt hatte. Ob ihm die Geister des Waldes den Weg verkürzt hatten ...? Er verneigte sich dankend vor den Bäumen, doch als Antwort fiel ihm lediglich eine Eichel auf den Kopf.

Zurück bei seiner Familie und seinen Freunden wurde er herzlich begrüsst. «Bist du gerannt, dass du so schnell wieder hier warst?», fragte Jan.

«Ich wollte doch so schnell wie möglich mein Töchterchen wiedersehen», erwiderte er dann und fügte geheimnisvoll hinzu: «Euer Wald ist sehr freundlich!» Erst viel später, nachdem er seinen Kampfgefährten von Felsbach und dem Platzmangel dort erzählt hatte und dass er Sokker geraten habe, die Krieger ihre Zelte im Freien aufschlagen zu lassen, berichtete er, was er an diesem Morgen im Wald erlebt hatte. Zephir gruselte die Vorstellung eines Waldes voller Geister, die manchen Leuten den Weg wiesen, andere aber ins Verderben stürzten.

«Hat sich schon jemals jemand aus eurem Dorf in diesem Wald verirrt oder ist sogar spurlos verschwunden?», wollte Darkkon wissen.

Seit er in diesem Dorf lebe, habe sich noch nie jemand in dem Wald verirrt, sagte Jan, auch keine Kinder und nicht einmal Tibbett, der früher, lange vor Jans Hochzeit, beinahe täglich betrunken gewesen und im Wald herumgetorkelt sei. So redeten sie noch lange weiter und verbrachten den Abend mit Kartenspielen, bis sie von Niis' Geschrei unterbrochen wurden.

XLV

Es wurde Sommer, bis Darkkon, Zephir und Scirocco wieder nach Felsbach aufbrachen. Dort waren bereits viele Krieger eingetroffen, und die Befestigungsarbeiten waren grösstenteils abgeschlossen. Zephir drängte ihre beiden Begleiter, durch das Imperium zu wandern, damit sie ein wenig von diesem zu Gesicht bekam. Darkkon führte sie widerwillig nach Norden und wieder zurück, an der Kreuzung von Jokulhaups vorbei, beinahe bis nach Eldevan. Als sie nach dieser Rundreise auf die Felder von Buchenwall zurückkehrten, erfuhren sie von Rey und Syria, wie grosse Sorgen sich alle gemacht hatten, weil sie viel länger unterwegs gewesen waren als gedacht.

«Du hast deinem Bruder einen fürchterlichen Schrecken eingejagt», sagte auch Eries, die auf die Felder gekommen war, um die Arbeitenden zum Essen zu rufen. «Er dachte eine Woche lang über die Sätze nach, die er dir an den Kopf werfen will, und Syria musste ihn davon abhalten, auf eigene Faust nach euch zu suchen.»

Zephir hatte ein schlechtes Gewissen. Sie hatte ja nur durch Honodur wandern wollen, weil sie fürchtete, später nicht noch einmal eine Chance dazu zu bekommen. Jan, Ursula und die anderen gingen heim, um zu essen, während die drei Rückkehrer ihren Hunger in der Festhalle stillen mussten.

Als sie sich am Nachmittag wieder zur Arbeit auf den Feldern trafen, berichtete Darkkon, dass die westlichen Heere bald komplett und bereit sein würden. «In fünf Wochen können wir aufbrechen, ich habe es so mit Sokker vereinbart.»

Rey und Syria wurde es schwer ums Herz. In weniger als zwei Monaten würden sie ihre Tochter verlassen müssen. Dass sie Niis vielleicht nie wieder sehen würden, diesen Gedanken verbannten beide aus ihren Köpfen. Lieber dachten sie an das erfolgreiche Ende des Feldzuges. Dann würde für alle, auch für Niis, ein neues Zeitalter anbrechen, und sie würden frei und ungezwungen leben können. Bis dahin wäre ihre Tochter gut aufgehoben bei Jan und Ursula und deren Sohn Armon, der einige Monate älter war als Niis.

In der letzten Woche, bevor die Krieger Buchenwall verliessen, versuchten Rey und Syria, ihren Kontakt zu dem kleinen Geschöpf einzuschränken, damit sich Niis besser auf die Zeit ohne sie einstellen konnte. In dieser Woche kamen Alm und Tibbett zu ihnen und versprachen, auch ein Auge auf die Kleine zu haben, schliesslich gehörten sie auch zu Jans Familie. Dann kam der Tag des Abschieds. Alle versammelten sich, auch Tibbett, Alm und ihr Vater, um den Kämpfern Glück zu wünschen. Jan hielt Niis in seinen Armen, und jeder der Aufbrechenden verabschiedete sich von den zwei Babys.

«Ich verspreche dir wiederzukommen», flüsterte Rey seiner Tochter zu, «dann wirst du die Prinzessin deines eigenen Turms.» Er gab ihr einen Kuss auf die Stirn. Als er sich abwandte, traten Tränen in seine Augen.

Syria kniete sich hin und meinte stolz: «Ich werde dir etwas von dem Schlachtfeld mitbringen, und wenn du älter bist, lehre ich dich, Blut zu vergiessen und zu töten, wie es unser Volk mir beigebracht hat.» Ihre Worte entsetzten niemanden. Jeder wusste, dass sie war, wie sie war und dass Niis später wohl eine ähnliche Einstellung haben würde.

Zephir sah in die traurigen Gesichter um sich herum. Die Zukunft schien ungewiss. «Wo geht die Reise hin, wenn wir Jokulhaups und Eldevan hinter uns gelassen haben?», fragte sie, um ihre Freunde abzulenken.

«Mich musst du nicht anschauen», sagte Rey, «Darkkon ist für die Führung und die Karten verantwortlich.» Er wollte nichts mit der Routenplanung zu tun haben. Wenn sie sich verirren würden, wäre es nicht seine Schuld.

«Wenn wir die Heere beisammen haben, gehen wir an Jokulhaups vorbei, dann nach Eldevan und von dort nach Osten», sagte Darkkon. «Den Berg Parad müssen wir umgehen, dann gehen wir weiter nach Nordosten, bis wir zu einer unwirtlichen Gegend kommen, der Urnfyhebene. Dort wächst weder Gras noch etwas anderes, es leben keine Menschen dort, und es besteht ständig die Gefahr, dass von den umliegenden Hügeln und Bergen Steinlawinen in die Tiefe stürzen. Dahinter liegt das Tal Jiin. Doch zuerst stehen da die beiden Schutzburgen des Nordens und des Südens. Sie befinden sich auf normaler Höhe in der kleinen Atriebene.»

«Diese müssen wir als erstes angreifen», erklärte Syria, «damit wir in der eigentlichen Schlacht nicht eingekesselt werden können. Am besten wäre es, wenn wir sie mit grossen Brandgeschossen beschiessen, so dass es auf unserer Seite zu keinen Verlusten kommt.»

«Und wenn wir eingangs des Tals warten würden, um die Legiarde zu empfangen? So würde unsere Stellung etwas höher liegen, und wir wären räumlich weniger eingegrenzt», schlug Scirocco vor. Darkkon wandte ein, das dies wahrscheinlich nicht funktioniere, da der aktive Angriff von der Allianz ausgehe.

«Wir werden vor Ort weitersehen, vielleicht kommt es ganz anders, als wir es uns vorstellen», meinte Syria.

In Hagen angekommen, bemerkten sie, dass die Dorfbewohner die verkohlten Überreste eines Hauses wegtrugen. Als sie erkannt wurden, unterbrachen einige Menschen die Arbeit und gingen in ihre Häuser. In der Luft lag Spannung. Darkkon überkam ein ungutes Gefühl, während sie durch das Dorf liefen. Als sie an der Ruine des einstigen Hauses vorbeigehen wollten, trat ein junger Mann mit Hut an sie heran, er hatte einen geflochtenen Korb bei sich, dessen Inhalt mit einem Tuch bedeckt war.

«Wollt ihr nach Felsbach, um die Heere zu unterstützen, die Ise angreifen?»

Sie zögerten mit der Antwort. Nicht in allen Dörfern und Städten waren Leute der westlichen Allianz willkommen, vor allem die wohlhabenderen, von Soldaten bewachten Ortschaften schätzten sie nicht. Die Bewohner der kleinen Bauerndörfer hatten mehr für die Fremden übrig; sie waren auch diejenigen, die am meisten unter Solons Herrschaft litten.

«Ja, das sind sie. Ihn kenne ich.» Die junge Frau, der Rey immer wieder begegnet war, war zu ihnen getreten. Nun kamen auch andere Leute hinzu. Sie brachten ihnen Gaben, Essen, Wein und andere stärkende Getränke für ihren Marsch nach Ise. Syria bedankte sich bei allen und erklärte, dass sie gleich weiter müssten. Die Menge schien sie nur ungern durchlassen zu wollen.

«Lasst sie durch», sagte ein Mann, der einen Holzbalken auf der Schulter balancierte. «Sie müssen zu den Truppen. Belästigt sie nicht weiter und geht zurück an die Arbeit, sonst sind wir übermorgen noch dran, den Schutt abzutragen.»

Sie durchquerten Hagen und liessen die meisten Geschenke dort. Sie hatten keinen Platz, um all das Essen mitzunehmen. Doch kaum aus dem Dorf raus, stiessen Rey und Scirocco mit zwei Flaschen an.

«Das ist bester Met», freute sich Rey über den Inhalt der Flasche.

«Hör auf zu saufen, wir müssen weiter», mahnte Zephir.

Doch ihre Worte stiessen bei Rey auf taube Ohren. «Nur einen Schluck, um zu kosten ...» Nach diesem Schluck hörte er nicht auf zu trinken. Syria versuchte ihm die Flasche wegzunehmen, doch flink, wie Rey war, wich er seiner Geliebten aus und nahm mit Scirocco, der auch mehr als einen Schluck trank, Abstand zur Gruppe. Auf einmal barsten die beiden Flaschen in den Händen der beiden. Zephir grinste.

«Oh nein, der schöne Met!» Rey hielt nur noch den Flaschenhals in der Hand und schaute durch diesen ins Leere.

«Och, das tut mir aber leid, da hat anscheinend der Wind eure Flaschen zerdeppert.»

«Du trinkst zu viel, das ist nicht gesund», meinte Syria und sah Rey böse an.

«Ach was», meinte dieser, «ich trinke ja nur bei Feierlichkeiten viel, sonst halte ich mich zurück, und diesen Met hätte man morgen wohl nicht mehr trinken können, das wäre schade gewesen um den guten Tropfen ...» Als er bemerkte, dass Syria ihn immer noch mit eisigem Blick ansah, fügte er hinzu: «Na gut, ich trinke ab sofort weniger, ich verspreche es.» Er rümpfte die Nase, sah aber, dass Syria ihm glaubte und war beruhigt. Eigentlich wollte er sowieso nicht mehr so viel trinken, er hatte keine Lust mehr darauf, immer wieder mit einem doppelt so grossen Schädel aufzuwachen oder sich nicht mehr zu erinnern, was passiert war. Er nahm sich vor, künftig gesünder zu leben, nun hatte er ja auch eine Tochter, für die er da sein musste und vor allem wollte.

Noch bevor sie Felsbach erreichten, trafen sie Angehörige der verschiedenen Armeen in den Dörfern und in verstreuten Lagern im gesamten Gebiet an. In Felsbach selbst herrschte reger Betrieb, für den Abmarsch wurde alles in Karren verladen. Sokker trieb seine Söldner zur Eile an, und die Orks machten ihre Waffen und Rüstungen für den Kampf bereit. Darkkon wollte mit

Sokker reden, doch dieser ging mit schnellem Schritt an ihnen vorbei und bemerkte sie gar nicht. So musste Darkkon ihm nachlaufen. Er führte Sokker zu seinen Freunden, und Syria fragte ihn, ob alles bereit sei und sie bald abreisen konnten.

«Ja, in ein paar Stunden können wir los. Wir hatten leider ein kleines Problem ... Ein Behemoth hat sich von seinen Ketten losgerissen und sprang von einem Schiff. Das Schiff wurde beschädigt, und Teile eines Katapultes sanken auf den Grund. Das war nicht so schlimm, aber wir haben Stunden gebraucht, um das Monster wieder einzufangen.»

«Diese riesigen Tiere können schwimmen?», fragte Zephir erstaunt.

«Wir waren genauso überrascht, als wir davon hörten», erwiderte Sokker. «Wir haben keine Ahnung, wie die Behemoths in Freiheit leben. Nun, es schien ihm im Wasser zu gefallen. Er paddelte herum, und als er hier in der Nähe vorbeischwamm, haben ein paar meiner Leute seine Ketten mit einem Seil verbunden, so konnten wir ihn an Land ziehen. Das war ein Anblick, ich sage euch ...»

Endlich waren die Vorbereitungen abgeschlossen. Der Befehl zum Aufbruch wurde erteilt. Nun liefen zwei Millionen Krieger mit ihren Gütern nach Osten, zur Festung von Solon, dessen Legiarde die grösste bekannte Armee war. Sie kamen an Jokulhaups vorbei, wo die Bauarbeiten weiter ihren Lauf nahmen. Rey hatte nach Niis' Geburt angeordnet, den Turm an Syrias Grösse anzupassen. Der Anblick ihres künftigen Heimes stimmte sie traurig. Sie hofften, den Konflikt in Ise schnell beenden und zu ihrer Tochter zurückkehren zu können.

XLVI

In Buchenwall kümmerten sich Jan mit seiner Schwester, Ursula und Tibbett um die Tiere im Stall, Lilia betreute die Babys, und Mutter Eries half Fren in der Küche. Währenddessen hielten Syria und die anderen Heerführer täglich Kriegsrat. Von den Sept erfuhren sie, dass die beiden Schutzburgen wohl massiv verstärkt worden waren. Von dort aus sehe man bis ans Ende der Urnfyhebene und könne alle Eindringlinge abwehren.

«Wie lange dauert es, um von diesem Ende aus die Burgen zu erreichen?», fragte ein in geschwärztes Metall gehüllter Söldnerfürst harsch.

«Lange», erklärte der Sept.

«Dann können wir nicht mit der Kriegsmaschinerie angreifen. Diese müsste zuerst in die Nähe transportiert und dann noch zusammengebaut werden. Dafür ist keine Zeit.»

«In der Nacht würde man uns aber nicht sehen ...», überlegte Sokker.

Der Sept nickte und zeigte auf bestimmte Stellen auf der ausgerollten Karte: «In der Nacht ist die Sicht natürlich stark eingeschränkt, doch das Tal wird immer beleuchtet.»

«Hm ... Sieht man bis zum Punkt, wo sich die Urnfyh- und die kleine Atriebene treffen?»

Der Sept schüttelte seinen Kopf: «Nein, so weit sieht man bestimmt nicht.»

«Was hast du vor?», fragte Syria.

Sokker meinte, er müsse die Landschaft selbst sehen, um zu wissen, ob sein Plan durchführbar sei, er wolle daher noch nicht zu viel verraten. Scirocco, der bisher noch kein Wort gesagt und nur konzentriert zugehört hatte, fragte, wie sie im Tal kämpfen wollten.

«Im Idealfall kesseln wir die gesamte Horde im Tal ein und zermürben sie mit Geschossen unserer Katapulte und einer unüberwindbaren Verteidigungslinie an der Front.» Wieder war es der dunkle Kerl, der sprach. Er hatte kaum Kämpfer, verfügte jedoch von allen Armeen über den grössten Anteil an Kriegsmaschinen.

«Wunschdenken», wandte Syria ein. «Die Verteidigungslinie

stand gegen die reguläre Armee nicht einmal wie eine Mauer. Wie soll sie gegen die Besten aus Honodur standhalten? Das sind keine Bauern, die ein natürliches Talent haben, mit Pfeil und Bogen umzugehen. Es sind ausgebildete Krieger, wie wir alle, und darunter hat es bestimmt auch einige Magier, die uns gefährlich werden können. Wer weiss, was da für Gerätschaften vorbereitet werden? Dann gibt es noch die Burgen ausserhalb des Tals, und dieses ist zu schmal, um mit Kriegsmaschinerie treffsicher hinein zu feuern.»

Nach diesen Worten beendete der Rat die Sitzung bis zum nächsten Tag. Syria ärgerte sich. Sie hatte gemerkt, dass einige diesen Krieg unterschätzten und sie mit ihren Worten manche Illusion zerstört hatte. In ihrem Zelt fing sie an zu fluchen: «Idioten! Denken, es würden fünfzig Schwertkämpfer im Tal stehen und darauf warten, von uns überrannt zu werden ...»

Rey forderte sie zu einem Kartenspiel auf, um sie zu beruhigen, doch Syria stapfte weiterhin in Rage durch das Zelt. «Sei doch nicht wütend auf sie», sagte er, «die wissen noch weniger über Solon und das Imperium als du.»

Mit seiner ungeschickten Formulierung zog er Syrias Wut auf sich. «Du denkst also, ich habe keine Ahnung? Gerade du, der den ganzen Tag durchschlafen würde, und in den wenigen Augenblicken, in denen du wach wärst, wärst du im Gasthof zu finden.»

Rey nahm Syrias Worte nicht persönlich. Er wusste, sie war gereizt, da sie etwas anderes von den Heerführern erwartet hatte und er sich unglücklich ausgedrückt hatte. Nach einiger Zeit konnte er sie beschwichtigen, und sie entschuldigte sich für ihre Worte.

Als sie nach Eldevan kamen, fragte Darkkon seinen Bruder, ob er die Stadt betrete, schliesslich würden er und Syria hier als Mörder gelten.

«Das haben wir vor ein paar Tagen auch besprochen. Wir denken aber, dass uns niemand vorhalten wird, einen Legiardär getötet zu haben. Wenn doch, können sie uns trotzdem nichts anhaben. Eine gigantische Armee steht vor den Toren der Stadt.»

Darkkon war von der Vorstellung, dass die Armee die Stadt

stürmen würde, nicht begeistert. Ein solcher Tumult würde ihrer Sache nicht unbedingt dienen. Doch Rey war bereits auf dem Weg in die Stadt, um Kämpfer anzuwerben. Zephir folgte ihm.

«Wieso wuselst du hinter mir her?», fragte Rey.

«Syria ist im Lager geblieben. Darkkon sieht sich die Bibliothek an, und ich weiss, dass er da für lange Zeit bleiben wird. Und Scirocco ist in Richtung der Freudenhäuser aufgebrochen, dort habe ich auch nichts verloren. Deshalb dachte ich, ich könnte mit dir mitkommen ...» So schlenderten sie gemeinsam durch die Strassen und versuchten Söldner mit Kampferfahrung anzuheuern. Doch die Einheimischen machten ihnen schnell klar, dass sie nicht willkommen seien, wenn sie der westlichen Allianz angehörten. In einem Wirtshaus wurden sie schliesslich unfreundlich gebeten, das Lokal zu verlassen.

«Wir können es vergessen, hier Leute aufzutreiben», sagte Rey. «Eldevan ist eine wohlhabende Stadt. Die Bewohner befürchten, dass sich die Bauern im Falle der Auflösung Honodurs gegen sie auflehnen werden.»

Auch Zephir war der Meinung, dass es nichts bringe, weiter zu suchen. Sie schlug Rey vor, ihr die Schenke des Legiardärs zu zeigen und die Gasse, in der sie diesen umgebracht hatten. Er führte sie zuerst in die dunkle Gasse, wo das Verhör stattgefunden hatte, dann traten sie in das Gasthaus ein. Eine Frau kam ihnen entgegen und hiess sie herzlich willkommen in ihrem Hause.

«Wir hätten gerne einen kleinen Trunk, um unsere Kehlen zu benetzen», bat Rey.

«Sehr wohl, was soll ich Euch bringen lassen?»

Sie gaben ihre Bestellung auf, und Rey fragte, ob die Gastgeberin ihnen kurz Gesellschaft leisten könne, er wolle sie etwas fragen.

«Ich führe gerne ein kleines Gespräch mit solch ehrenwerten Gästen», entgegnete diese. «Seid ihr Krieger aus dem Westen?»

«Nicht doch», erwiderte Rey, «wir sind aus dem Imperium. Aber sagt, was haltet Ihr von dem Krieg, der gegen unseren Imperator geführt werden soll?»

«Mir ist es recht, wie es ist. Aber wenn es eine Veränderung gibt – wieso nicht? Hauptsache, meine Geschäfte laufen weiter.» Sie kicherte kindisch.

«Natürlich. Ihr habt ein schönes Haus, habt Ihr das bauen lassen oder erworben?»

«Ich habe es dem vorherigen Besitzer abgekauft, er wollte verreisen und empfand es wohl als eine Last.»

«Wahrscheinlich war es eher so, dass sie jemanden bestochen hat, um als neue Besitzerin eingetragen zu werden», dachte Rey. «In Eldevan ist es so ruhig», sprach er weiter und versuchte, das Gespräch auf den Mordvorfall zu lenken, «ein Traum für Leute, die wissen, wie man Unwissende führt, findet Ihr nicht auch?»

«Ich lebe seit früher Kindheit hier, und bisher ist es noch nie zu einem Verbrechen gekommen. In Eldevan leben zivilisierte Menschen – oder solche, die von Zivilisierten unter Kontrolle gebracht werden», log sie schamlos.

Nach diesen Worten erklärte Rey, dass sie nun weiter müssten, aber sicherlich am Abend wiederkehren würden, da sie Zimmer bräuchten, um in Eldevan zu übernachten. Ein geschickter Trick, denn mit der Aussicht auf weitere Einnahmen erklärte die Gastgeberin, die Kosten für die Getränke gingen aufs Haus.

Sie verliessen das Gasthaus und suchten nach ihren Freunden. Darkkon war wie vermutet in der Bibliothek, und Scirocco kreuzte ihren Weg, als er aus einem Tempel kam. Als die Heere gegen Abend weiterzogen, fragte sich Zephir, was die Besitzerin des Gasthauses gerade tat. Ob sie sich grün und blau ärgerte, weil sie übers Ohr gehauen worden war?

XLVII

Während einiger Tage verlief ihr Weg nach Osten durch Gebiete mit mannshohem Gras. Die Gruppen, die in der Mitte der Heere liefen, hatten erfahren, dass es regelmässig Banditenüberfälle auf die Karren gab – meistens auf die Schlusslichter.

«Das braucht eine gehörige Portion Frechheit, ein Heer am helllichten Tag anzugreifen», meinte Darkkon dazu. Zur Sicherheit wurden die Karren weiter in die Mitte der sich bewegenden Kriegermassen genommen und mit mehr Wachen bestückt.

In dieser Gegend zu übernachten schien ihnen unklug, und so liessen die Heerführer ihre Leute weitermarschieren, bis sie auf offeneres Gelände kamen und genügend Platz hatten, um jeden aus dem Dickicht zu holen. Dazu veranlassten sie, dass einige der Männer und Frauen auf Pferden und in Karren schliefen, während andere diese führten. Auf ihrer Reise kam das vereinigte Heer zu einem Dorf, das nicht auf der Karte eingezeichnet war. Die Bewohner waren der Allianz feindlich gesinnt, und so wurde die Ortschaft nach ergebnislosen Verhandlungen und Diskussionen dem Erdboden gleich gemacht. Das bekam die kleinste bekannte Armee der Allianz erst mit, als sie an diesem Dorf vorbeiging und sah, wie die Anwohner beerdigt wurden – so enorm war das Ausmass der Allianz.

In Buchenwall nahm das Leben inzwischen seinen gewohnten Lauf. Armon und Niis wurden gut versorgt und gediehen dank Jan, Tibbett und den Frauen prächtig. Ihre Sorge galt den Eltern der kleinen Niis und den anderen Kriegern, die in die Schlacht gezogen waren. Die in Buchenwall Verbliebenen beteten jeden Tag, bevor sie sich um die Arbeit kümmerten, dass die Freunde früh und sicher heimkehren würden.

Die Armee hatte inzwischen die Urnfyhebene erreicht. Diese bot, gemessen an der Masse der Krieger, nur einen schmalen Weg. Der Pfad drängte die Krieger zusammen, das Heer formte sich zu einem schier unendlich langgezogenen Strahl, der sich in der Ebene wieder zu einer ellipsenförmigen Menge aufbauschte. Die Ebene war karger, als sich mancher Krieger vorgestellt hatte. Der rotorange Boden lag vertrocknet da, mit Rissen überzogen, so weit man sehen konnte. Um die Ebene prangten rötliche Berge, Tiere oder Pflanzen suchte man vergeblich. Ein paar Orks gruben einen halben Meter tief, nur um festzustellen, dass die Erde dort unten beinahe noch trockener und sandiger war. Um diesen Ort und seine Entstehung rankten sich viele Sagen unterschiedlichster Art. Eine besagte, der erste Imperator habe die Urdrachen unter seine Herrschaft bringen wollen, worauf diese ihre jungen, kriegsbereiten Nachkommen losgeschickt hätten, um an ihm ein Exempel zu statuieren. Der riesige Schwarm habe ein Inferno ausgespien und damit eine so schwerwiegende Narbe hinterlassen, dass diese über Jahrhunderte nicht heilte. Eine andere Geschichte erzählte, dass ein Stück der Sonne abgebrochen sei, als sie eines Tages mit dem Mond zusammenstiess, und dieses Stück habe an dieser Stelle ein Loch in die Erde gerissen. Wieder andere berichteten von Wesen, so winzig, dass sie für niemanden sichtbar seien. Diese Kreaturen lebten in Tunneln unter der Oberfläche der Urnfyh. Eines Tages sei unter ihnen eine Krankheit ausgebrochen, die alle das Leben gekostet habe. Daraufhin habe ihnen der Geist der Erde so ein Denkmal errichtet.

Als sie durch die Einöde zogen, sah Darkkon eine Pflanze, die einem Kamillengewächs ähnelte, jedoch durch und durch schwarz war. Er kniete sich zu ihr nieder und schaute sie interessiert an, doch als er sie nur ein klein wenig berührte, zerfiel sie zu Staub und wurde vom Wind hinfortgetragen.

Rey rief seinen wissbegierigen Bruder zu sich. «Schau mal, was ich gerade herausgefunden habe …» Er öffnete seinen Trinkbeutel und goss etwas Wasser auf den Boden. Es versickerte sofort in den Rillen. Nun grub Rey dort, wo er das Wasser ausgeschüttet hatte, ein kleines Loch, doch der gesamte Untergrund war knochentrocken. «Wenn ich Wasser in das Loch giesse, versickert es, ohne die Erde zu befeuchten, es dringt durch alle Schichten hindurch.» Er führte es vor, und tatsächlich verschwand das Wasser und liess keinen Tropfen Feuchtigkeit zurück. Darkkon fühlte mit der Hand nach. Der Weg, den das Wasser gegangen war, war vollkommen trocken.

Zephir und Syria unterhielten sich unterdessen über Niis, wie sie diese vermissten und wie es den anderen wohl mit ihr erging. «Wirst du ihr beibringen, wie man kämpft?», fragte Zephir.

«Natürlich», antwortete Syria ohne Zögern.

«Und wenn sie gar nicht wie ein Berserker leben möchte?»

«Ich werde ihr beibringen, was einen Berserker ausmacht. Wenn sie denkt, dies sei nicht ihr Weg, dann kann sie einen anderen wählen. Doch ich werde ihr alles beibringen, was mir beigebracht wurde und was ich weiss.»

«Und was ist mit Männern?», grinste Zephir schelmisch.

Syria verdrehte die Augen: «Fang nicht jetzt schon damit an ... Ich hoffe, dass dieses Thema weit, weit entfernt liegt. Wenn ich nur daran denke, dass sie an irgendeinen schmierigen, hochnäsigen Händler geraten könnte, der nicht mal ein Messer richtig halten kann, wenn er Brot schneidet, und an all die anderen, auf die sie reinfallen könnte ...»

«Vielleicht findet sie jemanden wie Rey, der alles hat, was man sich wünscht: gutes Aussehen, Geld, Kampfgeist ...» Während sie aufzählte, fingen beide an zu lachen. Es war nicht böse gemeint, und Syria wusste, dass sie keinen besseren Vater für ihre Tochter haben konnte. Auch wenn er etwas sonderbar war, so war er doch warmherzig und gütig.

Alm und Tibbett hatten sich inzwischen verlobt. Sie wollten heiraten, wenn der Krieg vorbei sein würde. Die Verlobung wurde im kleinen Rahmen gefeiert, in dem Jan, Ursula und Jans Vater nicht fehlen durften. So blieben die Kleinkinder für einen Nachmittag in der Obhut von Lilia und Eries.

Von alldem wussten die Krieger in der Urnfyhebene nichts. Die ersten Wanderer erreichten nun den Ausgang der kleinen Ebene, die nach Jiin führte. Von da an durfte nachts kein Feuer mehr entzündet werden, da die Feinde ihre Anwesenheit sonst bemerkt hätten. Die Ebene Urnfyh war von den Burgen aus nicht einsehbar. Der Eingang dazu war von Bergen umgeben und man musste einen Bogen um diese machen, um in die Ebene zu gelangen.

«Wie willst du die Burgen ausspionieren?», wollte Syria von Sokker wissen. «Wenn du am Tag aus der Ebene läufst, sieht man dich sofort.»

«Laut den Sept sind die Burgen exakt gleich gebaut», antwortete dieser. «Ich muss mir also nur eine genauer ansehen. Ich werde in der Nacht ein Loch graben und mich einbuddeln, aber so, dass ich die Burg, wenn der Tag anbricht, sehen kann. Dann werde ich einen Tag lang regungslos verharren, und in der Nacht kehre ich hierher zurück.»

Als er an diesem Abend losging, um seinen Plan umzusetzen, war die Stimmung im Lager der Allianz bedrückt. Alle sorgten sich, ob das Vorhaben aufgehen würde. Ein Tag verging, und Sokker kehrte sichtlich unerfreut zurück.

«Mein Plan funktioniert nicht», verkündete er.

«Was hattest du denn vor?», fragte Syria.

«Ich dachte, ein paar meiner Männer könnten im Schutze der Dunkelheit die Leuchtfeuer sabotieren, damit sie kein Signal mehr geben. Dann hätten wir alle Zeit der Welt gehabt, um die Burgen anzugreifen. Aber die Feuer sind unerreichbar weit oben angebracht, und die Burgen sind riesig, beinahe kleine Städte.»

Syria fragte Sokker und die Sept, wie die Burgen aussahen. Dann sagte sie: «Ich weiss, wie wir die Burgen vernichten und zudem einen Eindruck bei der restlichen Legiarde hinterlassen.» Sie beriet sich mit den Baumeistern des kohleschwarz gerüsteten Fürsten. Dieser hatte bereits einen Verlust hinnehmen müssen, waren doch seine Karren mit den Kriegsmaschinen alle im Boden der Urnfyh eingebrochen und unmöglich wieder vorwärtszubewegen gewesen. Dann diskutierte sie wild mit den Windgeschwistern und den Sept. Schliesslich kehrte sie zu den Heerführern zurück.

«Um die Schutzburgen wird sich meine Armee in der nächsten Nacht kümmern», sagte sie. «Alle anderen Heere können bald nach Ise ziehen.»

XLVIII

Am nächsten Tag begaben sich die Sept, Scirocco und Zephir bis zum Ausgang der Ebene und warteten dort, bis es dunkel wurde. Auf den Zinnen der Schutzburgen patrouillierten die Wachen der Legiarde, stets wachsam auf den Feind wartend. Ein mit dicker Rüstung gepanzerter Armbrustschütze schaute vom Tor der südlichen Schutzburg aus über die Weite der Wiese. Der Wind hatte den ganzen Tag lau geblasen, nun pfiff er. Ein Hauch feiner roter Erde blies im Schein der Feuer über das fruchtbare Land, und plötzlich löschte ein Windhauch alle Fackeln und Feuerkessel an der Front der Burg. Durch den pfeifenden Wind und die Dunkelheit geschützt, schlängelten sich die Sept unerkannt bis an die obsidianschwarzen Mauern der Burg. Sofort wurden die Feuer wieder entzündet. Die Wachen spähten die Umgebung ab, doch niemand war zu sehen. Eine Staubwolke liess die Wachen vor dem Tor für die Dauer eines Wimpernschlags die Augen schliessen, genügend Zeit für die Sept, sie lautlos auszuschalten. Nun kletterten sie behände die Aussenmauern hoch, glitten über die Zinnen und überraschten die hilflosen Wächter. In der Burg kannten sich die älteren Sept blendend aus, sie hatten selbst lange Zeit hier gedient. Sie schlichen sich von Unterkunft zu Unterkunft, jeder Raum war gefüllt mit Legiardären, die bei einem Alarm sofort ausrücken würden. Doch die von innen verschlossenen Türen nutzten ihnen wenig. Ein geöffnetes kleines Fenster genügte für einen Sept, um einzudringen und einen nach dem anderen mit seinem Kukri still ins Totenreich zu befördern. Nach kurzer Zeit waren sie durch alle Unterkünfte geschlichen. Nun folgten der Bergfried und die anderen Anlagen. Es galt, jeden Legiardär auszuschalten. Der alte Sept, der Syria das Symbol der Legiarde übergeben hatte, erklomm das höchste Gebäude. Zuoberst befand sich die Plattform mit dem Signalfeuer. Ein gezielter Schnitt durch die Kehle, und der Feuerwächter sackte zusammen. Nun würde niemand mehr einen Überfall nach Ise oder an eine der anderen Burgen melden.

Die Sept säuberten weiter die Gebäude und löschten die Feinde aus, die auf ihren Wachzügen waren. Ein Hauptmann meinte, vor seinem Fenster etwas vorbeihuschen zu sehen, und trat aus seinem Befehlsposten. Doch nichts war zu erkennen. Er ging den Vorplatz entlang und bemerkte zwischen den Baracken, dass sich keine Wachen auf den Posten befanden. Er sah sich um, schlich vorsichtig von einer Hauswand zur anderen, um unentdeckt zu bleiben, doch als er an einer dunklen Ecke vorbeikam, packten zwei kräftige, braungrüne Arme seinen Kopf und drehten ihn mit einem Ruck um.

Während der Morgen anbrach, massakrierten die Attentäter die restlichen Gegner, von denen die meisten noch seelenruhig schlummerten. Das Tor der Burg wurde geöffnet, und Zephir, die draussen gewartet hatte, kam den Sept entgegen. Die Schlangenwesen versammelten sich auf dem Übungsplatz mitten in der Burg.

«Wir werden die Leichen beseitigen und den nächsten Schritt einleiten», sagte Zephir bestimmt. Sie hatte die Befehlsgewalt über die Gruppe der Sept erhalten. Bevor sich diese in alle Richtungen zerstreuen konnten, fragte Zephir einen, der im Begriff war wegzuschlängeln: «Habt ihr ein paar übrig gelassen, so wie Syria es wollte?»

Der Sept nickte: «Natürlich. Wir haben sie geknebelt und in eines der Wachhäuser gesteckt. Genau zehn Stück.» Und bevor Zephir danach fragen konnte, fügte er hinzu: «Sie werden bestens bewacht.»

Zephir begab sich zum Signalfeuer und richtete ihren Blick zur Schutzburg des Nordens. Diese war ebenfalls von Sept angegriffen worden, unter Sciroccos Führung. Nun wartete sie ungeduldig darauf, dass sich ihr Bruder auf der Plattform des nördlichen Signalfeuers zeigte, wenn die Burg erobert war. Endlich tauchte er auf und winkte ihr hastig zu.

Gegen Abend verliessen sie die Sept und gingen gemeinsam zu Syria und den anderen zurück, um Bericht zu erstatten.

«Ihr habt es geschafft, nun ist Solon mit seinen Kriegern im Tal eingeschlossen.» Sokkers Stimmung war lange nicht mehr so gut gewesen.

«Sind die Feuer bereits entzündet?», wollte Syria wissen.

Die Söldner und die anderen Befehlshaber trauten ihren Ohren nicht. Niemand verstand, wieso sie dies hätten tun sollen. Doch

Scirocco sagte ruhig: «Ich habe das Signal entzündet, kurz bevor ich die Burg verliess.»

«Und ich gab einem Sept den Befehl, es zu entfachen, wenn ich nicht mehr da bin», sagte Zephir.

Syria beruhigte die aufgeregten Heerführer: «Es ist alles in Ordnung, so, wie ich es geplant habe. Die Legiarde ist nun informiert, dass wir kommen, aber sie werden denken, dass wir an drei Fronten gleichzeitig kämpfen. So haben wir einen Vorteil, und die Sept veranlassen gerade, dass wir, wenn wir vor dem Feind stehen, einen weiteren Vorteil besitzen. Wir können jetzt aufbrechen, aber wir sollten uns ein wenig Zeit lassen und uns geistig auf die Schlacht vorbereiten.»

Die zwei Millionen Mann gerieten langsam in Bewegung und verliessen die grosse Urnfyhebene. Im Tal brachen die Krieger ihre Lager ab und formierten sich. In den Burgen ausserhalb Jiins hörte man Lärm, als ob jemand dort etwas bauen würde.

XLIX

In Buchenwall donnerte es, und kieselgrosse Hagelkörner fielen aus dem gelblichen Himmel. Tibbett und die anderen, die auf den Feldern arbeiteten, zogen sich in den Schutz ihrer Häuser zurück.

«Ob sie wohl schon kämpfen? Vielleicht ist dieses Unwetter ein schlechtes Omen», sorgte sich Alm.

«Für mich müsste es Blut regnen oder Knochenstücke hageln, um darin ein Omen zu sehen, dass Syria auf dem Schlachtfeld Feinde niedermäht wie wir mit der Sense das Korn», witzelte Jan.

Das Unwetter verschlimmerte sich. Während Armon friedlich schlief, begann Niis lauthals zu schreien. Ursula versuchte sie zu beruhigen, doch alle Versuche scheiterten. Die Kleine spürte etwas, da war sich Eries sicher. «Sie spürt, dass ihren Eltern etwas Schreckliches bevorsteht, nicht, meine Enkelin?»

«Die werden schon zurechtkommen», warf Tibbett mit kräftiger Stimme ein. Er mochte es nicht, dass so negativ gesprochen wurde. «Es hilft niemandem, wenn wir uns Sorgen machen, also hört auf damit.»

Alm wunderte sich. Sie hatte Tibbett noch nie so gehört. Die Gespräche verstummten.

Die Armee stand nun am Eingang zum Tal. Bald würden die beiden Heere aufeinandertreffen, die Schlacht um den Untergang des Imperiums stand kurz bevor. Syria besprach mit ihren Gefährten die Positionen, die sie einnehmen sollten. Sie und Rey würden an der Front die Verteidigungslinie festigen, die anderen sollten im Hintergrund für Unterstützung sorgen.

«Wir möchten auch vorne mitkämpfen», erklärte Scirocco, doch Syria lehnte ab.

«Ihr nützt genauso viel in den hinteren Reihen wie in den vorderen, und auf Rey alleine kann ich aufpassen, aber euch drei will ich in Sicherheit wissen.»

Sie wanderten weiter durch das Tal. Neben ihnen ragten erdfarbene Steilwände empor. Die beiden Schutzburgen standen am Abgrund mit Ise in den Ecken eines Dreiecks, so dass man nur die Leuchtfeuer von unten erkennen konnte. Das entsprach genau Syrias Plan. Das Heer stellte sich wenige hundert Meter von den Feinden entfernt auf, und jeder nahm seinen Platz ein. Nun standen sich die beiden verbliebenen Grossarmeen des Kontinents gegenüber. Starr wartete jeder auf den Befehl zur entscheidenden Schlacht.

Ein einzelner Reiter kam den Führern an der Front entgegengeritten, stieg von seinem Ross und sagte: «Normalerweise treffen sich die Befehlshabenden der verfeindeten Seiten an dieser Stelle, um zu verhandeln, doch der Imperator persönlich gab mir eine Nachricht auf den Weg. Er schickte mich aus reiner Traditionswahrung. Anstelle von Verhandlungen möchte er euch Kriegern noch etwas mitgeteilt haben. Nachdem seine Armee, die grösste Armee aller Zeiten, euch vernichtet hat, wird sie gnadenlos in den Westen einfallen. Auf diesem Marsch wird jegliche Regel aufgehoben, es wird unschuldiges Blut fliessen. Die Legiarde wird den gesamten Westen erobern und jeden niedermetzeln, der sich nicht auf Anhieb unterwirft. Dies nur, weil einige Grössenwahnsinnige denken, sie könnten sich ihm widersetzen. Ich werde nun zurückreiten und mich daran laben, welch kümmerliche Gestalten auf diesem Schlachtfeld ihr Leben lassen.»

Er stieg auf sein Ross und wollte gerade wegreiten, als Rey ihm zurief: «Du hast uns nicht gesagt, wie du heisst!»

Der Mann drehte sich zu ihm um. «Mein Name ist Galardmann.»

«Und wo in dieser Armee wirst du kämpfen?»

«Natürlich an der Front, wieso willst du das wissen?»

«Ach, ich wollte nur wissen, wann ich dich von deinem Gaul reissen und verdreschen kann. Mir scheint, das wird schon ziemlich bald geschehen.» Er liess seine Finger knacken, und die Kriegsfürsten um ihn herum lachten lauthals, während Galardmann sich grimmig zu seinen Männern zurückzog. Nun wäre nach den Regeln der Kriegskunst einige Zeit vergangen, bevor die Heere aufeinander zustürmten, doch Rey hob seinen rechten Arm, was für die Sept das Zeichen war, den zweiten Teil des Plans auszuführen.

Während alle Krieger still standen, fiel einem Legiardär eine Goldmünze vor die Füsse. Er hob sie hoch und sah dann nach oben. Plötzlich fielen weitere Münzen vom Himmel, und immer mehr Krieger der Legiarde schauten zu den Klippen hoch. Es regnete Goldketten, Diamanten, Smaragdanhänger und weitere Kostbarkeiten, ohne dass man erkennen konnte, wer sie hinabwarf. Während einige die Schätze vom Boden aufhoben, waren auf einmal entfernt Schreie zu hören. Sie schienen näher zu kommen und plötzlich, mit einem Knall, lag ein Schwertkämpfer unter einem Ritter, der das Wappen der Schutzburg des Südens trug. Weitere Schreie folgten, und zahlreiche Ritter der Burgen auf den Klippen stürzten auf das imperiale Heer. Starr vor Schreck bemerkte während dieses Schauspiels niemand, wie Rey den Sept ein weiteres Zeichen gab. Im nächsten Moment liessen diese tonnenschwere Steinbrocken aus dem Gemäuer der Burgen auf die Legiarde krachen. Diese drängte nun unkontrolliert in alle Richtungen, um nicht unter den gewaltigen Massen begraben zu werden.

Syria trat einen Schritt aus der Reihe vor, drehte sich zu den verbündeten Kriegern um und befahl den Angriff. Die letzten Trümmer schlugen auf der feindlichen Seite ein, dann trafen beide Heere aufeinander, und die Schlacht nahm ihren Anfang. Die ersten Feinde waren berittene Schwertkämpfer, zu denen auch Galardmann gehörte. Rey suchte fieberhaft nach ihm. Er wollte ihn unbedingt erwischen, bevor ihm jemand zuvorkam. Sokker zog auf seinem gezähmten Behemoth Uller gegen die Reiter und trieb die wilden Exemplare in die Masse der Feinde. Syria liess ihre Axt zunächst ruhen, schlug die Reiter mit der Hand von ihren Tieren herunter oder griff sich einen und warf ihn über die Köpfe der Feinde hinweg.

In der hinteren Hälfte der Legiardenarmee murmelte ein dunkelhäutiger Schamane eine Formel, und aus seinem Rücken entstiegen unzählige Raben. Die Vögel flogen zielgerichtet auf Syria zu, die einem Reiter um den anderen das Leben nahm. Einige der Tiere wurden in der Luft von Pfeilen beider Seiten getroffen und verpufften dann zu schwarzem Russ, doch immer neue Raben folgten. Sie stürzten sich auf Syria und pickten sie in den Kopf und den Hals. Sie musste ihre Arme vor das Gesicht halten und war nun völlig schutzlos gegenüber den brandschwarzen Angreifern. Zephir fegte die Nachzügler hinweg, doch um Syria herum war es ihr zu heikel, einen starken Zauber auszuführen. Die Krieger an der Front mussten die Reiter davon abhalten, Syria als Ziel zu wählen. Da diese nicht sah, was um sie herum passierte, rief sie Darkkon laut zu, er solle ihr die Mistviecher vom Leib halten. Ein paar Bolzen seiner Armbrüste liessen die angriffslustigen Tiere verpuffen, doch immer neue flatterten aus den Reihen der Legiarde auf. Nun verfolgte Darkkon den Flug der Vögel zurück bis zum Schamanen. Immer wieder verdeckte der Kopf eines Vorbeilaufenden den des Schamanen; so würde er ihn niemals treffen können. Er bat einen stämmigen Ork, ihn kurz hochzuheben, damit er einen gezielten Schuss abgeben konnte. Darkkon wurde an den Beinen ergriffen und hochgehoben, ein anderer Ork schützte ihn mit seinem Schild. Ein, zwei Pfeile schlugen in den Schild ein. Darkkon musste sich beeilen, immer mehr Gegner richteten ihre Waffen auf ihn. Nun feuerte er mit beiden Armbrüsten gleichzeitig auf den Schamanen. Ein Bolzen verfehlte sein Ziel und prallte an einem Eisenschild ab, der andere durchbohrte erst einen Raben, der auf Syria zuflog, dann seinen ungeschützten Herrn. Schlagartig verpufften alle Vögel zu Russ.

Rey, der von alledem nichts mitbekommen hatte, fand Galardmann, als dieser gerade einem Speerträger in den Nacken stach. Er wich anderen Angreifern aus, steuerte auf den vorlauten Reiter zu, sprang auf den Rücken des Pferdes und stürzte sich mit Galardmann zu Boden. Beide standen sofort auf und suchten erst den Abstand zueinander, um dann erbarmungslos aufeinander zuzustürmen. Rey führte die gegen ihn gestossene Klinge wie in der Fechtkunst in einem Halbkreis von sich und wollte seinem Gegenüber einen Tritt gegen das Schienbein erteilen, doch dieser sprang zur Seite und schwang einen vertikalen Hieb gegen den waffenlosen Kämpfer. Rey erkannte an der Klinge ein gelblich schimmerndes, bestimmt giftiges Waffenfett. Er wusste, er sollte keinen Kontakt zu der Waffe haben, auch nicht, um sie mit den Handschuhen abzuwehren.

«Du kämpfst also mit miesen Tricks. Aber von einem Hauptmann der Legiarde habe ich nichts anderes erwartet.»

«Natürlich», erwiderte dieser krächzend. «Hauptsache, du lässt an dieser Stelle dein Leben und nicht ich. Wie es dazu kommt, ist egal. Aber ich habe noch wesentlich mehr zu bieten als mein Schwert, pass auf!» Er nahm eine kurze, graue Peitsche von seinem Gürtel und schnalzte damit in der Luft. Er täuschte einen erneuten Hieb mit dem Schwert vor, und als Rey ausweichen wollte, schlang sich die Peitsche um seinen linken Unterarm. Sie war aus grauem, feinem Material und wie ein Zopf geflochten.

«Was willst du damit? Die ist ja ganz flauschig und zart.» Mit diesen Worten zerriss Rey die Peitsche und erkannte, dass inmitten des grauen Stoffs ein brauner Strang lag, der zuerst anfing zu qualmen und sich plötzlich entzündete und ihm entgegenschnellte.

Galardmann lachte hämisch. «Nun wirst du einen Arm verlieren!»

Rey schüttelte und zog an dem Anhängsel, von dem brennende Tropfen zu Boden fielen. Er riss Stück um Stück ab und verbrannte sich dabei einige Male die Finger. Endlich hatte er es geschafft, den Stoff abzuwerfen, doch an seinem Arm war eine schmerzende Wunde mit Blasen zurückgeblieben, und an seiner anderen Hand hatte er sich beim Zerreissen der Peitsche auch zahlreiche Verbrennungen zugezogen. Galardmann lief gemütlich auf ihn zu, das Schwert locker in der Hand und siegessicher. Rey wankte von ihm weg, seine Schmerzen waren beinahe unerträglich. Doch dann drehte er sich um, griff mit einem beherzten Ausfallschritt die Klinge mit seinem unverletzten Arm und drückte sie Galardmann aus der Hand. Ein Tritt gegen dessen Bein liess seinen Kontrahenten in die Knie gehen, und nach einem kräftigen Schlag ins Gesicht lag er am Boden.

«Letzter Treffer», murmelte Rey ihm zu, als er sich umdrehte und davonging. Doch nach ein, zwei Schritten blieb er stehen, holte alle Kraft aus seinen Knien und sprang mit einem Rückwärtssalto auf Galardmanns Brustkorb. Dessen Rüstung wurde tief eingedrückt, und er spuckte einen Moment noch Blut, bevor sein Lebenslicht erlosch. Rey sah den toten Feind nicht mehr an. Er machte sich auf die Suche nach dem Ork-König, um seine Wunden verarzten zu lassen.

Feuer flog über das Schlachtfeld, und Blitze zuckten, während Sokker den letzten Kavalier vom Pferd stiess und dieser von den rasiermesserscharfen Krallen des Behemoths aufgeschlitzt wurde. Auf dem ganzen Schlachtfeld wüteten die riesigen Monster, sie spiessten alles um sich herum auf und zerfleischten es mit ihren Zähnen oder Krallen. Die Pfeile und anderen Geschosse, die auf sie abgefeuert wurden, prallten an den für sie gefertigten Rüstungen ab oder steckten nur in der Oberfläche ihrer dicken Haut. Die Linie der Allianz stand, doch ein neues Problem tauchte auf: Ihre Feinde besassen Nekromanten – Magier, die sich auf die Manipulation von Toten verstanden. Gefallene Feinde und Verbündete erwachten verflucht aus ihrem ewigen Schlaf und griffen an. Manche waren noch nicht tot zu Boden gestürzt, da wurden sie von einem Nekromanten wie eine Puppe wieder in den Kampf geleitet. Die verbündeten Krieger versuchten ihre Angriffe auf die Feinde zu richten, die ihre willenlosen Brüder und Schwestern auf sie hetzten, doch um die Totenbeschwörer drängten sich viele gute Kämpfer, die niemanden durchliessen.

«Wir müssen sie töten, sonst stehen wir unseren eigenen Männern gegenüber», sagte der Kriegsfürst in der schwarzen Rüstung entsetzt. Es war das erste Mal, dass er mit Nekromantie konfrontiert war.

Sokker trieb sein Ungeheuer durch die Horde von Wiedergängern, die an ihm hochzuklettern versuchten. Die Orks liessen ganze Truppenverbände von Speerwerfern gezielt auf einen einzelnen Nekromanten los, doch die Schilde der Feinde beschützten ihn zu gut. Auf Befehl eines Adligen durchpflügte eine Staffel Reiter die Reihen und tötete einen Totenmagier, musste jedoch selbst Verluste in Kauf nehmen. Die Magier, die früher Asion gedient hatten, beschworen gemeinsam einen Drachenkopf herauf, der über dem Schlachtfeld thronte und einen weiteren Nekromanten und ein grosses Feld um ihn herum mit seinem feurigen Odem zu Asche verbrannte. Feindliche Zauberer riefen einen giftigen Nebel herbei, und um Syria starben viele tapfere Krieger, bevor Scirocco den Nebel in des Feindes Richtung blies.

Auch Rey war wieder am Kampf beteiligt, sein Arm war gewaschen und verbunden worden. Er kämpfte sich vor und brach einem Schamanen, der Ranken aus dem Boden wachsen liess, die Kämpfer umschlangen und bewegungsunfähig machten, das Genick. Darkkon schoss einem muskelbepackten Legiardär bereits den dritten Bolzen in die unverhüllte Brust, doch dieser bewegte sich immer noch auf ihn zu; mit seinem Morgenstern hatte er vielen Kämpfern den Schädel eingeschlagen. Als er an Syria vorbeigehen wollte, wickelte sie ihm ohne Zögern die Kette ihrer Axt um den Hals und schwang ihn so lange über dem Boden, bis er keine Reaktion mehr zeigte. Die Wiedergänger, die durch die Gegend wankten, störten sie sehr. Wer auf dem Schlachtfeld sein Leben gelassen hatte, sollte nicht auf dieses zurückgeholt werden dürfen. Gegner flogen durch die Luft, sobald sie von der riesigen Axt erfasst wurden. Syria bahnte sich ihren Weg durch Lanzenträger und Bogenschützen, die verzweifelt versuchten, ihr Wunden beizubringen, bevor sie dahingerafft wurden, und an Magiern vorbei, die ihr feurige Sphären entgegenschleuderten. Sie hob den Totenbeschwörer hoch über ihren Kopf und zerriss ihn wie einen alten Lumpen in zwei Teile, die sie dann als Wurfgeschosse gegen die nahenden Feinde schleuderte.

Nur noch wenige Magier standen der Legiarde zur Verfügung. Nun boten sie sich einen erbitterten Einzelkampf mit den Magiern unter Sokkers Kommando. Eine schwarze Aura umgab die kühnen Männer, saugte ihnen das Leben aus und liess das Gras unter ihren Füssen verwelken. Doch mit der letzten Kraft, die ihnen noch gegönnt war, stiessen sie einen Blitz vom Himmel auf die Feinde nieder. Nur ein tiefer Krater blieb übrig.

L

Nach stundenlangem Kampf, während dem beide Seiten grosse Verluste erlitten hatten, führte Darkkon die Kriegsfürsten zusammen. «Wir müssen nach Ise selbst gehen. Wenn wir weiter mit diesem Heer Zeit vergeuden, könnte Solon uns entwischen. Reissen wir eine Lücke in die Feinde, damit einige unserer Kämpfer die Festung angreifen können.»

«Das sollten wir machen», nickte der Ork-König. «Solange Solon nicht getötet wurde, nützen all die toten Legiardäre nichts.»

«*Ich* werde gehen», sagte Syria. «Jeder Krieger, der mir nachkommt, soll sich beeilen.» Zusammen mit den verbliebenen Gefährten schlug sie an der Südflanke eine Lücke in die feindliche Linie und drängte mit den anderen Kriegern hinein. Langsam, aber stetig ging es immer weiter Richtung Ise, zu der in die Klippe eingebauten Feste, deren Eingang offen lag – ein riesiges Tor, von Säulen umgeben. Im Inneren lag ein Vorhof, auf dem viele Krieger postiert waren, um ihren Herrn zu schützen. Mit Luftstössen, Axtwürfen und Bolzenhagel wurde der Hof leergeräumt. Nun galt es, unter den unzähligen Räumen den zu finden, in dem Solon sich verkrochen hatte. Sie kämpften sich durch endlose Gänge voller Feinde, doch jeder führte in den Vorhof zurück. Zufällig sah Rey, wie Feinde aus einem versteckten Raum in den Vorhof kamen und sie überraschen wollten. Mit Zephirs Auge fanden sie die Stellen, durch die der Wind ihnen einen Weg zeigte. Nun begaben sie sich in einen grossen Saal, an dessen Ende ein Steintor hinuntergelassen worden war. Ganze Truppenverbände von Schildträgern mit Spiessen und Schwertern warteten hier auf sie. Darkkons Bolzen durchschlugen die Schilder, Rey warf seine Gegner geschickt zu Boden, wo er sie dann mit ihren eigenen Waffen abstach, und Syria köpfte mit einem Schwung ihrer schweren Axt gleich mehrere Feinde. Als nur noch eine kleine Gruppe übrig war, die vor dem Steintor ihre Stellung verteidigte und sich nach weiteren Verlusten ergeben wollte, ergriff Syria zwei, die von Rey und Scirocco entwaffnet worden waren. Sie rannte mit den zwei verängstigten Kriegern gegen das Tor und riss es so ein. Als die umherfliegenden Steine am Boden lagen und der Staub sich gelegt hatte, warf sie die leblosen, geschundenen Körper von sich fort. Nun stand sie im Thronsaal.

An eine Wand gelehnt stand ein einzelner Mann, mit einem Stein sein Schwert schärfend. Der Saal des Steintores füllte sich mit Feinden, die den Kriegern gefolgt waren. Das schien den Mann nicht zu beeindrucken. «Du bist also die Berserkerin, die letzte deiner Art.» Er ging zum Thron und setzte sich. Vom Boden hob er eine Krone und setzte sie sich auf.

«Solon!», rief Syria, doch der Fremde schüttelte den Kopf.

«Falsch, der Imperator ist ein anderer.» Er stand auf und ging um den grossen, verzierten Stuhl herum, ohne Syria aus den Augen zu lassen. Dann zog er einen gefesselten Mann hervor und sagte: «Solon der Vierte, jetziger Herrscher über das Imperium Honodur.» Er schnitt die Fesseln durch, half dem Imperator auf die Beine und trat ihm in den Rücken, so dass er Syria vor die Füsse fiel.

Solon wimmerte und flehte Syria um Gnade an. Doch diese rammte ihm ihre Axt durch den Körper und schmetterte ihn gegen die nächste Wand. Sie flüsterte hasserfüllt: «Das ist meine Rache.» Dann fragte sie den Fremden, der inzwischen wieder auf dem Thron Platz genommen hatte, nach seinem Namen.

«Ich bin Degardo, ehemaliger Befehlshaber der Legiarde, und seit knapp einer Minute der neue Imperator. Ich habe gehört, dass du dich an dem, der für die Ausrottung deines Stammes verantwortlich ist, rächen willst. Tja, dann hast du den Falschen getötet. Er gab den Befehl, aber ich habe ihm dazu geraten und ihn bearbeitet, bis er seine besten Schlächter überfallen und töten liess. Findest du es nicht auch witzig? Die letzte der Berserker, die von mir ausgerottet wurden, ermöglicht mir den Aufstieg zum Imperator.»

«Wieso? Wieso mussten die Berserker sterben, welchen Grund hattest du?» Sie musste sich alle Mühe geben, um nicht auf Degardo loszugehen.

«Weil sie stark waren, zu stark für meinen Geschmack, denn ich wollte der oberste Befehlshaber der Legiarde bleiben. Daher habe ich Solon, diesem Idioten, vorgelogen, dass sie eine eigene Armee gründen wollten. Er glaubte mir, dass sie eine Gefahr für ihn darstellten. Dank dir und dieser kümmerlichen Allianz bin ich nicht nur Befehlshaber der Legiarde, nein, nun bin ich sogar Imperator. Und nachdem meine Leute euch alle vernichtet haben, werde ich den ganzen Kontinent beherrschen, denn es wird niemand mehr da sein, der gegen mich kämpfen könnte.»

Syria tobte innerlich, ihr Körper fing an zu zittern und füllte sich mit bebender Hitze. «Du!», schrie sie und hackte den Thron entzwei, doch Degardo entwich.

«Syria, es sind zu viele, hilf uns!», hörte sie Zephir von hinten rufen. Immer mehr Feinde schlossen zu den Gefährten und den anderen Kämpfern auf. Die beiden Geschwisterpaare und weitere Krieger der Allianz versuchten sie im Schutt des zerstörten Tores vom Eindringen abzuhalten.

«Ich werde dir jeden Knochen brechen!», schrie Syria, während sie Degardo durch den Raum jagte, doch er war sehr flink und wich den Würfen und Hieben der Axt gekonnt aus.

«Was denkst du eigentlich, wen du da töten willst? Ich bin nicht Solon, der nur Befehle erteilt, sondern der beste Krieger meines gesamten Heeres.» Er zog sein Schwert, und als er unter Syrias Beinen durchschlitterte, schnitt er ihr eine tiefe Wunde ins Fleisch. Sein Schwert war alabasterweiss, es konnte keine gewöhnliche Waffe sein.

«Der Schutz deiner Rüstung hat also bereits nachgelassen. Du hast dich wohl zu sehr mit meinen Gefolgsleuten verausgabt, was?» Syria schwang die Axt mit beiden Händen zu Boden, doch Degardo war bereits an einer anderen Stelle, und der verfehlte Schlag liess den steinernen Boden aufspringen. «Ich habe mich gut über dich informiert, ich weiss, wie du kämpfst, und ich sage dir jetzt schon, dass du nicht gewinnen kannst.»

«Was willst du Winzling gegen mich ausrichten?»

«Ich muss dich gar nicht töten», verhöhnte Degardo sie. «Ich provoziere dich gezielt, bis du durchdrehst, dann flüchte ich, und du metzelst deine eigenen Verbündeten nieder. Und bis du wieder bei klarem Verstand bist, ist eure Allianz untergegangen, und ich bin längst auf dem Weg in mein Versteck.»

Syria wusste, dass er recht hatte. Sie musste ihn so schnell wie möglich erwischen. Degardo zückte eine Phiole, die er ihr vor die Füsse warf und die mit einem Knall explodierte. Syria wurde dabei an den Beinen verletzt, und die neongelbe Flüssigkeit löste Flammen aus, die an ihr hochkrochen. Mühsam musste sie sich erst das Feuer vom Leib klopfen, bevor sie wieder bereit war, Degardo zu bekämpfen. Dieser hatte sich vorbereitet und warf ihr einen Speer gezielt gegen den Kopf. Sie wich aus und hielt dabei schützend die Arme vors Gesicht, was jedoch ihrem Gegenüber die Gelegenheit gab, sich ihr schnell zu nähern und mit einem Sprung gegen die Wand und von dieser weg einen hervorragenden Hieb zu landen, der Syrias Hals beinahe durchtrennte. Bis dahin hatte sie lediglich gespürt, wie der Wahn langsam Besitz von ihr ergriff, doch diese Wunde, die überaus stark blutete und doch in Windeseile heilte, löste ihn richtig aus. Degardo wollte durch eine Seitentür den Thronsaal verlassen, doch Syria folgte ihm. Sie traktierte die kleine Eisentür mit einem so verheerenden Faustschlag, dass sie völlig unbrauchbar wurde. Degardos Plan war gescheitert. Er wandte sich den Waffenständern an den Wänden zu, in denen verschiedene Mordwerkzeuge steckten. Er griff sich zunächst ein paar Wurfspeere, die er der blutlüsternen Kriegerin entgegenwarf und deren Spitzen auch nach dem Abbrechen in ihrem Körper verblieben. Mit einigen Beilen fügte er ihr geringe Wunden zu, nicht tief genug, und Syria zog die Waffen schnell wieder heraus und schleuderte sie durch die Luft. Mit einer Lanze gelang Degardo schliesslich ein glücklicher Stoss durch Syrias Schienbein, als diese eines der Beile aus ihrer Hüfte zog. Diese Verletzung war ungünstig für Syria, sie hemmte ihre Bewegungsfreiheit.

Die anderen Kämpfer waren inzwischen mit immer mehr Feinden konfrontiert, die ihrem Befehlshaber zu Hilfe eilen wollten. Während Syria weiter mit Degardo kämpfte, war Rey mit seinen Gedanken ganz woanders. Während er einem Feind den Holzschild zerbrach, indem er mit beiden Beinen dagegensprang, fragte er sich, wie es wohl draussen aussah, ob der Kampf bereits zu Ende und die Allianz womöglich besiegt war ... «Wenn nicht bald Unterstützung hier ist, gehen wir alle drauf», dachte er.

Darkkon bemerkte, dass sein Bruder unkonzentriert war. Er selbst kämpfte inzwischen mit kleineren Bruchstücken des Tores und mit Waffen, die er den getöteten Kriegern abgenommen hatte. Seine eigenen hatte er verbraucht. «Wir schaffen das schon, Syria macht den Kerl kalt und hilft uns dann. Und andere Helfer sind bestimmt auch schon auf dem Weg hierher.» Aber auch er dachte, dass dies vielleicht ihr letzter Kampf war.

Als er einen Moment abgelenkt war, wurde Darkkon von einem Feind überrascht, der ihm gefährlich nahe kam. Doch Scirocco stiess ihn mit einem Windschwall gegen eine Trägersäule, und Darkkon schleuderte ihm einen faustgrossen Stein gegen den Hals, der dem Krieger den Kehlkopf zerriss.

Ausserhalb Ises tobte der Kampf immer noch gleich heftig. Sokker war so schwer verletzt, dass er sich in die hintersten Reihen zurückziehen musste. Eine Frau hatte sich auf den Behemoth geschwungen und seinem Reiter einen Dolch durch den Rücken getrieben. Nun legten seine Ärzte ihm Kräuter auf seine Wunden und verbanden diese so, dass sie nicht weiterbluten konnten. Der Söldnerführer mit der nachtschwarzen Rüstung war bereits im Kampf gefallen. Ein Behemoth hatte ihn aus Versehen mit seinem Schwanz gegen einen der Trümmer der Schutzburgen geworfen, und dort war der Kriegstreiber am Boden liegend von Feinden aufgespiesst worden. Der kleine dicke Adlige, der einige Zeit zuvor noch keine Ahnung von Kriegsführung gehabt hatte, gab nun seinem gesamten Heer den Auftrag zu verhindern, dass weitere Legiardäre ins Innere Ises gelangten.

Degardo hatte Syria inzwischen bedrohlich verletzt. Sie konnte nicht mehr richtig auf ihr linkes Bein auftreten, und so beschränkte sich ihre Raserei auf wildes Herumfuchteln mit und ohne Axt, während sie langsam daherhumpelte. Nach einem Treffer mit einem Kriegshammer in den Magen und einem weiteren gegen den Kopf ging die Riesin zu Boden. Nach Luft hechelnd und blutüberströmt lag sie neben der verkrümmten Tür. Ihre letzten Augenblicke schienen gekommen. Ihre Axt erschien und verschwand immer wieder in ihrer Hand, Teile ihrer Rüstung verblassten zusehends und legten das blanke Fleisch frei. Sie hatte keine Kontrolle mehr über sich und ihre Fähigkeiten. Degardo, der im gesamten Kampf keinen Kratzer davongetragen hatte, legte seine geborgten Waffen nieder, zückte sein Schwert und putzte es an seinem Ärmel sauber, bis es wieder von Griff bis Spitze weiss war und kein Blutstropfen daran klebte. Er schritt zu ihr. Ihre Gefährten waren so beschäftigt, niemanden vorbeizulassen, dass sie nicht bemerkten, wie es um Syria stand.

«Die Letzte des Berserkerstammes stirbt durch die Hände des Imperators. Ich werde niemals vergessen, wen ich als erstes getötet habe, nachdem ich der neue mächtigste Mann dieser Welt wurde.» Er trat vor sie und hob kurz sein Schwert in die Luft, um ihren Schädel zu durchstossen.

Syria atmete hastig. Sie hatte höllische Schmerzen. In dem Moment, als die Klinge herabstürzte, hob sie schützend den Arm und die Klinge durchstach lediglich diesen. Bevor Degardo reagieren konnte, wurde er von einem Handrücken gegen die Wand und durch diese hindurchgeschmettert. Ein Loch neben der Tür gab einen Gang frei, in dem nun der überraschte Legiardenführer lag. Er versuchte sich aufzusetzen. Syria kroch zu ihm. Er war erstarrt, schwitzte, und seine Haut verfärbte sich allmählich.

«Du wirst gelb! Ein Leberschaden? Sieht nicht gut aus für dich. Du hast nicht erkannt, dass ich mich seit einiger Zeit wieder unter Kontrolle hatte. Ich werde jetzt zusehen, wie du im Sitzen stirbst, und wenn das Leben dich verlassen hat und ich mir deine Waffensplitter entfernt habe, schlag ich dich noch mal durch die Wand.» Er sah sie an, verängstigt und ungläubig. «Ich will dir etwas verraten: Ich bin nicht die Letzte, ich habe eine Tochter.» Syria begann die Fremdkörper aus ihrem Körper zu reissen. Sie stand etwas wacklig auf und sah zu, wie das Leben den Körper ihres Erzfeindes verliess. Der verwirrte Ausdruck auf Degardos Gesicht erstarrte. Er schien die Kriegerin, die ihm die kürzeste Herrschzeit eines Imperators beschert hatte, immer noch anzustarren. «Rühr dich nicht vom Fleck», sagte sie spöttisch zu der gelben Leiche. Dann eilte Syria ihren Freunden zu Hilfe und begrub einige Feinde unter einem grossen Trümmerstück.

«Endlich jemand, der aufräumt!», scherzte Rey, als Syria sich neben ihm einfand. Sie sah, dass ihr Gemahl verletzt war, doch sie hatten keine Zeit zum Reden. Von draussen strömten nun keine Feinde mehr in die Festung, da sie von der Armee des Dicken davon abgehalten wurden. So konnten die Krieger nach und nach etwas Luft schöpfen.

«Jetzt müssen wir nur noch die restlichen Feinde vernichten, dann ist es geschafft», meinte Darkkon zuversichtlich. Syria war nun wieder bei ihnen und konnte reihenweise Gegner ermorden. Er packte noch ein paar Steine als Wurfgeschosse ein, dann verliessen sie gemeinsam die Festung. Vor dem Eingang zu den Gewölben kämpften die feindlichen Krieger noch immer um Einlass. Syria, die sich von ihren Verletzungen komplett erholt hatte, schlug nun eine senkrechte Linie in die Reihen der Feinde, indem sie ihre Axt geradeaus auf Kopfhöhe des Gegners warf. Jeder, der nicht zur Seite sprang, verlor seinen Kopf oder erlitt einen schweren Schlag durch den Griff der Axt.

«Wie viele sind es noch?», erkundigte sich Scirocco bei der grossgewachsenen Frau, die das Schlachtfeld überblicken konnte.

Sie antwortete, ohne mit dem Morden aufzuhören: «Das wird noch eine Weile dauern, aber ich würde behaupten, dass sie so viele sind wie wir!»

Eine gute Nachricht für alle, die sie vernahmen. Vor dem Kampf war die Zahl ihrer Feinde drei- bis viermal grösser gewesen als die ihrer eigenen Kämpfer. Nun verlor die Legiarde Mann um Mann, und die Allianz legte deutlich an Tempo zu. Nach langem Kampf gelang es der Allianz am Morgen des zweiten Tages endlich, die letzten Feinde niederzuringen. Einige ergaben sich und wurden gefangen genommen, vorerst zumindest.

LI

Nun war es vor Ise totenstill. Die Kriegsfürsten und die kleinste Armee der Allianz gingen in die Festung und kamen nach einiger Zeit mit Solons Leiche zurück. Syria hob sie hoch über sich, so dass jeder sein Gesicht sehen konnte.

Sokker, der von Scirocco und Darkkon gestützt wurde, verkündete: «Solon ist tot, die Legiarde gefallen, Honodur existiert nicht mehr. Frei sind die Menschen und Völker! Heute beginnt ein neues Zeitalter: das 17. Zeitalter – oder das erste nach dem Fall des Imperiums.»

Syria warf Solons Leichnam in die tosende Menge. Er wurde weitergereicht, damit jeder den toten Imperator gesehen hatte, bevor er wie ein Sklave in alten Zeiten ohne Grabstein oder Begräbnis in einem unbekannten Loch verscharrt werden sollte.

Rey hatte Degardo mit Hilfe des Adligen herbeigetragen. «Deine Trophäe», sagte er zu Syria. «Was willst du jetzt mit ihm machen? Ihn in dasselbe Loch werfen wie seinen Vorgänger?»

«Nein, wir behalten ihn. Ich habe doch Niis versprochen, etwas mitzubringen.»

«Du willst ihr aber keine Leiche zum Spielen geben, oder?»

«Nein, sicher nicht», sagte Syria, verblüfft von den makabren Ideen ihres Geliebten. «Aber wenn wir bei der Plünderung Ises nichts Besseres finden, lassen wir unserer Tochter einen Dolch oder ein Schwert aus den Knochen schnitzen. Als Erinnerung an unseren Sieg!»

Dieser Vorschlag gefiel Rey. Wenn sie fertig gefeiert hatten, würde er den Mistkerl auskochen und seine Knochen mitnehmen.

Die Sept wurden losgeschickt, die Schatzkammer der Feste zu suchen und alles Wertvolle zu erbeuten. Darkkon wies sie zudem an, auch die Bücher und alle anderen Schriften zu bergen, er wolle sie in eine Bibliothek bringen lassen. Lange dauerte es, das Schlachtfeld von den Leichen zu säubern. Wer etwas Wertvolles fand, durfte es behalten. Danach begannen die siegreichen Krieger zu feiern und ihre Banner um ein riesengrosses Feuer aufzustellen. Rey beauftragte einen Kürschner damit, Degardos

Fleisch von den Knochen abzutrennen und diese anschliessend in kochend heisses Wasser zu werfen. Nun sass er mit seinem Bruder und den anderen ihrer kleinen Armee am Feuer, und Syria konnte ihn endlich fragen, wie es zu dem verbundenen Arm gekommen war.

Bald verabschiedeten sich die ersten Krieger. Sie wollten so schnell wie möglich nach Hause zu ihren Familien und die frohe Nachricht in die verschiedenen Länder tragen. Doch zuvor mussten sie auf Schriftrollen ihre Namen suchen und ein Zeichen daneben setzen. Dies war Sokkers Einfall gewesen. Er wollte, dass die Namen und die Herkunft aller Krieger notiert wurden, damit später in einem Buch festgehalten werden konnte, wer in den zwei entscheidenden Schlachten anwesend war.

«Es soll noch in tausend Jahren ersichtlich sein, wer heldenhaft an der Geschichte unseres Kontinents beteiligt war und dafür vielleicht sein Leben gelassen hat.» Dieses Buch sollte später die erste geschichtliche Niederschrift des 17. Zeitalters werden.

«Eine brillante Idee», lobte Darkkon. Als er zu den anderen zurückkehrte, war Syria gerade dabei, Reys Verband zu wechseln. Die beiden Geschwister diskutierten, was sie mit der Beute aus Ises Kammern anfangen würden. Da fiel dem Schützen ein, dass er Fang versprochen hatte, mit der Königsfamilie zu reden. Diese war aus dem Kerker befreit worden, jedoch bereits abgereist.

Immer mehr Krieger und ihre Anführer machten sich auf den Weg nach Hause. Syria verabschiedete sich von den Sept, die in ihr Dorf aufbrachen und von nun an nicht mehr in der Verbannung leben mussten. Zu guter Letzt machten sie sich auch selbst auf den Weg. Bald würden sie ihre Tochter wiedersehen und in Buchenwall den guten Ausgang des Krieges verkünden können.

In Jokulhaups wurden sie von den Arbeitern, die in der Zwischenzeit gut vorangekommen waren, freudig empfangen. An der Abzweigung nach Felsbach wollte Darkkon sich verabschieden und nach Eran gehen, um Fang zu sehen, doch er wurde von seinem Bruder und Zephir überredet, zuerst nach Buchenwall mitzukommen. Felsbach selbst war nun ein beträchtliches Dorf und sollte im Laufe der Zeit als Knotenpunkt zwischen den Ländern des Westens und des Ostens immer wichtiger werden. In

jedem Dorf, an dem sie auf ihrem Weg nach Buchenwall vorbeikamen, fragte man sie, welche Seite denn nun gewonnen habe.
Sobald sie erzählten, dass Honodur nicht mehr existierte, wurden sie mit Geschenken überhäuft. In Hagen wurden sie von
den Bewohnern sogar einen Tag lang aufgehalten, man liess
sie dieses Mal nicht einfach gehen. In dieser Nacht freundete
Scirocco sich mit der jungen Frau an, die Rey schon mehrmals
über den Weg gelaufen war. Sie hiess Telis und verkaufte Pferde
und andere Tiere.

Als die Freunde die Brücke von Buchenwall überquert hatten,
schlug ein alter Mann am Rand des Dorfes Alarm. Es war Jans Vater, der jeden Tag nach den Helden Ausschau gehalten hatte. Und
wieder versammelte sich das gesamte Dorf um die Ankömmlinge, und sie wurden als Helden gefeiert. Niis, die in der Obhut
von Jan und Ursula gewesen war, wurde von ihren Eltern mit
Tränen in den Augen in Empfang genommen. Die Kinder waren
gross geworden in den Monaten, die vergangen waren.

Eine Woche nach der Feier heirateten Tibbett und Alm auf dem
Hügel. Als die Zeremonie vorbei war, fragte Zephir, ob Rey und
Syria nicht auch heiraten wollten.

«Wir brauchen keine Hochzeit, um zu wissen, dass wir ein
Paar sind. Wir haben nebeneinander in Schlachten gekämpft,
das sollte genügen.» Syria sprach Rey aus der Seele. Er wollte
keinen grossen Aufstand um seine neue Familie machen.

Darkkon reiste wenige Tage später ab, um Fang zu suchen. Er
blieb lange fort, und als er zurückkehrte, waren Fang und Grendel bei ihm. Als er ihre Geschichte gehört und erfahren hatte,
dass es keinen Ort gab, an den sie zurückkehren konnte, hatte er
Fang angeboten, mit ihm nach Heel mitzukommen.

Der Wandel zog ins Land. Die östlichen Länder mussten sich an
den Umstand gewöhnen, dass sie nun nicht mehr unter der Fuch-
tel des Imperiums standen. Rey und Syria lebten in Jans und Ursulas Scheune, bis ihr Turm fertig gebaut war, dann zogen sie mit
ihrer Tochter um. Zephir und Scirocco kauften sich zwei gegen-
überstehende Häuser in Felsbach und liessen sich dort nieder.
Zephir liess eine Familie in ihrem Haus wohnen. Bis sie selbst
einen Mann und Kinder haben würde, wollte sie nicht alleine

leben. Scirocco und Telis, die Frau aus Hagen, wurden Lebensgefährten, doch nach wenigen Monaten trennten sie sich wieder in Freundschaft. Die Liebe hatte sich während der schweren Zeit, die Fang durchlebte, auch in Darkkons Herz gebrannt.

Die Zeit verstrich, und es war ruhig auf dem ehemals gespaltenen Kontinent. Syria und Rey begannen zu befürchten, dass das sesshafte Leben sie langweilen würde, doch so weit sollte es nicht kommen.

LII

Syria stand auf einer weiten Wiese, neben ihr Rey auf der einen, Darkkon auf der anderen Seite. «Geh mit deinen Truppen nach Comossa Belt zurück. Geh und sag deinem Meister, du habest es dir anders überlegt», sagte sie zu dem Mann, der vor ihr stand.

«Es würde meinem Ruf schaden, wenn ich mich zurückziehen würde, nachdem ich nur mit dir gesprochen habe», antwortete er.

«Sag, du würdest aus Ehrgefühl nicht gegen mich kämpfen wollen. Oder schieb mir die Schuld zu. Aber geh von der Insel Heel, ohne zu kämpfen. Auch wenn wir nur wenige sind – du würdest viele Männer und dein eigenes Leben verlieren.»

«Ich weiss, als erstes würde ein Bolzen deines Schwagers meine Brust durchstossen. Aber ich habe auch eine Verpflichtung meinen Männern gegenüber, sie wollen bezahlt werden.»

«Ich verstehe dich, du hast Angst, nun nach dem Untergang Honodurs keine Arbeit mehr zu finden. Aber Söldner benötigt man nicht nur für den Krieg, sondern auch um Städte, Dörfer oder sogar nur einzelne Personen zu beschützen. Zudem waren deine Leute nicht alle immer schon Kämpfer, sondern auch Bauern, Zimmermänner und so weiter.»

«Ich werde mich jetzt mit meinen Hauptmännern unterhalten und beraten. Ich werde euch nicht vorwarnen, falls wir euch angreifen.» Er drehte sich um und lief zu seinen Leuten. Eine ganze Armee war vor dem Panorama einer von Schiffen belagerten Küste aufgereiht. Er kam alleine zurück und verkündete: «Wir werden verschwinden, und ich werde keinen Auftrag mehr annehmen, der darauf hinausläuft, Länder für meine Meister zu erobern. Ich persönlich empfinde grossen Respekt für das, was ihr getan habt, aber ich kann euch nicht versprechen, dass niemand anderes es versuchen wird.»

«Dann wird dessen Kopf fallen und nicht deiner.»

Er wandte sich ab, winkte mit beiden Händen und folgte seinen Kämpfern auf die Schiffe.

«Jetzt ist Solon schon seit Monaten tot, und trotzdem gibt es

Konflikte zwischen den einzelnen östlichen Ländern», stellte Rey fest.

«Wir haben nicht darüber nachgedacht, was für Auswirkungen es haben könnte, das Imperium auszuradieren. Ohne jemanden, der die Länder vereint, gibt es keinen Grund, nicht nach Eroberung zu streben», meinte Darkkon missgelaunt.

«Wir haben den Ländern Freiheit geschenkt», wandte Syria ein, «kann sich nun nicht jemand anderes um alles Weitere kümmern? Was erwarten die Leute? Ich habe nur indirekt für den Westen oder die östlichen Länder und deren Freiheit gekämpft, das war nicht meine Priorität.»

«Man kann nicht die halbe Welt aus den Fugen reissen und danach keine Verantwortung übernehmen für das, was man dabei hinterlässt.»

Sie warf Darkkon einen schnippischen Blick zu.

«Du weisst, dass ich recht habe.»

Sie erwiderte nichts, gab aber zu erkennen, dass sie ihm zustimmen musste.

Sie holten Eries, Niis, Fren, Lilia, Fang mit Grendel und Zephir in Shemen ab, um sie nach Heel in Eries' Haus zu bringen.

«Ihr konntet sie also überzeugen, nicht für Comossa Belt zu arbeiten», meinte Zephir erfreut zu Rey. Sie liefen nebeneinander dem Ochsenkarren nach, in dem Eries mit Darkkon und seiner Ehefrau sass. Diese küsste Darkkon zärtlich auf die Wange und meinte, es sei schön, die Auseinandersetzung friedlich gelöst zu haben. Durch die langen, unteren Eckzähne, die sich bei geschlossenem Mund in Vertiefungen des Gaumens einfügten, wirkte ihr Lächeln auf Personen, die sie nicht kannten, wie das Zähnefletschen eines wilden Tieres.

«Ich mache mir Sorgen, Fang», sagte er nachdenklich.

«Weil ihr die Königsfamilie trefft?»

«Das auch, aber noch mehr wegen all dieser Schwierigkeiten, dem Vertrauensmangel zwischen dem Osten und dem Westen und der Instabilität der Länder.»

«Jeder Heerführer, den ihr davon überzeugt, nicht zu folgen, wenn jemand sich andere Länder aneignen möchte, ist ein weiterer Schritt in Richtung dauerhafter Frieden.»

«Wenn wir nur alle Vertreter der einzelnen Staaten an einen

Tisch bringen und eine Art Anführer auf Zeit mit beschränkter Macht wählen könnten ...»

Fang sah zu Syria. «Sie möchte nichts damit zu tun haben und ich kann sie verstehen. Man würde ihr zuhören, sicher, da sie ja Solon getötet hat. Aber wie sie finde auch ich, dass sie dadurch nicht automatisch zur neuen Imperatorin wird. Und sie will sich endlich um Niis kümmern können.»

«Zunächst werden wir nach Eran reisen, um zu reden. Wenigstens dazu konnten wir sie überreden. Das ist vor allem Sokkers Verdienst.»

Syria kam mit Niis auf dem Arm zum Karren. «Kannst du ihr bitte wieder etwas vorsingen? Sie schläft so unruhig ...»

«Natürlich», antwortete Fang und nahm ihre Nichte entgegen. Fang stimmte ihren Engelsgesang an; so nannte man das Singen ohne Worte, das ausschliesslich aus variierenden, langgezogenen Lauten bestand.

Nachdem sie die anderen sicher zuhause abgeliefert hatten, brachen alle, die an der Schlacht um Ise beteiligt gewesen waren, nach Eran auf. In Felsbach würden sie Scirocco abholen, der ebenfalls mitkommen sollte. Fang hingegen hatte sich geschworen, die Stadt und das Schloss Eran nie wieder zu betreten. Als sie dort gewesen war, um sich nach ihrer und Grendels Herkunft zu erkundigen, hatte sie schwer erträgliche Antworten erhalten. Um neue Wege der Kriegsführung zu beschreiten, hatte Eran den Magiern freie Hand gelassen, und so hatten diese aus den Gefangenen Mischwesen gezüchtet. Fangs Mutter war ein alter Ork und ihr Vater ein Elf, der sich im Winter zu weit vom Schloss in der Ebene entfernt hatte. Grendel war ein heraufbeschworenes Monster, das als Schlachtross dienen sollte. Als man die Versuche einstellen und die Ergebnisse verschwinden lassen musste, hätten sie beide erschlagen werden sollen. Doch der damit beauftragte Krieger hatte dies nicht über sein Herz gebracht und beide in einem Wald ausgesetzt. Darkkon wurde immer wieder wütend, wenn er daran dachte, und nun war er auf dem Weg zu einer Audienz mit den Leuten, die seiner Frau solchen Schmerz zugefügt hatten. Als sie Comossa Belt erreicht hatten, versuchten sie so schnell wie möglich aus der Stadt hinaus zu gelangen.

«Jetzt einfach keinem Söldner begegnen», meinte Rey.

«Und nach Möglichkeit nicht mit den Leuten reden», fügte Zephir hinzu. Sie wollte die Welt sehen, das Abenteurerleben weiterführen. Doch sie war immer noch scheu und Fremden gegenüber zurückhaltend. «Wozu genau wurdet ihr eigentlich eingeladen?», fragte sie Darkkon.

«Wir wissen nichts Konkretes, aber ich denke, die Königsfamilie möchte sich bedanken und mit uns die Situation zwischen dem Westen und dem Osten erläutern.»

«Und wir sind eigentlich gar nicht eingeladen worden, ich und Scirocco ...»

«Wir sind alle gleichgestellt», warf Syria ein, «wenn ihnen das nicht passt, dann müssen wir nicht mit ihnen sprechen.»

«Genau, dann kracht's», meinte Rey. Dafür kassierte er von seinem Bruder einen leichten Klaps auf den Hinterkopf.

«Du bist am besten still.»

«Am liebsten würde ich gar nicht erst hingehen ...», seufzte Syria, nachdem sie die Stadt verlassen hatten. «Ich habe keine Lust, mit ihnen zu sprechen, zumindest nicht jetzt. Ich will endlich meine Tochter kennenlernen, sie kommt mir irgendwie fremd vor.»

«Das wird alles noch. Mach dir keine Sorgen, dass du ab und zu Fang bitten musst, sie in den Schlaf zu singen. Du hast die Geduld für ein Kind, vertrau mir, du bist nur immer noch nicht zur Ruhe gekommen.»

Darkkon verlangsamte seine Schritte und starrte einen Busch an.

«Was siehst du?», fragte Rey.

«Eine Schlange.»

Rey blickte umher, sah jedoch nichts. Er ging näher zu dem Busch. Ein kurzes Rascheln war zu hören; sie schien entwischt zu sein. Doch Rey schlich sich vorsichtig näher. Die anderen warteten auf ihn. Endlich kam er zurück. Er hielt einen Beutel hoch.

«Hast du die Schlange gefangen?»

«Nein, aber ich habe das hier geerntet.» In dem Beutel lag ein Kraut mitsamt Wurzel.

«Die Pflanze riecht nach kaltem Schweiss», bemerkte Zephir angeekelt.

«Das ist Trollkraut», erklärte ihr Darkkon mürrisch. Er wusste, dass sein Bruder nur Schabernack damit treiben wollte.

«Daraus kann man verschiedene Dinge herstellen.»

«Du kannst nur Trollkrautpulver daraus herstellen, das ist nichts Nützliches.»

«Das *ist* etwas Nützliches», erwiderte Rey eingeschnappt.

«Was macht man denn damit?», fragte Zephir.

«Frag besser nicht, Zephir», knurrte Darkkon.

«Wenn ich das Kraut trockne und dann die Blätter zu Pulver zermahle, erhalte ich Hyspirs Mu'ugi. Das ist alte Sprache.»

«Niemand nennt das Trollkrautpulver so ausser dir!», fletschte Darkkon boshaft. Er hatte das Pulver, das keinen Geschmack hatte, schon oft ungewollt einnehmen müssen.

«Damit ändert sich die Wahrnehmung all deiner Sinne», sagte Rey und flimmerte mit allen Fingern vor Zephirs Gesicht herum. Er war so verzückt von seinem Fund, dass er bei jedem Halt auf ihrer Reise danach sah. In Felsbach behandelte er den Inhalt seines Beutels mit einem Mörser, bis ein dunkelgrünes Puder entstanden war, das er voller Stolz Scirocco präsentierte. Dieser zeigte wenig Begeisterung dafür.

Nach der Übernachtung in Sciroccos Haus ging es weiter westwärts.

«Bald sind wir dort», meinte Rey schelmisch. Während der Wanderung durch die matschige Ebene machte er immer wieder Anspielungen auf seinen mit Pulver gefüllten Beutel und die Streiche, die er damit am Hof spielen werde. Die anderen kümmerten sich nicht um sein Geschwätz. Doch eines Tages, kurz vor ihrer Ankunft, wurde es Syria zu bunt. Sie flüsterte Darkkon etwas zu, und bei der nächsten Rast schnappte sich dieser den Lederbeutel. Eine Zankerei brach aus. Rey wollte seine wertvolle Habe zurück, Darkkon wies auf die Gefahr hin, damit im Westen Unsinn zu treiben. Lange argumentierten sie hin und her, bis Rey seine Geduld verlor und Darkkon das Ledergefäss abzunehmen versuchte. Nun mischte sich Syria ein. Sie nahm Darkkon den Beutel ab und hielt ihn hartnäckig fest. Als Rey ihr von hinten über die Schulter klettern wollte, um ihn ihr zu entreissen, griff sie nach ihm und stellte ihn auf den Boden.

«Wenn du es so sehr möchtest, dann nimm!», sagte die Riesin

belustigt, zwang ihn, den Mund zu öffnen und steckte ihm eine Handvoll des Pulvers hinein. Er wand sich, dann entfernte er sich von den anderen und wartete stumm und voller Schrecken die Wirkung ab. Als nach einigen Momenten nichts zu passieren schien, änderte sich sein verzweifeltes Gesicht in ein ungläubiges, dann ein verwundertes.

«Kannst du bitte weitergehen?», sagte Zephir.

«Ich versteh es nicht. Ich verstehe es nicht», murmelte er. «Ich habe alles so gemacht wie immer. Und bei der Menge, die ich erwischt habe, sollte ich fast an Herzversagen sterben.»

«Hast du denn schon selbst einmal etwas von Hyspirs Einfall probiert?», fragte Scirocco.

«Ja, damals habe ich es in Tee getan, nur ganz wenig, doch schon nach kurzer Zeit war ich nicht mehr ich selbst.»

Sie schlugen ihr Nachtlager auf und machten ein grosses Feuer. Rey sah gebannt in die Flammen, doch noch immer schien alles normal. Er legte sich schlafen.

Er lehnte an einen Wegweiserstein. Die Sonne stand tief, und eine Fledermaus zog ihre Kreise um Rey. Aus dem Osten kamen Leute den Weg entlang. «Wo bin ich?», fragte Rey, doch er vernahm seine eigenen Worte nicht. Die Menschen kamen immer näher. Ohne ihn auch nur anzusehen, ging die Gruppe an ihm vorbei, fröhlich diskutierend und gestikulierend. Er verstand nicht, was sie sagten. Die Männer und Frauen machten einen kräftigen Eindruck auf den Kämpfer. Aus dem Schwarm heraus lief eine junge Frau auf ihn zu. Sie hatte rotblonde Haare und ein schönes Gesicht, wirkte aber im Gegensatz zu den anderen eher grazil. Sie war etwa in Zephirs Alter.

«Gehen wir ein Stück zusammen?», forderte sie ihn auf. Ohne zu wissen, was sie von ihm wollte, folgte er mit ihr der Gruppe. «Siehst du?» Sie zeigte voraus.

Jetzt bemerkte er den Turm in der Ferne. Der Grund des Turms und dessen Umgebung verschwanden in tiefster Schwärze. Wo bin ich? Wer bist du? Er hatte viele Fragen, konnte sie jedoch nicht in Worte fassen. Ihn schauderte, und kurz wurde alles schwarz um ihn. Plötzlich erblickte er Syria, die sich verschwommen zu bewegen schien.

«Eine Riesin gebärt eine Riesin gebärt eine Riesin gebärt einen

Menschen. Das Risiko ist hoch, es ist ein gewagtes Spiel. Grosse Macht in einem Körper, um zu leben, einen grösseren Körper, um das nächste Leben zu schützen, doch unfähig, viele Leben zu erschaffen. Wirst du fähig sein, den Stamm zu schützen?»

«Welchen Stamm?», war die erste Frage, die er herausbrachte.

«Den, den ihr neu begründet.»

Seine Erscheinung von Syria verschwand, und auch die Frau war nicht mehr neben ihm. Er sah nun sein eigenes Bildnis vor sich und wusste, dass auch er gesehen wurde. Irgendwie war ihm klar, dass der, der ihn beobachtete, auch er selbst war. Das Schwarz lichtete sich zu einem immer heller werdenden Blau.

«Gute Nacht, Bruder», hörte er die Stimme der Frau noch flüstern, dann zuckte es durch seinen Körper, als habe ihn ein harter Schlag getroffen. Er machte die Augen auf und merkte, dass er verkrampft dalag und alles nur geträumt hatte.

«Was tust du denn da?», fragte Scirocco.

«Eine sehr interessante Wirkung für ein Wiesengras», bemerkte Darkkon.

«Was meinst du damit?»

«Wir haben in Felsbach dein Hyspirs Mu'ugi gegen das Pulver eines gewöhnlichen Allerweltgrases eingetauscht und den Beutel sauber gewaschen, als du geschlafen hast.»

«Das war nicht das Kraut ...», sagte Rey und blickte zu Syria, die gerade erwachte und sich streckte und gähnte. Ihm kam an diesem Tag immer wieder ein Gedanke: Kein Wort zu den anderen.

LIII

Nun standen sie vor den Schlosstoren. Sokker trat heraus und empfing sie erfreut. Er geleitete sie in einen Bankettsaal und führte sie an einen langen Tisch. Sie waren die ersten, doch er verkündete, dass bald weitere Kriegsherren aus der Schlacht um Ise eintreffen würden, er habe einige von ihnen in Gasthäusern angetroffen.

«Weisst du, was das werden soll?», fragte Rey.

«Sie wollen unsere Meinung über den Zustand von Argavis hören. Die Zahl der Söldner ist stark zurückgegangen, einerseits wegen der Schlacht, andererseits, weil viele an den Frieden glauben und nun ein neues Leben führen möchten.»

«Was hältst du vom Frieden?»

«Ich finde ihn grossartig. Ich war eine Zeit lang zuhause bei meiner Familie und habe darüber nachgedacht, einem anderen meine verbliebenen Söldner zu überlassen.»

«Und was machst du dann?», fragte Rey interessiert.

«Ich würde mich um meine Familie kümmern», sagte Sokker. «Ich habe genug Geld, davon kann auch meine Tochter noch leben.»

«Darin besteht unser Problem», sagte Syria. «Ich möchte mich ebenso um meine Familie kümmern wie du, aber ich möchte auch in den Kampf ziehen. Es ist kein fanatischer, aggressiver Drang, wie du vielleicht denkst, sondern es ist ein Wollen.»

«Ich verstehe, was du meinst. Mein Vater hat mir von den Berserkern erzählt. Du weisst, dass du die Wahl hast, aber du bist gerne blutlüstern, unabhängig von deiner Familiengeschichte.»

Syria lachte laut auf. «Du verstehst es tatsächlich!»

Nach und nach traten viele alte Bekannte in den Saal, Söldnerfürsten und Adlige. Sie nahmen Platz und unterhielten sich angeregt. Der dicke Adlige setzte sich Rey gegenüber und plauderte drauflos, als seien sie zusammen aufgewachsen. Er erzählte, was in seinem Königreich passierte und was sich verändert hatte; ein Königreich, das Rey noch nie gesehen hatte. Der Tisch füllte sich immer mehr, und man trug weitere Stühle herbei. Schliesslich betraten auch die Mitglieder der Königsfamilie den Saal und setzten sich an ihre Plätze am Kopfende des schweren Tisches. Die Stimmen verstummten, und ein Untergebener flüsterte dem König etwas ins Ohr. Dieser erhob sich mürrisch.

«Es sind zu viele Leute hier», sagte er. «Wir haben ausdrücklich gesagt, dass es keine Wachen braucht.»

Darkkon und Scirocco wollten gleichzeitig aufstehen, doch Scirocco setzte sich wieder hin und überliess Darkkon das Reden. «Ihr meint wahrscheinlich uns.»

«Und wer seid Ihr?»

«Mein Name ist Darkkon.»

Der Mann mit der Liste schüttelte den Kopf, als sein König ihn fragend ansah. «So ist es. Ihr wurdet nicht eingeladen.»

Syria stand auf und legte ihre Hand auf Darkkons Schulter. «Aber ich wurde eingeladen», sagte sie. «Mein Name ist Syria. Dies ist mein Mann.» Sie zeigte auf Rey.

«Jetzt haben sie bereits geheiratet», sagte der Prinz abschätzig zu seinem Vater. Es war still genug im Saal, dass jeder die abfällige Bemerkung gehört hatte.

Syrias Gesicht wurde einen Moment lang grimmig. Dann sprach sie ruhig weiter: «Mein Schwager und meine Freunde waren in der Schlacht um Ise.» Sie zeigte auf ihre Leute. «Ich denke, jeder, der Euch gegen Solon beigestanden hat, verdient es, hier zu sein.»

«Das denkst du! Sie sind alle nicht eingeladen», sagte der Sohn des Königs.

Doch sein Vater verbot ihm den Mund. «Ihr habt recht», sagte er zu Syria. «Ich danke euch allen. Aber Ihr müsst auch uns verstehen: Der Platz hier ist begrenzt.»

«Es tut mir leid. Ich erwartete, hier viel mehr Leute anzutreffen, ich dachte, es sei … öffentlicher.» Sie setzte sich wieder.

Der König blieb stehen und erklärte: «Natürlich gebührt jedem Dank, aber das heutige Gespräch wollte ich nur mit den Befehlshabern führen. Ihr könnt alle sitzenbleiben, ihr seid willkommen. Zuerst muss ich mich nochmals bei allen bedanken, sowohl bei den Anwesenden als auch bei allen anderen. Ich möchte wissen, was nun mit Argavis geschieht. Ich will planen und Probleme lösen, auch und vor allem die mit dem Osten. Und so bin ich froh, von den Vertretern des ehemaligen Imperiums mehr zu erfahren. Was fühlen die Bewohner der Länder, die nun frei sind? Was denken die Menschen?»

Darkkon erhob sich. «Zunächst möchte ich erklären, dass an eurem Tisch kein neuer Imperator sitzt. Wir können nur beschränkt berichten, was wir wissen. Durch den Fall Honodurs sind viele Regeln zusammengebrochen, die regierenden Personen wissen nichts damit anzufangen, nicht mehr unter harter Hand zu stehen. Es gibt Streitigkeiten, kleinere und grössere. Landeroberung spielt meiner Meinung nach eine grosse Rolle, nicht die gen Westen, sondern die von Nachbarn. Die Herrscher fahren alle einen anderen Kurs. Auch wenn sie wollten, könnten sie nicht zusammensitzen und miteinander reden, so wie wir hier, da in manchen Regionen einfach jemand fehlt, der das Sagen hat. Wir können zu wenig ausrichten, zumal ich nicht weiss, ob wir überall gern gesehen werden. Wir brauchen einen redegewandten Aussenstehenden, der herumreist und Kontakte knüpft und diese dann alle zusammenführt, ohne ein neues Imperium zu gründen. Wir brauchen Regeln, die allen Sicherheit bieten, eine Art Allianz, wie die des Westens.»

«Wieso tut ihr es nicht? Wieso versucht ihr es nicht?» Die Prinzessin hatte sich erhoben.

«Wir sind nicht dazu geeignet und zu jung, als das wir überall Respekt ernten würden. Ich denke, wir benötigen einen Herrscher, um andere Herrscher zu versammeln.»

«Ihr habt keine Lust, nicht wahr?»

Darkkon lächelte verlegen. «Auch das, ja.»

Sie entgegnete sein Lächeln und setzte sich wieder hin. Als nächstes wurde darüber gesprochen, dass einige Länder des Westens eine Art Entschädigung vom ehemaligen Imperium erwarteten, man war sich aber einig, dass die jetzigen Länder nicht dazu verpflichtet werden konnten. Sokker erklärte, dass die Beute der Schatzkammer, die sie in Ise geplündert hatten, reichen müsste und jeder selbst dafür verantwortlich sei, den Westlichen ein Geschenk zu machen, ob in Form von Gold oder eines anderen Dienstes.

Während einer kurzen Pause vertraten sich die fünf Freunde die Beine im Vorhof. Rey beklagte sich: «Das ganze Gerede nützt nichts. Wir können nichts dazu beitragen. Der König hätte besser dem Bürgermeister von Felsbach eine Einladung geschickt als uns.»

«Das konnte er doch nicht wissen», meinte Darkkon.

«Aber ahnen.»

Syria hatte jemanden entdeckt und wollte eine wichtige Frage geklärt haben. Sie ging zum Prinzen, der, nachdem er mit seiner Schwester geredet hatte, auch in den Hof kam. «Ich möchte etwas von Euch wissen», sprach sie ihn an. Er sah sie unfreundlich an und war sichtlich erstaunt über ihre Frage. Unbeirrt redete sie weiter: «Wie werdet Ihr mit dem Osten umgehen, wenn Ihr auf dem Thron sitzt? Werdet Ihr Krieg wollen?»

«Ich verachte den Osten», sagte er. «Wenn es nach mir ginge, würde man euch alle ausrotten. Aber erstens werde ich, auch wenn ich König sein werde, nicht alleine die Macht haben, sondern meine Berater und meine jüngere Schwester werden mitentscheiden. Und zweitens weiss ich, dass es nur ein unnötiges Blutvergiessen gäbe. Von meiner Seite habt ihr nichts zu befürchten.»

«Das tue ich auch nicht. Aber werdet Ihr den Frieden fördern?»

«Das kann ich nicht beantworten. Ich bin jung, und mein Vater, so hoffe ich, bleibt noch lange König. Wenn ich älter bin und der Frieden besteht, muss ich ihn nicht mehr fördern.»

Sie fragte ihn, warum er sie nicht ansah, während er mit ihr sprach.

«Ich verabscheue dich, du bist es nicht wert, dass ich mit dir rede.» Er wandte sich ab und liess Syria stehen. Sie schüttelte nur den Kopf und lachte, unbeeindruckt von seinen unfreundlichen Worten.

Die Versammlung beriet sich nach der Pause lange darüber, ob man mit westlichen Truppen die Städte des Ostens vor Banditen, die seit dem Fall des Imperiums zahlreicher geworden waren, beschützen sollte und wer als Botschafter mit Syria und den anderen gehen sollte, um mit den Herrschern zu reden. Es sollte kein Söldnerfürst sein. Die Prinzessin bot an, selbst mitzugehen, doch Syria lehnte ab, sie wollte sie nicht führen. Man einigte sich auf einen Berater der Königsfamilie, der nur selbst noch zustimmen musste, aber er hielt sich zurzeit nicht im Land auf.

«Ich bin nicht gewillt, länger als bis morgen Mittag hier zu bleiben. Entweder ist die Versammlung bis dahin beendet oder wir reisen ohne weitere Erkenntnisse ab», sagte Syria stinksauer. Die hatte keine Lust, auf einen Greis zu warten, der sich irgendwo im Westen herumtrieb. Die westlichen Anwesenden empörten sich, doch sie erklärte ruhig weiter: «Wir sind keine Leute mit Macht im Osten, diese Diskussion nützt uns nichts.»

Darkkon und sein Bruder zogen an Syrias Armen, bis sie sich setzte. Zephir unterbrach die angespannte Situation, indem sie erklärte, sie und ihr Bruder würden warten, bis der Botschafter ankomme, und ihn auf der Reise durch den Osten begleiten, bis sie von anderen Führern abgelöst würden. Darkkon bedankte sich bei ihr, und Syria nickte ihr anerkennend zu. Wie angedroht, ging Syria am nächsten Mittag mit den Brüdern heim. Mit Zephir vereinbarten sie, dass diese sich melde, wenn sie wieder im Osten sei, dann könne sie auch erzählen, was weiter besprochen wurde.

LIV

Syria und Rey schliefen in ihrem Bett in Jokulhaups, Niis lag in einem kleinen Bettchen in der Ecke des Zimmers. Syria schlief unruhig. Sie drehte sich und zog an der Decke, die ihre üppigen Formen verbarg. Rey kuschelte sich im Schlaf an sie, wurde aber von ihr weggedrängt, als sie sich zu ihm drehte. Nun lag er auf dem Rücken. Plötzlich fuhr er mit schmerzlichem Stöhnen auf. Seine Frau hatte etwas gemurmelt, dann herumgefuchtelt und ihm dabei einen Schlag in den Bauch verpasst. Nun war er wach und setzte sich auf die Bettkante. «Das ist noch nie passiert», dachte er. Sie hatte ihn schon manchmal etwas grob an sich gezogen im Schlaf und sich um ihn schlingen wollen, aber dass sie um sich schlug, hatte er noch nie erlebt. Es war dunkel, so schlurfte er die Wand entlang zu Niis' Bettchen und beugte sich zu ihr hinunter, um ihr beim Atmen zuhören zu können. Dann ging er um sein eigenes Bett herum, um zu Syria zu gelangen. An der Fussseite sah er, dass sich ihre Beine schnell bewegten. «Hoffentlich fängt sie nicht an zu treten, sonst könnte es tödlich enden», dachte er halb im Ernst. Er setzte sich am Kopfende auf den Boden und streichelte ihre Stirn.

«Beruhige dich, du hast schlechte Träume, die vergehen wieder», flüsterte er ihr ruhig zu. Er sah über sie hinweg aus dem Fenster. Sie sagte seinen Namen. «Was ist?», fragte er, doch er merkte rasch, dass sie nicht wach war. Er hatte keine Ahnung, wie spät es war, und wusste nicht, was er tun sollte. «Vielleicht geht die Sonne bald auf, dann könnte ich jetzt ein wohliges Bad nehmen, mich umziehen und dann Syria mit einem Frühstück im Bett beglücken ...» Während er darüber nachdachte, nickte er neben dem Bett ein.

Sie war noch sehr müde, als sie ihren Mann vom Boden hochhob und sanft aufs Bett legte. Sie hatte sich angezogen, also ihre Rüstung erscheinen lassen. Andere Kleidung schien ihr unnötig. Auf seinem Bauch war ein blauer Fleck, etwa eine Handbreite über dem Rand der kurzen Hosen aus weichem Stoff, in der er schlief. Sie wusste sofort, woher der Fleck kam. Sie wollte ihn gerade zudecken, als er schlagartig die Augen aufmachte und sie ansah.

«Hast du schlecht geträumt?»

«Sehr schlecht. Wir lagen an dem See, wo ich damals in der Nacht sang. Du, ich und Niis. Zuerst war alles sehr schön, wir sonnten uns. Doch plötzlich stritten wir uns heftig. Die Situation eskalierte und ... und ich zerfetzte dich.» Sie schwieg eine Weile und sprach dann weiter: «Mit blutigen Händen stand ich vor deiner Leiche und weinte.»

Er sah sie nur an, dann streckte er sich ihr entgegen und küsste sie. «Kann ich dich irgendwie beruhigen, möchtest du, dass ich etwas sage?»

«Nein, ich weiss ja, dass es ein Traum war, aber ich schäme mich ein wenig.»

Er küsste sie nochmals. «Das brauchst du nicht. Komm, wir gehen mit Niis raus und essen dort.» Beim Picknick erwähnte er, dass sich die Windgeschwister noch nicht gemeldet hatten. «Wir könnten nach ihnen suchen gehen», schlug er vor.

«Und dann?», fragte sie ihn.

«Das sehen wir, wenn es so weit ist.»

«Und Niis?»

«Nehmen wir mit.»

«Noch nicht. Bitte lass uns noch eine Woche warten. Wenn sie bis dahin nicht hier sind, gehen wir nach Felsbach.»

Er liess ihr ihren Willen, hoffte aber, dass er nicht die ganze Woche warten musste, bis sie Jokulhaups verlassen würden. Seit er mit Syria zusammen war, wollte er etwas erleben. Reisen, sich bewegen. So war er früher nicht gewesen, da hatte er morgens das Haus verlassen, auf einen Baum klettern und bis am Abend in die Welt hinausstarren können. «Wir könnten den See aufsuchen, von dem Syria geträumt hat», überlegte er. «Und dann? Zu den Sept, einige Tage bleiben und wieder über das Nuhmgebirge zurück?» Doch das schien ihm zu langweilig.

Wenige Tage später standen die Windgeschwister eines Morgens vor dem Tor. Nachdem sie herzlich empfangen und bewirtet worden waren, beschäftigte sich Scirocco mit Niis. Er wollte nicht in das Gespräch einbezogen werden, das gleich stattfinden würde.

Zephir ergriff das Wort. «Der Greis, der als Vermittler hier ist, will, dass ihr mitkommt. Das heisst: Der Prinz von Eran will das.

Er hat ihm zugesichert, dass er die ganze Zeit von den gleichen Leuten eskortiert werde und dass diese aus dem Osten stammen.»

Syrias Gesicht hatte sich verfinstert. Rey schlug wütend mit der Faust auf den Tisch, und seine Tochter fing zu schreien an. «Schon fangen die Machtspielchen an. Wenn es nicht zu auffällig wäre und keine Konsequenzen hätte, würde ich einen Attentäter vorbeischicken.»

«Ich bin ganz deiner Meinung», sagte Zephir, «mir ist der Prinz auch unsympathisch, aber er wird der nächste König, das können wir nicht verhindern. Nun, Sseru wartet in Felsbach auf euch.»

Syria stand wortlos auf, fing mit den Reisevorbereitungen an und legte Münzen in einen Beutel. Noch am selben Tag verliessen sie Jokulhaups in Richtung Felsbach. Niis wollten sie Fang und Darkkon anvertrauen. Sie hatten ihnen einen Brief geschrieben und sie gebeten, nach Felsbach zu kommen. Das kleine Mädchen lag wohlig in ihren Transportsack gewickelt an der Seite ihrer Mutter.

Auf dem Weg zu Sseru erzählte Zephir den beiden alles, was an der Versammlung nach ihrem Weggehen passiert war. Der uralte Sseru sei sehr freundlich und ein guter Redner und Streitschlichter. Der Rat von Felsbach habe bereits einen Vertreter für die Zusammenkunft der Herrschenden, die Sseru abhalten wolle. «Er hat mir erzählt, dass er versuchen wird, Jokulhaups als eigenständig zu erklären, dann müsstet ihr keine Steuern zahlen. Das sei ein Geschenk an euch, da ihr den Krieg beendet habt.»

«Sehr freundlich», meinte Rey.

«Und übrigens ... Der Alte ist etwas eigen. Aber das werdet ihr gleich merken.»

In Felsbach wurde Niis von ihrem Onkel abgeholt. Er war bereits wieder auf dem Weg nach Heel, als die vier nach Sseru suchten. Der Alte war nicht im Gasthaus. Ein Schmied gab ihnen den Hinweis, im Rathaus nachzusehen. Tatsächlich sass er am Tisch mit dem ganzen versammelten Rat – bei einem Würfelspiel. Er hatte für seine Eskorte keinen Blick übrig. Als Scirocco ihm ins Ohr flüsterte, dass diese nun vollzählig sei, erhielt er zur Antwort: «Ich beende nur noch diese Runde.»

Syria und Rey blickten einander ungläubig an. Sie blieben stur stehen und warteten, bis er zu Ende gespielt hatte. Endlich erhob er sich – für sein Alter ziemlich flink – und wandte sich mit seinem stoppeligen Gesicht seinen neuen Begleitern zu.

«Niem de», sagte er, und Syria wiederholte es freundlich. «Ich freue mich euch kennenzulernen», fuhr er fort, «ich bin Sseru und werde im Osten zwischen den Herrschern vermitteln, so gut ich kann.» Nachdem auch sie sich vorgestellt hatten, sagte er: «Ihr scheint nicht begeistert. Habe ich euch irgendwie beleidigt? Dann entschuldigt mich bitte.»

Syria empfand es als grosse Geste, dass der alte Mann so respektvoll mit ihnen sprach. «Wir wollten euch nicht eskortieren, deshalb sind wir nicht begeistert.»

«Und ich wollte nicht als Vermittler in den Osten kommen. Unser König ist ein Trottel.» Rey lachte herzhaft, und der Alte fiel in das Lachen ein und sagte: «Du scheinst ein unkomplizierter Mann zu sein, das freut mich. Und du hast eine freundliche, ernste Frau – meinen Respekt.» Er ging ihnen voraus auf die Strasse. «Was werdet ihr jetzt tun? Ich verlange nicht, dass ihr mich begleitet, ihr könnt euch entscheiden.»

Rey ergriff sofort das Wort und sagte, sie würden mitkommen. Erstens hätten sie sich bereits darauf eingestellt, und zweitens würde es nur Schwierigkeiten geben, wenn sie es nicht tun würden. Syria nickte und sagte, sie würde sich nicht beschweren.

«Gut, gut. Ich habe wilde Geschichten über euch gehört und möchte sehen, was ihr könnt. Du seist geschickt wie kein anderer», sagte er zu Rey. Sofort kletterte dieser über die Rathauswand auf das Dach, dann sprang er Kopf voran hinunter und schwang sich an den Balken eines Holzgerüstes zu ihnen zurück. «Beeindruckend!» Erwartungsvoll blickte der Alte nun zu Syria. Ruhig zeigte sie auf einen mit Heu beladenen Karren und bat ihn, sich daraufzusetzen. Er gehorchte, und Rey, Scirocco und Zephir gesellten sich zu ihm. Sie hob den Karren hoch über ihren Kopf. «Stark wie mehrere Männer, wie es mir erzählt wurde!», staunte er. Als der Karren wieder auf dem Boden stand, sagte er, er wolle am nächsten Tag nach Osten abreisen. Dort sei die Vermittlung am nötigsten.

«Genau dort, wo wir wahrscheinlich am unbeliebtesten sind», bemerkte Rey.

«Darüber mache ich mir jetzt noch keine Gedanken. Rey, möchtest du im Gasthaus eine Runde Karten spielen?»

Der Blondschopf nickte grinsend.

«Das könnt ihr auch bei uns zu Hause tun», wandte Scirocco ein.

«Ich habe ganz vergessen, dass ihr ein Haus habt!», rief Rey aus.

«Syria, wir haben extra für euch ein grosses Bett in einem unserer Gästezimmer eingerichtet, ihr müsst nicht im Gasthaus übernachten», fügte Zephir hinzu.

Am nächsten Morgen polterte es an der Tür des Gästezimmers, in dem Syria und ihr Gatte noch selig schliefen. Als Rey öffnete, stand Sseru fertig zur Abreise vor ihm. Nachdem auch Zephir und Scirocco aus ihren Zimmern gekommen waren und alle ein kleines Frühstück zu sich genommen hatten, verliessen sie das Haus. Die Sonne war noch nicht ganz aufgegangen, es war noch sehr kühl. Die Luft war rein und feucht vom Tau. Das Tor zur Stadt musste erst noch von den Wachen geöffnet werden.

«Ich kann mich nicht erinnern, wann ich zuletzt so früh aufgestanden bin», klagte Rey.

«Zu dieser Zeit wurde ich nicht einmal von unserem Söldnerhauptmann geweckt», meinte Scirocco. Auch seine Augen waren schwer und seine Sinne so stumpf, dass er kaum etwas mitbekam. Er war gerade wach genug, um gehen zu können.

«Sseru, du möchtest als erstes mit dem Bürgermeister von Eldevan reden, nicht wahr?»

«Ich denke schon, es ist ja der erste grössere Ort im Osten nach dem Land Jokulhaups.»

«Land Jokulhaups», lachte Syria.

«Ja, das Land. Ich möchte euch ein Geschenk machen. Ich habe von eurem Auftritt an der Versammlung der westlichen Allianz gehört. Syria von Jokulhaups.»

Sie verstand. «Eine wirklich gute Idee», dachte sie und sagte: «Man erzählt im Westen bereits Geschichten über uns? Das klingt, als seien wir westliche Helden.»

«Das seid ihr in den Augen mancher auch.» Lange sprach niemand, dann fiel Sseru etwas ein. «Rey, sag, gibt es bald ein Fest oder einen Feiertag in Eldevan?»

«Hm ... ich denke nicht ... ein Turnier vielleicht?»

«Gibt es Bräuche, die nur in Eldevan bekannt sind?»

«Keine Ahnung. Wieso willst du das wissen?»

«Ich baue politische Verhältnisse über Freundschaften auf. Bei einem Fest oder einem Trinkgelage entstehen Beziehungen, die man innerhalb von Wochen nicht entwickeln könnte. Ich mache alles mit, solange es harmlos ist, auch wenn ich es persönlich für schlecht oder dumm halte. Ein Beispiel: Ich bat euch um eine Vorführung eurer Fähigkeiten, um euch zu schmeicheln und so eine bessere und vor allem schnellere Beziehung aufzubauen. Ich denke, unser Verhältnis ist nun so stark, dass ich euch das sagen kann. Versteht mich nicht falsch, ich war interessiert und bewundere eure Talente.»

Syria sah ihn etwas missmutig an: «Ist das nicht ein wenig verlogen, eine politische Beziehung so aufzubauen? Nimmt man Euch ernst, wenn man am Vortag noch mit Euch getrunken und gefeiert hat?»

«Meistens, ja. Natürlich hängt es immer von den Personen ab, aber in all den Jahren, in denen ich Streit geschlichtet und Verhandlungen geführt habe, konnte ich noch keine schnellere Taktik entdecken.»

«Ich verstehe, was er meint und finde es gut», sagte Rey.

«Ich auch, aber ich frage mich, ob man so genügend geachtet wird.»

«Ihr Krieger macht es doch eigentlich genauso, nur auf eine andere Art», gab Sseru zu bedenken. «Ihr habt an der Seite fremder westlicher Heerführer gekämpft, und obwohl ihr diese nicht kanntet, haben sie sich in euren Augen in der Schlacht einen bestimmten Respekt verdient. Aufgrund dieses Respekts seit ihr offener gegenüber den Vorschlägen dieser Personen.»

«Da habt Ihr sicher recht, aber ich bin mir nicht sicher, inwieweit man dies vergleichen und auf die Politik anwenden kann ...»

Als sie an Jokulhaups vorbeikamen, zeigte Rey dem Alten vom Weg aus ihren Turm. In den Dörfern, die sie passierten, erkundigte sich Sseru nach den Problemen. Er nahm alles sorgfältig auf und versprach, die Schwierigkeiten dem Herrscher zu melden und ihm zuzureden, damit er eine schnelle und gute Lösung fände. In Eldevan wurden die Tore verschlossen, als man die Reisenden erblickte.

«Wieso verwehrt man uns den Einlass? Ich bin Sseru und hier, um zwischen den Herrschern zu vermitteln. Es soll eine grosse Versammlung stattfinden, bei der die Interessen aller angehört werden.»

Noch während Rey seiner Gemahlin zuflüsterte, dass es bestimmt um sie ging, sagte der Spiessträger: «Eure Begleiter dürfen nicht in die Stadt. Der Bürgermeister hat angeordnet, dass sie keinen Fuss nach Eldevan setzen dürfen. Sie haben einen Bürger getötet und die Gesetze missachtet.»

Sseru drehte sich ungläubig zu seinen Gefährten um: «Ihr habt jemanden umgebracht?»

«Ihr scheint uns nicht so gut zu kennen, wie Ihr gedacht habt. Wir waren hier, um einen Legiardär zu verhören und haben ihn anschliessend getötet.»

«Ich verstehe. Das könnte jedoch zu einem Problem führen.» Er rief dem Mann auf den Mauern zu: «Und wenn ich allein komme? Ich bleibe nur für wenige Tage.» Die Tore wurden geöffnet. Sseru erklärte, dass er bald wieder zu ihnen stossen werde, sie sollten nicht allzu weit von der Stadt entfernt ein Lager errichten und auf ihn warten.

«Wir gehen mit ihm, nur für den Anfang, um ihn zu beschützen», meinte Scirocco. «Wir werden mit euch draussen schlafen, aber Sseru muss begleitet werden.»

Die drei Westlichen traten durch das Tor und gingen schnurstracks zum Bürgermeister. Dieser empfing sie und erklärte, dass er die beiden, die draussen geblieben waren, nur deshalb nicht festnehmen lasse, weil er nun durch den Sturz Honodurs eine weitaus höhere Machtposition innehabe. Sseru versuchte sein Bestes, doch er konnte den sturen Kerl nicht überreden, die beiden einzulassen. Mit dem Argument, dass die beiden ebenfalls Herrscher seien, machte er ihn sogar wütend und wurde vor die Tür gesetzt. Er setzte sich enttäuscht auf einen Brunnen an einer Häuserecke.

«Ich werde es morgen wieder versuchen», meinte er zu Zephir, «aber es wird schwierig. Er ist ein Machtmensch, den man nicht mit vernünftigen Argumenten beeinflussen kann.»

Unterdessen war die Nachricht, dass sich die beiden Helden vor der Stadt befanden, durch die gesamte Stadt getragen worden. Syria und Rey bereiteten gerade ein Feuer vor, als einige Bauern zu ihnen traten und sie mit Steinen bewarfen.

«Wegen euch ist alles noch schlimmer geworden! Die Reichen behandeln uns noch erbarmungsloser als früher, die Banditen treiben ihr Unwesen, und mancherorts findet Krieg zwischen den Ländern statt. Das ist eure Schuld!», schrie einer sie an.

Rey wich einigen Geschossen aus und stellte sich dann hinter Syria in ihrer schweren Rüstung. «Nein! Es ist nicht unsere Schuld. Wir haben die Regeln aufgehoben, aber eure Herren sind diejenigen, die euch quälen. Wartet ab, es wird besser. Wir versuchen alle Herrscher an einen Tisch zu bringen.»

«Nichts wird sich ändern, zumindest nicht zum Guten.» Wütend zogen die Bauern von dannen.

«So denkt man nun also über uns», meinte Rey, als er sich wieder an die Feuerstelle setzte. «Sind wir eigentlich die Bösen?»

Seine Gattin schüttelte den Kopf. «Sie sind wütend, nicht ohne Grund, und sie können ihre Wut nicht an ihren Herren auslassen. Aber das ist jetzt so. Wenn Sseru die Versammlung zustande bringt, werden sie uns nicht mehr hassen.»

Sie säuberten den Boden von Steinen und Ästen, um darauf ihr Nachtlager zu errichten. Sie hatten weder Decken noch Unterlagen dabei, da sie nicht darauf vorbereitet gewesen waren, auf freiem Feld campieren zu müssen.

In Eldevan erklärte Scirocco Sseru, dass er nicht im Gasthaus übernachten könne, wenn nicht noch jemand dort schlafe, es sei zu gefährlich.

«Aber ihr habt versprochen, bei den anderen draussen zu übernachten», wandte Sseru ein.

«Ja, das haben wir», entgegnete Zephir, «aber mindestens einer von uns muss immer in deiner Nähe sein, wenn wir in einer fremden Stadt sind. Vor allem in einer Stadt wie Eldevan, in der man uns nicht gerne zu Gast hat. Wer weiss, ob der Bürgermeister nicht einen Mörder engagiert hat ... Scirocco, du bleibst bei ihm.»

Scirocco starrte seine Schwester erstaunt an. «Moment mal, seit wann befiehlst du, was zu tun ist? Ich bin immer noch um einiges älter als du!»

Belustigt winkte sie ihm wortlos zu und ging zu den Stadttoren hinaus. «Freche Schwester», dachte Scirocco bei sich, liess sie aber gehen und begleitete Sseru durch die Stadt, weiter darüber diskutierend, wie sie den Bürgermeister umstimmen könnten.

Zephir gesellte sich zu den anderen beiden und erzählte ihnen, was passiert war. Rey war aufgebracht. «Der soll nur versuchen, uns festnehmen zu lassen. Mit seinen verweichlichten Wächtern werden wir fertig.»

Zephir war überzeugt, dass Sseru den Bürgermeister überzeugen würde, an der Zusammenkunft teilzunehmen und dass sich dann alles lösen lasse.

«Ich hoffe es, sonst geht es weiter so zu und her. Eldevan ist eines der grössten Länder, das wir haben, der Bürgermeister könnte viele Männer aufbieten ...»

Es wurde dunkel, und während Zephir, Rey und Syria am Feuer sassen und über die Zukunft des Kontinents diskutierten, kamen die beiden Westlichen im Gasthaus an. In ihrem Zimmer hatte es nur ein Bett, was Scirocco von Anfang an nicht behagte. Aber noch viel schlimmer wurde es für ihn, als Sseru zu schnarchen und im Schlaf zu furzen begann.

Am nächsten Morgen früh suchten sie sofort ihre Freunde auf dem Feld auf.

«Ich hoffe, die Nacht war nicht allzu schlimm», sagte Sseru.

«Nein, nein, wir sind ja keine Schwächlinge», meinte Syria.

«Verräter», sagte Rey gespielt missgünstig zu Scirocco.

«Glaub mir, ich hatte von uns allen die grausamste Nacht ...», entgegnete dieser.

«Ich werde sofort wieder mit dem Bürgermeister reden», meinte Sseru. «Auch er wird sich nach einer Nacht beruhigt haben.» Die Windgeschwister begleiteten ihn in die Stadt zurück.

«Und wir sind wieder allein», stellte Rey fest.

«Ist dir meine Gesellschaft etwa zu wenig?», spöttelte Syria, und Rey grinste breit.

Sseru wurde vom Bürgermeister Einlass gewährt. «Ihr wollt also unbedingt, dass ich an dieser Versammlung teilnehme, damit man sich austauschen kann. Was hat das für einen Nutzen, wenn ich so oder so in Zukunft die Regeln für die umliegenden Länder festlege?»

«Zuerst möchte ich Euch erklären, dass Ihr nicht der nächste Imperator werden könnt. Das würde der Westen mit aller Macht unterbinden. Aber die Zusammenkunft zu besuchen, würde Euch sicher einige Vorteile bringen. Zum Beispiel würdet Ihr die anderen Herrscher kennenlernen und einschätzen können. Ihr hättet auch die Gelegenheit, über Armeen zu reden und was Ihr einfordern wollt.»

«Da habt Ihr recht ... Ich könnte vor Ort alle anderen davon überzeugen, mir Gehör zu schenken – oder mir sonst mit Gewalt Gehör verschaffen.»

«Das müsst Ihr selbst entscheiden. Meine Aufgabe ist es, die Herrscher zusammenzuführen, um sie ihre Verhältnisse regeln zu lassen.»

«Ich werde kommen.»

«Sehr gut. Aber bitte vergesst nicht, dass es eine friedliche Zusammenkunft wird. Mehr als einige wenige Leibwächter solltet Ihr nicht mitnehmen.»

Der Bürgermeister rümpfte die Nase, nickte und gab ihnen dann mit einem Handwinken das Zeichen zu gehen. Auf dem Weg durch die Stadt fragte Scirocco entsetzt, was dies gerade zu bedeuten gehabt habe.

«Anders hätte ich ihn nicht zur Teilnahme bewegen können. Ich hoffe nun, dass die anderen Herrscher ihn gemeinsam unter Kontrolle bringen können. Wenn sie sich zusammen gegen ihn verbünden, wird er nichts unternehmen. Er ist harmlos, wenn man ihn einschüchtern kann, davon bin ich überzeugt.»

«Ich hoffe, dass du recht behältst.»

Als Rey von dem Gespräch erfuhr, meinte er kühl: «Er wird den Schwanz einziehen. Comossa Belt hat so viele Soldaten und Söldner zur Verfügung, dagegen kann er kaum etwas aufbieten, auch wenn sein Einflussbereich grösser ist.»

Zur gleichen Zeit fand im Königreich Eran ein Ereignis statt, das noch etliche hohe Wellen schlagen würde.

LV

Die Eskorte war nun unterwegs in den Süden, in eine Region namens Brass, die bekannt war für ihre Forstwirtschaft. In dieser Gegend gab es zahllose Dörfer, deren Bewohner ihre Existenz hauptsächlich mit dem Verkauf von Nutzholz und Landwirtschaft bestritten.

Als sie bei einem Bauernhaus anklopften und nach dem Herrn der Region fragten, erhielten sie von der Bäuerin zur Antwort: «Einen Herrn gibt es hier nicht, nur die Oberhäupter der einzelnen Familien. Die findet ihr im nächsten Dorf, aber dort könnt ihr nicht hin, Wegelagerer kontrollieren den Weg.» Sseru erkundigte sich genauer danach, und sie fügte hinzu, dass die Wegelagerer eine Plage seien, mordender Abschaum. «Am besten wäre es, sie würden alle tot umfallen», meinte sie.

Syrias Augen wurden gross. Die Vorstellung eines bevorstehenden Massakers erregte sie. «Sie werden bald keinen Schaden mehr anrichten», sagte sie und machte sich dann schnurstracks auf den Weg nach Süden. Die anderen folgten ihr. Bald sahen sie auf der Strasse einige Typen. Zephir blieb mit Sseru zurück, während Syria auf die zwei Gestalten zuging. Diese erschraken. War sie es? Unwahrscheinlich.

«Wegzoll oder du wirst sterben», meinte der eine.

Der andere griff nach der Schnur einer Glocke. Natürlich hatte man von ihr gehört. Falls es wirklich Syria war, musste er schnell Alarm schlagen.

«Wie viel?», fragte sie interessiert.

«Einen Beutel Gold.»

Sie schmunzelte. «Das ist mir zu wenig, ich verlange zwei Beutel von euch.»

Sofort erklang laut die Glocke. «Sie ist es bestimmt», dachte der Wegelagerer – und merkte nicht, dass ihre Axt bereits auf ihn niederfiel. Sie packte den anderen und warf ihn so heftig zu Boden, dass es auch mit ihm sofort aus war. Syria ging weiter die Strasse entlang und hörte Männergeschrei. Neben ihr erhob sich ein Erdvorsprung, in den einige Felsen eingebettet war. Die Erde war bröslig vom Regen. Auf der rechten Seite erstreckte sich weitläufig ein Tannenwald. Die Strasse war an dieser Stelle tiefer als das Gelände, der Erdhügel war etwa sieben Meter hoch, und der Wald, der direkt an die Strasse grenzte, lag einen Meter höher als die Strasse, die aus irgendeinem Grund vertieft angelegt worden war. Scirocco und Rey rannten durch den Wald auf Syria zu. Diese sah ihren Gatten auf sich zurennen und hinter ihm Scirocco, da kam bereits ein in eine Lederrüstung gehüllter Räuber um den Erdhügel herum. Weitere mussten sich direkt hinter ihm befinden. Er zog seinen Dolch und rannte auf sie zu. Den unbedeutenden Stich gegen ihr Bein liess sie zu, dann packte sie ihn an beiden Armen und warf ihn durch die Luft, um sich um den Nächsten kümmern zu können. Geistesgegenwärtig sprang Rey den waffenlosen Gegner aus dem Spurt an und schleuderte ihn gegen den Vorsprung. Der Räuber fiel rücklings so hart gegen einen Felsen, dass er sofort unschädlich war. Rey selbst landete hinter Syria sicher auf allen Vieren. Bogenschützen wollten gerade schiessen, als sie von einer Böe hinweggefegt wurden. Rey rammte einem Gegner sein Knie in den Bauch und streckte ihn dann mit einigen Faustschlägen nieder. Syria liess sich ungewöhnlich viel Zeit. Sie spielte mit den Feinden im Wissen, dass dies für lange Zeit der letzte Kampf war. Scirocco demonstrierte sein Können, indem er Staub aufwirbeln liess, so dass Rey die Räuber durch gezielte Sprünge und Schläge überraschen konnte. Nach kurzer Zeit war nur noch der Anführer der etwa dreissig Wegelagerer übrig. Er stürzte sich selbst in sein Schwert.

Erschöpft bat Rey seine Frau, sich zu ihm hinunterzubeugen. Er umschlang ihr Gesicht mit beiden Händen, sah tief in ihre Augen und wusste dann, dass der Wahn nicht überhand nahm. Er küsste sie innig und rief Zephir und Sseru zu ihnen. Dieser sah sich die Toten genau an.

«Du musst das nicht tun», meinte Rey.

Sseru winkte ab: «Ich habe früher in der Armee gekämpft. Ich war zwar nicht in Foron, aber ich weiss, wie ein Schlachtfeld und Leichen aussehen.»

Bis zum nächsten Dorf liefen sie einige Stunden. Dort angekommen, riefen Scirocco und Rey lauthals: «Die Räuber sind tot!»

Hinter den Fenstern der Häuser huschten Schatten vorbei, und Türen gingen einen Spalt breit auf. Ein etwa sechzigjähriger

Mann kam angelaufen. «Ihr habt die Räuber geschlagen?», fragte er ungläubig. «Seid Ihr Syria?»

Sie bejahte.

«Jeder kennt sie», flüsterte Rey Zephir zu, «aber ich bin völlig unbekannt, dabei bin ich doch ihr Ehemann.»

«Sieh sie dir an», entgegnete sie, «ihre Erscheinung ist einzigartig und eignet sich perfekt für Heldengeschichten.»

Er presste die Lippen zusammen und hörte zu, was der Mann zu sagen hatte.

«Wir danken Euch. Seit der Schlacht um Ise sind diese Schlächter über uns hergefallen und haben uns bedroht.» Der Mann nahm sie mit in sein Haus. Als Sseru ihn auf die Oberhäupter der Familien ansprach, schickte er seinen Sohn aus dem Haus, um sie herzuholen. Es waren vierzehn Personen, zumeist alte Männer und Frauen, die ihre Familien anführten.

Als es Abend wurde, schlug Sseru vor, zur Feier des Tages ein kleines Fest zu veranstalten. Er wolle erst am nächsten Tag erklären, wieso sie hier seien. Der Mann liess auf mehreren mit schönen Schnitzereien verzierten Tischen Essen und Trinken aufstellen. Viele Dörfler feierten mit, und es wurde ein grosses Trinkgelage. Rey nahm nur ein einziges Glas Wein zu sich, und während er und die anderen Leibwächter schlafen gingen, war Sseru noch voll damit beschäftigt, sich mit den Oberhäuptern auszutauschen und zu betrinken.

Erst spät am nächsten Tag gelang es den vier Abenteurern, den Greis zu wecken. Zuerst dachte Zephir ernsthaft, er habe sich zu Tode gesoffen, aber nachdem sie sich vom Gegenteil überzeugt hatte, ging sie regelmässig in sein Zimmer und versuchte ihn zum Aufstehen zu bewegen. Die Dorfbewohner waren bereits seit Stunden auf den Beinen, auch die, die mitgefeiert hatten. Die Leibwächter führten Sseru in den Wald zu dem Mann, der sie beherbergt hatte.

«Wir haben seit Monaten Schwierigkeiten mit den Händlern und Ortschaften, die wir beliefern. Wir feierten lange unsere neugewonnene Unabhängigkeit und vernachlässigten unsere Aufträge. Das hat unsere Kunden mehr als verärgert. Wir müssen nun mehr arbeiten, damit wir die Differenz aufholen können.»

«Ich verstehe. Wann können wir damit rechnen, alle Oberhäupter wieder gleichzeitig sprechen zu können?»

«Frühestens wenn die Sonne untergegangen ist», rief er. Ein Baum fiel gerade zu Boden.

«Wir möchten Euch bitten, einen Botschafter für Brass zu bestimmen, der dann an einer Versammlung teilnimmt, an der die Zukunft der östlichen Länder besprochen wird.»

«Wir haben bereits vermutet, dass wir so jemanden brauchen, als die Bürgermeister gegeneinander in die Schlacht zogen.»

«Und wie habt ihr entschieden?»

«Zwei Oberhäupter sind vorgeschlagen, doch man kann sich nicht einigen.»

«Möchte jeder der beiden Botschafter sein?»

«Pah, weder der eine noch der andere. Aber sie sind die, die sich am besten dazu eignen.»

«Dann werft doch eine Münze», meinte Scirocco. Er und die anderen hatten bei ihrem Eintreffen angeboten, beim Baumfällen zu helfen, doch man lehnte dies freundlich ab mit der Begründung, dass dies ihr Handwerk sei und sie für die Aufträge verantwortlich seien.

«So etwas tun wir nicht», erklärte der alte Mann. «Wichtige Entscheidungen lässt man nicht vom Zufall fällen, das wäre töricht.»

Das leuchtete Scirocco ein. Die Leute, die ihr Leben mit schwerer Arbeit verdienten, glaubten an das Ergebnis ihrer Fähigkeiten.

«Wir werden uns heute Abend mit allen unterhalten, dann kommen wir sicher zu einem guten Schluss», meinte Sseru und verliess den Wald mit seinen Gefährten. Während er in seinem Zimmer über eine Lösung nachdachte, gingen Syria und Zephir spazieren. Die Männer hatten sie zum Wachdienst verdonnert.

«Glaubst du, dass man auf Sseru hören wird?»

Zephir zuckte mit den Schultern. «Ich wüsste nicht, was ich als Botschafter tun würde, ich würde mich niemals dazu eignen.»

«Du bist nicht mehr so scheu wie früher.»

«Wie früher ...», sagte sie ein wenig abschätzig. «Wir kennen uns noch nicht so lange.»

«Trotzdem sehe ich einen Unterschied.» Sie gingen durch eine malerische Landschaft voller wilder Gräser und Sträucher, die jetzt Blüten trugen und dufteten. Die Vögel zwitscherten laut. «Brass ist wirklich schön.» Syria atmete durch die Nase ein und hauchte die Luft zufrieden aus.

«Ich möchte alle schönen Orte bereisen.» Zephir liess Wellen über das Gras tanzen.

«Gefällt es dir in Felsbach?»

«Natürlich, es ist ideal, dort zu leben, ich kann euch alle schnell besuchen, und viele interessante Personen reisen durch den Ort, von Westen und von Osten. Was mich aber stört, ist, dass sich der Stadtrat überhaupt nicht im Klaren darüber ist, wie wichtig Felsbach ist und noch werden wird. Sie planen zu wenig voraus. Man müsste bereits jetzt den Hafen verbreitern, sonst wird es eng.»

«Dann sag es ihnen.»

«Ach nein, lieber nicht.»

«Weshalb nicht?»

Zephir schaute Syria so an, dass diese sofort verstand.

«Du kannst deine Scheu vor fremden Menschen austricksen. Hast du noch nicht daran gedacht, einen Brief ohne Namen abzugeben?»

«Daran habe ich wirklich noch nicht gedacht. Und Scirocco wäre so etwas nie in den Sinn gekommen. Er möchte immer nur, dass ich meine Scheu verliere, das ist seine Lösung für alles, was in diese Richtung geht.»

Die Stunden verstrichen, und die Oberhäupter kamen zusammen. Sseru erklärte allen, wieso er hierher gekommen war und was er erwartete. Auf die Frage, wie er den Botschafter wählen wolle, meinte er, die Oberhäupter sollten abstimmen.

«Haben wir schon gemacht», sagte einer schroff.

«Gut, dann nehmen wir weitere Leute hinzu. Meine Gefährten werden ebenfalls abstimmen. Dazu wird nun jeder kurz beschreiben, was denjenigen auszeichnet, den man selbst wählen würde.»

Kurz darauf erhielt Scirocco die Beschreibungen und ein Pergament, um seine Wahl zu notieren. Er reichte es weiter, bis alle vier Gefährten ihre Stimme abgegeben hatten.

«Gleichstand», verkündete Sseru. Syria und Scirocco hatten

ihren Kandidaten aufgrund seiner Erfahrung gewählt, während Zephir und Rey ihre Stimmen dem jüngeren, offeneren Mann gegeben hatten. Unter den Anwesenden brach Streit aus. Als sie sich auf wiederholtes Bitten Sserus nicht beruhigten, nickte Syria Scirocco zu. Er liess einige Stühle durch die Luft fliegen und laut aufschlagen. Endlich kehrte Stille ein.

Sseru dankte den beiden. «Nun, wir werden anders an die Sache rangehen müssen», sagte er dann und zeigte auf das erste Oberhaupt links. «Erzähl mir, wen du vorschlägst und wieso.» Er hörte aufmerksam zu und liess nicht zu, dass der Mann von den anderen unterbrochen wurde. Er hörte sich die Argumente aller Anwesenden an und schloss aus dem Gehörten, dass es darum ging, einen Holzfäller oder einen Händler zum Sprecher von Brass zu machen. Die Bauern waren für den Händler, die Holzfäller natürlich für den Mann ihres Berufsstandes.

«Ich werde wählen», erklärte Sseru schliesslich. «Das war nicht mein Ziel, aber ich sehe keine bessere Lösung. Ab jetzt wählt ihr immer zwei Sprecher, es wird jedoch nur einer der beiden an die Versammlung gehen. Der andere wird festhalten, was ihm die Arbeiter seines Berufes vortragen. Der Sprecher nimmt diese Äusserungen mit und bringt sie zur Sprache. Damit er dies auch gewissenhaft tut, kann man seine Absetzung beantragen, wenn man jemanden hat, der freiwillig die Position übernimmt.» Ein Raunen ging durch den Raum, als Sseru verkündete, dass dieses Jahr der alte Holzfäller an die Versammlung gehen werde. Wenn das Ergebnis nicht zufriedenstellend sei, könne man das nächste Jahr den jungen Händler schicken, sofern dieser seine Zustimmung gebe.

Syria erwartete empörte Rufe, doch da irrte sie sich. Die Familienoberhäupter waren mit Sserus Entscheidung einverstanden. Man schien auf seine Kompetenz zu vertrauen. Der junge Händler machte sich sogleich daran, die Begehren der Bauern und Händler aufzunehmen. Ihm schien diese Rolle wesentlich besser zu gefallen.

Die Nacht war klar und kalt, als die Gefährten zu Bett gingen. Rey schloss gerade das Fenster, als Syria mit einer winzigen Flasche ins Zimmer trat.

«Ein Geschenk der Holzfäller.»

Rey sah die nicht einmal handbreite Flasche an und meinte: «Bestimmt harte Ware.»

Bevor sie zu Bett gingen, genehmigten sich die beiden den ungewöhnlichen Schlaftrunk.

LVI

Sie schlenderten durch die Gegend und bestaunten die Schönheit der Insel. Fang hatte Niis auf dem Arm und lief neben Darkkon her, ihre Hand mit seiner verschlungen. Er war auf ihrem Spaziergang unbewaffnet, Fang wollte es so. Er könne bei Bedarf Äste oder Steine benutzen, meinte sie. Sie blickte Niis in die Augen, und er wusste sofort, dass sie gleich die Diskussion begann, die sie bereits zu Anfang ihres Zusammenlebens geführt hatten.

«Denkst du, sie wird wie sie?»

Er sah zuerst Fang an, dann die kleine Niis. «Ich nehme es an.» Nach einer langen Pause fügte er hinzu: «Das ist nichts Schlimmes.»

«Nein, so wollte ich es nicht sagen. Syria ist freundlich, ehrlich und noch vieles weitere mehr, aber mir behagt der Gedanke nicht, dass dieses kleine unschuldige Mädchen eines Tages nach Blut lechzt.»

«Sie wird es nicht primär aus Spass tun, manche Situationen erfordern einen Kampf.»

«Ich weiss, aber trotzdem.» Sie dachte an ihre eigene Geschichte; an das, was ihr und Grendel passiert war. Dann sah sie wieder in die tiefblauen Augen von Niis und sagte entschlossen: «Doch, werde wie deine Mutter! Es braucht solche Wesen genauso, wie es alle anderen braucht.»

Sie kamen zu dem Bächlein, das teils durch die heisse Quelle gespeist wurde und dessen Wasser eine angenehme Temperatur hatte. Fang legte das Kind auf die ausgebreitete Decke, die Darkkon mitgebracht hatte, und sang leise vor sich hin, was Niis vor Freude quieken liess. Aliqua-Heel entstieg dem Bach, grüsste sie und drückte ihren Zeigefinger sanft auf Niis' Stirn. «Ein schöner Tag», meinte das Wesen.

Darkkon stimmte ihr zu, und Fang nickte, während sie weitersang.

«Wird er so schön bleiben?», fragte er.

«Erst am Abend verdicken sich die Wolken. Es könnte aber sein, dass der Wind von Norden bereits etwas früher hier eintrifft. Wo sind die anderen, begleiten sie immer noch den Gesandten des Westens?»

«Ja, und das nur, weil Prinz Arate uns eins auswischen will.»

«Lohnt sich der Aufwand?»

Er schaute sie verblüfft an und sagte: «Ich hoffe doch, aber wieso interessiert dich das? Was wir Menschen tun, muss dich ja nicht kümmern.»

«Da hast du recht, aber du vergisst wohl, dass ihr mir am Herzen liegt – du, Rey und Syria. Wenn es für euch einen Unterschied macht, dann für mich auch.» Bevor sie im Bach verschwand, sagte sie noch: «Hoffen wir, dass Frieden entsteht.»

«Ich habe sie gekränkt», sagte Darkkon.

«Das glaube ich nicht. Sie ist nicht empfindlich und bestimmt nicht wegen dir gegangen.»

«Wo hast du eigentlich Grendel gelassen?», wollte er wissen.

«Er streift wahrscheinlich über die Felder. Seit wir nicht mehr umherziehen, lasse ich ihm seine Freiheit. Er wird irgendwo im Boden nach Futter wühlen.» Sie nahm Niis hoch und setzte sich mit ihr in den Bach. Es machte den beiden sichtlich Freude, umherzuplantschen. «Worüber denkst du nach?», fragte sie den grübelnden Darkkon.

«Ach, nichts. Ich frage mich nur, wie lange sie noch weg sein werden. Und dann gibt es ja noch dieses Gerücht ...»

Rey und Zephir warteten bereits seit mehr als drei Stunden. Zephir sass auf einer Mauer und drückte sich die Fäuste in die Backen, während sich Rey aus Langeweile mit nur einer Hand kopfüber auf der Mauer hielt. Sein Gesicht war rot und ihm war etwas schwindlig, aber er wollte wissen, wie lange er es aushalten konnte. Man hatte sie beide nicht ins Haupthaus gelassen, weil eine Frau aus dem Rat einen Zahlentick hatte und nur bestimmte Sitze besetzt sein durften. Nun endlich kamen die drei anderen aus dem grossen Gebäude. Die Wartenden gingen ihnen entgegen.

«Der Nordosten wird auch vertreten sein», verkündete Sseru stolz.

«Wird auch langsam Zeit», beklagte sich Rey.

«Wisst ihr, was wir gehört haben?», Zephir sah in drei erwartungsvolle Gesichter. Sie schloss ihr gewöhnliches Auge, was unbeabsichtigt noch mehr Spannung erzeugte. «Wir haben gehört, der Sohn des Königs von Eran, Arate, sei verschwunden.»

«Was heisst verschwunden, Zephir?», fragte ihr Bruder.

«Er war von heute auf morgen nicht mehr im Schloss. Anscheinend hat man ihn seit einiger Zeit nicht mehr gesehen.»

«Stimmt das auch?»

«Woher soll ich das wissen, Scirocco?»

«Man sollte solchen Geschichten keinen Glauben schenken», wandte Sseru ein.

Syria stimmte ihm zu. Ohne weiter über das Thema zu sprechen, verliessen sie Kendias, die Hauptstadt des Nordostens. Nun mussten sie nur noch zwei grössere Länder aufsuchen, zum einen Comossa Belt und zum anderen den Süden mit der sehr alten Stadt Dar sin. Viele kleinere Länder hatten zuvor bereits zugesagt, dass sie teilnehmen würden, und so musste Sseru nicht in jeden Winkel des Ostens reisen. Kendias, das sie hinter sich gelassen hatten, war zwar flächenmässig eine der grössten Städte, das lag aber daran, dass zwischen den Gebäuden wahnsinnig grosse Abstände lagen. Strassen suchte man vergeblich in dieser Stadt. Niemand wusste, dass sie vor sehr langer Zeit ein Sommerplatz der Orks gewesen war; damals, als ein grosser Teil des alten Volkes noch als Nomaden gelebt hatte.

An diesem kalten Herbsttag, als sie in Comossa Belt in einem Wirtshaus sassen, meinte Sseru zu Syria und Rey, dass sie heimgehen sollten. Sie waren nun bereits seit Monaten unterwegs. Den Rest schaffe er alleine, versicherte er ihnen. «Ich werde hier ein paar treue Söldner anheuern, die mich auf dem letzten Wegstück begleiten.» Die Windgeschwister hatten ihm erzählt, dass sie gute Kontakte zu den hiesigen Söldnern hätten und genug gute Kämpfer kannten, die vertrauenswürdig waren.

«Wir werden mit euch nach Heel kommen», erklärte Zephir.

«Dann last uns noch ein letztes Mal anstossen», meinte der Alte.

Eine Stunde später verabschiedeten sie sich voneinander. Die vier Freunde begaben sich zum Hafen, um die Überfahrt zu organisieren, und Sseru machte sich in Begleitung der Söldner zügig auf den Weg nach Dar sin. Die Zusammenkunft rückte näher, und der Alte musste sich beeilen, um auch noch die letzten Herrscher zu einer Teilnahme zu überreden. Am Hafen auf die Abfahrt wartend, starrte Syria übers Meer in Richtung der Insel. Die anderen drei spielten mit einem zwielichtigen Typen auf einem Fassboden Karten. Ein weiterer Mann trat hinzu. Er schien mit dem Spieler befreundet zu sein und lief unentwegt um sie herum. Zephir wurde es immer unangenehmer, bis sie plötzlich aufstand und sich entfernte. Scirocco und Rey folgten ihr sofort.

«Die wollen uns beklauen», flüsterte sie ihnen zu.

Scirocco erschrak über seine Naivität und wollte die beiden stellen.

«Warte», hielt Rey ihn zurück. «Sie wollen uns nicht bestehlen. Er will nur zusehen. Ich weiss es, ich habe ihn beobachtet. Kommt, spielen wir weiter, falls sie uns wirklich beklauen wollen, werde ich es bemerken.» Scirocco liess sich überreden, doch Zephir gesellte sich zu Syria. Rey hatte sich nicht geirrt, nichts passierte, und dann war das Schiff auch schon bereit, um abzulegen.

Am Abend ihrer Ankunft auf der Insel wurde es noch einmal angenehm warm, bevor die Sonne unterging. Nur noch ein kleiner Fussmarsch lag zwischen den Abenteurern und dem Elternhaus von Rey und Darkkon. Auf dem Weg zum Anwesen trafen sie Grendel, der sie mit knurrenden Hustern begrüsste. An der Haustür empfing Lilia sie, und Darkkon eilte sofort von seinem Zimmer im oberen Stock hinunter. Dann führte er seine Freunde zu dem Zimmer, in dem die kleine Niis in der Dunkelheit lag.

Aus dem Raum am Ende des Gangs kam Fang, die gerade ein Bad genommen hatte. Sie flüsterte: «Sie schläft. Sobald sie erwacht, werde ich dir deine Tochter bringen, Syria.»

Während Rey seelenruhig neben ihr schlief, lag Syria lange wach. Sie fragte sich, wie spät es wohl sei, traute sich aber nicht, nach draussen zu gehen, aus Angst, die anderen zu wecken. Plötzlich klopfte es sacht an der Tür. Am liebsten wäre sie sofort aus dem Bett gesprungen, aber sie beherrschte sich und trat leise hinaus.

«Guten Morgen, Syria.» Fang hielt ihre Nichte über der Schulter. «Es ist noch früh, komm, wir gehen in den Saal, solange noch niemand wach ist.» Sie brachte aus der Küche einen Krug mit Tee aus verschiedenen Kräutern. «Vorsicht, er ist sehr heiss.»

Während die Sonne langsam am Horizont aufging und ihre Strahlen durch die Fenster das Haus erhellten, sassen die beiden Frauen am Tisch. Wäre jemand zugegen gewesen, der mit Kohle umgehen konnte, die Pracht und Schönheit der Situation hätten ihn gezwungen, ein Bild anzufertigen, sonst hätte er es sein Leben lang bereut.

«Wie ist es euch ergangen?», fragte Fang und nippte an ihrem Becher.

«Ganz gut. Sseru entliess uns in Comossa Belt und zog mit Söldnern in den Süden. Die Versammlung wird bald stattfinden.» Sie sah Niis an und fragte: «Und wie war es bei euch? Hattet ihr keine Probleme mit Niis?»

«Ganz und gar nicht, sie ist ein Schatz. Darkkon hat sich aber Sorgen um euch gemacht. Er hoffte, einmal einen Brief mit einem Lebenszeichen von euch zu erhalten. Das Gerücht, der Prinz Erans werde vermisst, hat ihn ebenfalls belastet. Habt ihr davon gehört?»

«Ja, als wir in Kendias waren, hörten wir davon. Seitdem haben wir nichts Neues mehr erfahren. Ich denke, das Gerücht ist von Felsbach oder einer anderen westlich gelegenen Ortschaft aus nach Osten verbreitet worden.»

«Jetzt, wo du es sagst ... Ich habe auch nur einmal davon gehört, dann gab es keine weiteren Informationen mehr.»

Sie sprachen noch eine Weile über dies und das, bis einer nach dem andern sich im grossen Saal einfand. Rey hatte einen spontanen Einfall: «Sollen wir einen Abstecher nach Felsbach machen, um bei der Zusammenkunft dabei zu sein?»

«Wir können nicht einfach hier einfallen und dann wieder gehen, ohne Eries zu begrüssen, das wäre mehr als unhöflich.»

«Wir müssen uns aber beeilen, wenn wir rechtzeitig dort ankommen wollen.»

«Wir bleiben noch ein paar Tage, und dann können wir aufbrechen.»

LVII

Gesagt, getan. Nach einigen Tagen verliessen sie alle Heel, um in Felsbach dabeisein zu können. Man plante auf dem Weg bereits, was danach für Unternehmungen anstehen würden. Zephir wollte in Felsbach bleiben, während ihr Bruder Jan mit einem Besuch überraschen wollte. Fang besprach mit Syria, einige Zeit in Jokulhaups zu verbringen, natürlich zusammen mit Darkkon.

«Wenn unsere Frauen einander zur Gesellschaft haben, können wir uns wie früher in einem Zimmer verschanzen und ‹Inselherrschaft› spielen.» Auf die Frage, um was es sich bei dieser «Inselherrschaft» handle, meinte Rey nüchtern: «Ein Brettspiel.»

In den Dörfern kurz vor Felsbach waren alle Zimmer besetzt. Nicht einmal die Bauern konnten mehr einen Schlafplatz anbieten, so gross war das Interesse an dieser ersten Versammlung der Herrscher. So mussten sie in den kalten Nächten unter freiem Himmel schlafen. Als sie dann vor den Toren Felsbachs standen, waren diese verschlossen. Ein Wächter mit einem Morgenstern meinte, dies sei nur eine Massnahme zur Sicherheit aller, und liess sie ein. Als sie durch die Tore traten, erkannten sie Felsbach kaum wieder. Viele Leute liefen umher und drängten sich an zahlreichen Transportkarren vorbei. Es war um einiges lauter, als man es von der jungen Stadt gewohnt war, und die verschiedensten Gerüche erfüllten die Strassen. Weil sie durch ihre Übernachtungen in der Wildnis auch am Abend unterwegs gewesen waren, waren sie nun einige Tage zu früh und hätten auch hier am Wegrand nächtigen müssen, wenn die Windgeschwister nicht ein Haus besessen hätten.

Am Tag der Zusammenkunft traf auch Sseru in der Stadt ein. Die Freunde baten ihn, für sie einen Platz zu reservieren, damit sie den Worten der Herrscher lauschen konnten. Mit Freuden erfüllte er ihnen den Wunsch und sorgte dafür, dass sie am Verhandlungstisch sitzen konnten. Schliesslich waren Syria und Rey selbst zu einer Art Herrscherpaar geworden, seit ihnen der

Bürgermeister Felsbachs das Land Jokulhaups übertragen hatte. Nach und nach betraten die Herrscher den Saal. Sseru stellte sie einander vor.

«Bürgermeister Faust aufs Maul», flüsterte Scirocco, als der Herrscher Eldevans angekündigt wurde. Zephir musste es sich verkneifen, lauthals loszulachen.

Endlich sassen alle Herrscher um den grossen Lärchentisch. Als erstes erklärte Sseru, der die Gespräche leitete, dass Syria und die anderen als Beobachter anwesend seien. Dann führte er die Hauptthemen auf, die zu diskutieren waren. Als wichtigstes Thema nannte er die Landesgrenzen, sie sollten dieselben bleiben, wie sie vor Honodur gewesen waren. Die meisten stimmten sofort zu, aber der Bürgermeister Eldevans hielt nichts davon. Im Lauf der Debatte machte ihm der Herrscher aus Dar sin klar, dass man sich gegen ihn verbünden würde, wenn er sich mit Söldnern und Soldaten Gebiete zu eigen machen wolle. Die Verhandlung wurde energisch geführt, lief dank Sseru jedoch gesittet ab. Bis spät in die Nacht wurde über die Hauptthemen diskutiert, bevor am nächsten Tag nur noch individuelle Anliegen und Ideen besprochen werden sollten. Zuletzt erklärte Sseru allen Anwesenden, dass Jokulhaups unabhängig sei, also niemandem Steuern zu zahlen habe und dass dort das Herrschaftsrecht von Syria und Rey und später auch Niis gelte. Nach diesen letzten Worten wünschte Sseru allen Anwesenden einen wohligen Schlaf.

Während alle den stickigen Raum verliessen, trat der alte Sprecher aus Brass zu den Gefährten. «Morgen wird es hart für mich, ich habe eine ellenlange Liste, die ich vortragen muss. Zum Schluss versuche ich dann auch noch, ein paar gute Geschäfte abzuschliessen. Ich danke euch, dass ihr mir und allen anderen ermöglicht habt, hierher zu kommen.» Er schüttelte jedem einzeln die Hand und sprach dann auch noch kurz mit Sseru, bevor er über die Strasse zum Gasthaus ging.

«Ja, dann», meinte Sseru, als er die wartenden Abenteurer ansah. «Bis zur nächsten Zusammenkunft, wenn ihr mögt.» Er dankte allen und schlug Rey zum Spass leicht in den Bauch. «Ich denke, spätestens übermorgen werde ich mich auf den Heimweg machen und dann nächstes Jahr wiederkommen – natürlich, wenn ich dann noch unter den Lebenden weile.» Er klang ein wenig melancholisch. «Auf jeden Fall wünsche ich euch noch eine schöne Zeit.»

Niemand sagte etwas, man nahm seine Worte mit stummem Dank entgegen. Dann gingen sie aus dem Raum, und Sseru schloss ab. Sie gingen ins Haus und schliefen, erschöpft von dem vielen Gehörten, sofort ein.

Am nächsten Tag bemerkte Rey, dass er sich die Kleider schmutzig gemacht hatte, und wollte sie waschen. Er trat an die Tür zum Bad, das von Scirocco im Hinblick auf eine künftige Familie gut ausgestattet war. Einige Minuten später kam Rey mit seinen dreckigen Kleidern und einem knallrotem Kopf wieder. Er erzählte Syria, die noch im Bett lag: «Zephir schläft doch nicht.» Sie wollte wissen, warum er das sage. «Ich wollte ins Bad, machte die Tür auf und als ich bereits halb drin stand, wischte es mich hinaus und die Tür flog mit einem lauten ‹Raus!› zu.»

Syria schmunzelte und dachte bei sich, dass er mit Zephir reden musste. «Du darfst nicht zu ihr sagen, dass sie die Tür hätte abschliessen sollen, das klingt viel zu sehr nach einem Vorwurf. Weise sie darauf hin, es war ja nicht dein Fehler, und dann sagst du, dass du das nächste Mal anklopfen wirst.»

«Genau. So werde ich's machen. Danke, ich hätte die Sache wohl so lange totgeschwiegen und mich geschämt, bis Zephir sie vergessen hätte ...»

Als sie ihre Sachen packten und nach unten zum Eingang liefen, hörten sie Scirocco und Zephir. «Lass die verdammte Tür endlich reparieren!», äusserte sie.

«Tu doch nicht so, du hast ihn auch schon ohne Hemd gesehen, und er hat deine Verletzungen verbunden.»

«Da war ich aber nicht vollkommen nackt.»

Scirocco schüttelte nur den Kopf, aber Rey kam sofort die Treppe hinunter, um zu schlichten: «Nein, sie hat recht, ich hätte nicht einfach hineingehen dürfen, aber streitet euch doch nicht wegen so was.»

Die beiden beruhigten sich ein wenig, und Fang und Darkkon kamen dazu. «Brechen wir jetzt auf?», fragte Fang das Geschwisterpaar. Der Klang ihrer Stimme bescherte allen ein wohliges Kribbeln im Bauch. Sie brachen nun gemeinsam auf, und Zephir meinte, sie werde Buchenwall verlassen, wenn ihr Bruder ihr zu sehr auf die Nerven gehe.

Am Abend nahm Zephir Rey zur Seite. «Heute, als du ins Bad kamst ...», eröffnete sie, und ihm wurde mulmig zumute. «Hast du ... ich meine ... hast du mich gesehen?»

«Nein! Ich kam zur Tür hinein, und schon flog ich wieder aus dem Raum.»

«Ich glaube dir, wenn du es mir sagst, ich möchte wirklich nur die Wahrheit hören. Ich werde nicht böse sein, aber ich möchte es wissen.»

«Nein, ich habe nichts gesehen, ich schwöre es. Ich sage dir ganz ehrlich die Wahrheit.»

Sichtlich erleichtert liefen die beiden nebeneinander weiter. Dann trennten sich ihre Wege, und sie brachen in verschiedene Richtungen auf. Sie würden sich erst ein paar Monate später wiedersehen – bei einem sehr traurigen Anlass.

LVIII

Syria stand draussen im Schnee, als Darkkon aus dem Haus kam. Sie ging auf den dick Eingekleideten zu und fragte betrübt: «Wie geht es dir heute?»

Sie bekam keine Antwort. Darkkon stand still da. Sie drückte ihn an sich und vergoss ein paar Tränen, und er erwiderte die Umarmung. Erst als er seine Arme von ihrem Körper zog, liess sie ihn los, und er zog stumm von dannen. Fang öffnete vollkommen in Schwarz gekleidet die Tür und bat Syria, in die Wärme des Hauses zu treten.

«Ist er wieder weggegangen?»

Syria nickte. «Redet er mit dir?», fragte sie seine Ehefrau.

«Nur wenig.»

Bereits zwei Wochen waren seit Eries' Beerdigung vergangen, und noch immer wandelte Darkkon jeden Tag wie ein gequälter Geist über Heel, ohne dass jemand wusste, wo er hinging. Er schien ohne Ziel umherzustreifen. Ebenfalls so lange lungerte Rey antriebslos im Haus herum, ass und trank kaum etwas und wechselte seine Kleider nicht. Jetzt lag er in seiner nachtschwarzen Tracht auf dem Teppich des Esssaals; ein trauriger Anblick. Es klopfte an der Tür, und Fang öffnete. Jan und Alm standen davor, sie hatten Essen geholt. Sie müssten nicht anklopfen, meinte Fang, das Haus stehe ihnen offen. Jan und Alm brachten die Waren in die Küche. Sie waren bereits seit längerer Zeit hier.

Als der Winter begonnen hatte, war Eries an einer Lungenentzündung erkrankt. Eine Zeit lang war es ihr sehr schlecht gegangen, so dass Hapo die Söhne benachrichtigt hatte. Diese waren sofort nach Heel aufgebrochen. Als sie dort angekommen waren, war ihre Mutter sehr schwach gewesen. Da war nicht nur die Lungenentzündung, sondern eine noch schwerwiegendere Krankheit gewesen. Neben Fren und Lilia hatten sich die Brüder – unterstützt von ihren Frauen – den ganzen Tag um ihre Mutter gekümmert und gemeinsam neben ihrem Bett gewacht. Sie war zu schwach gewesen, um zu sprechen, und eines Tages hatte sie Darkkon durch ihren Blick mitgeteilt, dass sie sterben würde. Völlig hysterisch hatten die Brüder ihre Gattinnen gebeten, Fren und Lilia zu wecken, die am Tag geschlafen hatten, um in der Nacht für ihre Herrin zu sorgen. Eries' letzter Blick an diesem Tag war auf viele vertraute Gesichter gefallen, und während sie ihren letzten Atemzug gemacht hatte, hatte jeder ihrer Söhne eine ihrer gebrechlichen Hände gehalten. Lilia war in Tränen ausgebrochen und hatte Fang umklammert, die mit gesenktem Kopf auf das Bett der Toten geschaut hatte. Fren hatte sich verbeugt, bevor er ins Dorf gegangen war, um den Bewohnern die traurige Kunde zu überbringen.

Syria hatte sich Rey genähert, als dieser seinen Bruder angeschaut hatte, immer noch die Hand seiner Mutter haltend: «Wir müssen die Briefe jetzt aufsetzen, solange wir noch klar denken können.»

Sein älterer Bruder hatte genickt und gemeint: «Gehen wir.»

Sie hatten das Zimmer verlassen und sich wie Fremde am Esstisch einander gegenüber gesetzt. «Wir benachrichtigen Jan, Ursula, Alm, Tibbett ...», hatte Rey angefangen, und Darkkon hatte die Briefe geschrieben, die sie versenden würden. Zudem hatten sie veranlasst, dass Hapo in jedem Dorf, in jeder Stadt, in jeder Ortschaft einen Traueraushang machen liess. Danach hatten sie sich in ihre Zimmer im oberen Stock zurückgezogen und diese abgeschlossen. In dieser Nacht hatten sie allein sein wollen.

Einiges später hatte die Beerdigung stattgefunden. Mütterchen Eries war in einen wunderschönen Holzsarg gebettet worden, der in grossen Schriftzeichen ihren Namen trug. Der Sarg war im Anwesen aufgebahrt worden; später würde er in die Familiengruft geführt, und sie würde neben ihrem Mann liegen. Es war eine schlichte Beerdigung gewesen, doch bei der Menge der anwesenden Personen hätte man meinen können, eine Königin werde zu Grabe getragen. Hapo und das gesamte Dorf hatte sich auf dem Friedhof eingefunden, entfernte Verwandte, Freunde und Bekannte von früher, Söldner, die durch die Arbeit mit Eries' Mann ihre Bekanntschaft gemacht hatten. Alle waren schwarz gekleidet gewesen. Sie hatten den Brüdern kondoliert und nur Gutes über ihre Mutter zu erzählen gewusst; etwa, dass sie immer freundliche Worte auf den Lippen gehabt hatte, obwohl sie gegen den Dienst der Söldner gewesen war.

Ehrlich, so hatten Darkkon und Rey ihre Mutter gekannt. Als der geschlossene Sarg dann in die Gruft getragen worden war, hatten alle zu weinen begonnen, sogar Schmiede, gestandene Männer oder Kämpfer, die auf Befehl töten konnten, hatten Eries' Tod beweint. Nach der Zeremonie hatten einige Leute den Brüdern Geschenke übergeben – Geschenke, die Eries ihnen zu Lebzeiten gemacht hatte und die sie nun, wie es Brauch war, ihren Kindern zurückgaben.

Fang, Syria, die Windgeschwister und die Freunde aus Buchenwall sassen an einem Tisch im obersten Stockwerk des Hauses, um Rey nicht zu stören. Tibbett fragte Fang, ob sie die Brüder nicht mit ihrem Gesang aufheitern könne.

«Ich möchte sie nicht manipulieren. Nützen würde es ohnehin nur eine kurze Zeit.» Sie streichelte Grendel, der neben ihrem Stuhl lag.

«Lassen wir sie trauern, sie werden sich wieder fangen.» Alm kam Lilias Gesicht in den Sinn, als sie dies sagte. Sie hatte während der Beerdigung so viel geweint, dass ihre Augen danach rot gewesen waren. Fren brachte ihnen etwas zu knabbern hoch und meinte sorgenvoll, dass Rey auf dem Teppich eingeschlafen sei.

«Wir sollten ihn packen und ins Bad werfen und dann mitsamt den Kleidern mit Seife durchwalken, er stinkt bestialisch», witzelte Zephir. Die Lacher, die sie erntete, waren nur von kurzer Dauer, dann besann man sich wieder auf die Situation. Die Freunde wussten nicht, ob sie sich einmischen oder die beiden in Frieden lassen sollten.

«Ich werde noch eine Woche warten, dann spreche ich mit den beiden», verkündete Syria.

Ursula erklärte, dass sie bereits in den nächsten Tagen abreisen mussten, da Jans Vater zuhause unmöglich alles alleine bewältigen könne. Sie hofften, dass es Syria gelingen würde, die Brüder von ihrer Trauer zu befreien.

Die Woche war um, Jan und Tibbett reisten mit ihren Frauen ab. Sie gingen, ohne von den Hausherren verabschiedet worden zu sein. Lilia versteckte die warme Kleidung von Darkkon, um ihn davon abzuhalten, am Morgen das Haus zu verlassen, doch er suchte gar nicht erst danach und wollte in seinen normalen Gewändern gehen.

Fang stellte sich vor die Tür. «Wir werden reden!», bestimmte sie.

Er sah in ihre Augen und wandte sich ab, um in den Saal zu gelangen. Rey hatte gar nicht aufstehen wollen, doch Syria hatte ihm am Abend zuvor erklärt, dass sie reden wolle. Nun stiess sie ihn an, und er ging vor ihr her. Im Saal musste Zephir eine ständige Brise um ihn wehen lassen, da er den ganzen Raum verpestete. Er hatte einen dicken Bart, und seine Haut war schmierig.

«So! Wir werden jetzt reden. Über welches Thema ist egal, das könnt ihr entscheiden, aber sagt etwas. Worüber möchtet ihr sprechen?» Syria sah in zwei ausdruckslose Gesichter.

«Ich kannte meine Mutter nicht», begann Zephir plötzlich zu erzählen. «Aber unser Vater hat mir immer Geschichten über sie erzählt.» Der Blick der Brüder wurde klarer, sie sahen die Magierin an. «Sie wurde in einem Dorf geboren, das Heel gleicht. Sie war eine Bauerstochter und wusste nicht viel über die Welt, sie konnte nicht einmal lesen. Vater erzählte, dass er sie nach einem Fest kennengelernt hatte. Er war Wandermagier und half bei den Aufbauten. Nachdem die Leute gegangen waren, fiel ihm unsere Mutter auf. Er ging zu ihr, und sie wusste sofort, dass er sich für sie interessierte. Er gefiel ihr, und sie liess sich auf seine schönen Worte ein. Doch als sie zuhause war, meinte sie: ‹Wie ernst kann es einem Magier mit einer Frau sein, die nicht lesen kann?› Er lächelte sie an und gab zurück: ‹Wie ernst kann es einer Frau mit einem Magier sein, der nicht klettern kann?› Die Antwort sorgte bei Mutter für Gelächter. Sie dachte, er würde sie veralbern, doch er erklärte ihr, dass er nicht auf einen Baum klettern könne, ohne auf dem Hintern zu landen. Mutter war zwar skeptisch, aber sie traf sich weiterhin mit unserem Vater, und an den Abenden lehrte sie ihn, auf Bäume zu steigen. Vater sagte, dass er niemals vergessen werde, was sie bei seiner ersten Lektion sagte: ‹Wie kann ein Mensch, der den Wind seinen Freund nennt, nicht in die Lüfte steigen?› Die beiden blieben zusammen, und unsere Mutter lernte lesen und schreiben. Immer, bevor sie zu Bett ging, verschlang sie Seite um Seite eines Buches. Bald vermochte sie selbst einige Geschichten, die sie aus Kindertagen kannte, niederzuschreiben. Sie war nie weit herumgekommen, und trotzdem konnte sie die Zusammenhänge sehen und einen Schluss daraus zu ziehen. Man hätte sie nicht veralbern können, sagte Vater. Sie blieb ihr Leben lang eine eher bescheidene Frau, was ihre geistigen Fertigkeiten anging, aber sie war nie dumm», beendete Zephir ihre Geschichte.

Die Brüder sassen nachdenklich da. Rey stand auf und berührte kurz Darkkons Schulter. Dieser folgte ihm. Nach einigen Minuten kehrten die beiden zurück.

«Wir werden für eine Weile fortgehen. Bitte wartet hier auf uns», sagte Rey. Es waren seine ersten Worte seit langem. Darkkon hielt einen dicken Bartschlüssel in der Hand und gab Lilia die Anweisung, die warmen Kleider zu bringen. Die Freunde blieben sitzen und sahen, wie Rey die Tür öffnete und hinaustrat. Sofort standen alle besorgt auf.

«Wir gehen auf den Friedhof», sagte Darkkon. «Es könnte einige Zeit dauern, bis wir wieder heimkommen, ihr könnt solange hier warten.»

«Wir könnten euch bis dorthin begleiten und dann wieder umkehren», schlug Fang vor.

Die beiden duldeten es, und wie Fang gesagt hatte, kehrten sie um, als Darkkon das massive Tor zur Gruft öffnete und hinter sich und seinem Bruder wieder schloss.

«Was die beiden wohl machen?», fragte Scirocco. Er richtete die Frage an alle und trotzdem an niemanden.

«Sie erzählen es uns sicher irgendwann», meinte Fang zuversichtlich.

Rey sass im Schneidersitz auf dem Grab seines Vaters, während sein Bruder am Boden neben dem grossen Steingrab seiner Mutter Platz nahm. Es war eiskalt, aber die beiden hatten etwas zu erledigen.

«Viele Leute sind zu deiner Beerdigung gekommen. Sie war sehr schön, Hapo hat einiges über dich erzählt», begann Darkkon.

«Die Leute haben einige Geschenke zurückgebracht», fügte Rey hinzu. «Das seltsamste war ein parfümiertes Stück Holz eines alten Söldners. Er sagte, du habest es ihm bei einem seiner Besuche hier auf Heel gegeben, mit den Worten, er solle es sich vors Gesicht halten, wenn er mit dir rede, er rieche schrecklich nach Alkohol. Er hat anscheinend nicht nur von dir solche Bemerkungen erhalten, daher hat er es behalten und zuhause in eine Kiste gelegt. Als er sich an dich erinnerte, musste er das Brett einfach mitbringen. Solche Sprüche konntest du immer schon gut machen.»

Darkkon sah Rey an und grinste: «Der Obststand.»

Rey grinste und nickte. «Wir waren beide noch klein. Auf dem Markt in Comossa Belt war dieser Mann mit seinem Obststand. Ich stand davor und machte Mist, und Darkkon war anderswo, aber in der Nähe. Der Blödian brüllte mich an und meinte, wegen mir kaufe niemand seine Waren, ich solle abhauen. Du sagtest ihm deutlich, er würde auch nichts verkaufen, wenn er dazu noch Geld verschenken würde. Und dann hast du ihn noch mit etwas betitelt, das ich, glaube ich, nie wieder von dir gehört habe.»

«Mussten wir damals lachen», bestätigte Darkkon.

«Aber er war auch ein Griesgram, da waren sich alle einig», kicherte Rey.

Stunden vergingen. Als sie heimkamen, waren nur noch ihre Frauen wach und sprachen im Saal miteinander. Sie musterten die beiden. Sie hatten helle Wege der Tränen, die geflossen waren, auf den schmutzigen Wangen, aber ihre Ausstrahlung verriet, dass sie die Trauerstarre überwunden hatten.

Am nächsten Tag nahm man Abschied. Rey und Darkkon umarmten sich, ein selten inniger Moment zwischen den beiden Streithähnen. Fang wünschte den Windgeschwistern eine angenehme Reise nach Felsbach. Noch lange Zeit standen sie und Darkkon vor dem Haus und winkten den abreisenden Freunden nach.

LVIX

Auf dem Schiff nach Comossa Belt sagte Rey zu Syria: «Jetzt hatten ich und Darkkon doch keine Zeit, um so viel Inselherrschaft zu spielen wie früher.»

«So schwierig wird das nicht sein.» Rey verstand die Gedanken seiner Geliebten nicht. «Ich werde natürlich mit dir spielen», erklärte sie, «so kompliziert kann es nicht sein.»

Und schon begann er, Syria die Figuren und Regeln zu erklären. Zephir musste ihm das Sprechen verbieten, um nicht durchzudrehen. Scirocco summte eine Melodie und sang ab und zu ein paar Worte, es war ein Söldnerlied über die See und Stürme, das er in Foron gelernt hatte. In Comossa Belt kaufte Rey Haifischzähne, um sich zu rasieren. Mit den Klingen, die Darkkon benutzte, schnitt er sich. Scirocco kaufte sich zum Erstaunen seiner Schwester ein Buch.

«Ich möchte schnitzen lernen, aber richtig», begründete er seinen Kauf. Zephir zog verwundert die Augenbrauen hoch.

An einem Tag der Reise in den Süden stürmte es heftig, und der Schnee verwehrte eine gute Sicht. Störrisch wie er war, wollte Rey auf gut Glück weiterlaufen. Erst als Syria das Wohlergehen ihrer Tochter ins Spiel brachte, liess er sich überreden, und sie blieben an einer geschützten Stelle. Ein paar dicht stehende Bäume als Rückwand nutzend, errichteten sie um sich einfache Wände aus Schnee und Eis und entzündeten ein Feuer.

«Wenigstens Niis hat Spass.» Zephir öffnete den Beutel, und man hörte erfreutes Quieken. «Ein furchtbares Wetter heute. Wir sollten unsere Unterkunft zu einem Nachtlager umbauen, falls der Schneesturm nicht aufhört.»

Kurze Zeit später war das Lager fertig. Es war sehr eng, aber so würde nur ein Minimum an Wärme entweichen können. Scirocco unterhielt Niis, indem er ein paar Schneeflocken über seiner Handfläche im Kreis tanzen liess. Plötzlich war draussen eine Stimme zu hören. Jemand rief um Hilfe. Rey, der sich eng an Syria gekuschelt hatte, wollte gerade nachsehen, als die Rufe bereits näher kamen.

«Komm hierher!», brüllte Rey aus der Behausung. Er ging hinaus und kam schnell mit einem Sept zurück, der sich an seine Schulter klammerte. Nun wurde der Platz sehr eng. Der Sept rollte sich zusammen, und Zephir und ihr Bruder drückten sich an eine Wand.

«Ich bin verletzt», keuchte das Wesen und hob seinen Schwanz am letzten Viertel hoch. Eine tiefe Risswunde klaffte darin, gefüllt mit verdrecktem Schnee. Er konnte kaum mehr seine Augen öffnen und sah nicht, wer ihn gerade verarztete. Zephir goss Wasser aus ihrer Trinkflasche über die Verletzung und strich Pflanzenpaste darauf.

«Was ist passiert?», fragte Rey.

Nur schemenhaft erkannte der Sept vier Gestalten. «Ich wurde überfallen. Mir wurde alles genommen, und als ich orientierungslos umherging, griff mich ein Keiler an und verletzte mich. Ich dachte, ich gehe zugrunde, aber jetzt bin ich in Sicherheit. Ich danke euch. Wer seid ihr? Ihr scheint an den Anblick eines Septs gewohnt?»

«Ja», antwortete Scirocco, «und du wirst uns wahrscheinlich auch kennen. Syria und wir anderen haben mit euch gegen Solon gekämpft.»

«Die Menschen, ja. Das bedeutet, ich bin unter Vertrauten, das beruhigt mich.»

«Was wolltest du hier?»

«Ich war unterwegs, um nach einem neuen Zuhause zu suchen. Jetzt, wo der Imperator nicht mehr ist, gibt es unzählige Schwangerschaften, und viele von uns Jüngeren möchten in Städte ziehen, in denen Trubel herrscht.»

«Und wieso warst du gerade jetzt unterwegs?», wollte Zephir wissen.

«Jetzt habe ich noch die Wahl, an welchem Ort und in welchem Haus ich leben möchte.»

«Komm doch nach Felsbach, dort hat es noch genügend Häuser ohne Besitzer. Zudem wird es wahrscheinlich eine der einflussreichsten Städte des Ostens werden.»

«Dort wollte ich auch hin, aber ich glaube, das wäre zu teuer. Ich habe aber gehört, dass einige Händler vorhaben, in Foron ganze Städte zu errichten, das wäre ideal für uns.»

Die Dunkelheit brach herein, ohne dass sich das Wetter

geändert hätte. Still schliefen alle nah beieinander, während draussen noch lange das Tosen des Sturms zu hören war. Am nächsten Tag liefen die vier mit dem Sept weiter südwärts. Sie bemerkten schnell, dass sie zu weit östlich gegangen waren. Dem Sept ging es wesentlich besser. Sobald er wieder in seinem Dorf sei, werde er allen von ihrer Hilfsbereitschaft erzählen, sagte er. «Meine Frau erwartet ebenfalls Nachwuchs», sagte er dann zu Zephir.

Alle schauten sie verblüfft an.

«Ich bin nicht schwanger», erwiderte sie sofort.

«Das habe ich auch nicht gesagt. Ich meinte, in meinem Dorf sei die Geburtsrate sehr hoch, und meine Frau trage ebenfalls dazu bei.»

Zephir war erleichtert, nicht nur, weil sie wusste, was alle anderen dachten, sondern weil sie gemeint hatte, er finde sie dicklich und habe deshalb auf eine Schwangerschaft geschlossen. An der bekannten Kreuzung trennten sich die Wege der Gefährten. Syria und Rey stapften ihren Weg entlang, während Scirocco und Zephir den Sept nach Felsbach mitnahmen. Endlich dort angekommen, wurde der Sept vom Stadtrat unterstützt. Er erhielt ein Gästezimmer sowie Hilfsgegenstände und Proviant für seine Abreise. Zephir erklärte, dass viele Sept im Begriff seien, ihr Dorf im Nuhmgebirge zu verlassen; der Rat solle aber nicht mit ihr, sondern mit dem Sept reden, dieser wisse alles viel genauer.

«Du hast dich wieder mal nicht getraut, stimmt's?», sagte ihr Bruder, als sie das Rathaus verliessen.

«Ich kann nicht.»

«Du warst an der Befreiung des Ostens direkt beteiligt und kannst nicht mit einer fremden Person über ein so simples Thema sprechen?»

«Das ist etwas völlig anderes», sagte sie wütend. «Um den Osten zu befreien, musste ich nur zuhören und tun, was man mir sagt, wie immer – auch damals als Söldner.»

«Du hast die Sept geführt.»

«Quatsch, ich war ihnen gleichgestellt, und wir haben Syrias Befehle ausgeführt. Jeder wusste, was er zu tun hatte, und niemand musste dem anderen etwas befehlen.»

«Du musst dir deine Scheu abgewöhnen. So simpel ist das.»

Auf der Treppe in ihrem Haus kam Scirocco eine Idee. «Die Bade-zimmertür muss repariert werden, ich werde mich nicht darum kümmern, das kannst du machen.»

«Ein gemeiner Trick von diesem Idioten», dachte Zephir.

In Jokulhaups war die gesamte Familie draussen. Rey baute Niis eine Rutsche aus Schnee, die sie an schönen Tagen würde be-nutzen können. Das Kind fummelte an den eisbedeckten Stei-nen herum, neben ihr sass ihre Mutter, die ihr regelmässig den Schnee von ihren Kleidern klopfen musste. Die erste Rutschfahrt endete mit Tränen. Niis gefiel es überhaupt nicht, von ihrem Va-ter ohne ihr Einverständnis oben losgelassen zu werden und auf ihre Mutter zuzusausen.

«Es macht ihr Angst», meinte er verlegen. «Sie ist noch zu klein, nehme ich an.» Er schlug eine Ecke aus der Rutsche. Niis kicherte, und er nahm sie auf den Arm und erklärte ihr, dass «Mami» das noch viel besser könne.

Syria liess ihre Axt erscheinen, legte sie jedoch auf die Seite, als sie von ihrem Mann die Worte «Nicht interessant» hörte. Das Mordwerkzeug verschwand, und sie gab der Rutsche einen Tritt, dass die einzelnen Teile weit flogen.

«Ja, so was macht ihr Spass!», rief er aus. Er fühlte an den roten Bäckchen seiner Tochter, ob sie fror. Er unterhielt sie, indem er Schneebälle fortkickte. Als die kleine Kriegerin müde wurde, wurde sie ins Bett gebracht, und Syria und Rey kehrten zu ihrem Brettspiel «Inselherrschaft» zurück.

Während der langen Tage wussten sie sich kaum anders zu unterhalten – bis Rey die Idee hatte, mit Syria das waffenlose Kämpfen zu trainieren. Barfuss und ohne seine Handschuhe trat er auf die Rüstung ein und wich den Schlägen seiner Frau aus. Mit Syrias Hilfe übte er neue Griffe, die sich nicht nur auf das Genick und den Hals beschränkten. Sie konnte ihm ausserdem einige Stellen am menschlichen Körper zeigen, an denen er mit einem Schlag Schaden anrichten konnte, zum Beispiel an den Nieren. Als es dunkel wurde, wollte Rey die Fackeln anzünden, aber Syria winkte ab.

«Nehmen wir gemeinsam ein Bad», schlug sie vor.

Nach dem Bad schlüpfte Rey in seine Nachtgewänder, und kurz

bevor sie zu Bett gingen, fiel ihm ein, dass sie dringend Würste kaufen müssten, es habe keine mehr in der Vorratskammer. «Dann holen wir gleich noch eine Decke für Niis», meinte er.

Der Winter war lang, und der Schnee blieb hartnäckig liegen. Eines Tages kamen Jan und Ursula mit Armon, ihrem Sohn, zu Besuch.

«Wir freuen uns sehr, euch hier zu haben», begrüsste Rey die beiden.

Die Besucher waren jedoch nicht in bester Stimmung. «Ich muss euch etwas Unerfreuliches erzählen», begann Ursula.

In diesem Moment erschien Syria, sie hatte die Ankömmlinge gehört. Sie hob beide hoch, um sie gleichzeitig zu umarmen. «Hallo! Wie geht es euch?»

«Sie haben schlechte Nachrichten», sagte Rey.

Syria liess sie runter und meinte, dass sie das drinnen erläutern sollten. Sie erkundigte sich auf dem Weg in den Turm neugierig: «Wie geht es Alm, hat sie schon ein Bäuchlein?»

«Nein, sie und Tibbett sind frustriert, weil es nicht klappt.»

Sie setzten die Kinder nebeneinander auf eine Decke.

«Was ist denn passiert?», wollte Syria wissen.

«Als wir hierher unterwegs waren, machten wir einen kleinen Abstecher zu den Windgeschwistern in Felsbach. Als wir mit Zephir zu einem Schmied gingen, sahen uns einige Leute sehr merkwürdig an. Ein Mann, der an uns vorbeischritt, spuckte ihr vor die Füsse und sah sie böse an. Sie wusste nicht, weshalb, auch nicht, wieso andere ganz normal und freundlich zu ihr waren. Doch Scirocco hatte die Szene durch das Fenster gesehen. Er schoss aus der Tür, packte den Mann und brüllte ihn an, was ihm einfalle. Die Antwort war: Er wisse ganz genau, wieso er sie beide so verachte, jeder wisse das von Arate.»

«Arate? Das ist der eranische Prinz, oder?», fragte Rey.

«Ja», ergriff Jan das Wort, «der Prinz ist bereits lange verschollen, und es gibt Gerüchte über eine Entführung. Im Westen denken viele, dass ihr ihn entführt habt.»

Syria schüttelte genervt den Kopf, und Rey schlug wütend auf den Tisch. «Klar doch! Wir befreien den Osten und schliessen mit dem Westen Frieden, damit wir so einen Knilch entführen können!»

«Im Westen behielt man die Gerüchte für sich, man erkannte auch kein Motiv dahinter. Dann aber konnte man sich anscheinend doch einen Reim machen. Wenn das wahr ist, was wir in Felsbach gehört haben, dann denken die Westlichen, dass Syria Argavis übernehmen will. Zuerst habt ihr Solon gestürzt und Honodur zerstört, um die östlichen Strukturen zu schwächen. Gleichzeitig habe man sich mit dem Westen verbündet und die Königsfamilie Erans befreit, um den Schein des Friedens herzustellen. Weil ihr dann Kontakt zu den wichtigsten Personen hattet und ihr Vertrauen genossen habt, vor allem das der Söldnerfürsten, könntet ihr besser einmarschieren.»

«Und was denkt die Königsfamilie und ihre Berater?», wollte Syria wissen.

«Man sagt, sie seien überzeugt, dass die Gerüchte der Wahrheit entsprechen.»

Rey warf ein, dass sie zu der Zeit, als der Prinz verschwunden war, mit Sseru unterwegs gewesen waren.

«Das entlastet euch nicht, im Gegenteil. Man glaubt, das sei so gewollt gewesen.»

«Ach, komm, wir sollten einfach gar nicht darauf reagieren.»

«Das wird uns nichts nützen. Aber schicken wir zuerst einmal einen Brief an Sseru, um die Geschichte zu überprüfen … Würdet ihr wieder auf unser Töchterchen aufpassen?», fragte Syria vorsorglich. Selbstverständlich waren die beiden bereit, sich Niis' anzunehmen.

Sserus Antwort auf ihren Brief liess nicht lange auf sich warten. Er schrieb zurück, dass es diese Gerüchte tatsächlich gab. Die Berater der Königsfamilie hätten eine Frist gesetzt, bevor sie einige Soldaten entsenden würden, um Syria und Rey nach Eran zu bringen. Die Frist sei bereits abgelaufen, und er hoffe, dass sein Brief vor den Truppen ankomme. Er selbst dementiere die Anschuldigungen gegen sie, man schenke ihm jedoch kaum Gehör.

In den Strassen Erans klagte man über die feigen Taten der falschen Befreier. Weiter im Südwesten glaubte Sokker den Schandmäulern nicht und wurde dafür als Verräter hingestellt, der sich von den falschen Zungen der Östlichen einlullen lasse.

In Dendran wurden sogar einige Söldner hingerichtet, weil sie Syria von Jokulhaups weiterhin vertrauten. Auf Aushängen wurde erklärt: «*Wer sich öffentlich dazu bekennt, die Entführer Arates von Eran für unschuldig zu halten und dadurch den Frieden in Dendran gefährdet, wird als Verräter enthauptet oder erhängt.*»

Rey und Syria berieten, was sie tun sollten, falls man sie im Westen tatsächlich für die Entführer Arates hielt. Rey schien es nicht klug, nach Eran zu reisen und mit der Königsfamilie zu sprechen. Er meinte, man würde ihnen nicht glauben und sie sofort in Gewahrsam nehmen.

«Und wenn wir gar nichts tun? Das ist noch verdächtiger», sagte sie. «Wir sind so oder so schlecht dran. Wenn wir das Gerücht in einem Brief für falsch erklären, zeigen wir zu wenig Kooperation. Gehen wir hin, glauben sie uns nicht. Machen wir gar nichts, sind wir verdächtig.»

Rey bat Darkkon in einem Brief, mit Hapo zu diskutieren und auch zu überlegen, was zu tun sei. Niis war bereits in Buchenwall untergebracht.

LX

An dem Tag, an dem die beiden Sserus Nachricht erhielten, verliessen sie Jokulhaups und gingen nach Felsbach. Man wollte auch Zephir und Scirocco nach Eran bringen und dort als Verräter vor ein Gericht stellen, nicht nur wegen der Entführung Arates, sondern wegen ihrer Tätigkeit als Söldner für den Osten. In Felsbach angekommen, erfuhren sie, dass die beiden auf einem Schiff gefangen gehalten wurden. Im Hafen sahen sie sofort, welches Schiff das mit den Gefangenen sein musste: Gleich mehrere Wächter mit dem Zeichen Erans standen dort. Als sie das Paar erblickten, holten sie ihren Anführer.

«Du!», rief Rey. Es war derselbe Kerl, der sie damals ins Gefängnis gebracht hatte.

«Ich schon wieder.»

«Du hast es auf uns abgesehen.»

«Ja. Ich bat die Berater des Königs, mich einzusetzen, um euch zu fassen. Man gab mir den Auftrag aufgrund meiner Leistung, euch bereits einmal erfolgreich nach Eran gebracht zu haben. Ich wollte euch unbedingt selbst gefangen nehmen. Falls ihr wirklich unseren Prinzen entführt habt und ich mich so in euch getäuscht habe, will ich meinen Fehler korrigieren.»

Syria blickt ihn gleichgültig an. «Wo sind die beiden?»

«Ihnen geht es gut, sie sind auf dem Schiff – in Ketten.» Er hatte einige Männer nach ihnen ausgesandt und musste deshalb fragen: «Seid ihr auf dem Weg nach Felsbach meinen Soldaten begegnet? Sie sind bereits vor ein paar Tagen von hier wegmarschiert.»

Syria sah ihm in die Augen, um zu sehen, wie er auf ihre Antwort reagieren würde. «Nein, wir sind niemandem begegnet. Sollten sie immer auf den Strassen unterwegs gewesen sein, weiss ich nicht, wieso wir sie verpasst haben. Wir sind eigentlich hier, um selbst nach Eran zu reisen.»

Er schien misstrauisch. «Dann werden wir jetzt ablegen.»

«Ohne den Rest deiner Männer?», erkundigte sich Rey.

«Sie werden sich zurechtfinden. Und ich werde jemanden hierlassen, der sie unterweist ... wenn sie zurückkommen.» Wenn, nicht falls – entweder glaubte er Syrias Worten oder er versuchte zu verbergen, dass er es nicht tat.

An Deck, während das Schiff über das Wasser glitt, meinte Rey zum Anführer: «Wie letztes Mal?»

Zuerst begriff dieser nicht, doch dann gab er zurück: «Wie letztes Mal. Sobald ihr Ärger macht, werde ich Befehle befolgen.»

«Ich könnte ihn einfach ins Wasser schmeissen», dachte Rey, «das würde niemand mitbekommen, zumindest nicht sofort. Schliesslich habe ich schon mal einen Hauptmann ersäuft ...»

Da erschien Zephir. Sie war in erbärmlichem Zustand. Kreidebleich, die Augen trüb. Sie bekam nur wenig zu essen und hatte Angst vor den Soldaten ihrer ehemaligen Heimat. Sie sah durch Rey hindurch und lehnte sich ans Schiffsgeländer. Nun kam auch Scirocco an Deck. Er machte einen besseren Eindruck. Er faltete eine Decke auseinander und hängte sie Zephir um. Die beiden gingen wortlos wieder nach unten.

Rey lief ihnen nach. «Es tut mir so leid, dass ihr das nun durchmachen müsst.»

Scirocco drehte sich um, seine Hand lag auf der Schulter seiner Schwester. «Du musst dich nicht entschuldigen. Es ist nicht eure Schuld. Ich habe während meiner ganzen Zeit als Söldner nie daran gedacht, dass ich mich eines Tages dafür verantworten müsste.»

Zephir zog ihn am Ärmel, und sie gingen weiter.

Rey erzählte Syria von dem Gespräch. Syria öffnete ihre Arme und legte sie um Rey. «Ich habe mit den beiden gesprochen», sagte sie. «Als Zephir mit mir allein war, weinte sie. Sie ist verstört. Seit Jan in Felsbach war, wurde sie immer schlimmer behandelt. Dann wurde sie von den Soldaten festgenommen. Sie traut sich überhaupt nicht mehr, Fremde anzusehen, sie weicht allen aus, es ist furchtbar.»

Als sie am Ufer anlegten, das von östlichen und westlichen Zimmermännern zu einem Anlegeplatz ausgebaut worden war, meinte Rey: «Syria, ist dir eigentlich bewusst, dass die östlichen Leute und Herrscher, speziell die von Felsbach, gar nichts unternommen haben, um uns vor dem Westen zu bewahren?»

Syria zuckte kurz mit den Augenbrauen: «Stimmt eigentlich, das ist mir gar nicht aufgefallen. Schwierig zu sagen, weshalb sie dies getan haben.»

Ein grosser, glatzköpfiger Mann mit Speer brachte sie hinaus. Als er ihnen die Laufplanke zeigte, sah sie ihn genauer an und fragte: «Entschuldigung, aber kenne ich dich nicht?»

«Ja, wir haben in den Schlachten gegen die reguläre östliche Armee und die in Jiin miteinander gekämpft.»

Der Anführer kam hinzu und schickte den Glatzköpfigen an Land. «Alle diese Männer, die dich nach Eran bringen, haben Seite an Seite mit dir gekämpft.»

Zephir und Scirocco kamen und gingen an Syria vorbei an Land. Zephir schwitzte, obwohl es nicht heiss war.

Zur selben Zeit suchten andere Soldaten Erans auf Heel nach Darkkon. Sie meinten, er habe sich versteckt, doch er war nur mit Fang an einem Ort ausserhalb des Dorfes Heel, um Hapo zu sprechen, der nun dort lebte.

«Was wird der König wohl tun, wenn auch er den Gerüchten Glauben schenkt?»

«Es wäre möglich, dass er jemanden wie Sseru schickt, Fang. Er könnte allerdings auch Truppen in den Osten schicken, um euch zu töten.»

«Das glaube ich weniger», wandte Darkkon ein. «Er kann nicht so einfach mir nichts, dir nichts Leute in den Osten entsenden und so bekannte und nach Ansichten einiger auch wichtige Leute ermorden.»

Hapo zuckte mit den Schultern: «Wer weiss ...»

Als die beiden zu ihrem Haus zurückkamen, standen dort bereits die Soldaten und warteten auf sie. Fren kam herausgerannt und erklärte:

«Die Dorfbewohner haben ihnen nichts gesagt. Sie sind von Tür zu Tür gegangen und haben nach euch gefragt. Als sie dann bei uns waren und Lilia öffnete, meinte sie, ihr wärt zurzeit nicht zuhause.»

«Was wollen die Soldaten von uns?»

«Euch nach Eran mitnehmen. Es tut Lilia wirklich leid, sie macht sich Vorwürfe und ...»

«Halt», unterbrach Darkkon den schnatternden Koch. «Sie soll sich keine Gedanken machen. Solange die Soldaten uns nur mitnehmen wollen, soll es mir recht sein. Ich werde ihr sagen, dass sie keine Schuld trägt.» Er ging mit Fang hinein und sagte zu ihr, sie solle hierbleiben, man wolle nur ihn mitnehmen.

«Und was passiert dann mit dir? Nein, ich will mit!»

«Dieses Vieh werden wir aber nicht mitnehmen.» Ein Kämpfer zeigte auf Grendel, der auf dem Boden lag und sie unaufhörlich beobachtete.

«Du bleibst bei Lilia und Fren, Grendel», befahl Fang der Kreatur.

Sie war an einen Holzblock gebunden und kniete in unbequemer Stellung auf dem Vorplatz des Schlosses. Sie sah, wie der Holzhammer von oben auf sie zuschnellte und wie der Mann den blutverschmierten Hammer von ihrem zerschmetterten Kopf hob. Sie wusste, dass es ein Traum war, aber sie litt trotzdem unter Todesangst. Sie wollte aufwachen oder den Traum verändern, doch es gelang ihr nicht. Dann sah sie von aussen, wie ihre kopflose Leiche weggezerrt und ihr Bruder an den Block gebunden wurde. Syria und Rey standen zuvorderst, umringt von Spiessträgern. Ihre Gesichter konnte sie nicht wahrnehmen, aber sie wusste, dass es die beiden waren. Dann schlug der Hammer erneut zu. Sie sah noch, wie die beiden von dem Richtplatz fortgeschafft wurden, dann erwachte sie in einem Lager hinter der Mauer Forons. Das Feuer war erloschen, sie weinte leise vor sich hin. Syria erwachte und setzte sich neben sie. Wortlos drückte sie das Mädchen an sich. Die Tränen rannen über die glänzende Rüstung.

Syria stubste Rey an und auch er wachte auf. Er nahm die beiden in die Arme und summte, für alle anderen unhörbar, eine beruhigende Melodie in Zephirs Ohr. «Wein dich nur aus, das macht nichts. Es wird alles gutgehen», flüsterte er, während er sie sachte hin und her wippte.

Am nächsten Morgen hatte sie endlich wieder ein wenig Farbe im Gesicht und redete mit ihrem Bruder. Den Männern der Eskorte wagte sie dennoch keinen Blick zuzuwerfen. Eran rückte immer näher. «Ich werde sie dort beschützen müssen», dachte Scirocco, als er ihren Kopf an seine Schulter drückte. In der Grenzstadt liess der Anführer die vier alleine. Nachdem sie in einem Laden beschimpft und hinausgejagt worden waren, erkannten sie, dass es sinnlos war, sich hier umzuschauen.

Als die Kämpfer wiederkamen, fragte Rey provozierend: «Habt ihr Feuerholz für die Orias gekauft?»

Der Anführer gab keine Antwort. Ein Soldat kniete sich freundlich vor Zephir und hielt ihr eine Schale Wasser hin. «Er will dir etwas zu trinken anbieten», erklärte der Anführer. «Ihm wurde die Zunge herausgeschnitten, deshalb sagt er nichts.»

Sie sah zur Seite, nahm die Schale und dankte ihm, ohne ihn anzusehen. Als ein anderer ihr die Schale entreissen wollte, machte Scirocco eine rasche Handbewegung, und das Wasser spritzte ihm ins Gesicht. Er zog sein Beil, doch mit einem Windstoss blies Zephir das Wasser von ihm weg. Er steckte seine Waffe ein und griff stattdessen nach ihrem Kinn, um sie zu zwingen, ihn anzusehen. Der Stumme gab ihm einen schweren Schlag in die Seite.

«Hör auf», meinte der grosse Glatzkopf. «Wenn du dich so verhältst, dann werde ich dir nicht helfen, wenn sie auf dich losgehen.» Als Syria sich bei ihm bedankte, meinte er, es sei nicht der Rede wert.

Eran war wieder wie früher. Das Loch, das die Armee Honodurs in die Mauer geschlagen hatte, war repariert. Als sie kurz davor waren, das Stahltor am Ende der Zugbrücke zu passieren, wurde Zephir kreidebleich. Sie rannte zur Seite und übergab sich vor Aufregung ins Wasser neben der Brücke. In der Stadt wurden sie durch Nebengassen geführt, damit die Bürger nicht erfuhren, dass sich die Beschuldigten hier befanden. Doch trotz aller Vorsicht erklangen bald die Schimpfrufe der Leute, die aus den Fenstern schauten. Oben vor dem Schloss mussten sie warten, bis die Tore zum Vorhof aufgeschlossen wurden. Man legte nun mehr Wert auf die Sicherheit der Königsfamilie und ihre Berater und hielt die Tore immer geschlossen. Ein paar Soldaten schauten grimmig, andere machten leichte Gesten der Ehrerbietung. Ein Mann verbeugte sich sogar, als Syria an ihm vorbeischritt. Die Gefangenen wurden in ein Zimmer gebracht und bewacht.

Nach einer langen Stunde polterte es an der Tür, und jemand verlangte Einlass. Die Wachen reagierten zunächst nicht, aber das Gepolter wurde heftiger. «Da versucht jemand, die Tür zu verprügeln», dachte Rey. Ein Mann öffnete, und Sseru stürzte hinein. Die Stimmung hellte sich sofort ein wenig auf.

«Arate ist noch immer nicht gefunden worden. Es sieht schlecht aus für euch.» Er sah die Windgeschwister an. «Ohne den Schutz, den ihr wegen der Schlacht um Ise geniesst, seid ihr nur zwei Verräter.»

«Wo sucht man den Prinzen?», fragte Scirocco wütend.

«Das darf ich euch eigentlich nicht erzählen ... Nun, man hat viele Leute in den Osten geschickt, die ihn überall suchen. Verdeckt natürlich.»

«Und was denkst du, was mit ihm passiert ist?»

«Ich bin von eurer Unschuld überzeugt, aber ich habe keine Ahnung, was dem Prinzen passiert sein könnte.» Er seufzte kurz und erklärte dann, er müsse wieder gehen, man erwarte ihn bei den anderen Beratern.

Einige Zeit später wurden sie in die Halle geführt, in der sie einst mit der Königsfamilie an einem Tisch gesessen hatten. Nun platzierte man sie auf einer Seite des Tisches in einer Reihe, allen anderen gegenüber.

Der König rief zur Ruhe auf und sagte: «Mir wurde berichtet, dass ihr aus freien Stücken hierher gekommen seid.»

Rey stand auf, um etwas zu sagen, doch als er hörte, wie die königliche Garde hinter ihm ihre Schwerter zog, setzte er sich wieder und erklärte dann kurz: «Ja, das stimmt.»

«Ihr wusstet, dass mein Sohn entführt wurde?»

«Nicht direkt. Wir hörten, dass er verschwunden sei, als wir mit Sseru unterwegs waren. Das war in ... Kendias.»

Die Berater schauten zu Sseru. «Das ist wahr.»

«Und von wem habt ihr dieses Gerücht gehört?»

«Von Zephir und Rey, als wir anderen aus dem Haupthaus der Stadt kamen.» Diese Antwort warf kein gutes Licht auf die Angeklagten. Man hielt es für einen geschickten Zug, um sich ein Alibi zu verschaffen.

«Was habt ihr dann getan?»

«Wir haben es als Geschwätz abgetan.» Sseru machte ein nachdenkliches Gesicht, das Gespräch musste in eine andere Richtung gelenkt werden. «Danach haben wir nie wieder etwas davon gehört, auch nicht, als ich im Süden unterwegs war.»

«Wir wurden erst wieder darauf aufmerksam gemacht, als es

Frühling wurde und Leute aus dem Westen in Felsbach darüber redeten», erklärte Syria.

«Laut Sseru habt ihr euch in Comossa Belt getrennt. Wieso das?», fragte ein Berater.

Sseru erklärte: «Dies war meine Idee. Ich habe sie zu ihren Liebsten nach Hause geschickt, das kann man ihnen nicht anlasten.»

«Man verdächtigt uns, den Kontinent beherrschen zu wollen», sagte Syria. «Aber sagt mir, mit welcher Armee sollten wir das bewerkstelligen?»

«Mit der des Ostens!», gab ein Berater erbost zurück. «Dort herrscht Chaos. Es wäre ein Leichtes, die Macht zu übernehmen, nun ohne Legiarde. Zudem habt ihr Kontakt zu vielen Söldnerherrschern, und viele Krieger würden euch folgen.»

«Wir interessieren uns nicht fürs Herrschen», meinte Rey verzweifelt. Er griff sich an den Kopf. «Können wir überhaupt etwas tun oder sagen, das uns entlastet?»

Es blieb still, bis Syria wieder sprach: «Was ist mit den beiden? Was habt ihr mit ihnen vor?» Sie gab mit einem Kopfwinken zu verstehen, dass sie Zephir und Scirocco meinte.

«Sie haben uns verraten!»

«Sie haben Argavis befreit», wandte Syria ein.

«Davor waren sie Söldner auf eurer Seite!»

«Das war nicht meine Seite. Zudem wart ihr damals heilfroh, dass sie euch aus Ise befreit und neben euren westlichen Landsleuten gekämpft haben.» Es gab keine Widerrede, und so fuhr Syria fort: «Jetzt aber wollt ihr jemanden verurteilen, und das aufgrund von Geschwätz. Andere haben euch verraten, aber diese beiden sollen es büssen.» Sie wandte sich an den König: «Wir könnten Euch helfen, Euren Sohn und zukünftigen Thronfolger zu finden – wenn uns das nicht noch verdächtiger macht in Euren Augen.»

Dem König rann eine einzelne Träne über die Wange. «Wenn ihr meinen Sohn findet und zu mir zurückbringt, habt ihr mein Wort, dass euch nichts geschieht und ich euch Zeit meines Lebens vertrauen werde.»

Syria fragte, was für Massnahmen man bereits getroffen habe. Ein Berater erwiderte, man habe die Kunde, dass er verschwunden sei, in alle westlichen Gebiete getragen.

«Na toll», brummte Rey leise, «nun wird uns der ganze Westen hassen.»

«Und wir haben Leute in den Osten geschickt, um an Informationen zu gelangen», fügte Sseru hinzu. Dafür erntete er von den anderen Beratern grimmige Blicke.

«Dann schickt genauso viele in den Westen, aber lasst sie verdeckt recherchieren, sonst erhalten sie keine gültigen Informationen», schlug Syria vor und erklärte weiter: «Der Prinz könnte nämlich genau so gut hier irgendwo festgehalten werden, wo man ihn nicht vermutet. Wir werden nach Sana gehen und uns umhören. Wir brechen sofort auf.»

Das schien den König zu überzeugen. Er löste die Versammlung auf und liess Spione aussenden, wie Syria es vorgeschlagen hatte.

Rey wartete, bis Sseru aus dem Raum kam. Er hielt ihn am Arm zurück und sagte leise: «Wenn mein Bruder hierherkommt, dann sag ihm, er solle nach Sana gehen – dorthin, wo er meine Schwägerin kennenlernte.»

Sseru versprach, Darkkon dies auszurichten. So schnell es ging, verliessen die vier das Schloss. Auf dem Weg hinaus begegnete ihnen die Prinzessin, die mit offenem Mund stehenblieb und ihnen nachsah. Auf dem Weg durch die Stadt wurde Zephirs Herz mit jedem Schritt leichter. Unbewusst verursachte sie Rückenwind, der ihnen bei ihrem schnellen Gang noch etwas nachhalf. Die Leute, die sie sahen, riefen wild durcheinander: «Verräter!» oder «Haltet sie!», doch die Stadtwachen bewegten sich nicht, und die Bewohner, die ihnen hinterher eilten, konnten sie nicht fassen. Es schien, als seien sie so schnell wie der Wind selbst, obwohl sie nicht rannten. Einige Kilometer vom Schloss entfernt liess sich Zephir glücklich und ausser Atem auf das Gras einer Wiese fallen.

«Wir werden nicht nach Sana gehen», sagte Syria.

«Wieso hast du das dann gesagt?» Zephir liess das Gras tanzen. Egal, was jetzt passieren würde – sie konnte nicht anders als glücklich sein.

«Weil wir so keinen Ärger haben. Ich traue den Beratern nicht, deshalb sollen deren Spione ruhig denken, wir würden nach Sana aufbrechen.»

«Darum habe ich auch zu Sseru gesagt, er solle Darkkon, wenn dieser auftaucht, nach Sana schicken – dorthin, wo er seine Frau kennenlernte.»

«Eigentlich hat Darkkon Fang in Dendran kennengelernt, stimmt's?»

«Genau. Und dorthin werden wir zuallererst gehen», sagte Syria und erklärte weiter: «Ohne Aufmerksamkeit zu erregen, kommt man mit einem gefangenen Prinzen nicht weit. Darum denke ich, dass er in der Nähe ist. Ich schlage vor, wir gehen über die Brücke nach Dendran und von dort nach Osten in die dort liegenden Länder ...»

«... wo die hohen Gebirge den Westen vom Osten trennen», ergänzte Scirocco.

Sie machten sich auf den Weg. Am Abend vergewisserten sie sich, dass niemand in der Nähe war, indem sie den Horizont sorgfältig nach Gestalten absuchten. Sie schliefen auf dem Feld, doch ohne Nachtfeuer, um niemandem ein Signal zu liefern.

LXI

Darkkons Geduldsfaden riss. Er zog in der Halle des Schlosses seine Armbrust und drückte den Mann auf den Boden. «Entschuldige dich!», brüllte er ihn an. Die Schwerter um ihn herum kümmerten ihn nicht. «Entschuldige dich!» Er hatte sich so wenig unter Kontrolle, dass er beim Schreien ein wenig spuckte.

Als er mit Fang und den Soldaten angekommen war, hatte Darkkon den Berater nach Sseru gefragt; er wolle mit ihm reden. Der Berater hatte Fang keines Blickes gewürdigt, und als sie ihn höflich etwas gefragt hatte, hatte er herablassend gesagt: «Mit dir werde ich nicht sprechen, Monster.»

«Entschuldige dich bei meiner Frau!»

Angsterfüllt lag der Berater auf dem Steinboden und wimmerte: «Ich … ich kann nicht.» Als Darkkon ihn losliess und der Berater sich scheinbar unterwarf, legte er nach: «Sie hatte Glück, dass sie nicht wie andere Kreuzungen getötet wurde.»

Der Bolzen drückte ihm ins Gesicht und verursachte einen leichten Schnitt.

«Hör auf, Darkkon!», versuchte ein Schönling unter den Soldaten ihn zu beruhigen. «Wir können nicht zulassen, dass du ihn tötest.»

Darkkon stand auf, doch als der Berater sich aufsetzen wollte, schlug er ihm mit voller Kraft ins Gesicht. Die Soldaten stürzten auf ihn zu, doch Fang begann zu singen. Darkkon drückte sie die Finger auf die Ohren, dann streichelte sie seine Wange und gab ihm einen Kuss, um ihn zu beruhigen. Eingelullt von Fangs Gesang, steckten der hübsche Anführer und die anderen Soldaten ihre Schwerter ein. Der Berater lag mit gebrochener Nase und geplatzter Lippe wie ein kleines Kind auf dem Boden und quengelte: «Tötet sie. Sie wollten mich umbringen, Hilfe!» Er blieb unbeachtet.

Ein Diener holte Sseru herbei. «Da bist du ja! Wie deine Freunde es vermutet haben.»

«Wo sind sie?», wollte Darkkon wissen.

Der Alte erklärte ihm alles. Als er Reys Nachricht überbrachte, war Darkkon zuerst verwirrt. Doch als Fang sagen wollte, dass sie sich in Dendran zum ersten Mal getroffen hatten, hielt er sie zurück. «Dann sind wir nun frei und können gehen?»

«Natürlich. Ich werde dem König erzählen, dass ihr euch sehr kooperativ verhaltet und ebenfalls mithelft, den ...», er sah die Soldaten an, und als er sicher war, dass diese nicht zuhörten, fuhr er fort: «... Trottel zu suchen.»

Die Tür zu einem Zimmer ging auf, und der König mit zwei seiner Leibgardisten erschien. «Habt Ihr meinem Berater ins Gesicht geschlagen?»

Darkkon sah genau so drohend zurück, wie der König ihn ansah. «Ja. Wer mich und meine Frau mit Respekt behandelt, wird von uns ebenso respektiert.» Nach diesen Worten wandte er sich ab, doch der König hielt ihn zurück.

«Dieses Wesen wurde Eure Ehegattin?»

Darkkon nickte.

«Ihr wisst, was sie ist?»

Darkkon nickte wieder. «Sie ist mit mir hierhergekommen, obwohl sie sich geschworen hat, diesen für sie unheilvollen Ort nicht noch einmal aufzusuchen. Aber sie wollte mich in Sicherheit wissen, weil sie ihr Mann bin.»

Der König empfand kein Wohlwollen für Fang, doch er liess die beiden ziehen. Er sagte nichts mehr und trat in den Thronsaal. In den Gassen der Stadt wiederholte sich die Szene in Darkkons Kopf immer wieder. Gedanken schossen durch seinen Kopf und verschwanden ebenso blitzschnell wieder. «Fang hat erst eingegriffen, als ich von den Kämpfern bedroht wurde. Nein, das stimmt nicht, erst danach, als sie mich attackieren wollten. Wieso? Was denkt der König jetzt über uns beide, über uns alle, die den Kontinent befreit haben ...?» Er schüttelte heftig den Kopf, als könnte er so seine Gedanken loswerden. Fang strich über seinen Arm und griff dann nach seiner Hand. Sie fühlte den Puls ihres Liebsten und sang leise, bis Darkkon sich immer mehr beruhigte.

«Wann kommst du endlich?», fragte er ungeduldig in die Welt hinaus.

Syria ging die nervöse Art, die Rey seit einiger Zeit an den Tag legte, auf die Nerven. «Jetzt wart doch mal ab!», versuchte sie ihn zu beschwichtigen. «Komm mal her», bat sie ihn dann. Er tat es und trat zu ihr ans Strohlager. «Er weiss, wohin er muss, er ist nicht dämlich.»

«Mir ist langweilig», klagte er.

Statt einer Antwort zog sie ihn ins Stroh und unter eine Decke. Währenddessen übten Zephir und Scirocco ihre Fähigkeiten, indem sie Obst stahlen. Scirocco zielte mit der Hand auf die Korkverbindung zwischen Baum und Frucht, während er in der anderen zwei reife Pflaumen hielt. Der Ast brach entzwei und fiel zu Boden. Nun versuchte es Zephir. Sie liess sich mehr Zeit als ihr Bruder, und es gelang ihr, dass nur die lila Frucht hinunterfiel. Bevor sie den Boden berührte, zerplatzte sie.

«Hör auf, mir drein zu zaubern», beschwerte sie sich. «Ich wollte sie zerteilen, bevor sie aufschlägt.»

«Ich auch», gab er zur Antwort, während er das Fleisch aus der Frucht schlürfte.

«Entweder du isst oder benutzt deine Fähigkeiten – gleichzeitig geht nicht.»

«Darkkon kann auch von einem galoppierenden Hengst aus einen Feind mit einem Dolchwurf besiegen.»

«Darkkon ist auch geübt. Geübt, in dem Moment zu werfen, wo alle vier Beine des Tiers in der Luft sind.»

Sie sammelten die Früchte ein und liessen die Äste am Boden in alle Richtungen stieben.

Einige Tage später, als Rey wieder aus dem Fenster blickte, sprang er auf. Die anderen wussten sofort, dass Darkkon ankam. «Er hat Fang dabei», sagte er nur, als er an den anderen vorbeiging, um seinen Bruder und dessen Frau zu empfangen.

Darkkons Mantel flatterte im Wind der Begrüssung. Fangs Gesicht konnte man kaum erkennen, sie hatte eine Kapuze übergezogen, die einen Schatten auf die sonst schon dunkle Haut warf. «Du bist mir einer», sagte Darkkon, als sein Bruder auf ihn zukam.

«Warum?»

«Wegen diesem unausgereiften Spruch, den mir Sseru überbrachte.»

«Der kam nicht von mir.»

«Das war meine Idee», sagte Syria und umarmte Fang. «Warst du auch am Königshof? Wie ist es dir ergangen?»

«Unterwegs geschah etwas Interessanteres», meinte sie, nachdem sie von den Geschehnissen im Schloss erzählt hatte. «Wir wurden von Tieren angegriffen. Zumindest haben sie es versucht.»

«Aber Fang konnte sie zuerst in Trance und dann in Schlaf versetzen, so dass wir uns davonmachen konnten.»

«Was für Tiere waren es?», hakte Scirocco nach.

«Wildschweine.»

«Das ist aber ungewöhnlich, dass Wildschweine auf offenem Feld Wanderer angreifen.»

«Tatsächlich waren wir auf einer weiten Wiese, als sie angerast kamen. Vielleicht hat etwas sie erschreckt ...»

«Du weisst, wieso wir Sseru gesagt haben, dass wir nach Sana gehen?»

«Ich nehme an, weil ihr weder dem König noch seinen Beratern traut.»

«Wir werden von Dendran aus nach Osten zu den Gebirgen und den dortigen Ortschaften gehen.»

«Klingt plausibel. Dann können wir einen grossen Teil des Westens abhaken.»

«Wir sollten aufs Zimmer gehen oder aufbrechen», drängte Scirocco, «man könnte uns sehen.»

Syria und die anderen gingen voraus, während Rey die Zimmer bezahlte. Im Wald warteten sie auf ihn. «Wir könnten die Orks im Sumpf bitten, sich umzuhören», schlug er vor.

Sein Bruder meinte, die Orks seien wahrscheinlich sowieso informiert und zusätzliche Informanten, dazu noch fremde, wären nur allzu auffällig. Sie folgten dem Weg nach Osten über Wurzeln und durch Sträucher und versuchten, möglichst unbemerkt zu bleiben. In Dendran ging Rey voraus in die Herberge, um die Zimmer zu reservieren. Am Abend schlich er mit den anderen unauffällig hinein. Syria blieb alleine im Wald und schlich sich zum Schlafen in einen Stall. Nun war ihre Angst, erkannt zu werden, allgegenwärtig. Im schlimmsten Fall würde man versuchen, sie zu töten – oder sie nach Eran ausliefern.

In Darkkon brannte unterdessen die Frage, wieso Fang ihn im Schloss zuschlagen liess.

«Ich wollte, dass ihm etwas Schlimmes widerfährt», erklärte Fang voller Scham.

Darkkon verstand. Ihr war Leid zugefügt worden, und obwohl sie Gewalt verabscheute, wünschte sie denen, die ihr das angetan hatten, nichts Gutes.

«Du hast ihm also voll eine runtergehauen», fasste Rey zusammen und lachte.

«Geschieht ihm ganz recht», fügte Zephir hinzu. «Als Monster gelten Tiere, die eine extrem grosse Gefahr darstellen und in den Augen vieler ausgerottet gehören, wie die Behemoths. Aber doch nicht ein Wesen wie Fang ...»

LXII

Jan lag mit Schmerzen in seinem Bett in Buchenwall. Er war während der Reparatur der Scheune von der Leiter gefallen und hatte sich dabei das rechte Bein gebrochen. Verschwitzt lag er mit einem kühlen Lappen auf dem Bauch da, während sein Vater sich das Bein ansah. Nachdem er kräftig daran gezogen hatte, meinte er, dass es gut und schnell verheilen werde.

«Ts ts, was machst du uns wieder Angst», sagte Alm, die an der Tür stand, sorgenvoll.

Nach einem Schmerzensstoss durch seinen Körper gab er zurück: «Ja, ihr Armen!»

Sie grinsten sich an, bis Jan wieder vor Schmerzen tief die Luft einzog und ihm Tränen in die Augen traten. Ihr Vater trat neben Ursula, die starr am Tisch sass. «Es ist nicht so schlimm. Er wird wieder laufen können, das verspreche ich dir.»

Geistesabwesend nickte sie. Er ging hinaus und half Tibbett, Jans Arbeit abzuschliessen. Alm setzte sich mit den beiden Kindern zu Ursula. «Er ist in Ordnung», versicherte sie.

Als es dunkel wurde, fragte Scirocco einen Bauern, ob er mit seinen Geschwistern im Stroh schlafen durfte. Der Bärtige mit lederner Haut machte zwar kein erfreutes Gesicht, doch er gab Scirocco die Erlaubnis.

«Morgen früh wandern wir weiter, wir werden nicht an Eurem Tisch sitzen.»

«Na gut, wenn du es so willst ...»

Scirocco holte seine «Geschwister», und sie legten sich schlafen. Zephir blieb wach, ohne den anderen etwas davon zu sagen. Sie hatte ein ungutes Gefühl, das sich jedoch nicht bestätigen sollte. Als sie ihrem Bruder am nächsten Morgen von der vergeblich durchwachten Nacht erzählte, wurde er zuerst wütend. Doch er erkannte, dass sie es ja für sie alle getan hatte, und bat Syria, Zephir zu tragen, damit sie schlafen konnte.

Der Bauer sah, wie sie davonzogen. Er wusste, wer bei ihm übernachtet hatte. Sie suchen den Prinzen, sagte er zu sich selbst. Er löschte die Erinnerung an sie aus dem Gedächtnis. Er glaubte nicht an die Gerüchte, äusserte dies in den Diskussionen mit den anderen Dörflern jedoch nicht, um nicht als Abtrünniger hingestellt zu werden.

Erst als sie durch die Gegend zogen, erkannten sie, was für ein kompliziertes Unterfangen sie bewältigen wollten. Sie mussten den Aufenthaltsort des Prinzen in Erfahrung bringen, während sie selbst anonym bleiben mussten. Fang und Syria eigneten sich wegen ihres Aussehens nicht für den Kontakt mit anderen Leuten. Den Inselbrüdern merkte man in einem längeren Gespräch an, dass sie aus dem Osten stammten, weil ihnen gewisse Kenntnisse fehlten. Und die Windgeschwister waren mancherorts allzu gut bekannt. Sie kamen den Bergen immer näher, und es gab nur noch wenige Dörfer zu bereisen. Das letzte war an einem Abhang gelegen. Umgeben von Felsen, die senkrecht in die Tiefe ragten, lag Ria; in der alten Sprache das Wort für «abwärts» oder «abfallend». Wenig Grünes gab es in der zerklüfteten Umgebung, daher musste die Nahrung teuer hergeführt werden. Doch es lohnte sich, denn in Ria wohnten die Leute, die Stollen in die Erde schlugen und kostbarstes Material zu Tage brachten.

Während Rey an einem Marktstand handelte, machte ein junger Mann neben ihm grosse Augen. «Eure Handschuhe bestehen aus Ark, nicht wahr?»

«Ja», erwiderte Rey schlicht.

«Die habt Ihr aber nicht hier erstanden ...»

«Nein, die kommen aus dem Osten.»

«Ah, schwarze Geschäfte mit Schmuggelware, ich verstehe.»

«Nicht ganz, nein.»

«Also ganz neu erstanden, nachdem die Grenzen öffneten? Dann muss ich sofort abreisen und im Osten Ark kaufen!» Er rannte durch den Stadteingang, der kein Tor hatte, und rief noch: «Ich danke Euch!» Dann war er weg.

«Merkwürdiger Kerl», dachte Rey. Auf dem Markt roch es nach Erde und Staub, hier konnte man manchen Edelstein kaufen, der mühe- und gefahrenvoll abgetragen worden war. Darkkon ging an ihm vorbei in eine ruhige Seitenstrasse. Rey sah sich um und folgte dann seinem Bruder. «Wir sollten gehen, die anderen warten bestimmt», meinte er.

«Du hast also auch keine Informationen erhalten? Nun, dann

sind wir hier wohl fertig.» Darkkon machte ein erschrockenes Gesicht. Über Reys Schulter hinweg sah er, wie Zephir, Syria und die anderen auf dem Markt mit den Männern redeten, die sie nach Eran eskortiert hatten. Baff gesellten sich die Brüder zu ihnen.

«Was geht hier vor?», fragte Rey.

Syria zog die Augenbrauen hoch. «Sie haben uns entdeckt. Nun werden sie uns begleiten.»

«Auf keinen Fall», protestierte Rey.

«Oh doch, wir kommen ab jetzt mit», meinte der Schönling.

Rey hob die Arme: «Komm her, du ...»

Syria hielt ihn zurück. Der Anführer kam und sagte, dass in den verlassenen Stollen Banditen hausten.

Darkkon rümpfte die Nase. «Davon wissen wir auch, aber uns hat niemand verraten, welche verlassen sind.»

«Uns erzählte man es. Wir machen uns sofort auf», erklärte der Schönling.

Rey wollte etwas sagen, aber Zephir flüsterte ihm zu, dass die Soldaten davon gesprochen hatten, sie zu verpfeifen, wenn sie nicht taten, was sie wollten. Er fragte, ob alle Soldaten hier seien, doch Zephir erklärte, dass sie nur den Anführer, den Schönling und noch einen gesehen hatte. Rey nickte. Es gefiel ihm, was Zephir ihm erzählte. So verliessen sie Ria und betraten weiter unten, wo viele Personen fleissig arbeiteten, einen Stollen. Das Licht war schummerig, man verwendete dieselbe Art fluoreszierender Beleuchtung wie in Jokulhaups. Tief im Berg hörte man Stimmen oder zumindest deren Echos. Hinter einer Abbiegung entdeckten sie ein Zelt. Der Schönling untersuchte es, und als er wieder herauskroch, erklärte er, es sei vermutlich ein Lager für die Nacht. Am Tag würden die Banditen auf Raubzug gehen, und in der Nacht schliefen und lebten sie hier.

«Es sind bestimmt einige hier, um die Stollen zu bewachen», setzte der Anführer hinzu.

Noch tiefer in den dunklen Gängen wurden die Stimmen lauter. In einem grossen Steinkreis glimmte Kohle. Der Soldat stellte sich an die Wand und sah um die Ecke. «Es gibt mehrere Gänge, die in den Raum führen. Wenn wir hineinstürmen, flüchten sie und wir verlieren sie in den Stollen.»

«Dann müssen wir warten», schlug der Hübsche seinem Befehlshaber vor.

«Idiot, dann werden die anderen irgendwann zurückkommen, und wir haben sie im Rücken.» Man sah niemanden am Feuer, und so gab der Anführer den Befehl, hineinzuschleichen. Jeder sollte einen der Gänge übernehmen. Die Brüder und Fang blieben dort stehen, von wo sie gekommen waren. Der Anführer zog sein Schwert und trat langsam an eines der Zelte heran. Die Situation war angespannt, jeden Moment konnte er angegriffen werden. Er öffnete die Klappe und trat zur Seite. Als ein Kopf herauskam, zog er ihn gewaltsam heraus. Es war ein Junge, etwa achtzehn Jahre alt. Sofort erfüllte lautes Gebrüll den Raum und hallte wider. Aus den Zelten kamen jetzt etliche Menschen, bewaffnete Männer, Frauen und Kinder.

«Halt!», schrie der Anführer, das Schwert an das Kinn des Knaben haltend.

«Gebt uns unseren Jungen zurück», befahl ein schlaksiger Kerl mit zwei kleinen Messern.

«Erst will ich von euch hören, was ihr über Arate, den Prinzen Erans, wisst.»

«Überhaupt nichts», brummte sein Gegenüber.

«Seid ihr sicher?» Die Spitze drang leicht ins Fleisch, und es tropfte ein wenig Blut.

«Bitte nicht», rief eine Frau verzweifelt, wohl die Mutter des Jungen. Sie fuhr fort: «Wir wissen, dass er verschwunden ist. Man sagt, es seien Östliche gewesen.»

Der Bursche zappelte, aber der Hauptmann hielt ihn noch gröber fest. «Das sind die üblichen Gerüchte.»

«Wir wissen nichts, wirklich.» Sie flehte um das Leben ihres Sohnes, doch das kümmerte den Hauptmann nicht.

«Dann werden wir euch jetzt in Frieden lassen», mischte sich Rey ein.

«Nein!», wurde er gellend angefahren. Rey schaute zu Syria, die ihre Axt bereits in den Händen wiegte. Das konnte gefährlich ausgehen, da war er sich sicher.

«Wenn du die Wahrheit sprichst, dann gehen wir jetzt.»

Der Anführer wollte etwas entgegnen, da meinte Rey: «Die Räuber in dieser Höhle sind nicht unser Problem. Wir suchen den Prinzen. Wenn du einen Kampf provozieren willst, dann kämpft ihr maximal zu dritt.»

Als sei Rey ihr Befehlshaber, liefen Scirocco und Zephir zu ihm hin. Syria folgte ihnen, während sie ihre Axt verschwinden liess. Sie warf ihrem Liebsten einen kurzen Blick zu. Er wusste, was der bedeutete: Sie hätte nichts gegen einen handfesten Konflikt gehabt.

«Kommt ihr jetzt?», fragte Rey die drei Soldaten. Entnervt wurde der Junge weggeschubst, und auch die zwei anderen Soldaten steckten ihre Waffen ein. Die Mutter schloss ihr Kind in die Arme, und sein Vater blickte die Eindringlinge misstrauisch an. An den Östlichen vorbei gingen die Soldaten voraus.

«Ich danke euch», hörte man die Frau noch rufen.

Zephir führte sie hinaus. Während des ganzen Marschs hörten sie Schritte hinter sich. Sie wurden verfolgt und beobachtet, doch es passierte weiter nichts. Im Freien schickte Zephir einen leichten Luftzug durch die Höhle und meinte dann, die Räuber würden wieder hinabsteigen. Der Hauptmann war wütend. Am liebsten hätte er Rey gepackt.

«Die Räuber im Westen könnt ihr selbst ausmerzen», meinte Rey amüsiert. «Solange wir nicht von ihnen angegriffen werden, tun wir ihnen nichts.»

Während sie weitergingen, dachte Darkkon nach. Er besprach seine Gedanken mit Fang. Plötzlich, als hätten sie alle bereits seit einiger Zeit über das Thema gesprochen, führte er an: «Das ist eine gute Idee, die Räuber zu befragen, das sollten wir weiterverfolgen.»

Rey musste zuerst einen Moment die Idee seines Bruders verarbeiten, dann sagte er: «Gut, dann gehen wir von Dendran nach Westen, und unterwegs hören wir uns nach Räubern, Dieben und anderen solcher Zünfte um.»

«Zunft», spie der noble Söldner das Wort aus.

«Wer einem ohne grosse Mühe das ganze Geld stehlen kann, ohne dass man es merkt, ist in einer Kunst bewandert, und solche Künste bedürfen einer Zunft», sagte Rey stolz.

«Du hast zu wenig gestohlen, als dass du dich Dieb schimpfen dürftest», spottete Darkkon.

«Du hast gestohlen?» Fang konnte es kaum fassen.

«Nur als er noch klein war, und nichts im Sinne eines richtigen Diebstahls», erzählte Darkkon. «Esswaren wie Äpfel von Ständen, kleinere Schmuckstücke, die er den Mädchen zeigte und dann wieder an einem Ort platzierte, wo die Leute sie wiederfanden.»

«Darkkon wurde einmal erwischt, als er für mich etwas zurückbringen musste.»

«Und warum?», fragte Fang interessiert.

«Rey hat eine Brosche von einem Händler stibitzt und damit angegeben. Ich weiss nicht einmal mehr, wie alt wir damals waren.» Fragend sah er zu seinem jüngeren Bruder, doch der zuckte nur mit den Schultern. «Er war damit am Strand und verhielt sich anderen gegenüber, sagen wir – aufdringlich. Mutter hielt ihn nicht mehr aus, so überdreht wie er war, und so schnappte sie ihn sich und zerrte ihn heim. Er wollte nicht gehorchen, auch weil er die Brosche zurückgeben musste, doch unsere Mutter war stärker, und so warf er mir die Brosche vor die Füsse. Gut, ich musste also die Brosche zurückbringen, aber wie sollte ich das anstellen? Der Händler hatte gerade einen Käufer für andere Schmuckware, und ich dachte, das sei ein guter Moment.»

«Eben nicht», lachte Rey.

«Während die beiden Erwachsenen damit beschäftigt waren, über das Amulett in der Hand des Händlers zu diskutieren, legte ich die Goldbrosche hinter ein kleines Kästchen neben andere Sachen. Prompt sah der Käufer, was ich tat, und hielt mich am Arm fest. Die Frau des Händlers übernahm den Stand, und ihr Gatte drängte mich nach Hause. Da brach das Donnerwetter über uns herein. Zuerst bekam ich eine Strafe, aber am nächsten Tag beichtete Rey seine Tat, und so wurde auch er bestraft.»

«Wir mussten dem Händler einen Monat lang helfen. In dieser Zeit konnte er sich ein schönes Leben machen, dank seiner zwei unbezahlten Sklaven.»

«Ich hätte euch nicht arbeiten lassen», meinte Fang. «Wenn ihr bereits etwas gestohlen habt, hätte ich euch sicher nicht auch noch meine anderen Auslagen anvertraut.»

«Er konnte wohl zwei unentgeltlichen Arbeitern nicht widerstehen», meinte Rey. «Einiges meiner Diebesbeute hat mir Heeliqua erst Jahre später wiedergegeben ...» Die Zuhörer sahen ihn gespannt an, und so erzählte er weiter: «Ich habe so vieles am Strand oder während des Badens verloren. Da kannte ich sie noch nicht. Später hat sie mir die Dinge vom Grund des Meeres zurückgeholt.»

LXIII

In den Dörfern, die sie während der Reise zurück nach Dendran durchquerten, erkundigten sich die Soldaten nach Banditen und Überfällen. Umherstreifende Söldner berichteten, dass es nördlich von Eran sehr still geworden sei, schliesslich habe es früher in Dendran und den nördlicheren Ländern wegen der Bodenschätze und mancher Gesetze, die es nur hier gab und die das Treiben von Dieben und anderem Gesindel begünstigten, nur so vor Gesetzesbrechern gewimmelt. Als Syria nach Hinweisen auf den Aufenthaltsort des Prinzen fragte, wandte sich einer ab. Ein sehr junger Söldner gab aber Antwort: «Man sagt, die Verräter halten ihn im Kerker Ises gefangen, weit im Osten.»

Syrias und Reys Blick trafen sich, als sie dies hörten. Der junge Mann wurde von einem Waffenbruder angefahren: «Das *sind* die Verräter aus dem Osten.»

Kreidebleich drehte er sich auf der Stelle um und setzte sich zu seinen Begleitern. Zephir und Scirocco hörten, wie über sie gelästert und geschimpft wurde, doch das liess sie kalt. Sie wussten, was wirklich passiert war.

«Wir machen uns keine Freunde, hm?», bemerkte Darkkon, als er in Syrias besorgtes Gesicht blickte.

Sie schnaubte die Luft aus der Nase: «Nein, wirklich nicht.»

Scirocco erkundigte sich bei den Soldaten nach den Spionen aus dem Osten. Diese seien noch nicht zurückgekehrt, erfuhr er. Sie mussten weiterreisen; in dieser Herberge liess man sie nicht nächtigen. Sie gingen den Berichten in Dendran nach, im Nordwesten habe es eine grosse Bande Räuber gegeben, doch seit längerem, noch bevor der Prinz verschwunden sei, habe man nichts mehr von ihnen gehört und gesehen.

«Wir werden sofort verdächtigt», meinte Rey, «aber die Gauner können ruhig untertauchen, und niemandem käme es in den Sinn, dass sie vielleicht den Prinzen entführt haben.» Scirocco fügte hinzu: «Die wollen doch so einen arroganten Bastard nicht, sonst müssten sie ihn dauernd mit Pflanzen ruhig stellen, und das wird auf Dauer teuer.»

Der hübsche Soldat packte Scirocco am Hemd und fuhr ihn an:

«Sprich nicht so von deinem Prinzen, dem zukünftigen König, oder ich schneide dir die Zunge raus.»

«Da hat aber jemand Mut», spottete Rey.

Der Schönling liess von Scirocco ab. Etwa zehn Minuten später hob Zephir durch den Wind einen Ast an, über den der Soldat stolperte. Er fluchte, und sie kicherte leise.

«Arate ist nicht mehr unser Prinz, und er wird nie unser König sein», versicherte Scirocco Zephir flüsternd. Er wusste, dass sie sich ab und an noch Gedanken machte, ob sie noch zu Eran gehörten oder ob sie keinen Herrn mehr hatten.

In den verwinkelten Wäldern des Nordens war es schwierig, die Orientierung zu behalten. Viele Plätze glichen einander, und Rey glaubte, dieselbe gruselige Anwesenheit zu spüren wie in den Wäldern um Buchenwall. Fang kam es merkwürdig vor, dass Räuber so weit entfernt von Handelsrouten leben sollten, wo sie eine halbe Ewigkeit brauchten, um zu den Orten der Überfälle und wieder nach Hause zu gelangen. Sie selbst hatte auch schon mit Räubern zu tun gehabt, damals, nachdem sie in einem Wald aufgewacht war und bevor sie Darkkon und die anderen kennengelernt hatte. Grendel hätte sofort eingegriffen, aber sie sang die Gesellen in den Schlaf und schlich sich dann fort. «Na ja», überlegte sie sich, «vielleicht ist es wie bei manchen Seeräubern: Sie gehen die eine Hälfte des Jahres auf Raubzug, und die andere Hälfte verbringen sie bei ihren Liebsten ...»

«Über was denkst du nach?», fragte Darkkon mit sanfter Stimme.

«Ach, nichts», gab sie ebenso sanft zurück.

«Halt», stoppte der Hauptmann die Reisenden. «Dort hat sich etwas bewegt.» Sie hörten ein Geräusch, und eine Gestalt verschwand in den Bäumen. «Schnell hinterher!» Alle rannten in die Richtung, in der sie die Gestalt erblickt hatten.

«Hoffentlich rennen wir nicht direkt in eine Falle», keuchte Scirocco. Lange liefen sie weiter, aber die Gestalt blieb verschwunden.

«Wir haben ihn verloren», spie der Hauptmann aus.

«Man wollte uns in die Irre führen», meinte Zephir.

«Das glaube ich ebenfalls», bestätigte Fang.

«Dann sind wir vielleicht kilometerweit von den Räubern entfernt, wenn das überhaupt ein Räuber war. Wir sollten eine andere Richtung einschlagen.»

Die Soldaten wurden wütend. «Wir sind ihm sofort gefolgt und hatten ihn einige Zeit im Blick, der hat sich nicht einfach in Luft aufgelöst.»

«Ein Sprung in ein Erdloch – und schwups, ist man weg», erklärte Rey.

«Wir übernachten hier und gehen morgen nach Westen.» Die anderen beiden Soldaten stimmten ihrem Anführer zu.

Scirocco stellte sich neben Darkkon. «Wo sind wir jetzt?», wollte er leise wissen.

«Wir sind weit nach Nordosten gegangen. Es wird einige Zeit dauern, bis wir wieder so weit westlich sind wie heute. Wenn wir morgen durchmarschieren, kommen wir eventuell auf die Höhe des Sumpfes, in dem die Orks leben.»

Scirocco nickte. Der Hauptmann teilte den Schwertträger zur Wache ein, während sich die Windgeschwister bereit erklärten, dies für ihre Gefährten zu übernehmen. Nicht nur aus gutem Willen, sondern auch, weil der Schwertträger im Gegensatz zum Schönling ein wenig umgänglicher war.

In der kalten Nacht kuschelten sich die beiden unter einer Decke aneinander. Der Soldat ging um das Lager herum. So bleibe er wach, meinte er. Zephirs Augen fielen immer wieder zu, dann wachte sie wie erschrocken wieder auf. Sie hatten drei Feuer, um die sie sich kümmern mussten. Scirocco gab seiner Schwester einen leichten Stoss, damit sie aus ihrem Nickerchen erwachte. Müde rieb sie sich die Augen und sah sich um. Mit weit aufgerissenen Augen schnellte sie auf, und Scirocco stürzte nach hinten.

«Monster!», schrie sie und zeigte in die Nacht.

Die anderen wurden geweckt. Rey riss sich von Syrias Umklammerung los und schoss hoch. Scirocco fragte seine Schwester, was es für Monster seien.

«Ich weiss es nicht, sie sind gross!» Sie drehte sich um, um die Wesen zu erkennen. Plötzlich hörte sie, wie hinter ihr ein Feuer mit einem lauten Zischen ausging. Sie drehte sich, doch schon hörte sie, wie der Soldat, der Wache stand, schrie. Er wurde weggezerrt. Ein weiteres Feuer wurde gelöscht. Alle standen nahe zusammen. Scirocco und Zephir liessen auf ihr

Zeichen hin schneidende Böen umherfahren. Das letzte Feuer erlosch. Nun war es stockdunkel. Darkkon wurde gestossen und fiel hin, Rey schlug auf den Schatten und hörte einen dumpfen Aufprall. Syria schob ihn zur Seite und stiess ihre Axt nach vorn. Sie erwischte irgendetwas, wusste aber nicht, was es war. Ein Ruck – das Wesen löste sich von ihrer Axt. Die Monster waren schlau, sie griffen immer wieder überfallartig an und zogen sich zurück. Rey wurde am Kopf getroffen, doch es verwunderte ihn, dass er nicht blutete. Es war ein stumpfer Schlag gewesen, der sehr schmerzte.

«Ohne etwas zu sehen, können wir ihnen nichts entgegensetzen», rief der Anführer. Zephir warf eine der Kreaturen um und erkannte, dass sie sich merkwürdig wieder aufrappelte, als würde sie einzelne Knochen zurechtrücken. Fang hielt sich an Darkkon fest, die Situation machte ihr so Angst, dass sie keinen Ton hervorbrachte. Knapp an Syrias Kopf flog ein langer Bolzen vorbei. Sie schnauzte den Soldaten an, der ihn abgefeuert hatte. Rey griff nach dem Angreifer vor sich, doch dieser konnte sich losreissen; nur ein Büschel Haare blieb in der Hand zurück. Undeutlich sah er die Gestalt vor sich und sprang hoch, um mit beiden Beinen zuzutreten, wo er den Kopf der Kreatur vermutete. Das Monster fiel in sich zusammen, rappelte sich aber sofort wieder auf und flüchtete. Syria hieb auf die Schatten ein. Kurz darauf waren alle in der Nacht verschwunden.

«Sie sind fort», bestätigte Zephir. Sie holte Fackeln, entzündete sie und reichte eine nach der anderen an ihre Freunde weiter. Scirocco versuchte die Feuerstellen anzuzünden.

«Die Feuer wurden mit Wasser gelöscht», erkannte er.

«Keine Leichen …» Syria verstand die Welt nicht mehr. «Ich habe die Monster mehrere Male voll erwischt, eines sogar waagrecht halbiert, aber hier liegen keine Körper herum.»

«Ich habe ebenfalls eines mit dem Schwert aufgespiesst, es war ganz leicht, aber es liess keinen Kadaver zurück», meinte der Hauptmann.

Darkkon hielt die Fackel nah an den Erdboden. Er sah tropfenweise Blut und kleinere Holzstücke, alle morsch und alt. Neue Feuer wurden entzündet, und der Hauptmann versuchte sich einen Reim auf den Vorfall zu machen. «Sie hatten wohl Angst vor dem Feuer und haben es deshalb gelöscht.» Er wollte weiter-reden, doch man hörte ein Keuchen auf sie zukommen. Der tot geglaubte Soldat kam angehumpelt. Fang nahm sich seiner an.

«Er hat eine riesige Risswunde am Bauch», sagte sie.

«Und viele Holzsplitter in den Verletzungen», ergänzte Zephir.

«Ich ... ich wurde an den Beinen weggezogen und weiter hin-ten kopfüber an einem Baum hochgezogen. Diese Viecher sind unglaublich stark.»

Fang goss Wasser in die Verletzung, die sich über den gesamten Bauch zog, aber nicht tief war. Sie zog Splitter um Splitter heraus. Der junge Armbrustschütze, der Syria fast erwischt hätte, fragte entsetzt: «Was waren das für Monster?»

«Irgendwelche baumartigen Kreaturen, die angreifen. Habt ihr jemals so etwas gehört?», fragte Zephir.

Der Hauptmann schüttelte den Kopf, er war genau so ratlos wie die anderen. Darkkon hielt zur Vorsicht an, meinte aber, sie sollten weiterschlafen und am Morgen die Weiterreise antreten. Die Wachen wurden ausgetauscht, und so schlief man wieder, so gut es ging.

LXIV

Am Morgen erkannten sie die Spuren der Nacht besser. Büschelweise Gras lag auf dem Boden und Blut, das vom Lager wegführte, aber sie wussten nicht, ob es von einem Monster stammte oder ob es das des Soldaten war. Und immer wieder diese maximal fingerlangen, morschen Holzstücke. Sie erkannten, dass sie das Rätsel nicht lösen konnten und gingen weiter westwärts, wo der Wald lichter wurde. Die weiteren Nächte verliefen ruhig, doch sie blieben angespannt. Nach einigen Tagen kamen sie zu einer Lichtung mit Bauten aus Ästen, Seilen und festem Stoff. Sofort war allen klar, dass es sich um den Rückzugsplatz der Räuber handeln musste.

«Ich sehe keine Kämpfer. Nur Junge und Frauen sind im Dorf», erklärte Zephir, die ihren Windblick vorausgeschickt hatte.

«Dann werden wir langsam darauf zugehen und uns im nächsten Haus jemanden schnappen», meinte der Schönling.

Syria und Rey schlichen zu einer der Holzbehausungen, während sich die anderen draussen versteckt postierten. Im Innern schlief eine Frau. Rey hielt ihr den Mund zu und weckte sie gleichzeitig auf. Sie erschrak sichtlich und versuchte sich zu wehren, doch die Bisse in die Handschuhe und die ungeschickten Schläge konnten Rey nicht abhalten. Er beruhigte sie. Syria sah, dass auf einem Steinhaufen, in eine Decke eingewickelt, ein Baby lag.

«Verstehst du mich?», fragte Rey die Frau.

Sie nickte.

«Ich tu dir nichts, Ehrenwort.» Er sah in ihren Augen, dass sie schreien würde, wenn er sie losliess. «Beruhige dich. Ja, ganz ruhig.» Er machte sanfte Bewegungen mit seiner freien Hand. «Wir suchen den Prinzen Erans, Arate. Sind eure Männer in der Umgebung?»

Sie schüttelte den Kopf.

«Sind sie auf Raubzug?»

Ein Nicken.

«Dann haben sie ein zweites Lager. Wir müssen wissen, wo es ist», sagte Syria.

Rey sah die Frau fragend an: «Zweites Lager?»

Sie zögerte, schüttelte dann aber den Kopf.

«Sei ehrlich: Gibt es ein zweites Lager?»

Sie nickte.

«Syria! Rey!» Man hörte draussen einen Schrei.

«Unsere Begleiter wurden entdeckt. Du kannst uns helfen, du musst einen Kampf verhindern. Ich lasse dich jetzt los.»

Sie stand auf und meinte: «Kann ich euch trauen?»

«Ich verspreche es dir. Wo ist das Lager eurer Männer?» Er hielt ihr die Karte hin, und sie wies mit dem Finger auf eine Stelle. Rey trat aus der Behausung aus verschnürten Astwänden, an der Syria wartend gelauscht hatte. Sie wandten sich dem Platz zu, an dem die anderen warteten. Sofort zielte eine Speerspitze eines Jungen auf Rey. Er hielt seine Hände vor die Brust und trat zu den anderen, die mit gezogenen Waffen zusammenstanden.

«Sie sind die Monster, die uns in der Nacht angegriffen haben.» Der Hauptmann zeigte auf eine Hütte. Ein Gewand hing daran, in dem zwei Personen Platz hatten. Das Gerüst war aus Ästen gebaut und mit Erde und Gras bedeckt.

«Wir kommen jetzt heraus, kämpft nicht mit den Fremden!», hörte man die Frau rufen. Sie trat ein paar wenige Schritte vor das Haus, dann hörte man ein Zischgeräusch. Alle Anwesenden erstarrten. Syria war hinter der Frau, die ihr Baby in den Armen hielt, hergelaufen. Der Schönling hatte mit der Armbrust auf sie geschossen und sie getötet. Fang drehte sich zu Darkkon um und presste die Augen zusammen. Dieser sah in die entsetzten Gesichter der Frauen und der Kinder.

Syria stampfte an der Leiche vorbei zu den anderen. Im Vorbeigehen nahm sie Darkkon den geladenen Bolzen aus der einen Armbrust. Sie stand wortlos, aber mit zornigen Augen vor dem Soldaten. Dieser wusste nicht, was er tun sollte. Er wurde an der Schulter gepackt, und Syria riss ihm die Lederjacke herunter, so dass der ganze Rumpf freilag. Ganz langsam schnitt sie ihm eine lange Wunde in den Oberkörper. Er sah auf die Wunde, war aber immer noch starr. Sie griff mit der anderen Hand in den Schnitt, worauf er vor Schmerzen zu brüllen anfing. Ein lautes Knacken war zu hören, und schon warf sie die mit Fleisch überzogene Rippe, die sie ihm herausriss, von sich weg. Er krümmte sich vor Pein. Syria kniete sich neben ihn und sah zu, wie er langsam jämmerlich verblutete. Seine Kollegen kamen ihm nicht zu Hilfe, und der Hauptmann behielt für sich, dass er kurz zuvor den Befehl gegeben hatte, alle Bewohner zu töten, wenn Syria und Rey die Hütte verlassen würden. Die Frauen und Jugendlichen waren völlig verängstigt, liessen ihre Waffen fallen und rannten in ihre Häuser.

Rey trat zu Syria. Ihre Wangen erröteten, während sie die Leiche anlächelte. Er wusste, es würde eine heftige, lustvolle Nacht werden. Sie trat nun zu der toten Frau, drehte sie auf den Rücken und sah das Baby, das die Tote immer noch umschlungen hielt. Es war nur knapp vom Bolzen verfehlt worden. Sie nahm es auf und wollte weggehen, doch Rey hielt ihr seine Arme hin, er wollte das Kind nehmen. Sie übergab es ihm, und er trat an eine der Hütten. Er klopfte, bevor er eintrat. Im Innern kauerten Kinder verstört an der Wand. Die Frauen wichen zurück.

«Weg mit euch, weg!», wurde er angebrüllt.

«Nehmt das Kind.»

«Es ist nicht meins», erwiderte die Frau. «Ich will es nicht.» Sie war völlig verängstigt.

«Sein Vater ...?»

«Ihr Mann wurde hingerichtet.» Die Frau zitterte stark.

Er versuchte es noch einmal. «Nimm du es.»

«Es hat keine Familie!», schrie sie. Plötzlich wurde die hintere Wand aufgerissen, und alle rannten vor Rey davon. Er lief ihnen sofort hinterher, aber alle verstoben im Wald und waren nicht mehr zu sehen. Er ging um die Hütte herum, sah sich das Monstergewand an und lief zu Syria, die, erschrocken von dem Tumult, ihre Axt in die Hand genommen hatte. Sie sah wieder die tote Mutter an und dachte an ihre eigene Mutter. Rey legte das Baby auf die Tote. Nun standen alle Gefährten neben ihr. Der Hauptmann und der andere Soldat nahmen ihrem Kameraden die nützlichen Sachen ab.

«Es wurde von allen verlassen», sagte Syria mit ernstem Blick auf das Kind. Sie hob ihren Arm mit der Axt, doch Fang hielt ihn fest.

«Du kannst doch nicht ...»

«Nein, nein», beruhigte Syria sie. «Ich wollte nur meine Axt wegstecken.» Sie hängte sie sich auf den Rücken.

«Und jetzt?», fragte Scirocco in die Runde.

Syria warf Rey einen bedeutungsvollen Blick zu. Dann sagte sie nur ein Wort: «Alm.»

Alle verstanden. Alm und Tibbett wollten Kinder, doch es klappte nicht.

«Nein! Vergiss es!», rief Rey aufgebracht. «Wir werden Alm nicht *dieses* Kind andrehen.»

«Sie wünschen es sich so sehr und würden alles dafür tun, das haben sie selbst gesagt, als sie uns besuchten, weisst du nicht mehr?»

«Nicht dieses Kind.»

«Es hat keine Familie mehr.»

«Ein Räuberbaby!» Er konnte es nicht fassen, dass Syria ernsthaft in Erwägung zog, dem Paar dieses Kind zu überbringen.

«Es wurde verlassen.» Es war Zephir, die dies sagte.

Rey sah sie an. «Bringst du es nach Buchenwall und machst es den beiden schmackhaft?»

«Nein, ich», erklärte Fang bestimmt.

«Ja, wir werden es nach Buchenwall bringen», bestätigte Darkkon.

«Ihr seid doch verrückt.»

«Rey, was sollen wir sonst mit dem Baby machen?»

Darauf wusste er keine Antwort. Er wusste, wie sehr Alm und Tibbett sich ein Kind wünschten, das war es nicht. Aber auf diese Weise ...?

«Rey.» Syria strich ihm sanft mit dem Handrücken über die Wange. «Es wurde zurückgelassen. Sag, denkst du, Alm würde schreiend davonlaufen, wenn sie Angst hätte?»

«Bestimmt nicht, sie würde versuchen, uns den Schädel einzuschlagen.»

«Eben. Gäbe es eine bessere Mutter für dieses Baby als sie?»

«Nein.» Er dachte nach und sah das kleine Etwas an. Er konnte Niis in dem fremden Geschöpf erkennen. Er hob es hoch und übergab es Fang.

«Das werden wir nicht zulassen», hörte man von hinten. Die Soldaten. «Keiner von euch darf zurück in den Osten, solange der Prinz nicht gefunden wurde.»

Rey stand vor Fang, verzog sein Gesicht wütend und meinte nur: «Ich würde jetzt still sein.» Seine Fäuste bebten. Darkkon zog seine geladene Armbrust und nahm Fang an die Hand. Die Soldaten immer im Blick, verliessen sie ihre Freunde.

«Sie werden niemals in Honodur ankommen.»

Eine Böe schlug ihnen ins Gesicht. «Das glaubt aber auch nur ihr», drohte Zephir.

«Wir sollten weiter, vielleicht benachrichtigen sie das andere Lager», meinte Syria.

Sie trotteten weiter, bis es Abend wurde. Ungewöhnlich früh erklärte Syria, sie wolle ein Lager aufschlagen, dann flüsterte sie ihrem Geliebten grinsend etwas ins Ohr, und er kicherte. Sie gingen fort, ohne sich darum zu kümmern, was die anderen dachten. Zephir und Scirocco war klar, was die beiden alleine im Wald trieben. Bis zum Morgengrauen blieben sie weg und fanden dann beinahe das Lager nicht mehr.

«Hattet ihr eine schöne Nacht?», fragte Scirocco spöttisch.

Rey tat ganz verwundert: «Welche Nacht?» Dann lachte er und stiess seinen Gefährten an.

LXV

Darkkon weckte Fang auf. «Die Sonne geht auf, wir können aufbrechen.»

Die junge Frau streckte die Arme von sich. Sie standen auf und liefen durch den Wald.

«Was werden wir tun, wenn wir das Kind Alm und Tibbett übergeben haben?»

«Wie meinst du das?»

«Ich meine, bleiben wir in Honodur oder folgen wir deinem Bruder und den anderen?»

Er überlegte. «Du bleibst in Buchenwall, und ich gehe zu den anderen. Jetzt bin ich ja vorläufig vor Eran in Sicherheit, und so hart es klingt: Ich kann nicht auf dich aufpassen, wenn eine Schlacht entbrennt.»

«Komm einfach wieder zurück.»

«Ja, natürlich.» Er gähnte. Bis Dendran würde er nur wenig Schlaf haben. Er sah die Decke an, die über dem Baby lag. «Um uns herum bekommen alle Kinder», brummte er.

«Viele unserer Freunde sind in dem Alter, in dem man Kinder bekommt.»

«Ein schlechtes Thema», dachte Darkkon. Fang war ihrer Mutter nach der Geburt weggenommen und in einer Zelle gefüttert worden wie ein Verbrecher. Es war sicher eine Qual gewesen, als sie sich wieder an alles vor dem Aufwachen im Wald erinnert hatte.

«In Dendran könnten wir ein Pferd kaufen, dann sind wir wesentlich schneller unterwegs», schlug Fang vor.

«Eine gute Idee», fand er. Er war so lange mit Syria unterwegs, dass er die Option, auf einem Pferd zu reiten, gar nicht mehr bedachte. In Dendran kauften sie dem Kind zu essen und eine neue Decke. Das Pferd war spottbillig, Darkkon merkte aber schnell, warum. Es frass viel zu viel und war ein eher gewichtiges Tier.

«Ich dachte, wir hätten ein Ross gekauft und keinen Ochsen», spottete Fang. Die Brücke zu passieren machte ihnen keine Schwierigkeiten, da Fang vorausging und die Wachen einschläferte. Auf dem Weg nach Osten zur Grossen Mauer machten die beiden eine Entdeckung, die Darkkon überhaupt nicht passte: Fallgruben, getarnt und tief. Es waren so viele, dass Darkkon vermutete, dass man sie nicht zur Jagd einsetzte, sondern um jemandem das Durchkommen zu erschweren.

Eines Nachts wurde Fang von ihrem Mann hastig geweckt. Er löschte das Feuer und half ihr auf einen Baum hoch, bevor er ihn selbst bestieg. Sie flüsterte: «Was ist?»

«Stimmen. Ich denke, es sind Banditen.»

«So nah am grossen Tor?»

Er hielt sich den Zeigefinger vor den Mund und hielt einen Moment inne. «Ich weiss auch nicht, aber ich glaube schon», flüsterte er dann.

Sie hörten Schritte, dann sagte eine tiefe Männerstimme unter ihrem Baum: «Hier war noch vor kurzem jemand, das Feuer wurde erst kürzlich gelöscht.»

«Dann such sie.»

Fang hielt ihren Atem an, um noch weniger Geräusche von sich zu geben. Die Nacht war dunkel. Lange suchten die Männer nach denjenigen, die das Feuer angezündet hatten. Irgendwann wurde es ihnen zu dumm. Einer rief die Gruppe zusammen.

«Wir gehen, hier ist niemand.»

Darkkon hielt sich noch einmal den Finger vor den Mund. Er fürchtete, die Leute würden in der Nähe darauf warten, dass sie sich zeigten. Lange harrten die beiden auf dem Baum aus, dann stieg Darkkon hinunter und sah sich um. Als er wiederkam, half er Fang herunter.

«Was ist mit dem Pferd passiert?»

«Das war ganz leise, sie haben es neben den Büschen nicht gesehen.» Er nahm sich vor, es mit Karotten zu verwöhnen, wenn er das nächste Mal Futter besorgte. In den nächsten Tagen passierten sie das grosse Tor und dann auch den See, ohne die Probleme, die der Hauptmann erwartet hatte. Von hier aus würde die Reise einen sicheren Verlauf nehmen.

Rey stand an einem Abhang knapp zwanzig Meter über dem modrigen, schwarzen Wasser des Sumpfes, in dem die Orks lebten.

«Möchtest du in den Sumpf?» Zephir setzte sich neben ihn und blickte hinunter.

«Nicht, wenn ich nicht muss.»

«Die Orks würden sich bestimmt über einen Besuch von euch freuen.»

«Wer weiss.»

Sie schaute ihn fragend an.

«Ich meine, vielleicht denken sie dasselbe wie die Menschen des Westens, dann würden wir nur unnötig Schwierigkeiten provozieren.»

«Und das tun wir ja normalerweise nie», witzelte sie.

«Du weisst, was ich meine. Wahrscheinlich wissen sie überhaupt nichts, und es wäre ihnen auch egal, wenn wir den dämlichen Idioten entführt hätten.»

«Wir haben noch sehr viel Zeit übrig, bis wir zu dem Ort kommen müssten, an dem die Räuber ihr Lager aufschlagen werden. Die sind schlau, ihre beiden Lager immer zu verschieben und nichts aufzuzeichnen.» Sie blieben einige Zeit ruhig. Dann ergriff Zephir wieder das Wort: «Deinem Bruder und Fang geht es bestimmt gut.»

«Ja, ihnen ist nichts passiert, ich weiss.»

«Bist du immer noch dagegen, dass sie das Kind zu Alm bringen?»

«Ich denke nicht mehr darüber nach. Es ist passiert, nun habe ich keinen Einfluss mehr.»

«Wenn Alm und Tibbett das Baby nun nicht wollen?»

«Sie werden es annehmen, nicht weil Fang und Darkkon es ihnen anbieten oder das Kind Eltern braucht, sondern weil sie unbedingt Kinder möchten. Alm könnte das Kind ohne weiteres ablehnen, das kannst du mir glauben. Wenn sie etwas nicht will, kann sie auf ihrem Standpunkt beharren, und niemand kann ihre Entscheidung ändern.»

«Wir gehen weiter, fertig geschlafen.» Scirocco kam angeschlendert. Er stellte sich an den Abgrund und guckt hinunter. «Ziemlich tief», meint er nur.

Darkkon lief neben dem Pferd durch das Tor von Buchenwall. Fang sass darauf und wiegte das Baby. Sie sang ein Lied und vergass völlig ihre Umgebung. Darkkon warf mehrmals seinen Kopf nach hinten, er musste dieses hängende Glücksgefühl abschütteln, das alles andere in ihm verdrängte, sonst würde er sich nicht konzentrieren können auf das, was er Alm und Tibbett erzählen musste. Es war, als müsste er gegen die Müdigkeit kämpfen. Als sie in der Ferne Personen sahen, winkte Fang über die Felder.

«Gleich siehst du deine neuen Eltern», meinte sie.

Jans Vater begrüsste die beiden, konnte jedoch nicht mit ihnen plaudern, weil er zu einem wichtigen Treffen müsse. Doch eigentlich hatte er nur die Zeit vergessen und kam nun zu spät zum Kartenspiel bei seinen Freunden.

«Dein Grossvater», murmelte Darkkon über seine Schulter nach hinten.

«Wir hätten es ihm vielleicht sagen sollen.»

«Er erfährt es bald, das hat keine Eile.»

Tibbett kam aus dem Haus, er hatte die Freunde durchs Fenster gesehen. «Willkommen, wo sind die anderen, seid nur ihr hier?»

«Ja, hol Alm», antwortete Darkkon kurz und knapp.

Tibbett beeilte sich. Er hatte das Gefühl, es sei etwas Ernstes passiert. Fang stieg ab und ging ins Haus, sie durfte das wie alle Freunde, ohne zu fragen. Darkkon wies das Pferd an, hier vor dem Haus zu warten, und hoffte, dass es gehorchen würde. Er setzte sich so hin, dass er sofort erkannt wurde, wenn man den Raum betrat, musste aber noch einmal aufstehen, um seinen Mantel zurechtzurücken, weil er sonst draufgesessen hätte, und so stand er, als Tibbett Alm, Jan und Ursula hineinführte.

«Ist etwas passiert?», fragte Alm als erstes.

«Nein, nein, setzt euch», beruhigte Fang sie.

«Ich will euch gleich das Wichtigste sagen ... Alm und Tibbett ...» Darkkon hatte aus unerklärlichen Gründen eine Heidenangst. «Wir haben euch ein Kind mitgebracht, ihr habt nun eine Tochter.» So gewandt und gezielt er sich sonst ausdrücken konnte, so merkwürdig war diese Aussage. Alle warteten auf eine Erklärung. Darkkon war nervös und schüttelte seine Hände, um sich zu fangen. Er erzählte kurz, wie sie zu dem Räuberlager gelangt waren und was dort geschehen war. Dann meinte er, Syria habe vorgeschlagen, ihnen das Kind zu bringen.

Tibbett war völlig verwirrt, doch Alm meinte locker: «Dass sie an uns gedacht hat ...»

«Wollt ihr es nicht?»

«Ich schon ...», erwiderte Alm. Sie wartete auf das Einverständnis ihres Ehemannes, doch dieser schwieg noch immer. «Tibbett, es ist ein Kind, eines ohne Eltern. Sie hat niemanden geschlachtet und es geraubt.»

«Natürlich ziehen wir es auf», sagte er wie selbstverständlich.

«Weisst du etwas über sie, Darkkon?», fragte Alm.

«Nein, wir wissen überhaupt nichts. Keinen Namen, kein Alter, nichts.»

«Macht nichts. Wir haben ein ganzes Leben Zeit, um uns kennenzulernen.»

Fang fand es wichtig, ihnen zu sagen, dass sie auf dem Weg hierher ihren Vater getroffen hatten und dieser noch nichts davon wusste.

«Den werden wir erschrecken, wenn er heute Abend zum Essen kommt», grinste Tibbett.

«Ich habe leider keine Zeit, ich sollte weiter, aber Fang wird hierbleiben und kann euch sicher erzählen, was so passiert ist in letzter Zeit.»

Alm rümpfte die Nase: «Du bist ein Langweiler. Da schenkt ihr uns eine Tochter, und dann rennst du gleich wieder weg.»

«Es muss sein, leider.» Er gab Fang einen Kuss, umarmte die Anwesenden kurz und schon war er aus der Tür verschwunden. Das Pferd hatte brav gewartet, doch nun würde es die nächsten Tage schneller laufen müssen, als es bis jetzt gewohnt gewesen war.

Schnell erreichte er Felsbach. Auf den Strassen und am Hafen hörte er, dass viele Westliche wieder in ihre Heimat zogen, manche sogar fluchtartig. Dies und die Kunde von Lumpengesindel in Foron beunruhigte ihn. Er dachte daran, dass er Alm und Tibbett ein westliches Kind gebracht hatte und sie für Leandra – deren Namen er noch nicht kannte –gut sorgen würden, obwohl es nicht ihre leibliche Tochter war. Es war der Name von Jans und Alms Mutter.

LXVI

Diesmal ist es gefährlich, also passt auf», erklärte der Hauptmann, als sie an den Ort kamen, an dem die Überfallräuber ihr Lager aufschlagen würden.

«Sei doch endlich mal still.» Scirocco war bereits seit längerem von den ewigen Anweisungen genervt.

«Und wenn sie nicht kommen, oder schon weitergezogen sind?», fragte Zephir Syria.

«Das glaube ich nicht, aber wenn, dann müssen wir sie suchen.»

«Sie werden aber auf jeden Fall am Tag hier eintreffen», versicherte Rey.

«Wie kommst du darauf?», hakte Zephir nach.

«Weil sie kaum die Hütten, wie wir sie bei den Frauen gesehen haben, in der Nacht aufbauen können.»

Das leuchtete ein. Zephir hatte eine vollkommen aus der Luft gegriffene Begründung erwartet, aber wie viele unterschätzte sie Rey ab und zu. Sie warteten und warteten. Bis sie Pferdegetrampel hörten, schlugen sie sich die Zeit mit belanglosen Unterhaltungen tot.

«Ich werde reden», befahl der Hauptmann. Scirocco hätte ihm dafür am liebsten eine reingehauen. Die Pferde preschten durch den Wald auf sie zu. Es sah aus, als würden sie nicht anhalten, doch im letzten Moment blieben sie auf dem feuchten Waldboden stehen.

«Tötet sie!», befahl der Mann auf einem der Rösser, und schon waren die Waffen seiner Leute gezogen.

«Wartet», hielt der Hauptmann sie an. «Wir möchten euch für euer Wissen bezahlen.»

Syria dachte bei sich, was für ein feiger Hund er doch war. Zuerst laut rufen, er wolle die Räuber ausmerzen, und wenn sie vor ihm standen, den Schwanz einziehen. Er hatte wohl auf ihre Mithilfe gehofft und war im Lager der Frauen davon überzeugt worden, dass sie es auch so meinte, wenn sie sagte, es werde niemand getötet.

«Bezahlen ist gut. Was wollt ihr wissen?»

Scirocco drängte sich vor den Hauptmann. «Zuerst will ich euer Wort, dass ihr nicht versuchen werdet, uns zu töten, wenn wir euch das Geld gegeben haben.»

Der Reiter lachte: «Wir werden es nicht versuchen, wir tun es.»

«Ich bitte euch noch einmal, überdenkt es.»

Der Anführer der Räuber grinste und gab zwei Bogenschützen das Zeichen, doch mit einer schneidenden Böe zerteilte Zephir die Waffen.

«Das nächste Mal wird meine Schwester die Kehlen eurer Schützen in Blutfontänen verwandeln.»

«Zauberer!», staunte der Räuber. Er hatte noch nie welche gesehen. Er gab sich kühl und meinte: «Für alles Gold, das ihr mit euch führt, lassen wir euch leben. Meine Männer kommen bald, und so viele könnt ihr nicht mit Flüchen töten.»

«Ach, hör doch auf, hier den Grossen zu spielen, wir bezahlen dich ja, also.» Rey warf ihm einen Sack Münzen in den Schoss.

«Na gut», meinte er brummig, insgeheim froh, nicht kämpfen zu müssen.

Nun übernahm wieder der Hauptmann das Wort und fragte in gewohnt harschem Ton: «Wisst ihr etwas vom Prinzen Erans?»

Der Anführer erschrak, dann sah er sich den Sack in seiner Hand gut an. «Wisst ihr, auch wir haben Ehre im Leib, obwohl uns viele für Abschaum halten.»

«Was willst du damit sagen?»

«Ich habe zugestimmt, euch etwas zu erzählen, und das werde ich auch tun. Arate hat uns angeheuert.» Alle horchten auf. «Er hat uns bezahlt, damit wir Gerüchte für ihn verbreiten, er möchte die östlichen Befreier schlechtmachen und den Westen gegen sie aufbringen.»

«Die Östlichen sind wir», sagte Rey.

«Ja, das dachte ich mir schon», erwiderte er und zeigte auf Syria.

«Dann ist er nicht entführt worden?», fragte der Hauptmann.

«Nein, er hat verschiedene Räuberbanden mit Geld für sich gewonnen und ist dann in einer Nacht aus dem Schloss getürmt.»

«Wo ist er jetzt?»

«Er versteckt sich bei der Grossen Mauer und wartet darauf, dass ihr eingesperrt oder hingerichtet werdet.»

«Na endlich», hörte der Hauptmann hinter sich, und während er sich umdrehte, wollte er gerade noch flehen: «Nein, Syria, bitte nicht ...», da flog auch schon der Kopf von seinen Schultern. Der andere Soldat folgte ihm unverzüglich ins Totenreich, nachdem Syria ihm einen Schlag auf den Schädel verpasst hatte.

«Wenn ihr mir nichts tut, werde ich euch sagen, wie ihr schneller nach Foron und zu der Grossen Mauer kommt.»

«Ich werde euch nichts antun. Trotzdem würde ich gerne die schnellere Route erfahren.»

«Ihr geht nach Süden und dann unten am Sumpf entlang weiter, ihr werdet wieder nach Dendran gelangen.»

«Gut, dann werden wir euch jetzt ziehen lassen. Ich hoffe, ihr habt mich nicht angelogen. Ihr habt eben gesehen, wozu ich fähig bin.»

«Der Prinz wird dort sein, aber er hat – wenn es stimmt, was bis zu mir durchgesickert ist – viele Männer um sich geschart, die für ihn kämpfen würden.»

«Schön, dann gibt es eine Schlacht.»

Sie und die Räuber zogen in entgegengesetzte Richtungen, da hörten sie, wie einer der Reiter zu seinem Anführer sagte: «Eine wahre Schönheit.»

Syria drehte sich freundlich um und rief: «Vielen Dank.»

Der Reiter kehrte auf dem Pferd um und erwiderte: «Entschuldigung, aber ich habe nicht dich gemeint.» Er zeigte auf Zephir, die sofort rot wurde.

Rey grinste sie an, aber sie wandte ihren Blick verschämt ab.

«Warum musstest du die Soldaten töten?», fragte Scirocco.

Rey drehte sich von seiner Schwester, die er mit seinen Blicken plagte, weg und zu ihm um: «Als ob du nicht gewusst hättest, dass sie das früher oder später tun wird.»

Scirocco zog eine Schulter hoch und neigte den Kopf dagegen: «Auch wahr.»

«Arate. Er hat alles nur inszeniert, damit wir hingerichtet werden. Wir sollten ihn ...», wütete Zephir, zugleich froh, das Thema von sich abzulenken.

«Nein, Zephir», unterbrach Syria. «So leid es mir tut, wir dürfen ihm nichts antun. Wir werden ihn ins Schloss zurückbringen, und der König wird uns dann, so glaube ich zumindest, in Ruhe lassen.»

«Und was würdest du in Wirklichkeit am liebsten mit ihm anstellen?»

«Ihn mit der Axt an die Grosse Mauer heften, natürlich.»

«Du kannst dich genug an den Räubern und Dieben austoben.»

LXVII

Sie waren bereits seit Tagen unterwegs, doch Rey kam mit der Karte nicht klar. Als er sie an Scirocco übergab, konnte auch dieser nicht bestimmen, wo sie waren. Sie hatten sich verlaufen. Sie suchten den Sumpf, fanden ihn aber nicht. Sie gelangten an einen Wald mit merkwürdigen ockerfarbenen Bäumen, die auch Zephir und Scirocco noch nie gesehen hatten. Ihre Äste waren dick und kräftig, aber auffällig war, dass sie sich verbogen wie Haselstauden.

«Hast du uns an den südwestlichen Rand von Argavis gebracht?», fragte Zephir frech.

Syria entdeckte ein Wildschwein, das den Boden umgrub und dann laut schmatzte, nachdem es etwas gefunden zu haben schien. Scirocco und Rey brüteten über der Karte und sinnierten, welcher Wald wohl dieser war.

«Ich werde nach Essen suchen», erklärte Syria und schaute sich die Bäume an. Sie hatten kaum mehr Proviant. Sie kam mit ein paar Nüssen und etwas, was wie eine Kartoffel aussah, zurück. «Wissen die beiden, wo wir lang müssen?», erkundigte sie sich.

«Ich glaube kaum, aber sie schätzen, dass wir dorthin sollten.» Zephir zeigte in eine Richtung und begutachtete dann die Knolle. Ob die wirklich essbar war?

Als sie weiterzogen, nahm Syria einen Bissen von dem unbekannten Gewächs. Neugierig warteten die anderen auf eine Reaktion. Sie verzog ihr Gesicht und spuckte das Stück weit von sich. «Ich denke, das ist giftig.» Sie warf den Rest tief in den Wald.

Stunden später bemerkte Scirocco einen Geruch von Asche und Rauch. Sofort stiess er den Wind in eine Richtung, um Zephir Sicht zu verschaffen.

«Ein Dorf, aber nicht Dendran», erklärte sie. «Auch nicht eines der Räuberlager», fügte sie nach einer kurzen Pause hinzu. Sie liefen darauf zu und wurden von Frauen entdeckt, die gerade dabei waren, Blumen zu pflücken. Sie riefen weitere Personen zu sich und standen zuerst einfach nur da, als sie aber erkannten, dass die Gruppe ihnen nichts Böses wollte, kamen sie ihnen entgegen.

«Willkommen», begrüsste sie ein Mann mit breiten Ärmeln.

«Wo sind wir hier?», fragte Rey.

«Das ist unser Dorf, wir sind Ilemaren.»

«Von euch habe ich noch nie gehört.»

«Das glaube ich dir. Wir sind ein kleiner Stamm, leben aber schon sehr lange in diesem Wald, der uns heilig ist.»

«Wir wollten ihn nicht betreten, wir haben uns verlaufen.»

«Er steht allen offen, keine Sorge.» Er führte sie in ein Dorf mit Gebäuden aus Holz und Stein, die oben breiter waren als unten und deren zweites Stockwerk von Pfählen gestützt wurde. Interessiert wurden sie von den Bewohnern beobachtet. Die Frauen trugen mit Pflanzenmotiven und Lochmustern verzierte Kleider, die Männer hatten Hemden mit breiten Ärmeln, und auf den Schuhen war seitlich ein Holzkreis mit eingebrannten Zeichen zu sehen. Rey kam das alles sehr merkwürdig vor.

«Geht hier hinein, ich werde euch Gesellschaft schicken.» Die Abenteurer taten, worum der Mann sie gebeten hatte, und traten durch eine sehr schmale Tür in ein kleines Gebäude ohne weitere Geschosse. Syria musste sich durch die Tür quetschen. Der Boden war mit einem Teppich belegt. Als sie zögerten, ging der Mann voraus.

«Seht, es ist wie ein Kissen, legt euch hin oder sitzt darauf, wie ihr möchtet.» Tatsächlich fühlte der Boden sich weich an und gab dem Gewicht der Personen nach. Der Raum duftete herrlich nach Frische, nach Blumen und Kräutern. Zephir legte sich hin und sah zur Decke hoch, die an allen Seiten offen war, so dass der Wind hineinwehen konnte. Scirocco war skeptisch, setzte sich aber neben seine Schwester. Syria griff in den Stoff, sie meinte Stroh zu fühlen. Rey gab ihr einen herzhaften Schubs, und sie liess sich fallen.

«Wir wären alle bereit zu kämpfen, aber ich glaube, sie sind friedlich», meinte Rey.

Draussen war Gekicher zu hören, und als die Tür aufging, kamen acht junge Frauen herein und legten sich zu ihnen. «Wir werden euch verwöhnen, wenn ihr es möchtet. Als Gastgeschenk», hauchte eine der Schönheiten. Scirocco wurde von zwei bezaubernden Frauen in den flauschigen Stoff gedrückt. Sie blickten ihm in die Augen. Syria wurde gleich von drei Frauen belagert, eine legte sich hinter sie und massierte ihren Hals, während die anderen jeweils auf einer Seite über ihre Schenkel strichen. Sie wollte sich wehren, etwas sagen, aber die schwere Kriegerin war durch die überraschende Situation wie in eine Schockstarre verfallen. Rey und Zephir gelang es, das Angebot abzuschlagen.

«Bitte hört auf damit, wir benötigen dieses Gastgeschenk nicht», erklärte Rey ruhig, um die Gefühle der Frauen nicht zu verletzen.

Sie hörten alle auf, und eine meinte: «Wie ihr möchtet, es steht jedem frei, sich dafür oder dagegen zu entscheiden.» Sie verliessen den Raum und liessen die fremden Ankömmlinge zurück. Zephir konnte es noch gar nicht fassen, dass vor wenigen Augenblicken eine Wildfremde ihren Bauch gestreichelt hatte.

«Nicht einmal Syria konnte sich gegen diesen Überfall wehren», witzelte Scirocco. Er empfing einen nachdenklichen, etwas wütenden Blick, der ihn schnell begreifen liess, dass er nicht weiter drauf eingehen sollte.

Der Mann, der sie hergeführt hatte, kam herein. «Möchtet ihr etwas essen und trinken?»

Darauf wollte Rey nicht verzichten, aber er zog es vor, dieses Gebäude zu verlassen. Auf dem Dorfplatz wurden Feuer entzündet und passende Steine dazugelegt, um Fleisch darauf zu braten. Die Bewohner setzten sich auf den Boden, auch die Frauen, die sich ihnen vorhin angeboten hatten. Der Mann setzte sich den Gefährten gegenüber und erklärte ihnen, er sei der Priester des Dorfes. Er überreichte Scirocco einen Spiess mit Fleisch.

«Wohin möchtet ihr? Ihr sagtet, ihr hättet euch verlaufen.»

«Wir wollten nach Dendran», sagte Zephir.

«Dann wärt ihr besser durch den Sumpf gewandert, dort verirrt man sich nicht so leicht», erwiderte er freundlich.

«Man sagte uns, wir kämen so schneller dorthin.»

«Ihr seid weit vom Weg abgekommen. Ich werde euch zeigen, wo ihr euch jetzt befindet.» Der Priester zeigte Rey auf der Karte, wo sie gelandet waren. Sie waren südlich des Sumpfes, weit weg von der eigentlichen Route.

«Diese Begrüssung ... Lasst ihr die allen Fremden zuteil werden?», fragte Scirocco.

«Die Frauen? Ja, das ist bei uns gebräuchlich. Genauso wie das Essen auf dem Platz.»

«Was verehrt ihr Ilemaren?»

«Die Ruinen in diesem Wald sind die Überreste unserer alten Tempel, sie und der Wald sind uns heilig, deshalb leben wir hier – schon seit sehr langer Zeit. Darf ich fragen, was ihr in Dendran möchtet? Ich höre gerne Geschichten von Reisenden.»

«Wir wollen von dort weiter nach Osten, nach Felsbach hinter Foron», antwortete Syria.

«Seid ihr aus dem Osten?»

«Wir beide, ja.»

«Seid Ihr Syria?»

«Ja, wieso?»

«Ich möchte euch etwas schenken, da ihr den Kontinent geeint habt.»

«Denkt Ihr nicht, dass wir den Prinzen Erans entführt haben?»

«Davon weiss ich nichts, aber euch eilt ein sehr ehrlicher Ruf voraus.»

«Man erzählt sich im Westen das Gerücht, dass wir versuchen, den Kontinent zu erobern.»

«Das glaube ich nicht. Ihr seid meines Erachtens alles sehr freundliche junge Menschen, zumindest solange man euch nicht auf dem Schlachtfeld begegnet.»

Syria lachte und meinte: «Da habt Ihr recht.»

«Welchen Göttern huldigt ihr?», wollte Rey wissen.

«Nur Alsema, dem Gott der Landschaft.»

«Hab ich schon einmal gehört.»

«Das ist möglich, er wurde früher oft in Büchern erwähnt.»

«Dann kennt Rey ihn wohl doch nicht», mischte sich Zephir ein. Sie fing sich einen leichten Stupser ihres grinsenden Bruders ein.

«Ihr werdet über Nacht bleiben, nicht wahr? Wollt ihr sie mit Frauen verbringen?»

Das Thema war heikel, da sie die freundlichen Leute im Dorf nicht beleidigen wollten. «Bitte macht uns dieses Angebot nicht mehr, es ist uns etwas peinlich.» Zephir hatte allen Mut zusammengenommen, um dies aussprechen zu können.

«Ich verstehe, ich werde nicht mehr fragen.»

Scirocco beobachtete die Leute, die sich versammelten, vor allem die verführerischen Mädchen, die zu ihnen kamen. Sie verhielten sich vollkommen normal, als ob nichts gewesen sei. Es schien für sie eine Selbstverständlichkeit zu sein, sich Fremden anzubieten und auch abgewiesen zu werden. Die Gefährten verweilten mit dem Priester auf dem Platz, während die Bewohner ihrem Alltag nachgingen. Am Abend wurden sie zum Gasthaus begleitet, in dem sie übernachten konnten. Es stand leer und gehörte niemandem, es blieb für Fremde offen. Der Priester erklärte ihnen, dass alle Vorüberziehenden jeden im Dorf um Hilfe oder Esswaren bitten konnten. Er führte sie ins Haus. Sie betraten einen Wohnraum, die Zimmer waren oben. Als Letzte quetschte sich Syria durch die Tür.

«Die Türen in unserem Dorf sind nichts für dich ... Weisst du, wir bauen unsere Möbel im Haus zusammen, deshalb benötigen wir keine breiten und hohen Türen.»

«Jeder soll es so machen, wie er es möchte. Aber ich bin froh, dass es bei uns anders ist», entgegnete Syria.

Er zeigte ihnen die Zimmer im oberen Stock. «Alle Räume werden regelmässig gereinigt und gepflegt, da bin ich ganz ehrlich zu euch. So, und nun werde ich selbst zu Bett gehen. Ich hoffe, ihr schlaft wohl!»

Als er weg war, meinte Rey, er würde es besser finden, wenn sie alle in einem Zimmer schliefen. Zephir teilte seine Bedenken nicht, lenkte aber ein und so holten sie die Schlafsachen zu Syria ins Wohnzimmer hinunter.

«So ein ...», Rey versuchte mit seinen Händen nach dem Wort zu greifen, «... besonderes Dorf haben wir noch nie betreten. Alle Ortschaften und Städte haben ihre Eigenheiten, aber die Ilemaren sind ein komplett eigenes Volk.»

Die anderen gaben ihm recht, aber Zephir gab zu bedenken, dass die Ilemaren alle freundlich und ehrlich wirkten. Und das sei ja die Hauptsache, meinte sie, egal ob sie nun andere Sitten hätten oder nicht. Scirocco liess sich von seiner Schwester überzeugen, als erstes wachzubleiben, dafür könne er am Morgen länger schlafen.

Der nächste Morgen begann mit dem Geruch frisch zubereiteten Essens. Er lockte die Gefährten auf den Platz, wo der Priester sie freundlich begrüsste.

«Nach dem Essen werden wir euch verlassen, dann könnt ihr ungestört euren Gewohnheiten nachgehen», meinte Rey.

«Aber ihr seid doch keine Last, im Gegenteil, wir freuen uns immer, wenn wir Besucher empfangen können», erwiderte der Priester.

«Trotzdem, wir müssen gehen.»

«Ich verstehe. Dann werde ich euch eure Geschenke gleich jetzt bringen lassen.» Er rief einer Frau etwas zu. Während sie flaches Brot assen, das auf den Steinen gebraten worden war, kam die Frau und übergab Zephir ein hübsch verziertes Ebenholzkästchen. Zephir öffnete es und hob ein Lederband mit einem Steinanhänger hoch.

«Unser Geschenk, weil ihr es geschafft habt, den Kontinent zu einen. Diese Anhänger konservieren die Schönheit im Alter.» Rey schaute verdutzt drein. «Ihr lebt deswegen nicht länger und seid auch nicht unsterblich», fügte der Priester hinzu, «aber ihr bewahrt ein gewisses jugendliches Aussehen. Ein Tribut an die Eitelkeit.»

«Damit sehen wir immer jung aus?», fragte Syria.

«Nein, nein, so einfach ist es nicht. Ihr werdet nicht hübscher, aber euer Äusseres ändert sich mit dem Alter nur sehr wenig. Natürlich werden die, die euch begegnen, merken, wie alt ihr in Wirklichkeit seid. Aber ihr werdet auch im hohen Alter keine Faltengesichter haben, und das Beste ist: Ihr müsst den Schmuck nicht einmal tragen, es reicht, wenn ihr ihn in der Nähe eures Schlafgemachs habt oder ihn einfach nur besitzt.»

«Bleibende Schönheit», murmelte Zephir.

«Genau das ist es.»

Zephir packte die Anhänger wieder ein. Syria und die anderen bedankten sich. Ihnen sei noch nie etwas Derartiges geschenkt worden, fügte Scirocco hinzu.

«Das freut mich, aber nun esst und trinkt.»

Als sie zu Ende gegessen hatten, wurde ihnen Essen eingepackt. Der Priester schien sehr ernst. Syria fragte: «Seid Ihr so traurig, dass wir jetzt schon gehen?»

«Das ist es nicht. Ihr müsst mir jetzt gut zuhören. In diesem Wald gibt es Bäume und Büsche, die giftige Substanzen wie Pollen oder Harz absondern. Bereits eine Berührung endet innerhalb von Tagen tödlich. Wir bedienen uns dieses Gifts und schützen damit das gesamte Dorf. Ihr müsst in den nächsten Tagen immer etwas von unserem Essen verzehren, sonst geht ihr zugrunde. Wenn ihr diesen Wald, besser gesagt den Teil, in dem diese Pflanzen wachsen, verlassen habt, müsst ihr eure Kleidung und Ausrüstung waschen, sonst hilft alles nichts. Ich wünsche euch allen eine gute Weiterreise!»

Kaum hatten sie das Dorf verlassen, sprachen sie nur noch über das Gift. Rey juckte es überall. Syria grübelte darüber nach und fand es sehr interessant. Zephir meinte hysterisch mit weit aufgerissenem Mund: «Die haben uns vergiftet.»

«Beruhigt euch», meinte Scirocco. «Sie haben uns das Gegenmittel ins Essen getan, damit passiert uns nichts. Deshalb haben sie uns auch immer zum Essen aufgefordert, weil sie uns beschützen wollten. Das ist eine gute Methode. Wenn sie von Räubern überfallen werden, sterben diese an dem Gift, das im ganzen Dorf verteilt und an den Menschen ist. Das ist auch ein Grund, wieso wir Frauen angeboten bekamen, die uns über die Kleider strichen und uns so vergifteten.»

«Denkst du das wirklich?»

«Es ist wahrscheinlich nicht der Hauptgrund; ich denke, es ist eine echte Tradition. Aber es schützt eben auch die Gemeinschaft. Eigentlich genial, denn egal, ob sie ihren Gästen trauen oder nicht, sie können ihnen das Gegenmittel anbieten. Wenn man nur Kundschafter aussendet, können diese nur davon berichten, dass man nach einem Angriff auf die Ilemaren durch das Gift dahingerafft wird.»

«Wir müssen uns schnellstmöglich waschen», sagte Zephir.

Rey nickte und lenkte das Thema auf Arate und die Suche nach ihm. «Jetzt wissen wir, wo der Prinz ist, und müssen ihn nur noch zurückbringen.»

«Wenn er freiwillig mitkommt», meinte Scirocco.

«Das wird er sicher nicht.» Syria gab zu bedenken, dass sie auf dem Weg zur Mauer sicher auf Arates Gefolge treffen würden und daher in der Nacht aufpassen müssten. Sie erinnerte an die Nacht, in der sie von den Banditen in Tierfellen angegriffen worden waren.

Dendran war nun nicht mehr fern, und die Esswaren der Ilemaren waren bald aufgebraucht. Sie mussten sich von dem Gift befreien. Sie folgten einem Bächlein in einem nahe liegenden Wald und fanden dann einen klaren kleinen Tümpel vor, gerade gross genug für Syria, um sich alleine hineinzusetzen. Sie schrubbten ihr Gepäck und jeden einzelnen Gegenstand und legten dann alles in die Sonne.

Plötzlich machte Zephir ein nachdenkliches Gesicht. Sie wandte sich den anderen zu: «Hört mal kurz auf.» Die anderen legten das, was sie gerade in Händen hielten, zur Seite und schenkten Zephir ihre Aufmerksamkeit. «Habt ihr nicht Angst, dass wir dadurch, dass wir unsere Sachen in diesem Bächlein waschen, andere Leute vergiften?»

Alle schauten sie verblüfft an. Daran hatte bis jetzt niemand gedacht. «Ich denke, das Gift verliert die Wirkung im Wasser», meinte Scirocco schliesslich. «Die Ilemaren hätten uns wohl kaum diesen Hinweis geben, wenn dadurch wahllos Menschen gefährdet würden.»

«Das hat was», meinte Syria, doch Zephir blieb nachdenklich.

Nach einiger Zeit meinte Rey erleichtert: «Endlich. Alles ist geputzt, jetzt müssen wir nur noch unsere Kleider waschen – und uns selbst! Wir zuerst.» Er zeigte auf Scirocco und sich. «Dann können wir nachher sofort auf der Wiese liegen und uns sonnen.» Er zog sich das Hemd aus und liess sich sitzend nach unten sinken, bis er bis zur Brust unter Wasser war. Sie liessen sich Zeit, bis sie zu den wartenden Frauen zurückkehrten.

«Wir dachten schon, ihr wärt ertrunken», wurden sie von Syria geneckt. Die beiden Männer waren nur mit Hosen bekleidet, Rey hatte sogar Schuhe und Handschuhe ausgezogen.

«Wir», betonte er, «werden jetzt in der Sonne ein Schläfchen machen.»

Syria setzte sich probehalber in das Gewässer. So hatte Zephir kaum Platz neben ihr. Der Grund war matschig, aber schliesslich spürte sie einen Stein, hob ihn aus dem Wasser und warf ihn neben das Rinnsal. Einen weiteren legte sie vor den Austritt des Wassers, um so den Tümpel hochzustauen. «Jetzt haben wir beide Platz.» Sie legte sich mit dem Kopf in den fliessenden Eintritt und schrubbte mit Gras an ihrer Rüstung.

Zephir zog sich aus und gesellte sich dann zu ihr in das gestaute Bett. Bevor Syria ihre Rüstung verschwinden liess, fragte Zephir sie, ob die Säuberung der Rüstung und der Axt überhaupt notwendig sei.

«Du willst wissen, ob es immer dieselbe Rüstung ist?»

«Ja, genau.»

«Das kann ich dir nicht sagen. Ich bin einfach gründlich, aber ich glaube, es ist immer dieselbe.» Sie reinigten sich und gingen dann zu Scirocco und Rey.

«Muss ich keine Angst haben, nach einem Kuss von dir tot umzufallen?» Er spitzte die Lippen und wartete, dass sie sich zu ihm hinunterbeugte und ihn küsste.

«Du musst mehr Angst davor haben, dass ich dich verschlucken könnte.» Sie sah auf seinen Rücken und riet ihm, sich anzuziehen, er erleide sonst einen schlimmen Sonnenbrand.

Die Sachen waren in der Zwischenzeit getrocknet, sie konnten weiter nach Dendran ziehen. Während sie gingen, diskutierten sie, was das Gegenmittel zu dem Gift im Wald sei.

«Arzneien sind immer hässliche, weissgräuliche Wurzeln», meinte Rey.

«Es muss auf jeden Fall etwas Pflanzliches sein», nickte Zephir. «Die Tiere im Wald haben ja keine Möglichkeit, eine Tinktur aus verschiedensten Zutaten zu mischen.»

«Aber es muss etwas Besonderes sein, nicht leicht herauszufinden …»

«Vielleicht ist es eine Pflanze, die einer anderen, weitläufig bekannten, sehr ähnlich sieht, sodass nur Eingeweihte den Unterschied bemerken. Wie bei vielen Pilzarten.»

«Das ist so dumm», regte sich Scirocco auf, «dass man bei den Pilzen nie weiss, ob man sie essen kann oder danach kotzen muss.»

«Du Armer …», scherzte Zephir.

Sie schliefen in dieser Nacht unter freiem Himmel. Am nächsten Tag würden sie in Dendran ankommen. Ohne Feuer und Wache machten sie es sich neben ein paar Büschen, die sie tarnen sollten, bequem.

«Sollten wir in Dendran auf Fang und Darkkon warten?», fragte Rey seine Frau leise.

«Ja, ich würde sagen, wir warten auf die beiden.»

«In Dendran?»

«Ja, und jetzt sollten wir schlafen.»

«Ich mache mir Sorgen.»

«Wieso? Du solltest doch am ehesten wissen, dass den beiden nichts passiert ist.»

Er nickte in der Dunkelheit. Syria wartete ab, ob ihr Geliebter noch etwas zu sagen hatte, aber er schien bereits eingeschlafen zu sein. Zephir war aber immer noch wach, sie hatte ein schlechtes Gefühl und hielt darum in dieser Nacht Wache. Immer wenn ihre Augen zufallen wollten, gab sie sich einen Ruck und sagte sich, dass sie am nächsten Tag in einem Bett schlafen könne, solange sie wolle. «Rey hat auch ein schlechtes Gefühl», dachte sie. Sie hatte das Gespräch des Paars mitangehört. Ihr spähender Wind schlängelte sich durch den Wald, weit aufs freie Feld hinaus, über das sie nach dem Aufstehen weiterziehen würden. Weit entfernt, so weit, dass sie es nur unscharf wahrnahm, glaubte sie mehrere Leute zu sehen, vielleicht waren es aber auch nur ein paar Bäume. Sie wurde müde und unkonzentriert. Einmal schreckte sie noch kurz auf, weil sie vom eigenen Wind erfasst wurde und daraufhin fror. Wenige Augenblicke später nickte sie sitzend ein, und irgendwann später legte sie sich hin und versank in ihren Träumen.

Am nächsten Morgen war sie kaum wachzukriegen. Syria hatte Mitleid mit ihr und trug sie auf ihrem Rücken weiter. Zephir schnurrte ihr ab und an genüsslich ins Ohr.

LXVIII

In Dendran wurden sie von Darkkon überrascht, der bereits mit seinem Pferd hier wartete.

«Schlauer Bruder», waren die Worte seines Bruders bei der Begrüssung.

«Dummer Bruder», gab Darkkon zurück, und schon ging die Stichelei wieder los.

«Wie lange bist du schon hier?», erkundigte sich Zephir.

«Ein, zwei Tage, noch nicht so lange.»

«Wir wissen, wo Arate ist.»

«Woher?», fragte Darkkon verblüfft.

«Wir haben die Räuber gefragt, und sie haben es uns erzählt.» Sie holte das Kästchen hervor und hängte ihm einen Anhänger um. «Der gehört dir.» Sie erzählten ihm, was geschehen war. Als sie ihm erklärten, wo sich Arate befand, griff er sich ans Kinn.

«Als ich durch Foron ritt, glaubte ich jemanden auf der Mauer gesehen zu haben. Aber ich sagte zu mir, das sei nur Einbildung. Nun, da war wohl wirklich jemand dort, vielleicht ein Räuber, vielleicht auch Arate selbst.»

«Wo ist eigentlich Fang?», wollte Scirocco wissen.

«Ich habe sie in Buchenwall bei den frischen Eltern gelassen.»

«Das ist auch besser so, in Foron wird es bestimmt zum Kampf kommen, da würde Fang nicht dabei sein wollen», erklärte Syria. «Wie haben sie das Kind aufgenommen?»

«Sie waren sich schnell einig, es anzunehmen. Alm war vom ersten Moment an bereit, der fremden Tochter eine Mutter zu sein. Tibbett war ein wenig, sagen wir, verwirrt.»

Rey bemerkte, dass das bei Tibbett nichts Ungewöhnliches sei.

«Das sagt der Richtige», schalt Zephir ihn.

«Wir übernachten heute in Dendran. Morgen brechen wir auf, um Arate zurückzubringen.»

Der Morgen begann früh. Noch bevor die Sonne aufging, wollten sie weiterreisen. Der Hausbesitzer war vor ihnen wach, und als sie aufbrechen wollten, überredete er sie, sich noch zu stärken. Er bat die Anwesenden, ein wenig zu warten, er wolle ihnen etwas

Einzigartiges vorsetzen. Er ging hinaus und kam kurz darauf mit einem Tonkrug in der Hand zurück.

«Selbstgemacht», murmelte er und füllte vor den Augen der Kämpfer Trinkgefässe aus hellem Holz. Rey winkte dankend ab, er trinke nichts.

«Ich probiere es gerne», sagte Darkkon. Scirocco und Rey trauten ihren Ohren nicht. Wenn Darkkon noch vor Sonnenaufgang trank, musste etwas faul sein. Bevor er sein Getränk runterschluckte, erklärte er kurz: «Eine einmalige Gelegenheit.»

«Dann trinke ich doch auch etwas.» Schliesslich wurden alle fünf Becher gefüllt. Der Trunk schmeckte allen, aber woraus er gemacht war, konnte niemand erraten.

«Es ist Tollkirsche», meinte der Wirt.

Syria schreckte hoch. Auf ihrem Rücken glänzte ihre Axt. «Die ist doch giftig!»

«Nicht so, wie ich sie zubereite», verteidigte sich der Mann ängstlich.

Syria schien ihm zu glauben und setzte sich.

«Es ist verboten, Ess- und Trinkwaren aus giftigen Dingen herzustellen», bemerkte Zephir.

«Es muss ja niemand davon erfahren, es passiert schon nichts.»

Scirocco stand auf. «Wir gehen jetzt.» Die anderen folgten ihm. Nachdem Rey den Wirt bezahlt hatte, begab sich dieser in ein Zimmer. Plötzlich ertönte ein enormer Krach, die Tür sprang auf, vermummte Personen rannten herein und umringten die Gefährten.

«Ihr werdet nach Eran mitkommen, auf euch ist ein Kopfgeld ausgesetzt.»

Einer der Männer klopfte an die Tür zu dem Zimmer, in das sich der Wirt zurückgezogen hatte. Als er öffnete, presste der Mann sich durch die Tür. Nach einigem Geschrei und Gefluche kam er mit dem Tonkrug zurück. «Du wirst ebenfalls gerichtet», rief er und warf das Gefäss gegen eine Wand.

«Wir sollten sie nicht töten, nur ausser Gefecht setzen. Es sind Soldaten», sprach Zephir beherzt. Ihr war klar, dass es nur Soldaten sein konnten, die dem Wirt mit einer Strafe für sein Getränk drohten. Scirocco liess Wind aufkommen, musste aber noch einmal von vorne beginnen, nachdem er einen Faustschlag ins Gesicht bekommen hatte. Ein Handgemenge brach aus. Rey stellte sich schützend vor Zephir. Nun war er in seinem Element: Nahkampf ohne Waffen. Blitzschnell streckte er Feind um Feind nieder, behielt aber Zephir immer im Auge und trat einer Gestalt, die sich ihr näherte, unterhalb der Kniekehle ins Bein, um sie einsacken zu lassen. Dann riss er den ganzen Körper nach hinten und schlug den Kopf auf sein auf den Boden gestütztes Knie. Die Schläge, die er für diese Aktion einstecken musste, liessen ihn kurz taumeln. Syria war in der Zwickmühle, sie konnte kaum Schläge austeilen, weil sie befürchtete, jemandem so das Genick zu brechen, aber mit den Griffen, wie ihr Geliebter sie anwandte, war sie zu wenig vertraut, um jemanden kampfunfähig zu machen. Sie rempelte ein paar Soldaten um, dann war die Prügelei bereits gelaufen. Sie traten durch die Tür und rannten die Strasse entlang, und Darkkon holte sein Pferd aus dem Stall. Während sie Dendran verliessen, riss Rey die Anwohner der Stadt mit seinem Triumphgelächter aus dem Schlaf.

«Du bist verrückt», schimpfte Scirocco.

«Wir haben sie fertig gemacht!» Rey jubelte und warf die Arme hoch. «Ich hatte schon lange keine harmlose Schlägerei mehr.» Er war der inoffizielle König der Schlacht, er hatte am meisten ausgeteilt. Harmlos war die Angelegenheit nicht ganz gewesen. Ausser Zephir, die etwas ruppig herumgestossen worden war, und Syria, die durch ihre Rüstung geschützt war, hatten alle männlichen Teilnehmer der Prügelei deutliche Blessuren davongetragen. Auf Sciroccos Stirn bäumte sich eine dicke Beule auf, Darkkon und Rey hatten ebenfalls blaue Flecken, und Darkkon glaubte, sein Arm sei gebrochen, was sich aber, nach ein paar untersuchenden Griffen von Syria, nicht bestätigte. Sie liessen die Brücke hinter sich, ohne auf die misstrauischen Blicke der Wächter zu reagieren.

«Ab nun wird es ...»

«... heftig», ergänzte Rey die Worte seines Bruders.

Darkkon nickte.

«Hast du Angst?»

«Ein wenig. Nicht um uns, aber wer weiss, wie das alles enden wird, was der König tun wird, wenn der Prinz wieder bei ihm ist und ihm sicherlich Lügen erzählt.» Er blieb kurz still in Gedanken versunken: «Fang ist ohne Schutz in Buchenwall.»

«Ihr, Jan, Tibbett und allen anderen wird niemand auch nur einen schiefen Blick zuwerfen», beruhigte Syria ihn.

Auf ihrem Weg sahen sie Pfeile im Boden und Spuren von Pferden und Karren. Hier hatte ein Überfall stattgefunden. Das war jedem klar, aber keiner sprach es aus.

«Es kommt jemand», warnte Zephir die anderen. Von Süden her kam eine kleine, breite Gestalt direkt auf sie zu. Es schien ein altes Mütterchen zu sein.

«Guten Tag», krächzte das bucklige Weib, als es näher kam. «Ich habe mich verlaufen. Wisst ihr, wo ich hin muss?» Die Alte lief zielstrebig auf das jüngste Mitglied der Gruppe zu. Rey packte sie am Arm und beförderte sie mit einem Tritt auf den Boden. Sogar Syria erschrak über diese plötzliche Rücksichtslosigkeit. Rey schlug zu und zog der Frau einen Dolch aus den Gewändern. Unter den Kleidern kam ein Mann zum Vorschein.

«Wieso wusstest du das?», wollte Scirocco wissen.

«Weil er dieses ...», er suchte nach dem Wort, «... dieses Dings da hat.» Er klopfte sich mit dem Zeigefinger gegen den Hals.

«Adamsapfel?», erriet Zephir.

«Genau.»

«Ist er tot?», wollte Syria wissen.

Rey schüttelte den Kopf. «Er sollte eigentlich nicht tot sein ...» Er fühlte den Puls am Hals des Mannes und schüttelte seinen Kopf nochmals. «Er ist ein Räuber.» Rey zeigte auf eine Tätowierung auf der Schulter, die mehrere Punkte zeigte. Wenn man sie verband, ergaben sie das Zeichen für Raub.

«Schleifen wir ihn weiter», meinte Syria. Sie schnürte ein Seil um den Oberarm des Ohnmächtigen und zog ihn hinter sich her.

«Wir könnten ihn auch jetzt töten. Wir wissen, dass er zu Arates erkaufter Räuberbande gehört», wandte Scirocco ein.

«Ich will Genaueres wissen», entgegnete sie. Als der Mann aufgewacht war, holte sie ihre Axt hervor und liess sie drohend über dem Arm des Mannes schweben. «Du bist von Arate gekauft worden.»

Der Mann schaute weg. Er schien darauf vorbereitet, seinen Arm einzubüssen.

«Ich kann dir auch mit dem Griff die Hand zertrümmern, das ist um einiges schmerzhafter.»

Er zuckte ängstlich zusammen, schwieg jedoch immer noch. Syria holte aus, und ihre Axt schnellte auf die Hand zu. Der Räuber drehte sich um. Sie bremste im letzten Moment ab.

«Macht es kurz, und ich werde euch etwas erzählen.»

«Dann rede», erwiderte sie mit grossen, drohenden Augen.

«Verwundet mich zuerst tödlich.»

Sie stiess ihm die Axtspitze in die Brust. «Wenn ich sie herausziehe, endet dein Leben.»

Er begann zu reden, und Syria stellte ihm gezielt die wichtigsten Fragen zuerst. Als ihm nur noch wenig Zeit blieb, erklärte er, dass er kein Idiot sei, er habe gewusst, dass er an diesem Tag sterben werde. Hätte er jemanden von ihnen getötet, wäre er der Nächste gewesen. Als Syria nachfragte, wieso er ihnen das erzähle, meinte er, es sei ihm wichtig, dass die Welt nach seinem Tod wisse, dass er vorbereitet gewesen sei und nicht blind ins Totenreich marschierte. Er wolle als pflichtbewusster, ehrlicher Mensch sein Leben beenden. Wenigstens seine Mörder sollten dies in Erinnerung behalten.

Syria erlöste ihn und flüsterte: «Ohne deinen Namen zu wissen, werde ich mich länger daran erinnern. Aber ohne vollen Namen bist du dennoch ein Unbekannter.» Noch viel leiser, fast unhörbar, sagte sie dann noch: «Fluch oder Segen.»

Sie machten sich auf weitere Angriffe und Hinterhalte gefasst, doch nichts passierte. Kurz vor der Ankunft in Foron begegneten ihnen einige Reisende, die ihnen sehr verdächtig schienen. Es war eine grosse Familie mit Kindern auf einem Karren. Vielleicht war ihr Haus abgebrannt oder sie waren überfallen worden und mussten fliehen. Die Freunde schenkten ihnen keine Beachtung. Bald sahen sie vor sich die Mauer, in der sich Arate angeblich aufhielt.

«Wo hast du damals jemanden gesehen, Darkkon?», wollte Zephir wissen.

«Auf der rechten Seite, also damals links.»

«Wusstet ihr, dass es irgendwelche Gänge oder Räume in der Mauer gibt?», fragte Rey.

«Dass es welche gibt, wussten wir», erwiderte Scirocco, «aber wir dachten, es seien Quartiere oder Waffenkammern ... Und wo, denkt ihr, könnte der Eingang sein?»

«Oben», meinte Syria. «Als wir das erste Mal hier waren, waren Bogenschützen auf der Mauer, und ich glaube eine Tür in den Türmen gesehen zu haben.»

«Dann müssen wir wissen, wo es auf die Mauer hinauf geht.»

«Sehr intelligent, Rey, ohne dich wären wir verloren», triezte Darkkon ihn.

«Vielleicht habe ich den Hauptmann etwas zu früh getötet ...»

«Reue?»

«Keineswegs, aber hilfreich wäre er nun wohl doch noch gewesen.»

«Ich könnte raufklettern und ein Seil hinunterlassen.»

«Wir haben nicht genügend Seile, und du würdest so eine lange Kletterei nicht durchstehen. Davon abgesehen weisst du nicht, ob dich nicht oben jemand angreifen würde.»

«Müssen wir jetzt tatsächlich umkehren, im nächsten Dorf einen Krieger befragen und dann wieder hierherkommen?», klagte Rey.

«Das kann nicht so schwierig sein», murmelte Darkkon.

«Hoffentlich», erwiderte Zephir mürrisch.

«Tu besser etwas, anstatt nur zu meckern, du faule Pflanze.»

«Nun bricht zur Abwechslung ein Gezanke unter den Windgeschwistern aus», dachte Syria.

«Jaja, schon gut ...»

«Ich helfe dir, Zephir», sagte Rey. Er holte tief Luft und pustete über Zephirs Schulter hinweg. Alle lachten, selbst Rey, der sich gewöhnlich nicht anmerken liess, was für einen Spass er an seinen eigenen Witzen hatte. «Hast du was gesehen?»

Zephir konnte sich nicht mehr halten, sie hatte Tränen in den Augen vor Lachen. «Du bist ein Blödmann», schimpfte sie und drückte seinen Kopf von sich. «Es gibt keine Treppen an der Mauer ... Da sind nur ein paar Steine, einige Bäume ... aber keine Tür.»

«Der Eingang ist wohl doch besser geschützt, als wir dachten.» Rey spazierte langsam herum. Das grosse Tor liess ihn nicht los. «Es könnte die Lösung sein», dachte er.

Scirocco betrachtete seinen Freund und meinte dann: «Wenn wir den Ketten entlang ins Innere folgen, müssten wir in einem so genannten Kettenhaus in der Mauer ankommen.» Syria wollte etwas sagen, doch Darkkon kam ihr zuvor. «Dann müssten wir nur an eine Kette gelangen und kämen so durch die Öffnung.»

«Das nächste Problem», meinte Zephir. «Das Tor wird sowohl mit Ketten geöffnet als auch geschlossen. Geöffnet wird es mit den Kettenhäusern auf dieser Seite, geschlossen mit den anderen ...» Sie stutzte. «Entschuldigung.» Es war ihr peinlich, nicht daran gedacht zu haben, dass sie nur an einer der äusseren Ketten hineinklettern mussten.

Rey wollte gerade an der Wand hochklettern, als Syria ihn zurückrief.

«Was ist?» Er liess sich fallen und trat vor sie. «Hast du ein schlechtes Gefühl?»

Sie nickte.

«Keine Dummheiten», sagte er sanft.

«Keine Dummheiten», wiederholte sie. Sie griff ihn am Arm, und sie küssten sich mehrere Male kurz, es waren Küsse, die bedeuten sollten, dass ihm nichts passieren würde.

Mit dem Seil über der Schulter zog er sich noch einmal an der Mauer hoch. Er warf einen Blick in den Kettengang, um zu prüfen, ob er sicher sei, dann band er das Seil fest um die Kette und warf es hinunter. Er wartete, bis sein Bruder beinahe bei ihm war, dann ging er die Ketten entlang ins Innere. Darkkon streckte den Kopf durch die Öffnung, und Rey half ihm in den Raum. Plötzlich hörte man ein Knarren. Die Tore begannen sich zu schliessen.

«Sie wissen, dass wir hier sind!», rief Darkkon aus. Die Brüder stürmten hinauf zu den anderen Kettenhäusern, wo der Feind im Begriff war, die Tore zu schliessen.

Für Scirocco und Zephir wurde es brenzlig. Sie wurden mit der Kette in die Höhe gezogen und konnten abstürzen oder gegen die Mauer gedrückt werden, sobald die Kette voll gespannt war. Syria benutzte ihre Axt wie eine Schaufel und versuchte sie in das Loch zu stecken, um sie mit dem Stiel gegen das Tor als Keil zu verwenden. Dann stemmte sie sich mit aller Kraft dagegen. Noch ein wenig, dann wäre Scirocco in Sicherheit, aber für Zephir durfte das Tor nicht mehr weiter zugehen. Sausend durchschnitt ein Pfeil die Luft und traf Syria an der Schulter, prallte jedoch ab. Scirocco war ausser Gefahr, doch nun standen gleich mehrere Schützen auf der Mauer, um Syria daran zu hindern, das Tor offenzuhalten. Die Pfeile flogen auf sie und Zephir zu, die nun viel langsamer war, weil sie ständig die Pfeile von sich ablenken musste. Der Pfeil eines Langbogens traf Syria am Kopf und blieb stecken. Sie biss vor Schmerz auf die Unterlippe und war nun auf einem Auge blind. In diesem Moment des Kraftverlustes bog sich der Stiel der Axt. Sie musste den Pfeil aus ihrem Schädel ziehen, sonst würde sie sterben. Doch wenn sie das tat, würde Zephir gegen die Mauer geschleudert. Verzweifelt schlug sie mit ihrer Faust auf das Tor. Sie blickte auf, und während sie zur Seite wich, zog sie an dem Pfeil. Die Spitze brach ab, bevor sie aus dem Knochen trat. Steine schlugen ein und begruben die Berserkerin unter sich. Ruckartig straffte sich die Kette, und Zephir verlor am Seil das Gleichgewicht. Ihr Bruder trieb sie an, sich zu beeilen, und wehte die Geschosse von ihr weg.

Ohne zu wissen, wohin er lief, entdeckte Rey das nächsthöhere Kettenhaus und streckte die beiden Männer nieder, die an den Rädern drehten. Er blickte hinaus, um nach Zephir und Scirocco zu sehen, und sah stattdessen das blutende, reglose Bein seiner Geliebten unter den grossen Brocken, Katapultgeschosse und Steine zur Reparatur der Mauer, die übrig geblieben waren. Er eilte an Darkkon vorbei, der gerade den Raum betreten wollte, zur nächsten Kette hinauf. Durch die Tür rennend, schlitterte er einem Wächter in die Beine und riss diesen um. Der Spiessträger liess vor Schreck die Waffe fallen. Rey schlang sich auf ihn, zog seinen Hals nach hinten und presste den Unterarm gegen seinen Hals. Nach kurzer Zeit war der Spiessträger ohnmächtig. Nun stürmte der wildgewordene Blondschopf auf den zweiten Gegner zu. Ein Schlag gegen die Seite, dann packte er den Kopf und schlug ihn mit aller Gewalt mehrere Male gegen das Rad, das die Kette einholte. Endlich liess er den zertrümmerten, blutüberströmten Schädel los. Den anderen tötete er mit einem gezielten Kick auf den Solarplexus.

Darkkon war vorausgelaufen und erledigte die Männer im obersten Kettenhaus. Das Tor war immer noch halb geöffnet. Der Steinhügel auf Syria hätte ohnehin verhindert, dass es sich ganz schloss. Darkkon kam durch eine Luke an die Oberfläche. Als er den Kopf hinaus hielt, schnellten die ersten Pfeile in seine Richtung. Die Windgeschwister kamen ihm zu Hilfe. Mit gemeinsamer Magie schossen sie die Luke nach oben fort und schleuderten schneidende Böen in alle Richtungen, ohne zu sehen, wo sich die Feinde befanden. Wild vor Wut sprang Rey hinaus und überwältigte einen Bogenschützen. Einen weiteren, der neben der Stelle stand, von wo aus die Felsen auf Syria gestossen worden waren, schlug er nieder und warf ihn über die Mauer. Konzentriert bemerkte er die Axt, die auf ihn zukam. Mit einer geschickten Bewegung liess er sie auf seinem Handschuh auftreffen, was ihm die Möglichkeit gab, dem Axtwerfer den Arm zu brechen und ihm dann mit der eigenen Waffe einen tödlichen Hieb zu versetzen. Von beiden Seiten rückten immer mehr Feinde heran. Sie hatten keine Ahnung, wie viele es waren.

«Schnell wieder hinein», drängte Darkkon, doch während Scirocco und Zephir auf der Treppe verschwanden, trat Rey den Feinden gegenüber. Darkkon zerrte ihn mit sich und riss ihn an den Kleidern die Treppe hinunter. «Ich suche einen anderen Weg», sagte er, «haltet die Räuber vom Eindringen ab, solange es geht.» Er ging alleine den Gang entlang. Beide Armbrüste in den Händen haltend, blickte er vorsichtig um eine Ecke in einen Korridor. Er trat durch eine Tür und stand in einer Waffenkammer. Urplötzlich wurde er gepackt und gewürgt. Ein muskulöser Mann umschlang seinen Hals mit beiden Händen. Durch den Schreck hatte Darkkon seine Waffen ins Leere abgefeuert und rang nun nach Luft. Er schlug gegen den Ellbogen, doch er verbrauchte dabei nur kostbare Luft, die ihm in den nächsten Augenblicken ausgehen würde. Er riss sich zusammen, öffnete behutsam seinen Mantel, griff einen Dolch und rammte ihn seinem Kontrahenten in den Arm. Dieser liess sofort von ihm ab und stellte sich in Position. Er war ein Faustkämpfer, wie Darkkon erkannte, er konnte Menschen mit blossen Hieben töten. Darkkon stach mit seiner Waffe zu, doch er wurde abgewehrt und erhielt einen heftigen Schlag ins Gesicht. Er zog einen Wurfpfeil, schleuderte diesen dem Gegner entgegen und griff dann erneut mit dem Dolch an. Kurz bevor die Klinge den entblössten Bauch des Kämpfers erreichte, umfasste dieser mit seinen Händen Darkkons Arme. Bevor er zu Boden geworfen wurde, rief Darkkon aus vollem Hals nach seinen Freunden. Kein Augenzwinkern später rempelte Rey den Mann um und drückte ihm den Arm auf den Rücken.

«Hast du dich gefangen?» Darkkons Worte wurden nur mit einem Blick beantwortet. In Reys Augen schimmerten Tränen.

«Zephir, Scirocco!» Die Windgeschwister folgten ihnen. Der Gang führte um viele Ecken in die Tiefe. An einer versperrten Tür blieben sie stehen. Versteckte sich hier Arate? Zephir und Scirocco vermochten nicht noch einmal eine Böe zu beschwören, die so stark war, dass das Holz bersten würde. Darkkon nahm einen Wurfpfeil und hielt ihn Rey hin. Dieser schlug damit die Bolzen aus den Türscharnieren. Eine Windbarriere wurde errichtet, um mögliche Geschosse abzulenken. Die Öffnung war frei. Tatsächlich stand Arate im Raum, mit einem Dolch bewaffnet. Rey schlug ihm den stählernen Gegenstand aus der Hand und griff nach dem Prinzen. Er schubste ihn vor sich hin, während Scirocco ihm den Mund zuschnürte. Gepolter war zu hören, und schon erschienen die ersten Kämpfer. Ihnen wurde ein schmerzhafter Tod zuteil, als die schneidenden Winde sie erreichten.

«Wo ist der Ausgang?», waren Reys erste Worte seit dem Schock über den Tod seiner Geliebten. Arate schüttelte den Kopf. Nach einer harten Kopfnuss wies er den Gang entlang, an den übereinander liegenden Leichen der Räuber vorbei. Er führte sie hinauf. Die Banditen folgten ihnen, aber mit gebührendem Abstand. In einem günstigen Moment riss der Prinz sich los und lief davon. Sofort hetzten die Freunde ihm nach. Durch eine Tür gelangten sie ins Freie. Wieder auf den Mauern über dem Tor waren sie nun eingekesselt. Die Gänge hinter ihnen waren voller Feinde, auf der anderen Seite rannte Arate auf eine Truppe mit verschiedenen Schützen zu. Er stürzte, das war Zephir zu verdanken. Rey und Scirocco schnürten die Tür mit ihren Seilen so gut zu, wie sie nur konnten. Arate, der gerade den Befehl geben wollte, die Abenteurer in einem Pfeilhagel zu ertränken, erschrak, als die Leute vor ihm alle von der Mauer gefegt wurden.

«Scirocco, ich kann nicht mehr», klagte Zephir.

Rey ging auf Arate zu. «Wir haben dich. Das ist das Ende der Gerüchte.»

«Egal wie, ich werde zusehen, wie ihr untergeht!» Mit diesen Worten stürzte sich Arate über die Mauer. Geistesgegenwärtig nahmen Scirocco und Zephir alle Kraft zusammen und liessen Wind hochsteigen. Rey packte den in der Luft schwebenden Prinzen am Gürtel, und schon waren die Kräfte der Windgeschwister verbraucht. «Verrecken sollst du», grollte es tief in ihm, doch als er hinunterblickte, erkannte er Syria neben dem Steinhaufen. Ihren Kopf auf den Brustkorb gesenkt, über und über mit Blut verschmiert, lehnte sie an ihrem vermeintlichen Grab. «Tu es nicht», meinte Rey ganz leise zu vernehmen, obwohl Syrias Blick eindeutig nicht auf ihn gerichtet war und niemand ausser ihm seine Absichten kennen konnte. Er zog den Prinzen zu sich in Sicherheit. Die Türen auf beiden Seiten sprangen auf, und die Räuberbrut wartete ab, was sich zutragen würde. Rey wollte dem Prinzen androhen, ihm den Kiefer zu brechen, wenn er den Räubern nicht befahl, die Waffen fallen zu lassen, aber dies würde er nicht tun, auch unter Schmerzen nicht, und so schwieg Rey.

Ein Räuber trat hervor. Er hob seine Keule über seinen Kopf und drehte sich zu seinesgleichen um. «Wir haben das Gold des Prinzen erhalten, was kümmert uns sein Schicksal?» Ein lautes Grölen ging von dem Mob aus. Ein Bolzen durchschlug von hinten den Schädel des Aufständischen, der sich inmitten seiner Männer in Sicherheit gewiegt hatte. Rey rannte seinem Bruder entgegen, während Zephir und Scirocco sich des Prinzen annahmen. In Wellen gingen die Banditen auf die Brüder los, die sich zur anderen Tür hinbewegten. Dort waren nur zwei Mann, die ihre Speere hinaushielten, geblieben.

Als die Brüder eine Handvoll Feinde niederstreckten, rief Darkkon: «Rennt!»

Sie liefen auf die Speerträger zu, die ihnen unerschrocken entgegenkamen. Darkkon als Vorderster schoss sie auf kurze Distanz mit seinen Armbrüsten nieder und ebnete so den Fluchtweg. Rey warf Brandphiolen, wie sie Degardo gegen Syria verwendet hatte, in die Menge der Gegner. Er und Darkkon hatten diese ohne das Wissen ihrer Mitstreiter in der Waffenkammer eingesteckt. Zephir und ihr Bruder waren mit Arate im Gang verschwunden. Als Rey ihnen folgte, traf ihn ein leichter Wurfspeer in die Wade. Er warf sich in den Durchgang und schleuderte die restlichen Phiolen gegen die Wand, so dass eine Flammenmauer entstand. Zephir kam ihm zu Hilfe und stützte ihn beim Gehen.

Sie hetzten durch die Gänge, ohne zu wissen, ob sich hier Feinde aufhielten. Endlich erreichten sie das unterste Kettenhaus, wo sie einen Ausgang zu finden hofften.

Arate brüllte die ganze Zeit, um die Verfolger auf ihn aufmerksam zu machen, obwohl es wahrscheinlich auch sein Ende bedeutet hätte, wenn sie ihn und die anderen eingeholt hätten. Sie gingen immer tiefer und befürchteten, die rettende Tür bereits verpasst zu haben. Es roch modrig; der Boden und die Wände waren feucht. Hinter der nächsten Tür erstreckte sich ein sehr langer Gang. Sie pressten ein schweres Tor auf, dann waren sie endlich an der Oberfläche. Darkkon klemmte eine Phiole mit dem brennbaren Gel zwischen das nur einen Spalt geöffnete Tor, um bei einem erneuten Durchkommen einen Brand zu verursachen. Von aussen konnte man den Eingang zur Mauer nicht finden, er war zu gut mit Gras bedeckt. Doch nun mussten sie sich orientieren, und das schnell. Syria war nicht hier, also mussten sie auf der königlichen Seite Forons sein. Zephir spurtete zu ihr, um sie zur Eile zu drängen, doch die grosse Frau sass immer noch schwer atmend auf den Steinen. Ihre Rüstung war zerbeult und voller Blut, aus dem Rücken traten zwei abgebrochene Knochen.

«Warte, ich hole sofort die anderen», sagte Zephir nervös. Sie rannte zu den Gefährten und berichtete, dass sie sich schnell um Syria kümmern mussten. Als sie zu ihr kamen, lag sie reglos da. Rey setzte sich neben Syria und streichelte sie.

«Du bist verletzt», bemerkte sie lethargisch.

«Kümmere dich nicht darum, das braucht nur ein wenig Verband.»

Sie lächelte ihn an. Dann fragte sie nach ihrer Axt. Rey führte ihre Hand zu ihrer Waffe. «Ich möchte nicht von Pfeilen getroffen werden, solange ich hier liege ... Ich hasse Pfeile.» Sie legte sich die gebogene Waffe aufs Gesicht und schaute ihren Geliebten an.

Er war voller Angst, und die Worte, die sich Syria nur mit Kraft abrang, ängstigten ihn noch mehr. Er hasste sich in diesem Moment, doch er musste ihr die Frage stellen. «Wirst du sterben?»

«Zum ersten Mal kann ich diese Frage nicht beantworten.»

Er hielt weiter ihre Hand und strich sanft über ihre Haut. Neben ihnen sassen ihre Freunde, die sich ebenfalls gewaltige Sorgen machten. Plötzlich wurden sie vom Geräusch trabender Pferde aufgeschreckt. Reiter kamen durch das Tor auf sie zu. Darkkon zog seine Waffen aus dem Umhang, aber es waren keine Räuber.

«Habt ihr die Mauer angezündet?», fragte einer.

Darkkon erkannte, dass es sich um Wachen des nahegelegenen Dorfes handeln musste. «Nein. Bitte, helft uns. Es sind Banditen in der Grossen Mauer, sie haben Prinz Arate festgehalten. Nun haben sie die Mauer angezündet und wollen uns töten, weil wir den Prinzen befreit haben.»

Die Wachen nahmen den Prinzen mit. Er wurde von vier Männern zum Schloss Eran eskortiert. Der Bote mit dem schnellsten Pferd wurde beauftragt, weitere Kämpfer aus dem Umland herzubringen. Der Rest stellte sich schützend um die erschöpfte Gruppe. Einige Räuber versuchten in diesem Moment, das Tor aufzustemmen, durch das die Freunde entkommen waren. Ihre Schmerzensschreie konnte man bis zu den Wachen und den Gefährten hören.

«Rey ...»

«Was ist, was möchtest du?», fragte er seine Geliebte besorgt.

«Zieh mir die Knochen aus dem Rücken, der Schmerz ist ekelhaft.» So gut es ihr Zustand zuliess, wandte sie ihm ihren Rücken zu.

Er hielt sie an, kurz zu warten und holte dann Darkkon. «Du musst mir helfen, die Knochenstücke rauszureissen.» Keinem anderen vertraute er so sehr wie seinem Bruder, und keinem anderen wollte er einen so schrecklichen Anblick zumuten. Sie griffen das erste Stück, das knapp fünf Zentimeter aus der Haut ragte. Darkkon erinnerte Rey daran, es schnell zu tun, und dieser nickte. Mit einem Ruck zogen sie den Splitter aus Syria, die sich mit einem Aufschrei krümmte.

«Der zweite schaut nicht so weit raus», bemerkte Darkkon. Er holte einen Bolzen hervor und bohrte, so gut es ging, ein Loch durch den Knochen. Bei diesem sehr schmerzhaften Unterfangen verzog Syria das Gesicht nur gerade so, wie es normale Menschen tun, wenn sie tätowiert werden. Doch der Knochen war zu dick und zu hart.

«Das musst du alleine tun, Bruder.» Darkkon trat beiseite und sah zu, wie Rey das kleine Stück, das seiner Geliebten solche Pein bereitete, mit beiden Händen fasste. Er zog sein Hemd lang, um das Blut abzuwischen. Wieder mit einer einzigen Bewegung war der Fremdkörper entfernt.

«Das war nicht so schmerzhaft», bemerkte die grosse Frau.

«Dir geht es doch jetzt besser, oder? Du … du wirst überleben!»

«Ich weiss nicht, hole doch bitte auch Zephir und Scirocco zu mir.»

Rey erschrak und verneinte entschieden, aber Darkkon begab sich bereits zu den vor Sorge angespannten Geschwistern. Syria drehte sich wieder mit dem Körper gen Himmel, um den beiden den Anblick zu ersparen.

«Diesmal hat es dich schlimm erwischt, hm?», waren Zephirs schlaffe Worte.

«Es sieht so aus.»

«In einer Stunde, spätestens, stehst du wieder auf den Beinen», munterte Scirocco sie auf.

«Hört zu», sagte Syria, «ich werde vielleicht hier sterben. Falls das eintrifft, möchte ich, dass ihr und natürlich auch Fang, Jan und alle anderen eine Zeremonie abhaltet, mich in die Grube tragt, in der ich meine Eltern und Freunde beerdigt habe, mich dort zu Asche verbrennt und dann das Grabmal wieder schön herrichtet.» Sie sah zu Rey.

«Was immer du möchtest», sagte er. Seine Augen waren voller Tränen.

«Dann werde ich mich jetzt von euch verabschieden. Scirocco, du bleibst als erster hier, bei dir habe ich immer die passenden Worte im Kopf.»

«Du kannst jetzt sprechen», sagte Scirocco, als die anderen sich entfernt hatten.

«Du zeigst dich immer einfach und unkompliziert, aber in Wirklichkeit wählst du immer den schwierigsten Weg. Ich weiss, dass du eine Familie gründen möchtest, aber aus Pflichtgefühl deiner Schwester gegenüber stellst du deine Wünsche in den Hintergrund. Tu das nicht, sie ist nicht annähernd so zerbrechlich, wie sie scheint, und du weisst das auch. Du sorgst dich jetzt bereits, dass sie dich einmal verlassen könnte, aber freue dich an der Zeit, die sie mit dir verbringt; sie wird länger dauern, als du meinst. Du bist ein ausgezeichneter Söldner, auch wenn du deinen Ernst und dein Pflichtgefühl mit Witzeleien zu überdecken versuchst ...» Er lachte ein wenig, und sie grinste. «Schick mir bitte Darkkon.» Als dieser bei ihr kniete, sagte sie: «Du bist mein Schwager, aber ich sehe in dir viel mehr: einen Bruder, einen Kämpfer, einen Gelehrten. An dir schätze ich am meisten, dass du, obwohl du intelligenter bist als die meisten, nie herablassend bist noch die anderen zu ändern versuchst. Du wirst ein guter Vater, falls du das möchtest, aber du wirst ein noch besserer Lehrer. Unterrichte meine Tochter, damit sie offen und wissbegierig die Welt entdeckt.»

Er dankte ihr. «Wen willst du als nächstes sprechen? Zephir oder meinen Bruder?»

«Lassen wir Rey noch etwas Übung in Geduld ...»

«Ich weiss überhaupt nicht, ob ich hören will, was du mir zu sagen hast», sagte Zephir.

«Es sind Worte voller Stolz und Bewunderung», erklärte Syria. «Ich werde dir jetzt erzählen, was deine Zukunft für dich bereithält. Du, die du so schüchtern bist, wirst Grosses erreichen, auch wenn ich dir nicht mehr dabei helfen kann. Du wirst eine wunderschöne Frau, aber du solltest vielleicht einen anderen Farbton für deine Kleider wählen. Du versteckst dich, das musst du nicht. Eigentlich wollte ich es auch schon zu deinem Bruder sagen, aber dich betrifft es noch mehr: Du musst deinen Hass abschütteln. Es ist nicht eure Schuld, dass euer Vater wegging, und du kannst auch nicht einfach alle anderen dafür hassen, du gehst daran zugrunde. Sprich mit deinem Bruder, er hat denselben Hass in sich. Weint euch aus, scherzt, aber lasst los.»

Mit glasigem Blick verliess nun Zephir ihre Freundin. Mit den Worten «Sie wartet nur noch auf dich» schickte sie Rey zu seiner Geliebten.

Traurig setzte sich dieser neben sie. «Ich weiss alles. Über Niis, über unsere Freunde, über unsere Liebe, einfach alles. Du musst nichts sagen, ich möchte es nicht hören.»

«Genau das wollte ich hören. Ich habe mir keine Worte für dich zurechtgelegt, und du bleibst dir treu, indem du auf Worte pfeifst.» Sie hustete kurz. «Halt mich fest. Setz dich neben mich und umarme mich.» Er schlang seine Arme, so weit es ging, um ihre Schultern und legte seinen Kopf an ihren. «Bleib bei mir ... solange es auch dauert.»

«Niemand könnte mich von dir losreissen.» Er verharrte in seiner Position. Die Rüstung wurde durchsichtig, und kurze Zeit später legte Rey sein Hemd auf die vollkommen entblösste Scham seiner Kriegerin.

Während all dies passierte, waren zusätzliche Wachen und Freiwillige gekommen, um das Feuer eines der Wahrzeichen des Westens zu löschen. Die Banditen wurden in Gewahrsam genommen und abgeführt, sie würden in das Verlies geworfen, das auch manche der Freunde bereits von innen gesehen hatten. Dort würden sie schmoren, bis der König ein Urteil fällen würde. Verzweifelt versuchten die Leute den Brand zu bekämpfen, den Rey und Darkkon während ihrer Flucht verursacht hatten. Immer neue Helfer trafen ein und rannten mit Kübeln voll Wasser durch den bereits gelöschten Durchgang weit in die Gänge des Bollwerks hinein. Der Rauch schlängelte sich durch das Innere und quoll oben als pechschwarze Geschwulst gen Himmel. Die Wachen, die zuerst eingetroffen waren und sich schützend zu den Freunden gestellt hatten, holten einen Arzt her, der sich um die schwerverletzte Syria kümmern sollte, doch er wurde von den drei wartenden Kämpfern davon abgehalten. Sie starrten zu Rey, der regungslos bei ihr verweilte.

Stunden vergingen, und das Feuer loderte immer noch. Es hatte sich in Räume mit brennbarem Material ausgebreitet. Immer wieder musste Wasser herbeigeschafft werden. Dies alles geschah, ohne dass die Freunde auch nur einen Blick dafür übrig hatten.

Rey fühlte an Syrias Hals nach ihrem Puls. «Ganz schwach», sagte er leise zu sich selbst und legte sich neben sie. Trotz ihrer Müdigkeit standen ihre Freunde still daneben. Die hinzugekommenen Leute sprachen sie an, doch sie gaben keine Antwort und hörten gar nicht zu. Ihre Verletzungen wurden vom Arzt versorgt, ohne dass sie von ihrem Ehrerweis abliessen.

Nach Stunden, die für die Wartenden wie Minuten verstrichen waren, legte Rey seine Finger abermals auf Syrias Hals. War ihr Herzschlag stärker geworden? Oder war das nur sein Wunschdenken? Unmerklich zuckte er mit den Schultern. Er horchte an ihrem Mund. Sie atmete. Plötzlich sah er, dass ihre Wunden sich schlossen und die Axt Dellen und Beulen verlor. Mit seinem Kuss vollendete er die Heilung, und seine geliebte, kriegerische Ehefrau machte die Augen auf. Er wagte es nicht auszusprechen, dass sie überlebt hatte, so zerbrechlich schien ihm die Situation. Schweissgebadet versuchte sie sich aufzurichten, doch ohne die Hilfe ihres Gatten hätte sie es nicht geschafft.

«Ich bin so schwach.»

Rey flüsterte: «Nein, das bist du ganz bestimmt nicht.»

«Ich bin müde, ich möchte schlafen.»

«Hast du nicht geschlafen?», fragte er sanft.

«Nein, ich war immer wach, und du warst immer bei mir. Ich hatte schreckliche Visionen von dunklen Zeiten, aber du hast mich hier gehalten und den Schmerz vertrieben.»

Mit einem Wink wies er seine Freunde an, zu ihnen zu kommen. «Sie ist müde, wir werden hier bleiben und erst morgen nach Eran gehen.»

Sie schlugen an Ort und Stelle ein Lager auf. Ein Hauptmann schritt zu ihnen und verlangte, dass sie nun, da es ihrer Freundin besser ging, zum Schloss mitkamen.

«Komm morgen wieder», vertröstete ihn Zephir.

Er bat freundlich, es sich noch einmal anders zu überlegen, es gehe schliesslich um den Prinzen Erans, den zukünftigen König. Als er keine Antwort erhielt, verliess er sie.

Spät in der Nacht waren alle noch auf. Das Gefühl, endlich ihre Namen reingewaschen zu haben, liess sie nicht schlafen. Und da war ja auch noch die Aufregung um Syria. Sie schlief sanft und bewegte sich nur wenig. Rey sass neben ihr und schaute amüsiert in den vom Feuer erleuchteten Himmel.

«Wie lange brennt das Zeug eigentlich?», witzelte er.

«Nun», begann Darkkon seine Erklärung, «eigentlich brennen diese Flüssigkeiten nicht sehr lange, aber in den Räumen der Mauer gibt es genügend Material, das sehr gut brennt, daher denke ich ...»

«... die Mauer kann man wegwerfen», ergänzte Rey.

«Wenn man es wie ein Depp ausdrücken möchte, ja. Aber ich denke, sie werden sie wieder aufbauen, sie ist ein wichtiges Mahnmal.»

«Dann haben wenigstens ein paar Steinmetze und Zimmerleute wieder für ein Weilchen was zu tun.» Noch lange sahen sie sich das hypnotisierende Schauspiel aus Dunkelheit und Feuerschein an, bis sie endlich auch zur Ruhe kamen.

LXIX

Als Syria erwachte, war sie alleine. Neben ihr lagen nur die Sachen der anderen. Als sie sich erhob und streckte, fielen Steine und Dreckknollen von ihr ab, die an ihrem blutigen Körper geklebt hatten. «Ich muss mich dringend waschen», dachte sie. Ihre glänzende Rüstung erschien, und sie kehrte sich zu der Stelle um, an der sie lag. «Grausig», kommentierte sie den Anblick von Blut auf der Erde und von den Waffen- und Knochenteilen, die ihr Körper im Schlaf ausgestossen hatte. Sie fühlte sich noch ein wenig schwach vom langen Herumliegen und fragte sich, wo die anderen waren. Den Brand hatte man inzwischen unter Kontrolle gebracht. Die Helfer waren abgezogen, nur noch eine Handvoll Wachen konnte Syria erkennen.

«Guten Morgen, wisst ihr, wo meine Begleiter sind?»

«Wir bringen dich zu ihnen», erklärte sich ein bärtiger Alter bereit. Er konnte es sich nicht verkneifen, in den Himmel zu zeigen und Syria so darauf hinzuweisen, dass ihr Schatten beinahe gerade unter ihr stand.

«Jetzt gehen wir aber sofort los», schnauzte der Hauptmann Darkkon an.

«Ja, das werden wir. Rey, ich hole deine Sachen, bleib hier und kümmere dich um Syria.» Er und die Windgeschwister gingen sichtlich entnervt an ihr vorbei.

«Was ist nun schon wieder?», erkundigte sie sich bei ihrem Mann.

«Wir hatten fast eine Schlägerei. Wir wollten dich nicht wecken, aber der Hauptmann nervt uns, seit wir wach sind, damit, dass er bestimmt Ärger bekomme, weil wir noch nicht in Eran seien. Als ob uns das interessieren würde ...»

Als Darkkon zurückkam, drückte er Rey den Rucksack unfreundlich in den Bauch.

«Lass es nicht an mir aus, ich kann nichts dafür!», rief er aus, doch sein Bruder ging wortlos davon.

«Sie gehen ihm schon seit Sonnenaufgang auf die Nerven und haben uns sogar gedroht», erklärte Zephir.

«Dann lasst uns gehen, bevor es ausartet, Zephir.»

Während des Marsches nach Eran beruhigten sich die Gemüter wieder. Es wurden sogar Versprechungen gemacht, dass das nächste Kind nach einem der Helden benannt werde. In Eran herrschte ungewohnte Stimmung. Die Strassen waren leer, die Leute wurden in die Gassen zurückgedrängt. Die Helden wurden mit Jubel begrüsst, man warf Blumengestecke auf die Strasse.

«Heuchler», meinte Scirocco grimmig.

«Pack», stimmte seine Schwester ihm zu. «Vor kurzem wollten sie uns noch hinrichten.»

Scirocco spuckte vor die Füsse eines Wachmannes, der dies aber nicht bemerkte, da er genug damit zu tun hatte, die Bewohner Erans zu beobachten, um sie vor Dummheiten zu schützen. Die Tore des Schlosses waren verschlossen, damit sie zeremoniell geöffnet werden konnten, wenn die Retter des Prinzen eintrafen. Das Innere des Schlosses hatte sich nicht verändert. Es war nicht dekoriert, nicht geschmückt, nicht verziert worden. Plötzlich kam ihnen Sseru entgegen geeilt.

«Wie wunderbar, dass ihr hier seid», keuchte er. «Ich ... lasst mich kurz durchatmen ...» Endlich konnte er wieder sprechen: «Ich muss euch die Zeremonie erklären.»

«Was hat der Prinz erzählt?», fragte Rey misstrauisch.

«Er ist ausser sich. Er erzählt, ihr hättet die Räuber beauftragt und ihn entführt, aber ...»

«Jetzt atme mal durch. Dass er lügen würde, war klar, aber was macht ihn so wütend?»

«Sein Vater glaubt ihm nicht.»

Ein breites Grinsen zeichnete sich auf Reys Gesicht ab. Zephir entglitt sogar ein kurzes Grunzgeräusch, das verriet, dass sie innerlich lachte.

«Sag uns, was wir tun müssen», bat Darkkon den Alten.

«Ihr werdet einer nach dem anderen aufgefordert, einen Schritt nach vorne zu tun, dann müsst ihr euren Namen sagen und den Ort eurer Herkunft. Ein Berater wird euch den Dank des Landes aussprechen, und dann wird man euch anbieten, ein offenes Gespräch mit allen Anwesenden zu führen. Das müsst ihr annehmen, sonst entsteht nur neuer Ärger.»

Syria hob die Hand, um Sseru höflich zu unterbrechen: «Wird er – Arate – auch dort sein?»

«Er müsste, aber vielleicht bleibt er der Versammlung fern, wegen der Demütigung. Der König erklärte mir, dass er nach der Versammlung gerne allein mit euch reden möchte. Das wissen die anderen Berater nicht, es ist nicht Teil der Zeremonie. Wenn ihr abreist, wärt ihr dann die Helden Erans. Obwohl – ich bezweifle, dass euch dieser Titel zuteil wird, da ihr aus dem Osten stammt. Euch beiden», sagte er zu Zephir und Scirocco, «wird man aber ein Stück Land übergeben, das ist so üblich.»

Als die Tore zum Thronsaal aufgestossen wurden, huschte Sseru an seinen Platz neben den anderen Beratern. Der König und seine Tochter waren anwesend, doch das grimmige Antlitz Arates fehlte. Die Zeremonie begann, die Freunde stellten sich nebeneinander auf. Ein grauhaariger Mann mit wettergegerbtem Gesicht wies mit gestrecktem Arm und offener Hand auf Darkkon.

«Mein Name ist Darkkon, ich bin von der Insel Heel», sagte er und schritt zurück.

Nun wurde Rey gebeten, sich vorzustellen. Karg sagte er: «Rey, Insel Heel.»

Nach Syria von Jokulhaups war Scirocco an der Reihe. Er sagte seinen Namen und verstummte plötzlich. Er wurde freundlich aufgefordert, seine Herkunft zu nennen.

«Ich wurde in Daos, einem Dorf im Nordwesten, geboren, aber meine jetzige, richtige Heimat ist Felsbach.» Ein Raunen ging durch den Saal, aber unbeirrt machte der Berater weiter und wies auf Zephir.

«Zephir. Wie auch mein Bruder komme ich nun aus dem Osten, aus Felsbach.»

Der alte Mann verlas einige Zeilen des Dankes und fragte dann, ob sie an dem offenen Gespräch teilnehmen würden. Syria bejahte, und so setzte man sich in einem anderen Saal an einen langen Tisch. Sseru setzte sich neben die Östlichen, um ihnen Ratschläge erteilen zu können oder zwischen ihnen und den Beratern zu vermitteln. Zephir und Scirocco erfuhren, dass sie kein Land erhalten würden, da sie sich vom Westen abgewendet hatten. Das liess die beiden völlig unberührt. Die Plünderung von Solons Schatzkammer hatte ihnen genug eingebracht. Danach wurde über Diplomatie und die Beziehungen zwischen den zwei Hälften des Kontinents diskutiert. Sseru übernahm den grössten Anteil des Gesprächs. Als Vermittler im Osten wusste er am besten Bescheid.

Auf die Frage, was mit dem Prinzen geschehen solle, wollte Rey Stellung nehmen, aber Darkkon kam ihm zuvor: «Zu den inneren Verhältnissen Erans können wir nichts sagen.» Eine höfliche Art zu sagen, dass es niemanden etwas angehe, was sie dachten.

Einige Fragen waren dann doch noch unförmlicher Art. Der Berater, der die Zeremonie geleitet hatte, fragte Darkkon nach einem ruhigen Kurplatz. Er wurde auf Comossa Belts Salzbäder verwiesen, die abgeschieden im Osten der Stadt lagen. Ein anderer Berater, ehemaliger Söldner oder Soldat, da war sich Syria sicher, erkundigte sich nach den Waffengeschäften im Osten und wollte wissen, wer alles Zugang zu Waffen habe und was erlaubt und verboten sei. Diese Gespräche waren wesentlich interessanter, und so verflog die Zeit, bis ein Bote eintrat und Sseru etwas zuflüsterte.

«Ich bin ein alter Mann, ich sollte zu Bett gehen», sagte er und blinzelte Zephir zu. Sie sprach gerade angeregt über die Zauberei, verstand aber sofort, was er von ihr wollte. Sie stiess ihren Bruder leicht in die Seite und flüsterte ihm ins Ohr, dass sie gehen sollten. Die Nachricht ging durch die Reihe der Gefährten, und so gaben sie an, nun schlafen zu gehen. Sseru bot an, ihnen die Gemächer zu zeigen.

«Wir sind müde vom Prinzenretten», gab Rey keck zur Antwort, als man fragte, wieso sie schon gehen wollten.

Sseru führte sie aus dem Schloss hinaus auf den Hof. Die Nacht war kalt, und sie schlichen zu einem der Wachtürme. «Zuoberst wartet der König auf euch.»

Scirocco vertraute Sseru zwar, doch konnte er den Gedanken einer Falle für einen Moment nicht aus seinem Kopf entfernen. Sie stiegen die Stufen hinauf und trafen in der Wachkammer den König, der um ein Feuerchen ein paar ärmliche Hocker platziert hatte.

«Ihr wart lange bei der Versammlung.»

«Ihr wart gar nicht zugegen», konterte Syria, die aus einem Fenster des Hauptgebäudes hinüberschaute.

«Das stimmt», grinste er.

«Was möchtet Ihr von uns?»

Auf Darkkons Frage tatschte der König zuerst mit beiden Händen auf seine Oberschenkel. Er wirkte dadurch sehr bäuerlich. «Ihr wisst bereits, dass mein Sohn erzählt, ihr hättet ihn entführt. Nun, ich glaube ihm nicht. Wie soll ich mit ihm verfahren?»

«Ihr habt uns doch sicher nicht hierhergebeten, um über das sanfte Tätscheln von Prinzenwangen zu reden», sagte Scirocco sehr ernst.

«Nein, er wird hart bestraft, da könnt ihr sicher sein. Ich möchte wissen, was passiert ist. Welche Hürden ihr überwinden musstet, um eure Namen reinzuwaschen.»

Darkkon erzählte von ihrer Reise. Syria übernahm bei den Stellen, die er nicht miterlebt hatte. Falls der König Zeugen für ihre Geschichte anhören wolle, solle er die Räuber befragen, die ihnen vom Intrigenspiel des Prinzen erzählt hätten, meinte sie.

Der König dankte für die Ausführungen und sagte, ihr Wort genüge ihm.

«Traut Ihr Eurem Sohn nicht?»

«Ich habe ein Problem damit, dass er, je älter ich werde, umso ungeduldiger wird. Mir scheint, er will endlich den Thron besteigen.»

«Dann entfällt die Möglichkeit meiner Bestrafung», fasste sich Darkkon kurz.

«Ihr dachtet daran ihm, die Krone zu verweigern? Diesen Gedanken hatte ich ebenfalls.»

«Das könnt Ihr nicht tun. Wenn er so versessen auf den Thron ist, könnte er einen Aufstand ungeahnten Ausmasses anzetteln.»

Der König nickte.

«Mit so einem König als Ansprechpartner des Westens könnten wir nicht leben, es würde sofort wieder Krieg ausbrechen», warf Syria ein.

«Was ist mit der Prinzessin?», fragte Zephir. «Kann sie nicht das neue Oberhaupt werden?»

«Natürlich ist sie mit den Gepflogenheiten des Regierens vertraut, aber sie ist nun mal die jüngere und dann noch eine Frau.»

«Und wenn Ihr den Thron teilt?», schlug Zephir vor.

«Wie meint Ihr das?»

«Teilt ihn unter Euren Kindern auf. Übergebt das Heer und alles, was die Diplomatie betrifft, Eurer Tochter. Das Wohl des Landes könnt Ihr Eurem Sohn übertragen.»

«Mit dieser Entscheidung fürchtete ich um das Leben meiner Tochter.»

«Dann bindet die beiden aneinander», meinte Darkkon. «Ihr übertragt euren Kindern die verschiedenen Gebiete, doch der Besitz gilt nur, solange beide leben. Stirbt einer der beiden, wird der andere seiner Macht enthoben, und ein Berater übernimmt den Thron. Nun, da Euer Sohn nicht mehr warten mag, verkündet es in der nächsten Woche. Sagt, Ihr wollet Eure Kinder bereits regieren lassen, Euch gehöre jedoch das letzte Wort.»

«Das bricht vollkommen mit unseren Traditionen.»

«Das ist kein Hindernis. Ihr habt einen triftigen Grund dazu: die Strafe für Euren Sohn.»

«Ich verstehe. Da es noch nie einen Prinzen gab, der sein Land und den Frieden riskierte, konnte man auch noch nie so eine drastische Massnahme treffen. Brillant.»

«Wir haben auch eine Ahnung von Machtspielen ... Obwohl wir keine Adligen sind, wurden wir in Diplomatie ausgebildet. Wir können jemandem das Messer von vorne durch die Rippen treiben, ohne es gewesen zu sein, aber das ist uns zuwider», erklärte Rey.

Der König entliess sie, meinte aber vorher noch zu Darkkon, er werde sich für eine Zusammenarbeit der beiden Hälften Argavis' einsetzen. Darkkon dankte wortlos und ging den anderen nach. Sie gingen zu Sserus Gemach und klopften ihn aus dem Schlaf.

«Ihr reisst einen geschätzten Berater des Königs aus dem Bett», gähnte dieser. «Ihr hättet auch einen Diener bitten können, euch eure Zimmer zu zeigen.»

«Wir kommen nicht wegen der Zimmer. Wir verschwinden von hier, wir brechen jetzt gleich nach Hause auf und wollten uns nur noch verabschieden», erklärte Rey.

«Das wird den Beratern nicht gefallen.»

«Das kümmert uns nicht.»

«Dann wünsche ich euch eine schöne und sichere Heimreise!»

LXX

Sie drehten dem Schloss den Rücken zu und gingen durch die Gassen Erans. In der Stadt herrschte eine erstaunliche Stille, obwohl am Tag ein riesiger Tumult getobt hatte. Erst jetzt wurde den Freunden klar, dass sie endlich Frieden mit dem Westen geschlossen hatten. Scirocco und Zephir fiel ein Stein vom Herzen, weil sie nun nicht mehr fürchten mussten, hier hingerichtet zu werden, weil sie Söldner gewesen waren. Zephir schlich neben Darkkon und stiess ihm etwas in die Seite.

«Autsch! Was ist das?»

Sie griff unter ihre Gewänder. «Ein Buch. Aus der Schlossbibliothek.»

«Du kleine Diebin», scherzte Darkkon.

«Ich habe es für dich mitgenommen. Es ist wertvoll, denn es enthält die Erkenntnisse, die in Eran während des Krieges gewonnen wurden. Es sei eines der besten Werke der Kriegskunst, das man im Westen erhalten könne, hat man mir gesagt.»

«Ich danke dir.»

Sie gingen weiter, als Darkkon etwas einfiel. «Syria», sagte er plötzlich. Er schien besorgt zu sein. «Ich habe es ganz vergessen.»

«Was hast du vergessen?», wollte sie wissen.

«Es geht um das Werk über die Zerschlagung Honodurs. Du wirst darin vom Schreiber erwähnt ... Ich wollte es dir bereits bei unserem ersten Treffen in Dendran sagen.»

«Schön, das ist eine Ehre. Seid ihr auch darin aufgeführt?»

«Ja, aber ...», er brachte es kaum über die Lippen, «... zu deiner Person stehen falsche Angaben.»

«Sag endlich, was nicht stimmt, du erstickst noch», meinte Rey.

«Du wurdest so beschrieben: Die Kriegerin Syria – Beine so lang wie Bäume, Füsse so gross wie Kindersärge ...»

Syria schmunzelte. «Er übertreibt, aber das ist doch nicht schlimm.»

«Warte ...» Darkkon nahm sich zusammen. Er fürchtete, dass Syrias Reaktion unangenehm werden könnte. Noch unangenehmer, als es ihm jetzt schon zumute war. «... Brüste, jede grösser als das Euter einer Kuh», fuhr er fort, «mit Brustwarzen so gross wie ein Teller.» Ihr stockte der Atem, aber er musste weitererzählen. «Dann schreibt er noch, dass du jede Nacht einen anderen Krieger in dein Zelt geholt und verschlungen habest.»

Rey, der sich bis dahin über die Scham seines Bruders amüsiert hatte, biss nun die Zähne vor Wut so fest zusammen, dass sie schmerzten.

Syria holte Luft und brüllte dann: «Was!»

Darkkon beruhigte das brodelnde Paar. «Ich habe erfahren, dass diese Schrift bald im Osten verbreitet werden sollte, also schrieb ich dem ...», er machte eine Geste, die zeigen sollte, dass der Ausdruck keineswegs zutraf, «... Gelehrten, ich würde mir sein unfertiges Schaffen gerne ansehen. Ich bekam eine Abschrift und las den Teil über dich. Ich habe ihm sofort zurückgeschrieben, er müsse den Text umgehend korrigieren. Nun, das ist schon eine Weile her, und ich habe keine Antwort von ihm erhalten.»

«Wenn er Syria als treuloses Weib hinstellt, gibt es bald einen Gelehrten weniger», keifte Rey. «Ich werde sofort bei unserer Ankunft nachfragen und mich erkundigen, ob das Buch bereits vervielfältigt wurde.» Während sie weitergingen und das Stadttor passierten, hieb Rey Schläge in die Luft, die dem Gelehrten gelten sollten. Er übte, wie er ihm die Nase, beide Arme und einzelne Finger brechen würde.

Irgendwann sagte Zephir zu ihm, er solle nun endlich damit aufhören, er gehe ihr auf die Nerven. Sie und ihr Bruder hatten sich bisher nicht geäussert, da es ihnen ebenso unangenehm war wie Darkkon, darüber zu sprechen. Scirocco schaute weg, weil ihm die Schamesröte ins Gesicht schoss, als er sich seine Gefährtin nach den Beschreibungen Darkkons vorstellte. Das Thema kam auf ihrer Heimreise nicht mehr zur Sprache, und das war allen recht so. Am See Davar bestiegen sie ein Schiff.

Die Windgeschwister waren froh, bald daheim zu sein. «Hoffentlich wissen zuhause schon alle, dass wir nicht die Entführer waren», meinte Zephir.

«Wie denn, Schwester? Wir haben Eran vor allen anderen verlassen ...»

Sie schmollte und ärgerte sich über sich selbst, weil sie nicht daran gedacht hatte. Einige Händler waren an Bord und versuchten Syria und ihrem Gatten ihren Plunder anzudrehen. Doch am Abend hatten sie ihre Ruhe, und die genossen alle in vollem Ausmass. In Felsbach beschlossen die Freunde, noch einmal alle zusammen etwas essen zu gehen. Während des Mahls in der viel gelobten «Stätte zur ewigen Ruhe» – der Name war falsch aus der alten Sprache übersetzt worden – blickten sie noch einmal auf die vergangene Zeit zurück. Darkkon hob seinen Anhänger hoch.

«Ob das mit der Schönheit stimmt, oder ob es nur ein Glücksbringer ist?»

Zephir gab dem Geschenk einen Schubs, so dass es sich ein- und wieder ausdrehte. «Ich glaube daran. Sobald ich zuhause bin, werde ich es über meinem Bett anbringen.»

«Ich auch», bestätigte Scirocco, und auch Rey und Syria hielten dies für eine gute Idee. Darkkon hingegen schmunzelte skeptisch.

«Worüber grübelst du nach, Bruderherz? Du wirst es ja sowieso auch aufhängen, nur schon, weil Fang es so möchte», neckte ihn Rey.

«Stimmt, sie wird gezwungen sein, es über das Bett zu hängen, so wie es von den Ilemaren erklärt wurde.»

Sie spielten noch eine Weile Karten, dann verabschiedeten sich die Inselbrüder und Syria von Zephir und Scirocco. Diese standen vor ihrem Haus und winkten, bis sie ihre Freunde um eine Häuserecke verschwinden sahen. Zephir erinnerte sich an das, was Syria ihr gesagt hatte, als sie im Sterben zu liegen schien.

«Bruder, ich muss mit dir reden …», sagte sie in Sciroccos verdutztes Gesicht.

Reys erste Worte, als er in Buchenwall seine Tochter hochhob, um sie zu küssen, waren: «Du bist gewachsen. Kannst du damit nicht noch etwas warten? Du wächst mir noch früh genug über den Kopf!»

Die anwesenden Freunde lachten herzhaft. Syria drängte ihren Geliebten, ihr Niis zu übergeben. Sie wolle ihre Tochter auch endlich begrüssen, meinte sie, er solle später seine Sprüche machen.

Jan und Ursula gossen den Ankömmlingen Tee ein. Darkkon sass auf einem Stuhl und erzählte Fang, Alm und Tibbett von den Geschehnissen der Reise. Er präsentierte die Geschenke der Ilemaren und das Diebesgut Zephirs aus dem Schloss.

Wochenlang blieben sie noch in Buchenwall, bis Fang meinte, es sei Zeit, nach Hause zu gehen und den Alltag einkehren zu lassen. Syria und Rey begleiteten sie bis zur Kreuzung.

«Bis bald», sagte Rey nur.

Darkkon wiederholte die Worte. Es war ein trauriger Moment, als trennten sie sich für immer. Auf dem Weg zu ihrem Turm zurück schwiegen beide lange.

«Denkst du, jetzt wird Frieden auf Argavis einkehren?», fragte Syria schliesslich.

«Ich denke schon», war Reys Antwort. Als er merkte, dass sie nachdenklich geworden war, fügte er hinzu: «Aber es ist uns sicher nicht lange langweilig. Das nächste Abenteuer wird schon bald an unser Tor klopfen.»